grafit

Chemnitzer Str. 31, 44139 Dortmund
Internet: http://www.grafit.de
E-Mail: info@grafit.de

Umschlaggestaltung: Nele Schütz Design
Druck und Bindearbeiten: CPI – Clausen & Bosse, Leck
ISBN 978-3-89425-482-7
1. 2. 3. / 2019 18 17

Kristin Lukas

Das Letzte, was du siehst

Thriller

grafit

Die Autorin

Kristin Lukas, geboren 1976 in Hagen, studierte Architektur in Berlin, Paris und Zürich, bevor sie an der Universität St. Gallen ihre Dissertation schrieb. Parallel zu ihrer Beratungstätigkeit in der freien Wirtschaft arbeitet sie als Professorin für Immobilienmanagement und Projektentwicklung.

Für R.

1

Bindedraht, verzinkt, in der Stärke 0,65 mm. Fünf Spulen auf Holz gewickelt. Der Draht ist jetzt verbraucht. Mein Werk ist vollendet. Die übrig gebliebenen Holzstücke, die zerschnittenen Kabelbinder, die Wachstuchdecke und das Desinfektionsmittel stopfe ich in die schwarze Sporttasche, in der eigentlich Tennisschläger ihren Platz finden. Dann nehme ich die Kamera zur Hand. Kein Blitz. Das Morgenlicht reicht.

Eine Hügelkuppe, die sacht hinunter zum Meer abfällt. Entfernt sind leise Wellen zu vernehmen. Ein leichtes, sanftes Rauschen. Hörbar, weil den Tag noch niemand will. Vor mir eine Baumgruppe. Drei Birken. Zwei, deren Äste ineinander verwoben sind. Die andere steht etwas abseits. Wie die ungebetene Dritte, die das turtelnde Pärchen belauscht. Es sind kräftige, erwachsene Birken, nicht wie die jungen, deren Stämme noch Gerten gleichen.

Auch der dritte Baum ist nicht allein. Er hat eine Kameradin. Seine Zweige nehmen die Vertraute in die Obhut, umschlingen und legen schützend ihr Blattwerk über sie. Der Kopf der Freundin ruht in einer Astgabel. Das rötliche Haar hat sich durch den Wind in den Zweigen verheddert. Ihre Füße stützen sich auf einer Krümmung des Stamms ab.

Ich schalte die Kamera ein. Das Display leuchtet auf. Sanft betätige ich den Auslöser. Die Schärfe stellt sich automatisch ein. Klick, klick, klick, sechsmal. Frontalbilder. Es ist bereits hell genug, um die Konturen zu erkennen. Der Schattenwurf verleiht Räumlichkeit.

Ich verstaue den Apparat in der Sporttasche und schaue ein letztes Mal auf mein Werk. Die Arme sind gespannt, wie Flügel ausgebreitet. Die Knie gekrümmt, die Füße leicht nach vorn gekippt, als stünde sie auf ihren Zehenspitzen. Die Fersen an den

Stamm gelehnt. Ihr Hals ist freigelegt, ihr Kopf zurückgefallen. Ihre feingliedrige Figur harmoniert mit den dünnen Zweigen der Birke, ihre helle Haut mit der weißen Rinde. Zierlich, grazil. Die Schlüsselbeinknochen stehen hervor. Auch weil an ihnen die Drahtseile befestigt wurden. Ebenso an weiteren Gliedmaßen. Drähte, die wie Spinnweben zwischen den Armen des blassen Fräuleins und der Birke gespannt sind. Drähte um ihre Handgelenke und Ellenbogen, durch das Fleisch gewebt, in ihrem rötlichen Haar verfangen und um Stamm und Äste gewickelt. Sehnen und Adern sind verlängert, Arme eins geworden mit dem Netz aus Draht und Geäst.

Es ist 04:47 Uhr. Der Tag erwacht. Zeit zu gehen. Sie wird gleich sterben. Ohne Laut. Ihre Zunge ist herausgeschnitten.

2

Ich sende die Mail ab und klappe meinen Laptop zu. Ein anstrengender Tag geht zu Ende. Ein Tag gespickt mit intensiven Diskussionen in einem kleinen, stickigen Projektraum, in den nur durch ein schmales Fensterband natürliches Licht dringt. An Luftzirkulation ist nicht zu denken. Die Scheiben sind festverglast und lassen sich nicht öffnen. Zusätzlich wurde die Luft durch den Beamer aufgeheizt, dem Bruns keine Gnade gegönnt hat. Zu verliebt ist er in seine Präsentationsfolien, die den Fortschritt des Projekts demonstrieren und damit auch seinen Erfolg als Projektleiter. Meier und ich haben seine Meinung nicht ganz geteilt. Was nicht nur zur gewohnten Verärgerung führte, sondern auch zur Verlängerung der Sitzung.

Jetzt ist kaum noch jemand da. Das Gebäude der Bank wirkt verlassen. Die gewohnte Geräuschkulisse aus Gesprächsfetzen zum aktuellen Geschehen im Immobilienmarkt ist verstummt. Aus vereinzelten Büros dringt jedoch noch ein

Lichtschein. Aber ich vermute, die Angestellten haben vergessen, die Lampen auszuschalten. Dass jetzt noch jemand arbeitet, ist unwahrscheinlich. Auch in unserem Projekt raum brennt noch Licht. Bevor ich das zentrale Treppenhaus erreiche, biege ich schnell in Richtung Seitenflügel ab, um den unnötigen Stromverbrauch zu stoppen.

Meine Fingerspitzen berühren schon den Lichtschalter, als ich jäh innehalte. Was meine Augen sehen, will mein Gehirn nicht wahrhaben. Meine Gedanken blockieren, stehen still. Mir wird heiß, mein Magen krampft sich zusammen und Angstschweiß überzieht meine Stirn.

Hektisch drehe ich mich um. Doch hinter mir ist lediglich die blanke Tür zu den Toiletten. Regungslos ruht sie in den Angeln. Die weiße Kunststoffbeschichtung wirkt so unschuldig, so rein. Umso brutaler erscheint das, was ich gerade gesehen habe. Wie gebannt fokussiere ich die Toilettentür. Was lauert hinter ihr? Ich traue mich nicht, sie zu öffnen.

Hektisch wende ich den Kopf hin und her, um alle Richtungen abzusichern. Mein Puls jagt. Meine Bewegungen werden heftiger. Es ist schiere Angst, die mich überkommt, mich lähmen will. Ich zwinge mich, Ruhe zu bewahren, mechanisch zu funktionieren.

Ich wende mich wieder dem Sitzungsraum zu, spüre, wie meine Knie weich werden und sich in meinem Nacken eine Gänsehaut bildet. Werde nicht panisch, herrsche ich mich innerlich an und richte meinen Blick auf die gegenüberliegende Wand. Wie fixiert starre ich durch das Fensterband und konzentriere mich auf ein hell erleuchtetes Büro auf der anderen Straßenseite. Stocksteif fingere ich das Handy aus meiner Jackentasche. Meine Hände zittern, als ich die Telefonnummer eingebe.

Es klingelt nur einmal, bevor sich eine Frauenstimme meldet und mich nach meinem Anliegen fragt.

Ich antworte: »Mein Name ist Marie Wagenfeld. Ich bin

im fünften Stock des Gebäudes der *Sega Invest* in der Junghofstraße 77. Ich habe einen Toten gefunden.«

Sie fragt mich, warum ich mir so sicher sei, dass die Person tot ist.

»Weil der Körper keinen Kopf mehr hat«, antworte ich tonlos.

3

»Sie sind Marie Wagenfeld. Sie haben die Polizei informiert.«

Ein zusammengekniffenes Augenpaar sieht mich an. Nicht fragend. Wieso auch? Er stellt fest. Breitbeinig steht er vor mir. In Jeans, grünem Wollpulli, dazu ein hellblauer Hemdkragen, der nur halb herausschaut. Der letzte Schnitt muss bereits eine Weile her sein. Seine kurzen braunen Haare zeigen Widerspenstigkeit. Erste Stellen sind silbergrau. Geklopft hat er nicht. Er hat auch nicht um Einlass gebeten. In anderer Menschen Privatsphäre einzudringen, gehört zu seinem Tagesgeschäft.

Ich wickle mich enger in eine Decke, die mir eine Polizeibeamtin ins Büro gebracht hat, mit der Bitte zu warten, bis jemand kommt. Das ist wohl jetzt dieser Jemand. Um ihm nicht so frontal ausgeliefert zu sein, drehe ich mich in meinem Bürostuhl Richtung Fensterfront. Der Seitenflügel gegenüber ist noch immer hell erleuchtet. Heller als sonst.

»Kaffee?«

Jetzt eine Frage. Ich schaue wieder zu ihm hinüber. Er streckt mir eine dampfende Tasse entgegen. Ich habe sie vorher nicht gesehen. Zu sehr war ich in meinen Gedanken verloren.

Drüben quillt hinter dem Fensterband Licht heraus und sucht sich seinen Freiraum. Genauso möchte ich dem Ganzen hier entfliehen. Doch diese Chance bietet sich mir nicht.

Daher nicke ich stumm, wickle einen Arm heraus und nehme die Tasse entgegen. Die Decke rutscht dabei von meiner Schulter. Ich lasse sie, wo sie ist.

»Wieso waren Sie um diese Uhrzeit noch im Gebäude?« Wieder ein verkniffener Blick, dazu ein nach links geneigter Kopf. Trotz der engen Schlitze fällt mir auf, dass die Augenfarben unterschiedlich sind. Die linke Iris spiegelt den blauen Farbton seines Hemdes wieder, die rechte weist einen deutlichen Grauschleier auf. Selbst die Kaffeetasse in seiner Hand hat Schieflage. Alles an ihm ist irgendwie schräg.

»Sie haben sich noch nicht vorgestellt«, wende ich ein und schaue abwartend zu ihm auf. Dabei schiebe ich mich tiefer in den Schreibtischstuhl. Er wird meine verkrampfte Haltung nicht erkennen. Die Decke reicht bis zum Boden.

»Kriminalkommissar Kellermann.« Kurz blitzt sein Polizeiausweis auf. Die Beschriftung ist in der Kürze der Zeit nicht erkennbar. Trotzdem insistiere ich nicht weiter. Ob ihn diese Unterbrechung stört oder ob sie für ihn reine Routine darstellt, ist aus seinem Gesicht nicht abzulesen. Ohne Betonung fügt er hinzu: »Also noch mal von vorn. Wieso waren Sie zu dieser Zeit im Gebäude?«

Ich richte mich auf und stoße mich mit den Füßen etwas zurück, sodass sich der Abstand zwischen uns vergrößert.

Kellermann muss meinen Wunsch nach Distanz bemerken, denn er tritt zwei Schritte zurück, zieht sich den Besucherstuhl heran und nimmt Platz. Er beugt sich leicht vor, die Ellenbogen auf die Knie gestützt. Jetzt ist er derjenige, der aufschauen muss. Ich frage mich, ob ihm der Polizeipsychologe zu dieser Position geraten hat. Sein Ziel hat er zumindest erreicht: Ich entspanne mich.

»Als externe Beraterin unterstütze ich die *Sega Invest* bei der Einführung eines neuen IT-Systems. Ich habe heute Abend das Anforderungskonzept überarbeitet und an den Systemdienstleister verschickt.«

Mein Ton ist sachlich, als würde ich ein fachliches Gespräch führen. Als würde ich in einem Konferenzraum einem Kunden gegenübersitzen. Nicht einem Kommissar, nicht in einem Gebäude, in dem ich eben einen Toten entdeckt habe. Einen Toten, dem der Kopf so weit oben abgetrennt wurde, dass vom Hals etwas übrig blieb. Ein Stück so breit, dass die Krawatte daran Halt fand. Der blutgetränkte Stoff lies nur noch an wenigen Stellen erkennen, dass es sich einmal um grellpinke Seide gehandelt hatte.

Meine Gedanken nicht ahnend, fragt Kellermann ruhig weiter: »Was macht die *Sega Invest?*«

»Die *Sega Invest* ist eine Bank mit Schwerpunkt auf Immobilienanlageprodukten. Sie legt Immobilienfonds auf und vertreibt die Fondsanteile an Investoren oder Privatanleger.«

»Kannten Sie den Toten?«

»Ja, es ist Arne Bruns. Er war der IT-Projektleiter und koordinierte das Projektteam und den Systemanbieter. Im Kernteam diskutierten wir heute lange den Fortschritt der Programmierung.«

»Was heißt ›Kernteam‹?«, fragt Kellermann kurz und knapp.

»Das Kernteam setzt sich aus dem IT-Projektleiter, dem Abteilungsleiter Controlling und dem externen Berater zusammen. Der IT-Projektleiter koordiniert das Gesamtprojekt, der Abteilungsleiter stellt die Anforderungen und wir als Berater übersetzen diese in IT-Sprache.«

»Wer ist wir und wer ist der Abteilungsleiter Controlling?«

»Michel. Und Jana«, erwidere ich ebenso einsilbig und ergänze: »In umgekehrter Reihenfolge.«

»Wie jetzt?« Kellermanns Stirn ist mit Falten überzogen.

»Meine Mitarbeiterin heißt Jana. Jana Friese. Mit ihr zusammen bearbeite ich das Projekt.«

»Und Michel?«

Kurz schüttle ich den Kopf. »Sorry, ich meinte Mark Meier.«

Das Stirnrunzeln wird stärker.

Ohne Aufforderung ergänze ich: »Jana hat ihn so getauft. Er ist praktisch die erwachsene Version eines Michels aus Lönneberga.«

»Gut, Sie und Bruns und dieser Michel-Meier haben also heute zusammen in dem Projektraum gesessen?«, resümiert Kellermann.

In Gedanken lasse ich den Nachmittag Revue passieren. Bruns und Meier haben bereits lautstark diskutiert, als ich eintraf. Die Missstimmung war beiden deutlich anzusehen. Meiers üblicher schwedischer Charme war sichtbar abgekühlt. Bruns zog seine typische Schmolllippe. Unter seinem babyglatten Kinn glänzte der zu dem Zeitpunkt noch reine Seidenstoff in verschiedenen Pinktönen.

Bei der Erinnerung an Bruns ziehe ich die Decke wieder enger um mich. Nur meine Unterarme schauen heraus, die sich weiter an der Tasse festhalten. Ich fokussiere mich auf meine Hände. Die Finger noch schwarz von der erkennungsdienstlichen Behandlung. Das wäre nötig, um meine Abdrücke am Tatort ausschließen zu können, haben die Polizisten mir gesagt.

Kellermann unterbricht meinen Gedankenfluss: »Wenn das hier Ihr Büro ist, wieso sind Sie dann noch mal in den Projektraum gegangen?«

»Ich war auf dem Weg nach Hause und habe gesehen, dass Licht brannte. Ich wollte es löschen, um keinen Strom zu verschwenden.«

»Wieso nur dort?«, stellt er wieder mit geneigtem Kopf infrage.

Der versteckte Vorwurf trifft mich. »Weil ich zwar ein ökologisches Gewissen habe, aber nicht zuständig für alle Mitarbeiter dieses Hochhauses bin. Schauen Sie doch aus dem Fenster. Das Gebäude hat fünfzehn Stockwerke, auf jedem gibt es circa vierzig Büros und in jedem fünften brennt nachts das Licht. Das macht hundertzwanzig hell leuchtende Deckenstrahler. Vielleicht sollte man mal über Bewegungsmelder nachdenken.« Demonstrativ lehne ich mich noch weiter in meinem Schreibtischstuhl zurück und reize die Bewegungsfreiheit der ergonomisch geformten Rückenlehne vollständig aus.

Kellermann zeigt keine Reaktion und schaut mir still zu. Doch sein Schweigen macht die Situation nicht angenehmer. Und so bin ich fast dankbar, als er nach wenigen Sekunden seine Befragung fortsetzt: »Wer war noch im Gebäude?«

Ich zucke mit den Schultern. »Ich habe niemanden gesehen. Aber theoretisch könnte in jedem der beleuchteten Büroräume noch jemand gewesen sein.«

»Wer hat Zutritt zum Gebäude?«

Wieder ziehe ich meine Schultern hoch. »Da fragen Sie besser den Sicherheitsdienst. Die vergeben die Zutrittskarten. Jede wird quittiert, daher müssten die Sicherheitskräfte die aktuellen Listen haben. Aber generell haben alle Mitarbeiter der *Sega Invest* Zutritt. Und alle externen Dienstleister, die über einen längeren Zeitraum im Gebäude arbeiten.«

»Darf ich Ihre Karte sehen?«

Ohne zu antworten, ziehe ich das weiße Plastikrechteck aus der Hosentasche und reiche es Kellermann. Konzentriert prüft er es, blickt kurz zu mir auf und schaut erneut auf den Ausweis.

Ich bin irritiert. Auf der Karte steht mein Name, darüber ist ein Foto. Zur Zeit der Aufnahme trug ich meine Haare noch länger, doch erkennen sollte man mich trotzdem.

Nach ein paar weiteren Sekunden gibt Kellermann mir den Ausweis kommentarlos zurück und ich lasse ihn wieder in der Hosentasche verschwinden.

Schon scheint der Kommissar das Interesse an der Karte verloren zu haben, denn er wendet sich dem nächsten Thema zu: »Wer war der Letzte, der Bruns lebend gesehen hat?«

Innerlich stöhne ich auf. Eine weitere Frage, auf die ich

keine konkrete Antwort geben kann. Ich berichte, dass Bruns, Meier und ich ungefähr bis kurz vor sieben zusammengesessen haben. Danach ist jeder in sein Einzelbüro gegangen, doch ich weiß nicht, ob sich Bruns danach noch mit jemandem getroffen hat.

»Dann sind Sie also eine der Letzten, die das Opfer lebend gesehen hat!« Kellermanns Ton klingt vorwurfsvoll.

Ich kontere direkt: »Ich würde sagen, zum aktuellen Sachstand ist das eine Vermutung.«

Der Kommissar wiegt den Kopf hin und her, als wolle er sagen, dass an diesem Einwand etwas dran sein könnte. Lange währt seine abwägende Haltung allerdings nicht und er ergreift erneut das Wort: »Was haben Sie gesehen, als Sie den Projektraum betraten?«

Ich zögere einen Moment, bevor ich antworte. Kellermann hat mich kalt erwischt. Gerade war ich noch innerlich auf Abwehr gepolt. Jetzt zieht er mich zurück an den Tatort. Allein die Erinnerung macht mich sofort dünnhäutig. Ich gebe mir ein paar Sekunden und fokussiere den dunklen Kaffee in der Tasse, die glatte, schimmernde Fläche, das sich darauf spiegelnde Deckenlicht.

»In Gedanken war ich bereits auf dem Heimweg, wollte nur kurz durch den Türrahmen greifen, um den Lichtschalter zu drücken. Ich habe nichts erwartet, mit nichts gerechnet. Habe erst gar nicht auf den Innenraum geachtet. Doch dann irritierte mich etwas. Instinktiv wusste ich, dass noch jemand im Raum war. Aber etwas stimmte nicht. Ich sah eine Gestalt, doch mein Gehirn sagte mir, dass es keine sein kann. Ich sah einen menschlichen Körper und doch war es keiner. Es fehlte etwas. Es war nur ein Rumpf. Ein Rumpf auf einem Stuhl. Eng an den Tisch geschoben. Als wolle er arbeiten, etwas notieren, geschäftig mitdiskutieren. Als wäre für diesen Rumpf alles normal, als würde für ihn das Tagesgeschäft beginnen. Nur hatte er keinen Kopf mehr. Dort war nur ein blutiger Stumpf. Und überall Blut. Auf dem Körper, der Tischplatte, dem Boden. Tiefrotes Blut.«

Ich bin von den aufkommenden Erinnerungen ganz benommen. Doch ohne Pause setzt der Kommissar seine Befragung fort: »Was haben Sie gedacht, als Sie ihn gesehen haben?«

Innerlich begehre ich auf und will Kellermann anfahren, was ich schon gedacht haben soll, als ich in so einen Albtraum hineingeriet. Doch ich nehme mich zusammen, schaue wieder zu meiner Tasse. »Dass ich gleich tot bin. Das habe ich gedacht.« Ich schaue dem Kommissar jetzt direkt in die Augen. »Dass hier noch jemand ist. Dass gleich jemand aus der Toilettentür hinter mir auftaucht und ich ein Messer im Rücken habe. Sie müssen das doch kennen, wenn einen die nackte Angst packt und sich einem die Kehle zuschnürt.« Beim letzten Satz ist mein Ton lauter geworden, vielleicht nicht feindselig, aber so, als wolle ich eine Grenze ziehen, als wolle meine Stimme ihn warnen, diese unsichtbare Linie nicht zu überschreiten.

Doch Kellermann lässt sich von meiner verbalen Abschottung nicht aufhalten. »Was haben Sie noch gesehen?«

Mich überkommt ein unbändiges Verlangen, ihn zu schütteln, ihm zu sagen, er soll mich in Ruhe lassen, er soll sich den Raum doch selbst anschauen.

Ich unterdrücke meine Wut, streiche stattdessen mit dem Daumen über die abgerundete Porzellanfläche der Tasse, suche dort Halt. »Ich habe mich umgedreht. Habe auf die Toilettentür gestarrt. Gewartet, dass sie sich öffnet. Aber es kam niemand. Ich habe den Flur geprüft, links, rechts, stetig im Wechsel, um meinen Angreifer nicht zu übersehen. Dann habe ich meinen Blick wieder auf Bruns gerichtet. Auf den blutigen Stumpf. Die zerfetzten Hautlappen, die an seinem Hals hinabhingen. Das ruinierte Hemd. Die einmal pinke Krawatte. Er saß so aufrecht. Er muss fixiert gewesen sein, oder? Wurde er festgebunden? Mit Kabelbindern?« Meine Stimme überschlägt sich bei den letzten Sätzen, wirkt zitterig, fast schrill.

Doch Kellermann geht nicht auf mich ein, antwortet nicht auf meine Fragen und lässt auch meinen Tonfall unkommentiert verhallen. Schweigen breitet sich aus. Ein Vakuum.

Und diesmal bin ich es, die erneut das Wort ergreift: »Haben Sie ihn gefunden? Den Kopf?«

»Ja«, antwortet der Kommissar emotionslos. »Er lag neben dem Stuhl, unter dem Tisch.«

In Gedanken taucht Bruns vor mir auf: seine Babyhaut, seine fusselige Haarpracht. Dann flimmern wirre Bilder vor meinem inneren Auge. Sein Schädel, der über den Boden kullert und durch ein Tischbein gestoppt wird. Blut, das in den Teppich rinnt. Bruns' Augen flehen mich an, ein stummer Hilfeschrei. Eindringlich, bittend, anklagend. Ich schüttle kurz den Kopf, reiße meine Augen weit auf, um die Bilder zu vertreiben. Aber die Anklage bleibt bestehen. Lässt sich nicht abschütteln und schwebt über mir.

»Warum hat er nicht geschrien?« In meine Stimme hat sich ein Zittern eingeschlichen, als würde sie jeden Moment wegbrechen. In meiner Frage schwingt die Angst mit, dass ich seinen Hilferuf überhört habe. Unnachgiebig nagt die Schuld an mir. Der Verdacht, dass ich diesen Mord hätte verhindern können und dass ich für Bruns' Tod mitverantwortlich bin.

Kellermanns Antwort erlöst mich von der Anklage: »Mund und Nase waren mit Paketklebeband umwickelt.«

Ich nicke stumm und stelle beschämt fest, wie sich die Erleichterung in mir breitmacht.

Um dieses selbstbezogene Gefühl nicht vor dem Kommissar zu offenbaren, schiebe ich die nächste Frage nach: »Haben Sie die Tatwaffe gefunden?«

Ihn scheint der Rollenwechsel nicht zu irritieren, denn er

antwortet ohne Zögern: »Ja. Sie lag auch unter dem Tisch. Eine Säbelsäge.«

Ich senke wieder meinen Kopf und schaue auf den Kaffee. Mittlerweile ist er nicht mehr heiß. Er wirkt schal.

»Kennen Sie solche Sägen?« Kellermann ist zurück in seine Rolle geschlüpft.

»Ja. So etwas wie ein elektronischer Fuchsschwanz.«

Kein weiterer Kommentar. Jetzt sind auch dem Beamten die Fragen ausgegangen. Er betrachtet mich stillschweigend. Ohne dass ich ihn direkt anschaue, spüre ich, wie seine Augen auf mir ruhen. Mir wird unbehaglich. Ich lege die Decke über die Stuhllehne und stehe auf. Den kalten Kaffee stelle ich auf die Schreibtischplatte. »Kann ich jetzt gehen? Es ist spät und ich habe morgen früh einen Termin bei einem Kunden in Berlin.«

Kellermann bleibt sitzen. Seine Ellenbogen sind nicht mehr auf die Knie gestützt. Sein Körper ist jetzt aufrecht, fast etwas nach hinten gebeugt. Nun ist er es, der sich tiefer in den Stuhl sinken lässt. »Wie kann ich Sie erreichen?«

Ich krame eine Visitenkarte aus meiner Handtasche und strecke sie ihm entgegen. Er nimmt sie, nickt, erhebt sich und verlässt lautlos den Raum. Die Stille ist unerträglich.

4

Gerädert schäle ich mich aus dem Bett.

Mein Termin in Berlin gestern war überhaupt nicht produktiv. Zu sehr saß mir der Schock noch in den Knochen. Immer wieder haben die Erinnerungen an Bruns meine Konzentration unterbrochen. In der Sitzung wurde, wie so oft, heftig diskutiert und ich hoffe, meine Unaufmerksamkeit wurde nicht bemerkt.

Eine Wohltat war das Treffen mit Anna im Anschluss. Ihre

sanfte Hand in meinem Rücken flößt mir jetzt noch Ruhe ein. Nach all den Jahren kennt sie mich ganz genau, weiß sofort, wenn mich etwas bedrückt, und beherrscht alle Tricks, um mich wieder zum Lachen zu bringen. Nachdem ich ihr unter Tränen von der Mordnacht berichtete, lenkte sie mich bereits wenige Minuten später mit Geschichten über ihre nichtsnutzigen Studenten und dem neuesten Professorenklatsch ab.

Die kurze Auszeit hat mir gutgetan, denn die Gedanken an Bruns und den Projektraum bei der *Sega Invest* stellten sich schnell wieder von allein ein und verfolgten mich in meine Träume. Vom Schlaf noch benommen, stehe ich in meiner Frankfurter Wohnung, schaue aus der Balkontür und versuche, Kellermann anzurufen. Trotz der frühen Stunde hat er bereits zweimal versucht, mich zu erreichen.

Im Innenhofe regt sich das Leben auf einer Baustelle. Die ersten Handwerker mit ihren gelben Helmen bedienen die Gerätschaften. Wenn demnächst die Kälte einbricht, werden ihre rauen Hände aufreißen, vom Frost, der Feuchte und dem Baustaub.

Alte Erinnerungen steigen auf. Nicht an eine Baustelle, aber aus der Werkstatt. All die Stunden, die ich in diesen Kellerräumen verbracht habe. Wie meine eigenen Hände bei der Entsäuerung des Papiers aufrissen und mir die Haut vom Aufbringen der Schutzlasur juckte. Und dennoch habe ich die Arbeiten in der Restaurationswerkstatt geliebt. Diese behutsamen Versuche, die Verfallserscheinungen zu bremsen und dem Kunstwerk seinen ursprünglichen Glanz zurückzuverleihen. ›Die Konservierung ist eine Kunst für sich.‹ Die Stimme meines Vaters, der diesen Satz so oft in den Arbeitsräumen wiederholt hat, erklingt ehrfurchtsvoll in meinen Gedanken.

Doch bevor meine Erinnerungen noch weiter in meine Jugendzeit abdriften, werden sie von Kellermanns Stimme unterbrochen. Auf seine einsilbige Begrüßung antworte ich ebenso knapp: »Sie wollten mich sprechen.«

»Wann können wir uns heute treffen?«

»Ich habe um acht Uhr eine Sitzung bei der *Sega Invest.* Danach ginge es. Gegen zwölf«, antworte ich monoton.

»Gut. Ich bin um zwölf Uhr in der Junghofstraße.«

Es klickt. Er hat aufgelegt. Mehr als zwingend nötig wurde nicht gesagt.

»Wie geht es dir? Es muss schlimm gewesen sein.«

»Schon okay.« Schmal lächle ich Mark Meier an.

Von seinen feinen Lachfältchen, die sich sonst um Mund und Augenpartien sammeln, ist heute nichts zu sehen. Ganz im Gegenteil: Sein Gesichtsausdruck vermittelt Besorgnis. Auch der Kaffee, den er mir mitgebracht hat, zeugt von seinem Mitgefühl. Normalerweise besorgt er den nur, wenn man ihn explizit darum bittet. Die Sorge um mich muss groß sein. Ich sage nichts, aber seine Geste rührt mich zutiefst.

Wir sitzen uns still in seinem Büro gegenüber, die Kaffeetassen zwischen uns auf dem Schreibtisch. Rundherum Stapel von Aktenordnern und Hochglanzbroschüren zu verschiedenen Immobilienmärkten. Dazu Stadtpläne, die ihm zur Einordnung der Lage der Gebäude dienen. München, Basel und sogar Sydney entdecke ich. Australien ist ein neuer Markt für die *Sega Invest.* Mittendrin eine Pflanze, die nur aufgrund der Fürsorge der Reinigungskräfte überlebt. Am Übertopf klebt noch das Preisschild. *7,80 Euro.* Ich schaue mich weiter um, obwohl mir jeder Zentimeter bekannt ist. Alles, um sich nicht krampfhaft unterhalten zu müssen.

Meiers tiefblaue Augen hingegen ruhen auf mir. Doch im Gegensatz zu Kellermann fühle ich mich von ihm nicht beobachtet. Sein Blick flößt mir ein Gefühl der Ruhe ein, so als ob jemand über mich wacht. Gleiches gilt für den Geruch des Büros, durchtränkt von seinem Aftershave. *Old Spice.*

Ein Klassiker, von dem sich Michel nie trennen konnte. Dieser Geruch nach feuchter Erde und Gewürzen, der dennoch etwas Frisches an sich hat. Ein körperloser, aber doch vertrauter Freund.

Nachdem Meier mir und meiner vergeblichen Suche nach einem sinnvollen Fixpunkt eine Weile zugeschaut hat, fragt er vorsichtig: »Magst du von dem Abend erzählen oder sollen wir direkt zum Projekt übergehen?«

Ich betrachte seine weichen Gesichtszüge. Den aschblonden Haaransatz, der an den Schläfen schon etwas ausgedünnt ist, und die kleinen Bartstoppelinseln, die der Rasierer heute Morgen mal wieder übersehen hat.

»Lieber direkt zum Projekt«, antworte ich erleichtert und setze nach: »Wenn das für dich in Ordnung ist.«

»Selbstverständlich.« Über Meiers Gesicht huscht ein dezentes Lächeln. Kein Schmunzeln, das wäre zu viel gesagt. Nur ein leichtes Heben der Mundwinkel, um mich seines Verständnisses und seiner Zustimmung zu versichern. Dann zieht er ein zusammengefaltetes DIN-A3-Blatt aus einem Aktenstapel hervor und breitet es zwischen uns auf dem Schreibtisch aus. Ich erkenne den Projektplan. Natürlich ist es nicht der aktuellste. In Meiers Chaos wäre das zu viel erwartet. Aber es fehlen nur Kleinigkeiten und diese Lücken werden wir mündlich überbrücken können.

Er räuspert sich und beginnt etwas holperig: »Ja, also, das Projekt … Auch wenn der Tod von Bruns sehr tragisch ist, ändert das nichts an unserem Zeitdruck. Die Einführung des IT-Systems muss bis zum ersten Februar abgeschlossen sein. Andernfalls verlieren wir unsere Banklizenz, da sitzt uns das Gesetz im Nacken. Daher die Frage: Könnten wir deine Aufgaben im Projektmanagement erweitern und würdest du auch die Systemtests leiten?«

»Ja, das geht sicher«, antworte ich, ohne zu zögern, und bin erleichtert, zum Geschäftsalltag überzugehen.

Sichtlich dankbar nimmt Meier den Ball auf und fährt direkt fort: »Es wäre gut, wenn du interimsweise die Leitung des Projekts übernehmen, die Berichterstattung gegenüber dem Lenkungsausschuss sicherstellen und auch die Leistungsstände und Rechnungen des IT-Dienstleisters kontrollieren könntest.«

Jetzt bin ich von der Tragweite der zusätzlichen Themen doch etwas überfahren. »Ist das denn mit der Geschäftsführung abgestimmt? Das würde bedeuten, dass ich Zugriff auf euer Buchhaltungssystem bekomme«, frage ich skeptisch. Mit der angesprochenen Ausdehnung meiner Kompetenzen würden sich auch meine Rechte in den Systemen der *Sega Invest* erheblich erweitern.

»Ich habe Dr. Weck gestern Abend schon informiert, er ist einverstanden. Du sollst ab jetzt bei den Treffen des internen Lenkungsausschusses dabei sein. Bis morgen werden deine Systemzugänge und Berechtigungen angepasst.«

»Okay«, stimme ich ihm zu, noch etwas überrascht von der schnellen Entscheidungsfindung. Die Treffen mit dem Lenkungsausschuss bedeuten, dass ich die Herren der Geschäftsleitung in Zukunft öfters treffen werde. Ich bin mir nicht sicher, ob das eine gute Nachricht ist.

Auf dem Weg nach draußen drehe ich mich im Türrahmen noch einmal zu Meier um. Ich habe das Bedürfnis, mich zu bedanken. Ihm etwas zurückzugeben für die kollegiale Zusammenarbeit und die Möglichkeit, so schnell wieder in den Alltag zu fliehen.

Doch Meier bearbeitet längst den nächsten geschäftlichen Vorgang. Unser Michel ist in seine eigene Welt zurückgekehrt. Ich wende mich ab und gehe.

Auf dem Weg in mein Büro nehme ich bewusst einen Umweg in Kauf. Ich entscheide mich für das Fluchttreppenhaus. Es liegt am Kopfende unseres Flügels und verschafft mir die größtmögliche Distanz zum Tatort.

Im Büro angekommen, fahre ich meinen Rechner hoch. Es wäre jetzt an der Zeit, mit den Systemtests zu beginnen, doch durch das Gespräch mit Meier bin ich noch zu aufgewühlt.

Ich weiß, wer mir meine Rastlosigkeit nehmen wird. Statt mich dem Rechner zuzuwenden, zücke ich daher das Telefon. Anna ist nach zwei Klingeltönen am Apparat.

»Marie, hast du dich etwas erholt? Wie geht es dir?«

»Ja, es ist schon viel besser. Unser Gespräch gestern hat wirklich gutgetan. Balsam für meine Seele«, versichere ich ihr und spüre zugleich, wie durch Annas Stimme die innere Ruhe einkehrt. »Aber lass uns bloß nicht auf die Geschehnisse der letzten Tage zurückkommen. Ich brauche Abwechslung. Diskutieren wie lieber unsere Veranstaltung im Frühjahr. Hast du eine Alternative für den abgesagten Eventraum gefunden?«

Aus Anna sprudelt es förmlich hervor. Auf dem Sommerfest der Berliner Hochschulen hat sie nicht nur die historische Hörsaalruine der Charité als Konferenzraum akquirieren können, sie hat auch gleich einen passenden Referenten dazu gefunden.

Wie fast immer bin ich von Annas Engagement begeistert und bekräftige: »Topidee! Vor allem in seiner Doppelrolle als Professor für die Welt der Wissenschaft und Strippenzieher als Aufsichtsrat von *Sega Invest.*«

»Das finde ich auch. Ich habe ihn auf dem Fest gesehen und dachte, das wäre es doch. Der hört sich bestimmt gerne reden.«

»Nimmst du den Kontakt auf? So unter euch Professoren?«, schlage ich Anna vor.

»Aber selbstverständlich. Wenn du gerade in ein Projekt bei der *Sega Invest* involviert bist, kann ich viel unabhängiger auf ihn zugehen als du.« Anna trifft direkt ins Schwarze meiner unausgesprochenen Bedenken.

Nach einer kurzen Plauderei lege ich auf und kann keine Ausrede mehr finden, um mich nicht den Systemtests zu widmen.

Den restlichen Vormittag verbringe ich mit der Prüfung der Programmierung und tauche gedanklich in die Tiefen der Datenbanken ab.

Als mein Handy auf der Schreibtischplatte vibriert, schrecke ich kurz hoch. Über der Arbeit habe ich alles andere ausgeblendet und die Zeit vergessen.

Schnell einige ich mich mit Kellermann auf ein italienisches Restaurant und schnappe mir meinen Mantel.

Auf dem Weg nach draußen begegne ich Meier im Flur. Er hat einen ganzen Stapel Unterlagen bei sich und wirkt beschäftigt. Für eine Mittagspause reicht ihm oft nicht die Zeit. Daher frage ich, ob ich ihm etwas mitbringen kann.

Zerstreut nickt er und kramt aus seinen Hosentaschen ein paar Münzen.

Ich schüttle den Kopf. »Nein, lass mal. Ist schon gut. Und außerdem kann ich für die Schweizer Franken hier ohnehin nichts kaufen.«

Meier lacht kurz auf. »Da bin ich wohl zahlungsunfähig. Lieben Dank! Ich revanchiere mich beim nächsten Mal.«

Nachdem ich die Bank verlassen habe, steuere ich den Italiener am Eingang zum Westend an. Das Restaurant ist unter ästhetischen Aspekten kein Schmuckstück.

Es wirkt, als wäre das Lokal in einen ehemaligen Frachtcontainer eingebaut. Kein Gast würde sich zufällig hineinverirren. Wer nicht weiß, wie gut hier gekocht wird, öffnet die Eingangstür nicht freiwillig.

Kellermann sitzt bereits an einem der Tische, der sich mit seiner rot-weiß karierten Decke an die Glasfront schmiegt. Salz- und Pfeffermühle finden auf der Fensterbank Platz. Ich hebe kurz die Hand zur Begrüßung und schiebe mich zwischen Wand und Tischplatte, sodass ich die spärlichen Gäste und den Tresen im Blickfeld habe, auf dem dampfende Pizzen auf ihren Abtransport warten.

»Irgendeiner hat einmal gesagt, das wäre immer so«, sagt Kellermann knapp.

Ich bin verdutzt. »Wie bitte?«

»Dass Frauen und Männer so sitzen«, ergänzt er.

»Wie sitzen?«, frage ich.

»Frauen sitzen immer mit dem Rücken zur Wand, Männer mit dem Rücken zum Innenraum.«

Ich bin irritiert über Kellermanns Gesprächseröffnung. Erfahrungswerte zur allgemeinen Sitzordnung von Frauen und Männern. Will er etwa mit mir plaudern? Hat man dafür als Kommissar in dieser Situation Zeit? Mitten in den Ermittlungen zu einem Mordfall?

Ohne weiter darüber nachzudenken, versuche ich, dem Grund unseres Treffens auf die Spur zu kommen. »Wie kann ich Ihnen helfen?«

»Sie haben gesagt, Sie führen ein neues IT-System bei *Sega Invest* ein? Was machen Sie da genau? Wie sieht Ihr Job aus?« Kellermann hat das Interesse an seinem Einstiegsthema verloren. Die Befragung beginnt.

Meine Antwort kommt prompt und technokratisch: »Wir führen eine Softwarelösung für die Controlling-Abteilung ein. In diesem System wird die Performance der Immobilienfonds und die Rendite und Wertentwicklung der Einzelimmobilien errechnet. In unserer Funktion sind wir eine Schnittstelle zwischen dem Kunden, also in diesem Fall der *Sega Invest,* und dem IT-Dienstleister. Wir übersetzen die fachlichen Anforderungen in ein IT-Konzept und prüfen, ob die programmierten IT-Funktionen den Anforderungen gerecht werden.«

»Wieso macht das die *Sega Invest* nicht selbst?«, hakt Kellermann nach.

»Das ist eine gute Frage. Zum einen aus Ressourcengründen. Es handelt sich um ein Projekt und der erhöhte Personalbedarf fällt nur temporär an. Daher ist es günstiger, uns für diesen Zeitraum zu beauftragen, als einen neuen Mitarbeiter einzustellen.«

»Und zum anderen?« Der Kommissar ist jetzt in seinem Element.

»Aus Erfahrung. Wir haben bereits diverse IT-Systeme eingeführt. Wir erkennen Risiken und Stolperfallen im Vorfeld und das Unternehmen bleibt davor gefeit.«

»Und Bruns hatte diese Erfahrung nicht?«

Ich werde hellhörig. Ohne mich zu weit auf das Glatteis zu wagen, antworte ich diplomatisch: »Ein interner Mitarbeiter kann nur durch die eigene Konzernbrille blicken. Wir sind bei diversen Unternehmen im Markt tätig. Allein daher sind unsere Erfahrungen breiter aufgestellt.«

Der Kommissar bemerkt meine eingeschränkte Gesprächsbereitschaft und versucht es daher auf einem anderen Gebiet: »Sie haben angegeben, dass Sie das Projekt mit Ihrer Mitarbeiterin Jana Friese durchführen. Arbeiten Sie immer zu zweit?«

»In der Regel schon. Es gibt jedoch auch Projekte, die allein, zu dritt oder zu viert abgewickelt werden. Das Team setzen wir je nach Kunde und Anforderungsprofil neu zusammen.«

»Dann haben Sie noch mehr Mitarbeiter?«

»Neben Jana arbeiten noch Helena Jovicek und Christian Kraft bei uns. Helena ist auf das Gebiet Finance spezialisiert, Christians Schwerpunkt sind Datenbanken. Zudem unterstützt uns Frau Prof. Anna Raumer als freie Mitarbeiterin bei Marktanalysen.«

»Und Christian Kraft ist Ihr Quotenmann? Ist dieser Frauenanteil in der Immobilienbranche üblich?«, fragt Kellermann spitz.

»Ganz und gar nicht. Die Immobilienbranche ist von Männern dominiert. Aber ich muss Sie enttäuschen. Hinter unserer Mitarbeiterstruktur steckt keine politische Haltung, nur fachliche Expertise.«

Weder unsere Organisation noch die Geschlechterquote wecken bei Kellermann sonderliches Interesse. Er wechselt erneut das Thema: »Und in Berlin betreuen Sie ebenfalls einen Kunden?«

»Ja, dort führen wir eine Reorganisation durch. Das heißt, wir definieren Organisationseinheiten und Aufgabengebiete neu. Die Immobilienanlagegesellschaft heißt CMP. Aber jemand, der sich nicht in der Immobilienwelt bewegt, kennt die Firma sicherlich nicht.«

»Also setzen Sie Mitarbeiter auch vor die Tür?«, schlussfolgert Kellermann unmittelbar.

»Das nicht zwingend. Aber wenn Sie darauf hinauswollen: Unsere Entscheidungen gefallen nicht immer allen und wir werden oft gerufen, um unbequeme Wahrheiten laut auszusprechen.«

Trotz seines sozialkritischen Vorstoßes geht der Kommissar auch auf diese Thematik nicht näher ein.

Unbeeindruckt schließt er an: »Mmh. Und für wen arbeiten Sie noch?«

Ich bin etwas genervt von der flatterhaften Verhörtechnik und entgegne: »Ist das relevant für den Mordfall?«

»Nein. Interesse«, konstatiert er, auch wenn sein Gesichtsausdruck das Gegenteil vermittelt. Emotionslos bringt er seine Anliegen vor. Eins nach dem anderen. Und ich bin mir sicher, dass er das Interesse erneut verlieren und zum nächsten Sachverhalt übergehen wird. Gut, beruhige ich mich, spiele ich sein Spiel mit.

»Für eine Versicherung in Wien. Zusammen mit Helena. Hier geht ebenfalls um die Neugestaltung der Organisation. Die Anpassung des IT-Systems beschäftigt uns nur in einem Nebenprojekt.«

»Also wiederum um die Verteilung des Kuchens«, stellt Kellermann fest.

»Also wiederum um die Verteilung des Kuchens«, bestätige ich.

Ich prüfe seine Reaktion, doch seine Augen verraten nicht, was er von der Wiederholung seiner Aussage hält.

Der Kommissar fährt ruhig fort: »Und was macht die Professorin in diesem Haifischbecken?«

Ich stutze. Kellermann hat mich mit seiner Gleichförmigkeit aus der Reserve gelockt und ich habe ihn unterschätzt. Er hat nicht nur intensiv meine Aussagen verfolgt, er hat auch unser Geschäftsfeld verstanden.

Ohne meine Verblüffung preiszugeben, erkläre ich etwas steif: »Wir werden beauftragt, wenn Ressourcenengpässe bestehen und unbequeme Entscheidungen getroffen werden müssen. Ein weiterer wesentlicher Pluspunkt ist jedoch unsere Marktkompetenz. Die erweitern wir kontinuierlich durch Marktanalysen in Kooperation mit Frau Prof. Raumer. Anna und ich kennen uns seit vielen Jahren, wir haben zusammen studiert.«

Noch einmal stutze ich, diesmal über mich selbst. Wieso gebe ich Kellermann plötzlich bereitwillig diese private Information, ohne dass er überhaupt danach gefragt hat?

Schon bereue ich meine Offenheit, denn mein Gegenüber macht sie sich direkt zunutze: »Welches Studium?«

»Meins oder ihres?«, werfe ich ein, um die Unterhaltung ein wenig zu bremsen und mir mehr Zeit zum Nachdenken zu verschaffen.

»Beide.«

»Sie Architektur und ich Wirtschaftswissenschaften.«

»Und dann trifft man sich in der Mensa?«

Zum ersten Mal ist eine Reaktion in Kellermanns Gesicht zu sehen. Der amüsierte Blick eines Spitzbuben.

Ich bin irritiert über die plötzliche Veränderung in seiner

Gemütslage, lasse mir aber nichts anmerken: »Nein, im Kurs für Kunstgeschichte.«

»Was macht eine Wirtschaftswissenschaftlerin im Kurs für Kunstgeschichte?« Der spitzbübische Ausdruck bleibt bestehen. Auch aus seinem Ton ist eine leichte Belustigung herauszuhören.

Ich gebe mich weiterhin monoton: »Persönliches Interesse geprägt durch mein Elternhaus. Mein Vater war Direktor des Städel.«

»Oha«, ruft der Kommissar mit Bewunderung aus.

Das hiesige Kunstmuseum ist ihm also ein Begriff.

»War? Heute nicht mehr?«

»Heute nicht mehr«, versuche ich, trotz aufkeimendem Unbehagen so neutral wie möglich zurückzugeben. Kellermann hat einen wunden Punkt getroffen. Inständig bete ich, er möge in seine flatterhafte Verhörtechnik zurückfallen und von meinem Familienumfeld Abstand nehmen.

Der Kommissar tut mir den Gefallen. Er bohrt nicht tiefer, schneidet jedoch auch kein neues Thema an. Jegliche Belustigung ist jetzt aus seinem Gesicht verflogen. Er wirkt gelassen, entspannt, fasst zufrieden. Bewegungslos ruht sein Blick auf mir. Er mustert mich achtsam, ohne den Anschein zu erwecken, dass er nach etwas suchen würde.

Mit einem Mal greift er sich plötzlich mit der Rechten an den Hinterkopf, fährt wild durch das ohnehin zerzauste Haar und lässt dann die Hand auf die noch unberührte Speisekarte fallen. Die Fingerkuppen trommeln kurz auf die Plastikoberfläche. Im nächsten Moment schlägt er die Karte ruckartig auf und fragt, als hätte es nie ein Vorgespräch gegeben: »Wieso schauen Sie nicht rein? Wissen Sie schon, was Sie nehmen?«

Noch etwas verwundert über den Gesprächsverlauf bestätige ich: »Ich nehme hier immer Pasta mit Gorgonzola und Spinat.«

»Können Sie die empfehlen?«

»Ich habe noch nie etwas anderes von der Karte probiert.«

Der Kellner kommt. Doch bevor er den Mund öffnen kann, gibt Kellermann ihm bereits die Antwort auf seine nicht gestellte Frage: »Zweimal Pasta mit Gorgonzola und Spinat und eine große Flasche Wasser.«

Ich ziehe die Augenbrauen hoch. »Sie haben ja großes Vertrauen.«

»Ich würde eher sagen, einen gesunden Magen.«

Um das Gespräch nicht zu meinem Privatleben zurückzuführen, rufe ich den eigentlichen Grund unseres Treffens in Erinnerung: »Aber es geht hier um Mord und nicht um einen gesunden Magen, oder?«

»Da mögen Sie recht haben.« Kellermann tippt mit den Fingern auf die zugeklappte Speisekarte und blickt mir ins Gesicht. Nach wenigen Sekunden ergänzt er: »Bruns war in Kontakt mit der Sadomasoszene.«

Während er den Satz ausspricht, hält der Kommissar weiterhin Blickkontakt. Er will erneut meine Reaktion testen. Unaufgeregt gebe ich zurück: »Ich weiß. Jana hat es vor ein paar Wochen herausgefunden.«

Entgegen seiner Erwartungen habe ich ihn jetzt überrascht. Zwar kein Kommentar, aber eine Augenbraue ist hochgezogen. Ich zucke nur kurz die Schultern. »Wir arbeiten in einer IT-Beratung. Das ist keine Hexerei.« Da Kellermanns Miene auch in den folgenden Sekunden nicht weniger ratlos wirkt, füge ich hinzu: »Also gut, wie heißen Sie mit Vornamen?«

»Ben.«

Ich hole mein Telefon heraus und tippe ein paar Buchstaben ein. »Sie mögen schwedische Krimiautoren und sind ein Fan vom ersten FC Köln.«

Der fragende Blick bleibt.

»Amazon-Wunschliste. Für jeden durch drei Klicks einsehbar, sofern sie nicht explizit gesperrt wird«, erläutere ich und verstaue mein Telefon wieder in der Manteltasche. In dem Moment serviert der Kellner die Pasta und warnt uns vor den heißen Tellern. Ich ergreife beherzt das Besteck, wünsche Kellermann einen guten Appetit und die Amazon-Wunschliste wird zur Nebensache.

»Sind Ihnen die sexuellen Vorlieben von Bruns auch an anderer Stelle aufgefallen? Hat er mal einen Namen fallen lassen oder eine Lokalität erwähnt?«

Der Kommissar hat weder seine Pasta noch sein Besteck angerührt. Hunger war also definitiv nicht der primäre Grund dafür, mit mir essen zu gehen.

Nachdem ich meinen ersten Bissen hinuntergeschluckt habe, antworte ich ihm: »Nein, ich habe nichts bemerkt. Aber in einem so konservativen Büroumfeld wäre es auch ungewöhnlich, wenn Bruns von einem Ausflug in einen einschlägigen Klub berichtet hätte.«

»Kennen Sie das *Dark Magic?*«, fragt Kellermann weiter, ohne seinem Teller Beachtung zu schenken.

»Nein, nie gehört. Ist das ein SM-Klub?«

»Mmh«, brummt der Kommissar und schaut mir weiter beim Essen zu.

»Hier in Frankfurt?«, frage ich mit halb vollem Mund.

Wieder antwortet er nur mit einem »Mmh«.

Ich versuche, mehr aus ihm herauszubekommen: »War Bruns dort?«

Kellermanns Stimme ertönt diesmal sofort. Doch seine Antwort ist anders als erwartet. »Wieso haben Sie mir nicht gesagt, dass Sie einmal bei der Polizei waren?«

Mit dieser Kehrtwende hat er mich kalt erwischt. Er hat also seine Hausaufgaben gemacht. Ich versuche, den Anschein zu wahren, dass mich sein Angriff kaltlässt. Dass er mich nicht aus der Ruhe bringt. Ich kaue scheinbar gemächlich zu Ende und entgegne: »Haben Sie danach gefragt?«

Auch ich kenne die Regeln seines Pingpongspiels. Auf jede Frage folgt eine Gegenfrage.

»Wieso sind Sie gegangen?«

Wieder am Ende ein Fragezeichen. Dabei müsste er das eigentlich wissen. Sicher hat er meine Personalakte gelesen.

»Ich wollte mich mit Wirtschaftskriminalität befassen und letztendlich habe ich mich nur mit Zivilklagen vor dem Arbeitsgericht befasst.«

Ich wische mir meinen Mund ab und lege die gefaltete Serviette auf den leeren Teller. Die Zellulose saugt die Gorgonzola-Sahne-Soße auf und ich beobachte, wie die Feuchtigkeit den Stoff hochkriecht.

»Ich würde eher sagen, Sie können schlecht mit festen Strukturen umgehen.«

Kellermanns Pasta steht immer noch unberührt vor ihm. Nur dampft sie jetzt nicht mehr. Er wartet und beobachtet. Hofft auf eine Reaktion von mir, will mich aus der Reserve locken.

Statt ihm zu antworten, greife ich nach dem Mantel auf dem Stuhl neben mir. Ich ziehe ihn auf meinen Schoß und presse den Stoff fest in meiner Faust zusammen. »Ich muss jetzt wieder los.«

Kellermanns Gesichtszüge werden weicher. Seine Mundwinkel umspielt ein leichtes Grinsen. Ein Schelm, der bei einem schlechten Scherz erwischt worden ist und es durch ein Lächeln wiedergutmachen möchte. Als wolle er sagen: War ja nur Spaß. Stattdessen höre ich ihn ausrufen: »Also gut, Sie sind eingeladen.«

»Nein, ich zahle«, bestimme ich und stehe auf. Kein Widerspruch möglich.

»Wieso?« Jetzt wieder schiefe, zusammengekniffene Augen, die zu mir aufblicken.

»Weil es mir lieber ist.«

Zurück in den Räumen der Bank mache ich zuerst Halt in Meiers Büro. »Salamisandwich okay?«, rufe ich vom Türrahmen.

»Die mit Fenchel?«

»Aber selbstverständlich!«

Durch die monatelange Zusammenarbeit sind mir Meiers kulinarische Vorlieben nicht verborgen geblieben. Die Freude über die pikante Stärkung ist ihm ins Gesicht geschrieben. Sein Grinsen ist so breit, dass seine Mundwinkel fast bis zu den Ohren reichen. Ich werfe ihm das Lunchpaket über seinen Schreibtisch zu. Gekonnt fängt er die Brötchentüte aus der Luft.

Ich wünsche ihm einen guten Appetit und mache mich auf den Weg zu meinem Arbeitsplatz.

Zurück in meinem nüchternen Büro umgeben mich lieblos beklebte Wände. Terminpläne, Funktionslisten, Systemarchitekturen. Nur an meinem Bildschirm klebt ein Sticker mit einem Haifisch, der durch azurblaues Wasser zieht.

Ich logge mich in das System ein und vergleiche den Stand der Programmierung mit der Liste der Systemanforderungen. Aber die Konzentration verlässt mich und meine Gedanken sind weit entfernt.

Ich öffne den Internetbrowser und gebe als Suchbegriff *Dark Magic SM-Klub Frankfurt* ein. Ich klicke auf den ersten Link und eine schwarze Seite öffnet sich. In roten Buchstaben erscheint der Name des Klubs. Darunter in kleinerer Schrift *établissement privé.* Mehr nicht. Keine weitere Information, kein Link.

Aber davon lasse ich mich nicht entmutigen. Ich weiß, wer mir jetzt helfen kann.

Ich zücke mein Telefon und schreibe Karla eine SMS.

Hey, Karla, ich bin morgen in Berlin. Bist du da? Ich könnte nach meinem Termin zu dir kommen und bis

Samstag bleiben. Und noch eine Frage, kennst du den Klub Dark Magic?

Ich widme mich wieder den Systemtests, werde aber umgehend abgelenkt. Das Handy vibriert auf der Schreibtischplatte. Karla.

Willst du da rein? Freitagnacht klingt verlockend! Bin vorher noch unterwegs. Schlüssel deponiere ich wie gewohnt beim Türken.
Kuss, K.

Ich antworte direkt.

Vielleicht. Kannst du mal recherchieren, was das für ein Klub ist? Ihr habt doch sicher etwas darüber in eurer unerschöpflichen Datenbank. Danke!
Große Vorfreude, M.

5

Merals Dönerbude ist brechend voll. Es herrscht Hochbetrieb. Trotzdem werde ich sofort erkannt, als ich mich zur Tür reinquetsche.

Einer der drei Burschen hinter der Theke winkt mich an der Schlange vorbei und greift unter den Tresen. Er hält mir die Schlüssel vor die Nase. Ich schnappe sie ihm weg und lasse mich durch sein süffisantes Grinsen nicht beeindrucken. Keine Ahnung, was in den Gedanken dieses jungen Kerls vorgeht. Wer weiß, wann, wie und mit wem Karla hier schon gewesen ist.

»Hallo«, rufe ich laut in die Wohnung, als ich den Schlüssel erfolgreich im Schloss umgedreht habe.

Die Tür knarzt. Klassischer Berliner Altbau. Im Winter furchtbar kalt. Warm wird einem da nur durch das ewige Treppauf-Treppab, um Kohlen aus dem Keller zu holen. Dafür ist die Wohnung günstig und passt in Karlas Budget. Oder besser gesagt, in Karlas Priorisierung von Freizeit. Es ist immer eine Frage der Währung, für die man sich entscheidet. Karlas Währung heißt Zeit.

Es antwortet niemand. Sie scheint noch unterwegs zu sein. Auf dem Küchentisch entdecke ich einen Zettel.

Bin noch im Proberaum. 22:00 Uhr Riva Bar.

Ich bin nicht traurig über die gewonnene Zeit, genieße die Stille und die Möglichkeit, für mich allein zu sein. Ohne Gesprächspartner, ohne hitzige Diskussionen, ohne diplomatische Schlichtungsversuche. Obwohl die Sitzungen heute bei CMP erstaunlich friedlich verliefen. Das Wochenende naht. Diskussionen fallen dann in der Regel immer äußerst kurz aus.

Nach etwas Überlegung suche ich im Flur nach meinen Turnschuhen. Eine Runde Joggen ist jetzt bestimmt genau das Richtige.

Ich laufe Richtung Görlitzer Park, in dem ein multikulturelles Mischvolk eine Grillmeisterschaft veranstaltet. Mit jedem Schritt verliert sich ein Stück der Anspannung der letzten Tage. Als würde jede Muskelbewegung einen Knoten in meinem Kopf lösen. Einen Fuß vor den anderen. Je gleichförmiger, desto besser.

Zurück in Karlas Wohnung verstaue ich die Turnschuhe weit hinten im Regal. Ich werde sie erst bei meinem nächsten Besuch wieder hervorziehen. Nach einer kleinen Pause, in der ich eine ganze Flasche Apfelschorle austrinke, schlüpfe ich unter die Dusche. Wohltuend prasselt das heiße Wasser in meinen Nacken.

Wieder draußen vor der Haustür lässt mich die kühle Abendluft frösteln. Zum Glück habe ich mir einen von Karlas dicken Kapuzenpullis übergestreift. Während ich den Bürgersteig entlangschlendere, vergrabe ich meine Hände tief in den Jeanstaschen und ziehe die Schultern hoch.

Die einbrechende Dunkelheit rückt näher und andere Lichter treten in den Vordergrund. Es sind die Glühbirnen der bunten Lampions der *Riva Bar,* die auf den Gehweg scheinen. Ich öffne die Tür und eine Woge von Elektromusik, Stimmgewirr und Zigarettenrauch schwappt mir entgegen. Ich tauche ein.

Karla sitzt an ihrem Lieblingsplatz: der Bar. Eine Zigarette in der Hand. Leicht vorgebeugt zu ihrem Gegenüber. Der Gitarrist aus ihrer Band, der sich nach der Probe ebenfalls ins Nachtleben stürzt. Ich berühre ihre Schulter. Karla dreht sich um, steht auf und schlingt die Arme um mich. Kuss auf die Wange. Ihre langen Haarsträhnen kitzeln meinen Hals.

»Magst du noch etwas essen?«, schreit sie mir direkt in die Ohrmuschel. »Gegenüber gibt es leckere Burger. Ich sterbe vor Hunger.«

Ich nicke. Bei der Lautstärke die klügere Variante.

Wenige Minuten später freue ich mich erst recht über den Kapuzenpulli und ziehe die Ärmel so lang, dass sie bis über meine Hände reichen. Karla und ich sitzen draußen auf einer Klapptischgarnitur, zwischen uns Bier und Burger.

»Also, was hat es denn jetzt mit dem *Dark Magic* auf sich? Wieso willst du etwas darüber wissen?«

Ich erzähle Karla in Kurzform von den Geschehnissen der letzten Tage. Diesmal jedoch ohne dass mich meine Erinnerungen und Gefühle überwältigen.

Sie hört still zu. Als ich fertig bin, fragt sie mit ernster Miene: »Bist du okay?«

»Ja«, sage ich und lächle dankbar, weil ich froh bin über diese kurze, aber sehr vertraute Art, mir ihre Hilfe anzubieten. »Und, hast du etwas rausgefunden? Haben eure unerschöpflichen Datenbanken etwas ausgespuckt?«, frage ich sie, ohne weiter auf das zuvor Erzählte einzugehen.

»Gut, mein Liebe, wir sind ein Nachrichtensender, nicht der Nachrichtendienst«, relativiert Karla ihre Ergebnisse vorab. »Ein bisschen etwas habe ich gefunden. Klingt jedoch alles mehr oder weniger undramatisch. Das *Dark Magic* gibt es bereits seit über zehn Jahren. Besitzer ist ein gewisser Harald Kreutzer. Er ist ein paar Mal mit dem Gesetz in Konflikt gekommen: Schlägereien, Drogen und eine Anklage wegen versuchten Totschlags. Aber ihm konnte nichts nachgewiesen werden. In dem Laden arbeiten mehrere Frauen als Dominas, die man telefonisch buchen kann. Zudem unterhält er einen Barbetrieb. Der scheint aber sauber zu sein. Keine Klagen.«

»Verkehren dort ausschließlich Männer?«, hake ich nach.

»Nein, soviel ich weiß auch Frauen und Paare. Wobei der Anteil der devoten Männer mit Lust auf Elektrobehandlung und Rohrstockzüchtigung am größten ist.« Karla schmunzelt vielsagend beim letzten Satz.

Ich bleibe sachlich und will mehr erfahren. »Was kann man dort alles machen?«

»Das volle Programm. Das *Dark Magic* ist ein Bordell mit Spezialbehandlung. Und für diese besonderen Dienste sind verschiedene Räume arrangiert. Stell dir das vor wie ein Themenhotel, in dem jedes Zimmer nach einem bestimmten Motto eingerichtet ist. Ein Krankenhauszimmer, ein Fitnessstudio, eine Gefängniszelle. Bekommen kannst du dort alles, wonach dein Schmerzempfinden verlangt: Peitschen, Klammern, Nadeln, Analbehandlungen. Und das Ganze mit viel Lack, Leder und Gummi. Also alles, was du dir erträumen kannst, und noch mehr.«

Karla setzt demonstrativ ihr Bier an und lässt mich dabei nicht aus den Augen. Auch wenn ihre letzten Worte einen süffisanten, leicht ironischen Unterton hatten, wirkt ihr Blick kritisch. Als wolle sie andeuten, dass sie genug Informationen preisgegeben hat und jetzt ich am Zug bin.

Trotzdem frage ich weiter: »Wo ist der Laden?«

Sie stellt die Flasche ab und antwortet nach einer kurzen Pause: »Nicht weit von dir. Auf der anderen Seite vom Main im Rotlichtviertel am Bahnhof. In der Moselstraße. Du müsstest also tagtäglich auf deinem Weg ins Büro daran vorbeilaufen.«

Ich nicke und beschäftige mich jetzt selbst mit meinem Bier. Mit den Fingernägeln knibble ich das silberne Etikett ab. Auch ohne hinzusehen, spüre ich Karlas protestierenden Blick auf mir.

»Warum willst du das alles wissen?«, unterbricht sie die Stille. »Ist deine Liebe zur Polizei wieder entfacht? Willst du etwa in dem Mord ermitteln?«

Ich schaue ihr jetzt direkt in die Augen, sage aber nichts. Vielleicht, weil ich die Antwort selbst nicht weiß.

Statt mir ergreift Karla erneut das Wort: »Oder hat das alles überhaupt nichts mit dem Toten in der Bank zu tun und es geht hier um Erik? Du kannst nicht wissen, ob es dort passiert ist!«

Direkt winke ich ab. »Hey, mach dir mal keine Gedanken. Der Laden hat mich einfach nur interessiert.«

Ich nehme einen weiteren Schluck aus der Bierflasche und da Karla ihren kritischen Blick beibehält, versuche ich, sie auf andere Art abzulenken: »Gehen wir noch in die *Bordstein Bar*? Du stirbst zwar jetzt keinen Hungertod mehr, aber dafür erfriere ich!«

6

Der Abend mit Karla ist lang geworden. Kopfschmerzen sind die Konsequenz. Aber mein Bett und ein dringend nötiger Mittagsschlaf sind nicht mehr weit entfernt.

Ich schließe die Wohnung auf und lasse meinen Rollkoffer direkt im Flur stehen. Mein Handy fische ich aus dem Mantel, bevor ich ihn über die Kleiderstange werfe. Ein Blick auf das Display verrät einen Anruf in Abwesenheit. Ich höre die Mailbox ab.

»Kellermann hier. Könnten Sie Montag um neun ins Präsidium kommen? Es ist wichtig.«

Ich stöhne innerlich. Montag bin ich eigentlich mit Helena ihn Wien. Ich wähle ihre Nummer. Wie zu erwarten war, ist sie nach dem zweiten Klingelton am Apparat. Ihre Generation ist mit dem Handy vierundzwanzig Stunden am Tag verwachsen.

»Hi, Helena, alles klar bei dir?«, frage ich zur Gesprächseröffnung, obwohl Einführungsfloskeln bei ihr unnötig sind.

»Ja, passt schon. Und bei dir? Sind ja schlimme Geschichten, die da laufen. Jana hat mir alles erzählt. Bist du okay?«

»Ja, danke. Geht schon. Aber ich hätte eine Frage: Ich müsste Montag noch mal in das Präsidium, könntest du allein nach Wien fahren und mich entschuldigen?«

»Sicher, kein Thema. Wir gehen ohnehin nur die Buchungssätze durch. Das schaffe ich auch allein.«

»Prima, das wäre klasse.«

»Und jetzt, was machst du noch mit dem Wochenende? Party?«

Allein bei dem Gedanken daran tut mir wieder der Kopf weh. »Nein, auf keinen Fall«, wehre ich ab. »Ich falle erst einmal müde ins Bett. Aber apropos, sagt dir das *Dark Magic* etwas? Muss ein SM-Laden sein. Ist hier direkt im Bahnhofsviertel in der Moselstraße.«

Helena ist noch nicht einmal überrascht, dass ich nach einer SM-Lokalität frage. Sie lebt stets nach dem Motto des alten Fritz: ›Jeder nach seiner Fasson.‹ Daher überrascht es mich nicht, dass sie ohne Gegenfrage und völlig neutral antwortet: »Ne, nicht wirklich. Kann höchstens sein, dass ich mal den Namen irgendwo gehört habe.«

Ich fasse einen spontanen Entschluss. »Gehst du heute Abend mit mir dorthin?« Während ich die Worte aussprechen, bin ich mir selbst nicht sicher, ob das eine gute Idee ist.

Helena nimmt mir die Entscheidung ab. »Klar. Treffen wir uns um zehn Uhr im *West and East.* Dann hast du noch genug Zeit, die Augen zuzumachen und dich für den Abend zu erholen.«

Ich lege auf und wähle Kellermanns Nummer. Anrufbeantworter. Ich hinterlasse ebenfalls eine Nachricht: »Montag neun Uhr im Präsidium ist in Ordnung.«

7

Helena hat sich dem Anlass angemessen gekleidet: schwarz und knapp. Viel Leder, viele Nieten. Die Haare hat sie zu einem wirren Dutt hochgesteckt. Blonde Strähnen sprießen links und rechts aus dem Gebilde hervor, so als hätte sie ihre Frisur beiläufig und in Windeseile bewerkstelligt. Aber dieser Trash-Style ist Teil des Outfits. Für einen hektischen Aufbruch sind ihre Augen zu perfekt geschminkt.

Da mein Kleiderschrank weniger Experimentelles enthält, habe ich mich darauf beschränkt, einfach Kleidungsstücke wegzulassen. Unter meiner Jeansjacke trage ich ein schwarzes Trägershirt. Das muss reichen.

Trotz ihres flexiblen Grundprinzips, will Helena jetzt doch

meinen Grund für den Besuch im *Dark Magic* wissen. Eine Frage ist es jedoch nicht, vielmehr eine Feststellung: »Du willst wegen dem Mordfall dorthin, oder? Weil Jana Bruns' SM-Vorliebe entdeckt hat. Stimmt's?« Ihre Vermutung scheint sie nicht zu beunruhigen. Ganz im Gegenteil funkeln ihre Augen abenteuerlustig.

Ich nehme noch einen Schluck aus meiner Cola und gebe herausfordernd zurück: »Aber das würde dich nicht daran hindern mitzukommen, oder?«

Helena wirft den Kopf lachend zurück. »Nein, sicher nicht. Aber willst du dort wirklich Fragen zu Bruns stellen? Ich meine, das kommt denen vielleicht ein bisschen komisch vor.«

Ihre Bedenken sind mir auf dem Weg hierher auch gekommen, daher antworte ich direkt: »Nein, nein. Ich will mich nur einmal umsehen.«

»Na los.« Helena zeigt in Richtung Tür. »Schauen wir uns den Laden mal von innen an.«

Das *Dark Magic* ist nicht leicht zu finden. Keine Reklame, kein Namensschild. Nach Karlas Adressbeschreibung stehen wir jetzt vor einer glatten, dunkel angelaufenen Stahltür. In den Putz daneben ist eine Klingelplatte aus dem gleichen Material eingelassen.

Ich drücke den Knopf, bis er tief in der Stahlplatte versinkt. Doch nichts passiert. Keine Türklappe, die sich auftut, um die um Einlass bittenden Gäste in Augenschein zu nehmen. Keine Kamera, die uns fokussiert.

Helena schaut mich fragend an, zuckt mit den Schultern und zieht die Stirn kurz in Falten. Was so viel heißt wie: Dann eben nicht.

Ich bin frustriert von der augenscheinlichen Sackgasse. Enttäuscht drehe ich mich um. Doch als wir gerade wieder gehen wollen, öffnet sich die Tür. Aus den Augenwinkeln nehme ich wahr, wie sich ein Vorhang hinter einem der Fenster des gegenüberliegenden Hauses schließt.

Die Tür steht jetzt halb offen, ohne dass ein Mensch oder ein Mechanismus ersichtlich wird. Nachdem wir den schmalen Flur passiert haben, erreichen wir die Garderobe. Ich schiebe meine Jeansjacke über den Tresen. Die Frau hinter der Theke wirft den Kopf in den Nacken, sodass ihre roten Haarsträhnen zurückfallen und ihr bereits faltiges Gesicht freigeben. »Das reicht nicht, Schätzchen«, bestimmt sie mit Whiskeystimme.

Für einen kurzen Moment bin ich versucht, auf dem Absatz kehrtzumachen und das Etablissement wieder zu verlassen. Doch damit hätte ich nichts erreicht. Daher opfere ich auch mein Trägershirt. Was mir an Stoff bleibt, ist mein schwarzer BH. Die unmittelbar auftretende Gänsehaut stammt nicht von der Raumtemperatur.

Während Helena ihre Jacke gegen eine Garderobenmarke eintauscht, entdecke ich rechts von der Theke eine Wand mit Schließfächern. Wie damals zu Schulzeiten in der Umkleidekabine der Sporthalle. Nur gab es in den Achtzigerjahren noch kein Zahlenschloss via Touchscreen. Dort werden also die Wertsachen hinterlegt, wenn man bereit ist, noch mehr Kleidung als ich zu opfern.

Elektrotöne wummern aus den Bässen, als wir die Bar betreten. Wir haben freie Platzwahl, denn es ist kaum jemand da. Statt der Separees, die sich links und rechts an die Tanzfläche reihen, wählen wir den Tresen. Von dort haben wir freien Blick auf das Bühnenpodest, das die Tanzfläche nach hinten abgrenzt. Darauf ragt eine Poledancestange in die Höhe.

Helena bestellt für uns zwei Gin Tonics. Routiniert greift die Bardame in schwarzer Lederkorsage eine Flasche aus dem verspiegelten Regal, in dessen Mitte ein Totenkopf funkelt, der mit Strasssteinchen übersäht ist. Die Streichholzschachteln, die neben der Zigarettenpackung der Bardame liegen, wiederholen das Motiv.

Während ich mich noch über die aufwendig gefertigten

Schachteln wundere, überqueren drei neu angekommene Gäste die Tanzfläche.

Es sind ganz unterschiedliche Typen: der vorderste ein Südländer, dunkelhaarig und mit Dreitagebart, direkt hinter ihm ein hagerer Blondschopf von vielleicht zwanzig Jahren und zuletzt stampft ein untersetzter Glatzkopf hinter ihnen über das Parkett. Alle drei tragen eine schwarze Lederhose mit Nietengürtel und haben einen freien Oberkörper.

Rechts hinter dem Podest, fast versteckt von den wallenden Vorhängen der Separees, entdecke ich eine mit schwarzem Leder bespannte Tür. Über dem Rahmen schimmert schwach eine rote Leuchtschrift: Privat. Ich rutsche von meinem Barhocker und rufe Helena zu: »Ich muss mal zur Toilette.«

Während ich die Tanzfläche passiere, höre ich ihre Worte inmitten der Musik: »Hey, die sind doch bei der Garderobe.« Aber ich drehe mich nicht mehr um und steuere zielsicher auf die lederbespannte Tür zu.

Im ersten Moment denke ich, sie ist abgeschlossen. Aber ich irre mich, sie ist nur so schwer, dass sie sich kaum öffnen lässt. Hier wurde wohl Wert auf Schallschutz gelegt.

Wieder ein schmaler Gang, der jetzt jedoch links und rechts von schwarzen Türen gesäumt ist. Die silbernen Zahlen auf dem dunklen Holz rufen die von Karla angekündigte Hotelatmosphäre hervor. Ich drücke die Klinke von Nummer drei. Die Tür öffnet sich.

Die von der Decke herabhängenden Leuchtstoffröhren tauchen den quadratischen Raum in leicht bläuliches Licht. Diese unterkühlte Beleuchtung wird durch die verspiegelten Wände noch verstärkt. Ich erblicke mein eigenes Spiegelbild, unterbrochen durch eine Ballettstange, die auf Hüfthöhe montiert ist. In der linken Ecke steht ein blauer Wäschekorb, in dem sich Kleidungsstücke auftürmen. Tutus aus rosafarbenem Tüll und silbrig schimmernder Viskose. Im Kontrast zu dieser Ballettidylle hängt an der hell lackierten Eschenholzstange eine Bullenpeitsche. Um ihr die Garstigkeit zu nehmen, ist der Griff mit schwarz geflochtenem Leder dekoriert.

Ich schließe die Tür und öffne den nächsten Raum mit der Nummer fünf. Wieder kaltes Neonlicht. Das Zimmer ist ebenso kahl, jedoch ohne Spiegel und bis auf Schulterhöhe mit weißen Kacheln gefliest. Im Zentrum posiert ein Krankenhausbett. In der Leere des Raumes erscheint es wie ein Opfertisch. Für einen späteren Gebrauch hängen Handschellen an dem umlaufenden Gestell.

An der rückwärtigen Wand ragt ein schmales Edelstahlregal auf. Ich erkenne die zu erwartenden Utensilien: Zangen, Ketten, Schraubzwingen. Aber auf dem obersten Brett entdecke ich etwas Unbekanntes. Aufrecht stehen dort kleine Rechtecke aus Holz, die mich im ersten Moment an Küchenbrettchen denken lassen. Doch als Schneideunterlage eignen sie sich nicht. Etwas Silbriges ragt ein paar Millimeter aus ihnen hervor. Die Holzflächen sind durchzogen von feinen Linien, die leicht im Neonlicht schimmern wie straff gezogenes Lametta. Ich will die Holzbretter näher untersuchen und wage mich einen Schritt vor. Meine Hand rutscht dabei von der Türklinke ab.

Plötzlich schießt mir ein Gedanke durch den Kopf: Es fehlt etwas. Meine Muskeln versteinern. Wo blieb das Klicken der Tür? Im nächsten Moment reißt mich eine kraftvolle Hand jäh an der Schulter herum. »Was wollen Sie hier?« Lederhose, dunkler Vollbart, Vokuhila. Wenn ich von Karlas Beschreibung ausgehe, steht Kreutzer vor mir.

Meine rechte Schulter tut weh und ich greife intuitiv mit meiner linken Hand danach. Als hilfreicher Nebeneffekt verschafft mit der vor der Brust verschränkte Arm Abstand. Mein ausgestreckter Ellenbogen wirkt jedoch nahezu lächerlich im Vergleich zu dem vor mir stehenden Muskelpaket.

Die spärliche Bekleidung macht die Situation nicht besser. Meine nackte Haut im BH im Gegensatz zu seiner groben Lederkleidung macht mich noch schutzloser. Ich fühle mich bloßgelegt, verletzlich und da hilft mir auch kein vorgestreckter Ellenbogen.

»Ich suche die Toilette«, erkläre ich mit kleinlauter Stimme.

Kreutzer gibt sich nicht die Mühe, mir mitzuteilen, ob er diese Ausrede glaubt oder nicht. Er tritt einen Schritt zur Seite und schreit: »Raus hier!«

Ich gehe durch den frei gewordenen Türrahmen und spüre, wie sich sein Blick auf meiner Haut einbrennt. Ich bin versucht, mich umzudrehen, mich ihm entgegenzustellen, ihn anzuschnauzen, er solle mich nicht so anstarren.

Doch das verkneife ich mir. Mehr aus Furcht als aus Überzeugung.

Mechanisch setze ich einen Fuß vor den anderen in Richtung Bar. Als ich die Schallschutztür erneut öffne, drehe ich mich noch einmal um. Der Flur ist leer. Kreutzer ist verschwunden.

Helena nippt gelangweilt an ihrem Drink. Mittlerweile sind ein paar weitere Gäste eingetroffen, doch sie scheinen nicht ihr Interesse zu wecken. Die Beine hat sie auf dem Barhocker übereinandergeschlagen. Der linke Fuß wippt im Rhythmus der Musik. Als ich in ihrer Reichweite bin, rufe ich: »Helena, die Party ist zu Ende.«

»Hey, Moment, was ist denn los?« Trotz ihres augenscheinlichen Desinteresses ist sie nicht gerade erfreut über den plötzlichen Aufbruch.

»Unterschiedliche Vorstellungen von Gastfreundschaft«, erkläre ich knapp und ziehe sie von dem Barhocker herunter. »Ich hätte deinen Rat mit den Toiletten befolgen sollen.«

Helena lächelt triumphierend und folgt mir schließlich Richtung Ausgang. Wir tauschen die Garderobenmarken gegen unsere Kleidungsstücke ein und ich streife mir erleichtert das Shirt über. Der dünne Stoff fühlt sich wie eine Ritterrüstung an.

Draußen auf dem Gehsteig schlägt Helena vor: »Nächster Drink im *Morgengold!*« Für sie hat der Abend gerade erst begonnen.

Mit immer noch wackligen Knien schüttle ich den Kopf. »Ich glaube, ich hatte für heute genug Abenteuer. Komm, lass uns ein Taxi rufen und heimfahren.«

Ohne weiteren Kommentar streckt Helena den Arm aus. Ihr Motto gilt zum Glück zu jeder Tageszeit.

8

Kellermann streckt mir eine Tasse Kaffee entgegen. Dankend nehme ich sie mit beiden Händen an und stelle fest, dass das Getränk bereits abgekühlt ist. Die Temperatur kommt mir sehr entgegen. Derweil positioniert sich der Kommissar wieder hinter seinem Schreibtisch und kramt in seinen Unterlagen. Etwas verloren in meinem Besucherstuhl beschränke ich mich darauf, das weiße Porzellan mit dem Gewerkschaftslogo der Polizei zu betrachten. Ich nippe am Kaffee. Lauwarm, stark und bitter. Er schmeckt, als hätte er das Wochenende auf der Warmhalteplatte verbracht.

Der Kommissar wird fündig, ergreift den gesuchten Briefumschlag und nimmt ebenfalls Platz. Die Rückenlehne des Schreibtischstuhls ächzt und fällt seitlich leicht ab. Hier ist ein Team gemeinsam in die Jahre gekommen.

Auch die Wände sind vergilbt und der letzte Anstrich liegt weit zurück. Ich tippe auf das gleiche Jahr, in dem der Schreibtisch und der durchgesessene, grün bespannte Stuhl angeschafft wurden, auf dem ich jetzt sitze. Ein paar Aktenordner auf dem Tisch, ein Bildschirm. Keine Pflanzen, keine Bilder, keine Fotos. Nichts Privates. Außer einem Paar Joggingschuhen, das unter einem Stapel Fußballzeitschriften in der Ecke lagert.

»Womit kann ich Ihnen helfen?«, frage ich, derweil sich Kellermann darauf beschränkt, mich stumm zu taxieren.

»Sie hatten Streit mit Bruns, nicht wahr?«, stellt er fest, ohne auf meine Frage zu reagieren.

»Was soll das?« Sofort bin ich im Verteidigungsmodus.

»Beantworten Sie meine Frage«, fordert der Kommissar mich ungerührt auf.

»Unterschiedliche Auffassungen, was das Projekt anging. Wir werden dafür bezahlt, Fehler aufzudecken. Das ist unser Job. Irgendwann treten wir damit immer jemandem auf die Füße«, erkläre ich sachlich. Aber meine Stimme vibriert leicht und es ist herauszuhören, dass mich der Einstieg in das Gespräch nicht gerade amüsiert.

»Der Streit soll sich ja über mehrere Monate hingezogen haben.«

Kellermann lässt nicht locker. Emotionslos mustert er mich weiterhin. Die Hände ruhen bewegungslos auf den Armlehnen seines Schreibtischstuhls, der Oberkörper ist weit zurückgelehnt. Die entspannte Haltung vermittelt, dass der Kommissar nicht so schnell daran denkt, sie wieder aufzugeben.

Also richte auch ich mich auf eine längere Unterhaltung ein. Ich schlage ein Bein über das andere, stelle die Tasse auf dem rechten Knie ab und halte dem Blickkontakt stand. Ich atme tief ein, lasse mir mit meiner Antwort Zeit. Davon haben wir hier gerade mehr als genug. »Das ist so nicht ganz korrekt. Wir haben einfach jedes Mal einen neuen Diskussionspunkt gefunden. Bruns hat das Projekt, aus meiner Sicht, nicht richtig eingeschätzt und das hat sich leider in verschiedenen Themenbereichen niedergeschlagen.«

Kellermanns nächste Frage kommt sofort: »Hat er Sie unter Druck gesetzt?«

Sein Ton ist jetzt etwas weicher. Das fördert meine Kooperationsbereitschaft und die Pause bis zur Antwort fällt wesentlich kürzer aus: »Hat es versucht. Er wollte seine Rolle als dominanter Auftraggeber ausspielen. Wir haben im Moment aber eine recht gute Auftragslage.«

»Sie waren also nicht auf die *Sega Invest* angewiesen?«

»Nun, jedes Projekt, das man verliert, ist kritisch. Nicht nur in finanzieller Hinsicht. So etwas spricht sich herum und letztendlich weiß man nie, wie die Situation dargestellt wird. Aber ich würde mal sagen, unsere Projektauslastung ist gerade so gut, dass zumindest keine finanziellen Risiken im Vordergrund stehen.«

Ich bewege mich wieder auf meinem Terrain und allein der neue Inhalt des Gesprächs sorgt dafür, dass ich ruhig und gefasst bin.

Aber Kellermann interessiert sich leider weniger für die Zusammenhänge im Beratungsgeschäft und wechselt gleich wieder das Thema: »War es normal, dass Bruns um die Uhrzeit noch im Büro war?«

»Nein.«

»Ist es normal, dass Sie um die Uhrzeit noch im Büro waren?«

»Was soll das heißen?« Meine Kooperationsabsichten haben sich gleich wieder verabschiedet.

»Beantworten Sie meine Frage.« Kellermanns Stimme klingt nachdrücklich. Seine Pupillen sind direkt auf mich gerichtet. Kein Blinzeln erkennbar. Man könnte nicht sagen, dass der Kommissar mich bedrängt. Er wahrt Abstand, aber er lässt mich auch keinen Millimeter ausweichen.

»Die habe ich Ihnen schon Mittwochnacht beantwortet.« Ich komme ihm keinen Schritt entgegen.

»Sind Sie immer so zickig?«, kontert Kellermann mit provokantem Grinsen.

Ich schiebe mich noch ein bisschen tiefer in meinen Stuhl

und schenke ihm ein ebenso provokantes Lächeln: »Ihnen gehen die Fragen aus.«

Kellermann verdreht die Augen und wirft den Kopf leicht zurück. Seine Mimik ist schwer zu deuten. Oder vielleicht kann er sich nur selbst nicht entscheiden, ob er von dem Wortwechsel amüsiert oder frustriert ist.

Um aus der Schusslinie zu kommen, nippe ich an meinem Kaffee. Auch der Kommissar nimmt Abstand von der direkten Auseinandersetzung. Er widmet sich dem Briefumschlag auf seinem Schoß, zieht ein Schwarz-Weiß-Foto heraus und hält es mir entgegen. »Kennen Sie den Mann?«

»Er trägt seinen Bart jetzt kürzer.«

Der Kommissar zieht wieder seine Augenbraue hoch und wirft die Aufnahme zurück auf den Schreibtisch. Sie rutscht vom Papierstapel, stoppt jedoch kurz vor der Tischkante. Der Kommissar lässt sie dort unbeachtet liegen. Jetzt bin ich mir ziemlich sicher, dass seine Frustrationsgrenze überschritten ist.

»Harald Kreutzer, Besitzer des *Dark Magics*«, ergänze ich. Und als Kellermann mich weiter anblickt wie ein Boxer, der seinen Gegner anstachelt, aus seiner Ecke herauszutreten, füge ich hinzu: »Ich habe mir den Laden gestern angeschaut.«

Der Kommissar atmet tief ein, dann platzt es aus ihm heraus. Nicht laut, aber bestimmt: »Ich mache nicht Ihren Job und Sie nicht meinen. Halten Sie sich da raus.«

Kellermann ist wütend. Wir taxieren uns schweigend. Trotz seiner Entrüstung sind seine Gesichtszüge ruhig. Seine Hände liegen still auf den Armlehnen. Aber diese Bewegungslosigkeit unterstreicht nur den Ernst der Aussage. Die Stille wird unbehaglich. Ich rette mich mit einem weiteren Schluck Kaffee. Auch der Kommissar bewegt sich und seine Hand greift erneut nach dem Foto. Erste Anzeichen, dass er sich wieder beruhigt.

»Haben Sie Kreutzer vorher schon einmal gesehen? Oder

seinen Namen im Umfeld von Bruns gehört? Er hat zum Teil sehr erlesene Kundschaft und umgibt sich mit Geschäftsleuten. Vielleicht ist er Ihnen schon einmal bei einem anderen Anlass begegnet.« Kellermann hat sich jetzt nach vorn gebeugt, seine Arme auf die Knie gestützt. Er schaut zu mir auf. Die Stirn in Falten gelegt, die verschiedenfarbigen Augen leicht verschattet unter den kräftigen Brauen. Diesmal kein schiefer Blick, keine Taktik.

»Nein, gestern zum ersten Mal. Auch seinen Namen habe ich vorher noch nie gehört. Bruns hat ihn nicht erwähnt.« Kellermanns entgegenkommende Körpersprache lässt mich umfangreicher antworten.

»Sie sagten, Sie kennen den Klub nicht. Wie sind Sie überhaupt an die Adresse gekommen? Es ist so gut wie nichts darüber im Internet zu finden.«

»Eine Freundin von mir arbeitet in einer Nachrichtenagentur. Ich habe sie gebeten, etwas zu recherchieren. Sie kennt sich damit aus, Dinge zu finden, die nicht unbedingt gefunden werden sollen. Wirklich dort hinzugehen, war eher eine spontane Idee.«

Kellermann reicht meine Erklärung und er konzentriert sich jetzt auf das Schwarz-Weiß-Foto. Ich bin nicht sicher, ob er es wirklich betrachtet oder nur die Zeit zum Nachdenken nutzt. Als er den Kopf wieder hebt, berichtet er mit monotoner Stimme: »Vor zwei Jahren ist im *Dark Magic* ein Mann gestorben.« Der Kommissar stoppt, hofft auf eine Reaktion. Als ich ihm keine schenke, fährt er unbeirrt fort: »Er war auf einen gynäkologischen Stuhl gefesselt. Gewichte hingen an seinen Brustwarzen und Hoden. In seinem Blut befand sich ein Cocktail aus Amphetaminen und Alkohol. Tod durch Herzversagen. Die Anklage lautete auf versuchten Totschlag. Sie wurde fallengelassen. Kreutzer konnte nichts nachgewiesen werden. Aber er ist gewalttätig. Auch gegenüber Frauen.«

Der letzte Satz hinterlässt einen schalen Geschmack und Kellermann hat sein Ziel erreicht. Ich fühle mich zurückversetzt in den gefliesten Raum. Die Hand Kreutzers auf meiner Schulter. Doch bevor ich mich in weitere Erinnerungen vertiefe, reißt mich der Kommissar aus meinen Gedanken.

»Ich möchte, dass Sie sich noch mal den Tatort ansehen.« Kellermanns ganzer Körper wirkt auf einmal energiegeladen, als wäre plötzlich der Jagdinstinkt in ihm erwacht.

»Warum?«

»Weil Sie die Erste am Tatort waren. Weil Sie einmal eine gute Polizistin gewesen sind.«

Ein unentschiedenes Nicken. Ich bin unschlüssig, was es mit diesem jähen Energieschub auf sich hat. »Okay. Und wann?«, antworte ich daher zögerlich.

»Ich müsste vorher in die KTU. Gegenüber vom Kommissariat ist ein Café. Es heißt *Sommer im Mai.* Könnten Sie dort kurz warten? Ich hole sie ab und wir fahren zusammen in die Junghofstraße.«

Wieder ein angedeutetes Nicken. Aber Kellermann sieht diese Kopfbewegung schon nicht mehr. Er ist aufgestanden und sucht etwas in seiner Schublade unter dem Schreibtisch.

Ich stehe ebenfalls auf, greife nach meiner Tasche und gehe Richtung Zimmertür. »Bis gleich«, rufe ich, doch vom Kommissar ist kein Echo zu hören. Er ist mit seinen Gedanken längst woanders.

Ich überquere die Straße und öffne die Glastür des Cafés. Die Schaufenster sind in Goldrahmen eingelassen. Auch das Interieur spielt auf die Fünfzigerjahre an. Organische Formen, eine mit goldenem Samt bespannte Ottomane, davor ein Nierentisch. An der rückwärtigen Wand eine lange, geschwungene Bar. Poliertes, aber in die Jahre gekommenes Holz. Haselnuss. Es ist nicht viel los und ich habe die freie Auswahl.

Ich entscheide mich für einen Tisch mit Aussicht auf die Straße. Die Fensterbänke liegen tief und sind mit Kissen bestückt. Notsitze zu Stoßzeiten.

Ich prüfe meine Mails auf dem Handy. Eine Nachricht von Anna mit Betreff *Strike*. Ich klicke sie auf. Anna hat Prof. Stallenberg überredet, er hält einen Vortrag auf unserem Forum. Das sind positive Neuigkeiten. Damit haben wir einen der dicksten Fische im Immobilienbusiness als Referenten geangelt. Unser Publikum wird begeistert sein.

Zudem hat Helena sich gemeldet. Auch sie hat nur ein Wort für den Betreff gewählt: *Chaos*. Nach den anfänglich positiven Neuigkeiten schwingt das Pendel wieder zurück.

Datenchaos in Wien. Alle Immobilienwerte kommen falsch an. Aufregung groß. Hier herrscht Krieg auf den Fluren. Aber keine Sorge, ich habe Christian bereits informiert und wir schauen uns das zusammen an. Nur damit du schon mal Bescheid weißt, falls ein Anruf kommen sollte …

Typisch Helena, im Chaos ist sie zu Hause. Sie wird es schon meistern.

Mein bestellter Kräutertee kommt und ich zahle direkt. Der Kommissar will sicher keine Kaffeepause einlegen und nach dem Wärmeplattenkonzentrat von heute Morgen sollte das Koffein ohnehin für den ganzen Tag reichen. Ich flippe weiter durch meine Mails. Nichts Dringendes.

Die Tür öffnet sich und Kellermann schiebt seinen Kopf herein, bleibt aber auf der Schwelle stehen. Er nickt einmal kurz. Die minimalste Form, mir zu sagen, dass es Zeit ist zu gehen.

Sein Kombi steht direkt vor dem Café. Im Halteverbot. Trotzdem bin ich mir sicher, dass in seinem Briefkasten weniger Post von der Stadt Frankfurt landet als in meinem. Ich steige ein und er fährt los, bevor ich die Beifahrertür richtig geschlossen habe. Auf den wenigen Metern zum Wagen habe ich ein paar Beulen im Blech entdeckt. Mein Sitznachbar nimmt wohl einiges mit seinem Wagen nicht ganz so genau.

Der Kombi schiebt sich durch den Verkehr in der Hochstraße. Kellermanns Finger trommeln nervös auf das mit schwarzem Leder bespannte Lenkrad. Der Bezug überrascht mich. Untypisch für ihn, ich tippe darauf, dass er das Auto gebraucht gekauft hat.

Mit Schrittgeschwindigkeit arbeiten wir uns vor. Kellermanns Anspannung steigt merklich. Das Schweigen wird unbehaglich. Das Radio bietet leider keinen Ausweg, da das Frontteil fehlt. Alternativ beginne ich ein Gespräch: »Sie sind mal gelaufen?«

»Wie kommen Sie darauf?«

»Gegenfragen gehören wohl zur Berufskrankheit«, kommentiere ich etwas spöttisch und erkläre dann: »In Ihrem Büro waren unter einem Stapel Zeitschriften Joggingschuhe versteckt. Allerdings liegen die Zeitungen nicht erst seit gestern da.«

Von Kellermanns Seite kommt ein Brummen. »Wenn Sie meinen.«

Wieder Schweigen. Es war wohl nicht der beste Versuch. Trotzdem wage ich einen neuen. »Obenauf lag der *Kicker* mit einer Headline zur letzten EM.«

Doch auch dieser bleibt ohne Erfolg. Den Rest des Weges herrscht Schweigen, bis Kellermann den Blinker setzt und in die Junghofstraße einbiegt. Der Kombi hält nur wenige Meter vor dem Gebäude der *Sega Invest.* Halteverbot. Ich bin nicht überrascht.

Obwohl ich hier schon unzählige Male ein- und ausgegangen bin, imponiert mir der marmorgetäfelte Eingang noch immer. Die hohen Decken, die indirekte Beleuchtung hinter den Stuckprofilen und die in die Wand eingelassenen bronzefarbenen Buchstaben, welche die Vision der *Sega Invest* wiedergeben: *Nachhaltige Werte.* Unterhalb der Inschrift glänzt der polierte Empfangstresen. Wie immer mit einem opulenten Blumenstrauß dekoriert. Heute sind es langstielige, zartrosa blühende Lilien. Das kleine Messingschild neben der Vase ist selbstverständlich farblich auf die Schriftzeichen in der Wand abgestimmt. *Frau Rieger* ist dort zu lesen. Dahinter lächelt mir das bereits vertraute Gesicht entgegen. Aber ihr Lächeln wird schmaler, als sie entdeckt, wer mich begleitet. »Guten Morgen, Frau Wagenfeld. Heute in Begleitung der Polizei.«

»Ja, der Kommissar hätte nochmals ein paar Fragen. Wir würden direkt hochgehen in den fünften Stock.«

»Ach ja, das ist alles so tragisch«, seufzt Frau Rieger und öffnet das Drehkreuz für Kellermann. Ich habe mir inzwischen mit meiner Karte Zutritt verschafft.

Auf dem Weg zu den Aufzügen vernehme ich das leise Klappern von Stöckelschuhen. Der Takt ist gleichmäßig, aber nicht aufdringlich, als würde jeder Schritt mit Bedacht gewählt. Fortschreitend, aber nicht drängend. Bewusst, aber nicht fordernd. Als ich zudem noch eine weiche, fast zerbrechliche Stimme höre, die Frau Rieger einen wunderschönen Morgen wünscht, brauche ich mich nicht umzudrehen, um zu wissen, um wen es sich handelt. Es ist Frau Tennschild. Als Sekretärin der Geschäftsführung ist sie außergewöhnlich zurückhaltend, fast zart. Ganz im Gegensatz zu vielen Kolleginnen, die als Vorzimmerdamen eher Jagdhunden gleichkommen.

Im Aufzug betrachte ich ihren rosafarbenen Kaschmirschal, der sich über ein cremeweißes Wollkostüm legt und die Spitzen ihrer blonden Haare verdeckt. Ich staune, wie sehr ihre Farbauswahl mit ihrer Persönlichkeit korrespondiert, und frage mich, ob sie sich gegenüber Anna genauso geschmeidig in der Terminvereinbarung mit Prof. Stallenberg gezeigt hat. Ohne das Thema anzuschneiden, verabschieden Kellermann und ich uns in der fünften Etage.

Vor der Tür des Projektraumes zieht der Kommissar seinen Schlüssel aus der Tasche und zerreißt damit das Polizeisiegel. Er tritt zur Seite und lässt mich vor. Weit schaffe ich es jedoch nicht. Ich bleibe im Rahmen stehen. Die Tischplatte ist mit dunklen Flecken übersät. Die Farbe des Bluts hat sich verändert, ist dunkler geworden. Fast schwarz. Der Stuhl, auf dem Bruns saß, ist leicht vom Tisch abgerückt. Vor meinem inneren Auge erscheint der Rumpf, der zerfetzte Halsansatz und die pinke Krawatte.

Ich spüre Kellermanns Hand auf meinem Rücken. Sacht, aber bestimmt. Kein Rückhalt, vielmehr eine Ermutigung, einen Schritt weiter in den Raum zu treten. Ich setze langsam einen Fuß vor den anderen, als würde der Boden jeden Moment unter meinem Gewicht nachgeben. Der Kommissar bleibt im gleichen Abstand hinter mir. Mit der Hand zwischen meinen Schulterblättern dirigiert er mich um den Tisch herum.

In der Nacht habe ich Bruns nur vom Türrahmen aus betrachtet. Jetzt stehe ich genau gegenüber, auf der anderen Seite des Raumes, mit dem Rücken zum schmalen Fensterband. Blicke auf die offene Tür, den Tisch, den Stuhl, an den Bruns mit Kabelbindern gefesselt war. Und auf den Teppich. Eine schwarze, eingetrocknete Blutlache zu meinen Füßen. Automatisch trete ich einen Schritt zurück. Kellermann rempele ich dabei leicht an. Doch mein Ausweichmanöver macht die Lage nicht besser, der gesamte Boden ist mit Blutspritzern übersät.

»An was denken Sie?« Kellermanns Stimme ist ungewohnt leise.

Irgendetwas ist anders. Aber ich kann es nicht benennen.

Als ich nicht antworte, wiederholt der Kommissar seine Frage.

»Es fehlt etwas in diesem Raum«, antworte ich zögerlich. »Aber ich komme nicht darauf, was es sein könnte. Was haben Sie alles mit zur KTU genommen?«

»Den Toten. Die Säge. Die Kabelbinder«, zählt Kellermann auf. »Bruns persönliche Gegenstände: Portemonnaie, Handy, Schlüssel. Ansonsten seinen Laptop und eine Plastikmappe mit Unterlagen. Ein Ausdruck der Systemanforderungen. Der stammt sicherlich noch aus ihrer gemeinsamen Sitzung am Nachmittag.«

»Ja, das stimmt.« Ich habe das plötzliche Bedürfnis, mich anzulehnen, mir einen Halt zu suchen. Als würden mir die Beine gleich den Dienst verweigern. Aber die Blutflecken an der Wand halten mich auf Abstand. So bleibe ich still stehen, hoffe, dass meine Knie mich nicht im Stich lassen. Plötzlich macht es klick. »Wo ist der Beamer? Haben Sie den mitgenommen?«

»Nein. Sind Sie sicher, dass einer im Raum war?«

»Der Beamer stand immer hier. Bruns war folienverliebt. Es gab keine Sitzung ohne Präsentation. Daher hat er den Beamer erst gar nicht mehr aus diesem Raum geholt. Der blieb immer hier und es hat sich auch niemand von den Kollegen an ihn herangetraut.« Ich trete einen Schritt näher an den Tisch und zeige mit dem Finger auf eine überraschend reine Fläche. »Sehen Sie, hier hat er gestanden. Und zwar auch noch, als der Mord passiert ist. An der Stelle sind keine Blutspritzer.«

Kellermann tritt jetzt ebenfalls ein Stück vor und betrachtet die Tischplatte skeptisch. »Was war das für ein Beamer?«

»Ein kleines Gerät. Für diesen Raum völlig ausreichend. Der Projektor hat unglaublich viel Wärme produziert. Doch Bruns war total begeistert von dem Ding, da es direkt von seinem USB-Stick Folien an die Wand werfen konnte.«

»Wie meinen Sie das?«

»Es ist nicht nötig, einen zusätzlichen Computer anzuschließen. Der Beamer hat einen integrierten Media Player, sodass die Daten direkt von einem USB-Stick gelesen werden können. Sobald er im Gerät steckt, wird die Präsentation über eine Fernbedienung aufgerufen.«

»Aha.«

»Der Stick steckte immer an Bruns' Schlüsselbund. Rot mit einer Edelstahlkappe. Haben Sie so einen gefunden?«

Der Kommissar zieht sein Handy aus der Tasche und tippt ein paar Nummern ein. »Hier Kellermann«, ist das Einzige, was ich noch verstehe. Den Rest des Telefonats führt er außerhalb meiner Hörweite im Flur. Es dauert nicht lang, bis der Kommissar wieder im Türrahmen erscheint. Jetzt ohne Handy, sagt er in meine Richtung gewandt: »Nein, so ein Stick war nicht dabei. Aber wenn der Mörder daran interessiert gewesen ist, wieso hat er dann auch den Beamer mitgenommen?«

»Neben der USB-Schnittstelle besitzt das Gerät eine eigene Festplatte. Wenn es um Daten ging, könnten sie also sowohl auf dem Beamer als auch auf dem Stick gespeichert gewesen sein.«

»Um welche Daten könnte es sich handeln?«

»Alle möglichen Text- oder Bilddateien. Da gibt es keine Einschränkung.«

»Mmh.« Kellermanns Murmeln wirkt unkonzentriert. Trotzdem fragt er: »Gibt es ein Back-up zu diesem Stick? Werden die Daten irgendwo sonst gespeichert?«

»Da bin ich mir nicht sicher. Eigentlich sind hier gar keine Sticks erlaubt. Wir sind schließlich in einer Bank und die USB-Ausgänge der Computer sind für die Mitarbeiter gesperrt. Die IT hat natürlich Sonderrechte, deren Laptops sind dafür freigeschaltet. Aber das heißt noch nicht, dass sich die Datensätze auch auf Bruns' Firmenrechner befinden. Sie könnten genauso gut auf seinem Privatrechner, einer externen Festplatte oder in einer Cloud liegen.«

Kellermann schaut mich an. Diesmal wieder mit zusammengekniffenen Augen. Sein Schweigen interpretiere ich als Aufforderung fortzufahren.

»Wenn Sie die Daten finden wollen, müssen Sie alle Rechner untersuchen, auf die Bruns Zugriff hatte. Das sind sein Firmenlaptop, seine Computer zu Hause und sicher auch die Rechner im zentralen Schulungsraum.«

»Er war IT-Experte. Wenn Bruns über sensible Daten verfügte, wird er sie sicher für andere unkenntlich gemacht haben«, bemerkt Kellermann kritisch.

Ich kontere sofort: »So wie seine Amazon-Wunschliste?«

Wieder eine hochgezogene Braue. Kellermann will noch etwas entgegnen, aber in dem Moment erscheint Meier hinter ihm im Türrahmen. »Marie, Frau Rieger hat mir gesagt, dass ich dich hier finde. Könntest du gleich noch mal zu mir ins Büro kommen? Weck will über den Projektstand informiert werden.« Ich schaue Meier etwas ratlos an. Ohne Worte erkennt er sofort meinen Zwiespalt, zwischen zwei Ansprechpartnern gefangen zu sein. »Es muss nicht sofort sein. Aber ich hätte dich gern dabei. Du kannst bei dem Gespräch gut moderieren und unseren Geschäftsführer im Zweifelsfall einfangen.«

Kellermann dreht sich Meier zu und hebt entwaffnend die Hand. »Wir sind fertig. Sie können es gerne gleich besprechen.« Und in meine Richtung: »Ich melde mich dann wieder.« Damit schiebt er sich an Michel vorbei und verschwindet im Gang.

»Na gut, dann jetzt?« Ich schaue Meier fragend an.

»Dann jetzt.« Er macht auf dem Absatz kehrt. Ich folge ihm in den Flur und hole ihn an den Aufzügen ein, die uns in die Etage der Geschäftsführung bringen. Wir betreten das Reich von Stallenberg und Weck.

Der Marmoranteil nimmt hier zu. Ebenso die Großzügigkeit der Flächen. Die Glasfassade gibt den Blick auf die umliegenden Hochhäuser der Frankfurter Skyline frei. Wir erreichen Frau Tennschilds Reich. Da sie für beide Manager zuständig ist, liegt ihr Zimmer zwischen den Büros von Weck und Stallenberg. Auch wenn die Räume je über einen eigenen Zugang verfügen, verstößt es gegen das ungeschriebene Gesetz, die Zimmer der Geschäftsführung direkt zu betreten.

Frau Tennschild telefoniert. Ihre zarte Stimme ist jedoch so leise, dass ich den Inhalt des Gesprächs nicht erahnen kann. Ich frage mich, ob es ihrem Kommunikationspartner am anderen Ende der Leitung besser geht. Mit Handzeichen gibt sie uns zu verstehen, direkt in das Zimmer des Geschäftsführers durchzugehen.

Als ich die Türschwelle überschreite, versinken meine Absätze in dem schokobraunen Hochflorteppich. Weck blickt bei unserem Eintritt von seinem Bildschirm auf und kommt uns entgegen. »Danke, dass Sie so schnell Zeit finden konnten. Lassen Sie uns Platz nehmen.«

Mit einer ausladenden Handbewegung zeigt er mit seiner Handfläche auf eine kleine Sitzgruppe. An seinen Hemdsärmeln erkenne ich glänzende Manschettenknöpfe. Silberne Rauten, mit sich kreuzenden Linien graviert. Ein in der Immobilienbranche beliebtes Statussymbol. Doch bei Weck könnte es noch eine weitere Bedeutung haben. Zwischen seinem linken Daumen und Zeigefinger beginnt eine Narbe, die sich über den gesamten Handrücken zieht. Eine Sportverletzung mit dem Rennrad, auf die der Geschäftsführer sichtlich stolz ist und immer wieder gerne angesprochen wird. Er scheut keine Mühen, um die Geschichte von der Radtour zur Kleinen Scheidegg mit anschließender Notoperation noch einmal erzählen zu können. Ein paar blinkende Manschettenknöpfe, die die Aufmerksamkeit auf seine Narbe richten, schaden da nicht.

Meier und ich lassen uns in die beigen Lederpolster fallen.

Eine Wolke von *Old Spice* steigt mir in die Nase. Weck nutzt sein Vorrecht und nimmt gegenüber unseres Zweisitzers Platz. Im Chefsessel. Trotz seiner drahtigen Figur füllt er ihn perfekt aus. Seine Muskeln sind wohlproportioniert. Nicht zu überladen, nicht zu schmächtig. Ein Ausdauersportler, der sehr wohl weiß, wie wichtig ein begleitendes Krafttraining ist.

Noch sagt keiner ein Wort. Ich greife fester um die Armlehne, um mich zu erden und das aufkommende Unbehagen zu verscheuchen. Das Leder fühlt sich angenehm weich und doch griffig an.

Frau Tennschild muss ihr Telefonat beendet haben, denn sie unterbricht die Stille, streckt den Kopf zu Tür herein und fragt, ob jemand einen Kaffee oder ein Wasser möchte. Wir lehnen alle drei dankend ab und die Tür schließt sich wieder geräuschlos.

Die ungeahnte Unterbrechung hat meine Anspannung etwas gelöst, dennoch lasse ich meine Hand weiterhin auf dem Lederbezug ruhen.

»Frau Wagenfeld«, Weck räuspert sich und rückt sich in seinem Sessel zurecht, »wir bedauern diesen tragischen Vorfall außerordentlich. Das gesamte Unternehmen steht noch unter Schock. Diese grausige Tat ist nicht in Worte zu fassen und da Sie unmittelbar mit dem Geschehen in Kontakt gekommen sind, möchte ich Ihnen dazu mein vollstes Mitgefühl aussprechen. Ich wünsche mir zutiefst, dass Sie nicht allzu sehr von den Ereignissen in diesem Hause in Mitleidenschaft gezogen worden sind und sich dieser Fall schnell und rückhaltlos aufklärt.«

Er blickt mir jetzt direkt in die Augen. Über seiner Stirn kräuseln sich dunkelgraue Locken. Sein Haar ist so dicht, so silbrig und so perfekt geschnitten, dass es wie ein Helm anmutet. Ein Helm aus Stahlwolle. Während der Ansprache ist sein Blick an uns vorbeigeglitten, hat weder meinen noch

Meiers gekreuzt. Als würde eine weitere Person zwischen uns sitzen. Jetzt aber richtet er ihn fest auf mich. Als erwarte er meine Zustimmung zu seiner Ansprache. Ich nicke nur leicht. Für eine Antwort fehlt mir die zugehörige Frage.

Das Nicken scheint Weck zu reichen. Er schaut wieder in Richtung der fiktiven dritten Person und setzt fort: »Trotz dieser tragischen Umstände sind wir an einen engen Terminplan gebunden. Die Einhaltung der Fristen besitzt für mich und meine Kollegen in der Geschäftsführung oberste Priorität. Es ist nicht nur gesetzliche Pflicht, sondern mir auch ein persönliches Anliegen, das System ab dem ersten Februar vollumfänglich einzusetzen. Hier zähle ich auf Sie.« Wieder der direkte Blick. Stahlblaue Augen unter stahlgrauer Wolle.

Er hat alle Register gezogen: Geschäftsführung, Gesetz und der Appell an die persönliche Verantwortung. Die nächste Eskalationsstufe wäre die Androhung von Geiselhaft. Meine Finger graben sich tiefer in das Ledersofa. »Herr Dr. Weck, die Wichtigkeit dieses Projekts und der Termindruck der Systemeinführung sind mir bewusst. Wir werden alles daransetzen, das System zeitgerecht zur Verfügung zu stellen.«

Einen kleinen Moment herrscht Schweigen. Weck taxiert mich, als wolle er die Ernsthaftigkeit meiner Aussage prüfen. Die Haut über seinen Wangenknochen zuckt dabei fast unmerklich. Meier neben mir wird unruhig. Das Schweigen ist ihm zu viel und, ohne den Blick von dem Geschäftsführer zu wenden, spüre ich, wie er neben mir auf dem Sofa leicht vorrutscht.

Dann erlöst ihn Weck: »Frau Wagenfeld, ich weiß, dass ich mich auf Sie verlassen kann.«

Kein Blick mehr in die Augen. Der Geschäftsführer ist aufgestanden und auf dem Weg zurück zu seinem Designerschreibtisch. Die Audienz ist beendet.

9

Ich überquere die Taunusanlage, verlasse das unnahbare Bankenviertel mit seinen Häuserschluchten und mache mich auf den Weg ins Westend. Mit dem schwarzen Anzug wandle ich jetzt nicht mehr unter meinesgleichen, die Kleidung der Passanten wird deutlich bunter. Die Häuser werden kleiner, die Vorgärten grüner und die Kinderwagendichte nimmt zu. Und auch der Baustellenlärm. Jede freie Fläche wird in Profit verwandelt.

Mein Magen knurrt, nach der Besprechung mit Dr. Weck ging es direkt mit Mark Meier weiter. Zusammen haben wir die erweiterten Zugriffsberechtigungen für die Systeme von *Sega Invest* eingestellt. Das hat ewig gedauert. Erst hat der Zugriff nicht funktioniert, dann fehlte der zuständige Mitarbeiter und letztendlich die notwendigen Formulare. Nach Überwindung aller bürokratischen Hürden bin ich jetzt angemeldet und mit allen neuen Schreib- und Leserechten ausgestattet.

Ich wähle Janas Nummer und vernehme ihre Stimme nach dem ersten Klingelton: »Hallo, Marie, wie geht es dir?«

»Ich bin gleich im Büro und sterbe vor Hunger. Hast du schon gegessen? Und falls ja, magst du vielleicht trotzdem einfach nur so mitkommen und etwas trinken?«

Sie entscheidet sich schnell. »In fünf Minuten beim kleinen Italiener. Heute gibt es doch wieder hausgemachte Ravioli!«

Wenige später sitzen wir in dem Bistro. Die Plauderlaune meiner Mitarbeiterin steckt mich an. Ich lasse mich von ihren Geschichten berieseln, den Neuigkeiten zur Hochzeitsplanung ihrer Schwester, ihrem Wochenausflug auf den großen Feldberg und den neuesten Gerüchten aus der Boulevardpresse. Die Namen der Prominenz habe ich bereits in dem Moment schon wieder vergessen, als sie aus Janas Mund purzeln.

Zum Glück nimmt sie das nicht persönlich. »Ich erzähle gern, aber ich erwarte nicht, dass du mir immer zuhörst. Das tut trotzdem gut«, verriet sie mir einst. So lasse ich mich ein bisschen ablenken vom Morgen, von den letzten Tagen und zum Ende des Mittagessens sind wir beide zufrieden. Wegen der Geschichten und den fantastischen Ravioli.

»Könntest du morgen zur *Sega Invest* gehen und mit den Systemtests fortfahren?« Wir haben gerade die Schwelle ins Freie überquert und ich wechsle in den Büromodus.

Jana überlegt einen Moment und antwortet dann: »Ich habe in der Früh noch einen Zahnarzttermin, aber ich könnte gegen halb zehn dort sein.«

»Das wäre klasse. Dann kann ich mich zur Abstimmung der Systemanforderungen mit dem Zappelphilipp aus der IT-Abteilung treffen«, erkläre ich erleichtert.

Jana grinst bei dem Gedanken an Leermann und ergänzt ironisch: »Das wird sicher ein ganz entspanntes Treffen. Aber keine Sorge, ich kümmere mich um die Tests. Ich kläre die Ergebnisse auch gleich im Anschluss mit Michel ab.«

»Apropos Sorgen, in unserem Wiener Projekt läuft es im Moment nicht ganz so rund. Helena hat mir heute Morgen eine kurze Mail geschrieben. Da hat es ein Datenchaos gegeben. Bei den Immobilienwerten zeigten sich Inkonsistenzen. Da klingelten natürlich alle Alarmglocken.«

»Mit Helena an Bord musst du dir keine Sorgen machen. Sie hat Christian dabei und die Leute in Wien bestimmt im Griff«, beschwichtigt Jana. Und damit liegt sie sicherlich richtig. Helena macht so schnell niemand etwas vor. Und an ihr kommt man auch nicht einfach vorbei. Mit ihrer Durchschlagskraft erscheint sie mir manchmal wie die Lara Croft der Beratungsbranche.

Im Büro angekommen, fahre ich meinen Rechner hoch und Janas Stimme verwandelt sich in ein monotones Hintergrundgeräusch. Im Maileingang lese ich Annas Namen und den der Sekretärin von CMP aus Berlin. Beide mit Betreff *Terminvereinbarung.* Ich entscheide mich zuerst für Anna. Definitiv ein sanfterer Einstieg nach dem Mittagessen.

Prof. Stallenberg will sich mit uns treffen, um seinen Vortrag abzustimmen. Wann bist du demnächst in Berlin? Schick mir ein paar Vorschläge und ich stimme einen Termin mit ihm ab.
X, Anna

Also gut, dann jetzt doch die Berliner:

Hallo, Frau Wagenfeld, bei der Berechnung der erforderlichen Mitarbeiteranzahl sind Rückfragen aufgetreten. Könnten Sie uns dazu Terminvorschläge in den kommenden zwei Wochen zukommen lassen?
Danke und Gruß

Das trifft sich gut, so kann ich zwei Fliegen mit einer Klappe schlagen. Ich suche mir zwei Termine raus und versende die Vorschläge an beide Mailadressen. Aller guten Dinge sind drei: Karla erhält die Mail ebenfalls.

Es klopft und Christian schaut herein. Das Deckenlicht spiegelt sich in seiner Nickelbrille. Ohne dass er etwas sagen muss, stehe ich vom Stuhl auf: »Sorry, ich weiß, deine Mail. Und um ganz ehrlich zu sein, ich habe mir die Auswertung noch nicht angeschaut. Könnten wir das gerade zusammen machen? Druckst du alles aus und wir treffen uns in fünf Minuten im Sitzungszimmer?«

»Logo«, ist alles, was er dazu sagt. Dann ist er bereits wieder im Türspalt verschwunden. Christian ist kein Mensch vieler Worte. Und auch das Tageslicht ist nicht sein Freund. Aber in der Welt der Nullen und Einsen blüht er auf und seine Augen leuchten. Bei ihm ist unsere Marktanalyse in sicheren Händen. Die Ergebnisse werde ich auf unserer Tagung in Berlin präsentieren. Kurz vor dem Auftritt von Prof. Stallenberg.

10

Die heutige Sitzung hat mir seit dem Aufstehen Kopfschmerzen bereitet. Nach Bruns' Tod sind seine Aufgaben an seinen IT-Kollegen Leermann übertragen worden. In der Vergangenheit ist der mir nicht durch eine besondere Kooperationsbereitschaft aufgefallen. Doch bisher konnte ich die Kontakte auf ein Mindestmaß beschränken. Mit seiner neuen Rolle im Projekt wird sich das drastisch ändern.

Und wie erwartet ist die Diskussion mit Leermann zermürbend. Auf jede Frage weicht er aus, zu jeder sich androhenden Entscheidung findet der IT-Fachmann Gegenargumente. Und obwohl sein Beitrag lediglich darin besteht, mir Bremsklötze in den Weg zu schmeißen, gefällt er sich in seiner Rolle. Sein magerer Oberkörper ist weit im Sitzungsstuhl zurückgelehnt. Seine trotz des noch jungen Alters ausgemergelten Gesichtszüge zeigen nur Spott. Leermann war starker Raucher, bis er Nikotin durch Adrenalin ersetzte und sich seitdem als Langstreckenläufer unter Beweis stellt.

Ich versuche, alle Stolperfallen zu umgehen, aber das kostet mehr Energie als die Konzentration auf die inhaltlichen Themen. Mit Effizienz hat das nichts zu tun. Zu allem Überfluss treiben mich Leermanns zappelige Beine fast in den Wahnsinn.

Um einmal tief durchzuatmen, verlasse ich das stickige Sitzungszimmer und hole mir ein Glas Wasser. Als Friedensangebot bringe ich Leermann eins mit. Leider geht das völlig schief. Ich stolpere über mein Laptopkabel und übergieße den IT-Experten mit dem gesamten Inhalt. Wütend springt er auf.

»Sorry, tut mir unheimlich leid«, versuche ich zu beschwichtigen und suche schnell nach ein paar Taschentüchern.

Aber weder meine Entschuldigung noch das Paket, das ich ihm reiche, besänftigen Leermann. Sichtlich verärgert zieht er das Jackett aus und bindet sich die Krawatte ab. Ohne Kommentar greift er nach meinen Taschentüchern und versucht, zu retten oder besser zu trocknen, was zu trocknen ist.

Der Wet-T-Shirt-Effekt funktioniert nicht nur bei Frauen. Auch Leermanns Hemd ist transparent geworden. Seine flache, spärlich behaarte Brust schimmert durch den nassen Stoff. Vereinzelte rotblonde Härchen auf heller Haut. Aber das durchsichtige Hemd lässt noch etwas anderes erkennen. Auf seiner Brust verteilt zeichnen sich feine Linien ab. Wie mit einem Lineal gezogen, mit feinem roten Stift. Eine neben der anderen.

Leermann sieht, was ich sehe. Hektisch greift er nach seinem Jackett. »Ich hole mir einen Pullover«, grummelt er und verschwindet aus dem Sitzungszimmer.

Ich wische den Rest des Wassers vom Tisch und werfe die nassen Taschentücher in den Papierkorb. Dann stelle ich mich an das kleine Fenster.

Der Raum gehört eindeutig zur B-Lage der Sitzungszimmer und ist weit entfernt von den großzügig geschnittenen, klimatisierten Konferenzräumen in der Geschäftsführungsetage. Statt mit Hochflorteppich ist der Fußboden mit Linoleum bedeckt. Ich stütze mich auf der Fensterbank ab. Die eingelassene Natursteinplatte fühlt sich glatt und kalt an. Richtig abweisend im Gegensatz zu dem einladenden, geschmeidigen Gefühl, das das Leder in Wecks Büro gestern vermittelt hat.

Ich rücke näher an die Glasscheibe und kann so neben der gegenüberliegenden Hochhausfront einen Blick auf die Grünflächen der Taunusanlage erhaschen. Ich erkenne einen Mann in Arbeitskleidung. Der Farbe nach zu urteilen, ein Gärtner der Stadt Frankfurt. Er hakt das erste Laub zusammen. Mir kommt der Gedanke an Erik. Ich sollte ihn bald mal wieder besuchen. In der Gärtnerei herrscht jetzt sicher Hochbetrieb. Es ist Erntezeit und die Pflanzen müssen winterfest gemacht werden. Vielleicht am Wochenende.

»Es kann weitergehen.« Leermann ist zurück. Bekleidet mit einem schwarz-grau karierten Pullover im Burlington-Stil. Wir setzen die Projektabstimmung fort, doch eine friedliche Atmosphäre ist weiter denn je in die Ferne gerückt.

Kurz vor der Mittagspause haben wir alle relevanten Themen diskutiert und ich verabschiede mich erleichtert.

Bevor ich das Gebäude verlasse, schaue ich noch bei Jana im Schulungsraum vorbei. Sie bedient drei Rechner gleichzeitig und lässt verschiedene Systemtests laufen. Als sie mich wahrnimmt, strahlt sie über das ganze Gesicht. Was für eine Wohltat nach dem anstrengenden Vormittag.

»Läuft es gut?«, frage ich erwartungsvoll und bemerke, wie sich Janas positive Grundstimmung auf mich überträgt.

»Alles prima. Ich habe schon mehr als zehn Aufgaben aus unserem Projektordner erledigt und bis jetzt stimmen die Daten. Ich bin noch nicht ganz mit den Tests durch, aber es sollte nicht mehr lange dauern. Außer wenn mal wieder die Rechner abstürzen. Heute Morgen hatte ich etwas Ärger damit.« Janas Stirn liegt in Falten.

»Ich drück dir die Daumen! Die Besprechung mit Leermann habe ich hinter mir. Jetzt schaue ich noch kurz bei Mark Meier vorbei und gehe dann zurück ins Büro«, erkläre ich wie nebenbei. Die Informationen haben für sie eigentlich keine Bedeutung, aber Jana schätzt es, auch über Dinge informiert zu werden, die nichts mit ihrem direkten Arbeitsumfeld zu tun haben. Ganz im Gegensatz zu Helena, denke ich schmunzelnd.

»Das klingt gut. Ich halte die Stellung hier.« Die Falten sind verschwunden und auf ihrem pausbäckigen Gesicht zeigt sich wieder ein Lächeln. Den kurzen Austausch hat sie sichtlich genossen. ›Sozialwasser‹ nennt sie es, die Kommunikation mit anderen Menschen, die sie tagtäglich zum Leben braucht.

Nur der Kopf von Mark Meier schaut in seinem Büro hinter einem riesigen Stapel von Akten hervor. Die Statik dieses Turms ist mir schleierhaft und ich erwarte jeden Moment seinen Zusammenbruch. »Hallo, Mark«, rufe ich unsicher.

Meier ist sich der eingeschränkten Sicht bewusst, denn er steht unmittelbar auf und sein Oberkörper wird sichtbar. Er wirkt gestresst.

»Störe ich?«, frage ich daher entgegenkommend.

»Ich muss die Immobilienwerte für die Fondsbuchhaltung rausschicken. Die Anteilspreisberechnung steht an. Du kennst das ja. Dann muss es immer ganz schnell gehen.« Meier fährt sich genervt durch die aschblonden Haare. Sie stehen jetzt noch wilder ab als sonst. »Und bei dir? Ist im Projekt alles okay?«

»Ja, ja. Alles okay. Leermann und ich haben nur ein paar Fehler in den programmierten Systemfunktionen festgestellt, aber die Liste schicken wir direkt an den Systemdienstleister. Zudem findet in ein paar Tagen der Lenkungsausschuss statt. Dann haben wir Herrn Tiedener als den Chef des Systemhauses höchstpersönlich hier und können mit ihm die offenen Punkte diskutieren. Du brauchst dir also keine Sorgen machen.«

Die letzten Worte scheinen Meiers Nerven zu beruhigen. Ein Lächeln huscht über sein Gesicht und ich vernehme ein erleichtertes »Prima«. Im nächsten Moment ist er schon wieder hinter seinem Aktenstapel verschwunden. Und damit haben sich auch meine Aufgaben für heute hier erledigt.

In der Junghofstraße herrscht zwischen den Hochhaustürmen Rushhour für schwarze Anzüge. Die Augen auf das Handy gesenkt, vermeiden sie konsequent jeden Blickkontakt. Sehnsucht überkommt mich nach dem Duft von frischem Laub und feuchter Erde. Spontan fasse ich einen Entschluss, wende mich zur Gallusanlage und winke ein Taxi heran.

Der Fahrer, der mich in Erwartung einer Adresse gelangweilt anschaut, ist noch keine dreißig. Bei meinem Wunsch, »Kronberg, Grüner Weg 18«, hellt sich seine Miene kurz auf.

11

Der Viktoriapark zieht an mir vorbei und Kronberg mit seinen beschaulichen Häusern, den aufgeräumten Gärten und den akkurat gepflegten Grünanlagen erscheint so wohlerzogen, als könnte sich kein Übel je hierhin verirren. Selbst die angeleinten Hunde betragen sich kultiviert und reizen nicht im Mindesten den ihnen verbleibenden Raum aus.

Das Taxi stoppt direkt vor dem Firmenschild des Gartenbaubetriebs *Hahn.* Die Plakette prangt auf einem breiten, dunkel gebeizten Holztor, dessen linker Flügel offen steht und Einblick in die Hofanlage gibt. Der kopfsteingepflasterte Weg läuft direkt auf das Haupthaus zu. Die Steine sind speckig, glatt und rund geschliffen von all dem, was sie in ihrem langen Leben ertragen haben.

Ich erblicke Frau Hahn, das Haar mit einem roten Kopftuch zusammengebunden, die gerade Blumen taucht. Dazu nimmt sie von einem silberfarbenen Rollcontainer jeweils eine ganze Palette und presst sie in einen mit Wasser gefüllten Plastiktrog.

»Hallo, Frau Hahn, nutzen Sie noch die letzten Sonnenstrahlen zum Wässern?«, rufe ich zu ihr hinüber, als ich das Holztor passiere.

Blitzartig dreht sie sich um und lässt die Blumenpalette in den Rollcontainer zurücksinken. »Frau Wagenfeld, schön, dass Sie uns mal wieder besuchen. Sie wollen bestimmt zu Erik. Er ist hinter dem Haus, auf der Obstwiese, und macht die jungen Bäume winterfest.«

Dank ihres Elans merkt man ihr die sechzig Jahre kaum an. So fidel möchte ich in dem Alter auch noch sein. Winkend gebe ich zurück: »Prima, dann schau ich gleich mal nach ihm.«

Noch bevor ich mich auf den Weg mache, ist Frau Hahn wieder in ihrem Element und hat die nächste Palette bereits fest im Griff.

Ich überquere den Hof, entlang am alten Bauernhaus, dessen Fachwerk von den Jahren gezeichnet ist. Die dunklen Balken krümmen sich zwischen der hellen Gefachfüllung. Hahns haben das Haus erst im letzten Jahr mit viel Liebe zum Detail renoviert und es erstrahlt in seinem alten und doch erhabenen Glanz. Für das kommende Jahr ist die Sanierung der Nebengebäude geplant. Jetzt umsäumen sie etwas stiefmütterlich das feudale Bauernhaus. Die alte Scheune haben sie an Erik vermietet. Sie dient ihm als Gewächshaus für seine eigene Pflanzenzucht.

Die Obstwiese liegt direkt hinter dem Bauernhaus. Früher wurden hier noch Pferde gehalten, die nur durch einen Koppelzaun vom Haus getrennt waren. Auf diesem stütze ich mich mit den Ellenbogen ab und lasse den Blick über die sanft ansteigende Wiese streifen.

Erik entdecke ich, kniend und mit einem Farbeimer bewaffnet, neben einem noch jungen Apfelbaum. Er reinigt den Stamm von Moos und Flechten, um ihn dann mit weißer Farbe zu bestreichen. Ich schaue ihm eine Weile unbemerkt zu. Während ich seine geschickten Hände betrachte, die Sorgfalt, mit der er die Rinden der jungen Bäume schützt, überkommt mich wieder das mir bereits so bekannte Gefühl der Sorge um ihn, der dringliche Wunsch, ihn zu schützen. Ihn selbst mit einer Tinktur zu pflegen, die seiner Haut Widerstandsfähigkeit verleiht, die ihn vor allen schädlichen Einflüssen bewahrt.

Um dieses vertraute und doch so stechende Gefühl zu vertreiben, klettere ich durch den Koppelzaun und gehe zu ihm hinüber. Das Gras unter meinen Lederschuhen federt leicht. Als ich in Hörweite bin, rufe ich: »Hallo, Bruderherz.«

Sein dunkelblonder Wuschelkopf dreht sich in meine Richtung, es braucht ein paar Sekunden und dann erstrahlt in seinem Gesicht ein Lächeln. Er steht auf und zieht die grünen, zerschlissenen Gartenhandschuhe aus, kommt mir entgegen, beugt sich zu mir herunter und schließt mich fest in seine Arme.

Dann löst er sich und packt mich an beiden Schultern: »Schön, dass du da bist. Was verschlägt dich denn zu uns aufs Land? In deinem Outfit wirst du wohl nicht wandern wollen.« Eriks Blick gleitet an meinem schwarzen Anzug entlang.

»Nein, das wohl nicht. Die Sehnsucht nach der frischen Luft hat mich hergetrieben. Das Grün und die Nähe zur Natur«, erkläre ich mit wehmütiger Stimme.

»Komm, gehen wir ein Stück.« Erik lässt meine Schultern los, dreht sich um und entfernt sich mit selbstsicherem Schritt. Ohne zu fragen, kenne ich sein Ziel.

Die Wiese steigt leicht an, bis sie weiter oben an einen Waldrand stößt. Dort steht eine verwitterte Holzbank, von der man einen herrlichen Blick auf das Gelände und die umliegenden Wälder hat, auf Kronberg und in der Ferne auf die Skyline von Frankfurt.

Stillschweigend gehen wir nebeneinander her, bis wir an

der Bank angelangt sind. Mit meinem Businessdress bin ich nicht wirklich für diesen Spaziergang ausgerüstet und die Bodenfeuchte dringt durch meine Ledersohlen, aber dieses Opfer nehme ich gerne in Kauf. Beruhigend wirken die Herbstfarben auf mich, das satte Licht und der Geruch von feuchtem Gras. Ich genieße die Ruhe, es ist fast windstill und nur ab und zu weht eine leichte Brise durch die Äste herüber.

»Wird das Rauschen der Bäume eigentlich im Herbst lauter? Wenn die Blätter trockener sind und lauter rascheln?«, unterbreche ich das Schweigen zwischen uns.

Erik schaut mich nachdenklich an. »Vielleicht«, antwortet er, um nach einer kurzen Pause hinzuzufügen: »Oder im Sommer, wenn die Baumkronen noch voll sind und noch kein Blatt dem Herbstwind zum Opfer gefallen ist.«

12

Zurück in meiner Wohnung verfolge ich im Fernsehen die Abendnachrichten. Der Sprecher wird jedoch unterbrochen durch das Klingeln meines Telefons. Ich schalte den Ton leiser, es ist der Kommissar.

»Ja«, melde ich mich knapp.

»Guten Abend, hier Kellermann. Darf ich noch stören?«

»Wie kann ich Ihnen helfen?«, antworte ich direkt.

»Können wir uns treffen?«

»Jetzt?«, platze ich heraus.

»Jetzt«, bestätigt der Kommissar ohne weitere Erklärung.

»Ich soll jetzt noch in das Präsidium kommen?«, stelle ich ungläubig infrage.

»Nein, nein, ich bin schon in Ihrer Nähe. Ich fahre gleich über die Untermainbrücke in Richtung Schweizer Platz. In der Nähe ist das *Newton,* kennen Sie das?«

»Mmh, ja, Sie meinen die Bar?«, antworte ich unsicher. Ich brauche keine Sekunde, um zu wissen, welche Lokalität gemeint ist. Doch ich zögere, weil mir gerade bewusst wird, dass Kellermann genau weiß, wo ich wohne. Und während ich noch überlege, ob ich mich eher über seinen Wissensvorsprung ärgere oder über meine eigene Naivität, stellt der Kommissar trocken fest: »Also, dann sehen wir uns in fünfzehn Minuten dort.«

»Damit lassen Sie mir abzüglich zehnminütigem Fußweg genau fünf großzügige Minuten. Ist es so dringend?«

»Es geht um Mord«, kontert Kellermann auf meine provokante Frage nüchtern.

»Also gut, das ist im wahrsten Sinne des Wortes ein Totschlagargument. Ich bin gleich da.«

Meine Kontaktlinsen habe ich für heute schon rausgenommen, Brille sollte reichen. Bei fünf Minuten bleibt nicht viel Spielraum. Ich schnappe meine Jacke und ziehe Turnschuhe an. Geld und Schlüssel stopfe ich in die Hosentasche und springe die Treppenstufen hinab. Die Luft draußen ist kühl und es riecht nach feuchtem Laub.

Zum *Newton* führen drei Stufen hinauf und als ich durch die schwere Landhaustür trete, sehe ich Kellermann an einem der Bartische. Er hat den hintersten Platz gewählt, sodass der gesamte Innenraum in seinem Blickfeld liegt.

Das fällt bei der Größe der Bar allerdings auch nicht schwer. Hier passen kaum mehr als zwei Dutzend Leute hinein. Die Kellner haben sich hinter den Tresen gezwängt. Der jüngere der beiden zwinkert mir zum Gruß kurz zu. Den anderen, den ich vielleicht nur aufgrund seiner geringen Haarpracht älter schätze, kümmert meine Ankunft nicht. Obwohl er an neuen Gästen interessiert sein müsste. Außer uns ist niemand da.

»Ich habe Ihnen ebenfalls ein Bier bestellt.« Kellermann schiebt mir eine der beiden Flaschen zu, die vor ihm stehen.

Ich setze mich auf den Barhocker. »Danke.« Ich nehme die Flasche, lasse sie leicht in meiner Hand kreisen, trinke jedoch noch nicht.

Kellermann setzt sein Bier an. Es hinterlässt einen feuchten Film auf der Oberlippe, den er mit dem Handrücken wegwischt. »Was können Sie mir zu den Mitarbeitern aus dem IT-Bereich von *Sega Invest* sagen? Zu Bruns' Kollegen.«

»Sie sind insgesamt zu viert oder waren es. Der erste Kollege heißt Leermann, Claas Leermann. Im Projekt hat er die IT-bezogenen Aufgaben von Bruns übernommen. Zudem ist er für den Betrieb des Systems zuständig, sobald die Entwicklung abgeschlossen ist.«

Kellermann hakt direkt ein: »Gab es eine besondere Beziehung zwischen Bruns und Leermann?«

»Nicht dass ich wüsste«, antworte ich und füge hinzu: »Aus meiner Sicht gab es zwischen den beiden außer der Projektarbeit keine besondere Verbindung. Ich habe nie gesehen, dass sie zusammen Mittagessen gingen oder so etwas in der Art.«

»Was ist Leermann für ein Typ?«

»Mmh, was für ein Typ ist Leermann?«, denke ich laut. »Wir nennen ihn Zappelphilipp, weil er unterm Tisch ständig mit einem Bein auf und ab wippt. Als würde er mit seinem Fuß eine Nähmaschine imitieren.«

»Wieso tut er das?«, fragt Kellermann ernsthaft.

»Das fragen Sie mich?«

»Ja.« Der Kommissar hält es kurz und knapp.

Ich überlege einen Moment, ob ich die Frage beantworten kann und will. Während Kellermann seinen Blick standhaft auf mich gerichtet hält, formuliere ich: »Leermann ist unzufrieden, oft übel gelaunt. Er findet immer etwas zu nörgeln. Mir erscheint es wie eine grundsätzliche Frustration mit sich und dem Rest der Welt. Für diese Verbitterung fehlt ihm ein Ventil und so zucken seine Beine dafür.«

Kellermann nickt schweigend. Erst einen Moment später fügt er hinzu: »Und die beiden anderen?«

»Zum einen ist da Rolf Hengert. Der hat das Büro mit Bruns geteilt. Allerdings ist er in anderen Projekten eingesetzt und ich hatte mit ihm nur wenig zu tun. Auch zwischen den beiden habe ich keinen näheren Kontakt festgestellt. Hengert steht kurz vor seiner Pensionierung. Ihn juckt der ganze Kram mit Karriere und Politik nicht mehr. Er kommt mir vor wie ein lang verheirateter Mann, der das Hörgerät rausnimmt, wenn seine Frau ihm zu sehr in den Ohren liegt. Er pflichtet ihr nickend bei und ist in seiner eigenen Welt selig.«

Der Kommissar schmunzelt über die Analogie, als ob ihm dieses Bild selbst bekannt vorkommt. Ohne jedoch weiter darauf einzugehen, fragt er: »Und der letzte?«

»Der dritte im Bunde ist Frank Schelling. Der jüngste aus dem Team und auch der agilste. Er sitzt mit Leermann in einem Raum, unterscheidet sich im Wesen jedoch stark von ihm. Stets gut gelaunt, optimistisch und sagt immer Hallo.«

»Sagen die anderen nicht Guten Tag? Ist das etwas Besonderes?«, fragt Kellermann erstaunt.

»Für die IT-Branche schon«, gebe ich zu. »Das sind Charaktere, die gerne nachts arbeiten, das Sonnenlicht scheuen und sich lieber mit künstlicher als mit menschlicher Intelligenz auseinandersetzen. Ein ›Guten Tag‹ ist da eine unverhoffte kommunikative Meisterleistung.«

»Mmh. Und sie haben nie ein privates Gespräch zwischen Bruns und Leermann mitbekommen? Oder eine Streitigkeit?«

»Nein, nichts dergleichen.«

Abermals ein »Mmh«. Kellermann nimmt erneut einen Schluck aus seiner Flasche. Dann wieder der Blick in meine Richtung. »Sie können sich keine persönliche Verbindung zwischen den beiden vorstellen?«

»Eine persönliche Beziehung im Sinne von Sex?«

Diesmal kein ›Mmh‹ von Kellermanns Seite, sondern ein bestimmtes: »Ja, vielleicht auch das.«

»Nur schwer. Da lagen keinerlei Schwingungen in der Luft. Wenn, dann hat es sich um eine rein sexuelle Beziehung ohne weitere Emotionen gehandelt. Oder sie haben es beide gut versteckt. Aber davon unbenommen, wäre schwul zu sein in der Immobilienbranche bestimmt kein Zuckerschlecken.«

»Es besteht eine Verbindung zwischen Leermann und dem *Dark Magic.*« Der Kommissar prüft meine Reaktion.

»Ich weiß«, kommentiere ich unbeeindruckt.

Die Augenbraue ist wieder oben.

»Als ich dort war, habe ich in einem Regal Holztafeln stehen sehen. So in der Art von Küchenbrettchen in unterschiedlichen Größen. Nur dicker, irgendwie massiver. Ich war zu weit entfernt, um sie genauer zu untersuchen, aber etwas glitzerte in ihnen. Es sah aus, als hätte man Lametta in das Holz eingewebt. Ich konnte mir nicht erklären, was das sein sollte. Heute Morgen saß ich mit Leermann zusammen. Aus Versehen habe ich ein Glas Wasser über sein Hemd gekippt, das daraufhin durchsichtig wurde. Auf seiner Brust waren feine rote Linien erkennbar. Parallele Striche, in gleichen Abständen. An manchen Stellen etwas breiter. Dort war mehr Blut ausgetreten und hatte bereits einen trockenen, körnigen Schorf hinterlassen. Die Lamettafäden hatten den gleichen Abstand. Nur war es kein Lametta, sondern in das Holz eingelassene Rasierklingen.«

»Das klingt ein bisschen weit hergeholt. Wieso sind Sie so sicher?«

»Bin ich nicht. Ob Sie dem nachgehen oder nicht, ist Ihre Sache. Das ist Ihr Job.«

Jetzt lässt Kellermann das Bier in seinen Händen kreisen. Stoppt und fängt an, das Etikett abzuknibbeln. Er schaut dabei konzentriert auf die Flasche. Ich weiß nicht, ob er an

Leermann denkt oder meinen letzten Kommentar zu schnippisch fand. Ich warte auf eine Geste, einen Kommentar. Nichts. Ich gebe auf: »Haben Sie den Stick gefunden?«

Er schaut mich an, die Augen leicht zusammengekniffen. »Nein.« Sonst nichts, wieder Schweigen, wieder das Etikett im Fokus.

Ein nächster Versuch: »Wenn der Stick relevant sein sollte und Bruns mit dem Beamer eine Datei abspielen wollte, müsste es sich dabei um eine Bild- oder Filmdatei gehandelt haben. In Verbindung mit einem Stick hat der Beamer nur MP3- oder JPG-Dateien wiedergegeben.« Als Kellermann immer noch nicht auf meine Kommentare anspringt, ergänze ich: »Daher mussten die Präsentationen im Vorfeld immer in diese Dateiformate umgewandelt werden.«

Trotz meines Versuchs keine Reaktion. Dann auf einmal, ohne aufzuschauen: »Ich habe heute Nachmittag Leermann verhört. Wir haben das Gespräch aufgezeichnet. Können Sie morgen in das Präsidium kommen und sich die Aufnahmen anschauen?«

»Warum?«, entgegne ich brüsk, überrascht von dem plötzlichen Vorstoß.

»Sie kennen Leermann. Sie haben über ein Jahr mit ihm zusammengearbeitet.«

»Mmh«, antworte ich leise, was unschlüssig klingt. Kein Ja, kein Nein. Genauso unschlüssig wie ich jetzt auf meine Bierflasche schaue. Unangetastet.

»Sie waren schließlich mal eine von uns«, setzt Kellermann nach.

»Ich war nie eine von Ihnen«, kontere ich rasch.

»Aber fast.« Der Kommissar hebt seine Flasche und lässt den Boden gegen den Hals von meiner klingen.

Ich stehe seinem unerwarteten Zuprosten passiv gegenüber. Sind wir jetzt in Erinnerung an meine Polizeizeit plötzlich beste Kumpel?

Kellermann bemerkt meine Skepsis und legt grinsend den Kopf schief: »Also gut, Fast-Kollegin, morgen um neun Uhr.« Er steht auf und geht, dreht sich nach zwei Schritten jedoch nochmals um und ruft mir zu: »Gezahlt ist bereits. Damit es zu keiner Diskussion kommt.«

13

Der Kaffee schmeckt genauso metallisch wie am Montag. Mich würde es nicht wundern, wenn es immer noch derselbe ist. Auch die Videoanlage ist nicht gerade von heute. Der Raum erinnert mich an unseren Informatiksaal im Gymnasium. Hier hätte eine ganze Schulklasse Platz.

Wir nehmen vor einem der riesigen Monitore Platz, der nahezu die gesamte Tischfläche für sich beansprucht. Der Kommissar ist nicht besonders versiert im Umgang mit dem Computer. Das sehe ich direkt an der Art, wie er sich durch das Menü bewegt. Der Ordner des USB-Sticks poppt automatisch auf, doch Kellermann ignoriert die Meldung und wählt den längeren Weg über den Explorer. Ich sage nichts und schaue zu.

Der Film startet. Der Kommissar und Leermann sitzen in einem sterilen Vernehmungsraum. Graue, kahle Wände. Auf ein Fenster wurde verzichtet. Die Kamera ist direkt auf das Gesicht des IT-Experten gerichtet. Kellermann sitzt ihm gegenüber, nur sein Rücken und sein Hinterkopf sind zu sehen. Zwischen ihnen steht ein einfacher grauer Tisch. Das Blickfeld der Kamera reicht bis zum Boden, denn auch Leermanns Beine sind im Bild eingefangen. Jedoch ist nur das linke sichtbar. Das rechte wird von Kellermann verdeckt.

Der Kommissar klärt den IT-Mitarbeiter über seine Rechte auf und darüber, dass es sich lediglich um eine Zeugenbefragung handelt. Nach der Bestätigung der persönlichen Daten stellt Kellermann Fragen zu seinem Job bei *Sega Invest*, nach der Beziehung zu Bruns, nach seiner Rolle im Projekt. Leermann beantwortet sie alle sachlich. Er trägt immer noch den schwarz-grau gemusterten Pullover. Ich stelle mir vor, dass die Wolle auf der Haut kratzt. Gerade dort, wo sich die wunden Schnitte auf der Brust befinden. Ich stelle mir vor, wie die Stofffäden in den offenen Ritzen reiben, die Krusten aufreißen und die Wolle mit dem wieder antrocknenden Blut verklebt.

»Wo waren Sie zur Tatzeit?« Kellermann, der zuvor einen Stift in seiner Hand hat kreisen lassen, beendet das Spiel und richtet die Spitze des Kugelschreibers direkt auf Leermann. Der steht mitten im Fokus.

Der IT-Experte schaut jedoch unbeeindruckt, der sehnige Oberkörper regungslos, nur unter dem Tisch das bekannte Zappeln. »Zu Hause«, erfolgt die Antwort gedehnt. Leermanns fehlendes Alibi beunruhigt ihn augenscheinlich nicht.

»Allein?«, hakt Kellermann nach.

»Allein.«

Der Kommissar notiert etwas, wechselt dann das Thema: »Kennen Sie das *Dark Magic?*«

Leermann nimmt sich einen Moment Zeit, wägt ab, dann: »Ja, wenn Sie die Bar im Bahnhofsviertel meinen.«

»Eine einschlägiger Klub«, provoziert Kellermann.

Aber der IT-Experte lässt sich nicht provozieren. Zumindest antwortet er diplomatisch: »Das mag wohl sein.«

»Was haben Sie dort gemacht?«

»Was man in diesen einschlägigen Bars so tut. Aber ist das strafbar?« In der rhetorischen Frage schwingt ein verächtlicher Unterton mit.

»Das nicht, aber strafbar sind nach Schutzalterparagraf 182 StGB sexuelle Handlungen mit Minderjährigen. Der Laden ist bekannt für seine Sadomaso-Callboys, auch gerne unter achtzehn.«

Leermann schaut den Kommissar abwartend an. Das Bein zittert ohne Unterlass weiter. Dann: »Ich habe nie gegen den Paragrafen 182 verstoßen.«

»Waren Sie mit Bruns in dem Klub?«

»Nein.« Die Antwort kommt sofort. Bestimmt und zweifelsfrei.

»Nie?«, fragt Kellermann dennoch.

»Nie.« Wieder emotionslos, nur das Bein bewegt sich im gewohnten Takt.

»Bruns verkehrte häufiger im *Dark Magic* und Sie haben ihn dort nie gesehen?«

»Nochmals: nein.« Leermanns Tonfall wird aggressiver.

Der Kommissar wechselt das Thema. »Wir haben auf Bruns' Konto regelmäßige Bareinzahlungen entdeckt. Haben Sie eine Erklärung für diese Nebeneinkünfte?«

Leermann lässt sich in seinem Stuhl weiter nach hinten fallen. Er hat zu seiner Sachlichkeit zurückgefunden und antwortet mit einem knappen Nein. Ich vermute, er ist erleichtert über den Themenwechsel.

Kellermann fasst nach: »Haben Sie Bruns diese Mehreinkünfte angemerkt? Hat er in besonderem Maße Geld ausgegeben?«

»Erstens nein, zweitens auch.«

Der Kommissar atmet so tief ein, dass sich seine Schultern langsam heben und wieder senken. Erst danach fährt er fort: »Wir suchen einen Stick. Bruns' roter USB-Stick mit einer Edelstahlkappe. Kennen Sie den?«

»Ja.«

»Das ist doch schon mal etwas«, kommentiert Kellermann betont sarkastisch. »Wissen Sie zufällig auch, wo der geblieben ist?«

»Nein.« Steno-Ton des IT-Experten.

Ohne Kellermanns Gesicht zu sehen, spüre ich deutlich, wie genervt er ist. »Gut, da wären wir also wieder«, stellt der

Kommissar fest und fügt an: »Wissen Sie, was auf dem Stick drauf war?«

»Nein.«

»Geht es auch mal ein bisschen umfangreicher?« Kellermanns Schultern sind angespannt.

Leermann bleibt unbeeindruckt. »Der Stick hängt an Bruns' Schlüsselbund. Ich habe ihn nie benutzt oder gesehen, was sich darauf befindet.«

»Könnte Bruns jemanden erpresst haben?«

»Vielleicht.«

Kellermann sagt nichts, verändert seine Position nicht, macht keine Anstalten, etwas darauf zu entgegnen.

Eine ganze Weile verharren die beiden so. Bis Leermann nachgibt: »Keine Ahnung. Mir sind dafür keine Anzeichen bekannt. Aber das heißt ja nichts.«

»Hatte Bruns Feinde?«

»Wie meinen Sie das?«

»So wie ich es gesagt habe.« Kellermann verliert die Lust an Leermanns Spielchen. Für mich mehr als verständlich.

»Bruns hat gerne die Lorbeeren geerntet, diese aber lange nicht so gern geteilt.« Der IT-Experte lehnt sich noch weiter im Stuhl zurück. Mit dem überheblichen Blick eines Paschas.

»Und weiter?«, fragt der Kommissar ungerührt.

»Nicht alle Methoden waren dabei kollegial.«

»Und?« Kellermann wird jetzt lauter.

»Fragen Sie doch mal Marie Wagenfeld. Die sind doch ständig aneinandergeraten.«

»Wieso?«

»Wieso Sie die Wagenfeld fragen sollen oder wieso sie aneinandergeraten sind?«

»Lassen Sie Ihre Spiele.« Kellermanns Nerven kommen an ihre Grenzen.

»Unstimmigkeiten im Projekt.«

»Worum ging es?«

»Unterschiedliche Sachen. Das fing bei der Führung des Projekts an und endete bei fachlichen Details.«

»Ging es dabei um Daten? Kann der USB-Stick eine Rolle gespielt haben?«, fasst Kellermann direkt nach.

Zur Untermalung seiner Ratlosigkeit wirft Leermann kurz die Hände in die Luft. »Vielleicht. Wer weiß? Wir arbeiten in einer Bank und haben ständig mit sensiblen Daten zu tun. Wenn jemand die rausschmuggelt, gibt es schon Möglichkeiten, einen Interessenten dafür zu finden.«

»Können Sie das im System feststellen?«

»Nein, wenn Daten auf einen Stick kopiert werden nicht. Daher sind die USB-Ausgänge für die Mitarbeiter auch geblockt.« Leermann verschränkt die Arme wieder vor der Brust.

»Und sonst?« Kellermann ist erneut kurz davor, die Geduld zu verlieren.

»Durch Veränderungen in den Datenmengen«, bringt Leermann motivationslos hervor.

»Und?«

»Ob sie sich verändert haben?« Leermanns Frage ist nicht anders als rhetorisch zu bezeichnen.

»Schlaues Köpfchen.« Kellermanns Antwort nicht weniger.

»Der Auslastungsgrad des Datenbankservers hat sich im Entwicklungssystem verändert.«

»Was heißt das bitte für den Normalsterblichen?«

»In der letzten Woche hatten wir einige Probleme mit der Performance der Datenräume und ich habe daraufhin den Datenbankserver geprüft. Am Tag darauf zeigte sich jedoch, dass die Datenmenge deutlich kleiner war.«

»Um welche Daten handelt es sich dabei?«

»Das kann ich nicht sagen. Für den Datenraum läuft kein Back-up. Dort werden nur Dokumente zusammengestellt, die bereits an anderen Stellen vorhanden sind. Es handelt sich quasi um eine zentrale Austauschplattform. Woher die Dokumente kommen oder wohin sie verschoben werden, können wir nicht sagen. Aber bei dem großen Datenvolumen könnte es sich um Bilddateien gehandelt haben.«

»Was für Bilddateien sind im System enthalten?«

»Fotos. Baupläne. Grundbuchauszüge. Was es alles so gibt rund um eine Immobilie. Die Dokumente werden eingescannt und als JPG-Datei hinterlegt – wenn sie nicht schon digitalisiert vorliegen. Bei der Anzahl der Immobilien kommt da ein rechtes Volumen zusammen. Denken Sie allein an den gesamten Bestand an Mieterverträgen und natürlich die Gutachten.«

Kellermann wird hellhörig und hakt ein: »Und diese Gutachten, was kann man mit denen machen?«

»Darin ist der aktuelle Wert der Immobilie angegeben. Zudem wird eine Prognose über die weitere Wertentwicklung aufgezeigt. Daraus lässt sich auf die Entwicklung der Anteilspreise und die Performance des Fonds schließen und letztlich auf die Frage, ob eine Investition lohnenswert ist oder nicht.«

»Wer hat Zugang zu dem Datenraum?«

»Unsere IT-Abteilung, Meier und seine Leute und natürlich Frau Wagenfeld und ihr Team.«

»Was würde passieren, wenn Frau Wagenfeld ihren Zugriff auf die Daten missbraucht hätte?«

»Ihr würde umgehend gekündigt und sie könnte sich aus der Branche verabschieden. Das wären so in etwa die silbernen Löffel. Aus strafrechtlicher Sicht können Sie das weitaus besser beurteilen.«

Kellermann schließt das Video mit einem Mausklick. Der blaue Desktophintergrund erscheint.

Erst langsam löse ich meinen Blick vom Bildschirm. Ich wende mich dem Kommissar wie in Zeitlupe zu. Mein ganzer Körper ist angespannt vor Wut.Ich fahre Kellermann an: »Was soll dieser Test?«

»Hatte Bruns Sie in der Hand? Waren Daten mit kritischen

Informationen gegen Sie auf dem Stick? Haben Sie etwas mit dem verschwundenen Datenträger zu tun?« Seine Fragen prasseln wie Maschinengewehrsalven auf mich ein.

Mein ganzer Körper ist vor Empörung auf Angriff gepolt, aber ich bewege mich nicht. Ich zähle still bis zehn und antworte dann mit fast metallischer Stimme: »Ich habe einen Job und den vernachlässige ich gerade wegen Ihrem. Ich denke, es ist Zeit, dass ich mich wieder um meinen kümmere.«

Ich stehe auf, doch die Tischreihen sind so eng, dass ich nicht an Kellermann vorbeikomme, ohne dass auch er sich vom Stuhl erhebt. Ich bebe innerlich, möchte am liebsten über den Tisch springen, doch zwinge mich stehen zu bleiben.

Zähflüssig verstreichen die Sekunden, während der Kommissar langsam aufsteht, doch den Weg noch nicht freigibt. Abwägend schaut er mich an. Seine Gesichtszüge sind weicher, seine ganze Haltung wirkt entspannter als in dem gezeigten Video. Auch seine Stimme. Mit Bedacht erklärt er: »Das tue ich auch. Ich kümmere mich nur um meinen Job.« Nach diesen Worten tritt er zur Seite und lässt mich vorbei. Als ich den Türrahmen fast erreicht habe, höre ich: »Und das mit der Kollegin war ernst gemeint. Ihre Meinung zu dem Video, Ihre Einschätzung Leermanns. Das würde mich sehr interessieren.«

Ich bleibe stehen, drehe mich aber nicht um. Zu viel Wut bebt noch immer in mir und ich möchte mich Kellermann mit meinen Emotionen nicht so schonungslos ausliefern. Möglichst gefasst erkläre ich: »Wenn Leermann gelogen haben sollte, dann am ehesten, als er gesagt hat, er kenne den Inhalt des USB-Sticks nicht.«

»Danke«, höre ich leise im Hintergrund, denn ich bewege mich schon in Richtung Eingangshalle.

14

Beleuchtete Hafenkräne ragen aus dem schwarzen Wasser. Werften, vereinzelt durch Scheinwerfer angestrahlt, begrenzen den Fluss. Container, zu Türmen aufeinandergestapelt, sind nur schemenhaft erkennbar. Tanzende Stahlskelette über überdimensionierten Bauklötzen. Davor Containerschiffe. Schwer und träge liegen sie vor Anker. Der Hafen ruht, soweit er das vermag.

Es ist Ebbe und der Sandstreifen unter meinen Füßen ist breit. Der feuchte Sand knirscht zäh bei jedem Schritt. In meinem Rücken die Kaimauer. Durchsetzt nur von Abflussrohren, die in die Elbe hineinragen. Die Wand aus Stein ist hoch. Massiv und lotrecht ragt sie hinter mir auf. Schutzwall und Bedrohung zugleich. Mit ein paar Metern Abstand thront oben auf dem Pier ein Bürokomplex. Verlassen um diese Zeit.

In dem unbeachteten Winkel herrscht tiefe Nacht. Die Straßenlaternen zu weit entfernt, die Lichter der Schiffe zu schwach. Erreichbar ist dieser Sandfleck lediglich über eine rostige Leiter, die hinauf zur Kaimauer führt. Eine Notstiege, falls die Abflussrohre verstopfen. Für einen Monteur, der nach dem Rechten sehen will. Aber jetzt ist auch sie versperrt.

Im Gegensatz zu den rhythmischen Wellen des Elbewassers ruht eine Kamera still auf einem Stativ neben mir. Bei dieser Dunkelheit ist eine lange Belichtungszeit notwendig. Trotzdem besteht keine Gefahr des Verwackelns. Das Motiv bewegt sich nicht.

Ich beuge mich leicht hinunter und prüfe das Ergebnis im Display. Ausreichend. Die lange Belichtungszeit hat das Dunkel zum Leben erweckt. Der Körper ist erkennbar. Nicht im Detail. Man sieht nicht, dass der Mann achtunddreißig Jahre alt ist, dass sein Haar an den Schläfen bereits lichter wird, dass er eine Narbe am Bauch hat und dass seinen Unterarm ein Tattoo verziert. Aber die Form des Körpers wird deutlich. Dass er an eine Streckbank gefesselt ist, dass diese Streckbank in die Höhe ragt, dass Arme und Beine an die rostigen Leitersprossen geschnallt sind. Und auch die feinen Schläuche sind sichtbar, die wie Bindfäden aus seinem Körper ragen.

Man wird nicht mehr sehen, dass sie gefüllt sind, mit dickem, zähflüssigem Blut. Das erst herausgesprudelt kam, pulsierend, ausladend und dann langsam versiegte, bis nur noch vereinzelte Tropfen den Sandboden berührten. Ein letztes Aufbäumen der Lebenskraft. Das alles wird man nicht erkennen auf dem Foto. Aber ich, ich weiß es.

Ich nehme die Kamera von der Schnellkuppelplatte und klappe das Stativ ein. Zusammen mit den übrig gebliebenen Kanülen und Schläuchen verstaue ich die Fotoausrüstung im Rucksack. Ich greife nach dem Seil. Das andere Ende ist an einem Poller auf der Kaimauer befestigt. Meine Füße suchen Halt in den Vorsprüngen und Rissen. Ich arbeite mich hoch. Meine Hände schmerzen von dem spröden Tau. Erst oberhalb der gefesselten Hände fasse ich wieder Tritt auf den Leitersprossen. Als ich festen Boden unter meinen Füßen erreiche, höre ich Geräusche von schweren Eisenrollen. Die Kräne sind wieder in Bewegung. Der Hafen erwacht.

15

Erschlagen vom Tag, schließe ich müde die Bürotür ab und steige die Stufen des stuckverzierten Treppenhauses hinab. Der katastrophale Start am Morgen war leider Tagesprogramm. Nach Kellermanns Eskapaden entdeckte Christian Fehler in der Marktanalyse und Helena berichtete anschließend vom Chaos in Wien. Kurz vor Feierabend eröffnete Jana mir, was im System der *Sega Invest* alles noch nicht funktioniert. Die Liste ist nicht gerade kurz. Und immer wieder taucht in meinem Kopf die Frage nach dem veränderten Datenstand auf. War das nur ein Ablenkungsmanöver Leermanns? Hat wirklich jemand große Datenmengen verschoben oder gelöscht? Wenn wir dessen beschuldigt würden, wäre das äußerst heikel. Der bloße Verdacht auf einen Datendiebstahl wäre gerade in der Finanzbranche eine Katastrophe, wir könnten uns aus dem Projekt verabschieden. Und wenn es sich erst herumspräche, vermutlich nicht nur aus diesem. Der Gedanke ruft Wut in mir hervor, aber auch eine zäh nagende Zukunftsangst. Mein Gott, denke ich, was für ein Tag. Zu allem Übel hat es angefangen zu nieseln und wie immer habe ich natürlich keinen Schirm dabei.

Die Schultern hochgezogen und die Hände tief in meine Manteltaschen vergraben, spaziere ich Richtung Westendplatz. Auf dem Gehweg bilden sich erste Pfützen. Trotz gymnastischer Bemühungen machen sich Dreckspritzer auf meinen schwarzen Lederschuhen breit und Feuchtigkeit dringt durch die dünnen Feinstrumpfsöckchen.

Der Kiosk auf der Mitte des Platzes lässt seine Rollläden gerade herunter. Bei dem Wetter sind die Kaufaussichten zu gering. In einen dicken Strickpullover gehüllt, schließt der Besitzer die Tür ab. Erik habe ich so einen Pulli einmal zu Weihnachten geschenkt. Im Norweger-Stil aus dichter graublauer Wolle. Als er ihn über den Kopf zog, blieb der Rollkragen hochgeklappt und Erik rief: »Hilfe, ich bin blind, ich bin blind.« Er fuchtelte wild mit den Händen umher, nutzte die Chance, mir auf den Kopf zu tatschen, und als der Spaß vorüber war, drückte er mich fest, um sich zu bedanken. Es war unser letztes gemeinsames Weihnachten, bevor er sich in eine andere Welt verabschiedete.

Die Gedanken an meinen Bruder begleiten mich bis in die Moselstraße. Seine albernen Worte hallen in meinem Kopf nach. Wehmut steigt auf, vermischt mit Wut. Wut auf einen

Unbekannten, der nie zur Rechenschaft gezogen wurde. An der Hausnummer 33 fasse ich einen spontanen Entschluss. Ich drücke den messingfarbenen Klingelknopf und drehe mich zurück zur Straße. Direkt in das Sichtfeld des gegenüberliegenden Hauses. Die Tür in meinem Rücken öffnet sich. Ich schreite den Flur entlang und lasse die Garderobe unbeachtet. Ich beabsichtige, nicht lange zu bleiben.

Aus den Augenwinkeln sehe ich, wie die Garderobenfrau hochfährt. Sie will mich aufhalten, mich wegen meiner Kleidung ermahnen, aber ich bin längst im nächsten Flur in Richtung Bar.

Siebzigerjahre-Motown-Musik. Ich tippe auf Sly and The Family Stone. Im nächsten Moment erkenne ich den Refrain von *Underdog.* Wie passend für das Etablissement. Ich erkenne die Bardame von unserem letzten Besuch wieder. Sie schaut mich misstrauisch an. Der größte Unterschied zu allen anderen Gästen ist die Menge an Stoff, die meinen Körper umgibt. Es scheint für einen kurzen Augenblick, als ob die Frau sich ebenfalls darüber echauffieren will. Aber dann widmet sie ihre Aufmerksamkeit einem Gast im schwarzen Ledertanga, über dessen Kopf eine schwarze Latexmaske mit silbernen Spikes gestülpt ist.

Ich überquere die Tanzfläche und nehme Kurs auf die rote Leuchtschrift *Privat.* Die ersten Türen links und rechts des schmalen Flures lasse ich unberührt und gehe direkt auf die Nummer fünf zu. Wieder kaltes weißes Neonlicht. Von der Musik ist hier nichts mehr zu hören.

In der Mitte des Raumes steht immer noch das Krankenhausbett. Weiße glatt gestrichene Laken. Klinisch rein. Die Gitterstreben sind nach unten geklappt. Parat für den nächsten Gast. Ich streife mit der Hand über das silberne Gestell. Das Metall ist glatt und kalt.

Unter dem Bett befindet sich ein Ausguss. Er ist mit einem rechteckigen Gitter bedeckt, die Öffnung so groß wie ein

Schuhkarton. Der Boden ringsum ist feucht. Hier muss vor nicht allzu langer Zeit gewischt worden sein. Aber mein Interesse gilt nicht dem Fußboden und auch nicht der Frage, welche Art von Flüssigkeiten hier kürzlich weggewischt worden sind.

Ich konzentriere mich auf das Regal an der rückwärtigen Wand beziehungsweise auf den Inhalt, der dort einmal stand. Die Bretter sind verschwunden. Kein Anzeichen, dass es sie je gegeben hat. Zurück bleibt ein leeres Stahlregal, ohne Sinn und Zweck.

Ich lasse den Blick umherschweifen, aber bei diesem spärlich möblierten Zimmer geht das schnell. Es gibt nichts mehr zu entdecken, keine Spur, die mich zu den Brettchen führen könnte.

Ich mache auf dem Absatz kehrt und betrete wieder den Flur. Mich zieht es zurück zu den wenigen Gästen. Doch plötzlich erlischt das Licht. Ich stocke kurz und zwinge mich dann weiterzugehen. Der Flur hat keine Fenster. Auch Schalter sind nicht zu sehen. Es ist stockdunkel. Die Angst kriecht in mir hoch. Ich versuche, mich abzulenken. Mich zu ermahnen, dass Angst nur ein Gefühl ist, nur eine Reaktion auf Botenstoffe. Ich versichere mir, dass der Mensch in der Dunkelheit automatisch nervös ist, dass das Gehirn aber eine bekannte Umgebung von allein erfassen kann. Und dass es nur wenige Meter sind, bis ich die lederbespannte Tür erreichen werde. Mit diesem Gedanken zwinge ich meine Beine, einen Fuß vor den anderen zu setzen. Vorsichtig taste ich mich voran.

Zu meiner Linken müsste jetzt das Zimmer Nummer drei liegen. Behutsam setze ich meine Schritte fort. Da spüre ich einen Luftzug hinter mir. Wie von einer Tür, die sich öffnet und wieder schließt. Aber immer noch kein Licht. Auch kein Geräusch. Und die Tür hätte ich doch hören müssen. Zumindest ein kurzes Klacken.

Beruhige dich, schärfe ich mir ein, es sind nur noch wenige Meter. Ich hebe bereits meine Hand, um die rettende Klinke zu ergreifen, als mein Kopf jäh herumgerissen wird.

Ich stolpere und kann mich gerade noch auf den Beinen halten. Stechend fährt der Schmerz in meine Wirbelsäule. Mein Hals ächzt, als wäre er ausgerenkt. Aber mich haben keine Hände gepackt, geht es mir in Sekundenschnelle durch den Kopf. Es fühlt sich wie Gummi an, das mich gefangen nimmt.

Ich greife nach der aufgezwungenen Kopfbedeckung. Der Stoff umschließt meinen ganzen Schädel und fühlt sich an wie eine übergroße Badekappe, die nicht nur das Haar, sondern auch mein Gesicht umfasst. Ich versuche, meine Finger unter das Gummi zu schieben, aber jemand zieht von hinten die Maske straff. So straff, dass meine Nase gequetscht und mein Kehlkopf eingedrückt wird. Ich bekomme keine Luft mehr. Panik steigt hoch.

Ich löse meine Hände und schlage wild um mich. In der Hoffnung, irgendwen oder irgendwas zu treffen und die Spannung der Gummimaske zu lösen. Ich boxe mit geballten Fäusten, aber ich treffe nur ins Leere.

Eine fremde Hand reißt grob an meiner Schulter und mein Rücken knallt gegen die Wand. Schmerz flammt auf. Immerhin hat sich der Druck auf die Maske gelöst. Kurz kann ich einatmen.

Ich reiße meine Lippen so weit wie möglich auseinander, um jedes verfügbare Luftmolekül zu erhaschen. Dabei dringt eine schmierige Flüssigkeit in meinen Mund. Angst vermischt sich jetzt mit Ekel. Ekel vor dieser gallertartigen Masse, die sich nicht nur auf meinem Gesicht ausbreitet, sondern deren bitterer Geschmack jetzt auf meiner Zunge liegt.

Ich versuche zu schreien, aber die Kappe verschluckt jeden Laut.

»Was willst du?«

Obwohl ich ihn bisher nur einmal kurz getroffen habe,

erkenne ich deutlich Kreutzers Stimme. Seine Hände drücken mich gegen die Wand. Mit seinem ganzen Gewicht stemmt er sich gegen mich, sodass meine Schlüsselbeine zu zerbrechen drohen. Ich versuche, Worte zu finden, ihm klarzumachen, dass er mich loslassen soll. Doch meine Stimme verliert sich unter dem luftdichten Gummistoff. Auch meine Hände, die verzweifelt versuchen, seinen Griff zu lockern, sind wirkungslos. Dann legt sich seine rechte Hand auf meinen Schädel. Sie ist so groß, dass seine Finger mein linkes Ohr berühren. Er presst so fest zu, dass mir fast das Stirnbein zerspringt. Der Foltergriff treibt Tränen in meine Augen. Der stechende Schmerz zieht vom Kopf abwärts durch meinen ganzen Körper und lässt meine Knie weich werden. Ich sinke zusammen. Kreutzer lässt mich los und ich gleite zu Boden.

Ich höre Schritte. Er entfernt sich. Nicht in Richtung Bar, denn dann hätte er den Durchgang längst erreicht. Keine Tür, die sich öffnet. Und auch die Musik wird nicht lauter. Regungslos kauere ich am Boden, bis ich seine Stimme höre: »Verschwinde und lass dich nicht mehr blicken.«

Ich ziehe das Gummi von meinem Gesicht. Es ist immer noch dunkel, aber meine Hände sagen mir, dass es sich um eine Bondagemaske handeln muss. Mit meinem Ärmel wische ich mir das schmierige Etwas aus dem Gesicht. Ich spucke auf den Boden. Mehrmals, um jeden Tropfen Flüssigkeit, der in meinen Mund gelangt sein könnte, wieder hinauszubefördern. Der bittere Geschmack haftet immer noch auf meiner Zunge. Ich muss würgen.

»Was ist, gefällt es dir nicht?«

Ich erstarre. Kreutzer ist noch da und beobachtet mich. Erneut steigt Panik in mir hoch.

Seine Stimme schallt jetzt noch lauter durch den Flur: »Stehst du etwa nicht auf Sperma? Ich habe es extra für dich angerichtet.« Das anschließende Lachen klingt dreckig. Und mit diesem Zeichen des Triumphs verabschiedet er sich tatsächlich. Ich höre, wie sich eine Tür öffnet und direkt wieder schließt.

16

Der Wecker klingelt und reißt mich aus meinen Träumen. Schlaftrunken setze ich mich auf und greife nach meinem Handy neben dem Bett, um den Klingelton auszustellen. Bei der Bewegung schmerzt meine Schulter und mir fällt unmittelbar der gestrige Abend wieder ein.

Ich muss würgen und lasse mich zurück ins Bett fallen. Die Bilder spulen sich wie im Film ab: die schmierige Latexmaske auf meinem Kopf, die kräftige Hand an meinem Hals, die Toilette vom West and East, in der ich mir Kopf und Haare im Spülbecken gewaschen habe. Die Bilder erscheinen zu bizarr, um sie selbst erlebt zu haben. Doch die Erinnerung an den bitteren Geschmack in meinem Mund sagt mir, dass es sich keineswegs nur um einen schlechten Film gehandelt hat.

Ich stehe mit einem Ruck auf. Liegen bleiben und nachdenken macht es nicht besser. Ich springe unter die Dusche, wasche mir gleich zweimal die Haare und nehme die Zahnbürste dabei nicht aus dem Mund.

Am Flughafen die gewohnte Masse an Businessreisenden. In der Sicherheitsschleuse bilden sich Schlangen und in den Schlangen Tumulte. Ist dieses Hindernis erst überwunden, schwirren die Passagiere wie emsige Ameisen den einzelnen Gates entgegen.

Im Flugzeug habe ich eine Reihe ergattert, deren Mittelplatz frei ist. Ich grüße meinen Sitznachbarn am Fenster mit einem kurzen Lächeln und deponiere meine Handtasche zwischen uns. Somit besteht keine Gefahr, dass der Herr im beigen Anzug sich mir nähert.

Ich habe schon so einige redselige Menschen erlebt, die einen freien Sitz gern in Anspruch nehmen, um die gesamte Flugzeit ihre Lebensgeschichte zu erzählen. Heute wäre dafür definitiv der falsche Zeitpunkt. Ich lasse mich tief in den Sitz sinken und verstecke mich hinter der FAZ. Ich habe mich immer gefragt, warum die Seiten so großformatig sein müssen. Jetzt weiß ich es und wünsche sie mir keinen Zentimeter kleiner.

Auch der Taxifahrer in Berlin hat kein Glück mit mir. Als Gesprächspartner muss er mit dem nächsten Fahrgast vorliebnehmen.

Ich schicke Anna noch eine SMS:

Guten Morgen, ich bin bei CMP so gegen Mittag fertig. Treffen wir uns noch kurz auf einen Kaffee vor dem Gespräch mit Stallenberg? Stammcafé am Hackeschen Markt? LG Marie

Als ich das Telefon wieder in meiner Tasche verstauen will, vibriert es. Kellermann ruft an. Ich verstaue es trotzdem.

Trotz meiner Unausgeglichenheit habe ich die Sitzung ohne größere Scharmützel überstanden. Im Café angekommen, stelle ich fest, dass Anna schon vor mir eingetroffen ist. Ihre Augen weiten sich, als sie mich entdeckt.

Ich schlängle mich an Tischen, Kellnern und Gästen im voll besetzten Lokal vorbei. Anna hat einen Platz im hinteren Bereich gewählt. Die Tische stehen hier leicht erhöht auf einem Podest. Wie in einem Theatersaal. Nur die Perspektive ist verdreht: Das Publikum im Gastraum ist unsere Bühne.

Ich steige die drei Stufen hinauf und erreiche Annas Tisch.

Sie steht auf und schlingt ihre Arme um mich. Sie will mir auch einen Kuss auf die Wange drücken, aber da rücke ich instinktiv von ihr ab. Trotz mehrmaligem Duschen fühle ich mich noch beschmutzt, als würde ich Anna anstecken, als wäre noch etwas da und würde sich auf sie übertragen. Ich schüttle mich innerlich und setze mich ihr gegenüber.

»Ist alles in Ordnung bei dir?«, fragt sie. Anna kennt mich zu gut. Sie merkt sofort, dass etwas nicht stimmt.

Ich erzähle ihr meine Erlebnisse vom gestrigen Abend. Von Kreutzer, seiner Hand, der Latexmaske.

Sie schweigt und hört mir zu, unterbricht mich nicht ein einziges Mal, was bei Annas Redebedürfnis selten ist.

Als ich fertig bin, greift sie nach meiner Hand und drückt sie so fest, dass mich ihr Ring schmerzt. »Kannst du bitte aufhören, Mörder zu fangen! Bist du verrückt? Hör damit auf. Wem willst du etwas beweisen? Lass es sein und pass auf dich auf.«

Wieder steigen mir Tränen in die Augen. Das scheint bei Gesprächen mit Anna in letzter Zeit zur Gewohnheit zu werden. Ihr Gesicht verschwimmt, doch auch ohne sie zu erkennen, weiß ich, dass ihr Blick immer noch eindringlich auf mich gerichtet ist. Ein Sprichwort sagt, ein guter Freund sollte dir ein hartes Feldbett sein.

Sie macht es mir nicht bequemer: »Du warst beim Wirtschafts- und nicht beim Morddezernat. Und egal, was du herausfinden magst, es wird Eriks Geschichte nicht ändern.«

Anna trifft ins Schwarze. Ich schlucke und schiebe die aufkommenden Gefühle weg. »Gut«, ist alles, was ich sage, aber ich erwidere kurz den starken Druck ihrer Hand.

»Na also, dann komm. Wir haben schließlich noch etwas vor.« Anna erhebt sich. Ihren Tee hat sie bereits im Voraus bezahlt.

Wir tauchen wieder in den Trubel der Rosenthaler Straße ein. Die letzten Touristen der Saison schieben sich in Richtung Hackescher Markt. Wir schlagen die Gegenrichtung ein. An der Ecke Auguststraße überqueren wir die Fahrbahn und betreten die Lobby eines *Design Hotels*. Sehr chic, sehr angesagt. Aber die Halbwertszeit der Berliner Trends ist knapp bemessen und bald schon wird das Szenevolk eine andere Lokalität vorziehen.

Die Rezeption lassen wir rechts liegen und biegen direkt in die Lounge ab. Der Portier hinter dem Empfang macht nicht den Eindruck, dass ihn das wundert. Ich wette, es kommen täglich Dutzende her, um einfach nur das Interieur zu bestaunen. Glücklicherweise ist es heute recht leer und wir steuern eine Polstergruppe im hinteren Teil des Raumes an.

Wir lassen uns auf eine senfgelbe Couch fallen und ich bin froh, keinen Rock angezogen zu haben. Das Sofa kommt einem tiefergelegten Sportwagen gleich. Ganz fantastisch. Ich merke, wie sich meine innere Ausgeglichenheit wieder verabschiedet.

Stallenberg kommt, ich schäle mich aus den Polstern, um ihm die Hand zu schütteln. Er ist sechs Minuten zu spät. Perfektes Timing, um sich nicht entschuldigen zu müssen, uns aber ganz klar unsere Position zu verdeutlichen.

Anna beginnt das Gespräch und ich bin ihr dankbar dafür. Sie erkundigt sich nach seiner Reise, der Pünktlichkeit des Flugs und nach der Höflichkeit des Taxifahrers. Alles Geschichten, die zur Eröffnung einer Unterhaltung in dieser Umgebung funktionieren. Die Worte plätschern vor sich hin.

Das gibt mir die Möglichkeit, Stallenberg ungestört zu beobachten. Er sitzt mittig auf dem Sofa, uns direkt gegenüber. Sein Körper, seine ganze Haltung ist so raumgreifend, dass er den Dreisitzer völlig für sich beansprucht. Sein weißes Haar fällt strähnig herab und hebt seine längliche Gesichtsform hervor. Diese Vertikale wird nochmals durch die tiefen Gesichtsfalten verstärkt. Die Haut zwischen den Furchen wirkt dünn, fast brüchig. Äderchen blitzen hervor. Stallenberg merkt von meiner Beobachtung nichts. Anna lenkt ihn genügend ab. Er bekommt von ihr Honig um den nicht vorhandenen Bart geschmiert und er lässt es sich schmecken. Auch scheint ihm seine Sitzposition nicht so unbehaglich zu sein wie mir. Die Beine breit auseinandergestellt, ein Arm lässig über die Rücklehne gehängt, die andere Hand ruht in seinem Schoß. Wenn ich neben ihm säße, würde sein Arm in meinem Rücken Platzangst auslösen.

»Zu welchem Thema soll ich überhaupt referieren? Was soll ich den Gästen denn schon Spannendes erzählen?« Ein breites Lächeln, bei dem seine leicht gelblichen Zähne zum Vorschein kommen. Das Ergebnis jahrzehntelangen Rauchens. Stallenbergs Frage soll Bescheidenheit vortäuschen, doch bei seinem Habitus ist das Fishing for Compliments leider allzu durchschaubar. Selbst nach der Honigbehandlung scheint er nicht genug zu kriegen.

Anna ist schamlos und tut ihm selbst diesen Gefallen. »Aber Herr Prof. Stallenberg, ich kann mir sehr viele interessante Themen vorstellen, mit denen Sie unser Publikum begeistern. In Ihrer Doppelrolle als Kopf der Wissenschaft und Aufsichtsorgan der *Sega Invest* können Sie ja aus zwei spannenden Welten berichten.«

Jetzt kommen wir zu den fachlichen Details. Der Marketingpart ist absolviert. Ich schalte mich ein: »Das diesjährige Thema ist Risikomanagement. Der Einsatz von Risikomanagementinstrumenten zur Fondssteuerung wäre beispielsweise brandaktuell.«

»Ja«, pflichtet Anna mir bei. »Sie könnten sowohl den theoretischen Hintergrund als auch die praktischen Einsatzmöglichkeiten am Beispiel der *Sega Invest* erläutern. Deren Immobilienfonds realisieren ja trotz der krisengebeutelten Jahre immer sehr gute Ausschüttungsquoten. Den einen oder anderen Anbieter hat es wesentlich schlimmer getroffen, manche Fonds mussten sogar ganz schließen. Bei den Renditen, die hingegen die *Sega Invest* erwirtschaftet, muss ein exzellentes Risikomanagement im Einsatz sein.«

Stallenberg sinkt noch selbstgefälliger in die Sofapolster. Zur Unterstreichung seiner Pose lässt er auch den zweiten Arm lässig über die Rückenlehne hängen. Sein untersetzter Bauch presst sich gegen das Hemd. Zwischen den gespannten Knöpfen schiebt sich der Stoff auseinander und ein Stück Haut kommt zum Vorschein. Mit seinen breit auseinandergestellten Beinen ist die Position bestenfalls als ordinär zu beschreiben. Sein blasiertes Grinsen, das wieder die gelblichen Zähne hervorblitzen lässt, macht es nicht besser. »Wenn Sie meinen, dass ich mit diesem Thema das Publikum verzaubern kann, werde ich meine Assistentin darauf ansetzen.«

Das wäre nicht nötig gewesen. Wir wissen auch so, dass er seine Briefe nicht selbst tippt. Der Verweis auf die Assistenz hat sich in der Branche ebenso vehement durchgesetzt wie die Anmerkung zur Höhe des gebuchten Hotelpreises. Ich bin gedanklich raus. Anna verhandelt den Rest.

Nach unserer Verabschiedung und der Zusicherung, wie nett dieses Treffen gewesen ist, treten Anna und ich in die letzten Sonnenstrahlen des Tages.

»Was machst du jetzt?«, fragt sie.

»Auf zu Karla, Jeans, Sofa, Bier. In der Reihenfolge.«

Anna schüttelt den Kopf. »Freundschaft mit gewissen Vorzügen. Was soll daraus bloß werden?« Dann grinst sie schelmisch und drückt mir einen Kuss auf die Wange.

Ich schrecke zusammen. Der Gedanke, dass an ihren Lippen jetzt Sperma klebt, lässt mich immer noch erschauern. Ich versuche, mir nichts anmerken zu lassen, und winke ihr lächelnd zum Abschied zu.

Trotz des kühlen Wetters herrscht in der Eisenbahnstraße bunter Trubel. Die geringen Temperaturen sind den umherstreunenden Kindern völlig egal.

Ein Mädchen überholt mich mit ihrem roten Roller, zwei Jungs verfolgen sie lautstark. Ob es für sie immer so bleiben wird?, frage ich mich schmunzelnd.

Auch in Merals Dönerladen herrscht noch Hochbetrieb. Um kurz nach acht ist hier Stoßzeit.

»Zwei Salatbrötchen mit Käse. Ohne Scharf. Joghurtsoße«, bestelle ich. Und da ich mir nicht sicher bin, wie gut Karlas Kühlschrank bestückt ist, füge ich hinzu: »Und zwei Bier.«

Während das Essen zubereitet wird, hole ich mein Handy aus der Tasche. Kellermann hat noch mal angerufen. Ich tippe eine SMS.

Bin in fünf Minuten da.

An Karla, nicht an Kellermann.

Kurz darauf hält sie mir die Tür auf. Ihre langen braunen Haare sind lose zu einem Knoten zusammengebunden. Lose ist untertrieben. Links und rechts schauen gut ein Dutzend widerspenstige Strähnen heraus.

Sie umarmt mich. Für mich, schwer beladen mit meinen Taschen, der Tüte vom Dönerladen und den Bierflaschen, fühlt es sich an wie eine Erdrosselung. Ich ertrage es einfach stillschweigend.

»Komm rein. Schön, dass du da bist.« Karla lässt mich wieder frei und hält mir die Tür auf. »Aber leg doch erst einmal die Taschen ab.«

Gute Idee, denke ich und muss innerlich grinsen.

Nach dem Essen, dem ersten Bier und natürlich nachdem ich den Anzug gegen Jeans und T-Shirt getauscht habe, bekommt auch Karla die Geschichte von meinem abendlichen Besuch im Rotlichtmilieu erzählt.

Diesmal in Kurzfassung und ohne Tränen.

Als ich fertig bin, zieht sie mich an sich und küsst mich auf die Stirn.

»Ekelst du dich nicht vor mir?«, frage ich vorsichtig.

»Spinnst du? Du hast ja wohl geduscht, oder?« Sie lacht und zieht mich nochmals heran.

Auf das erste Bier folgt ein zweites und ein drittes. Aus den Lautsprechern schallen die Gitarrenriffs von Shirley Holmes. Karla plaudert über ihren Tag, die Neuigkeiten in der Nachrichtenagentur, ihr Fußballwochenende, das Gefühl, den Ball zu kicken. Sie will mich ablenken, alle Gedanken an den gestrigen Abend aus meinem Kopf wischen.

Es geht immer noch um Fußball, um Sport, um irgendwelche Übungen. Ich habe nicht richtig hingehört, doch plötzlich springt sie vom Sofa auf, holt eine CD vom Regal und startet ihren Laptop. Bauchmuskeltraining. »Ist der Hammer. Vor allem, wenn man keine hat«, ruft Karla zu mir herüber. »Entweder du brichst vor fehlenden Muskeln zusammen – oder vor Lachen.«

Die Musik startet, eine schlecht synchronisierte Aerobic-Lady strahlt uns an und versucht, uns mit Taschenspielertricks zu motivieren. »Komm schon, gib mir noch vier. Du schaffst das. Gut gemacht!«, tönt es aus den Lautsprechern. Karla absolviert die Übungen halb schlecht, halb recht und kugelt sich dann vor Lachen auf dem Boden.

Ich lasse mich noch tiefer in das Sofa gleiten und schaue ihr amüsiert zu. Die Geräuschkulisse aus Motivationsrufen der Aerobic-Lady, den Elektrobeats im Hintergrund und Karlas Hüpfgeräuschen lassen mich kurz an die Nachbarn denken. Ich hoffe, Karla hat eine gute Beziehung zu ihnen.

Mit strahlenden Augen erhebt sie sich vom Boden und kommt zu mir auf das Sofa, das ich mittlerweile der Länge nach belegt habe. Sie setzt sich auf die Kante und ich spüre, dass ihre Haut ganz warm geworden ist und vom Schweiß glänzt. Sie beugt ihren Kopf über meinen und schaut mir in die Augen. Dann fragt sie mit leiser Stimme: »Kommst du mit?«

Sie lässt mich vorgehen. Ihr Bett ist zerwühlt. Mit einem

halben Dutzend Kissen versehen. Daneben ein Plattenspieler und ein Stapel Langspielplatten. Liebhaberstücke. Sonst nichts in dem Raum. Viel mehr hätte auf der kleinen Fläche auch keinen Platz gehabt.

Ich stehe noch unschlüssig vor dem Bett, als Karla mir von hinten ihre Hand unter das T-Shirt schiebt. Eine Berührung, die Zärtlichkeit und Halt zugleich vermittelt. Ihre Brust presst sich an meinen Rücken. Sie küsst meinen Hals. Ihre Haut ist immer noch feucht. Ich drehe mich langsam zu ihr um. Die Hand verlässt dabei meinen Körper nicht. Wandert vom Bauch über meine Hüfte meinen Rücken hoch. Karla lässt meinen BH aufspringen, lacht und schubst mich rückwärts auf die Matratze.

17

Der Flieger startet pünktlich und ich lasse mich entspannt im Sitz zurückfallen. Sobald der Steigflug vorüber ist, öffne ich meinen Laptop. Zur Vorbereitung auf den Lenkungsausschuss hat Jana mir die Übersicht der umgesetzten Systemanforderungen geschickt. Wobei mich insbesondere die noch offenen Punkte interessieren. Das Meeting ist hochkarätig besetzt. Weck wird als Chef der Sega Invest die Rolle des Auftraggebers einnehmen und Tiedener als Systemdienstleister ordentlich unter Druck setzen. Aber als Geschäftsführer des IT-Unternehmens sollte der das gewohnt sein.

Ich überfliege die Liste, kann mich aber nicht richtig konzentrieren. Die kurze Nacht steckt mir in den Knochen und bei jeder sich bietenden Gelegenheit schweifen meine Gedanken ab. Zu Karla, ihrer Haut, ihrer Zunge an meinem Hals. Ein wohliger Schauer durchfährt meinen Körper und ich schließe die Augen.

»Kaffee oder Tee?«, höre ich eine bemüht freundliche

Stimme fragen. Als ich aufblicke, verschwinden die Bilder der letzten Nacht.

Dann eben nicht. Ich widme mich wieder meiner Liste und versuche, mich auf den Ausschuss vorzubereiten.

Nach der Landung schalte ich den Flugmodus aus und mein Handy vibriert sofort. Kellermann. Anruf in Abwesenheit und eine SMS.

Wenn Sie sich nicht umgehend melden, schreibe ich Sie zur Fahndung aus.

Ich muss schmunzeln. Trotzdem warte ich mit einer Rückmeldung, bis ich im Taxi sitze und dem Fahrer mein Ziel genannt habe.

»Warum rufen Sie nicht zurück?« Der Kommissar hat sich die Begrüßung schon einmal gespart.

»Ich war im Flieger«, versuche ich, möglichst frei von Emotionen zu antworten.

»Sechsunddreißig Stunden?«

Ich gehe auf seine Frage nicht ein. »Womit kann ich Ihnen helfen?«

»Ich will Sie sprechen. Wann können wir uns treffen?«

»Möchten Sie wieder Videospiele spielen?«

Diesmal ist er es, der auf meine Frage nicht eingeht. »Wann und wo?«

»Zwölf Uhr, der Italiener im Westend vom letzten Mal.«

Kellermann hat aufgelegt. Das Klicken kam so schnell, dass ich mir nicht sicher bin, ob er den letzten Satz überhaupt richtig verstanden hat.

Meier und Tiedener warten schon im Sitzungszimmer. Zum Glück nicht in unserem alten Projektraum. Der wäre allerdings auch für Herrn Dr. Weck nicht standesgemäß. Eine unausgesprochene Regel im Hause der *Sega Invest:* Der Geschäftsführer und der Aufsichtsrat tagen ausschließlich in den Sitzungsräumen der Geschäftsführungsetage.

Floskeln werden ausgetauscht. Über die Anreise. Über die frühe Aufstehzeit. Über den daher notwendigen Kaffee. Ich fühle mich an die Aufwärmphase mit Stallenberg in Berlin erinnert.

»Möchtest du auch eine Tasse?«, fragt mich Meier, als ich meine Unterlagen sortiere. Ich hoffe, er fragt mich das nicht, weil ich so übernächtigt aussehe.

»Nein, danke«, antworte ich.

Die beiden verlassen zusammen das Sitzungszimmer Richtung Kaffeeküche und ich habe noch einen Moment für mich. Ich baue meinen Laptop auf und schließe ihn an den Beamer an. Wieder die Erinnerung an den Projektraum und den Anblick von Bruns, blutverschmiert und ohne Kopf.

Ein zackiges Klopfen reißt mich aus meinen Gedanken. Dr. Wecks Fingerknöchel ruht noch auf dem Türrahmen. Das Gesicht aufgeweckt, die Helmfrisur aus grauer Stahlwolle sitzt perfekt.

»Guten Morgen, Herr Dr. Weck.«

Statt zu antworten, stürmt er auf mich zu und reckt mir die Hand entgegen. Sein Gesicht, sein ganzer Körper versprüht Energie und Tatendrang. Mit seinen sportlichen Erfolgen braucht er nicht prahlen. Die durchtrainierten Muskeln sprechen für sich. Auf den Rippen hat er kein Gramm Fett zu viel.

»Hallo, Frau Wagenfeld. Gut, dass Sie da sind. Dann können wir uns einen umfassenden Überblick verschaffen.«

Weck scheint sich sichtlich auf das Gespräch zu freuen. Und wenn ich mir die Worte ›umfassender Überblick‹ übersetze, bedeuten sie nichts anderes, als dass er einen geschäftlichen Showdown erwartet.

»Ja«, pflichte ich ihm bei. »Es wäre gut, wenn wir heute Klarheit über die nächsten Wochen und die Fertigstellung der Systemfunktionalitäten bekommen. Bis zum Go-live sind es nur noch ein paar Monate.«

Ich beurteile das aus einer rein fachlichen Perspektive. Zu dieser will Weck allerdings nichts weiter wissen. Stattdessen blickt er sich übertrieben suchend um. Hektisch wie eine Marionette im Kasperletheater. »Wo sind denn unsere beiden Herren?«

Wecks Gestik ist reine Parodie. Der Raum ist gerade mal für zehn Personen ausgelegt. Übersehen kann er hier niemanden. Die Unterlagen von Meier und Tiedener liegen offensichtlich auf dem Tisch. Die Kaffee-Erklärung liegt auf der Hand. Aber darum geht es nicht. Dr. Weck ist heute hier, um jemanden in die Schranken zu weisen, und das fängt mit der Pünktlichkeit an. Pünktlich bedeutet in dem Fall nicht zur rechten Zeit, sondern dann, wenn Dr. Weck eine Person im Raum erwartet.

Meier und Tiedener betreten mit zwei dampfenden Kaffeetassen den Raum. Die Gesprächsfetzen verraten, dass sie die bevorstehenden Bundesliga-Partien diskutieren.

Weck grätscht dazwischen: »Guten Morgen, die Herren sind heute aber sportlich unterwegs.« Er lächelt dabei spöttisch. Nur ganz dezent, um seiner eigenen Ironie nicht den Ernst zu nehmen.

Ich drehe mich um und kehre zu meinem Laptop zurück. Das kann ja ein heiterer Vormittag werden.

Meine Rolle gestaltet sich heute verhältnismäßig defensiv. Nachdem alle Platz genommen haben, bittet mich Weck, den Status quo zu berichten. Ich führe Schritt für Schritt durch die Liste der Systemfunktionalitäten, fasse die gewünschten Anforderungen der Controlling-Abteilung zusammen und gebe so neutral wie möglich den Umsetzungsstand wieder. Trotzdem sorgt mein Vortrag für ausreichend Sprengstoff.

Tiedener windet sich wie ein Aal in Seifenlauge. Er ist um

keine Entschuldigung verlegen. Zu seiner Verteidigung erklärt er, der Fachbereich habe die Anforderungen zu unklar definiert, die Anforderungen hätte es so noch nie gegeben oder die Umsetzung sei längst vollzogen, nur noch nicht in unserem System sichtbar.

Dr. Weck schlägt die Argumente wie Returns im Tennis. Er ist Sportler, auch auf diesem Spielfeld. Tiedener hält sich für schlau, vielleicht ist das seine größte Schwäche. Und die nutzt Weck schamlos aus und spielt jedes seiner Argumente an die Wand.

Auch ohne großes IT-Verständnis hat der Geschäftsführer die kritischsten Punkte erkannt. Genau diese will er jetzt in einem neuen Terminplan sehen. »Dann haben wir uns ja auf die wesentlichen Meilensteine geeinigt und ich freue mich, diese bis Montagabend in einem abgestimmten Terminplan wiederzufinden.«

Der letzte Satz ist gespielt. Game, Set und Match. Weck hat das Spiel gewonnen. Tiedener trägt lediglich einen neuen Stapel Hausaufgaben davon.

Er verabschiedet sich schnell. Nach den intensiven Diskussionen ist der Chef des IT-Unternehmens nicht mehr an Small Talk interessiert. Da Weck schon zur nächsten Sitzung eilt, ist Meier als Einziger der drei Herren übrig geblieben.

»Gehen wir Mittag essen? Ich lade dich ein. Es ist Zeit, dass ich mal wieder meine Schulden begleiche. Die letzten Sandwiches gingen alle auf dich. Und nach dieser Schlacht hätten wir uns auf jeden Fall etwas Leckeres verdient.«

Bei Meiers letztem Satz fällt mir wieder einmal auf, wie schwer ihm diese geschäftlichen Streitgespräche fallen. Was bei Weck anmutet wie ein dynamisches Tennismatch, treibt Meier Schweißperlen auf die Stirn. Die Müdigkeit ist ihm ins Gesicht geschrieben. Doch ich muss ihn enttäuschen und schüttle den Kopf: »Tut mir leid, aber ich bin mit dem Kommissar verabredet. Die Polizei hat mich um ein weiteres Gespräch gebeten.«

»Ja, die sind immer noch schwer beschäftigt. Sie haben den gesamten IT-Bereich auseinandergenommen. Jeden Mitarbeiter haben sie befragt und sogar alle Rechner aus dem Schulungsraum abgebaut. Wenn man den Zeitungen Glauben schenkt, steht die Polizei ziemlich unter Druck.«

»Gibt es im Schulungsraum jetzt keine Rechner mehr?«, frage ich erschrocken. »Ich meine nur wegen der Durchführung der Systemtests.«

»Ich habe Jana gebeten, einen freien Rechner bei uns in der Abteilung zu nutzen. Im Moment sind einige Kollegen im Urlaub. Dann kann sie ohne Risiko die Immobilienwerte heute noch abgleichen.«

Bei dem Stichwort ›Risiko‹ kommt mir wieder der Vortrag von Stallenberg und unser Gespräch in Berlin in den Sinn. Wie er sich breitbeinig und selbstgefällig in die Polster fläzte. Ich frage mich, welche Beziehung der Aufsichtsratsvorsitzende zu Weck hat. Ich stelle mir die beiden Alphatiere beim Schlagabtausch vor und könnte nicht sagen, wer den Kürzeren zöge.

Während ich meinen Gedanken nachhänge, hat sich Meier aus dem Sitzungszimmer geschlichen. »Ich bin dann weg«, höre ich ihn noch vom Flur rufen.

Mit Erstaunen stelle ich fest, dass es mittlerweile kurz vor zwölf ist. Ich packe rasch meine Sachen und eile Richtung Aufzüge. Unten am Empfang wünscht mir Frau Rieger einen ßguten Appetit. Ich winke und antworte: »Und Ihnen schon jetzt ein schönes Wochenende.«

Kellermann sitzt am selben Tisch wie letztes Mal. Vor ihm eine geöffnete Flasche Wasser. Sein halb leeres Glas bedeutet mir, dass er schon eine Weile hier ist.

»Hallo, Frau Wagenfeld. Für Sie habe ich Pasta mit Gorgonzola und Spinat bestellt«, eröffnet mir der Kommissar, als ich den Tisch erreiche. Ein Aufstehen seinerseits hält er dabei nicht für nötig.

»Ich hoffe nicht, dass das ein versteckter Angriff auf die Monotonie meines Speiseplans ist.« Ich rücke den Holzstuhl ein Stück vom Tisch ab und lasse mich nieder. Jacke und Tasche landen auf dem Nachbarplatz.

»Wieso waren Sie wieder bei Kreutzer?«

»Woher wissen Sie das?«

»Sie haben meine Frage nicht beantwortet«, reagiert Kellermann sehr sachlich. Fast kühl.

»Weil ich auf diese Art von Etablissements stehe.« Ich lasse mich zurückfallen und verschränke die Arme vor der Brust. Mein Kinn etwas vorgereckt, sodass mein Trotz unübersehbar ist.

»Lassen Sie den Quatsch. Ich kenne Ihre Vorgeschichte.« Der Kommissar unterstreicht den Satz mit einer abwinkenden Handbewegung. »Ich kenne das Schicksal Ihres Bruders.«

Volltreffer. Ich sacke unwillkürlich in mich zusammen. Meine Schultern fallen hinab, das Kinn ist nicht mehr ganz so weit vorgestreckt. Doch ein Rest von Widerstand bleibt. »Warum fragen Sie dann?«

»Weil ich es von Ihnen hören will.« Kellermanns Ton und seine Augen sind gleichermaßen stechend.

Ich zögere, weiche seinem Blick aus und verschränke meine Finger ineinander. Mit einem Nagel grabe ich eine tiefe Furche in den Handrücken. Es tut weh, aber nicht so weh wie das, was ich jetzt berichte: »Mein Bruder war siebzehn Jahre alt, als er einen Schlaganfall erlitt. In seinem Blut eine Mischung aus Heroin, Alkohol und Amphetaminen. Er wurde in einer Straßenecke gefunden. Hinter einem Müllcontainer. Man hat ihn einfach weggeworfen. Er lag im Koma, aus dem er erst Tage später aufwachte. Es hat Monate gedauert, bis er sich wieder bewegen konnte. Bis heute weiß man nicht, wer ihn dort abgelegt hat. Erik war ein Junkie und hat als Stricher seinen Stoff verdient. Auch in der SM-Szene.«

Während meiner Erzählung habe ich geradeaus geschaut. Nicht einmal geblinzelt. Und Kellermann hat meinem Blick standgehalten, aber keine Reaktion gezeigt. Keine schiefe Augenbraue, kein schiefes Gesicht. »Reicht Ihnen das jetzt?«, frage ich etwas gereizt.

»Ja, das reicht mir und es tut mir sehr leid«, antwortet der Kommissar jetzt mit etwas zurückhaltenderer Stimme.

Der Wechsel in seiner Tonlage reicht, um meine eigene Widerspenstigkeit zu Fall zu bringen. Ich wünschte, das Essen wäre da, etwas mit dem ich mich jetzt ablenken könnte. Ich gieße mir Wasser ein und greife nach dem Glas, trinke aber noch nicht.

Stattdessen erzähle ich weiter, ohne den Blick zu heben: »Das ist jetzt fast zehn Jahre her. Die Ärzte haben vermutet, dass der Schlaganfall durch eine Stresssituation, wahrscheinlich eine SM-Praktik, ausgelöst wurde. Hätte man Erik direkt ins Krankenhaus gefahren, wäre es nicht so schlimm gewesen. Aber er wurde nicht in die Notaufnahme gebracht. Er lag mehrere Stunden hinter dem Müllcontainer in der Moselstraße. Am Morgen hat man ihn gefunden, als einer der Anwohner seinen Abfall runterbringen wollte. Und nach all den Jahren bleibt die Frage nach der Schuld. Was hätte man sehen und was verhindern können? Wo ist die Grenze der Eigenverantwortung zu ziehen und wovor kann man jemanden bewahren? Diese Schuldfrage wird verwässert durch das fehlende Urteilsvermögen eines parteiischen Menschen.«

Nach meiner Erzählung lasse ich das Glas los und schaue zu Kellermann. Unsere Blicke treffen sich.

Ein paar Sekunden verharren wir so, bis der Kommissar das Schweigen bricht. »Heroin ist ein hoher Risikofaktor für Schlaganfälle. Wieso sind Sie so sicher, dass das SM-Spiel der Anstoß war?«

»Ja, da haben Sie recht. Intravenöser Drogenkonsum kann durch eine Gehirnembolie zum Schlaganfall führen. Dabei verschließt ein Blutgerinnsel ein Gefäß im Gehirn. Aus rein medizinischer Sicht definitiv die naheliegende Ursache.«

»Aber?«, fordert mich Kellermann heraus.

»Aber nicht die wahrscheinlichste. Erik hat sein erstes Heroin gespritzt, als er zwölf Jahre alt war. Er nahm Drogen zu sich wie andere Menschen ihr tägliches Brot. Stress ist im Zusammenhang mit Schlaganfällen eine der häufigsten Ursachen. Und um genau zu sein: Akute Schlaganfälle, denen stressige Situationen vorausgehen, sind häufiger als solche, bei denen das nicht der Fall ist. Auch wenn der Unterschied nur wenige Prozent beträgt.«

»Sie kennen sich gut aus.«

Ich zucke kurz mit den Schultern, ohne auf Kellermanns Feststellung weiter einzugehen.

Er stellt stattdessen die nächste Frage: »Wie geht es Ihrem Bruder heute?«

Ich zucke wieder die Schultern. »Den Umständen entsprechend gut. Er hat wieder seine volle Bewegungsfreiheit erlangt und auch sein Sprachvermögen ist vollständig rehabilitiert. Er arbeitet in einem Gartenbetrieb. Er ist glücklich mit seinen Pflanzen. Er liebt die frische Luft.«

»Und wie gehen Ihre Eltern damit um?«

»Mein Vater lebt nicht mehr. Er starb ein paar Jahre nach dem Unfall an Herzversagen. Vielleicht hat ihm die Geschichte mit Erik auch den Lebenswillen genommen. Ich weiß es nicht. Er hat das Ganze nie wirklich überwunden. Er hat versucht, es zu verstehen, aber diesen Dingen kann man nicht mit Verstand begegnen.«

»War das während seiner Zeit am Städel?« Kellermann hat sich das Museum gemerkt.

»Ja. Aber nach dem Unfall blieb er nicht mehr lange dort. Ein paar Monate, dann hat er seine Kündigung eingereicht.

Die Kunst war sein Leben. Aber auch darin hat er keinen Sinn mehr gesehen.«

»Und Ihre Mutter?«

»Lebt in ihrem Ferienhaus auf Mallorca. Sie hat sich dort einem Yoga-Klub angeschlossen. Das bringt ihr keine Erlösung, aber zumindest ein bisschen Entspannung. Und bevor sie weiterfragen, mehr Geschwister gibt es nicht.«

Ob es meine letzte Bemerkung war oder ob Kellermann gar nicht vorhatte fortzufahren, bleibt mir verborgen. Jedenfalls betrachtet er mich nur mit einer mir bisher unbekannten Gelassenheit. Die flößt mir jedoch keine Ruhe ein, sondern macht mich umso nervöser. Die Zeit verstreicht. Ich greife nach meinem Wasser und trinke das Glas in einem Zug halb leer.

Als ich danach immer noch nichts sage, nimmt der Kommissar das Gespräch wieder auf: »Auch wenn Ihr Bruder unweit des *Dark Magics* gefunden wurde, können Sie nicht davon ausgehen, dass es dort passiert ist. Also lassen Sie die Finger von Kreutzer.« Seine Stimme klingt jetzt schon wieder bestimmter. »Unsere Leute haben Sie beim Verlassen des Klubs gesehen. Wir haben Kreutzer im Auge. Sie können Ihre auf etwas anderes richten.«

Ich sage immer noch nichts. Erinnerungen an den Abend überfallen mich. Die Maske über meinem Gesicht. Kreutzers Hände auf meinen Schultern. Ekel vermischt mit Wut.

Doch Kellermann macht weiter im Text und stoppt meinen Gedankenfluss: »Ich möchte, dass Sie sich etwas ansehen.« Er schiebt ein Blatt Papier in die Mitte des Tisches.

Ich beuge mich etwas vor. Es handelt sich um den Ausdruck einer Mail von Bruns. Nicht von seinem Account bei der *Sega Invest,* sondern von seinem privaten. Die Mail wurde nicht abgeschickt, sondern lagerte im Entwurfsordner. Ich will mir den Text näher anschauen, doch in dem Moment kommt unser Essen.

Etwas linkisch sortieren wir Gläser, Teller, Besteck und das Blatt Papier. Als wir alles geordnet haben, wünscht der Kellner uns noch einen guten Appetit, bevor er uns wieder allein lässt.

Die Pasta dampft, aber mein Interesse gilt dem Ausdruck. Es sind eigentlich nur zwei Zeilen, in der ersten die Zahl *27*. In der Zweiten das Wort *mokotow*.

»Sagt Ihnen das etwas? Könnte es was mit dem neuen IT-System zu tun haben?«, fragt mich der Kommissar erwartungsvoll.

Ich schüttele schweigend den Kopf und betrachte weiter das Blatt Papier. Zum Controlling-System ergibt sich kein Zusammenhang. Dessen Zugangsdaten setzen sich aus unseren Namen und einem achtstelligen Code zusammen. In dem Wort fehlen numerische Daten, die Pflicht wären. Ich überlege weiter, was für eine Bedeutung hinter den zwei Zeilen stecken könnte.

»Bruns' Frau kennt die Daten nicht. Konten-, Netzwerk- oder Mailzugänge haben wir überprüft«, ergänzt Kellermann, während es in meinem Kopf weiterarbeitet.

»Sind Sie sicher, dass es sich um ein Passwort handelt? Vielleicht ist es auch ein Name?«, frage ich, ohne den Blick von den Buchstaben abzuwenden.

»Es ist ein Ort. Mokotów ist ein Stadtbezirk Warschaus. Südlich vom Zentrum gelegen und Sitz vieler Unternehmen und Botschaften. Dicht bebaut, überall Bürokomplexe, die hier und da durch einen Park oder andere Grünanlagen unterbrochen werden.«

»Und trotzdem meinen Sie, dass es ein Passwort ist?«, frage ich noch mal.

»Ja«, antwortet Kellermann kurz.

Ich schaue auf das Stück Papier.

Trotz meiner Konzentration schleicht sich die Begegnung mit Kreutzer abermals in meine Gedanken. Das feste Gummi um meinen Kopf, das feuchte Sperma in meinem Gesicht, die anschließende Flucht aus den Räumen des *Dark Magics*, vorbei an der Bar und der Garderobe. Und plötzlich erschrecke ich über meine eigene gedankliche Langsamkeit. »Das *Dark Magic* besitzt Schließfächer, direkt neben der Garderobe. Es müssten so an die dreißig Stück sein. Eine ganze Wand wie in einem Sportstudio. Mit Displays für die Code-Eingabe.«

»Solche Fächer haben in der Regel ein Zahlenschloss«, entgegnet Kellermann kritisch. Er ist noch nicht überzeugt.

»Es heißt ja nicht, dass das Wort an sich bereits der Code ist. Probieren Sie 6656869 bei dem Schließfach mit der Nummer Siebenundzwanzig.« Damit lege ich das Blatt Papier auf die Seite und wende mich meiner nicht mehr dampfenden Pasta zu.

Der Kommissar lässt seinen Teller weiterhin unberührt, schaut mich mit schief gelegtem Kopf an, wartet auf eine Ergänzung.

Ich kaue, schlucke und komme dann seiner lautlosen Aufforderung nach: »Kein großer Trick. Begriffe sind oft nur eine Gedankenstütze für eine Zahlenkombination. Die einzelnen Nummern ergeben sich aus einer Handytastatur, mit der der Begriff beispielsweise in einer SMS geschrieben würde. ›Mokotów‹ ergibt 6656869.«

»Und Sie meinen, ein IT-Experte lässt sich auf ein so einfaches Manöver ein?«

»Ich sage nur: Amazon-Wunschliste.«

Kellermann scheint das zu reichen. Auch er greift jetzt nach seiner Gabel und wendet sich dem Essen zu. Nach ein paar Bissen fragt er: »Wieso meinen Sie, dass Leermann gelogen hat, als ich ihn nach dem Inhalt des Sticks gefragt habe? Weil er mit dem Bein wippte?«

»Nein, das tut er unentwegt. Das ist bei ihm eher Normalzustand. Es waren seine Hände.«

Der Kommissar schaut mich weiter an. Die Antwort ist für ihn noch nicht zufriedenstellend. Ich lege meine Gabel beiseite.

»Als Sie nochmals nachgehakt haben, was auf dem Stick ist, wurde es Leermann unbehaglich. Er verschränkt in solchen Situationen seine Hände und reibt mit dem Daumen an der Innenfläche der anderen Hand. Im Projekt hat es öfter mal geknallt und ab und an hat er etwas verbockt. Wenn sich abzeichnete, dass er entlarvt werden würde, fing er an, sich die Hände zu reiben.«

»Steckt da nicht ein bisschen viel Hobbypsychologie dahinter?«, kritisiert Kellermann spöttisch.

»Sie haben mich gefragt. Nicht andersherum«, entgegne ich trocken und greife wieder nach meinem Besteck.

Der Rest des Mittagessens verläuft nahezu schweigend. Kellermann hat den Zahlencode eingesteckt und sich in dem Moment verabschiedet, als der letzte Happen von seinem Teller verspeist war.

Bei der *Sega Invest* gibt es für mich heute nichts mehr zu tun und so spaziere ich in Richtung unseres Büros über den Westendplatz. Es fängt an zu nieseln. Ich stelle den Mantelkragen hoch. Natürlich habe ich wieder einmal keinen Schirm dabei.

Am Schreibtisch angekommen, prüfe ich den Maileingang. Anna hat sich gemeldet. Stallenberg hat sein Vortragsthema geschickt: *Risikotools in der Immobilienfondssteuerung – Werte sichern, Performance stabilisieren.* Das klingt ja schon mal aussichtsreich. Und wenn er auf der Bühne die gleiche Präsenz wie auf dem Sofa zeigt, wird das Publikum beeindruckt sein.

Ansonsten enthält mein Posteingang keine bahnbrechenden Neuigkeiten: Projektstandbericht aus Wien von Helena, Christians neue Analyseergebnisse und ein Newsletter mit dem aktuellen Personalkarussell in der Immobilienbranche.

Ich prüfe Christians Datensatz, doch meine Gedanken schweifen immer wieder zum Mittagessen, dem Code und dem Stadtteil von Warschau.

Nach mehreren erfolglosen Konzentrationsversuchen gebe ich auf.

Ich tippe eine SMS.

Hi, ich hätte eine Bitte: Kannst du mal recherchieren, was du über Mokotów herausbekommst? Ist ein Stadtteil von Warschau. Könnte aber auch eine andere Bedeutung haben. Danke!

Es dauert nicht lange und mein Mobiltelefon vibriert. Karlas Antwort liegt bereits vor.

Recherche so gut wie erledigt!

Als ich das Handy weglegen will, meldet es sich erneut. Kellermann.

»Sie hatten recht. Der Code passt zu dem Schließfach Nummer Siebenundzwanzig des *Dark Magics.*« Seine Stimme klingt aufgekratzt.

»Das freut mich für Sie«, gebe ich kurz zurück.

Für einen Moment herrscht Stille. Ich überlege, ob der Kommissar die Frage erwartet, was sich darin befunden hat. Doch bevor ich etwas sagen kann, kommt er mir bereits zuvor. »Wir haben Fotos gefunden und ich möchte, dass Sie sich die anschauen.«

»Warum?«

»Sie stammen aus dem *Dark Magic.*«

»Das ist normalerweise nicht mein Etablissement.«

Pause. Nach der anfänglichen Gesprächsbereitschaft ist Kellermann jetzt reserviert. »Leermann ist auf den Fotos und unterhält sich mit weiteren Personen. Sie tragen alle schwarze Anzüge. Es sind Geschäftsleute. Könnte sein, dass Sie diese Männer kennen«, erklärt der Kommissar mechanisch.

»Wo sind Sie jetzt?«

»Im Präsidium.«

»Gut, ich komme.«

Die Eingangshalle des Polizeipräsidiums wird mir langsam vertraut. Sie ist so großräumig und hoch, dass meine Schritte von den Wänden widerhallen. Ehrfurcht flößt diese Halle ein, denke ich bei mir, Ehrfurcht und Respekt. Es ist wahrscheinlich genau das, was der Baumeister im Sinn hatte.

Ich konzentriere mich jetzt weniger auf die Architektur und nehme jeweils zwei Stufen auf einmal, bis ich den Flur im zweiten Stock erreiche. Durch die dritte Tür geht es in Kellermanns Büro.

Der Kommissar versteckt sich hinter seinen Aktenstapeln. Sie sind seit dem letzten Mal nicht niedriger geworden. Er steht auf und befreit den Besucherstuhl von weiteren Papieransammlungen. Mit einer knappen Handbewegung bietet er mir an, Platz zu nehmen. Kellermann trägt Plastikhandschuhe. Auf dem Schreibtisch liegt ein DIN-A5-Briefumschlag ohne Aufschrift, ohne Sichtfenster. Die Ecken sind ausgebeult. Er könnte die Fotos enthalten. Und tatsächlich nimmt der Kommissar ihn zur Hand, lässt die Aufnahmen herausgleiten und hält mir jede einzelne hin. »Nehmen Sie sich ruhig Zeit. So viel Sie brauchen.«

Wir sind bereits ein Dutzend Fotos durchgegangen, aber ich habe niemanden erkannt. Es sind vor allem Aufnahmen aus der Bar, die Männer im Separee zeigen. Gut gekleidete Herren, teure Anzüge, in der Mehrheit Manschettenknöpfe. Die Aufnahmen stammen nicht von einem Profi. Sie sind zum Teil verwackelt. Bei anderen sind Kopf oder Hände abgeschnitten. Die Fotos wurden wahrscheinlich heimlich geknipst. Vielleicht mit einem Handy.

Auf dem nächsten Abzug erkenne ich Leermann. Er sitzt zusammen mit einer blondierten Frau und einem Mann mit silbergrauem Haar. Dem Unbekannten haftet trotz der Umgebung etwas Vornehmes an. Er wirkt wie ein erfahrener Kapitän, der gewohnt ist, seine Mannschaft durch Untiefen zu dirigieren. Vor ihnen stehen Champagnergläser. Leermann hat einen Arm um den Grauhaarigen gelegt. Es könnte eine kumpelhafte Geste sein, doch die körperliche Nähe zwischen den beiden ist zu offensichtlich. Irgendetwas an ihrer Haltung verrät, dass sie miteinander vertraut sind. Die Frau hingegen ist leicht abgerückt. Auch wenn der Abstand nur wenige Zentimeter beträgt, ist eine Distanz deutlich erkennbar. Und das liegt nicht nur an ihrem Auftreten. Wild wirft sie den Kopf zurück und ihr grell geschminkter Mund ist weit geöffnet. Tonlos höre ich ihr schrilles Lachen.

Kellermann geht mit mir den ganzen Stapel durch, zeigt mir jedes Foto, doch ich erkenne niemanden. Niemanden außer Leermann.

»Sind Sie sich sicher?«, fragt der Kommissar eindringlich. »Sollen wir noch einmal von vorn beginnen?«

»Nein«, antworte ich und winke ab. »Außer Leermann kenne ich keine der abgebildeten Personen. Ich denke nicht, dass das zielführend ist.«

Kellermann legt die Fotos zurück auf den Tisch. »Die Wahrscheinlichkeit, dass Leermann homosexuell ist, steigt«, folgert er gedankenverloren.

»In seinem Berufsumfeld wäre es für ihn sicher eine Katastrophe, wenn das rauskäme. Aber bringt man deswegen jemanden um? Auf die Art?«, frage ich mit zusammengezogenen Augenbrauen.

Kellermann zuckt mit den Schultern. »Es gab schon Morde aus geringfügigeren Gründen.«

18

Mit leichten Kopfschmerzen schraube ich die Espressokanne zusammen und stelle sie auf die Herdplatte. Obschon sich ein leichtes Pochen in meinem Kopf breitmacht, schwelge ich in Erinnerungen des gestrigen Abends.

Helena hatte mich auf dem Nachhauseweg abgefangen und mich überredet, ein Punk-Konzert zu besuchen. Stroboskopbeleuchtung, dröhnende Musik und bebende Bässe. »Kopf freitrinken«, sagt Helena dazu. Das trifft die Leichtigkeit, die sich in mir breitmacht.

Während die Kanne auf dem Herd langsam zu pfeifen beginnt, wähle ich Karlas Nummer. Sie hat mir gestern noch eine SMS geschickt.

Recherche fertig. Ruf an, wenn du magst.

Es klingelt nur dreimal, da ist sie schon am Apparat.

»Habe ich dich aus dem Bett geklingelt?«

»Nein, ich war schon wach. Ich hatte gestern Abend Spätschicht und bin danach direkt schlafen gegangen. Daher bin ich quasi schon seit Stunden fit und munter. Du auch?«

Ich gebe Karla eine kurze Zusammenfassung des gestrigen Abends. Ob ich von der Bühne gesprungen wäre, fragt sie im Anschluss. »Meine Liebe, du unterschätzt mein Alter«, gebe ich lachend zurück.

»Also gut, kommen wir zum Thema. Ich habe nach dem Begriff ›Mokotów‹ gesucht und die Ergebnisse haben sich weitgehend auf den Stadtbezirk von Warschau beschränkt. Es scheint ein florierendes Geschäftsviertel zu sein. Bürobauten, Einkaufszentren, Hotels. Dazwischen immer wieder größere Parks. Den Zweiten Weltkrieg hat das Viertel recht unbeschadet überstanden und verfügt daher auch über eine pittoreske Altbausubstanz.«

»Weißt du, ob der Name eine spezielle Bedeutung hat?«

»Das ist nicht wirklich spannend. Er leitet sich angeblich von dem früheren Dorfnamen ›Mon Coteau‹ ab, was auf Französisch so viel wie ›Mein Hügel‹ heißt. Seit dem 14. Jahrhundert hat sich das zu dem heute bekannten Namen Mokotów weiterentwickelt.«

»Irgendwelche politische Themen?«, frage ich in der Hoffnung, eine interessante Spur zu entdecken.

»Obwohl das Gebiet seit dem frühen Mittelalter besiedelt war, hat es bis 1916 gedauert, bis Mokotów offiziell ein Stadtteil von Warschau wurde. Der größte Teil wurde erst in den Zwanziger- und Dreißigerjahren städtisch bebaut. Außer der Dichte an Botschaftsbauten habe ich keine politischen Besonderheiten entdeckt. Auch die Ereignisse des Warschauer Aufstands sind an dem Viertel mehr oder weniger spurlos vorbeigegangen. Deutsche Besatzungstruppen hatten es als exklusives Wohngebiet auserkoren und somit vor weiteren Übergriffen gerettet. Aber das sind Geschichten aus der Vergangenheit. Also leider keine bahnbrechenden Erkenntnisse«, schließt Karla ihren Bericht.

Noch ein Versuch von meiner Seite: »Was ist mit Business? Wenn das ein Geschäftsviertel ist, fließt dort doch Geld.«

Karla hat auch das recherchiert. »Das Geschäft blüht. Der Mokotów Business Park besteht aus neun Bürotürmen und ist der gefragteste Bürokomplex in Warschau. Dazu kommen sehr gute Einkaufsmöglichkeiten, insbesondere die Galeria Mokotów. Die zweitgrößte Shoppingmall der Stadt wurde im Jahr 2000 eröffnet. Als Käuferschaft steht die besser verdienende Mittelschicht aus der näheren Umgebung im Visier.«

»Weißt du, wem die Galerie gehört? Einem Immobilienfonds?« Ich bin jetzt wieder in meinem Metier.

Es raschelt in der Leitung. Karla sucht etwas in ihren Notizen. »Warte, hier steht etwas dazu. Die Entwicklungsgesellschaft der Galeria war damals das Globe Trade Centre. Im Jahr 2003 kaufte *Immo Arturro* fünfzig Prozent des Gebäudes und erwarb im Jahr 2010 die restlichen. Und bevor du fragst, die Immobilie wurde auf einen Wert von einhundertsechsundsechzig Millionen Dollar geschätzt.«

Karla kennt mich zu gut, denke ich schmunzelnd. Aber ich habe dennoch eine Frage: »Was ist mit dem Mokotów Business Park? Gehört der auch *Immo Arturro?*«

»Nein, eine Aktiengesellschaft namens *ImmoWert* hat den MBP erworben.«

»Und da es mit der Wirtschaftskraft in Polen in dem letzten Jahrzehnt stets bergauf ging, haben sich mit Sicherheit auch die Immobilienwerte positiv entwickelt. Vielleicht zeigt sich dieses Jahr mit dem Rückgang des Wirtschaftswachstums eine erste Stagnation. Das würde dann eventuell zu einer Abwertung der Immobilien führen.«

»Da bin ich raus«, resigniert Karla. »Das ist dein Thema.«

Ich muss lachen. »Schon verstanden. Ich bin still. Aber die Informationen sind super. Ich danke dir für die umfangreiche Recherche.«

»Keine Ursache, gern geschehen. Wann sehe ich dich in Berlin?«

»Nächsten Dienstag, wenn du magst.«

»Und wie!«

Nachdem Karla das Gespräch beendet hat, wende ich mich wieder meinem ursprünglichen Ziel in der Küche zu. Der Kaffee ist schon fast kalt. Macht nichts, denke ich, die heiße Milch wird es schon richten.

Mit einer dampfenden Tasse bewaffnet und eingewickelt in einen übergroßen Kapuzenpulli, erhasche ich die letzten Sonnenstrahlen auf dem Balkon.

Ich lege die Füße auf den Tisch und schließe die Augenlider. In meinen Gedanken spiele ich die letzten Tage durch.

Der Abend mit Karla. Ihr Lachen, ihre Turnübungen, ihr Kopf über den meinen gebeugt. Der Kuss am Morgen auf ihre Stirn. Sie schlief noch und ich hatte Sorge, sie zu wecken. Ich habe sie einen Moment lang angeschaut, ihrem ruhigen, gleichförmigen Atem zugehört. Kein Abwägen erforderlich, es gab nicht die Wahl, sie nicht zu küssen. Unter meinen Lippen habe ich ein paar Haarsträhnen gespürt, die ihr ins Gesicht fielen.

Mit den Gedanken an Karla kommen mir auch wieder die Ergebnisse ihrer Recherche in den Sinn.

Ich nehme mein Smartphone und tippe *Galeria Mokotów Transaktion* in eine Suchmaschine.

Etliche Informationen erscheinen auf dem Display: zu den Eigentumsverhältnissen, zur vermieteten Fläche, zur Mieterstruktur und so weiter.

Laut der Angaben ist die Finanzierung eine der umfangreichsten für ein Einzelobjekt in Osteuropa, auf Basis von Fremdkapital aus Deutschland. Aber es sieht aus, als würde es sich lohnen. Seit 2001 liegt die monatliche Besucherzahl des Shoppingcenters bei fast einer halben Million. Ein dicker Fisch, denke ich und frage mich, ob die *Sega Invest* bei dem Immobilienverkauf mitgeboten hat.

Ich tippe eine SMS an Jana.

Hey, sagt dir die Immobilie Galeria Mokotów in Warschau etwas? Liebe Grüße und schönes Wochenende!

Ich widme mich wieder den letzten Sonnenstrahlen, aber es dauert nicht lang, bis mein Handy Alarm schlägt.

Nein, noch nie etwas davon gehört. Dir auch ein schönes Wochenende!

Ich überlege einen Moment und schreibe dann zurück.

Haben wir kompletten Zugriff auf die Akquisitionsdatenbank von Sega Invest? *Kann ich mich über den Internetzugang anmelden, also funktioniert der VPN-Tunnel?*

Es vergehen nur wenige Sekunden, bis Jana mir erneut antwortet. Ihre SMS-Texte sind so ausführlich wie ihre mündliche Berichterstattung.

Leider nein, dank Tiedener sind die Systeme noch nicht verknüpft und die Daten werden immer noch auf einem separaten Laufwerk gespeichert. Auf das können wir nicht über den VPN-Tunnel zugreifen. Du müsstest dich vor Ort in der Akquisitionsdatenbank anmelden.

Ich bedanke mich bei Jana und verteufle in Gedanken den IT-Dienstleister. Wenn Tiedener mit seinem Team den Terminplan eingehalten hätte, wären die Systeme längst miteinander verbunden und ich bräuchte jetzt nur meinen Laptop starten.

Stattdessen beende ich mein Sonnenbad und tausche meinen Kapuzenpulli gegen einen schwarzen Rollkragenpullover ein. Dazu Jeans und schwarze Lederschuhe. Das sollte für einen Wochenendbesuch reichen. Schließlich habe ich kein Businessmeeting.

Über den Holbeinsteg und entlang der Taunusanlage brauche ich kaum eine Viertelstunde, bis ich den Empfang der *Sega Invest* erreiche. Frankfurt schläft um diese Zeit noch. Nur hier und da sind ein paar spielende Kinder zu sehen, die um die Uhrzeit nicht mehr in der Wohnung zu halten sind und deren Eltern mit müden Augen auf der Parkbank ausharren.

Frau Rieger ist heute nicht da, es ist schließlich Wochenende. Ihre Stellvertretung, ein pickliger Student, der sich sein BAföG aufbessern will, schaut kaum von der Zeitung hoch, als ich meine Karte an das Lesegerät halte und mich durch das Drehkreuz schiebe.

Der Aufzug bringt mich nach oben in den fünften Stock. Die Flure sind verlassen. Durch die verglasten Innenwände blicke ich in leere Büros. Bei dem goldenen Herbst draußen kein Wunder. Regnet es, verirrt sich schon einmal der ein oder andere auch am Wochenende in das Gebäude. Fraglich nur, ob dies aus Dringlichkeit oder aus Flucht vor der eigenen Langeweile geschieht.

Ich starte meinen Rechner und logge mich in das System ein. Durch die Erweiterung der Berechtigungen nach Bruns' Tod habe ich nicht nur kompletten Zugriff auf alle Systemmodule, sondern auch auf sämtliche Laufwerke. Im Geiste schicke ich ein Dankeschön für diese Berechtigungen an Meier.

Ich klicke mich durch die Ordner, bis ich zur Akquisitionsdatenbank gelange. Ich filtere die Daten nach dem Land. Es sind insgesamt achtundzwanzig Akquisitionen, an denen die *Sega Invest* seit 2000 in Polen beteiligt war.

Letztendlich wurde nur fast ein Drittel der Objekte angekauft. Die restlichen wurden im Transaktionsprozess gestoppt. Entweder weil der Immobilienkaufpreis nicht attraktiv genug war oder weil ein anderer Investor einfach schneller zum Zug kam.

Ich prüfe die Adressen der Objekte. Insgesamt vier Immobilien liegen im Stadtteil Mokotów. Aber weder die Galeria Mokotów noch der Mokotów Business Park tauchen namentlich auf.

Ich öffne im Internet den Stadtplan von Warschau und markiere die Galerie. Das Einkaufszentrum liegt an einer der verkehrsreichsten Kreuzungen südlich der Innenstadt. Der Business Park liegt näher am Zentrum, vielleicht einen halben Kilometer von der Galeria entfernt. Ich vergleiche die beiden Standorte mit den Adressen der Akquisitionsobjekte. Leider liegt keines der vier in der unmittelbaren Umgebung.

Zwei davon grenzen an eine Parkanlage. Der Ausblick aus den Büros muss hübsch sein. Die anderen beiden liegen an der Aleja Niepodleglości, einer der Hauptverkehrstraßen. Mit einer romantischen Aussicht können die Mieter hier nicht rechnen.

Ich ziehe die Stirn in Falten. Das ist wirklich kein Volltreffer. Trotzdem will ich noch nicht aufgeben und schaue mir alle Objekte im Detail an. Ich klicke mich durch die Datensätze. In den hinteren Spalten tauchen die Namen der Zielfonds auf und der jeweils verantwortliche Mitarbeiter für die Transaktion. Ich erkenne keinen wieder. Bei dem Tempo, in dem sich das Personalkarussell in der Immobilienbranche dreht, ist das allerdings auch nicht verwunderlich.

Ich schließe die Datenbank und fahre den Rechner herunter. Während der Computer die Programme schließt, schweift mein Blick aus dem Fenster. Die Sonne blendet leicht. Die verspiegelten Glasflächen der umgebenden Hochhäuser intensivieren das Licht. Ich werde augenblicklich rastlos und es zieht mich nach draußen, um die letzten Sonnenstrahlen zu erhaschen. Der Bildschirm vor mir wird schwarz und der Rechner ist still. Ich nehme meine Jacke und verlasse das Büro in Richtung der Aufzüge.

Auf halbem Weg höre ich ein Knacken, als wenn ein Schreibtischstuhl über einen harten Gegenstand fährt. So etwas wie einen Kugelschreiber. Ich verharre kurz und horche auf weitere Geräusche. Stille. Ich scheine mich getäuscht zu haben und setze meinen Weg fort.

Unten im Foyer angekommen, zeigt der Student wieder keine Regung. Zu sehr ist er in seine Lektüre vertieft. Praktisch unbemerkt verlasse ich das Gebäude.

Bevor ich in die Taunusanalage einbiege, blicke ich noch einmal zurück und suche mein Büro in der fünften Etage. Ich halte inne. Täusche ich mich oder zeichnet sich dort ein Schatten hinter der Fassade ab? Ich schüttle den Kopf, um mir selbst zu versichern, dass mir mein Gehirn gerade einen Streich spielt.

Ich erreiche mit schnellen Schritten das *Main Café*. Nach der Zeit im Bankgebäude habe ich förmlich Heißhunger nach frischer Luft und einem Umfeld jenseits der Bürotürme. Der Biergarten am Flussufer ist dafür die richtige Wahl. Diese Idee ist nicht nur mir gekommen und Tische und Bänke auf dem Grünstreifen zwischen Main und Kaimauer sind gut besucht. Für die einen der letzte Kaffee, bevor es nach Hause geht, für die anderen der erste Drink, bevor der Abend richtig startet. Ein halbes Dutzend Männer in rosa Shirts sitzt um eine Biertischgarnitur. Auch ohne den Aufdruck auf der Brust zu entziffern, weiß ich, dass es sich um einen Junggesellenabschied handelt. Der künftige Bräutigam im Schweinskostüm ist ebenfalls ohne jegliche Recherche zu identifizieren.

Mit meinem Latte macchiato in der Hand suche ich mir einen Platz mit der maximalen Entfernung zur Junggesellencrew. Und um eine Kommunikation mit meinen Tischnachbarn direkt auszuschließen, suche ich nach meinem Telefon. Die Nachmittagsspiele der Bundesliga müssten jetzt entschieden sein. Insgeheim drücke ich Dortmund die Daumen. Doch bevor ich die Seite öffne, sehe ich, dass der Kommissar angerufen hat. Bei dem strammen Spaziergang blieb der Vibrationsalarm unbemerkt. Ich drücke die Rückruftaste.

»Kellermann«, erschallt es lautstark aus der Leitung. Er ist im Auto unterwegs. Seine vehemente Stimme wird durch dröhnende Verkehrsgeräusche unterbrochen.

»Sie haben mich gesucht«, antworte ich, ohne meinen Namen zu nennen.

»Wo sind Sie jetzt?«, schreit Kellermann.

»Im *Main Café.*«

»Wo ist das?«

»Direkt am Main.«

»Aha!«, erschallt es gedehnt. »Und wo genau?«

»Auf der Höhe vom Kommunikationsmuseum. Gleich unterhalb der Kaimauer.«

»Ich bin in zehn Minuten dort.« Die Verkehrsgeräusche sind verstummt. Der Kommissar hat aufgelegt. Mir fehlt die Frage, ob ich Zeit habe, ob ich ihn überhaupt treffen möchte. Etwas pikiert schlussfolgere ich, dass solche Freundlichkeiten bei Mord anscheinend irrelevant sind.

Als Kellermann auf die Ansammlung der Biertischgarnituren zusteuert, habe ich meinen Trotz zumindest halb heruntergeschluckt. Der Kommissar telefoniert noch und würde ihn daher noch nicht einmal bemerken.

Kellermann stockt zwei, drei Meter von meinem Tisch entfernt und dreht sich in Richtung des Flussufers. Erst als das Gespräch beendet ist, legt er die letzten Schritte zurück und setzt sich mir gegenüber.

»Für die Uhrzeit und den Ort haben Sie aber schnell einen Parkplatz gefunden. Oder ist der staatlich subventioniert?« Bei der provokanten Begrüßung fällt mir auf, dass mein Ärger wohl doch noch nicht ganz verflogen ist.

Kellermann geht nicht auf die Spitze ein und erkundigt sich direkt nach den Bestellmodalitäten.

»Selbstbedienung«, entgegne ich knapp.

Der Kommissar ist schon wieder auf den Beinen zum Ausschank, der sich im Inneren der Kaimauer befindet. Auf halbem Weg dreht er sich um und ruft zurück, ob ich auch noch etwas möchte. Ich schüttle den Kopf.

Kellermann entscheidet sich auch für einen Latte macchiato. Auf dem Weg zurück schwappt der Kaffee über und kleckert auf die Finger des Beamten. Er scheint noch heiß zu sein, denn mit verzerrtem Gesicht schlägt der Kommissar die Hand in der Luft aus. Seine Slapstick-Einlage harmoniert mit der Gesamtkulisse: Im Hintergrund geraten die Junggesellen zunehmend außer Rand und Band. Das Schwein, also der angehende Bräutigam, wird in eine Schubkarre verfrachtet und gleich daneben versucht eine Mutter mit hektischen Bewegungen, ihren Schützling im Kinderwagen zu beruhigen.

»Wie läuft die Verbrecherjagd?«, frage ich Kellermann, der jetzt auf seinen dampfenden Kaffee pustet, um ihn abzukühlen. In seinem Rücken hat sich das Schwein gerade wieder befreit, während das Kleinkind immer noch zetert.

»Wie hat denn Köln gespielt?« Der Kommissar geht nicht auf meine Frage ein und zeigt stattdessen auf das Display meines Telefons, auf dem noch die Fußballergebnisse zu sehen sind.

»Vielleicht zur Erinnerung: Es ist Wochenende und auch wenn Ihr Job sieben Tage die Woche und vierundzwanzig Stunden am Tag geht, habe ich gerade frei.« Ganz klar, das Barometer in Sachen Sturheit schlägt gerade in den roten Bereich aus.

Kellermann bläst erneut auf die Oberfläche seines heißen Kaffees und schaut mich schelmisch über den Rand des Glases hinweg an. Kommentarlos.

Das kann ich auch. Ich schweige ebenfalls. Nur fehlt mir das charmante Grinsen um die Mundwinkel.

Nachdem wir eine Weile so verharren, gibt er auf. »Leermann ist tatsächlich schwul. Und wie Sie vermutet haben, geht er damit in der Immobilienbranche nicht hausieren. Aber er versteckt sich auch nicht, führt kein Doppelleben. Er behält schlicht das Private für sich. Der grau melierte Herr auf dem Foto soll allerdings eine reine Zufallsbekanntschaft sein. Leermann behauptet, den Namen des Mannes nicht zu kennen und Bruns habe ihn auch nicht erpresst.«

Ich schaue Kellermann weiterhin an. Eine Anmerkung meinerseits ist bis jetzt nicht nötig.

Nach zwei tiefen Atemzügen fährt der Kommissar fort: »Wir haben keine auffälligen Kontobewegungen entdeckt.

Die Geschichte klingt plausibel.« Und nach einer weiteren kurzen Pause, in der wir uns nur stillschweigend taxieren: »Was glauben Sie?«

Ich überlege einen Moment. »Das kann gut sein. Ich habe keine Veränderung im Umgang der beiden erlebt. Falls Bruns Leermann erpresst haben sollte, wusste der sicher nicht, dass es Bruns war. Also kann Leermann ihn auch nicht deswegen getötet haben.« Jetzt schweigt Kellermann und ich fahre fort: »Es sei denn, er hat es kurzfristig erfahren und ihn daraufhin direkt ermordet. Aber Leermann ist sicher nicht tagtäglich mit einer Säbelsäge unterwegs.«

»Sie haben offensichtlich eine Schwäche für schwarzen Humor?«

»Ja«, gebe ich zu, »in der Regel schon.«

Kellermann schweigt.

Ich schneide ein anderes Thema an: »Was ist mit den restlichen Personen auf den Fotos? Haben Sie dazu etwas Neues herausgefunden?«

Aber der Kommissar geht nicht darauf ein. »Haben Bruns und Leermann noch woanders zusammengearbeitet oder war Ihr Projekt die einzige Schnittstelle?«

»Nein, es gibt noch ein anderes Projekt, das auf die Systemunterstützung im Ankauf der Immobilien abzielt. Aktuell existiert nur eine veraltete Akquisitionsdatenbank. Eine Stand-alone-Lösung ohne Verbindung zu anderen Applikationen. Diese Datenbank soll ersetzt werden und die Daten sind dann zukünftig Teil des Controlling-Systems. Leider hinkt der IT-Dienstleister seinem Terminplan hinterher, sodass wir mit einer automatisierten Datenübertragung erst in ein paar Monaten rechnen können.«

»Was sind das für Daten?«, hakt Kellermann nach.

»Informationen zu getätigten Immobilienkäufen und auch solchen Objekten, die im Transaktionsprozess stecken geblieben sind.«

»Mmh. Kann es sich bei dem verschwundenen Datenvolumen um Inhalte aus der Akquisitionsdatenbank handeln?« Der Kommissar ist gedanklich wieder bei Leermanns Verhör.

»Prinzipiell schon.«

»Wo hat die *Sega Invest* weltweit investiert?«

»Europa, Asien und in den USA. Vereinzelt auch in Mittelamerika.«

Kellermann lässt das Glas kreisen. Der Kaffee darin ist halb leer, er ist anscheinend genügend abgekühlt. Aber der Kommissar bleibt bei dem Thema: »Und in welchen Ländern in Europa?«

»Nahezu in jedem Euroland. Darüber hinaus in der Schweiz, in Norwegen und, wenn Sie darauf hinauswollen, auch in Polen. Sogar in Warschau. Aber weder die Galeria Mokotów noch der Mokotów Business Park gehören der *Sega Invest.*«

Die Augenbraue ist wieder oben. Woher wissen Sie das, fragt er, ohne dass ein Laut über seine Lippen kommt.

»Ich war heute Nachmittag bei der *Sega Invest* und habe in der Datenbank nachgeschaut.«

»Vielleicht zur Erinnerung: Sie haben gerade frei. Also Finger weg von solchen Detektivspielchen.« Kellermanns Ton ist humorfrei.

Die Widerspenstigkeit ist augenblicklich wieder da. Innerlich möchte ich lautstark protestieren. Weniger wegen der ›Detektivspielchen‹, mehr wegen des Satzanfangs. Er hat meine Worte gewählt. Er hat sie sich gemerkt und gegen mich verwendet.

»In der Tat. Daher würde ich jetzt gerne gehen, wenn es keine Fragen mehr gibt.«

»Ich wünsche Ihnen ein schönes Wochenende!«, meint der Kommissar mit schiefem Grinsen.

»Das wünsche ich Ihnen auch«, entgegne ich mit genauso schiefem Grinsen.

Ich stehe auf und ziehe den Reißverschluss meiner Jacke

zu. Bei der noch milden Luft nichts weiter als ein symbolischer Akt. Im nächsten Moment bin ich bereits auf dem Mainuferweg und gehe flussabwärts. Es ist Wochenende, erinnere ich mich, und es ist nicht dein Problem. Mit dieser Ermahnung versuche ich, die Gedanken an Kellermann und den Mordfall wegzuschieben. Natürlich gelingt mir das nur teilweise.

Ich passiere das Städel-Museum. Die Angestellten halten den austretenden Gästen die Türen auf. Auch eine Art, die Besucher auf die in Kürze endende Öffnungszeit hinzuweisen. Somit wird mein Museumsbesuch auf morgen verschoben.

Zurück in der Wohnung werfe ich den Schlüssel auf den Küchentisch. Der stößt gegen die Maus und der noch geöffnete Laptop leuchtet auf. Dabei sehe ich, dass sich eine Nachricht von Karla im Posteingang befindet.

Hey, M.,
ich habe noch etwas herausgefunden, aber ich glaube nicht, dass das besonders wichtig ist. Ich habe dir den Text trotzdem aus dem Netz kopiert:
Kooperation zwischen der Universität Göttingen und der Fakultät für Stadtentwicklung der Politechnika Warschau:
In Mokotów, an der Abbruchkante des Urstromtals der Weichsel, liegt der Ort des nächsten städtebaulichen Workshops. Die Veranstaltung zielt auf eine kreative Auseinandersetzung mit den Potenzialen dieses exponierten Gebietes der polnischen Hauptstadt ab.
Die Ergebnisse erscheinen online im Universitätsverlag der Universität Göttingen.
Kuss, Karla

Mokotów, Kellermann, die ganze Mordgeschichte. Ich verdränge die Gedanken, klappe den Laptop zu und schalte stattdessen den Fernseher an.

Kurz vor zehn meldet sich Helena per SMS.

Konterbier im Morgengold?

Bin schon im Sofamodus.

Komm schon!

Überredet. Aber ich bleibe bei nicht alkoholischen Getränken.

Ich gebe meine Liegeposition auf dem Sofa auf und mache einen Zwischenstopp im Bad. Ein bisschen Wimperntusche reicht. Mit Schlüssel, Geld und Handy ausgerüstet, verlasse ich wieder die Wohnung. Die 21 biegt gerade in die Stresemannallee ein und ich nutze die Gelegenheit, die nächsten zwei Stationen per Straßenbahn zurückzulegen.

Helena sitzt schon an der Bar. Ein Bier und eine Cola vor sich. Immerhin kennen wir uns schon so gut, dass es für eine exakte Berechnung der Ankunftszeit reicht.

Sie reckt mir die Flasche entgegen: »Cola hilft auch gegen Kopfschmerzen!«

Nach einem kurzen Austausch über den gestrigen Abend erzählt sie von ihrem Tagesprogramm. Ich merke schnell, dass ihr Wunsch, sich zu treffen, nicht auf eine zweite Party abzielt. Sie hat das Bedürfnis, sich etwas von der Seele zu reden. Ein Bedürfnis, das bei Helena höchst selten ist. Ihre Mutter war zu Besuch. Es gibt Schwierigkeiten mit Helenas Bruder. Er ist kurz davor, das Abitur zu schmeißen, kommt tagelang nicht nach Hause, feiert zu viel und sie vermutet, dass er Schulden hat. Die Mutter kommt nicht an ihn heran, ist krank vor Sorge und weiß nicht, an wen sie sich wenden kann. Machtlos in einem Land, dessen Sprache sie kaum spricht und für das ihr das Selbstbewusstsein fehlt.

All das berichtet Helena völlig gefasst, fast konzentriert. In langen, wohl ausformulierten Sätzen. Auch wenn der innere

Leidensdruck so hoch ist, dass sie diese Geschichte erzählen muss, ist er noch nicht groß genug, um auch ihre Emotionen preiszugeben. Auch ich tue alles dafür, um genau diese nicht zu zeigen.

Bei Helenas Bericht stellen sich meine Nackenhaare auf. Mir wird heiß, ein Schweißfilm legt sich über meine Hände. Erik, der plötzlich immer seltener nach Hause kam, nicht mehr zu erreichen war, abgetaucht in eine andere Welt. Und was habe ich getan? Um ihn zurückzuholen, um ihn zu bewahren? Hätte ich ihn bewahren können?

Nachdem Helena den letzten Satz ausgesprochen hat, lege ich ihr kurz eine Hand auf die Schulter. Eine Umarmung wäre zu viel gewesen. Für sie und auch für mich. »Fahr hin. Tu dir den Gefallen. Ansonsten wirst du dir nur den Kopf zerbrechen.« Meine Stimme täuscht Gelassenheit vor und ich hoffe, Helena ahnt nicht, welchen Kraftakt das erfordert.

Still wendet sie den Bierdeckel zwischen den Fingern, jongliert ihn zwischen Ring- und Mittelfinger, bis er ihr entgleitet und auf den Tresen fällt. »Ja, vielleicht hast du recht.«

Zur Aufmunterung proste ich ihr zu. »Komm schon. Tapfer bleiben!«

»Da sagst du etwas.« Sie prostet zurück. »Und jetzt, gehen wir noch eins weiter?«

Typisch Helena. Auf keinen Fall will sie sich zu lange mit Sentimentalitäten aufhalten. Also tatsächlich Lara Croft, auch im Privatleben. Doch für eine Kneipentour reicht meine Energie nicht mehr. »Sorry, das war es heute für mich. Ich gehöre ins Bett.« Dann zeige ich dem Mann hinter der Bar mit zwei Fingern an, dass ich zahlen will.

Wir verabschieden uns auf dem Bürgersteig. Helena hat ihre Lederjacke noch lose um die Schulter gelegt und tippt mit zwei Fingern kurz an die Stirn. Aber statt einem ›Aye, aye, Käpten‹ entscheidet sie sich dann doch für: »Gute Nacht. Bis Montag im Büro!«

»Nee, ich bin erst Mitte der Woche wieder da. Montag bin ich den ganzen Tag bei *Sega Invest.* Und Dienstag geht es nach Berlin.«

»Alles klar.« Helena macht auf dem Absatz kehrt und mit dem Schwung ihrer Drehung wehen die langen blonden Haare zusammen mit der Lederjacke durch die Luft. Ich schaue ihr hinterher, wie sie die Moselstraße einschlägt, in Richtung Westend. Einmal quer durchs Rotlichtviertel. Das wird schon gut gehen, denke ich und drehe mich ebenfalls um, während Helena bei Rot bereits die nächste Kreuzung passiert.

Für eine Straßenbahn ist es jetzt zu spät, da kann ich auch schnell die paar Minuten zu Fuß zurücklegen. Auf dem Weg Richtung Main ändert sich das Publikum schlagartig ab der Wilhelm-Leuschner-Straße. Das Rotlichtmilieu hat hier seine unsichtbare Grenze erreicht. Die Kneipendichte lichtet sich, vereinzelte Nachtschwärmer kehren in ihre Wohnungen zurück und je näher ich zum Wasser komme, desto weniger Menschen sind auf den Straßen. Am Flussufer kreuzt mich ein nächtlicher Jogger, der sich mit einer Stirnlampe den Weg bahnt. Ich überquere den Holbeinsteg und gehe den Mainuferweg Richtung Friedensbrücke entlang. Es ist windstill und so leise, dass die Bewegungen des Wassers zu hören sind. Unterbrochen nur durch die spärlichen Autos auf der sich nahenden Stresemannallee.

Was es ist, kann ich nicht genau sagen, aber trotz der Stille macht sich ein Unbehagen breit. Als wäre die Einsamkeit der Straßen nur vorgetäuscht. Ich beschleunige meinen Schritt und biege bei dem Museum Giersch in die Rubensstraße ein. Ich drehe mich noch einmal um. Diesmal sehe ich keinen Schatten, aber das Gefühl, dass dort einer sein müsste, bleibt.

19

Mit rasendem Puls springe ich die letzten Stufen zu meiner Wohnung hoch. Am Sonntagmorgen ist es am Main noch ruhig gewesen. Nur ein paar vereinzelte Frühaufsteher haben sich den Uferweg mit mir geteilt. Ich nehme die Kopfhörer aus den Ohren, die ich extra mit einem Stück Klebeband fixiert habe. Sonst finden sie keinen Halt.

Die letzten Klänge von Paul Kalkbrenner verstummen. Die Wärme der Wohnung löst Beklemmungen aus. Mein noch aufgewühlter Körper lechzt nach frischer, kühler Luft von draußen.

Ich öffne die Balkontür und dehne meine Muskeln unter freiem Himmel.

Auch nachdem ich geduscht habe, ist mein Gesicht immer noch rot von der morgendlichen Joggingrunde. Das nasse Haar wickle ich in ein frisches Handtuch. Der heiße Luftstrom eines Föns wäre zu warm.

Während ich mir im Bad die Beine eincreme, höre ich aus der Küche das Telefon klingeln. Ich stelle die Bodylotion zurück in den Spiegelschrank und schaue nach, wer anruft. Kellermann. Nein, nicht schon wieder, denke ich und hebe trotzdem pflichtbewusst ab.

»Guten Morgen. Besser gelaunt?«, ertönt seine Stimme.

»Bis gerade eben schon«, erwidere ich und bin im selben Moment von mir und meiner zickigen Begrüßung genervt.

»Entschuldigen Sie die frühe Störung«, erklärt der Kommissar versöhnlich. »Wir haben weitere Fotos auf Bruns' Rechner gefunden und ich möchte sie Ihnen zeigen. Können wir uns treffen?«

»Ich soll jetzt ins Präsidium kommen? Es ist Sonntagmorgen!«

»Sie können sich aussuchen, wo wir uns treffen«, lenkt Kellermann ein.

Das ist ja sehr entgegenkommend, denke ich spottisch. Mir geht wieder mein geplanter Museumsbesuch durch den Sinn. »Das Städel macht um zehn Uhr auf. Das Museumscafé ist sehr nett.«

»Gut, dann bis gleich.« Kellermann hat sein Ziel erreicht.

Um kurz vor zehn schnappe ich mir meine Winterjacke. Der Puls hat sich wieder beruhigt und, wie erwartet, zieht ein leichtes Frösteln in der Entspannungsphase auf. Den Schal lasse ich trotzdem am Kleiderständer hängen.

Das Café wurde gerade erst geöffnet. Hinter dem Tresen wirbeln fleißige Hände und aus der Küche ist Geschirrklappern zu hören. Der Kommissar ist mal wieder vor mir eingetroffen und sitzt an einem Vierertisch am Ende des schlauchförmigen Raumes.

»Was möchten Sie? Der Kaffee geht natürlich auf mich.« Kellermann eröffnet das Gespräch mit einem erneuten Friedensangebot.

»Dann nehme ich gerne einen Latte macchiatto und zwei Mon Chéri. Die liegen einzeln in einer Schale neben der Kasse.« Ich knöpfe meine Jacke auf und lege sie auf den freien Nachbarstuhl. Der Garderobenständer ist mir zu weit entfernt.

Mir bleibt nur wenig Zeit, mich in dem vertrauten Raum umzuschauen, der mit seinen hohen Decken an eine Bahnhofsarchitektur erinnert. Schon ist Kellermann mit einem Tablett zurück, auf dem zwei dampfende Gläser stehen. Zudem zwei kleine Fläschchen Mineralwasser und die gewünschten Pralinen. Es sind sogar drei an der Zahl. Entweder ist er auch auf den Geschmack gekommen oder er überschüttet mich geradezu mit Versöhnungsangeboten.

»Auch ein Freund von Bitterschokolade mit Alkoholfüllung?«, frage ich.

»Nein, überhaupt nicht, alles, was einen Kakaoanteil von dreißig Prozent übersteigt, ist mir zu hart.« Also doch das Friedensangebot.

»Wie kann ich Ihnen helfen?« Sein Entgegenkommen löst auch bei mir Freundlichkeit aus.

Der Kommissar greift zu seinem Trenchcoat. Ein weißer DIN-A5-Umschlag kommt zum Vorschein. Darin sind rund ein Dutzend Fotos. Kellermann legt sie vor mir auf den Tisch.

Ich nehme den Stapel und betrachte ausführlich jedes Bild. Die Aufnahmen gleichen der vorherigen Fotoserie. Aufgenommen in der Bar des *Dark Magics.* Spärlich bekleidete Männer, die sich zuprosten, allein auf einem Barhocker sitzen oder sich mit einer Damenbekanntschaft in ebenfalls leichter Bekleidung vergnügen. Keiner von ihnen kommt mir bekannt vor.

Dann wechselt die Szenerie. Zwei Männer unterschiedlichen Alters sind kurz davor, auf einem Parkplatz in ein Auto einzusteigen.

Der Ältere hat bereits den Schlüssel in die Fahrertür gesteckt. Der andere steht wartend auf der Beifahrerseite und seine linke Hand ruht auf dem Wagendach. Es handelt sich um eine schwarze Limousine. Die Marke ist nicht erkennbar, aber ich tippe auf BMW oder Audi. Die Aufnahme muss bereits ein paar Jahre zurückliegen. Die Zeiten, als ein ausgestanztes Stück Metall zum Öffnen und Starten solcher Premiumautos verholfen hat, sind lange vorbei. Die heutige Funktechnik öffnet ja nicht nur aus der Entfernung die Türen, sondern speichert ein ganzes Bündel an Daten wie den Kilometerstand oder die Fahrgestellnummer.

Den älteren Mann schätze ich auf Anfang fünfzig. Sein blondes Haar ist im Stirnbereich etwas lichter und in seinem Gesicht zeichnen sich deutliche Falten ab. Er trägt einen braunen Cordanzug und wirkt leicht kauzig. Zu seinem Auftreten würde gut eine Schiebermütze und Pfeife passen.

Sein Beifahrer hingegen ist ein südländischer Typ. Vielleicht mit einem italienischen oder spanischen Einschlag. Sein Haar ist dunkel, fast schwarz, und seine Haut ist gebräunt. Sein Alter ist nur schwer einschätzbar, vielleicht Ende dreißig. Das Kinn ist ausgeprägt und verleiht seinem Gesicht eine gewisse Prägung. Tatsächlich macht die starke Formgebung es in gewisser Weise zu seiner eigenen Karikatur. Eine gute Vorlage für eine Comicfigur, denke ich, eine Art Lucky Luke des modernen Wilden Westens.

Dieser Lucky Luke kommt mir bekannt vor, aber ich kann nicht sagen, woher. Ich versuche, mein Gehirn zu durchforsten, aber es will mir nicht in den Sinn kommen. Doch ich bin mir sicher, es war eine ähnliche Szenerie, draußen in einem städtischen Umfeld.

»Wissen Sie, wo dieses Foto aufgenommen wurde?«, frage ich Kellermann, der mir bis jetzt schweigend gegenübergesessen hat.

»Wir vermuten, dass der Wagen auf dem Parkplatz hinter der Alten Oper steht.«

»Ja, das würde passen. Die geschwungene Glasfassade im Hintergrund könnte vom Bürohaus *Die Welle* stammen«, ergänze ich, ohne die Augen von der Aufnahme abzuwenden. Aber der Hinweis bringt mich nicht weiter. Die Verbindung zu dem Mann lässt sich nicht herstellen.

Ich blättere den Rest der Bilder durch. Drei weitere mit den beiden Herren folgen, auf dem letzten sind sie mit einem Bein bereits eingestiegen und nur noch die Köpfe sind oberhalb des Autodachs sichtbar. Die Fotos müssen im Serienbildmodus gemacht worden sein. Der festgehaltene Zeitraum kann nur wenige Sekunden umfasst haben.

Ich lege die Aufnahmen zurück auf den Tisch. Mit einem kurzsilbigen »Und?« fordert Kellermann mein Feedback ein.

»Der Mann auf der Beifahrerseite kommt mir bekannt vor. Aber mir will einfach nicht einfallen woher. Den Fahrer kenne ich nicht. Genauso wenig wie die anderen Menschen aus der Bar.«

»Wo haben Sie ihn gesehen? Haben Sie ihn persönlich getroffen?« Kellermanns Stimme überschlägt sich fast, als ich ihm den Stapel Fotos wieder über den Tisch zuschiebe.

»Ich weiß es nicht«, meine ich nachdenklich. Parallel wickle ich ein Mon Chéri aus dem aluminiumbeschichteten Papier. Aber statt sie in den Mund zu stecken, lege ich die Praline auf die Untertasse und streiche die Plastikfolie über dem rosafarbenen Papier glatt. Ein Ritual aus Kindertagen, als mich die Verpackung noch mehr als die Bitterschokolade faszinierte. »Ich glaube nicht, dass ich mich mit ihm unterhalten habe. Mir kommt nur sein Gesicht bekannt vor. An eine Stimme kann ich mich nicht erinnern.«

»Möchten Sie sich die Fotos noch einmal ansehen?«, fragt der Kommissar erwartungsvoll.

»Nein, ich denke nicht, dass das etwas bringt. Geben Sie mir ein wenig Zeit. Ich melde mich, wenn es mir einfällt.«

»Gut«, lenkt Kellermann ein und verstaut die Bilder in der Innentasche seines Trenchcoats. Er legt den Mantel aber nicht wieder zurück, sondern behält ihn auf seinem Schoß. »Melden Sie sich, sobald Ihnen etwas einfällt«, wiederholt Kellermann meine Worte und fügt nach einer kurzen Pause hinzu: »Und danke.«

»Wofür?«

»Für Ihre Zeit.« Noch bevor diese drei Worte zu Ende gesprochen sind, steht der Kommissar auf. Ohne eine weitere Abschiedsfloskel verlässt er das Café.

Mein Latte macchiato steht wieder einmal unangetastet vor mir. Auch eine Marotte. Nicht aus Kindertagen, aber seit Jahren gepflegt. Kaffee mag ich lieber lauwarm. Stattdessen ist das Wasserglas leer. Nach dem Sport hatte ich anscheinend immer noch Durst. Jetzt widme ich mich meinem Latte und stecke dazu das ausgepackte Mon Chéri in den

Mund. Der Kirschlikör brennt leicht auf meiner Zunge. Die beiden übrigen rosafarbenen Würfel lasse ich in meiner Hand kreisen. Die glatte Plastikfolie gleitet über meine Haut. Bevor die Schokolade schmilzt, schnappe auch ich mir meine Daunenjacke und verstaue die restlichen beiden Pralinen in der Jackentasche.

Zurück am Museumseingang kaufe ich mir eine Eintrittskarte. Die oberen Räume lasse ich unberücksichtigt und wende mich direkt dem Erweiterungsbau im Untergeschoss zu. Eine lange, ausladende Marmortreppe führt mich hinunter.

Die Ausstellungsräume wirken kühl, etwas technokratisch. Ein starker Kontrast zu den verschnörkelten, voluminösen Räumlichkeiten im Obergeschoss. Hier dominieren die Farbe Weiß, klare Formen und lange Raumfluchten. Ich erreiche die ersten Bilder. Eine Serie des German Pop. Eine Gruppe knallbunter Vögel, die auf den Kopf gestellt wurden. Auf dem Schild steht: *Ohne Titel (aus der Serie ›Krieg-Böse‹).* Die Verbindung zwischen diesen farbenfrohen, fast kitschigen Vögeln und dem Krieg ist mir schleierhaft.

Neben dem Bild hängt eine Texttafel mit einem Zitat.

Ich verfolge keine Absichten, kein System, keine Richtung, ich habe kein Programm, keinen Stil, kein Anliegen.

Auch ohne nachzusehen, weiß ich, dass es von Richter stammen muss. Selten hat ein Künstler so vehement ein Misstrauen gegen das Festgelegte entwickelt wie er.

Ich spaziere weiter. Es folgen Skulpturen, Pop-Art-Bilder. Dann Baselitz. Selbstverständlich hat auch er sein Motiv auf den Kopf gestellt. Wie so oft. Sein Markenzeichen.

Diesmal jedoch keine Vögel. Er hat eine nackte Frau verdreht. Ein hockender, weiblicher Akt. Die Knie und Hände kleben an der Decke. Ihr Kopf ist dem Boden zugeneigt. Der Hintergrund besteht aus schwarzgrauen Farbschattierungen. Die Trostlosigkeit, die sich in diesen Grautönen ausdrückt, wird einzig durch eine rote Fläche durchbrochen, die einem Feuer gleicht.

20

Der Winter hat die Stadt mit einer Puderzuckerdecke überzogen. Der Schnee knirscht unter den Schuhen. Die Kieswege sind noch nicht geräumt und die Übergänge zu den Grünflächen kaum sichtbar. Sie werden es auch morgen früh nicht sein. Die Stadt spart an Mitteln. Notdürftig ist der Park Arkadia beleuchtet. Auch dabei handelt es sich um eine Sparmaßnahme.

Es ist still. Um diese Uhrzeit ist kein Spaziergänger unterwegs. Niemand, der seinen Hund ausführt, und auch keiner, der sich nach Ruhe von der pulsierenden Stadt sehnt. Selbst die Bäume sind still. Kein Wind weht durch ihre Zweige. Dumpf ertönen aus der Ferne leise Straßengeräusche. Mein Schritt ist bestimmt. Ich atme tief die kalte Nachtluft ein. Es riecht nach trockenem Schnee. Wie bröckelndes Mauerwerk, dem alle Feuchtigkeit entzogen wurde.

Ich nähere mich dem Parkausgang links vom Królikarnia-Palast. Auch um dieses klassizistische Gebäude brennt keine Laterne. Das Eingangsportal mit dem weitläufigen Treppenaufgang liegt im Dunkeln. Ich gehe vorbei und spüre, wie sich der Rollsplit in das Profil meiner Schuhsohlen schiebt. Er wurde rings um das Gebäude verteilt. Die Fläche zieht sich bis zu einem Geräteschuppen, der sich an die Rückseite des Bauwerks anschließt. Unter dem kurzen Dachvorstand hat ein Obdachloser seine Habseligkeiten platziert. Ein Berg aus Decken, Jacken und Plastikfolien. Unklar, ob der Mensch darunter noch lebendig ist. Oder ob er es morgen noch sein wird. Bei den Temperaturen.

Bevor ich die Straße erreiche, halte ich im geschützten Dunkel der Parkanlagen inne. Ich hole die Digitalkamera hervor und schalte das Display ein. Meine Finger sind steif vor Kälte. Ich halte die Kamera zu nah vor mein Gesicht, mein Atem beschlägt die Bildschirmoberfläche. Ich vergrößere die Distanz und warte, bis das Display klar ist.

Bei dem kargen Licht sind die hellen Skulpturen auf dem weißen Feld nur schemenhaft zu erkennen. Der Park ist weitläufig und wurde zur Jagd angelegt. Die Werke polnischer Bildhauer sind wie beliebig auf den ausgedehnten freien Flächen verstreut. Zwischen zwei Baumgruppen ruht die Marmorstatue einer anmutigen Frau, die mit vor der Brust verschränkten Armen und seitlich angewinkelten Knien auf dem Boden sitzt. Ihr langes Kleid verdeckt die Beine und wirft ausladende Falten. Der weiße Marmor geht nahtlos in die Schneefläche über.

Ihr Blick ist auf den Boden gerichtet. Leicht spöttisch schaut die ehrfürchtige Dame hinab. Eine Mischung aus Trotz, Hohn und Arroganz. Distanz zu dem, was unter ihr liegt. Schäbig ist es in ihren Augen. Verdorben und in Ungnade gefallen. Auch das Geschöpf, das vor ihr auf dem Rücken im Schnee liegt, ist weiblich. Die schulterlangen Haare der Frau sind wirr um den Kopf gelegt. Vereinzelte Strähnen kleben feucht in ihrem Gesicht. Der Kopf ist leicht zur Seite geneigt. Die Arme gleichfalls vor der Brust verschränkt. Kabelbinder fixieren die Unterarme. Doch der Frau fehlen die Hände. Sie sind an den Gelenken abgetrennt. Glatte Schnitte legen Fleisch und Knochen offen. Die Kabelbinder haben das Blut aus den Armstümpfen herausgepresst. Es hat sich seinen Weg über den Hals in den Schnee gesucht. Der warme Lebenssaft hat nicht nur die Reinheit der weißen Fläche besudelt, sondern ein Loch in den Schnee gefressen. Ihn zersetzt und eine tiefe Mulde in die Ebene gerissen. Du hast es nicht anders verdient, scheint die Frau aus weißem Stein lautlos zu sagen.

21

Die Anzugträger haben die Straßen im Bankenviertel zurückerobert. Die Ruhe des Wochenendes hat sich in eine zielstrebige Hektik verwandelt. Der leichte Nieselregen erhöht die Dynamik der Passanten und mindert im gleichen Maß deren Freundlichkeit. Die Gesichter sind zum Boden geneigt, die Mäntel bis zum Kragen zugeknöpft und die Griffe der Regenschirme fest umschlossen. Ich bin eine von ihnen, nur ohne Schirm.

Kurz bevor ich das Gebäude der *Sega Invest* erreiche, hält ein Taxi und eine Frau im Kostüm steigt aus dem Wagen. Ihre Stöckelschuhe landen in einer Pfütze. Allein ihre Körpersprache lässt mich wissen, dass dieser Morgen keine Begeisterung in ihr weckt.

Als ich den Empfangsbereich durchquere und mich durch die Drehkreuze schieben will, befreie ich mich von meiner Kapuze und schüttle die Wassertropfen von meinem Regenmantel.

Frau Rieger beobachtet mich dabei und ruft zu mir herüber: »Kein guter Start für einen Montag.«

»Wie wahr«, gebe ich zurück. »Aber wenn man dem Wetterbericht Glauben schenken kann, erwartet uns morgen wieder Sonnenschein.«

»Dann drücke ich fest die Daumen«, sagt Frau Rieger motivierend und reckt ihre Hände mit fest umschlossenen Daumen in die Luft.

Bevor ich in mein Büro gehe, schaue ich nach, ob Mark Meier schon an seinem Platz sitzt. In der Regel ist er einer der Ersten. An einem Montagmorgen kann es aber auch schon einmal etwas später werden. Nach einem Familienwochenende bringt er seinen Sohn selbst in den Kindergarten.

Heute muss er mit seiner Frau getauscht haben, denn Meier ist bereits da.

Ich bleibe im Türrahmen stehen und beobachte ihn kurz. Er bemerkt mich nicht. Zu sehr ist er damit beschäftigt, in den Unterlagen auf seinem Schreibtisch nach etwas zu suchen. Auch auf einen zögerlichen Guten-Morgen-Gruß reagiert er nicht. Um dem Nachdruck zu verleihen, klopfe ich mit den Fingerknöcheln an die Türzarge.

Meier blickt auf und ein Lächeln huscht über sein Gesicht: »Ach, du bist es, guten Morgen.« Im nächsten Moment ist sein Blick jedoch wieder auf das Chaos auf dem Schreibtisch gerichtet.

»Sucht du etwas?«, frage ich überflüssigerweise.

»Ja, den Marktbericht aus Barcelona. Am Freitag lag der noch hier auf meinem Tisch und gleich ist Investmentmeeting. Wir haben doch das Hotelprojekt direkt an der La Rambla in der Akquisitionspipeline.«

»Stimmt, davon hattest du erzählt. Das liegt unten beim Hafen, nicht?«

»Ja, ja«, antwortet Meier und ist mit seinen Gedanken woanders. Das geringe Interesse an meiner Person stört mich jedoch gar nicht. Ganz im Gegenteil, es wirkt beruhigend. Es ist ein Zeichen, dass Leermanns Anschuldigungen noch nicht bis zu unserem Michel vorgedrungen sind. Sonst hätte Meier meiner Anwesenheit sicher mehr Aufmerksamkeit gewidmet.

Ich bleibe noch einen Moment im Türrahmen stehen und schaue ihm bei der Suche zu. Als ich mich gerade entschlossen habe zu gehen, schiebt sich Frau Tennschild nahezu geräuschlos an mir vorbei.

»Guten Morgen, Herr Meier«, haucht die Assistentin der Geschäftsführung hinter ihrem sandfarbener Angoraschal hervor. Der weiche Stoff umhüllt ihren ganzen Oberkörper, sodass nur der farblich passende Bleistiftrock und ihre schneeweißen Ballerinas sichtbar sind. In meine Richtung folgt eine kurze Begrüßung in Form eines Kopfnickens, wobei sie ihre Augen kurz schließt.

Mit zarter Stimme bringt sie ihr Anliegen vor: »Herr Dr. Weck möchte Sie heute noch sprechen. Zusammen mit Herrn Prof. Stallenberg. Es geht um die Systemeinführung und die Umsetzung der gesetzlichen Anforderungen. So wie es aussieht, will die Finanzaufsicht einen Audit durchführen.«

»Wann?«, fragt Meier kurz angebunden. Der Ruf des Geschäftsführers und des Aufsichtsratsvorsitzenden erübrigt jede weitere Diskussion.

»Die Sitzung ist für elf Uhr angesetzt. Im Sitzungsraum Goetheplatz«, erklärt Frau Tennschild. »Es wäre schön, wenn Sie es einrichten könnten.«

Der letzte Satz ist völlig überflüssig. Welches Argument könnte Meier vorbringen, diesem Ruf nicht zu folgen? Doch es ist Frau Tennschilds Begabung, Dinge einzufordern und gleichzeitig das Gefühl zu vermitteln, man hätte sie selbst entschieden.

»Gut. Ich werde da sein«, bekräftigt Meier und, in meine Richtung gewandt, fügt er hinzu: »Kannst du dabei sein? Das Investmentmeeting dauert bis elf Uhr und ich würde direkt zum Sitzungszimmer kommen. Es wäre gut, wenn du den aktuellen Stand der offenen Systemanforderungen mitbringen könntest.«

Auch Meier hat auf seine Frage keine Antwort erwartet. Er widmet sich direkt wieder seiner Recherche und sieht mein Nicken nicht. Jetzt wirkt seine geistige Abwesenheit keineswegs mehr beruhigend. Ein Treffen mit Stallenberg und Weck? Ist das vielleicht nur ein Vorwand, um mich zum verlorenen Datenstand zu befragen?

Kritisch prüfe ich Meiers Gesichtszüge, die feinen Lachfalten, die sich um seine blauen Augen gebildet haben, die mechanisch über die Tischplatte gleiten. Das blonde Haar, das trotz frischem Schnitt auch heute widerspenstig absteht. Du siehst Gespenster, rufe ich mich selbst zur Raison. Wenn wirklich ein Vorwurf gegen mich im Raum stehen würde, hätte ich längst keinen Zugang mehr zum Gebäude und dem Netzwerk.

»Also gut. Dann bis gleich im Sitzungszimmer.« Mit diesen Worten verlasse ich meine Position im Türrahmen.

Mitten in meinem Abgang regt sich Meier dann doch noch: »Marie?«

Mit einem Blick über die Schulter sehe ich, dass sich seine Lachfältchen verstärkt haben. Er zwinkert mir verschmitzt mit beiden Augen zu und aus seinem Mund erklingt ein »Danke«. Augenblicklich fällt mir eine Last von den Schultern. Niemand bedankt sich bei jemandem, von dem er meint, er hätte die silbernen Löffel gestohlen.

Auf dem Weg zu meinem Einzelbüro gleite ich an den Arbeitsräumen des Fachbereichs entlang. Durch die verglasten Innenwände sehe ich, dass die Kollegen mittlerweile eingetroffen sind. Nach wenigen Schritten öffne ich die Tür mit dem Ellenbogen, abgeschlossen ist sie nie. Wozu auch? Meinen Rechner nehme ich immer mit. Auf der Schreibtischplatte liegen ein paar Akten, ein Ausdruck des Systemkonzepts und ein zusammengefalteter Terminplan. Trotz allem ist dieser Anblick weit entfernt von dem Chaos auf Meiers Schreibtisch.

Ich fahre meinen Laptop hoch und öffne die Liste mit dem neuen Entwicklungsstand. Es sind noch ein paar kritische Anforderungen offen und bevor es gleich zu Diskussionen kommt, möchte ich noch einmal alle Funktionen im System prüfen.

Ich klicke mich durch die Module und rufe die entsprechenden Register auf. Es hat sich etwas getan. Das ist deutlich erkennbar. Tiedener hat seiner Mannschaft Dampf gemacht. Doch leider sind das mehrheitlich kosmetische Dinge, Anpassungen an der Oberfläche. Hier und da wurde ein Begriff geändert oder das Layout korrigiert. Die Rechenoperationen funktionieren leider noch nicht ganz wie gewünscht. Daher bleibt der Fertigstellungsgrad auf gleichem Niveau wie zuvor. Das wird in der Geschäftsleitung nicht für Freudensprünge sorgen.

Mit vierfachen Kopien ausgestattet, stehe ich vor dem Sitzungsraum Goetheplatz. Durch die Mattglasscheiben sind zwei Personen erkennbar. Gedämpft dringen unverständliche Stimmen hinaus. Sie klingen leicht aufgebracht. Nicht nervös, aber herrisch. Ich zögere. Soll ich klopfen oder noch einen Moment warten? Da erscheint Meier im Flur. Sein Schritt verkörpert Eile und Anspannung. Es ist gerade elf Uhr. Seine Hast resultiert mit Sicherheit aus einem hitzigen Investmentmeeting. Ich glaube nicht, dass die Sorge um eine Verspätung ihn so antreiben würde. Pünktlichkeit ist nicht seine Stärke.

»Wie ist es gelaufen?«, begrüße ich ihn.

Er verdreht die Augen. »Frag besser nicht.« Dann schiebt er, mit dem Blick zur Tür gewandt, nach: »Ist der Raum noch belegt?«

»Es ist jemand drin. Ich bin mir nicht sicher, ob es Weck und Stallenberg sind.«

In reger Agilität klopft Meier an die Tür und drückt nahezu gleichzeitig die Klinke.

Stallenberg und Weck drehen sich augenblicklich zu uns um. Ihre Gesichter wirken im ersten Moment überrascht, fast erbost über die Störung, dann erscheint zögerlich ein Lächeln.

Der Sportsmann Weck reagiert als Erstes: »Unser dynamisches Duo!« Er umrundet mit wenigen Schritten den Sitzungstisch und streckt uns seine Hand entgegen. »Schön, dass Sie so schnell ein Treffen möglich machen konnten.

Prof. Stallenberg möchte sich als Vorsitzender unseres Aufsichtsrates ein Bild über den Stand der Systementwicklung machen.«

Was hat das zu bedeuten? Ein Händeschütteln zu Beginn einer Sitzung? Eine offizielle Vorstellung der Position von Stallenberg, die bereits jeder kennt? Entweder ist Weck noch etwas konfus vom Vorgespräch oder es werden gleich kritische Details ausgepackt.

Während ich mich noch über die ungewöhnlich förmliche Begrüßung wundere, lehnt sich Stallenberg an die Fensterfront und beobachtet uns stillschweigend. Damit verdeutlicht er sein Rollenverständnis. Die Freundlichkeitsfloskeln überlässt er Weck. Erst für die thematischen Inhalte bringt er sich in Stellung. Er nickt uns kurz zu und nähert sich dann mit gemächlichen, nahezu erhabenen Schritten dem Sitzungstisch. Selbstverständlich wählt er den Stuhl vor Kopf.

Als jeder der drei Herren einen Platz gefunden hat, verteile ich die Systemlisten. Ich lasse sie über den Tisch gleiten. Trotz des Schwungs bleiben einzelne Blätter auf der Hälfte der Strecke liegen. Die Platte ist mit Leder bespannt. Meier streckt sich, um die Unterlagen zu erwischen, und schiebt einen Teil davon Stallenberg zu. Der Raum ist für zwanzig Personen ausgelegt. Wir werden uns hier nicht zu nahe kommen.

Ich überlege, ob ich gegenüber Stallenberg an unser Gespräch mit Anna anknüpfen soll. Es wäre ein willkommener Small-Talk-Start. Ein Wort zu Berlin, den gebuchten Räumlichkeiten in der Hörsaalruine der Charité oder seinem gelungenen Vortragstitel. Aber ich lasse es bleiben. Die Atmosphäre ist aufgeladen. Plaudereien sind gerade fehl am Platz.

»Frau Wagenfeld«, Stallenberg ergreift das Wort und lässt sich in seinen Stuhl zurückfallen. Auch ohne es zu sehen, weiß ich, dass seine Beine breit auseinandergestellt sind. Die gefalteten Hände lässt er auf der Tischplatte ruhen. Sein Oberkörper ist aufgerichtet. Seine weißen fisseligen Haare umspielen das Gesicht. Es haftet ihm etwas Pastorales an. Oder nein, er erscheint wie ein Richter, der den Staatsanwalt um ein Plädoyer bittet. Aus Ermangelung eines Rechtshelfers richtet er seine Frage an mich: »Wie ist der aktuelle Stand der Termine? Halten wir die Deadline ein oder können wir uns auf eine Diskussion mit der Bankenaufsicht gefasst machen?«

Herzlichen Glückwunsch, das geht ja gut los, denke ich. Tiedener hat noch keinen neuen Terminplan geschickt und ich darf mir schon im Vorfeld den ersten Vorwurf anhören. Wenn es in dem Tempo weitergeht, wird das eine anstrengende Sitzung.

Möglichst emotionslos erörtere ich: »Wir bekommen heute Abend einen neuen Terminplan vom Systemanbieter. Daher kann ich im Moment nur die aktuelle Situation beurteilen und die Abmachungen aus der letzten Sitzung mit Herrn Tiedener wiedergeben. Wir haben die kritischen Funktionen klar priorisiert. Es werden daher wahrscheinlich nicht alle gewünschten Anwendungen bis zum ersten Februar realisiert sein, aber zumindest die gesetzlich erforderlichen.«

Stallenberg schaut mich prüfend an. Während meiner Berichterstattung hat er mich nicht eine Sekunde aus den Augen gelassen. Sein vorgerecktes Kinn vermittelt Überheblichkeit. Er lässt sich Zeit. Dann beugt er seinen massigen Oberkörper weit über den Tisch, streckt sich in meine Richtung, sodass sich eine Haarsträhne löst und ihm ins Gesicht fällt. Mit der ganzen Masse seines Körpers fordert er mehr, als dass er fragt: »Können Sie uns das garantieren?«

Es gibt keine Sicherheit und das weiß der Professor auch. Seine Frage ist eine reine Prüfung.

»Eine Garantie kann ich Ihnen nicht geben, selbst dann nicht, wenn der neue Terminplan vorliegt. Durch die Priorisierung einzelner Funktionen haben wir etwas Zeit gewonnen. Zudem sieht der aktuelle Plan immer noch eine Weihnachtspause vor. Im Zweifelsfall müsste diese aufgehoben werden.«

»Die große Überraschung zum Fest?«, fragt Stallenberg sarkastisch. Meier, der mir gegenübersitzt, kramt beflissen in seinen Papieren. Weck, rechts neben mir, ist weniger unbehaglich zumute. Angespannte Situationen gehören zu seinem Tagesgeschäft.

»Freuen wird sich darüber niemand. Aber zur Sicherheit wäre es gut, wenn Sie Ihre Mitarbeiter schon einmal darauf vorbereiten.« Ich versuche, sachlich zu bleiben und mich von der Taktik nicht aus der Ruhe bringen zu lassen.

»Und Tiedener, der spielt Ihrer Meinung nach den Weihnachtsmann?« Stallenbergs Stimme gleitet ins Spöttische ab. Er lächelt selbstzufrieden und lässt seinen Blick in der Runde kreisen. Er erwartet Applaus von seinem Publikum. Das ist seine Bühne.

Ich lasse mich vom Showmaster nicht auf das Parkett ziehen und greife nach meinem Kugelschreiber. Halte ihn an beiden Enden fest und drehe ihn leicht in meinen Händen. Das hilft, meine Stimme bleibt ruhig: »Ich würde Ihnen vorschlagen, Herrn Tiedener beiläufig über Ihre Kontakte im Immobilienmarkt zu informieren. Er reagiert sensibel auf sein Image und das Risiko, Neugeschäft zu verlieren. Damit können Sie ihn packen. Wenn Sie ihm mit Einbehalt der Zahlungen für das Customizing drohen, interessiert ihn das vermutlich weit weniger. Dazu verdient er zu viel über die Lizenzen.«

Stallenberg wirkt verblüfft. Für einen Bruchteil von Sekunden vermitteln seine Augen Wohlwollen, fast Anerkennung. Dann wendet er sich unversehens ab und fokussiert den Geschäftsführer. »Richard, wann gibt es wieder ein Gespräch mit Tiedener?«

Die beiden diskutieren das nächste Treffen mit dem Chef des Systemdienstleisters, den bevorstehenden Audit der Finanzaufsicht, lassen mir unbekannte Namen aus dem Markt fallen und schmeißen mit Satzfetzen nur so um sich, die Meier nach seinem Gesichtsausdruck genauso schleierhaft sind wie mir.

Zwei langjährige Gefährten unter sich, die allen anderen gerade klarmachen, dass sie nicht zu ihrem elitären Kreis zählen. Mich lässt das unbeeindruckt. Mehr noch, ich atme innerlich auf. Die verschwundenen Daten sind nicht Thema und keiner der drei Männer macht den Anschein, als wären Leermanns Anschuldigungen zu ihm vorgedrungen.

Kurz vor zwölf beendet Stallenberg die Sitzung. Auch das war vorauszusehen. Auch hier sind die Rollen definiert.

Ich stehe auf und packe meine Unterlagen zusammen. Stallenberg und Weck bleiben sitzen. Sie wollen augenscheinlich ihre Unterhaltung unter vier Augen fortsetzen. Ich verabschiede mich zuerst von Stallenberg und schüttle dann auch Weck die Hand.

Meier steht schon halb im Flur. Auf dem Weg hinaus gleitet mein Blick über die Bilder an der Wand. Da sie während der Sitzung in meinem Rücken hingen, habe ich bisher keine Notiz von den Motiven genommen.

Drei großformatige Schwarz-Weiß-Fotografien bilden, konform zum Geschäftsmodell, Gebäude aus dem Fondsbesitz der *Sega Invest* ab. Die mittlere Aufnahme zeigt eine Immobilie in Paris. Ich erkenne den Place du Trocadéro unweit des Eiffelturms.

Im Vordergrund stehen vier Männer. Ihren Anzügen nach zu urteilen, in geschäftlicher Mission unterwegs. Drei sind einander zugewandt und in eine Unterhaltung vertieft. Zwei von ihnen schütteln sich dabei siegessicher die Hände. Der Vierte im Bunde hat sich ein paar Meter von der Gruppe abgesetzt. Sein Blick ist abgewandt, erscheint suchend. Wenn meine Orientierung mich nicht täuscht, müsste er in die Avenue Kléber schauen. Aber es ist nicht sein Blick und auch nicht die Straße, die mein Interesse weckt. Ich habe diesen Mann schon einmal gesehen und ich weiß auch wo.

In der Mittagspause habe ich mich von Meiers Wochenendgeschichten berieseln lassen. Nach dem Abschluss der Sitzung wirkte er richtig aufgekratzt. Sein verschmitztes Lächeln zeigte unumstößliche Ähnlichkeit zu einem erwachsenen Michel.

Zurück bei *Sega Invest* erkläre ich Meier, dass ich noch mal hoch in die Geschäftsführungsetage müsse. Ich hätte meinen Füller im Sitzungszimmer vergessen. In Erinnerung an meine Schulzeit ist es der erste Gegenstand, der mir eingefallen ist.

Meiers Gedanken sind bereits bei dem nächsten Geschäftsvorfall. Andernfalls hätte er sicher bemerkt, dass dies nicht der Grund meines Umwegs sein kann. Ich besitze gar keinen speziellen Füller, sondern verwende immer den nächstbesten Schreiber, der gerade griffbereit liegt. Seit wann sollte mir also ein einzelner Stift am Herzen liegen? Aber so bestätigt er nur murmelnd seine Kenntnisnahme und verlässt den Aufzug in der fünften Etage. Ich fahre noch ein Stockwerk höher.

Das Sitzungszimmer Goetheplatz ist jetzt leer. Stallenberg und Weck haben ihre Besprechung beendet. Ich gehe direkt zur mittleren Fotografie, der Aufnahme in Paris. Die Szene muss sich bereits vor einigen Jahren abgespielt haben. In einer Hand erkenne ich ein *iPhone 4.* 2012 gab es bereits die nächste Generation des Smartphones. Und so wie ich die Immobilienbranche kenne, verwendet niemand eine Handyserie länger als zwingend nötig. Auch der Mann, der etwas abseits steht, ist sichtlich gealtert.

Ich nehme mein Smartphone aus der Tasche und aktiviere den Kameramodus. Die Glasscheibe vor der Fotografie spiegelt das Licht, doch die Person auf dem Bild ist trotzdem deutlich zu erkennen. Die entstandene Aufnahme versende ich als MMS, mit der Ergänzung: *Kennst du den Mann?*

Zurück an meinem Schreibtisch fällt mir die Konzentration schwer. Immer wieder gleitet mein Blick zum Handy, um zu prüfen, ob eine Antwort eingetroffen ist. Idiotisch, ermahne ich mich. Wenn ich eine SMS bekomme, meldet sich der Vibrationsalarm. Ich zwinge mich, meine Aufmerksamkeit dem IT-Konzept zu widmen. Mühsam quäle ich mich durch die Beschreibung der Use-Cases. Aber die englische Terminologie macht die Lektüre der systemtechnischen Gebrauchsfälle nicht einfacher. Keine leichte Kost für einen Montag und erst recht nicht, wenn die Gedanken eigentlich woanders sind.

Es wird draußen langsam dunkel, als mich mein Handy endlich erlöst.

Komm doch heute Abend bei mir vorbei.

Ich gebe auch den letzten meiner unzähligen und erfolglosen Konzentrationsversuche auf und schließe den Laptop.

22

Nachdem ich in meiner Wohnung nur einen Zwischenstopp eingelegt habe, überquere ich um kurz nach sieben den kopfsteingepflasterten Hof. Ich staune wieder einmal, wie liebevoll diese Anlage restauriert wurde und mit wie viel Detailarbeit der Gartenbaubetrieb in die historischen Mauern integriert worden ist.

Eriks Wohnung befindet sich an der rückwärtigen Seite des Haupthauses, gegenüber der alten Scheune, die er zu einem riesigen Gewächshaus umgebaut hat. So hat mein Bruder seine Schützlinge in seiner unmittelbaren Umgebung.

Ich drücke die Klingel, doch es passiert nichts, was meiner Ungeduld nicht unbedingt zuträglich ist. Ich probiere es erneut und kurz bevor ich den Klingelknopf ein drittes Mal betätigen will, öffnet Erik die Tür.

Ein Handtuch um seine Hüften geschlungen, rubbelt er sich mit einem zweiten die Haare trocken. Im Vorbeigehen nehme ich ihn kurz in den Arm. Sein Rücken ist noch feucht und fühlt sich kühl an. Die letzten Sekunden muss er kalt geduscht haben.

»Geh schon mal in die Küche«, ruft er mir nach, obwohl ich am Ende des Satzes schon den kleinen Flur durchquert habe und mit einem Fuß in der Küche stehe. »Ich habe uns eine Pizza in den Ofen geschoben. Keine kulinarische Höchstleitung, aber immerhin eine Fertigpizza mit selbst gemachtem Zusatzbelag.«

Erik verschwindet im Schlafzimmer und ich höre, wie er in eine Jeans schlüpft und die Gürtelschnalle schließt.

Die Küche ist wie immer aufgeräumt. Auf der Arbeitsplatte steht eine Flasche Olivenöl. Daneben in Reih und Glied eine Salz- und eine Pfeffermühle. Auch das Geschirr ist wohlüberlegt zusammengestellt worden. Mit einem Glas Leitungswasser ausgerüstet, setze ich mich an den Küchentisch. An der Seite zur Wand stapeln sich ein paar ungeöffnete Briefe. Nichts Persönliches. Reklameheftchen und Rechnungen.

Erik nimmt in einem ausgewaschenen Shirt mir gegenüber Platz. Seine langen Beine passen nicht recht unter den Tisch und er streckt sie zur Seite in den engen Küchenraum. Ich fühle mich eingeengt. Links von mir die Wand, hinter mir die Spüle und rechts Eriks Beine. Ich rutsche noch ein bisschen weiter zurück, um meinen Freiraum zu vergrößern. Ich merke, wie mir augenblicklich wohler wird. Trotzdem fragt mein Bruder mich: »Alles klar mit dir?«

»Ja, alles in Ordnung«, versichere ich ihm und beobachte, wie sich ein Tropfen aus seinem noch feuchten Haar löst und an der Wange abperlt. Das Handtuch wird er schnell beiseitegelegt haben und ich bin mir ziemlich sicher, dass er keinen Fön besitzt. Die Arbeit an der frischen Luft ist Erik deutlich anzusehen. Sein Gesicht ist immer noch gebräunt von der bereits längst vergangenen Sommersonne.

»Du siehst gut aus«, stelle ich fest. Mein Kompliment lässt seine Mundwinkel kurz nach oben gleiten.

»Du aber nicht«, entgegnet mein Bruder. »Arbeitest du zu viel?« Schmeicheleien sind bei uns nicht an der Tagesordnung.

»Geht. Nur ein bisschen wenig geschlafen. Was macht die Gärtnerei?« Ich versuche, das Thema zu wechseln.

»Letztes Anpacken, bevor der Winter kommt. Ansonsten ist es ruhig um diese Jahreszeit. Ist nicht gerade unsere Hochsaison. Die Kunden kommen höchstens, um einen Strauß Blumen oder eine Zimmerpflanze zu kaufen. Das ist nicht mein Ding und daher habe ich jetzt zwei, drei ruhige Monate vor mir. Wenig Kundenkontakt.«

»Machst du Urlaub?«, frage ich ihn.

»Ich wollte im Januar an die Nordsee. Wenn das Meer so richtig schön launisch ist und sich keine Seele in die Kälte traut.« Eriks Mundwinkel schnellen bei dem Gedanken wieder nach oben. »Magst du mitkommen?«

»Warum nicht. Vielleicht übers Wochenende. Ich kann das sicher mit einem Termin in Hamburg kombinieren.« In Gedanken gehe ich meinen Kalender durch.

»Wäre schön! Merk dir mal das dritte Wochenende im Januar.« Mit diesen Worten steht er auf und öffnet den Backofen. Ein warmer Luftstrom macht sich in der Küche breit. Mein Bruder zieht die Pizza auf ein großes Holzbrett und stellt es in die Mitte des Tisches. Dazu reicht er mir Messer und Gabel. Teller hält er nicht für notwendig. »Guten Appetit. Magst du noch etwas anderes trinken? Bier oder Wein?«

»Nein, danke. Ich bin mit meinem Wasser glücklich.«

Erik setzt sich und wir fangen schweigend an zu essen.

Die Pizza ist noch heiß und trotz Pusten verbrenne ich mir die Zunge.

Ich lege die Gabel wieder zur Seite und lehne mich zurück. Dabei stößt mein Schulterblatt an die Kante der Küchenspüle. »Du kennst ihn?«, frage ich Erik auffordernd.

»Was hast du mit dem Typen zu tun?«, stellt er die Gegenfrage und verliert ebenfalls vorerst das Interesse an seiner Pizza.

»Du hast davon bestimmt in der Zeitung gelesen. Bei der *Sega Invest* wurde ein Mann ermordet. Er hatte Verbindungen zur SM-Szene. In diesem Zusammenhang sind Fotos aufgetaucht. Männer im Gespräch in einer Bar. Und einen dieser Typen habe ich heute wiedergesehen. Abermals auf einem Foto, einer Aufnahme aus Paris. Es muss schon vor Jahren geknipst worden sein. Den Ausschnitt habe ich dir geschickt.«

Das sind in Kürze alle Informationen, die Erik braucht.

»Lass die Finger davon, das ist Sache der Polizei«, sagt er bestimmt und widmet sich wieder seiner Pizza.

So leicht gebe ich mich nicht geschlagen: »Sag mir nur, ob du ihn kennst.«

»Marie, ich will mit dem Thema nichts mehr zu tun haben. Es ist vorbei.« Mit mehr Kraft als nötig schneidet Erik ein Pizzastück ab.

»Nur, ob du ihn kennst«, insistiere ich mit ruhiger Stimme.

Mein Bruder verdreht die Augen, legt aber das Besteck beiseite. »Ja, ich kenne ihn. Aus dem *Dark Magic.*« Erik sitzt jetzt zurückgelehnt in seinem Stuhl und schaut mich an. Ich sage nichts und warte, bis er fortfährt. »Ich weiß nicht mehr, wie er heißt. Er gehörte zu den Premiumkunden. Er war selten in der Bar oder in den Kabinen. Aber gegenüber vom Klub sind noch weitere Zimmer, reserviert für ausgewählte Gäste. Dort habe ich ihn einmal gesehen.«

»Direkt gegenüber vom *Dark Magic?* Das gelb verputze

Gebäude?« Mir fällt wieder der unsichtbare Türsteher ein und der Vorhang, der hinter dem Fenster zur Seite geschoben wurde.

»Es ist nicht offiziell. Genauer gesagt, läuft alles unter der Hand ab, für eine spezielle Klientel. Ich glaube, dass er öfter dort ein und aus ging. Aber das ist alles lange her.«

»Warst du an dem Abend, als dein Unfall passierte, auch dort?«, frage ich.

Erik verdreht abermals die Augen. Mit leicht genervtem Unterton antwortet er: »Du weißt doch, ich kann mich an nichts mehr erinnern. Es ist alles weg. Und wird auch nicht wiederkommen. Es ist vorbei. Okay?«

Ich schaue ihm einen Moment zu, wie er bestimmt und mit übertriebener Gestik ein Stück von der Pizza schneidet. Als ob es im Moment nichts Wichtigeres gäbe. »Okay«, willige ich ein und greife selbst nach Messer und Gabel. Das Thema ist damit für Erik erledigt und ich lasse es dabei bewenden.

Es folgen Gespräche über letzte Nachrichten unserer Mutter aus Mallorca, ihren bevorstehenden Besuch zur Weihnachtszeit und mögliche Geschenkideen.

Zwei Stunden später sitze ich wieder in meinem Auto, doch der Motor läuft noch nicht. Ich denke über unser Gespräch nach. Erik kennt den Mann.

Ich nehme mein Smartphone in die Hand und wäge ab, Kellermanns Nummer zu wählen. Mein Bruder hat aber auch deutlich gemacht, dass er mit der ganzen Sache nichts mehr zu tun haben möchte. Erik ungewollt mit der Polizei zu konfrontieren, kann keine Lösung sein. Ich werfe das Telefon auf den Beifahrersitz und starte den Wagen.

Es herrscht kaum Verkehr und über die Autobahn erreiche ich schnell das Westend. Statt nach Hause zu fahren, stelle ich den Wagen vor unserem Büro ab und gehe zu Fuß

Richtung Bahnhofsviertel, vorbei am Westendplatz, der um diese Uhrzeit einsam und verloren im Dunklen liegt.

Erst als ich die Mainzer Landstraße uberquere und in die Moselstraße einbiege, werden die Bürgersteige belebter. Aber es sind nur diejenigen unterwegs, die nicht wissen, wohin sie sonst sollen. Alle anderen haben noch vom Wochenende genug.

Ich spaziere bis zur Hausnummer 33, schlängele mich an Junkies vorbei und solchen, die es werden wollen. Diesmal bleibe ich nicht vor dem *Dark Magic* stehen, sondern überquere die Straße, um zum Eingang des Hauses gegenüber zu gelangen.

Links von der abgeblätterten Holztür befindet sich eine Leiste mit vergilbten Klingelschildern. Ich gehe die Namen durch. Mehrheitlich enden sie auf ›vic‹. Zwischendrin zwei Allerweltsnamen: *Müller* und *Schneider*. Es ist ein Lotteriespiel und ich entscheide mich für Schneider.

Just als mein Zeigefinger den Klingelknopf drücken will, reißt mich jemand jäh an der Schulter herum. Ich stolpere, falle und knalle mit dem Kopf an die verputzte Wand. Meine Arme fahren unmittelbar zur Verteidigung hoch, doch das ist nicht nötig.

»Das sollten Sie besser lassen«, sagt Kellermann scharf, tritt dabei einen Schritt zurück und lässt mich im Hauseingang stehen.

Dennoch behalte ich einen Arm oben, nicht um mich zu verteidigen, sondern um nach der Beule an meinem Hinterkopf zu tasten. Es fühlt sich leicht feucht an. Ich nehme die Hand wieder vor und an den Fingerkuppen klebt etwas Blut.

»Entschuldigung. Habe ich Sie verletzt?«, fragt der Kommissar besorgt. Die ersten Passanten werden auf uns aufmerksam. Aber Handgreiflichkeiten sind hier an der Tagesordnung und werfen niemanden aus der Bahn.

»Keine Sorge. Ist nur der Schreck«, beruhige ich ihn.

»Ein Schreck blutet nicht«, gibt Kellermann tonlos zurück.

Ich verziehe das Gesicht und wische meine Finger an der Jeans ab. Die muss ohnehin in die Wäsche.

»Lassen Sie mich das mal anschauen.« Um seiner Aufforderung Nachdruck zu verleihen, winkt er mich mit beiden Händen heran. Seine Bewegungen haben den Charme eines Fluglotsen auf dem Rollfeld.

»Okay, okay«, antworte ich auf seine entschiedene Gestik, »aber gehen wir noch zweihundert Meter die Straße runter, da gibt es eine nette Bar. Schreck hin oder her, etwas Alkoholisches könnte ich jetzt schon vertragen.«

Kellermann ist noch unschlüssig. Die Anspannung ist aus seinem Körper gewichen und er lässt die Arme müde herabhängen. Ich gehe los. Nach ein paar Metern entscheidet er sich und folgt mir.

Als er wieder auf meiner Höhe ist, frage ich ihn: »Wieso sind Sie eigentlich hier?«

»Machen Sie Witze?«, kontert er. »Wäre das nicht meine Frage?«

Ich antworte nicht. Schließlich hat er sie mir noch nicht gestellt. Schweigend setzen wir den Weg Richtung *West and East* fort. Aus einer Eckkneipe schallt uns lautstarke Schlagermusik entgegen. *»Gefühle haben Schweigepflicht«*, dröhnt es. Ich beschleunige meinen Schritt und erreiche die angestrebte Bar als Erste.

»Ein Bier oder sind Sie noch im Dienst?«

»Lassen Sie mich erst mal die Wunde anschauen.«

»Es blutet nicht mehr«, bestimme ich und bestelle an den Kellner gerichtet: »Zwei Bier bitte. In der Flasche.«

Der Kommissar verdreht die Augen. »Also sagen Sie schon.«

»Was?«, gebe ich überrascht zurück.

»Was? Warum Sie hier sind.« Kellermann ist genervt.

»Ich habe einen Mann auf dem Foto erkannt«, gebe ich spontan zu und bin selbst von meiner Offenheit verwundert.

Im selben Moment überkommen mich Gewissensbisse wegen Erik.

»Sie wollten sich melden«, ermahnt mich Kellermann.

»Ich sage es Ihnen ja gerade«, verteidige ich mich vehement.

»Und warum nicht gleich? Warum erst jetzt?« Der Kommissar sieht mich mit hartnäckigem Blick an.

Ich überlege einen Moment, sage dann etwas weniger bestimmt: »Erik kennt ihn. Ich will nicht, dass er in den Fall mit hineingezogen wird.«

»Und da dachten Sie, Sie spielen ein bisschen Kommissar und gehen auf Verbrecherjagd? Sie waren mal bei der Polizei. *Waren!* Vergangenheitsform. Geht das in Ihren Schädel?«

»Es ist angekommen. Sie können sich wieder entspannen.« Aber ich spüre, dass mein letzter Satz förmlich das Gegenteil bewirkt. Zum Glück nähert sich der Kellner und stellt zwei geöffnete Flaschen Bier vor uns. Immerhin das.

Ich nehme einen Schluck und verzichte auf ein vorhergehendes Zuprosten. Kellermann trinkt ebenfalls aus der Flasche. Gleich mehrere Schlucke auf einmal.

»Wen haben Sie erkannt? Die Männer aus dem Auto?« Trotz seines Wutausbruchs konzentriert der Kommissar sich direkt wieder auf das Wesentliche.

Ich tue es ihm gleich. »Nein, es war der Mann, um den Leermann im *Dark Magic* den Arm gelegt hatte. Der Herr, der etwas Seriöses, etwas Vornehmes ausgestrahlt hat. Erik hat ihn auf einem Foto wiedererkannt.«

»Auf welchem? Sie haben die Aufnahmen doch nicht mitgenommen«, spinnt Kellermann den Gedanken weiter. Der Ärger ist ihm nicht mehr anzumerken.

»Der Typ ist auf einem Foto bei der *Sega Invest* zu sehen. Es hängt in einem der Sitzungszimmer. Im Gebäude sind überall Fotografien von Objekten aus dem Immobilienbesitz verteilt. Auf diesem Bild stehen im Vordergrund vier Männer. Einer davon ist Leermanns Bekanntschaft.«

»Arbeitet er bei der *Sega Invest?*«

»Nein, nicht, dass ich wüsste. Aber die Aufnahme ist auch schon etwas älter. Ich würde auf mindestens fünf, sechs Jahre tippen. Es kann natürlich sein, dass er damals bei der *Sega Invest* war.«

»Und woher kennt Ihr Bruder ihn?«

»Er hat ihn im *Dark Magic* getroffen. Aber nicht in der Bar, sondern im gelben Haus gegenüber. Dort soll es Räume für sogenannte Premiumkunden geben. Mehr wusste er allerdings auch nicht.«

»Auf diese Leute hatte es Bruns abgesehen. Er hat im *Dark Magic* und in diesen Spezialräumen Fotos gemacht und die Kunden erpresst. Unklar ist noch, ob Kreutzer davon gewusst hat. Wenn, hat ihm das bestimmt nicht gepasst.«

»Waren Sie deshalb dort?«

»Genau. Ein Kollege ermittelt vor Ort. Daher habe ich Sie auch so vehement zurückgezogen. Es tut mir leid, dass ich Sie dabei verletzt habe.«

»Kein Problem. Wer nicht hören will, muss fühlen. Hat man mir zumindest in jungen Jahren gesagt.« Ich füge versöhnlich hinzu: »Also dann Prost.«

»Ein Indianer kennt keinen Schmerz«, erwidert Kellermann, anstatt mir zuzuprosten.

»Wie bitte?«, frage ich verdutzt.

»Auch eine Lehre aus Kindertagen.« Daraufhin stößt der Kommissar seine Flasche gegen meine und trinkt. »Können Sie morgen früh mit mir zur *Sega Invest* kommen?«

Ich schüttle den Kopf und bei der Bewegung setzt augenblicklich ein stechender Schmerz ein. Ich halte sofort wieder still. »Geht nicht. Ich muss morgen früh direkt nach Berlin.«

»Schade. In welchem Sitzungszimmer hängt das Bild?«, erkundigt er sich und kramt dabei in seiner Jackentasche nach einem Stift und einem Zettel. Elektronische Medien sind definitiv nicht sein Metier.

»Sitzungszimmer Goetheplatz in der Etage der Geschäftsführung. Es ist das mittlere der drei Bilder. Der Mann steht leicht abgewandt und blickt suchend in eine Straße. Aber Sie erkennen ihn sicher sofort.«

»Sind Sie morgen erreichbar?«, fragt Kellermann, während er sich Notizen macht.

»Ich sollte spätestens am Nachmittag um vier Uhr mit meiner Sitzung in Berlin fertig sein. Danach können Sie mich erreichen.« Ich lege eine Handvoll Münzen auf den Tresen und springe vom Barhocker. »Sie sind natürlich eingeladen, Herr Kellermann«, betone ich förmlich. Dazu erhebe ich noch einmal die Hand zum Abschiedsgruß und verlasse dann das *West and East.* Der Kommissar ist jetzt der letzte Gast in der Bar.

23

Kurz nach sechs packe ich meine Sachen und verabschiede mich von allen Sitzungsteilnehmern bei CMP. Durch die Diskussionen mit den neuen Kollegen aus London hat es deutlich länger gedauert als geplant. Kellermann hat bereits eine Nachricht auf dem Anrufbeantworter hinterlassen. Um 16:02 Uhr. Auch er hatte mit einem schnelleren Ende gerechnet.

Ich höre die Nachricht ab, als ich das Sony Center durch den Hauptausgang verlasse. Die Luft ist klar. Ich laufe Richtung Beisheim Center, an der Taxischlange vorbei. Mir ist nach S-Bahn. Meine Verspätung habe ich Anna ohnehin schon in der Kaffeepause angekündigt, daher besteht wirklich keine Eile.

Kellermann erklärt, dass es sich bei Leermanns Bekanntschaft nicht um einen Mitarbeiter von *Sega Invest* handelt, sondern um einen Sachverständigen. Dieser hat im Auftrag der Bank Immobilien bewertet. Sein Büro heißt WMP, was für *Wehmüller, Meister und Pracht* steht. Der Herr von der Fotografie ist Wehmüller. Ob ich das Unternehmen kenne und ob ich ihn zurückrufen kann, sind seine letzten Fragen, bevor die Aufnahme endet. Ich schreibe eine SMS.

Hey, Karla, könntest du noch eine kurze Recherche machen? Firma heißt WMP. Ist ein Sachverständigenbüro für Immobilien. Bin circa um 20:00 Uhr bei dir.
Freu mich, M.

Und noch eine weitere an Anna.

Bin in zwanzig Minuten da.

Ich fahre bis zur Friedrichstraße und steige dort Richtung Osten um. Rushhour. Die S-Bahn ist zum Bersten voll. Ich atme tief durch, als ich mich am Hackeschen Markt rauszwänge. Der Bahnhof Alexanderplatz liegt zwar näher am Zielort, aber meine Nerven hätten die Menschenmenge nicht länger ausgehalten.

Als ich die Tür zum *Café Vilio* öffne, entdecke ich Anna sofort. Gebannt in die Klatschpresse vertieft. Sie nimmt mich erst wahr, als ich sie leicht an der Schulter berühre, und fährt kurz erschrocken zusammen. In der nächsten Sekunde hält sie mich bereits fest im Arm.

»Was steht denn so Spannendes in der Zeitung?«, frage ich, während ich mich von meiner Laptoptasche und Jacke befreie.

»Ach nichts. Du weißt doch, ich lese nicht, ich blättere.« Anna faltet die Zeitschrift zusammen und legt sie neben sich auf einen verwitterten Holzschemel.

»Wie lief es heute an der Uni?« Ich merke schon an ihren verdrehten Augen, dass dies die falsche Frage war.

»Die Verwaltung macht mich noch fertig! Also lassen wir das Thema. Sollen wir gleich mal zu unserer Veranstaltung ubergehen? Ich hätte ein paar gute Neuigkeiten.«

Anna hat den historischen Hörsaal in der Charité besichtigt und berichtet begeistert von der Diskrepanz zwischen konserviertem Mauerwerk, das Ende des Zweiten Weltkrieges durch Fliegerbomben zerstört wurde, und moderner Konferenztechnik. Zudem hat sie die Marketingtrommel gerührt. Die Immobilienpresse wird über uns berichten und einen Radiobeitrag hat sie auch organisiert.

»Bist du dir sicher, dass das jemand hören will?«

»Das ist mir doch egal, das Radio nehmen wir auf jeden Fall mit. Du musst mir nur durchgeben, wann du Anfang Januar in Berlin bist. Dann interviewen sie uns und schneiden danach einen Podcast daraus zusammen.«

»Podcast. Hört sich zumindest cool an!«

»Gut, dann kommen wir zu den langweiligeren Themen. Du bist dran. Was macht unsere Marktanalyse?«

Ich zeige Anna die Ergebnisse und rede darüber, wie wir diese auf unserer Veranstaltung präsentieren könnten. Ihr Desinteresse und der dringende Wunsch, die Statistik gegen eine Boulevardzeitschrift einzutauschen, sind ihr ins Gesicht geschrieben.

Rund eine halbe Stunde später sind wir fertig.

»Wie war es letztens mit Stallenberg? Du hast ihn doch bei der *Sega Invest* getroffen?« Anna ist sichtlich erleichtert, zu anderen Themen abzuschweifen.

»Anstrengend. Er ist ein Boxer, ständig auf der Suche nach seinesgleichen. Die sanften Töne wurden abgestellt. In seinem Businessumfeld hat er direkt einen anderen Takt angeschlagen.«

»Oha. Aber das war irgendwie klar. Dort, wo er mitspielt, werden die Punkte nicht nach Nettigkeit vergeben.«

»Bleibst du an ihm dran, wegen der Abstimmung der Inhalte des Referats? Das wäre mir sehr lieb. Sonst würde sich das Projekt zu sehr mit unserem Auftrag bei der *Sega Invest* vermischen.«

»Natürlich, kein Problem. Ich treffe ihn ohnehin bald auf der Hochschulkonferenz«, stimmt Anna sofort zu und flötet: »Dann kann ich weiterhin ganz souverän als Kollegin unter Professoren auftreten.«

»Und wie!«

»Hast du eigentlich schon die neue Ausstellung im Martin-Gropius-Bau gesehen? Sehr beeindruckend!«

»Nein, noch nicht. Vielleicht bei meinem nächsten Aufenthalt, wenn ich etwas mehr Zeit mitbringe.«

»Wo übernachtest du heute? Bei Karla?«

»Ja, ich muss auch gleich los. Ich habe gesagt, ich komme so um acht vorbei.«

»Dann wird es aber höchste Zeit für dich. Rechnung geht heute auf mich.«

Regen hat eingesetzt und ich zwänge mich an den Hauswänden entlang in Richtung Alexanderplatz. Bis ich den Eingang zur S-Bahn erreiche, bin ich klatschnass.

Karla öffnet mir die Tür und ihr Gesicht spricht Bände. »Warmes Bad?«, ist ihre erste Frage.

»Sehr gerne!« Ich lasse direkt im Flur meine Tasche fallen und befreie mich aus der nassen Jacke.

Karla ist schon ins Bad vorgegangen und ich höre, wie sie Wasser in die Wanne einlässt. »Erkältungsbad?«

»Zum zweiten Mal: Sehr gerne!« Nur noch in Unterwäsche folge ich ihr ins Badezimmer. Auf der Fensterbank flackern drei Teelichter inmitten von Haarpflegemitteln.

»Leg dich schon mal in die Wanne. Ich mach dir jetzt noch einen Power-Vitamin-Drink.«

Ich tauche einen Fuß ein und ziehe ihn direkt wieder raus. Es ist zu heiß. Nachdem ist etwas kaltes Wasser hinzugegeben habe, lasse ich mich langsam hineingleiten. Vorsorglich hat Karla ein zusammengefaltetes Handtuch auf den Badewannenrand gelegt, sodass mein Kopf nicht die kalte Emaillefläche berührt. Ich schließe die Augen. Es ist nicht nur der Auftrieb, der mir die Schwere nimmt. Karlas Anwesenheit und ihre Wohnung als Schlupfloch umspinnen mich wie ein schützender Kokon.

»Na, entspannst du schon? Dann wird es jetzt noch besser. Probier mal.« Sie hält mir ein dickflüssiges lilafarbenes Getränk entgegen.

»Was ist das denn Exotisches?«, frage ich, während ich ihr meinen nassen Arm entgegenstrecke.

»Nur Gutes: Bananen, Heidelbeeren, Joghurt, Orangensaft und Nüsse. Alles einmal durch den Mixer gerührt.« Karla faltet ein zweites Handtuch zusammen und breitet es auf dem Klodeckel aus. Mit angezogenen Beinen sitzt sie jetzt direkt neben der Wanne. »Ich habe etwas über die Firma recherchiert, diese WMP. Willst du es noch hören oder ist der Tag für dich heute zu Ende?«

»Nein, schieß los«, antworte ich mit geschlossenen Augen.

»Also, WMP ist eine GmbH, gegründet im Jahr 1972. Die Anteile gehören den drei Geschäftsführern: Wehmüller, Meister und Pracht. Alle drei sind von Beginn an im Unternehmen und müssten jetzt um die fünfzig sein. Wenn ich das richtig sehe, ist Wehmüller so etwas wie der Sprecher der Geschäftsführung. Die drei Herren sind staatlich geprüfte Sachverständige und beschäftigen rund zwanzig Mitarbeiter. Der Sitz der Gesellschaft befindet sich in Hamburg. Aber als Sachverständige sind sie mehrheitlich auf Reisen und besichtigen die Immobilien. Zudem fungieren die drei als Schnittstelle zu ihren hochkarätigen Kunden. Sie haben die Hautevolee abgegriffen und arbeiten für die Mehrzahl der großen, international aufgestellten Immobilienfonds. Das Unternehmen macht mir einen professionellen Eindruck. Sehr seriös, sehr aristokratisch. Insbesondere Wehmüller hat sich in der Branche einen guten Namen gemacht. Ständig ist er in der Presse vertreten, sitzt als Experte in Gremien und gehört nicht zuletzt zum Rat der Weisen der Immobilienwirtschaft.«

»Allerhand. Bei dieser Präsenz im Markt steht und fällt das Unternehmen mit ihm. Was ist mit den anderen beiden?«, hake ich nach.

»So wie es aussieht, ist Pracht die rechte Hand von Wehmüller. Zusammen verantworten sie die Kundenbetreuung und Akquisition. Meister hingegen mimt die Rolle des kühlen Kopfs im Hintergrund. Er scheint für die interne Organisation und die Buchhaltung verantwortlich zu sein.«

»Sind in den Referenzen die einzelnen Immobilienmärkte aufgeführt, in denen sie tätig sind?«, frage ich mit weiterhin geschlossenen Augen.

»Sie haben nur ausgewählte Referenzen angegeben. Aber so wie ich das gesehen habe, decken sie alles außer Russland, Nordkorea und Afrika ab.«

»Wahrscheinlich nicht mehr lange. Südafrika gerät ja zunehmend ins Visier der …« Ich komme nicht mehr dazu, den Satz abzuschließen, denn Karla fragt mich, ob mein Handy im Flur klingelt. Ohne eine Antwort abzuwarten, springt sie auf und kommt mit meiner vibrierenden Jacke zurück. Sie fummelt das Telefon aus der Tasche und reicht es mir. Kellermann. Ich verziehe das Gesicht, aber nehme trotzdem ab. »Ja«, melde ich mich kurz.

»Hallo, hier ist Kellermann. Haben Sie meine Nachricht gehört? Sagt Ihnen WMP etwas?«

»Es ist ein Sachverständigenbüro«, antworte ich nochmals knapp.

»Das habe ich Ihnen aufs Band gesprochen. Etwas, was über meine Informationen hinausgeht?« Seine Stimme klingt gereizt.

Meine jetzt auch: »Nein.«

»Wissen Sie, welche Immobilien Wehmüller für die *Sega Invest* bewertet hat?«, hakt Kellermann unbeeindruckt nach.

»Das müsste ich in der Datenbank nachschauen.«

»Wann sind Sie aus Berlin zurück?«

»Morgen Mittag«, antworte ich und schaue dabei in Karlas fragendes Gesicht. Ihre Lippen formen tonlos Worte, doch ich kann sie nicht deuten. Ich konzentriere mich wieder auf das Telefonat und plätschere mit meiner freien Hand im Wasser.

»Also gut, dann um vierzehn Uhr bei der *Sega Invest.*« Es klickt. Kellermann hat aufgelegt.

Ich gebe Karla das Handy zurück und sie legt es auf einen Stapel Handtücher. »Und wer war das?«, fragt sie interessiert.

»Der Kommissar aus Frankfurt«, antworte ich gedehnt.

»Ist er schwierig?«

»Nein, anstrengend.«

»Aha«, mokiert sie sich und verlässt den Raum, um kurz danach mit zwei Tassen Kräutertee zurückzukommen.

Karla reicht mir eine der Tassen und fummelt dann mit der freien Hand am Radio rum. Heraus kommt eine Mischung aus Indie und Punk.

Wir plaudern, bis das Wasser kalt ist, und nach unzähligen Geschichten aus ihrer Musik- und Medienwelt ist mein Tag in weite Ferne gerückt. Ich puste die zwei verbleibenden Teelichter aus. Eins hat sich bereits von selbst verabschiedet.

Als ich aus der Wanne steige, hält Karla mir ein riesiges gelbes Saunatuch hin, in das ich mich von ihr einwickeln lasse. »So, Zähneputzen und ab ins Bett«, befiehlt sie mir mit verstellter Stimme.

Ich gehorche stillschweigend, wechsle an meiner Tasche das Handtuch gegen Unterwäsche und T-Shirt und folge ihr dann ins Schlafzimmer.

Das zerwühlte Bett vom letzten Mal ist glatt gezogen. Selbst die Platten sind sorgfältig gestapelt.

Karla steht am Fenster und zieht die Vorhänge zu. »Musst du morgen früh raus?«, fragt sie.

»Punkt sieben. Ich muss um acht am Potsdamer Platz sein.«

»Anstrengender Tag?«

»Nein, nur eine kurze Sitzung. Ich fliege um elf wieder zurück nach Frankfurt.« Ich verkrieche mich unter die Bettdecke und zittere leicht. Nach der warmen Badewanne fröstele ich im kalten Schlafzimmer.

»Soll ich die Heizung aufdrehen?«, fragt Karla, als sie mein Zittern bemerkt.

»Nein, ich mag es, wenn die Luft so kühl ist. Das hört gleich auf.«

Karla kommt zu mir ins Bett und legt einen Arm um mich. Ihre Nase drückt sich in meinen Nacken, ihren Mund spüre ich an meinem Hals. Sie reibt mit der Hand über meinen Arm und die Oberschenkel. »Komm, ich wärm dich ein bisschen.«

Die Schwerelosigkeit der Badewanne verschwindet. Karlas Berührung hinterlässt unsichtbare Spuren auf meiner Haut und die Muskeln darunter spannen sich unwillkürlich an. Ihre Bewegungen werden langsamer, die Berührungen zärtlicher. Es sind jetzt nur noch zwei Finger, die meinen Körper entlangwandern und sich einen Weg unter das T-Shirt bahnen. Erst berühren nur einzelne Fingerspitzen meine Brustwarzen, dann umschließt Karla eine meiner Brüste mit der ganzen Hand. Ganz leicht erhöht sie den Druck. Ich drehe mich um und suche im Dunkeln nach ihrem Mund. Er ist leicht geöffnet. Meine Zunge streicht über ihre Unterlippe. Sie erwidert meinen Kuss. Heftiger. Ihre Zähne schlagen kurz an meine. Karla lacht, greift gleichzeitig nach meiner Hand und schubst mich zurück auf den Rücken. Im nächsten Moment sitzt sie auf mir. Haarsträhnen fallen mir ins Gesicht. Im Halbdunkel erkenne ich ihre schimmernden Augen. Ihre Hände halten die meinen fest im Griff. Sie graben sich über meinem Kopf tief in die Matratze. Karlas Gewicht ruht auf meinem Bauch. »Wellness, zweiter Teil«, sagt sie und lacht mir entgegen.

24

Die kurze Nacht hat erneut Kopfschmerzen hervorgerufen. Der Blutdruck unter der Beule pocht. Während ich mich im Taxi der Junghofstraße nähere, meldet sich zudem mein Magen. Außer Kaffee habe ich heute noch nichts zu mir genommen. Ich bitte den Fahrer, vor dem *Starbucks* an der Ecke zur Neuen Mainzer zu halten.

Als ich die Tür öffne, bestätigt sich meine Annahme erneut: Es ist definitiv die Filiale mit der höchsten Anzugträgerdichte in ganz Deutschland. Ein ganzes Dutzend davon befindet sich vor dem Kaffeetresen und um ein weiteres Klischee der Bankenstadt zu erfüllen, unterhalten sich die drei Männer auf dem Sofa in der Ecke auf Englisch.

Nachdem ich ein Sandwich verspeist habe, mache ich mich auf den Weg zu *Sega Invest.* Kellermann wartet am Empfang. Es hat den Anschein, als habe ihn jemand für diesen Moment eingekleidet. Sein beigefarbener Trenchcoat harmoniert hervorragend mit dem sandsteinfarbenen Marmor der Eingangshalle. Ihn interessiert diese Farbkomposition nicht. Gebannt sind seine Augen auf sein Handy gerichtet.

»Hallo, Herr Kellermann.« Meine Hand streckt sich ihm entgegen.

Entgeistert fährt der Kommissar hoch. Schaut erst mich an, dann meine Hand. Zögerlich drückt er sie kurz und fest. »Gehen wir?«, fragt er einsilbig und zeigt mit dem Kopf Richtung Liftbereich.

»Von mir aus gerne«, gebe ich übertrieben fröhlich zurück und versuche damit, seine sichtlich schlechte Laune zu überspielen. Liebend gern wüsste ich, was er auf seinem Handy nachgelesen hat, das seine Gedanken so gefangen nimmt.

Im Aufzug drückt der Kommissar auf die Nummer sechs. Es überrascht mich nicht, dass er die Etage der Geschäftsführung wählt. Etwas stutzig bin ich jedoch, dass er mir den Rücken zudreht und sich demonstrativ vor die geschlossenen Aufzugtüren stellt. Sobald sich diese öffnen, schreitet er im Stechschritt zum Sitzungszimmer Goetheplatz. Ich lege einen Zahn zu, um nicht abgehängt zu werden. Ohne zu klopfen, reißt Kellermann die Tür auf. Was sich nicht als Problem herausstellt, denn der Raum ist unbesetzt.

Der Kommissar positioniert sich zwei Schritte vor der Schwarz-Weiß-Fotografie und deutet mit seinem Zeigefinger auf den Fußboden. Ich verstehe nicht, was er damit sagen will, und ziehe unschlüssig die Achseln hoch.

Kellermann widerholt seinen Fingerzeig und ergänzt schulmeisterlich: »Kommen Sie und stellen Sie sich hierhin.«

Obwohl in mir Wut aufsteigt, leiste ich seiner Aufforderung Folge und betrachte abermals die Fotografie. Kellermann steht dabei so dicht hinter mir, dass ich seinen Atem in meinem Nacken spüren kann. Ich drehe mich um und trete einen Schritt zur Seite. Nicht nur, um dem Kommissar zugewandt zu sein, als ich ihn frage, was er mir mit dem Bild sagen will, sondern vor allem, um dieser Position zu entkommen.

Kellermann verdreht sichtlich genervt die Augen und tritt den Schritt, um den ich mich gerade von ihm entfernt habe, wieder auf mich zu. Er ergreift mit beiden Händen meine Schultern und dreht mich erneut dem Bild zu. Vor Empörung über diese Gängelung bin ich kurz davor, seine Hände wegzuschlagen.

»Schauen Sie sich das Foto an«, fordert er mich auf.

Ich gebe mir einen Ruck und versuche, mich erneut auf das Bild zu konzentrieren. Wieder zucke ich nur mit den

Schultern. Kellermanns Hände ruhen währenddessen wie Blei auf meinen Schultern. Etwas trotzig kommentiere ich: »Der Typ leicht abseits ist Wehmüller, Leermanns Bekannter. Das hatten wir festgestellt. Den Rest der Gruppe kenne ich nicht.«

»Es geht nicht um die Männer«, insistiert der Kommissar.

Ich trete noch einen Schritt näher, sodass Kellermanns Hände von meinen Schultern rutschen. Augenblicklich fühle ich mich freier und die Konzentration fällt leichter. Ich beuge meinen Kopf etwas vor. Bis zur Bildfläche sind es jetzt nur noch wenige Zentimeter. Ich suche die Fotografie Stück für Stück ab. Am linken Rand parkt eine Limousine am Bürgersteig. Die Sonne spiegelt sich in den Scheiben und der Innenraum ist kaum einsehbar. Nur schemenhaft wird deutlich, dass jemand am Steuer sitzt. Der Mann ist umso schwerer zu erkennen, da das Auto mit der Beifahrerseite vor der Kamera steht. Allerdings verraten die Gesichtszüge den Mann am Lenkrad. Sein Kinn ist überproportional groß und vorgereckt.

Ich schaue über meine Schulter zu Kellermann, ohne meine Position zu verändern. Der breitet seine Arme großspurig aus, nur um sie danach wieder fallen zu lassen. Eine überdimensionale Geste des Schulterzuckens. »Remis«, ist alles, was er zu sagen hat.

Angeber, denke ich stillschweigend mit verdrehten Augen und finde, eine weniger deutliche Gestik hätte es auch getan.

»Können wir uns jetzt die Datenbank anschauen?«, fragt der Kommissar und ist mit zwei großen Schritten durch die Tür verschwunden.

Ich hingegen bleibe im Sitzungszimmer stehen. Schaue mir noch einmal die Fotografie an. Die vier Männer im Vordergrund, Wehmüllers abgewandten Blick, die verspiegelten Scheiben der parkenden Autos, das dahinterliegende Eingangsportal zum *Hotel Majestic* und eine Frau, im flatternden

Sommerkleid, die zum Eingang des Hotels eilt, ihre Haare zum Pferdeschwanz zusammengebunden.

Ich löse mich von dem Bild. Kellermann ist wieder im Türrahmen erschienen und klopft mit seinen Fingerknöcheln gegen die Holzzarge. »Können wir? Das Foto kläre ich mit der Geschäftsführung«, verkündet er ungeduldig.

Ohne zu antworten, gehe ich auf ihn zu und zwänge mich an ihm vorbei. Er macht keinerlei Anstalten, mir Platz zu machen. Erst als ich die Tür zum Treppenhaus öffne, setzt er sich in Bewegung. Für eine Etage lohnt sich der Lift nicht.

In meinem Büro herrscht Chaos. Meier muss hier gewesen sein und hat mir mehrere Ordner und Aktendossiers auf den Tisch gelegt. Es sieht so aus, als hätte er seinen Schreibtisch aufgeräumt und meinen als Ablage für alle wichtigen und unwichtigen Dokumente in seinem Berufsleben verwendet.

Ich schiebe den Papierberg beiseite und packe meinen Laptop aus. Es dauert einen Moment, den Rechner hochzufahren. Kellermann nutzt die Zeit, um aus dem Fenster zu starren. Draußen hat mittlerweile Nieselregen eingesetzt. Der Himmel ist ein einziger grauer Brei. Bei diesem trüben Wetter verirrt sich doch kein Mensch nach draußen. Er scheint also nichts zu beobachten, nichts zu suchen. Scheint sich einfach nur in seinen Gedanken zu verlieren.

»Ich bin so weit. Wir sind drin«, reiße ich den Kommissar aus seiner Stille.

Kellermann dreht sich um und stellt sich direkt hinter meinen Stuhl, beugt sich herunter, um den Inhalt auf dem Bildschirm besser zu erkennen. Er ist mir so nah, dass er mit seinem Oberkörper meinen Hinterkopf berührt. Seine rechte Hand stützt er neben mir auf dem Schreibtisch auf. Augenscheinlich stört ihn diese Nähe überhaupt nicht, seine Aufmerksamkeit ist voll auf den Bildschirm fixiert.

Bei mir hingegen setzt Beklemmung ein. Wie unter einer

überhängenden Felswand befinde ich mich in seinem Schatten. Bevor die Vereinnahmung mir den Atem nimmt, weiche ich ruckartig nach links aus. Die Rollen unter dem Schreibtischstuhl erleichtern das unvermittelte Ausweichmanöver.

Doch auch dieser Fluchtversuch versetzt Kellermann nicht in Erstaunen. Stattdessen nutzt er den frei geworden Platz, um nach dem Laptop zu greifen und ihn noch besser auf sein Blickfeld auszurichten.

Ich bin irritiert von solch intensiver Inbesitznahme. Erst meinen Raum und dann meinen Laptop. Schnippisch frage ich ihn: »Können Sie so besser sehen?«

Aber der Kommissar bemerkt meine Missstimmung anscheinend nicht. Unbeirrt schaut er weiter auf das Display und lässt seine Hand auf der Tischplatte ruhen. Anstatt auf mich einzugehen, fragt er: »Können Sie die Liste der Akquisitionsobjekte nach dem Namen Wehmüller filtern?«

Ich ziehe kurz die Stirn in Falten und strecke dann doch den Arm aus, um nach der Maus zu greifen. Durch meine asymmetrische Position setze ich etwas linkisch einen Filter auf die Spalte der Gutachter und wähle den Namen *Wehmüller* aus.

»Das sind ja nicht wenige. Der hat einen rechten Umsatz mit der *Sega Invest* gemacht«, kommentiert Kellermann.

Ich schaue mir die Zeilen im Detail an. Die Bewertungsdaten liegen zum Teil über zehn Jahre zurück. Das sieht nach einer langfristigen Geschäftsbeziehung aus. Auch die Volumen der Objekte sind stattlich. Keins hat einen Wert unter achtzig Millionen Euro. Namhafte Orte tauchen in der Liste auf: Paris, London, New York, Boston. Städte in Asien sind ebenfalls dabei.

»Ist er auch in Warschau aktiv?«, fragt Kellermann.

Ich scrolle weiter nach unten. »Leider nein. Aber er hat das *Hilton-Hotel* in Danzig bewertet. Das ist eines der wenigen Fünfsternehotels in der Hansestadt. Es liegt direkt am

Langen Markt in der Altstadt«, höre ich mich wie ein Reiseleiter aufsagen und fahre ohne Pause fort: »Der Fonds hat es erst im letzten Jahr gekauft. Bewertungsstichtag war der sechste Dezember.«

Kellermann notiert etwas in seinem Notizbuch, steckt es ein und verlässt ohne ein Wort den Raum. Eine Erklärung oder auch nur eine Verabschiedung hält er nicht für nötig.

Ich stehe auf und gehe ans Fenster. Jetzt bin ich diejenige, die gedankenverloren den Blick in den grauen Nieselregen richtet. Was für ein seltsamer Kauz, denke ich.

Plötzlich kommt mir etwas in den Sinn und ich widme mich wieder dem Rechner. Ich öffne erneut die Akquisitionsliste, suche jetzt allerdings nicht mehr nach einem Namen, sondern filtere die Daten nach ihrem Objektbesichtigungsstichtag. Die Objektbesichtigung in Danzig hat am sechsten Dezember stattgefunden. Am Tag davor wurde ein weiteres Gebäude begangen. In Budapest. Der Sachverständige dort war ebenfalls Wehmüller.

Ich öffne den Internet Explorer und suche mir einen Direktflug von Budapest nach Danzig heraus. Ich probiere es bei verschiedenen Suchmaschinen, doch keine wird fündig. Es existiert keiner. Alle angezeigten Verbindungen enthalten einen Zwischenstopp. Mehrheitlich in Warschau. Da der fünfte Dezember ein Montag war, erfolgte die Anreise sicherlich erst am Vormittag. Inklusive Flughafentransfer und Besichtigung kann die Abreise frühestens am Abend stattgefunden haben. Wenn die Flugzeiten gleich geblieben sind, hätte es zu dieser Zeit keine Reisemöglichkeit mehr nach Danzig gegeben. Die Ankaufstruppe samt Wehmüller hätte die Nacht in Warschau verbringen müssen.

Ich gehe noch mal auf die Webseite mit den Flugangeboten, gebe jetzt jedoch ein anderes Datum ein. Ein paar Klicks später greife ich zum Telefon.

Jana ist direkt am Apparat.

»Hi, Jana, könntest du mir einen Gefallen tun?«, unterbreche ich ihrer Begrüßungsformel direkt.

»Klar, immer«, gibt sie unvermittelt zurück.

»Könntest du mich morgen bei *Sega Invest* in der Statussitzung vertreten?« Als ich die Frage ausgesprochen habe, bin ich mir selbst nicht sicher, ob ich sie allen Ernstes hätte stellen sollen. Denn dadurch manifestiert sich mein Entschluss.

Ohne zu wissen, was Jana mit ihrer Antwort in Bewegung setzt, schießt ein »Natürlich« aus ihrem Mund. »Was hast du denn vor? Ruft Wien?«

»Nein, nein. Die Wiener hat Helena schon ganz gut im Griff. Warschau ruft.«

»Wie bitte?«, fragt Jana überrascht. Meine Antwort hat ihre permanente Gesprächsfreudigkeit für einen kurzen Moment außer Kraft gesetzt, bis sie erneut den Faden aufnimmt: »Bist du beruflich unterwegs? Akquisition für ein neues Projekt?«

»Erkläre ich dir später. Ich muss jetzt noch ein paar Sachen vorbereiten.«

»Da bin ich sehr gespannt. Aber in jedem Fall gute Reise!«

Jana hat aufgelegt, ohne weiter zu insistieren. Obwohl dies völlig gegen ihre Natur ist, haben wir uns im Laufe der Jahre so weit aneinander gewöhnt, dass sie solche Überraschungen stillschweigend erduldet. Erklärungen dazu folgen, nur nicht jetzt.

Ich lege das Handy trotzdem noch nicht aus der Hand, sondern tippe eine SMS.

Abflug morgen früh 07:00 Uhr FRA, Ankunft WAW 08:40 Uhr. Es sind noch vier Plätze frei.

Dann widme ich mich der Suche nach einer Unterkunft.

Innerhalb weniger Minuten habe ich über ein Internetportal ein Hotel in der Nähe vom Hauptbahnhof gebucht. Dort sind noch zwei Zimmer frei.

Kellermann müsste sich also bald entscheiden.

Ich habe gerade die Eingabe meiner Kreditkartendetails abgeschlossen und auf den Button *Definitiv buchen* gedrückt, als mein Handy auf der Tischplatte vibriert. Es ist der Kommissar.

»Sind Sie jetzt völlig irre?«, brüllt er lautstark. Ich vermute, teils aus Entrüstung, teils um den Straßenlärm im Hintergrund zu übertönen.

»Kommen Sie mit?«, frage ich mit teils echter und teils übertrieben guter Laune zurück.

»Sie bleiben gefälligst hier. So sieht es aus.« Kellermanns Missstimmung hat sich noch kein Stück gelegt.

»Glauben Sie, Sie können mir das verbieten?«, frage ich angriffslustig.

Pause.

Das letzte Fragezeichen schwebt in der Leitung. Ich höre nur noch den Straßenlärm und Kellermanns Atem. Seinen Luftzügen und dem Wechsel der Hintergrundgeräusche nach zu urteilen, bewegt er sich schnell durch die Innenstadt. Er hat die *Sega Invest* also zu Fuß verlassen. Dann ein Murmeln.

»Wie bitte? Ich habe nichts verstanden«, brülle ich jetzt in das Handy, um meiner Stimme Gehör zu verschaffen.

»Was Sie in Warschau wollen? Ob Sie etwas herausgefunden haben, habe ich gefragt.« Sein Ton ist jetzt wieder deutlich sachlicher. Die Missbilligung ist jedoch weiterhin unüberhörbar.

Ohne mich davon beeinflussen zu lassen, antworte ich sachlich: »Wehmüller muss in Warschau gewesen sein. Am Tag vor der Bewertung in Danzig wurde ein Objekt in Budapest besichtigt. Gemäß Flugplan wäre das nur mit einem Zwischenstopp in Warschau möglich gewesen.«

»Sie wollen mir allen Ernstes erklären, dass Sie nach Warschau fliegen, nur weil Wehmüller dort eine Nacht im Hotel verbracht hat?« In Kellermanns Stimme vermischt sich Unwillen mit Ungläubigkeit.

Ich stocke und es entsteht erneut eine Pause. Mir fällt auf, dass ich die Antwort selbst nicht weiß. Ich frage mich, ob mich mein damaliger Job nicht loslässt oder ob ich dieses Verbrechen aufklären will, weil das an Erik nicht zu klären ist. Oder ob es gar nichts mit Schuld und Wiedergutmachung zu tun hat und ich diesen Mordfall nur lösen will, bevor sich Leermann in seinen Schuldzuweisungen übt. Aus Mangel an einer raschen Antwort entscheide ich mich für die letzte der drei Varianten: »Steht Ihre oder meine Zukunft hier auf dem Spiel?«, kontere ich.

»Hat Leermann Sie bei der *Sega Invest* angeschuldigt?«

»Noch nicht. Aber das heißt nichts«, gebe ich schnippisch zurück. Eine Tonlage, die die fadenscheinige Erklärung übertünchen soll.

»Trotz allem, das ist nicht Ihre Aufgabe, sondern die der Polizei«, stellt Kellermann kurz und knapp fest.

Doch ungeachtet seiner Aussage fahre ich fort: »Ich übernachte im selben Hotel wie Wehmüller. Die Abrechnungen sind im System durch den elektronischen Rechnungsprozess hinterlegt. Im *Rialto,* nur einen Spaziergang vom Bezirk Mokotów entfernt.«

»Das ist idiotisch. Sie fliegen auf blauen Dunst nach Warschau und werden nichts finden. Nichts, was Sie entlasten wird, wenn Leermann gegen Sie ins Feld ziehen will.«

»Es ist immerhin eine schöne Stadt.«

»Im Herbst, bei drei Grad?«

»Auch im Herbst, bei drei Grad.«

Wieder eine Pause. Die Hintergrundgeräusche werden leiser. Der Kommissar muss in eine Seitenstraße abgebogen sein. »Wann fliegen Sie zurück?« Sein Ton ist jetzt ebenfalls sachlich.

»Freitag, 10:40 Uhr.«

»Okay.« Dann macht es klick und der Straßenlärm verschwindet ganz.

25

Das Taxi bringt uns direkt vom Flughafen zum Hotel. Seit der Europameisterschaft hat sich hier einiges getan. Die Straßen sind saniert und die Begrüßungstafeln und Werbeschilder erstrahlen wie eine Broschüre im Hochglanzformat. Vor ein paar Jahren sah das noch ganz anders aus.

Kellermann ist recht schweigsam und vertieft sich ebenfalls in den Ausblick. Da der Fahrer nur ein paar Brocken Englisch spricht, erübrigt sich auch der Dialog mit ihm. Zu unserer aller Zufriedenheit.

Schließlich hält der Wagen vor der Hotellobby. Ich zücke mein Portemonnaie, doch der Kommissar winkt ab.

»Sorry, meine Reise, meine Rechnung«, entgegne ich und strecke dem Taxifahrer einen Schein entgegen.

Kellermann verdreht die Augen. »Sie sind ja eine ganz einfache Reisebegleitung.«

»Darauf können Sie wetten«, gebe ich mit einem übertriebenen Lächeln zurück.

In der Lobby ist es ruhig. Nicht verwunderlich, denn das Hotel wird primär von Geschäftsreisenden gebucht und die sind um diese Uhrzeit mit anderen Dingen beschäftigt. Obwohl die Drehtür im Eingangsbereich eigentlich den Wärmeaustausch mindern und die kühle Luft draußen halten sollte, fröstele ich. Entweder eine Erkältung ist im Anflug oder die Türkonstruktion funktioniert nicht wie geplant.

Selbstverständlich spricht die Frau an der Rezeption perfektes Englisch. Adrett fügt sie sich mit ihrem eng anliegenden Kostüm in die Jugendstilarchitektur ein. Nacheinander klären Kellermann und ich unsere Formalitäten. Nachdem der Check-in erledigt ist, frage ich den Kommissar: »Treffen wir uns in fünfzehn Minuten wieder hier?«

Kellermann ist auf dem Weg zum Aufzug mit dem Verstauen der Rechnung und seiner Zimmerkarte beschäftigt und murmelt nur etwas Unverständliches. Aber ich schließe darauf, dass es Zustimmung bedeuten soll.

Kurz darauf frage ich mich dennoch, ob es sich vielleicht nur um ein einseitiges Einvernehmen handelte. Zur geplanten Uhrzeit ist vom Kommissar nichts zu sehen. Um mir die Wartezeit zu verkürzen, ziehe ich den Stadtplan hervor, den ich zu Hause versteckt zwischen zwei Reiseführern gefunden habe. Die Immobilien der *Sega Invest* sind darin schon markiert. Als ich gerade nach der kürzesten Wegstrecke zwischen den Objekten suche, tritt der Kommissar aus dem Aufzug.

»Bereit?« Kellermann grinst mich breit an. Die Morgenmuffelstimmung hat sich glücklicherweise verabschiedet.

»Aber sicher«, verkünde ich frohgemut. »Fangen wir mit den beiden Gebäuden in der Aleja Niepodległości an? Die Straße beginnt hier gleich um die Ecke und führt runter bis zur Galeria Mokotów. Wenn Sie gut zu Fuß sind, können wir laufen.« Mit etwas kritischem Blick betrachte ich dabei seine feinen Lederschuhe.

Kellermann geht nicht darauf ein und steuert schon die luftdurchlässige Drehtür an.

Unser Weg führt uns an der Physik-Fakultät der Universität vorbei und eine Horde von Studenten – dick eingepackt, mit Schal und Handschuhen – strömt uns entgegen. Auf der Aleja Niepodległości mischt sich dann das Publikum. Auf dem Bürgersteig drängeln sich Anzugträger an kinderwagenschiebenden Müttern vorbei. Auf der Straße konkurriert die rot-gelbe Straßenbahn mit den sich langsam vorschiebenden Autos. Und in der Ferne spiegelt sich die Sonne in der glitzernden Hochhauskulisse des Business Parks. Hier ist jedoch nichts von diesem Glanz zu sehen. An den Gebäuden links und rechts der Straße dominiert der abgerissene Putz unsanierter Fassaden.

Ein paar Hundert Meter weiter tauchen erste moderne Bürobauten auf. Sie haben den Altbaubestand gemischt genutzter Wohn- und Geschäftshäuser nach und nach verdrängt. In den Erdgeschossen sind keine Gemüseläden oder Trinkhallen mehr, sondern auf Hochglanz polierte Empfangsbereiche. Die Anzahl der Geschosse steigt und die Stahl-Glas-Architekturen werden spektakulärer.

Es überrascht mich nicht, dass wir uns in diesem noblen Geschäftsviertel den Immobilen der *Sega Invest* nähern. Schließlich wird von den Objekten in den Fonds eine gewisse Qualität erwartet. Unweit der U-Bahn-Station Wierzbno bleiben wir vor einem hoch aufragenden Bürogebäude stehen. Dieses und das Nachbarhaus gehören zum Immobilienbestand der *Sega Invest.* In dem Gebäude vor uns befindet sich eine Bank. Nebenan hat sich eine Versicherung eingemietet.

»Und, sind Sie zufrieden? Wissen Sie jetzt mehr?« Kellermanns gute Laune ist wieder verflogen. Was auch an dem Kilometermarsch im scharfen Herbstwind in den dünnen Lederschuhen liegen kann.

»Ja, das bin ich. Und nein, mehr weiß ich auch nicht.«

Ich krame den Stadtplan hervor. Auch, um mich weiteren schadenfrohen Blicken zu entziehen. Als ich ihn wieder zusammenfalte und mich entschlossen auf den Weg machen will, fragt Kellermann mehr fassungslos als siegessicher: »Wo wollen Sie denn jetzt hin?«

Ich zeige mit dem Arm auf die gegenüberliegende Straßenseite: »Da lang. Und dann die Nächste links.«

Wie aus Protest bleibt der Kommissar stehen, während ich eine Lücke zwischen den vorbeifahrenden Autos gefunden habe und über die Fahrbahn laufe. Bevor ich um die nächste Straßenecke abbiege, sehe ich aus den Augenwinkeln, dass

Kellermann sich in Bewegung setzt und mir folgt. Die eingeschlagene Seitenstraße führt direkt auf die dicht befahrene Pulawska, eine der Einfahrtsschneisen von Warschau. Hinter dieser vierspurigen Straße beginnt der Park Arkadia.

An dessen Grünanlagen grenzen die beiden weiteren Gebäude der *Sega Invest.* Doch als ich vor ihnen stehe, wird mir klar, dass auch diese, von außen betrachtet, eher unspektakulär sind.

Das erste ist ein Bürohaus mit einem Bekleidungsgeschäft im Erdgeschoss. Die oberen Etagen sind durch Anwälte, Wirtschaftsprüfer und Steuerberater belegt, deren Anzeigetafeln aus Messing im Hauseingang hängen. Das zweite Gebäude beheimatet einen Energieversorger. Das Unternehmen besetzt das Gebäude komplett.

Ich muss mir eingestehen, dass uns dieser Ausflug nicht weitergebracht hat. Bei den Gebäuden handelt es sich um gewöhnliche Bürobauten wie in jeder anderen Stadt. Was sollte das mit einem Mordfall zu tun haben, der über tausend Kilometer weiter westlich passiert ist?

»Und jetzt?«, fragt Kellermann spitz.

Ich gebe mich von seinem Tonfall nicht geschlagen. »Jetzt fragen wir im Hotel nach. Vielleicht können die sich ja an Wehmüller erinnern.«

Der Kommissar zuckt nur mit den Schultern und will schon zurück in Richtung Zentrum abbiegen.

»Moment«, stoppe ich ihn lauter als geplant. Als er sich abrupt zu mir umdreht, fahre ich in etwas leiserer Stimme fort: »Ich würde gerne durch den Park gehen. Der ist wirklich etwas Besonderes.« Ich zeige auf das gegenüberliegende schmiedeeiserne Eingangstor des Arkadia-Parks.

»Im Herbst, bei gefühlten minus fünf Grad?« Kellermann legt den Kopf schief und verschränkt die Arme vor der Brust.

»Auch im Herbst, bei minus fünf Grad«, bestätige ich mit dem wärmsten Lächeln, das ich bei diesen Temperaturen aufbieten kann, und überquere die Straße, bevor die nächste Autolawine anrollt.

Der Park dient nicht nur als Erholungsort in einer naturnahen Umgebung, sondern widmet sich ebenfalls den bildenden Künsten. In die Landschaft wurden daher verschiedene Statuen eingebunden. Wie zufällig erscheinen barocke Figuren auf den Rasenflächen oder blitzen dezent zwischen Baumgruppen hervor.

Dann erreichen wir eine etwas modernere Variante: Eine Formation von skelettartigen, gusseisernen Büsten reiht sich auf hellen, marmornen Stelen hintereinander und säumt so den Wegrand.

Kellermann unterbricht unseren bis dahin stillen Spaziergang. »Was ist das?«, fragt er und zeigt mit dem Finger auf ein Palais, das sich mit einer grünlich schimmernden Messingkuppel zwischen kahlen Bäumen erhebt.

»Das ist der Królikarnia-Palast. Bei dem Gebäude handelt es sich um eine großzügige Villa im Stil des Klassizismus. Es wurde Ende des 18. Jahrhunderts gebaut«, zitiere ich aus der Erinnerung. »Heute befindet sich darin ein Museum.«

Kellermann sieht mich überrascht an. »Woher wissen Sie das?«

»Den Baustil oder die Nutzungsart?«

»Beides«, antwortet der Kommissar unmittelbar. Die Gegenfrage scheint ihn nicht mehr zu verwundern.

»Baustilkunde war quasi Bestandteil meiner Erziehung. So wie andere Kinder Vogelarten kennenlernten oder Pflanzen bestimmten, hat unser Vater uns die Architektur nähergebracht. Seine zweite Leidenschaft neben der Kunst. Und unsere somit indirekt auch.«

»Und die Nutzungsart?«

»Ich habe nach meinem Studium einen Sommer in Polen verbracht. Eine Zwischenstation war Warschau. An einem Tag bin ich von einem Park in den nächsten spaziert. Auch wenn man es kaum glauben mag, hier reiht sich eine Grünfläche an die nächste. Wenn man sie sucht.«

In Gedanken versetze ich mich in diese Zeit zurück, den schon lange vergangenen Sommer. Wärmer war es damals, wesentlich grüner und lebendiger. In einem kleinen Bistro hinter dem Palais, oder besser gesagt, in einer kleinen Hütte habe ich eine Portion Piroggen verspeist. Köstlich haben sie geschmeckt. Aber das lag nicht nur an den Zutaten. Es war der Moment, der sie so schmackhaft machte. Aus der Erinnerung heraus schlage ich einen Richtungswechsel vor: »Kommen Sie, lassen Sie uns unten am See entlanggehen. Das Ufer führt uns geradewegs zum Palais und letztendlich zum Nordausgang.«

Kellermann folgt mir ohne Einwände auf seinen dünnen Ledersohlen.

Links und rechts des Weges sind immer wieder Statuen und Skulpturen sichtbar. Wir passieren eine weiße Marmorfigur, eine anmutige Dame, die mit seitlich abgewinkelten Knien auf dem Boden sitzt und die Arme vor der Brust verschränkt. An ihren Füßen flackern zwei rote Grabkerzen. In einer dritten ist das Licht erloschen.

Bis zum Palais schlängelt sich der Weg am Wasser entlang. Die graubraune Oberfläche geht in lehmige Uferstreifen über. Der Królikarnia-Palast liegt etwas oberhalb des Sees und wir müssen einen kleinen Hügel aufsteigen. Der Rasen ist nass und glitschig. Doch Kellermann schlägt sich tapfer.

Kurz vor dem prächtigen Bauwerk frage ich, ob er sich das Museum anschauen möchte. Erschrocken fährt der Kommissar zusammen. Das vorgeschlagene Kulturprogramm ist demnach nicht seine erste Wahl.

Ich erlöse ihn: »Keine Sorge. Das war nur ein Scherz. So durchgefroren wie Sie sind, brauchen Sie jetzt erst mal einen Wodka.«

Zurück an der Hauptverkehrsstraße winken wir ein Taxi heran und ich bitte den Fahrer, uns in die Ulica Mazowiecka zu bringen. Aus Höflichkeit erkundige ich mich dennoch bei Kellermann: »Oder möchten Sie vorher noch zurück in das Hotel?«

»Nein, nicht nötig. Die Rezeption können wir morgen noch befragen. Ich bezweifle, dass das Personal uns überhaupt etwas sagen kann.«

Es wird langsam dunkel und die Straßenbeleuchtung hebt sich vor dem Himmel ab. Dazu die Lichter des dichter werdenden Abendverkehrs. Der Taxifahrer fädelt sich in eine Nebenstraße ein.

Die Häuserreihen werden niedriger, kleinere Geschäfte lösen die Empfangsbereiche der Konzernzentralen ab und letztendlich reihen sich Cafés und Kneipen aneinander. Wir sind angekommen im bunten Trubel des Ausgehviertels rund um die Ulica Mazowiecka. Die Menschen bereiten sich auf einen langen Abend vor.

Die Bar Mislivska hat von ihrem Charme nichts eingebüßt. Ausgestattet mit einem Sammelsurium von unterschiedlichen Tischen und Stühlen, die der Wirt offenbar vor dem Sperrmüll gerettet hat. In der hinteren Ecke ein rotes Sofa mit Samtbezug. Der Stoff an den Armlehnen ist abgewetzt und speckig, die Polster mehr als durchgesessen. Ich steuere den Tresen an, der mit einer hinterleuchteten Milchglasscheibe verkleidet ist.

Als wir uns auf zwei Barhockern niederlassen, widmet uns die Frau hinter der Theke ihre Aufmerksamkeit. Aber sie schaut uns nicht direkt an. Sie stellt sich uns gegenüber, als würde sie ganz zufällig an dieser Stelle etwas erledigen müssen. Ihr Blick gleitet über die Thekenfläche, ihre Hände sortieren wie beiläufig Barutensilien.

Ich beuge mich über den Tresen, um mir bei der lauten Rockmusik besser Gehör zu verschaffen, und bestelle zwei

Wodka und zwei Bier. Während sie mir zuhört, streicht die Bardame ihre blonden Haare hinter das Ohr. Leicht oberhalb ihres Halsansatzes zeigt sich ein kleines Tattoo in Sternform. Ich erkenne es wieder. Ich erkenne sie wieder. Nicht nur die Bar hat sich nicht verändert, auch ihr merkt man die vergangenen Jahre kaum an.

»Hier haben Sie also Ihre Abende verbracht?«, fragt Kellermann und blickt sich in dem schummerigen Raum um, der im Moment noch spärlich besetzt ist.

»Den einen oder anderen.«

Unsere Getränke kommen und ich proste Kellermann zu: *»Na zdrowie!«*

Kellermann stößt mit mir an, fragt aber: »Können Sie Polnisch?«

»Nein, nur ein paar Worte, wie ›Guten Tag‹, ›Kaffee‹ und ›Auf Wiedersehen‹. *›Na zdrowie‹* habe ich durch meinen ersten James-Bond-Film gelernt.«

»Was haben Sie hier gemacht? Ein ganzes Jahr lang?«

Ich erzähle von meiner Reise durch Polen, die in Breslau begonnen hat und dann in die Berge nach Zakopane führte. Von den Tagen in Warschau und der Fahrt durch die Masuren, von den weißen endlosen Stränden am frischen Haff und der Schönheit von Danzig, die durch das industrielle Hafenviertel von Gdynia noch hervorgehoben wird.

»Warum Polen? Was fasziniert Sie an diesem Land?«, fragt Kellermann weiter.

Ich erzähle von meiner Großtante, die eine Zeit lang in Ostpreußen gelebt hat, von ihren Geschichten und der Lebensfreude, die in ihren Erinnerungen zum Ausdruck kam. Ich erzähle von ihrem Mut, als sie sich damals mit dem Rad durch das Land geschlagen hat, als die Front näher kam, und wie sie diesen Mut ihr Leben lang aufrechterhalten hat.

Eine Geschichte reiht sich an die nächste. Auf eine Frage folgt eine andere. Das ohnehin spärliche Licht wird noch schummeriger und nach dem ersten Bier gibt es weitere. Die Bar füllt sich. Die Jukebox wird regelmäßig bedient und der Lautstärkepegel steigt.

Auch Kellermann wird privat. Er hat eine Tochter, die bei ihrer Mutter in Köln lebt. Die Beziehung ist schon seit einiger Zeit vorbei. Die Tochter ist im Grundschulalter. Die Informationen kommen spärlich. Die Sätze sind kurz, kein Wort mehr als zwingend nötig. Aber ich weiß zumindest, woher seine Vorliebe für den ersten FC Köln herrührt.

Als die Barfrau uns das nächste Bier bringt, blickt sie mir direkt ins Gesicht und spricht mich auf Englisch an: »Ich kenne dich. Du warst schon einmal hier. Aber das ist lange her, richtig?« Ihre Augen schimmern herausfordernd.

»Ja, das ist richtig. Vor ein paar Jahren.«

»Und was machst du jetzt hier? Bist du wieder auf der Durchreise?« Sie bleibt reserviert.

»Ich bin nur für einen Tag hier. Morgen geht es zurück. Ich habe ihm Warschau gezeigt.« Auch ohne auf Kellermann zu zeigen, ist klar, wen ich meine.

Ihr Blick richtet sich direkt auf ihn: »Und, was hat Sie Ihnen gezeigt an diesem einen Tag? Was haben Sie von Warschau gesehen?«

Kellermann ist überrascht, so abrupt in das Gespräch mit einbezogen zu werden, das vorher demonstrativ ohne ihn stattgefunden hat. »Wir haben einen Spaziergang gemacht, Gebäude besichtigt und uns einen Park angeschaut«, antwortet er in gleichförmigem Ton.

»Bei der Kälte?«, kommentiert sie kritisch und ergänzt, bevor er auf ihre Frage antworten kann: »Und wo?«

»In Mokotów.«

»Dort, wo das Geld liegt.« Ihr Gesichtsausdruck bleibt abweisend.

»Kennen Sie sich dort aus?« Jetzt ist es der Kommissar, der fragt.

Die neue Rolle sagt ihr weniger zu. Die Barfrau antwortet schleppend in lang gezogenem Ton: »Es ist das Businessviertel. Und der größte Straßenstrich.« Sie verstummt und wartet auf weitere Nachfragen, auf einen Kommentar. Als der nicht kommt und Kellermann sie nur weiterhin fokussiert, fährt sie fort: »Der Park Arkadia ist nachts ein Marktplatz für schwule Freier und Stricher. Nachdem sich die Stimmung hier gegen Homosexuelle mehr und mehr aufgeheizt hat, sind sie aus dem Zentrum in andere Viertel abgewandert. Aber falls Sie Interesse haben, nehmen Sie sich in Acht. Es ist nicht ganz ungefährlich.«

»Wieso?« Kellermann hakt jetzt deutlich interessiert nach.

Auch die Barkeeperin hat mittlerweile ihr gespieltes Desinteresse aufgegeben, sich ihm jetzt klar zugewandt. Nun bin ich diejenige, die eindeutig außerhalb der Diskussion steht. Beim nächsten Satz wiegt sie leicht den Kopf, als wolle sie ihre Ablehnung verdeutlichen, ihre Missbilligung demonstrieren: »Auf die Schwulen wird Jagd gemacht. Auf die Stricher und die Freier. Und manchmal trifft es auch Frauen. Im letzten Jahr wurden einer die Hände abgesägt.«

»Einer Frau wurden die Hände abgesägt?« Kellermanns Ton hebt sich.

»Sie wurde im Park vor einer Statue gefunden. Ihre Arme endeten in zwei glatt abgeschnittenen Stümpfen. In den Zeitungen stand, dass ihr die Hände mit einer elektrischen Säge abgetrennt wurden, während sie noch gelebt hat.«

Der Ton der Polin klingt gradlinig, fast teilnahmslos. Doch ich erkenne an der Bewegung ihrer Kiefermuskeln, dass sie es nicht ist.

Kellermann hingegen nehme ich seine Sachlichkeit ab, als er nachfragt: »Und die Hände?«

»Ihre Hände? Die hat man nicht gefunden.«

Der Kommissar blickt mich an, dann wieder die Frau an der Bar. »Wie heißen Sie?«

»Marketa«, antworte ich.

Die Barkeeperin dreht sich schlagartig zu mir um und ihre Augen blitzen kurz herausfordernd auf. Dann nickt sie sacht, um meine Aussage zu bestätigen. Noch drei, vier Sekunden verharren wir so, halten unserem gegenseitigen Blick stand, bis sie sich abwendet und ihre Aufmerksamkeit anderen Gästen schenkt.

Kellermanns Gesichtsausdruck vermittelt Erstaunen, doch ehe er seine Frage stellen kann, komme ich ihm zuvor: »Jetzt sind Sie dran. Meine Beziehungen in Polen habe ich spielen lassen.« Mein Blick ruht dabei auf Marketas Rücken. Ihr schwarzes Shirt ist hinten transparent. Die leicht geschwungene Fläche ist ununterbrochen. Sie trägt keinen BH.

»Ich nehme an, dass Sie mich nicht weiter darüber aufklären wollen, woher Sie die Frau kennen und wer die Dame ist.« Kellermanns Tonlage enthält die ganze Bandbreite von scherzhaft bis stichelnd.

»Das sehen Sie richtig«, antworte ich mit übertriebener Freundlichkeit und tippe ihm kurz auf die Schulter. »Kommen Sie, wir gehen. Genug für heute.«

26

Kellermann hat seinen Flug verschoben, um sich mit seinen polnischen Kollegen über den alten Fall auszutauschen. Auch auf die Befragung des Hotelpersonals hat er zur Schonung der grenzübergreifenden Beziehungen vorerst verzichtet. Das wollte er der polnischen Polizei überlassen. Mich hingegen hat Frankfurt längst wieder. Die Ankunft bei grauem Nieselregen und bei ungemütlichen zwei Grad war nicht gerade herzlich.

Auch die Geschäftswelt empfängt mich nicht besonders warm. Jana hat mir eine SMS geschrieben, dass die Statussitzung gestern bei *Sega Invest* nicht wirklich positiv verlaufen ist und Weck und Stallenberg eine Sondersitzung mit Meier und Tiedener einberufen haben. Dann habe ich noch eine Mail von Meier bekommen. Mit dem gleichen Inhalt, doch der zusätzlichen Bitte, bei der Sitzung dabei zu sein. Den Abstecher in meine Wohnung habe ich mir gespart und bin direkt vom Flughafen zur *Sega Invest* gefahren.

Meier ist schon im Sitzungszimmer. Wieder im Raum Goetheplatz, das Foto aus Paris an der Wand. »Marie, schön, dass du kommen konntest. Jana sagte, du wärst in Warschau gewesen. Was hast du denn da gemacht?«

»Spontaner Kurztrip«, antworte ich knapp und denke, dass das noch nicht mal gelogen ist.

Meier ist angespannt und in Gedanken schon bei der bevorstehenden Sitzung. Andernfalls hätte er sich mit dieser mageren Antwort nicht so schnell zufriedengegeben.

Stimmen ertönen auf dem Flur und einen Moment später stehen Stallenberg und Weck im Raum. Dicht gefolgt von Tiedener.

Der muss gerade erst das Gebäude betreten haben, denn er ist noch in Wintermantel und Schal gekleidet. Der Stoff schimmert feucht. Er ist also mit der U-Bahn gekommen – ohne Regenschirm. Nachdem er abgelegt hat, nimmt auch er Platz und wir sind vollständig.

Stallenberg und Weck haben sich bereits an den Tischenden positioniert, sodass Tiedener nur der Platz in der Mitte blieb. Sie nehmen ihn in die Zange. Selbst das Fluchtprinzip setzt Weck außer Kraft. Sein Stuhl steht vor der Tür.

Stallenberg eröffnet das Gespräch: »Nach der gestrigen Statussitzung sind wir übereingekommen, dass wir heute in einer außerordentlichen Runde den Projektstand diskutieren. Ich danke allen für die Flexibilität, dies so schnell möglich gemacht zu haben.«

Politisch hundertprozentig korrekt. Aber bei einem so sauberen Einstieg ist der weitere Verlauf des Gesprächs vielversprechend.

»Wie ich dem Statusprotokoll entnehmen kann, haben wir noch ein paar Herausforderungen bis zum geplanten Fertigstellungstermin zu meistern. Könnten Sie diese noch einmal erläutern?« Stallenbergs Blick ist auf Tiedener gerichtet.

Alle im Raum kennen den Systemstand im Detail. Auch die offenen Punkte. Stallenberg möchte Tiedener in die Ecke treiben. Und sich selbst dabei nicht schmutzig machen. Tiedener soll sich eigenständig um Kopf und Kragen reden.

Der Chef des IT-Dienstleisters windet sich. Spricht von erhöhten Anforderungen, zunehmender Komplexität, zusätzlichen Arbeitsaufträgen. Stallenberg hört still zu und beobachtet ihn mit konsequent festem Blick. Ich frage mich, ob er überhaupt zwischendurch blinzelt. Tiedener beendet seine Verteidigung, rutscht auf dem Stuhl ein Stück vor und widmet sich den Papieren, die vor ihm auf dem Tisch liegen.

Es herrscht Stille. Stallenbergs Augen sind weiterhin auf Tiedener gerichtet. Auch ohne eine Uhr hört man förmlich den Sekundenzeiger ticken. Der IT-Geschäftsführer greift nach seinem Kugelschreiber, notiert etwas auf einem Blatt Papier. Dann gibt er auf und blickt hoch. Erst zu Meier, der geringsten Gefahr, von mir zu Weck und letztendlich zu Stallenberg.

Als ihre Blicke sich treffen, gönnt sich der Aufsichtsratsvorsitzende ein paar weitere Sekunden, um dann in einem freundlichen Ton nur ein Wort fallen zu lassen: »Und?«

Tiedeners Plädoyer wurde mit diesem einzigen Wort für nichtig erklärt. Er beginnt von Neuem. Erklärt, wie intensiv sie an der Umsetzung arbeiten. Welchen hohen Stellenwert das Projekt in ihrem Unternehmen innehat und dass mindestens vier Mitarbeiter permanent mit der Fertigstellung des Systems beschäftigt sind.

»Ich habe nichts dagegen, wenn Sie noch einen fünften

Mann einsetzen.« Stallenbergs Vorschlag trieft vor Ironie. »Wie sieht es denn mit dem Zahlungsplan aus?« Diese Frage ist jetzt an Meier gerichtet. »Wenn ich mich richtig erinnere, sind im Vertrag die Zahlungstermine an den Fertigstellungsstatus geknüpft.«

Reine Rhetorik. Stallenberg kennt den Vertrag selbstverständlich im Detail. Wäre es anders, würde er diese Frage gar nicht stellen. Das ist Teil der Verhandlungstaktik.

Meier spielt mit und erläutert noch mal die entsprechenden Inhalte. Es folgen Detaildiskussionen, inwieweit der Fertigstellungsgrad ein dehnbarer Begriff ist und was als fertiggestellt ausgelegt werden kann. Die Argumente gehen wie Pingpongbälle über die Tischplatte.

Kurz vor zwei erhebt sich Stallenberg. »Meine Kollegen, ich muss die Diskussion jetzt leider verlassen. Die Vorstandssitzung des IIV ruft mich.«

Auch diese Information ist überflüssig und nur für Tiedener bestimmt. Im IIV, dem nationalen Branchenverband für Immobilieninvestoren, sitzen alle aktuellen und potenziellen Kunden des IT-Dienstleisters. Es wäre ein leichtes Spiel für Stallenberg, dort seinen Namen zu verbrennen.

Die Sitzung ist damit beendet. Tiedener packt seine Sachen eifrig zusammen und zerrt fieberhaft die Jacke vom Kleiderständer. Der Mantel ist mittlerweile trocken. Weck verabschiedet sich, Meier ebenfalls.

Als alle ausgeflogen sind, nutze ich die Gelegenheit, um mir noch einmal die Aufnahme aus Paris anzusehen. Die Gesichter der Männer, insbesondere Wehmüllers. Das verschwommene Antlitz des Fahrers, der jedoch durch seine Gesichtskonturen klar identifizierbar ist. Hinter dem Wagen befindet sich eine Plakatwand. Es wird für eine Ausstellung im Musée d'Orsay geworben. *Rodin vergessen? Die Bildhauerei i…* Die weiteren Buchstaben sind nicht mehr lesbar. Auch nicht der Veranstaltungszeitraum. Aber das lässt sich herausfinden.

Zurück in meinem projektbedingten Büro öffne ich die Homepage des Pariser Museums. Wie vermutet, gibt es ein Archiv mit einer Suchfeldeingabe. Unter dem Stichwort *Rodin* erscheinen über zwanzig Treffer. Die gesuchte Ausstellung ist als vierte aufgelistet: *Rodin vergessen? Die Bildhauerei in Paris, 1905-1914. Wechselausstellung 10. März – 31. Mai 2011.* Für mehr Informationen klicke ich auf den Link.

Ein neues Fenster mit Erläuterungen öffnet sich und ich beginne zu lesen. Die Sammlung sollte die Neuorientierung einer ganzen Künstlergeneration darstellen, deren Ziel die Befreiung von vorhandenen Denkmustern war. Die Ausstellung veranschaulichte, wie sich sowohl klassische Künstler als auch die Bildhauer der Avantgarde einer neuen Formgebung widmeten.

Viel weiter komme ich nicht, da mein Handy mich in meiner Lektüre unterbricht. Eine Frankfurter Nummer. Die ersten Zahlen deuten auf die *Sega Invest* hin, allerdings kenne ich den Anrufer nicht. Ich nehme das Gespräch an: »Wagenfeld.«

»Schönen guten Tag, Frau Wagenfeld, hier ist Frau Tennschild, Vorzimmer Prof. Stallenberg. Wären Sie so freundlich und könnten bitte zu Prof. Stallenberg ins Büro kommen? Er würde Sie sehr gerne sprechen.«

»Jetzt?«, frage ich überrascht. Eigentlich sollte er doch zur Vorstandssitzung des IIV. Aber wirklich verwundert bin ich nicht. Der Hinweis war demnach tatsächlich mehr Fassade für Tiedener als echter Inhalt.

»Wenn Sie jetzt Zeit hätten, wäre das natürlich ganz wunderbar.« Als Stallenbergs Sekretärin ist sie gewohnt, den Türöffner zu spielen. Obwohl es für den Professor nicht viele verschlossene Türen geben wird.

»In Ordnung. Ich bin in fünf Minuten oben.« Als ich auflege, sehe ich, dass Kellermann während des Telefonats angerufen hat. Ich stecke das Handy ein.

Frau Tennschild steht auf, als ich hereinkomme, und tritt in einem roséfarbigen Wollkleid auf mich zu. Mit ihrer Rechten greift sie nach meiner Hand und deckt sie mit der Linken zu. Ihre Geste hat etwas Behütendes an sich. Die Verbindungstür zu Stallenbergs Büro ist geschlossen. Tennschilds Aufstehen signalisiert Freundlichkeit und Entgegenkommen, aber es ist auch ein klares Zeichen: Sie ist diejenige, die die Zwischentür zum heiligen Reich öffnen wird und nicht ich. »Nur einen kleinen Moment, Frau Wagenfeld. Der Professor ist noch in einem kurzen Telefonat.«

»Kein Problem. Ich warte hier.« Und frage mich dennoch, woher sie jetzt schon wissen kann, dass das Telefonat kurz sein wird. Um mir die Zeit zu vertreiben, nehme ich auf der Sitzgruppe Platz, die extra für diesen Zweck platziert wurde. Auf dem runden Glastisch befinden sich die aktuellen Ausgaben der üblichen Branchenmagazine. Nachdem ich die zweite Zeitschrift bis zur Mitte durchgeblättert habe und das Adjektiv ›kurz‹ mehr als hinterfrage, erhebt sich Frau Tennschild hinter ihrem Schreibtisch und schreitet zur Zwischentür. »Prof. Stallenberg ist jetzt so weit.« Sie hält mir die Tür auf, um sie gleich hinter mir nahezu geräuschlos zu schließen.

Das Büro wird dominiert von einem massiven Pult aus Eichenholz, das in der Mitte des Raumes thront. Stallenberg steht hinter diesem hölzernen Schrein wie ein Prediger auf seiner Kanzel. Er schraubt seinen Mont-Blanc-Füller zusammen. In den wenigen Schritten, die er auf mich zutritt, steckt pure Körperspannung. »Frau Wagenfeld, schön, dass Sie so schnell kommen konnten. Setzen wir uns doch.« Seine Hand deutet auf eine schwarze Polstergruppe, die so im Raum positioniert ist, dass sich dem Besucher ein imposanter Ausblick auf die umliegenden Hochhäuser bietet.

»Ein sehr schönes Büro mit einer beeindruckenden Aussicht«, bestaune ich das Panorama.

Komplimente eignen sich immer als Einstieg. Stallenberg kommentiert sie mit einem verschmitzten Lächeln. Ich lege nach: »Sie interessieren sich für Kunst?« Ich wende meinen Blick dem großformatigen Ölbild an der rückwärtigen Wand zu. Von meiner Sitzposition habe ich freie Sicht auf das Gemälde. Jemand muss das schwere Eichenpult exakt so ausgerichtet haben, dass der Blick auf das Bild nicht beeinträchtigt wird. Ich wette, dass dies kein Zufall ist.

»Ja, eine meiner Leidenschaften.« Sein Lächeln wird breiter. Also ein Volltreffer.

Ich betrachte das Kunstwerk. Es sind nur zwei in die Höhe gereckte Beine zu sehen. Hinter den Gliedmaßen Bäume, Buschwerk und ein blauer Himmel. Entweder ist das Bild abgeschnitten oder die dargestellte Person wurde bis zu den Oberschenkeln im Boden eingegraben. »Ist das ein Werk von Baselitz?«, frage ich, den Blick jetzt wieder auf Stallenberg gerichtet.

»Respekt. Auch eine Ihrer Leidenschaften?«

»Leidenschaft wäre zu viel gesagt. Belassen wir es bei Interesse.«

»Bei Baselitz reicht Interesse nicht. Auch ihm nicht. Nach eigener Aussage entstehen seine Bilder nicht durch Interpretation oder die Beachtung eines Gegenstandes. Er verwirft alle vorgesehen Assoziationen und beginnt mit Disharmonie.«

Stallenberg hat in seinen Professorenmodus umgeschaltet. Ich versuche, ihn etwas zu bremsen: »Sie kennen sich mit Baselitz gut aus. Haben Sie weitere Favoriten?«

Der Aufsichtsratsvorsitzende fährt fort, jedoch ungeachtet meiner Frage. »Baselitz stellt seine Bilder auf den Kopf. Mit dem Umdrehen nimmt er ihnen den konventionell gedachten Inhalt, er macht den Bildgegenstand gegenstandslos und damit abstrakt. Er besetzt die Komposition neu, ist Herr über Gegenstand und Gefüge.« Während seiner Rede ist Stallenbergs Blick konstant auf mich gerichtet und trotzdem scheint er durch mich hindurchzuschauen. Als wäre hinter mir keine nackte Wand, sondern ein gebannt lauschendes Publikum. Dann verändert sich sein Fokus, die Pupillen sind jetzt auf mich konzentriert. Als erwarte er eine Reaktion.

Ich weiche aus. »Ich glaube, in der aktuellen Ausstellung im Städel hängt auch ein Bild von ihm. Besuchen Sie das Museum häufiger?«

Stallenberg reagiert jedoch nicht. Ich rätsle, was an meiner Frage unklar war. Dann regen sich seine Gesichtszüge, er senkt den Blick und schlägt gemächlich ein Bein über das andere. Anschließend streicht er den Stoff seiner Anzughose mit dem Handrücken glatt.

Er lässt noch ein paar Sekunden verstreichen, bis er wieder zu mir aufschaut und gemächlich konstatiert: »Nein. Das lässt meine Zeit nicht zu.«

»Das kann ich gut verstehen«, antworte ich hingegen umgehend und frage mich, was der Hinweis auf seine Zeit soll. Jeder Mensch hat vierundzwanzig Stunden am Tag. Niemand mehr, niemand weniger. Dann ergänze ich: »Wie kann ich Ihnen helfen? Frau Tennschild meinte, Sie wollten mich sprechen.«

»Ah ja, genau.« Stallenberg wirkt, als sei ihm eben der Grund unseres Treffens wieder in den Sinn gekommen. »Es geht um die Veranstaltung in Berlin, die Sie zusammen mit Frau Prof. Raumer organisieren. Wie sie angekündigt haben, ist dort ein Vortrag von meiner Seite erwünscht. Können Sie mir dazu noch einmal den Rahmen angeben und das zu erwartende Publikum?«

Ich beschreibe den Ablauf der Veranstaltung, den Ort und die Anzahl der Teilnehmer. Nenne ein paar Namen der zu erwartenden Gäste, sodass er sich ein Bild von der Qualität des Publikums machen kann. Der Professor hört mir aufmerksam zu und nickt bisweilen. Als wir bei den möglichen

Inhalten seines Vortrags angekommen sind, klopft es und Frau Tennschild erscheint in der Tür.

»Prof. Stallenberg, Ihr Anschlusstermin beim IIV in Eschborn«, haucht ihre Stimme zur Erinnerung.

»Besten Dank«, antwortet der Manager, ohne den Termin zu bestätigen oder abzulehnen. Trotz der fehlenden Information schließt sich die Tür wieder lautlos.

Nach dem Erscheinen der Assistentin erwarte ich ein Ende der Besprechung, doch Stallenberg lässt sich nicht aus der Ruhe bringen. In ausgesprochener Gelassenheit diskutieren wir mögliche Vortragsinhalte und Beispiele aus dem Immobilienfondsmanagement, die er dem Publikum näherbringen möchte. Dann, mitten in einer meiner Ausführungen, steht er abrupt auf und stellt sich an die Glasfront, deren Scheiben bis hinunter zum dicken Hochflorteppich reichen. Sein Blick ist auf die Taunusanlage gerichtet. Ich kürze meinen letzten Satz ab. Ich habe nicht das Gefühl, dass der Inhalt noch von Interesse ist.

»Sehen Sie, dort unten, das Heine-Denkmal von Georg Kolbe. Mit der Machtergreifung der Nazis wurde es entfernt. Die Statuen wurden geborgen und unter dem neutralen Titel ›Frühlingslied von Kolbe‹ im Garten des Städels aufgestellt. Während des Krieges lagerte es im Keller ein. Erst nach der Nazizeit kehrte das Denkmal an seinen ursprünglichen Standort in der Taunusanlage zurück.«

Während Stallenbergs Erzählung bin ich aufgestanden und neben ihn an die Fensterfront getreten. Meine Aufmerksamkeit ist jedoch nicht auf die Taunusanlage und das dortige Denkmal gerichtet, sondern auf den Seitenflügel der *Sega Invest.* Von meiner jetzigen Position blicke ich direkt in mein Büro ein Stockwerk tiefer. Selbst das Flackern des Bildschirms ist erkennbar.

»Frau Wagenfeld, es hat mich sehr gefreut, doch mein Termin ruft mich jetzt.«

Unbemerkt hat sich Stallenberg bereits einen Schritt entfernt und seinen Mantel über den Arm geworfen. Er streckt mir eine Hand entgegen und ich ergreife sie gedankenverloren. Das Gespräch hatte keinen Inhalt. Es wurde nichts besprochen, was der Professor nicht schon in Berlin erfahren hat.

Auf dem Rückweg zu meinem Büro sehe ich auf dem Handy, dass Kellermann es nochmals versucht hat. Ich drücke die Rückruftaste. Anstatt in den Liftbereich zu gehen, entscheide ich mich für das Treppenhaus. Im Aufzug wäre der Empfang direkt unterbrochen.

»Kellermann.« Es hat nur einmal geklingelt.

»Sie haben mich gesucht?«, eröffne ich, obschon das eine rein rhetorische Frage ist.

»Ja. Können Sie mal kurz in der Datenbank nachschauen, ob dort weitere Informationen zur Übernachtung oder Wehmüllers Reiseroute stehen?«, bringt der Kommissar hektisch und geschäftsmäßig vor.

»Wieso?«, frage ich, da ich Kellermann nicht als meinen Weisungsbefugten sehe und ihn in seiner Dynamik bremsen möchte.

Als erste Antwort höre ich ein gedehntes Schnaufen. Als zweite: »Weil das Datum der Mordnacht mit dem Zwischenstopp in Warschau übereinstimmt. Wenn dieser tatsächlich stattgefunden hat, könnte es rein theoretisch einen Zusammenhang geben.«

Mit einem Schlag bin ich hellhörig und auch kooperativer. »In der Datenbank werden wir nicht viel mehr finden. Alle Informationen habe ich im Vorfeld überprüft. Aber die Ankaufsunterlagen und alle Belege der Sachverständigen müssen aus Revisionsgründen aufbewahrt werden. Ich kann mir die Unterlagen daraufhin ansehen.«

»Danke.« Kellermann klingt erleichtert.

»Was haben Sie …« Ich wollte Kellermann fragen, was er

in Polen herausgefunden hat, aber er hat bereits aufgelegt. Nach den Hintergrundgeräuschen zu urteilen, ist er gerade am Flughafen.

In meinem Büro überlege ich, wo weitere Belege zu der Reise zu finden sein könnten. Reisekostenabrechnungen der Sachverständigen müssten normalerweise in den Akquisitionsakten im Archiv abgelegt werden. Die Buchhaltung verzeichnet alle Spesen als Ankaufsnebenkosten und archiviert diese zusammen mit den Protokollen der Objektbesichtigungen und den Ankaufsverträgen. Also wieder zurück zum Treppenhaus. Im Aufzug könnte ich nur jemandem begegnen, der mich fragt, was ich im Keller suche.

Glücklicherweise wurde meine Chipkarte auch für das Archiv freigeschaltet. Bei Objekten aus dem Altbestand kam es öfters zu Datenlücken und ich erinnere mich, wie Jana und ich tagelang die Kellerräume durchsucht haben, um in dem Papierdschungel endlich die fehlenden Informationen zu finden.

Ich schalte die Neonbeleuchtung ein. Kaltes Licht erhellt den schmalen Flur, der links und rechts von Aktenschränken gesäumt ist. Die Schränke sind auf Rollschienen angebracht. Ohne diese platzsparende Mechanik hätte man die Papiermengen nicht hier unterbringen können. Ich gehe bis zur Mitte des Raumes, wo die Unterlagen der Ankaufsobjekte verstaut sind, und finde schnell den Schrank mit der richtigen Jahreszahl. Kurz bewege ich das Handrad und schiebe mich bis zum gewünschten Register vor.

Das Danziger Gebäude wurde im letzten Quartal des Jahres angekauft und somit befinden sich die Unterlagen ganz am Ende der Schrankwand. Ich schiebe mich durch den engen Zwischenraum und verfluche mich dafür, mir mit dem Handrad nicht noch mehr Platz verschafft zu haben. Das Ankaufsobjekt befindet sich in der vierten Aktenmappe und ich blättere die Unterlagen durch. Abrechnungen von Hotels, Restaurants und Taxis, das Protokoll der Objektbesichtigung, das Ankaufsgutachten und letztendlich der Kaufvertrag. Keine der Unterlagen deutet auf den Zwischenstopp in Warschau hin.

Ich bin enttäuscht und stelle daran fest, wie hoch meine Erwartungen waren, hier etwas zu finden. Die Unterlagen verstaue ich wieder im Regal und will schon das Hängeregister zurückschieben, als mir eine Idee kommt. Ich blättere weiter in den Mappen und werde schnell fündig. Das Objekt in Budapest wurde nur einen Tag zuvor besichtigt.

Gerade als ich die Akte herausziehe, werde ich durch ein Geräusch unterbrochen und halte inne. Die Tür zum Archiv wurde geöffnet. Die Totenstille wird jetzt durch dumpf hallende Hintergrundgeräusche aus dem Treppenhaus unterbrochen. Mein Puls jagt. Ganz im Gegensatz dazu verharre ich in völliger Stille. Die Unterlagen ruhen in meinen Händen. Dann erneut ein metallisches Geräusch und die schwere Stahltür schließt sich. Ich höre keine Schritte. Die Stille des Archivs ist zurückgekehrt. Ich bin wieder allein. Erleichtert atme ich aus.

Hastig blättere ich die Papiere durch. Und tatsächlich, die Unterlagen zum Zwischenstopp in Warschau wurden dem Objekt in Budapest zugeordnet. Ich ziehe mein Telefon heraus und fotografiere die Ankaufsunterlagen, Bewirtungsbelege und Taxiquittungen. Die bereits im System hinterlegte Hotelbuchung lasse ich außer Acht.

Dann verstaue ich alles wieder in der Aktenmappe und schiebe das Hängeregister in seine ursprüngliche Position. Auf dem Weg zur Tür frage ich mich, wer der unbekannte Besucher gewesen sein könnte und was er hier unten wollte. Wenn er nur nach dem Rechten geschaut hat, wieso hat er dann nicht das Licht gelöscht? Es sei denn, er wusste, dass noch jemand im Raum ist.

Zurück an meinem Schreibtisch verbinde ich mein Smartphone mit dem Laptop und überspiele die Aufnahmen. Dann rufe ich Kellermann an. Während das Freizeichen in mein Ohr dröhnt und ich darauf warte, dass der Kommissar abnimmt, muss ich an Stallenberg denken und daran, dass er gerade jetzt vielleicht auf meinen Bildschirm sieht. Ich drehe mich um und schaue zu seiner Fensterfront hoch. Doch außer den sich in der Fassade spiegelnden Türmen der Deutschen Bank ist dort nichts zu sehen.

»Und?«, ist Kellermanns erste Frage.

»Was möchten Sie wissen?«, frage ich zurück.

»Wer war alles bei der Tour dabei?«, ist seine nächste Frage.

Ich klicke mich durch die Fotos, bis ich das Objektbesichtigungsprotokoll auf dem Bildschirm sehe. »Wehmüller natürlich als Gutachter. Dann der für die Region zuständige Asset-Manager, also der Deal-Captain.«

»Der bitte was?«, unterbricht mich Kellermann.

»Der Deal-Captain. Den nennt man in der Branche so. Das ist derjenige, der für den gesamten Verkaufsprozess zuständig ist. In dem Fall ein Mann namens Friedrich Feld.«

»Kennen Sie ihn?«

»Noch nie gehört. Keine Ahnung, ob der noch bei der *Sega Invest* arbeitet.«

»Sonst noch jemand?«

»Anscheinend war Weck dabei.«

»Der Geschäftsführer?«, hakt der Kommissar ein.

»Zumindest steht das hier. Weck war vor seinem Geschäftsführerposten Abteilungsleiter für den Bereich Controlling und Bewertung. In dieser Funktion muss er den Bewertungsbereich repräsentiert haben«, erkläre ich.

»Weitere?«

»Sonst sehe ich hier nur noch den Property-Manager des bestehenden Eigentümers, ein gewisser Marek Polaschek. Der hat den Zugang zum Objekt organisiert und die Räume aufgeschlossen.«

»Also waren die insgesamt zu viert: Wehmüller, Weck, Feld und Polaschek.«

»Dem Protokoll zufolge ja. Aber ich kann Ihnen die Fotos an Ihre E-Mail-Adresse schicken.«

»Hervorragend.«

Aufgrund des Datenvolumens verteile ich die Bilder auf drei Mails und sende sie an Kellermann. Als ich fertig bin, ist es kurz vor sechs. Die Dämmerung hat draußen schon eingesetzt und die Feierabendhektik macht sich in der Junghofstraße breit.

Einem plötzlichen Impuls folgend, wende ich den Blick von der Straße ab und lasse ihn die Fassade hochwandern. Bis in die sechste Etage. Ungefähr dort, wo ich mich vorhin von Stallenberg in seinem Büro verabschiedet habe, steht jemand hinter der Glasfassade. Die Person ist etwas abgerückt von der Fensterfront, sodass die Konturen verschwommen sind.

Ist das Stallenberg? Der hat vor über einer Stunde die *Sega Invest* verlassen. Es brennt kein Licht in dem Büro und die Gesichtszüge sind verschattet. Beobachtet der Unbekannte mich? Oder schaut er auch bloß dem Treiben in der Junghofstraße zu? Von meinem Standort aus ist diese Frage nicht zu beantworten. Ich werde unruhig und fasse einen spontanen Entschluss.

Ich stecke Telefon und Zugangskarte in die Hosentasche und bin mit wenigen Schritten im Treppenhaus. Keine drei Minuten später erreiche ich das Büro von Frau Tennschild. Ihr Feierabend steht kurz bevor, denn sie ist dabei, die Aktenschränke zuzuschließen.

»Hallo, Frau Tennschild, kann ich Sie noch kurz stören?«

»Aber gerne. Worum geht es denn?«

In der Kürze der Zeit fällt mir nicht mehr ein als der Trick mit dem Stift. »Ich habe meinen Füller verloren und bin mir nicht sicher, ob ich ihn vielleicht im Büro von Prof. Stallenberg liegen lassen habe. Ist der Professor noch da? Könnte ich ihn kurz fragen?«

»Nein, er hat die *Sega Invest* für heute verlassen. Aber wenn Sie möchten, kann ich für Sie in seinem Büro nachschauen.«

Ich versichere ihr, dass sie mir damit einen großen Gefallen tun würde, also öffnet Frau Tennschild die Zwischentür zu Stallenbergs Büro und schaltet das Licht ein. Ich folge ihr einen Schritt, doch bleibe im Rahmen stehen. Der Raum ist leer. Die Assistentin schaut zuerst auf dem Tisch und bei der Sitzgruppe nach. Dann geht sie hinüber zu Stallenbergs Pult. »Wie sieht der Füller denn aus?«

»Silbern«, lüge ich knapp und hoffe, dass ich nicht nach mehr Details gefragt werde. Meinen letzten Füller hatte ich zu Grundschulzeiten.

»Tut mir wirklich leid. Ich kann hier nichts finden. Aber ich frage gerne Prof. Stallenberg noch einmal, ob er etwas entdeckt hat.«

»Nein, nein, das ist nicht nötig. Dann habe ich ihn sicher woanders verloren. Herzlichen Dank und Ihnen ein schönes Wochenende«, versuche ich, das Thema schnell zu beenden.

»Das wünsche ich Ihnen auch.«

Zurück in meinem Büro schüttele ich den Kopf, wie um demonstrativ das ungute Gefühl, das sich in meinem Körper breitmacht, zu vertreiben. Ich schaue noch einmal die Fensterfront hoch. Jetzt ist dort niemand mehr zu sehen. Ich schalte den Laptop aus und packe meine Sachen zusammen. Es ist Wochenende, sage ich mir, um noch einmal alle dunklen Gedanken zu verscheuchen.

27

Der Bootssteg ist leicht verwittert, die Kanten der Holzbohlen abgenutzt, feucht, leicht angefault. Jeder Schritt ruft ein Knarzen hervor.

Ich schaue auf die dunkle Weite des Sees. Silbern schimmert das Mondlicht auf der Wasseroberfläche. Kein Wind, eine spiegelglatte Fläche. Die Nacht ist klar und kalt.

Niemand verirrt sich hierher. Das Bootshaus am Ufer ist seit Langem verlassen, die Temperaturen zu eisig für ungebetene Gäste. Die nächste Straße weit entfernt, sodass selbst in dieser sternklaren Nacht kein Laut herüberdringt. Die Stille wird nur durch mich unterbrochen. Und meine Kamera. Sanftes Klicken, Zoomgeräusche.

Ich prüfe die Aufnahmen. Das Blitzlicht hat ihr die Würde genommen. Ich streiche mit dem Finger über das digitale Display. Die Schärfe bleibt. Der Körper ist befleckt von Blut. Besudelt, schmutzig.

Im Gegensatz dazu die geraden Linien. Diese strenge Geometrie. Straffe Schnüre, die sich über ihrer Haut spannen, in ihre Muskeln einschneiden und sich in dem offenen Fleisch ihrer Wunden verlieren.

Die Schnüre habe ich sorgfältig angeordnet. Quer über ihren Bauch, ihre Brüste, ihre Hüfte. Verknüpft, um Winkel zu setzen, um geometrische Flächen zu formen. Dreiecke entstehen, Rauten aus Hautflächen, begrenzt durch Paketschnur. Sachlich betrachte ich das Zusammenspiel aus Struktur und Fläche. Denn letztendlich ist es nur noch ein Rumpf, ein verschnürtes Bündel, eingewickelt in Jutegarn. Für die Knochen musste ich natürlich die Säge nehmen. Was will man mit einem Teppichmesser schon anrichten?

Ihren Kopf und ihre Gliedmaßen habe ich ins Wasser gestoßen.

Die Kleidung verstaue ich in einem grauen Müllsack. Ein neonpinkes Shirt. Sie war so jung, dass ihr die Mode der Achtzigerjahre kein Begriff war.

28

Das Eierwasser kocht und parallel dazu pfeift die Espressokanne auf dem Herd. Aus dem Radio dröhnt irgendein Chartsong. Ich wechsle die Kanne gegen den Milchtopf und nehme das Ei aus dem Wasser, bevor es hart wird. Gekochte Eier waren mir jahrelang ein Graus, bis ich auf die Idee kam, sie halb roh zu essen. Nur warm müssen sie sein.

Aus meinen Gedanken reißt mich das Handy, das auf dem Küchenschrank vibriert. Kellermann.

»Können wir uns in zwanzig Minuten bei der *Sega Invest* treffen?«, fragt er, nachdem ich mich gemeldet habe.

»Soll das ein Scherz sein? Ich bin gerade dabei, mir Frühstück zu machen.« Mein Ton ist nicht der freundlichste.

»Ich gebe Ihnen auch einen Kaffee aus«, versucht der Kommissar, mich zu überreden.

»Einen Kaffee?«, frage ich ungläubig.

»Und ein Sandwich«, legt Kellermann nach.

»Voraussichtlich im *Starbucks*«, kontere ich sarkastisch.

»Alles, was Sie möchten.«

»Also gut, ich komme.« Ich lege auf und betrachte mein Ei etwas mitleidig. Das kann jetzt eigentlich in den Abfall. Kalte rohe Eier sind gruselig.

Der Kommissar wartet bereits mit zwei Pappbechern und einer Papiertüte vor dem Bankeingang. Ich kette mein Rad an und stoße dann zu ihm.

»Tomate-Mozzarella. Mögen Sie das?« Kellermann fuchtelt mir mit der Sandwichtüte vor dem Gesicht herum.

Ich verdrehe die Augen, rupfe ihm die Tüte aus der Hand, schnappe mir einen der beiden Kaffees und murmele ein kaum verständliches Dankeschön. Das gilt aber vor allem dem Ende des Fuchtelns vor meiner Nasenspitze.

Während ich noch dabei bin, das Sandwich in meiner Tasche zu verstauen, verschwindet Kellermann schon durch die Drehtür. An der Rezeption sitzt wieder die Vertretung von Frau Rieger, die Aufmerksamkeit konsequent seinem Magazin gewidmet. Ich frage mich, ob der junge Mann überhaupt einmal den Blick von seiner Lektüre nimmt. Er muss einen steifen Nacken bekommen.

Ich öffne mit meiner Zugangskarte das Drehkreuz und verschaffe uns Einlass. Dem Empfangspersonal ist das völlig egal.

»Wo möchten Sie denn überhaupt hin?«, frage ich und stapfe mit dem Kaffee in der Hand hinter dem Kommissar her. Kellermann jongliert seinen Becher wesentlich geschickter. Oder er ist mir einfach einen Schluck voraus.

»Erst in Ihr Büro und dann in die Akquisitionsdatenbank«, fasst er in einem Satz eine geografische und eine systemische Bestimmung zusammen.

»Mhm«, antworte ich nur und wähle im Aufzug die fünfte Etage aus.

Im meinem Büroraum angekommen, schaue ich erstaunt auf den Schreibtisch. Dieser ist leer bis auf eine längliche Schachtel aus dunkelblauem, festem Karton. In die Mitte des Deckels ist ein silbernes Emblem eingraviert.

»Alles in Ordnung?«, fragt der Kommissar mich, als ich verdutzt vor dem Schreibtisch stehen bleibe.

»Äh, ja, ja. Alles in Ordnung«, antworte ich und versuche, meine Gedanken zu sammeln.

»Ein Füller?« Er zeigt auf die Schachtel.

»Ja«, antworte ich knapp und stecke die Schachtel in meine Laptoptasche. Als ich Kellermanns fragenden Blick in meinem Rücken spüre, versuche ich, ihn auf ein anderes Thema zu lenken: »Was möchten Sie denn wissen?«

»Wir haben gestern Wehmüller befragt. Er bestätigt, dass er als Sachverständiger in Warschau gewesen ist. Allerdings gibt er für den Tatzeitraum ein Alibi an. Das ganze Akquisitionsteam sei in einem Restaurant gewesen. Auch Weck bestätigt dieses Essen. Doch ich möchte sehen, ob es dafür Belege gibt. Und wenn ja, welche Uhrzeit darauf angegeben ist. Die Restaurantquittung fehlt in den Unterlagen, die Sie mir geschickt haben.«

»Da wird uns die Akquisitionsdatenbank nicht helfen. Das ist wenn überhaupt im elektronischen Rechnungssystem zu finden oder im Archiv abgelegt.«

Dank meiner erweiterten Berechtigungen logge ich mich in das System zur Rechnungsbearbeitung ein und rufe den entsprechenden Zeitraum auf. Leider ist darin nicht mehr zu finden als die zuvor identifizierte Hotelrechnung. Nachdenklich betrachte ich den Bildschirm.

»Nichts?«, prüft Kellermann das Ergebnis meiner Recherche.

»Nichts vielleicht nicht. Das elektronische Rechnungssystem wurde erst im letzten Jahr eingeführt. Und im vierten Quartal gab es eine Übergangsphase. Eine Vielzahl der Rechnungen, insbesondere geringere Restaurant- oder Taxiquittungen, wurden deswegen nicht im System erfasst, sondern pauschal vergütet. Trotzdem wurden diese im Archiv abgelegt«, erkläre ich Kellermann die Situation.

»Und da haben Sie nur die gefunden, die Sie mir als Bilddatei zugeschickt haben?«

»Zumindest waren die dem Objekt in Budapest zugeordnet. Jeder Sachverständige hat allerdings noch einen zusätzlichen Ordner. Eventuell finden wir dort etwas.«

Der Gang in das Archiv erweist sich allerdings als Sackgasse. Die fehlende Restaurantquittung finden wir auch nicht in

Wehmüllers Ordnern. Zur Sicherheit bittet mich Kellermann, noch einmal die Ankaufsunterlagen der Immobilien in Danzig und Warschau zu prüfen. Ich überfliege die Papiere und halte dann inne: »Ich glaube, ich habe etwas entdeckt.«

Kellermann schaut mich erwartungsvoll an.

»Ich glaube, der Ankaufspreis stimmt nicht mit den Zahlen im System überein.«

»In der Ankaufsdatenbank?«

»Nein, im Controlling-System. Auch dort werden die Ankaufspreise geführt.«

»Und die haben Sie im Kopf?«, fragt der Kommissar ungläubig.

»Nein, natürlich nicht alle. Aber die Immobilie in Danzig war ein Testobjekt. Ich habe sie mir bestimmt hundertmal angeschaut.«

»Gut. Können Sie Fotos machen von den Unterlagen?«

Ich wiege den Kopf leicht hin und her. »Ganz im grünen Bereich bewegen Sie sich hier nicht mehr, oder?«

Kellermann verzieht das Gesicht und streckt mir demonstrativ die aufgeschlagenen Papiere hin, damit ich sie abfotografiere.

Zurück oben in meinem Büro öffne ich das Controlling-System und rufe die Immobilie in Danzig auf. Ankaufspreis zweihundertsechzig Millionen Zloty. Dreißig Millionen weniger als in den Unterlagen vermerkt. Ich logge mich in die Ankaufsdatenbank ein. Hier ist der Wert korrekt mit zweihundertneunzig Millionen angegeben.

»Und? Was steht dort?« Kellermann hat bis jetzt schweigend neben mir gestanden.

Ich drehe mich zu ihm um und erzähle von den gefundenen Differenzen.

Der Kommissar denkt laut: »Wenn hier jemand absichtlich manipuliert hat, dann könnte es sein, dass die dreißig Millionen Zloty, also rund acht Millionen Euro, unterschlagen wurden.«

Kellermanns Ton ist so vage, dass der letzte Halbsatz auch als Frage gemeint sein könnte. Daher gebe ich eine Antwort: »Ja, es wäre theoretisch möglich, dass hier jemand in die eigene Tasche gewirtschaftet hat.«

Er grübelt einen Moment stillschweigend und kommt dann auf ein anderes Thema: »Wie kann es sein, dass niemand bemerkt, dass die Zahlen unterschiedlich sind?«

»Die beiden Systeme sind im Moment nicht verknüpft. Es findet kein Abgleich der Daten statt. Sobald die neue Schnittstelle entwickelt ist, wäre das jedoch aufgefallen.«

»Und das ist demnächst so weit?«

»Spätestens im Mai sind sie miteinander verbunden.«

Kellermann legt die Stirn in Falten. »Hat Bruns von den Differenzen gewusst?«

»Das kann ich nicht sagen. Aber er hat in beiden Projekten gearbeitet und somit auch in beiden Systemen die Daten getestet. Es kann gut sein, dass ihm dabei das Objekt aufgefallen ist.«

»Können Sie prüfen, ob noch weitere Kaufpreise mit unterschiedlichen Werten hinterlegt sind?«

Ich wende mich wieder dem Laptop zu und rufe die Bestandsliste auf. Hier sind alle wesentlichen Eckdaten der Immobilien dargestellt. Dann wechsele ich in die Ankaufsdatenbank. »Möchten Sie alle Objekte oder nur diejenigen, die heute noch im Bestand sind?«

»Was meinen Sie genau?«

»In der Zwischenzeit wurden Objekte auch wieder verkauft. Diese sind nicht mehr im Controlling-System aufgeführt und es wird schwer nachzuvollziehen, welche Werte für diese Immobilien einmal im System hinterlegt worden sind.«

»Drucken Sie mir am besten alles aus.«

»Also gut, aber es sind über tausend Objekte. Wenn Sie

möchten, könnte ich die Daten auch direkt in Excel übertragen und einen raschen Datenabgleich machen?«

Kellermann zieht wieder eine Augenbraue hoch. »Also bitte.«

Ich kopiere die Daten in eine neue Tabelle und lasse einen Suchdurchlauf starten. Differenzen zeigen sich jedoch nur bei der Immobilie in Danzig.

»Also kein weiteres Objekt mit falschem Kaufpreis. Dann kann es auch ein Übertragungsfehler sein?«, denkt Kellermann laut.

»Ja, natürlich. Fehler kommen bei einer manuellen Datenbearbeitung immer mal vor.«

»Und wenn es nur ein Eingabefehler ist, steckte keine tiefere Absicht dahinter.«

»Wenn dem so wäre, ja. Es sei denn ...« Ich wende mich wieder dem Computer zu.

»Es sei denn was?«, hakt Kellermann nach.

»Es sei denn, die Werte im Controlling-System wurden manipuliert, erhöht und dem Wert in der Ankaufsdatenbank angepasst. Dann fällt die Differenz nicht auf. Die Ankaufspreise wären in beiden Systemen gleich. Allerdings würde sich eine solche Manipulation in der Folgebewertung negativ auswirken.«

»Wie meinen Sie das?«

»Die Immobilien werden regelmäßig bewertet, im Rahmen der sogenannten Folgebewertung. Wenn der Kaufpreis über dem realen Marktwert liegt, würde das in der nachfolgenden Wertermittlung festgestellt werden. Es käme zu einer Abwertung der Immobilie, einer negativen Wertveränderung.«

»Das Objekt in Danzig würde also zum Beispiel mit einem niedrigeren Wert beurteilt, als der Kaufpreis vermuten lassen würde?«

»Ja, genau. Der Sachverständige käme wieder auf den niedrigeren, aber realen Immobilienwert. Auffällige Objekte lassen sich anhand des Berichts zur Wertveränderung im System entdecken. Vielleicht finden wir hier etwas. Alternativ können Sie natürlich auch die tausend Ankaufsunterlagen im Archiv durchforsten.«

»Wir beginnen mit dem Bericht zur Wertveränderung.«

»Schön, dass wir uns einmal einig sind«, meine ich und schmunzele.

Ich bearbeite den Bericht und blende die Objekte aus, die eine positive Wertentwicklung zwischen Ankauf und Erstbewertung zeigen. Es verbleiben noch zweiundachtzig Immobilien.

»Theoretisch könnte es auf jedes dieser Objekte zutreffen. Es ist nur fraglich, ob man für geringe Summen das Risiko eingehen würde und ob zu hohe Summen nicht zu riskant wären.«

»Da ist vermutlich etwas dran. Können Sie die Immobilien herausfiltern, deren Veränderung über drei Prozent jedoch unter zehn Prozent liegt?«

Ich gebe erneut ein paar Werte ein und die Liste verkürzt sich auf siebenundvierzig Objekte.

Kellermann steht hinter mir und starrt gebannt auf den Bildschirm. »Welche davon wurden durch Wehmüller bewertet? Können Sie das nachschauen?«

»Moment, das dauert einen Augenblick. Dazu muss ich wieder zurück in die Ankaufsdatenbank und mir die Daten von dort holen.« Ich springe zwischen den Programmen, kopiere die Datensätze und lasse abermals einen Suchdurchlauf starten. Letztendlich sind in der Liste nur noch sechs Objekte zu sehen. Eines davon ist das in Danzig.

Kellermanns Augen wandern über den Bildschirm. Die Gebäude befinden sich alle in Europa. Zwei in Polen, eins in Ungarn, eins in Basel und die letzten beiden in Spanien. Die negative Wertveränderung in Spanien könnte sich aber auch ganz leicht aus den Marktbedingungen erklären lassen. Nahezu der gesamte dortige Immobilienmarkt ist in den letzten Jahren den Bach runtergegangen.

Kellermann notiert etwas in seinem Notizbuch.

»Wollen Sie einen Ausdruck?«

»Gerne, aber im Zweifelsfall wäre er ohnehin nicht verwertbar. Mir fehlt der Durchsuchungsbefehl. Und Sie haben sicherlich auch eine Vertraulichkeitsvereinbarung unterschrieben. Ich will Sie nicht in Schwierigkeiten bringen.«

»Der Auftragnehmer darf vertrauliche Informationen des Auftraggebers nur dann weitergeben, wenn gesetzliche Bestimmungen oder Anordnungen staatlicher Organe dies gebieten.«

»Wie bitte?« Der Kommissar schaut mich mit großen Augen an.

»Auszug aus meinem Rahmenvertrag zum Paragraf ›Geheimhaltung und Datenschutz‹. Allerdings bin ich dazu verpflichtet, die *Sega Invest* unverzüglich zu unterrichten, sobald ich von einer Behörde um Auskunft über vertrauliche Informationen ersucht werde.« Kellermanns verwirrter Blick verrät mir, dass er aus meiner Berichterstattung immer noch nicht schlau geworden ist. Daher beruhige ich ihn: »Aber im Moment ist noch Wochenende.«

Seine Gesichtszüge entspannen sich und er blickt mich verschmitzt an. Dann überkommt ihn ein Gedankenblitz: »So lange noch Wochenende ist, eine Frage: Hätte Leermann die Werte anpassen können?«

»Sie meinen, die Bekanntschaft zwischen Wehmüller und Leermann ist doch nicht so oberflächlich, wie er uns Glauben lässt?«

»Vielleicht.«

»Es wäre kein Problem für ihn. Er sitzt als Mitarbeiter des IT-Bereichs an der Quelle. Aber apropos, haben Sie herausbekommen, wer der Mann im Wagen ist? Lucky Luke?«

»Nein, noch nicht. Auch das Gespräch mit der Geschäftsführung hat nichts ergeben. Weder Stallenberg noch seine Sekretärin kennen die Person.«

Ich runzle die Stirn. »Lucky Luke war zufällig in Paris? Ein Tourist, der den Blick vom Trocadéro auf den Eiffelturm genießt? Mit einem Glas Rotwein samt Käse und Baguette?«

Kellermann ist über meine Ironie nicht begeistert. »Das lassen Sie mal meine Sorge sein. Und was ist überhaupt mit Ihrem Baguette?« Er zeigt auf die Papiertüte, die aus meiner Umhängetasche herausragt.

»Ich versuche es lieber zu Hause mit einem zweiten Frühstücksei.«

29

In die Mitte des weißen Blattes schreibe ich *Bruns.* Von dort aus ziehe ich sternförmige Linien und ergänze an deren Enden die Begriffe *Dark Magic, Kreutzer, Leermann* und *Wehmüller.* Ich blicke auf das sternförmige Gebilde, werde jedoch durch das kochende Wasser aus meinen Gedanken gerissen.

Mit Ei, Käsebrot und Kaffee ausgestattet, kehre ich zurück an den Küchentisch. Ich schreibe zwei weitere Begriffe hinzu: *Mokotów* und *Weck.* Ich löffle mein halb rohes Ei aus. Letztendlich ergänze ich *Lucky Luke* für den Mann im Wagen und setze daneben ein Fragezeichen.

Unruhig klopfe ich mit der Stiftspitze auf den Küchentisch. Dann setze ich erneut an und platziere das Wort *Paris* an den obersten Rand des Blattes. Um diesen Begriff, der wie eine Überschrift über der sternförmigen Skizze thront, zeichne ich einen Kreis, dann ein Ausrufezeichen daneben. Ich bin zufrieden, stehe auf und hole meinen Laptop aus dem Flur.

Hi, Karla, könntest du mir einen Gefallen tun? Ich hätte mal wieder eine Rechercheanfrage. Könntest du rauskrie-

gen, ob im Zeitraum von März bis Mai 2011 in Paris ein Mensch durch eine elektrische Säge (bspw. Säbelsäge) ermordet worden ist? Dank dir.
Kuss, Marie

Ich schicke die Mail ab und widme mich wieder dem Rest meines Frühstücks. Aber kaum eine Minute später zeigt mein Posteingang eine Antwort von Karla an.

Spielst du immer noch Verbrecherjagd?

Auch ohne Ton ist die Ironie aus der Mail herauszuhören.

Nein, das überlasse ich schon der Polizei. Ich recherchiere nur ein bisschen.

Ich glaube dir kein Wort, aber ich schaue, was ich rausfinden kann. Melde mich, K.

Nach dem Abwasch mache ich es mir auf dem Sofa mit einem Krimi gemütlich. Doch ich habe kaum ein paar Seiten gelesen, als Karla sich erneut meldet:

Hey, Marie,
ich habe etwas gefunden. Nicht ganz eine elektrische Säge, aber so etwas in der Art:

SAKRALMORD IM MARAIS?

13.04.2011. Am Montag um 01:45 Uhr war die Polizei in die erste Etage eines Gebäudes in der Rue des Tournelles gerufen worden. Am Tatort erwartete sie ein Blutbad. Die Anwohnerin Frau V. wurde tot im Wohnzimmer ihrer Wohnung aufgefunden. Sie lag rücklings auf dem Esstisch, ihr Rumpf mit Segelleinen an den Tisch gefesselt. Arme und Beine waren der Toten mit einem Beil jeweils kurz unter den Gelenken abgetrennt worden. Ein Sicherheitscode regelt den Zugang zu dem Gebäude. Die Ermittler vermuten deshalb, dass die Frau dem Täter oder den Tätern die Tür öffnete, sie sich womöglich kannten. Keiner der Nachbarn konnte Hinweise auf den Zutritt der Täter zum Gebäude oder in die Wohnung geben.Die Polizei schließt momentan eine religiös motivierte Tat nicht aus. Drapiert um die Tote befand sich in jeder Ecke des Esstisches eine brennende Kerze. Auf dem Rumpf wurden Wachsspuren nachgewiesen. Diese zeigten eindeutig geometrische Figuren. Ob hinter diesen Mustern eine Symbolik steht, konnte zum jetzigen Zeitpunkt noch nicht verifiziert werden. Alarm geschlagen hatte eine Nachbarin, die mit der Toten eine enge Bekanntschaft pflegte. Aus der Wohnung wären Schreie und Kampfgeräusche zu hören gewesen, woraufhin die Frau die Polizei einschaltete, die wenige Minuten später am Tatort eintraf. Es wurden Blutspuren im Treppenhaus und an der Wohnungstür entdeckt. Man habe diese daraufhin aufgebrochen und die Leiche gefunden, berichtete der Leiter des Kommissariats, Benoit Denard. »Es besteht kein Zweifel daran, dass es sich um ein außerordentlich brutales Verbrechen handelt. Wir konzentrieren alle verfügbaren Ressourcen auf diese Ermittlung.«

Melde dich, wenn ich noch etwas für dich tun kann. Wann bist du mal wieder in Berlin?
Kuss, K.

Ich lese den Zeitungsausschnitt dreimal, bevor ich antworte.

Du bist ein Goldschatz! Komme Dienstag nach Berlin. Sehen wir uns?

Karlas Zustimmung kommt prompt.Ich starre weiter auf den Bildschirm und lese den Text ein viertes Mal. Dann leite ich die Mail an Kommissar Kellermann weiter, lösche jedoch vorher die private Korrespondenz, bis nur noch der Nachrichtentext übrig bleibt. Der Betreff lautet: *Kurztrip nach Paris?*

Ich lasse mich auf das Sofa zurückfallen und schließe die Augen.

Das Telefon reißt mich aus dem Halbschlaf. Kellermann.

»Ja, hallo«, antworte ich verschlafen.

»Woher haben Sie das?«

»Aus der Presse.«

Am anderen Ende des Apparats bleibt es still.

»Von meiner Freundin, die bei einer Medienagentur arbeitet«, gebe ich widerwillig zu.

»Wie sind Sie auf den Zeitraum gekommen?«

»Auf dem Foto aus Paris wurde eine Ausstellung angekündigt, die in diesem Zeitraum stattgefunden hat.«

Jetzt ist ein leises Murmeln zu hören. Dann ein Tippen auf der Tastatur.

»Kommen Sie mit?«, versuche ich, den Kommissar aus der Reserve zu locken.

»Wer hat gesagt, dass Sie nach Paris reisen?«, poltert Kellermann los. Meine Absichten stoßen nicht auf Zustimmung.

»Die Direktzüge fahren leider nur unregelmäßig«, erkläre ich unbekümmert. »Wenn wir uns beeilen, schaffen wir den durchgehenden Zug um 15:10 Uhr. So sparen wir uns das Umsteigen und unnötige Wartezeit. Ein Zimmer kann ich uns von unterwegs buchen.«

Am anderen Ende ist wieder nur Kellermanns Atem zu hören.

»Ich spendiere auch ein Tomate-Mozzarella-Sandwich als Reiseverpflegung.«

Jetzt muss der Kommissar lachen. »Also gut. Aber packen Sie Ihren Laptop ein. Sie haben doch vorhin eine Kopie der Ankaufsdatenbank gemacht.«

»Sie sind aufmerksam! Also bis gleich. Ich warte am Gleiskopf auf Sie.«

Rasch sammle ich ein frisches T-Shirt, Unterwäsche und ein paar Utensilien aus dem Bad zusammen und stopfe alles samt Laptop in eine dunkelblaue Umhängetasche.

Kellermann erscheint, als der Schaffner bereits zur Abfahrt pfeift. Wir springen gerade noch in den Zug, bevor sich die Türen schließen.

»Haben Sie ein Ticket?«, fragt der Kommissar außer Atem.

»Nur für den deutschen Teil. BahnCard 100. Aber Fahrkarten können wir bestimmt hier im Zug kaufen. Kostet halt einen Aufpreis.«

Wir haben Glück und finden ein freies Abteil, in dem wir ungestört sind. Kellermann entscheidet sich für einen der Plätze am Fenster.

»War das mit dem Sandwich ernst gemeint? Ich habe einen Mordshunger«, lautet seine nächste Frage.

»Natürlich.« Ich strecke ihm stolz eine gefüllte Papiertüte entgegen.

»Ist es das von heute Morgen?«, fragt er misstrauisch.

»Selbstverständlich habe ich Ihnen ein frisches besorgt«, antworte ich mit einem breiten Grinsen.

Während der Kommissar an seinem Sandwich kaut, frage ich ihn nach seinen Erkenntnissen in Warschau. Am Morgen ist dieser Teil etwas kurz gekommen.

Kellermann deutet mit seinen Händen an, dass er noch einen Moment braucht. Dann berichtet er von dem Aufenthalt im Kommissariat, der Kooperationsbereitschaft der Polen und der unbürokratischen Akteneinsicht.

»Kaum zu glauben, dass es solche Attribute für eine Behörde gibt«, werfe ich ein.

Kellermann fährt ungeachtet meines Kommentars fort: »Der Mord wurde nie aufgeklärt. Bei der Toten handelt es sich um eine siebenundzwanzigjährige Frau, Milena Ratzek, die im Bezirk Mokotów wohnte und vermutlich auf dem Weg nach Hause von ihrem Mörder überrascht wurde. Die Tatzeit lag zwischen 23:30 Uhr und 00:30 Uhr.«

»War es die gleiche Mordwaffe wie bei Bruns?« Diesmal vielleicht ein etwas konstruktiverer Kommentar von meiner Seite.

»Nein, es waren unterschiedliche Fabrikate. Das konnte man allein anhand der Schnittflächen sehen. Aber die genauen Untersuchungen dazu laufen noch in der KTU.«

»Was ist mit den Händen? Wurden Sie wirklich nicht gefunden?«

»Nein. Und bevor Sie fragen, auch die Tatwaffe wurde nicht entdeckt. Allerdings hat man Spuren im Schnee identifiziert, die eventuell dem Täter zuzuordnen sind. Dabei handelte es sich jedoch um gewöhnliche Winterstiefel, Größe 46, die in jedem beliebigen Kaufhaus in Warschau zu bekommen sind. Wenn Sie dem Mörder gehören, schließt die Polizei auf einen männlichen Täter, der circa neunzig Kilo wiegt. Das wurde aus der Größe der Stiefel und der Tiefe der Abdrücke im Schnee abgeleitet.«

»Keine weiteren Spuren?«

»Keine, die eindeutig dem Täter zuzuordnen sind.«

»Ist das die Akte?« Ich zeige mit dem Finger auf einen Papierstapel in einem hellblauen Kartoneinband auf Kellermanns Schoß. Die Hand ruht auf dem Deckel, als wolle er den Inhalt vor Fremdeinwirkung schützen.

»Ja.« Seine Hand bleibt demonstrativ auf der Akte liegen.

»Ich könnte die *Sega Invest* schon jetzt informieren. Wenn ein Interesse der Polizei an den Immobiliendaten vorliegt, ist dort sicher auch am Wochenende jemand zu erreichen«, gebe ich mit aller Freundlichkeit zu bedenken.

Kellermann schmunzelt breit und ein paar Sekunden halten wir unserem gegenseitigen Blick stand. Dann lenkt der Kommissar ein: »Also gut, Sie können reinschauen, aber nur, wenn Sie uns vorher ein Hotelzimmer buchen.«

»Aber sicher doch!« Ich zücke mein Telefon, um über eine Hotel-App zwei Zimmer im Pariser Stadtteil Marais zu reservieren.

In der Akte sind nicht viel mehr Informationen zu finden als die, die Kellermann mir in seiner kurzen Zusammenfassung gegeben hat. Ein Dutzend Fotos zeigt die Leiche und den Tatort. Zudem weitere Detailbilder der Armstümpfe, der Kabelbinder und der Schnittflächen. Weitere Aufnahmen zeigen die Abdrücke der Stiefel des Täters im Schnee. Wenn es überhaupt seine sind.

Ich schiebe die Unterlagen über den Tisch zu Kellermann. Doch der Kommissar hat den Kopf an die Scheibe gelehnt und die Augen geschlossen. Sein Atem geht ruhig und regelmäßig. Die leichten Vibrationen des Zuges stören ihn nicht im Schlaf. Die letzten Nächte waren sicher kurz. Darauf lässt nicht nur seine Müdigkeit, sondern auch sein Bart schließen, der von einem Drei- zu einem Siebentagebart angewachsen ist. Inseln erster grauer Haare kommen jetzt umso deutlicher zum Vorschein.

Der Schaffner, der die Tür zum Abteil aufreißt, weckt den Kommissar schließlich auf. Wir lösen die Tickets bis Paris und kaufen direkt die Rückfahrkarten für morgen. Als der Schaffner unser Abteil verlassen hat, komme ich noch einmal zurück auf die fehlende Restaurantquittung.

Kellermann wirkt etwas verschlafen. Vielleicht gibt er mir darum so bereitwillig Auskunft. »Wehmüller hat angegeben, dass alle vier, also er, Weck, Feld und Polaschek, zur Tatzeit in einem Restaurant gewesen sind. Sie hätten um 00:30 Uhr den Laden verlassen. Zu diesem Zeitpunkt war Milena Ratzek bereits tot.«

»Was sagt denn Weck dazu?«, frage ich.

»Der bestätigt das Alibi. Falls aber die Daten in der Ankaufsdatenbank manipuliert sind, stellt sich die Frage, ob Weck davon wusste? Falls dem so sein sollte, ist seine Aussage nicht viel wert, dann könnte er Wehmüller decken, um nicht selbst Probleme zu bekommen.«

»Und eine Quittung bringt Ihnen die Lösung?«, frage ich mit teils echter und teils gespielter Überraschung.

»Vermutlich nicht, aber es wäre ein erstes Indiz.«

»Wie sieht es aus mit der Kreditkartenabrechnung?«

»Darauf sehen wir nur die berechnete Gesamtsumme, aber keine Angabe dazu, wann sie das Lokal verlassen haben. Außerdem kommen wir im Moment noch nicht an sie ran. Wir haben gegen Wehmüller nichts in der Hand. Außer dass er sich zufällig in einer Stadt aufgehalten hat, als dort gerade ein Mord passiert ist.«

»Wie heißt das Restaurant, in dem sie gegessen haben wollen?«

»*Atelier Amaro.*«

Ich tippe den Namen in mein Smartphone und klicke mich durch die angezeigten Links. »Gute Adresse. Ich glaube, die haben sogar einen Michelin-Stern. Aber das überrascht mich nicht, wenn in dieser Konstellation auswärts gegessen wird.«

»Wo befindet sich das Lokal? Können Sie das sehen?«

»Direkt am Eingang zum Botanischen Garten, etwas nördlich von Mokotów und nicht weit entfernt von unserem Hotel.«

»Mmh«, brummt Kellermann. Die Aussage scheint ihm zu reichen.

Ich wechsele vom Internet Explorer in mein Postfach und kopiere den Link des Restaurants in eine Mail. Ich schreibe noch zwei Sätze hinzu und schicke sie ab.

Kellermann hat in der Zwischenzeit die Augen geschlossen und döst wieder. Ich tue es ihm gleich. Doch statt Schlaf zu finden, halten mich die Erlebnisse der letzten Tage wach. Insbesondere das Gespräch mit Stallenberg und der Füller auf meinem Schreibtisch bereiten mir Kopfzerbrechen. Letztendlich reißt mich die Durchsage *»Arrivée à Paris Est«* aus meinen Gedanken.

Auf dem Bahnhofsvorplatz winkt Kellermann ein Taxi heran und bittet den Fahrer in fließendem Französisch, uns in das Hotel im Marais zu fahren.

»Sie sprechen Französisch?«, frage ich erstaunt.

»Es kommt noch besser: Ich habe hier fast ein Jahr gelebt.« Kellermanns Grinsen gilt der gelungenen Überraschung.

»Na wunderbar. Dann haben wir beide heute Abend noch ein Gesprächsthema.«

Der Taxifahrer schleust uns zielsicher durch den Pariser Abendverkehr.

Unser Hotel liegt direkt neben dem Place des Vosges. Die kleine Parkanlage empfängt uns mit ihrer ganzen königlichen Pracht. Der quadratische Platz ist gesäumt von dreigeschossigen Stadtpalais. Die durch Scheinwerfer beleuchteten Fassaden aus rotem Backstein sind in den Erdgeschossen durch Arkaden unterbrochen. Auch einzelne Bäume werden angestrahlt und ihre Kronen wirken dadurch noch voluminöser. Der Zugang zum Park ist jedoch um diese Uhrzeit bereits verschlossen. Die Tore des umlaufenden Gatters sind verriegelt.

Unser Hotel liegt in einer Seitenstraße, die wir durch einen Durchgang unter den Arkaden erreichen. Das *Hôtel du Roi* befindet sich ebenfalls in einem historischen Gebäude, auch wenn es nicht aus dem 18. Jahrhundert stammt.

Nachdem wir die Formalitäten an der Rezeption erledigt haben, schlage ich Kellermann ein Treffen in einer Viertelstunde in der Lobby vor und ergänze: »Ich kenne ein nettes Restaurant um die Ecke.«

»Aha.« Sein Ton ist eher kritisch als erstaunt.

»Ich habe hier auch mal ein Jahr gelebt. Während des Studiums«, erkläre ich.

»Und kennen Sie hier auch gleich die Frau an der Bar?«, fragt der Kommissar sarkastisch.

»Nein, nein. Keine Sorge. Keine Kontakte.« Ich hebe entwaffnend die Hände, um mich dann umzudrehen und über die Treppe in mein Zimmer zu verschwinden. Es ist winzig. Wir sind in Paris.

Nachdem ich meine Habseligkeiten im Schrank verstaut habe, kehre ich zum Empfang zurück.

Kellermann erscheint pünktlich. Doch an seiner ganzen Körperhaltung erkenne ich, dass er angespannt ist. Irgendwas muss ihm in den letzten Minuten über die Leber gelaufen sein.

»Gehen wir«, raunzt er und stürmt, ohne eine Antwort abzuwarten, hinaus auf den Gehweg. Dort stoppt er und wendet sich mir zu, um zu fragen, wo es überhaupt hingeht.

Ich schüttle den Kopf. »Hier lang und dann die Nächste rechts rein. Das Restaurant ist am Ende der Straße.«

»Und dort haben Sie als Studentin immer gegessen?«

»Immer hätte ich mir das nicht leisten können. Drei-, viermal vielleicht, wenn ich Besuch bekam. Als wir das erste Mal dort gewesen sind, haben wir den Kellner gefragt, ob er uns einen Rotwein empfehlen kann. Er meinte leider nein, denn er sei Whiskeytrinker. Das fand ich sympathisch. Er hätte auch einfach den teuersten Wein der Karte nehmen können. Aber es geht dort um das Essen und sie kochen für die Götter.«

»Mmh«, grummelt Kellermann ohne Begeisterung. Mit kulinarischen Köstlichkeiten kann ich ihn also nicht erfreuen.

Kurz darauf führt uns ein junger Bursche, der ausschaut, als hätte er gerade die Schule abgeschlossen, zu einem Zweiertisch im hinteren Bereich des Restaurants. Hier ist es deutlich leiser, was mir sehr entgegenkommt. Bevor der Kellner uns verlässt, bestelle ich zwei Pastis, ohne den Kommissar nach seinen Wünschen zu fragen.

»Und wenn ich keinen Pastis möchte?«, fragt Kellermann gedehnt.

»Dann trinke ich zwei«, antworte ich beherzt und setze mich auf einen der freien Stühle. Ich hoffe jedoch insgeheim, dass er den Aperitif selbst trinkt und seine Laune sich dadurch etwas hebt.

Die Rechnung geht zum Glück auf und nach zwei weiteren Gläsern Rotwein ist Kellermann sichtlich entspannter.

Er erzählt von seinem Aufenthalt in Paris nach dem Abitur, der eigentlich nur zwei Wochen dauern sollte und aus dem dann doch fast ein Jahr wurde. Von seiner Wohngemeinschaft mit vier Franzosen im Quartier Belleville und davon, dass die Pariser Nächte nicht so wild sind, wie man meinen mag.

Die Rotweinflasche neigt sich dem Ende zu, als mein Handy in der Hosentasche vibriert. Es ist nur eine SMS. Ich schaue kurz nach und öffne die angefügte Bilddatei. Kellermann schaut mir schweigend zu. Bis ich ihm das Telefon vor die Nase halte und ergänze: »Laut der Restaurantquittung haben sie um 00:37 Uhr gezahlt.«

»Woher haben Sie das?«, fragt der Kommissar erstaunt.

»Ich habe Marketa gebeten, im *Atelier Amaro* nachzufragen. In der Gastroszene hat sie einige Kontakte. Ihr Vater hat ein gut situiertes Restaurant in Warschau.«

»Und so mir nichts, dir nichts schickt Sie Ihnen den Beleg der Rechnung?«

Ich zucke nur ratlos mit den Schultern. Der Kommissar schaut mich weiter prüfend an.

»Nachtisch?«, frage ich, um das Thema zu wechseln. Nun ist Kellermann derjenige, der seine Schultern hebt und wieder fallen lässt.

Trotz seiner fehlenden Begeisterung bestelle ich zwei Portionen Mousse au Chocolat und hoffe, dass das Restaurant nicht die Art des Servierens verändert hat. In der Tat erscheint ein paar Minuten später der Kellner mit einer riesigen Küchenschüssel und zwei kleinen, leeren Schälchen. Die Schüssel landet mitten auf dem Tisch. Sie ist so groß, dass sich der Kommissar hochstrecken muss, um den Inhalt zu begutachten.

»Ist das alles für uns?«

»Nur so viel Sie mögen. Und dann wird die Schüssel weitergereicht. Aber wenn Sie alles schaffen, muss ich Sie wohl anschließend ins Krankenhaus einliefern.«

Kellermann schöpft sich eine große Portion in sein Schüsselchen und isst jeden einzelnen Löffel genüsslich. Ganz abgeneigt ist er kulinarischen Genüssen also doch nicht.

Nachdem auch der letzte Rest verspeist ist, wird der Kommissar wieder ernst: »Was ist Ihr Plan für morgen? Ich habe heute Nachmittag Benoit Denard erreicht und treffe mich um 09:30 Uhr mit ihm.«

»Das ist der Leiter des Kommissariats, oder? Der wurde in dem Zeitungsartikel genannt.«

»Ja«, antwortet Kellermann einsilbig.

»Dann hatten Sie sich schon entschieden, nach Paris zu fahren, bevor Sie mich anriefen?« Insgeheim fühle ich mich etwas übergangen, bin aber zu stolz, es zuzugeben.

»Ja, das stimmt. Ich habe nur erst noch einen Termin mit Denard vereinbart.«

»Aha«, erwidere ich schnippisch und fühle mich selbst ertappt bei meiner Eitelkeit. Um mir vor Kellermann keine Blöße zu geben, ergänze ich rasch: »Wo treffen Sie sich?«

»In seinem Büro.«

»Ich komme mit«, antworte ich spontan. Meine Neugier hat definitiv über die verletzte Eitelkeit gesiegt.

»Sicher nicht«, erwidert er bestimmt und grinst mich dabei selbstzufrieden an.

Ich winke dem Kellner und verlange nach der Rechnung. Der Kommissar will selbst zahlen und insistiert.

»Sicher nicht«, grätsche ich bestimmt dazwischen und schenke ihm ebenfalls ein breites Grinsen.

30

Gezwungenermaßen verbringe ich den Tag allein in Paris. Kellermann trifft sich mit seinem Kollegen und ich widme mich den Sehenswürdigkeiten der Stadt.

Primär interessieren mich die Museen. Es ist ewig her, dass mein Vater mich hierhin mitnahm und mir die großen Künstler näherbrachte. Insbesondere Rodin hatte es ihm angetan und so führt mich mein Spaziergang an der Seine selbstverständlich zum Musée d'Orsay.

Nachdem ich eine Eintrittskarte ergattert habe, gehe ich direkt in den Innenraum des ehemaligen Bahnhofsgebäudes. Der Trubel hält sich hier in Grenzen. Die Mehrheit der Besucher widmet sich direkt den oberen Etagen, in denen die Gemälde ausgestellt sind. Das Erdgeschoss ist für Skulpturen vorgesehen. Es sind weniger Werke von Rodin zu sehen als zu Zeiten der Sonderausstellung, doch einige seiner Skulpturen gehören zum Standardrepertoire.

Ich entdecke einen Frauenkopf wieder, auf einem rohen, unbehandelten Marmorblock. *La Pensée,* der Gedanke, für dessen Entstehung Camille Claudel Modell stand. Ihr Gesicht ist nach vorn gebeugt und sie scheint einer Träumerei nachzuhängen. Ich lese, dass der Gegensatz zwischen der wunderbar polierten Haut des Gesichts und dem roh belassenen Block, an dem noch alle Unebenheiten des ursprünglichen Steins sichtbar sind, dem Werk eine symbolische Tiefe geben soll. Während ich weiterspaziere, frage ich mich jedoch, ob dieser Gegensatz tatsächlich Absicht war oder ob es sich bloß um ein nicht fertiggestelltes Werk handelt.

Nur wenige Meter weiter stehe ich dem Tor zur Hölle gegenüber. *La Porte de l'Enfer*, rufe ich mir den Originaltitel in Erinnerung. Obwohl ich das Werk bereits durch meine vorherigen Besuche mit meinem Vater kenne, bin ich abermals erschlagen von dem monumentalen Bronzeportal mit seinen rund zweihundert Detailfiguren. Eine Mischung aus Teufeln und Verdammten, eine Zurschaustellung der menschlichen Leidensfähigkeit auf dem Weg in das Reich der Toten. Es ist Rodins Hauptwerk, in dem er sich mit den Grenzen zwischen Himmel und Hölle auseinandersetzte, das Werk, das ihn in eine schwere Existenzkrise stieß. Mich gruselt es bei den düsteren Figuren und es zieht mich zurück hinaus in die Sonne. Die Schlange vor dem Ticketverkauf ist mittlerweile auf die doppelte Länge angewachsen.

Mein Ausflug führt mich weiter an der Seine entlang, vorbei am Eiffelturm bis hinauf zum Place du Trocadéro. Im Kreisverkehr herrscht reines Chaos.

Ich hole mein Smartphone heraus und suche nach dem Motiv der Schwarz-Weiß-Aufnahme, die hier vor einigen Jahren erstellt worden ist. Das siebenstöckige Geschäftshaus liegt mir jetzt genau gegenüber. Im Erdgeschoss befindet sich das *Café Kléber.* Die Tische sind nach typisch französischer Manier aufgestellt: Die Stühle stehen parallel, wie in einem Theater. Rund die Hälfte von ihnen ist jetzt schon besetzt und zwei Kellner mit roten Schürzen und schwarzen Hemden jonglieren Tabletts mit Kaffeetassen und Wasserkaraffen.

Ich betrachte noch einmal das Foto. Den abgewandten Blick von Leermanns Bekanntschaft Wehmüller in Richtung der Avenue Kléber. Die entfernt parkenden Autos und die schemenhafte Gestalt von Lucky Luke im Inneren eines Wagens. Der Parkplatz, auf dem die Limousine stand, ist heute unbesetzt.

Ich gehe rund um den Trocadéro-Platz, um zu sehen, was Lucky Luke von seiner Position beobachtet haben könnte und lasse meinen Blick langsam umherschweifen. Von seiner Position hätte er den Eingang zur Metrostation Trocadéro überwachen können. Oder er hat dem Fotografen zugeschaut, wie er das Objekt der *Sega Invest* ablichtete. Es hätte auch der Zugang zum *Hotel Majestic* sein können. Aber vielleicht hat er auch nur im Auto auf jemanden gewartet und schlichtweg nichts beobachtet, denke ich etwas resigniert. Die aus der Metrostation strömenden Menschen haben mit denen von damals nichts gemein. Und auch die Büroimmobilie der *Sega Invest* wird mir heute nichts mehr verraten können. Ich entscheide mich daher für das *Hotel Majestic.* Es ist ohnehin Zeit für eine Kaffeepause.

In der luxuriösen Lobby des Fünfsternehotels entferne ich mich direkt von der Rezeption, um ungewollten Fragen zu entgehen, und steuere die Bar zur Linken an. Ich nehme Platz, bestelle einen Café au Lait und prüfe mit meinem Smartphone den Netzempfang. Wie erwartet, bietet das Fünfsternehaus einen offenen WLAN-Zugang für seine Gäste an. Ich tippe *Hotel Majestic Paris* in eine Suchmaschine und durchforste die Ergebnisse. Das Gebäude wurde ursprünglich von einem Russen errichtet, wechselte seine Eigentümer und während der deutschen Besatzung auch seine Nutzungsart. Es wurde Hauptsitz des französischen Militärbefehlshabers. Erst seit dem Kauf der Immobilie im April 2011 durch die *Como Invest* ist das Gebäude wieder ein Luxushotel.

Insgesamt bieten die Informationen keine Überraschungen. Trotzdem kopiere ich zwei Wörter aus dem Text und verschicke diese in einer SMS. Bevor ich das Handy einstecke, schicke ich mir selbst noch eine Mail als Erinnerung mit dem Betreff *Blumen.* Ich muss Karla etwas schenken, um für all die Rechercheanfragen Danke zu sagen.

Es ist mittlerweile fast halb drei und Kellermann hat sein Gespräch wahrscheinlich längst beendet. Unser Zug fährt um 17:10 Uhr am Gare de l'Est und unser Gepäck befindet sich noch im Hotel. Auf dem Weg zurück kaufe ich schnell ein paar belegte Baguettes. Kellermann dürfte ähnlich hungrig sein wie ich.

Der Kommissar steht in der Lobby, seinen Koffer neben sich und das Handy am Ohr. Ich winke ihm zu und zeige auf die Baguettes. Er streckt den Daumen nach oben. Die Vermutung im Hinblick auf seinen Hunger hat sich also bestätigt. Ich lasse Kellermann in Ruhe telefonieren und gehe stattdessen zur Rezeption, um meinen eigenen Koffer zu holen und uns ein Taxi zu rufen.

Auf der Fahrt zum Bahnhof setzt der Kommissar sein Gespräch fort. Allerdings ist vom Inhalt wenig herauszuhören, da er nur »Mmh« oder »Okay« sagt. Kurz vor dem Gare de l'Est dann ein Einwand von seiner Seite: »Können wir das nicht morgen weiterbesprechen? Mein Zug fährt gleich. Ich ruf dich morgen früh an. Okay?« Es war nicht wirklich eine Frage, denn er legt direkt auf.

»Die Mutter Ihrer Tochter?«, frage ich vorsichtig.

Kellermann schaut mich überrascht an. »Haben Sie das Gespräch mitverfolgt?« Sein Ton ist sachlich. Keine Empörung, eher Überraschung.

»Nein, ich habe nichts von dem gehört, was Ihr Gegenüber gesagt hat. Ist nur eine Vermutung«, erkläre ich mich.

Der Kommissar sagt dazu nichts. Vielleicht aber einfach nur, weil wir unser Ziel erreicht haben. Das Taxi hält, unbeeindruckt vom Verkehr, mitten auf der Straße.

Der Zug wartet bereits am Gleis und wir können direkt einsteigen. Er ist in die Jahre gekommen und die Waggons machen einen verrotteten Eindruck. Wie auf der Hinfahrt erwischen wir ein freies Abteil. Hoffentlich gesellt sich nicht noch jemand zu uns, denke ich im Stillen. Ich möchte mich in Ruhe mit Kellermann über den Fall austauschen.

Nur wenige Minuten später rollt der Zug an und mit den

letzten Lautsprecherdurchsagen verabschieden wir uns von Paris. Der Kommissar streckt beide Beine weit von sich und sinkt tief in die verschlissenen Polster. Er sieht müde aus.

Ich strecke ihm die Tüte mit den Baguettes hin: »Wahlweise einmal Salami und einmal Käse, zweimal Salami oder zweimal Käse.«

»Fantastisch. Ich sterbe vor Hunger. Außer einem Croissant und viel Kaffee habe ich heute noch nichts zu mir genommen. Ich wähle die Zweimal-Einmal-Variante.«

Ich nehme die Tüte zurück und fische sowohl ein Salami- als auch ein Käsebaguette heraus. Danach reiche ich die Tüte wieder zurück an Kellermann. Nachdem wir aufgegessen haben, frage ich knapp: »Und?«

»Und was?«, fragt der Kommissar genauso knapp zurück.

Ich verdrehe die Augen. »Wie ist das Gespräch verlaufen?«

»Gut.«

»Jetzt lassen Sie sich doch nicht alles aus der Nase ziehen!« Ich hätte ihm das Baguette nicht vorher geben dürfen.

»Der Fall liegt ja schon einige Zeit zurück. Denard war dennoch sehr kooperativ und hat mir alles erzählt, was er noch wusste. Die Sprachbarriere war natürlich etwas schwierig. Er spricht nur ein paar Brocken Deutsch und mein Französisch reicht jetzt auch nicht gerade für kriminaltechnische Fachbegriffe.«

»Haben Sie den Mörder gestellt?«

»Nein. Sie sind verschiedenen Spuren nachgegangen. Haben vor allem im privaten Umfeld ermittelt. Der Lebenspartner stand unter starkem Tatverdacht. Letztendlich konnte ihm nichts nachgewiesen werden.«

»Hat er etwas über die Leiche gesagt? Wurden die Gliedmaßen gefunden?«

»Die Arme und Beine lagen unter dem Schreibtisch. Die Polizei ist sich aber nicht sicher, ob das so gewollt war oder ob der Täter frühzeitig geflohen ist. Die Nachbarin hat anscheinend ein mordsmäßiges Geschrei veranstaltet. Da war es klar, dass in Kürze die Polizei eintreffen muss.«

»Das ist jetzt auch eher doppeldeutig.«

»Was?«

»›Mordsmäßig‹.«

Kellermann verdreht die Augen.

»Okay, nicht besonders witzig«, gebe ich zu und hoffe, dass der Kommissar in seiner Erzählung fortfährt.

Doch er bleibt stumm und lässt seinen Blick aus dem Fenster schweifen. Ich will gerade sagen, dass er sich nicht so bitten lassen soll, als er den Faden wieder aufnimmt.

»Der Täter hat keine elektrische Säge verwendet, sondern eine Knochensäge.«

»Wie sieht die aus?«

»Wie eine ganz normale Eisensäge mit Bügel. Diese hatte einen Rahmen aus Karbonstahl, einen Kunststoffgriff und ein vierzig Zentimeter langes Sägeblatt.«

»Wurde die Tatwaffe in der Wohnung gefunden?«

»Ja. Aber ohne Fingerabdrücke. Bevor Sie fragen.«

»Hat man weitere Spuren gefunden?«

»Nein, zumindest keine, die eindeutig dem Täter zugeordnet werden konnten.«

»Hat Sie gelebt, als man ihr die Arme und Beine abgetrennt hat?«

»Der Täter hat ihr ein Sedativum verabreicht. Sie hat gelebt, aber ihre bewusste Wahrnehmung war ausgeschaltet. Sie stand quasi unter Narkose.«

»Der Täter hat bewusst vermieden, ihr Schmerzen zuzufügen?«, frage ich überrascht.

»Da ist man sich nicht so sicher«, relativiert Kellermann. »Vielleicht ging es auch nur darum, sie ruhigzustellen, damit kein Nachbar Verdacht schöpft.«

»Konnte man über das Medikament etwas herausfinden?«

»Nein, leider nicht wirklich. Ihr wurde ein Propofol-Buprenorphin-Gemisch mit einer Spritze injiziert. Propofol ist ein gebräuchliches Medikament in der Anästhesie. Da es aber keine schmerzausschaltende Wirkung hat, wird es meist mit einem Opioid kombiniert. Wie beispielsweise Buprenorphin.«

»Wie hatte der Täter Zugang zu dem Medikament? Könnte er aus dem medizinischen Umfeld kommen?«

»Nicht zwingend. Propofol wird vielseitig angewendet. Beispielsweise auch in der Tiermedizin, in den USA sogar für die Exekutionen zum Tode verurteilter Häftlinge. Aber eine Verbindung sehe ich nicht.«

»Sollte das humorvoll gemeint sein, war das aber auch kein Knaller«, werfe ich flott ein. Nachdem Kellermann nicht auf meinen Seitenhieb anspringt, wechsle ich wieder zum Thema: »Und sonst? Nichts Auffälliges? Irgendetwas, das darauf hinweist, dass das Opfer den Täter kannte?«

Kellermann bleibt sachlich: »Sie hat ihm wahrscheinlich die Tür geöffnet. Es wurden keine Einbruchspuren entdeckt.«

»Deutet etwas auf eine Verabredung hin? Weingläser? Hat sie für ihn gekocht?«

»Nein, gar nichts. Keine Gläser, kein Essen auf dem Herd. Die Küche war insgesamt sehr spärlich ausgestattet. Sie dürfte keine große Köchin gewesen sein. Es waren anscheinend kaum Lebensmittel vorhanden, außer einer riesigen Menge Bananen.«

»Bananen?«

»Das konnte sich auch keiner erklären, vielleicht hat sie einfach gerne welche gegessen.«

»Hat die Nachbarin noch etwas zu ihr sagen können?«

»Marie Vernier, die Tote, wohnte seit fast zwölf Jahren in dem Haus. Das Verhältnis zu der Nachbarin Frau Sélacour war freundschaftlich. Sie haben sich mehrmals pro Woche getroffen. Auf einen gemeinsamen Kaffee oder ein Glas Wein. Ab und an hat Frau Vernier auch auf den Hund der Nachbarin aufgepasst.«

»Keine Feinde?«

»Keine erkennbaren. Marie Vernier war Lehrerin für Latein und Mathematik. Ihre Schüler werden sie gehasst haben, aber das ist noch kein Mordmotiv. Sie war in einem Literaturklub und ging zweimal die Woche zum Yoga. Ihre Eltern leben in Reims. Ihr Freundeskreis kam mehrheitlich aus dem beruflichen Umfeld.«

»Klingt nicht gerade vielversprechend. Haben Sie noch Unterlagen bekommen?«

»Denard hat mir Fotos vom Tatort mitgegeben.« Kellermann holt die blaue Aktenmappe hervor. Die Aufnahmen hat er ganz vorne reingeschoben. »Hier, bitte.«

Ich betrachte Bild für Bild. Es sind insgesamt acht. Alle zeigen den Torso auf dem dunklen Küchentisch. Überall Blut. Auf dem Tisch, dem Körper, dem Fußboden. Die Schnitte an Armen und Beinen sind glatt. An einzelnen Stellen schimmern helle Knochensplitter hervor.

Kellermann schaut stillschweigend zu, wie ich die Fotos betrachte. Erst als ich sie ihm zurückgebe, fragt er: »Und wie war Ihr Tag?«

Ich erzähle von dem Spaziergang, dem kurzen Besuch im Musée d'Orsay und dem Place du Trocadéro.

Kellermann nickt ab und an, aber es kommt mir mechanisch vor. Er scheint mit den Gedanken woanders zu sein und richtet seine Aufmerksamkeit nicht wirklich auf meine Reiseerlebnisse. Ich kürze die Geschichte ab und ende mit meiner Kaffeepause im *Hotel Majestic.*

Kellermann kommt die Kurzvariante sehr entgegen. Nach dem letzten Satz wendet er seinen Blick ab und betrachtet die vorbeiziehende Landschaft von Lothringen. Er wirkt noch älter als gestern, gealtert um mehr als einen Tag.

Ich denke über den Mord im Marais nach. Die tote Frau ohne Arme und Beine auf dem Tisch. Über die fehlenden Spuren und die Masse an Bananen. Ich stolpere über diese

Bananen und habe das Gefühl, irgendetwas in der Art früher einmal gesehen oder gehört zu haben. Aber so sehr ich auch darüber nachdenke, ich komme nicht darauf.

Bis auf den Austausch von ein paar Belanglosigkeiten kommt mit Kellermann kein Gespräch mehr zustande. Als wir drei Stunden später den Main überqueren, bin ich diejenige, die ausgiebig den Blick aus dem Fenster genießt. Die funkelnde Skyline tanzt über der dunkel schimmernden Wasseroberfläche.

Wir verabschieden uns kurz am Gleiskopf und ich gehe zu Fuß nach Hause. Nach der langen Zugfahrt tun die Schritte an der frischen Luft gut.

Nachdem ich mich Tasche, Jacke und Schuhen entledigt habe, schaue ich noch mal nach, ob Karla sich gemeldet hat. In der Tat.

Hey, Marie, kurz ein paar Infos, die ich finden konnte. Zudem habe ich dir den Geschäftsbericht angehängt. Dort sind auch alle Immobilien aufgeführt. Wenn du mehr brauchst, einfach melden.
Die Como Invest AG *ist eine am Immobiliensegment der SIX Swiss Exchange notierte Publikumsgesellschaft. Sie verfügt über ein lukratives, breit gefächertes Portfolio an Anlageliegenschaften, welches sie mit dem Ziel einer effektiven Ertragssicherung steuert. Die Strategie ist darauf ausgerichtet, den Immobilienbestand strukturiert zu entwickeln, die Erträge zu maximieren und langfristig zu sichern und damit einen attraktiven Mehrwert für die Aktionäre zu schaffen.*
Bis Dienstag!
Kuss, K.

Die Kurzbeschreibung ist nicht wirklich aussagekräftig und klingt wie nahezu alle Werbetexte von Immobilienanlagegesellschaften. Ich öffne daher den Geschäftsbericht und scrolle durch die Kapitel. Glücklicherweise müssen börsennotierte Immobiliengesellschaften ihre Geschäftszahlen öffentlich publizieren.

Nach ein paar Hochglanzfotos erscheinen die Kennwerte des Unternehmens im Überblick. Die *Como Invest* erzielt Gewinne, aber gegenüber den Mitbewerbern fällt die Rendite rund zwei, drei Prozentpunkte tiefer aus. Das Unternehmen steht unter Druck.

Ich überfliege das Firmenporträt und die Vorstellung der Geschäftsleitung. Auch die Portfoliostrategie zeigt nichts wirklich Spannendes. Bei den Angaben zur Aktie stoppe ich.

> *Die Namenaktien der* Como Invest AG *werden an der SIX Swiss Exchange in Zürich gehandelt und sind gemäß dem Standard für Immobiliengesellschaften kotiert. Folgende Aktionäre halten per 30. Juni 2016 mehr als drei Prozent des Aktienkapitals: 3,84%* Evita Pensionskasse, *3,17%* Greenspan Investments *und 3,04%* Delamoro Funds.

Den darauf folgenden Nachhaltigkeitsbericht überspringe ich und halte wieder bei den Detailangaben zum Immobilienportfolio inne. Die *Como Invest* hält ein Anlagevolumen von insgesamt 3,7 Milliarden Schweizer Franken und gehört somit zu den Top fünf im Markt. Die einzelnen Immobilien werden im Detail vorgestellt. Die Mehrheit davon befindet sich in Zürich, Basel und Genf. Danach reihen sich ein paar außerhalb der Schweiz an. Eins davon ist das *Hotel Majestic* in Paris. Der aktuelle Buchwert beläuft sich auf 30,3 Millionen Schweizer Franken. Ein stolzer Wert.

Ich blättere weiter, um ein paar Seiten später bei dem Bericht des sogenannten Liegenschaftenschätzers innezuhalten. Die dort aufgeführten Zahlen korrespondieren mit den zuvor dargestellten Kennzahlen im Überblick. Aber es sind auch nicht wirklich die Zahlen, die mich irritieren, sondern die Unterschriften und das Firmenlogo darunter. Das Emblem des Sachverständigenbüros WMP. Wehmüller, Meister und Pracht waren für die Bewertung des Portfolios zuständig. Reiner Zufall? Die Immobilienbranche ist klein und der Kreis der Sachverständigen winzig. Trotzdem füge ich den Bericht als Anhang einer Mail bei und verweise auf die Seiten 12, 33 und 87. Empfänger ist Kellermann.

31

Der Wecker reißt mich aus dem Schlaf, ich fühle mich noch wie benebelt. Der Mord aus Paris hat mich bis in meine Träume verfolgt und ich muss mir erst einmal klarmachen, dass das Gefühl, von einem Mörder gejagt zu werden, nicht in die Realität gehört. Bilder von klaffenden Wunden, blutigem Fleisch und freigelegten Knochen erscheinen immer wieder vor meinem inneren Auge. Der Traum sitzt mir fest im Nacken und meine Muskeln schmerzen noch von der nächtlichen Anspannung. Nur langsam lassen sich die Eindrücke verscheuchen, zu nachdrücklich schiebt sich die Traumwelt immer wieder in die Realität des Tagesanbruchs. Aber auch der erste klare Gedanke bereitet mir Kopfschmerzen: Ich muss Meier heute beichten, dass ich Kellermann Einsicht in die Datenbanken gegeben habe.

Ich richte mich abrupt auf und springe energisch aus dem Bett. Ganz so, als ob die plötzliche Aktivität die Emotionen wegwischen könnte. Was für ein Irrglaube.

Um kurz nach acht bin ich eine der Ersten bei der *Sega Invest.* Frau Rieger hat mich mit einem bezaubernden Montagmorgenlächeln begrüßt. Die Büros sind noch spärlich besetzt.

Auch die übliche Nachrichtenflut bleibt aus. Im Posteingang befinden sich nur eine Handvoll Mails. Eine davon ist von Tiedener. Der Systemdienstleister hat einen neuen Terminplan geschickt. Immerhin.

Als ich die Datei öffne, erschlagen mich über fünfhundert Teilaktivitäten. Ich klicke den Plan schnell wieder zu und verschiebe die detaillierte Prüfung auf später. Das wird heute ohnehin noch Thema werden.

Mehr Aufmerksamkeit zieht eine Mail von Kellermann auf sich: gesendet heute Nacht um 01:22 Uhr. Ein einziger kurzer Satz. Auf seine Nachfrage, woher ich die Unterlagen habe, antworte ich ebenso knapp.

Aus dem Internet.

In Gedanken schüttle ich über mich selbst den Kopf. Das ist nicht dein Thema, sage ich mir. Kümmere dich um deinen Kram. Also öffne ich erneut die Mail von Tiedener. Doch gerade als ich im Terminplan die ersten Aktivitäten prüfe und die Anfangs- und Enddaten abwäge, stoppt mich das Handy in meinem neu gewonnenen Aktionismus. Es ist Kellermann.

»Wo sind Sie?«

»Bei der *Sega Invest.* Und guten Morgen!«

»Ich bin in fünf Minuten da.«

»Das trifft sich gut, dann können Sie nämlich Meier gleich selbst die Einsicht in die Datenbank erklären.«

Ohne eine Anmerkung beendet der Kommissar das Gespräch und ich widme mich wieder meinem ursprünglichen Anliegen, dem Terminplan. Doch hier zeigen sich direkt Ungereimtheiten. Ich werde stutzig und stelle in mühseliger Kleinarbeit die geforderten IT-Funktionen den angedachten Terminen gegenüber.

Mitten in meine Detailprüfung platzt Kellermann. Diesmal

persönlich. Er hat etwas länger gebraucht als die angekündigten fünf Minuten. Vielleicht stand er im Stau.

Ich drehe mich auf meinem Schreibtischstuhl, ohne aufzustehen. Er geht direkt auf den zweiten Stuhl im Zimmer zu und nimmt Platz. Überschwängliche Begrüßungsgesten sind unnötig.

»Ich habe gerade Meier getroffen und ihm gesagt, dass ich mich mit Ihnen über die Datenbank der *Sega Invest* ausgetauscht habe und Sie mir Einblick in das Controlling-System gewährt haben«, eröffnet mir Kellermann.

Allerhand. Jetzt überrumpelt er mich. Er hat nicht nur meiner Aufforderung zugestimmt, er hat ihr auch gleich Folge geleistet. Und das alles innerhalb weniger Minuten. »Danke! Hat er noch etwas dazu gesagt?«

»Nein, er hat den Eindruck gemacht, als ob das für ihn kein Problem sei. Aber vielleicht wird er sich noch mal bei Ihnen melden.«

Meine Gedanken schweifen kurz ab zu unserem Aufenthalt in Paris, den Stunden vor Ort und unserer Abreise. Dabei frage ich mich, ob der Kommissar seinen gestern versprochenen Rückruf genauso zeitig getätigt hat. Die Kommunikation hatte ja nicht gerade helle Freude auf sein Gesicht gezaubert. Aber er hatte versprochen, ›gleich morgen früh‹ anzurufen. Ein dehnbarer Begriff.

»Worüber grübeln Sie?«, unterbricht Kellermann meine Gedanken.

»Ich bin bei der Toten in Paris«, weiche ich aus. Seine privaten Beziehungen sind jetzt fehl am Platz. »Denken Sie, es besteht ein Zusammenhang zwischen den Morden in Frankfurt, Warschau und Paris?«

»Wenn dem so ist, haben wir es mit einem Serienmörder zu tun.«

»Und, was glauben Sie?«

»Wenn es tatsächlich ein Serienmörder ist, machen die grenzübergreifenden Tatorte die Sache nicht einfacher.« Kellermann geht auf meine Frage nicht ein.

»Wegen der Zuständigkeiten?«

»Einerseits das. Da ist ein bürokratischer Spießrutenlauf vorprogrammiert. Aber auch die Erstellung eines Täterprofils wird umso schwieriger. Studien zeigen, dass sich das Profil eines Serienmörders nach seiner Herkunft unterscheidet. Das ist durch kulturelle Unterschiede begründet. Zudem machen die unterschiedlichen Untersuchungsmethoden der nationalen Polizeiorgane eine Zusammenführung schwer.«

»Werden Sie einen Profiler einschalten?«

»Ich favorisiere den Begriff ›Fallanalytiker‹«, korrigiert mich Kellermann. »Aber inhaltlich ist es das, was man landläufig unter einem Profiler versteht. Die Fallanalyse bezieht sich immer auf den gesamten Tathergang und eben nicht nur auf die vermuteten Persönlichkeitsmerkmale des unbekannten Täters. Die Profilerstellung ohne die zuvor durchgeführte Fallanalyse mit der Tatrekonstruktion wäre unseriös.«

Kellermann schöpft aus dem Vollen des Polizeilexikons. Obschon mir die Inhalte durch meinen früheren Posten bekannt sind, höre ich aufmerksam zu und frage danach: »Und?«

»Und was?«

»Haben Sie einen Fallanalytiker hinzugezogen?«

»Es sind drei. Die Arbeit wird immer in einem FAT, dem Fallanalyseteam, abgewickelt, das aus mindestens drei polizeilichen Fallanalytikern besteht. So wird die Qualität der Ergebnisse optimiert.«

Wieder das Polizeilehrbuch. Mittlerweile werde ich ungeduldig. Denn mich interessiert jetzt gerade weniger das polizeiliche Fachwissen als eher der aktuelle Ermittlungsstand. Ich dränge: »Hat das Team schon etwas herausgefunden?«

»Ich habe gestern noch in Paris die Zusammenstellung beantragt. Zudem habe ich die Polizeidienststellen in Warschau und Paris gebeten, uns alle verfügbaren Unterlagen zuzustellen. Das Fallanalyseteam wird sie sichten. Es kann sein, dass auch ein Besuch der Tatorte erforderlich ist. Eine Besichtigung ermöglicht, den Ablauf der Tat Schritt für Schritt zu rekonstruieren. Erst danach werden sie das Verhalten des Täters näher spezifizieren und prüfen …«

»… in welcher Weise seine individuelle Persönlichkeit den jeweiligen Fall geprägt hat«, beende ich den Satz.

»Aha, also doch noch etwas vom Fachwissen übrig«, konstatiert Kellermann lobend.

»Ja, zumindest ein bisschen. Das Fach und auch die Arbeit des Teams haben mich immer interessiert. Sich mit dem Charakter des Täters auseinanderzusetzen. Handelt es sich um eine geplante oder eine spontane Tat oder gab es vermischte Phasen? Welche Kriterien waren für die Opfer-, Tatzeit- und Tatortauswahl maßgeblich? Sich all diese Fragen zu stellen und Schritt für Schritt ein Profil zu kreieren, muss sehr spannend sein.«

»Wie ich sehe, hätten Sie doch bei uns bleiben sollen!«

Kellermann schaut mich auffordernd an. Mit ihm über meine Berufswahl zu diskutieren, ist nicht mein Ziel. Daher komme ich zurück auf unser eigentliches Thema. »Wenn es ein Serientäter ist, dann handelt es sich hier um eine geplante Mordreihe, oder?«

Den Kommissar stört der Themenwechsel nicht im Geringsten, denn er antwortet, ohne zu zögern: »Leider ja.«

»Das macht es schwieriger.«

»Ich denke schon. Der planlose Serienmörder ist üblicherweise weniger intelligent, oftmals verwahrlost, hat in der Regel keine feste Arbeit, verlässt selten seine Umgebung und mordet dort. Aber das ist hier nicht der Fall. Unser Täter scheint zur genau gegenteilig agierenden Gruppe der planvollen Mörder zu gehören. Er bereitet jeden Mord sorgfältig vor und dürfte überdurchschnittlich klug sein. Er lebt normalerweise in sozial gefestigten Verhältnissen. Oft sind diese Täter verheiratet und führen ein unauffälliges Familienleben, also ein Doppelleben. Der planvoll Mordende kann kranke Obsession und den normalen Alltag ohne Zögern völlig sauber trennen.«

»Denken Sie, es könnte sich für ihn auch um ein Spiel mit der Öffentlichkeit oder der Polizei handeln? Glauben Sie, er will wahrgenommen werden?«

Kellermann schüttelt den Kopf. »Nein, ich denke nicht. Das kann im Einzelfall vorkommen. Aber dass die Täter dazu neigen, ihre Intelligenz auszuspielen und die Polizei vorzuführen, entspricht hauptsächlich einem von den Medien geprägten Bild des Serienkillers. Dazu liegen die Tatzeiten auch viel zu weit auseinander. Und außerdem hinterlässt er keinerlei Anhaltspunkte.«

»Bei allen drei Morden kam es nicht zu sexuellen Handlungen, oder?«

»Im Moment können wir davon ausgehen, dass kein sexuell assoziiertes Gewaltdelikt vorliegt. Es muss sich also um einen Täter handeln, der aus anderen Motiven agiert. Zum Beispiel aus Sadismus.«

»Denken Sie, es besteht eine Verbindung zur SM-Szene? Zu Kreutzer und dem *Dark Magic?*«

»Wir können im Moment noch gar nichts sagen. Gegen eine solche Verbindung spricht der Einsatz der Betäubungsmittel. Das würde aus der Perspektive eines Sadisten keinen Sinn ergeben. Warten wir das FAP ab.«

»Das FAP?« In habe keinen Begriff unter diesem Kürzel abgespeichert.

»Das Fallanalyseprotokoll.«

Kellermann schlägt sich kurz auf die Schenkel und richtet sich auf. Seine Gesten sind eindeutig, die Unterhaltung ist für ihn an dieser Stelle beendet.

Trotzdem stelle ich noch eine Frage: »Wenn es ein Serientäter ist, ist es dann noch Ihr Fall?«

Der Kommissar legt die Stirn in Falten und zuckt mit den Schultern. »Das wird man sehen. Eigentlich ist Interpol Wiesbaden die zuständige Adresse für die Kriminalitätsbekämpfung auf internationaler Ebene. Eine Recherche wurde eingeleitet, welche Tathergänge noch zu den identifizierten Morden passen könnten. Wenn es einen Zusammenhang gibt, müssen wir davon ausgehen, dass die drei Morde nicht die einzigen sind.« Kellermann stockt, so als wüsste er nicht, ob er den nächsten Satz sagen will. Er entscheidet sich dafür: »Und wenn das Ermittlerteam neu aufgestellt wird, ist es sehr wahrscheinlich, dass auch Sie noch einmal verhört werden.«

»Da kann ich wohl nichts gegen machen«, ist mein einziger Kommentar.

Kellermann bewegt sich Richtung Türrahmen, doch bevor er endgültig aus meinem Blickfeld verschwindet, muss ihm noch ein Anliegen durch den Kopf gehen. Mit den Füßen auf der Schwelle wendet er noch einmal den Kopf. »Ach ja, was ich eigentlich von Ihnen wollte: Was ist mit dem Geschäftsbericht der *Como Invest*? Was wollten Sie mir mit den Seitenangaben sagen?«

»Ich wollte gar nichts damit sagen. Das *Hotel Majestic* ist auf der Fotografie im Sitzungszimmer zu sehen. Der unbekannte Mann auf dem Foto, unser Lucky Luke, könnte in die Richtung schauen. Das *Hotel Majestic* gehört der *Como Invest* und Wehmüller ist der von der Firma beauftragte Sachverständige für die Wertermittlung.« Jetzt kommt mir meine Stimme vor, als würde sie aus einem Lexikon ablesen.

»Und was sollte die Information zu den Anteilseignern?«

»Die *Greenspan Invest* ist eine Tochterfirma der *Sega Invest.*«

»Oha.« Kellermanns Interesse ist geweckt, denn nun dreht er sich noch einmal komplett zurück ins Büro.

»Das dachte ich mir auch. Ein bisschen viele Zusammenhänge für einen Zufall. Die Finanzaufsicht ist sehr streng bei den Regelungen zur Bestellung externer Sachverständiger.

Die Unabhängigkeit der Bewerter ist ein hochsensibles Thema. Es darf zu keinerlei wirtschaftlichen oder privaten Verflechtungen kommen. Die Gefahr einer Beeinflussung bei der Wertermittlung ist zu hoch. Teil dieser umfangreichen Kriterien ist auch die Prüfung von Anstellungsverhältnissen bei verbundenen Unternehmen. Per se ist das noch nicht verboten, zumal wenn die Beteiligung an den Unternehmensanteilen sehr klein ist, aber eine Nachfrage ist es sicher wert.«

»Haben Sie bei der *Como Invest* auch Unstimmigkeiten in den Immobilienwerten festgestellt?«

»Nein, auf den ersten Blick sieht alles gut aus. Aber das ist der Geschäftsbericht. So gründlich sollte deren Controlling-Abteilung schon sein, dass sie dort keine unstimmigen Zahlen abbilden.«

Kellermann legt wieder seine Stirn in Falten. Er denkt nach. Ich würde gerne wissen, worüber. Dann kommt mir eine Idee. »Moment, warten Sie mal.«

»Was denn?«, fragt der Kommissar überrascht.

»Wenn ich mich richtig erinnere, gehört der Mokotów Business Park der *ImmoWert.* Da die auch an der Börse gelistet ist, müsste deren Geschäftsbericht ebenfalls öffentlich zugänglich sein.«

Es sind nur ein paar Klicks und der Bericht erscheint vor uns auf dem Bildschirm.

In meinem Rücken spüre ich, wie Kellermann sich erneut in Bewegung setzt und direkt hinter meinem Schreibtischstuhl stehen bleibt. Um besser lesen zu können, beugt er sich zu mir herunter und stützt sich mit einer Hand auf der Schreibtischplatte ab.

O nein, denke ich, nicht schon wieder. Instinktiv rolle ich ein Stück vor, sodass die Tischplatte gegen meine Rippen stößt. Den Kopf ziehe ich ein, um von Kellermanns Körper nicht erdrückt zu werden. Beklemmungen überfallen mich. Unmöglich, in dieser Position weiterzutippen.

Ruckartig breche ich mit dem rollenden Stuhl nach rechts aus und verschaffe mir wieder Luft zum Atmen. Mit der Hand deute ich auf den Bildschirm, als wolle ich ihm still signalisieren: Bitte schön, es ist Ihrer!

Aber Kellermann geht weder auf meinen Befreiungsschlag noch auf meine Geste ein. Unbeeindruckt bittet er: »Können Sie nach WMP suchen?«

»Wenn Sie mich zurück an meinen Schreibtisch lassen?«

Kellermann hebt entwaffnet die Hände und tritt einen Schritt zurück. Dann zeigt er auf den Bildschirm, um mir mein Eigentum zu signalisieren. Also doch, denke ich, er kriegt mehr mit, als er zu verstehen gibt. Ich rolle mit meinem Stuhl an die ursprüngliche Position zurück und gebe die drei Buchstaben in die Suchfunktion ein, doch es erscheinen keine Treffer. »Leider nichts. Ich probiere es mal bei den Anteilseignern.« Aber auch die Ergebnisse dieser Recherche sind nicht gerade vielversprechend. Keines der aufgeführten Unternehmen hat einen Bezug zur *Sega Invest*.

Ich öffne erneut eine Suchmaschine und gebe den Begriff *Immo Arturro* ein.

»Was ist das?«, fragt der Kommissar.

»Denen gehört das große Shoppingcenter in Mokotów.«

Während ich antworte, erscheint der Geschäftsbericht schon auf dem Bildschirm. Aber auch hier finden wir weder eine Verbindung zur *Sega Invest* noch zu Wehmüller.

»Wäre auch zu schön gewesen.« Kellermanns Tonfall klingt resigniert.

Ich habe mich jetzt zu ihm umgedreht und sein Gesichtsausdruck versprüht die gleiche Resignation wie seine Stimme. Als Hoffnungsschimmer werfe ich daher ein: »Das sind allerdings nur die Geschäftsberichte aus dem letzten Jahr. Es ist nicht gesagt, dass WMP nicht zuvor einmal mandatiert worden ist oder auch die *Sega Invest* früher einmal Aktienanteile besessen hat.«

»Können Sie die vorhergehenden Geschäftsberichte aufrufen?«

»Ja, schon.« Ich wende mich wieder dem Bildschirm zu und bearbeite die Tastatur. Gerade als sich der Geschäftsbericht aus dem Vorjahr öffnet, höre ich ein Geräusch und erkenne aus den Augenwinkeln Meiers Kopf im Türrahmen. Als ich mich zu ihm herumdrehe, sehe ich, dass seine Füße demonstrativ im Flur geblieben sind, so als wolle er deutlich machen, dass es sich hier nur um einen kurzen Zwischenstopp handelt.

»Guten Morgen, Marie.« Aufgrund des vorhergehenden Treffens fällt die Begrüßung von Kellermann aus. »Stallenberg und Weck möchten mit uns den neuen Terminplan besprechen. Geht das um zehn Uhr? Sitzungszimmer Goetheplatz.«

Es ist keine Frage, es ist ein Marschbefehl aus der sechsten Etage. Aber Meier ist so sensibel, sie trotzdem zu stellen.

»Ja, klar«, bestätige ich kurz und prufe mit einem Auge die Uhrzeit. Es ist bereits 09:42 Uhr. Jetzt wird es eng. Ich habe bisher nur einen Bruchteil des Terminplans geprüft.

»Gut, dann bis gleich.« Meiers Kopf verschwindet wieder.

Kellermann schaut mich erwartungsvoll an.

»Sorry, die Recherche hat hier ein Ende. Ich muss mir jetzt den Terminplan anschauen.« Der Kommissar macht trotz meines Einwands keine Anstalten zu gehen. Ich werde etwas ungeduldig. »Mit ›ich‹ meine ich ›ich allein‹.«

»Wann sind Sie wieder zu erreichen?«

»Warum? Die Geschäftsberichte stehen im Internet, die können Sie ohne mich prüfen.«

»Ja, ich weiß.«

Kellermann bleibt trotz seiner Zustimmung stehen, als ob er über etwas nachdenken würde. Mir läuft die Zeit davon. Ich muss den Terminplan durchsehen und die verbleibenden fünfzehn Minuten sind für rund fünfhundert Aktivitäten verdammt knapp. Ich drehe meine offenen Handflächen nach oben. Ist noch etwas, soll diese Geste verdeutlichen.

»Es gibt eventuell eine Verbindung zu anderen Fällen und ich möchte, dass Sie sich das einmal ansehen.«

Um keine weitere Zeit zu verschwenden, antworte ich einfach nur: »Okay. Ich melde mich, wenn ich hier fertig bin.« Wie um meinem Satz Nachdruck zu verleihen, drehe ich mich demonstrativ dem Rechner zu und öffne den Terminplan. Ich höre, wie Kellermann den Raum verlässt.

Als ich zwei Minuten nach zehn im Sitzungszimmer erscheine, haben die drei Herren schon am Tisch Platz genommen. Das Projekt wird also als äußerst kritisch eingestuft. Anders ist der hohe Einsatz von Weck und Stallenberg nicht zu erklären. Normalerweise gehören solche operativen IT-Themen nicht zu ihrem Tagesgeschäft.

»Guten Morgen. Entschuldigen Sie die Verspätung.« Auf die Begrüßung jedes Einzelnen verzichte ich.

»Guten Morgen, Frau Wagenfeld. Schön, dass Sie es so schnell einrichten konnten.« Stallenberg bewahrt abermals alle Formen der Höflichkeit. Trotzdem ist die Spannung im Raum deutlich spürbar.

Meier hat für alle den Terminplan ausgedruckt. Links von ihm liegt eine weitere Version für mich bereit. Er möchte also, dass ich neben ihm Platz nehme. »Wir werden jetzt Herrn Tiedener telefonisch zuschalten«, erklärt er und tippt eine Nummer in die Tastatur der Telefonspinne ein. Wir müssen nicht lange warten, bis der Systemdienstleister sich meldet.

»Guten Morgen, Herr Tiedener. Besten Dank für den Terminplan, den wir heute Morgen erhalten haben. Aufgrund der Kürze der Zeit möchten wir direkt zum Thema kommen. Würden Sie uns bitte die Inhalte Ihres Vorgehensvorschlags kurz erläutern?« Stallenberg legt direkt das Tempo der Sitzung fest.

Tiedener hat den Wink verstanden und spart sich ausschweifende Erläuterungen. Er erklärt kurz und sachlich die einzelnen Aktivitaten.

»Gemäß Ihres neuen Plans halten wir den Go-live-Termin zum ersten Februar. Für wie verlässlich halten Sie dieses Ziel?« Stallenberg will das Risiko abschätzen und so viel wie möglich davon auf Tiedener übertragen.

Der hält dagegen. »Das hängt natürlich sehr stark vom gewählten Projektumfang ab. Am fünfzehnten Oktober entscheiden Sie, welche Funktionen definitiv im System enthalten sein sollen. Je nach gewähltem Scope halte ich daher den Termin zum ersten Februar für sehr valide.«

Es entsteht eine kurze Pause. Ich vermute nicht, dass Stallenberg Zeit zum Denken braucht. Sie dient der reinen Verunsicherung. Und die Wirkung ist umso effektiver, wenn die andere Partei telefonisch zugeschaltet ist und nicht sieht, was sich gerade im Raum abspielt.

»Was meinen Sie dazu?« Stallenberg blickt zu Meier und mir und ergänzt zur Klärung: »Frau Wagenfeld.«

Ich hoffe, die dreizehn Minuten haben gereicht, um das Wichtigste zu erkennen. »Selbstverständlich entscheidet der Scope über die Dauer der Arbeiten. Analog zum Bau eines Hauses macht es einen Unterschied, ob Sie eine Wohnfläche von hundert oder von zweihundert Quadratmetern errichten. Aber trotz allem dürfen Sie den Teppich nicht verlegen, bevor der Estrich getrocknet ist. Und wie mir scheint, haben wir genau solche Probleme im Terminplan.«

»Ich weiß nicht, wo Sie diese Probleme sehen. Wir halten den Terminplan für valide und einfach nur abhängig vom gewählten Scope.« Tiedeners Stimme überschlägt sich fast. Er ist sichtlich aufgebracht.

Alle drei Herren im Raum blicken mich auffordernd an. Die Botschaft ist eindeutig: Ich soll den Gegenbeweis erbringen.

»Als ein Beispiel würde ich die Schnittstellen anführen. Die Systemtests enden, bevor diese fertig entwickelt sind. Durch die Schnittstellen gelangen die Daten aber erst in das System. Defizite in der Datenqualität können somit nicht entdeckt werden.«

Während Beck und Meier sich wieder ihren Unterlagen zugewandt haben, ruht Stallenbergs Blick immer noch auf mir. Doch jetzt kann ich seinen Ausdruck nicht mehr ganz so klar deuten.

Ich werde nervös. Daher greife ich nach meinem Kugelschreiber, notiere das heutige Datum und die Namen der Sitzungsteilnehmer auf ein Blatt Papier. Nicht die Grundlage für ein Protokoll, sondern ein reines Ablenkungsmanöver. Ich kann nicht sagen, ob er deswegen das Interesse an mir verloren hat. Aber ich bin erleichtert, als Stallenberg endlich seinen Blick abwendet und Weck zunickt.

Als ob er auf diesen Wink gewartet hätte, ergreift der jetzt das Wort. »Herr Tiedener, wir möchten Sie bitten, den Projektplan nochmals kritisch zu prüfen und uns eine überarbeitete Fassung bis morgen um zehn Uhr zuzustellen. Zudem wäre es hilfreich, wenn Sie uns in einer Liste die Funktionen zusammenfassen, die Sie mit absoluter Sicherheit bis zum ersten Februar realisieren können. Parallel werden wir von unserer Seite eine Priorisierung der Funktionen vornehmen.«

Das Gespräch verläuft ganz und gar nicht nach Tiedeners Vorstellungen. Das ist seiner Stimme deutlich anzumerken. Aber er hat sich in der Projektplanung verkalkuliert und darüber ist er sich selbst bewusst.

Nach der Verabschiedung verlässt Weck umgehend den Raum. Sein Tagesplan war sicherlich nicht auf diese spontane Sitzung ausgerichtet.

Stallenberg lässt sich mehr Zeit und kommt auf Meier und mich zu. »Wir haben bei Tiedener keine Begeisterung hervorgerufen. Aber mit reiner Begeisterung werden wir dieses

Projekt auch nicht meistern können. Er muss einen schnelleren Takt anschlagen.«

Meier und ich nicken nur schweigend, um unsere Zustimmung zu zeigen.

»Frau Wagenfeld, ich treffe Ihre Kollegin, Frau Prof. Raumer, morgen Abend in Berlin nach der Hochschulkonferenz. Ich gehe davon aus, dass Sie dabei sind!« Stallenbergs Stimme hebt sich am Ende des Satzes, doch trotzdem klingt das deutlich nach einer Forderung und keiner Frage.

»Ich habe zuvor noch einen anderen Termin, werde jedoch versuchen, später dazuzustoßen.« Das ist alles an diplomatischer Kunst, was mir spontan einfällt.

»Schön!« Der Professor streckt mir überraschenderweise die Hand hin, als ob wir einen Deal geschlossen hätten. Etwas verblüfft greife ich danach und staune über die Festigkeit seines Händedrucks.

Dann sind Meier und ich allein im Sitzungszimmer. Er sieht etwas zerknautscht aus, als ob er sich nicht wirklich erholt hätte.

»Und«, frage ich daher, »wie war dein Wochenende?«

»Frag besser nicht. Der Kleine verweigert jegliche Bettruhe.« Auf dem Weg Richtung Treppenhaus kommt er auf das Thema der Sitzung zurück: »Könntest du einen Vorschlag für die Prioritätenliste machen? Das wäre gut für einen Abgleich mit Tiedeners Funktionen, um festzuhalten, was er auf jeden Fall umsetzen muss.«

»Ja, sicher«, hallen meine Worte im kahlen, hohen Treppenhaus wider.

»Kommissar Kellermann war heute Morgen bei mir. Er meinte, ihr hättet zusammen in der Datenbank nachgeschaut. Hat das mit dem Mord an Bruns zu tun?«

Unmittelbar stellt sich ein flaues Gefühl im Magen ein. Soll ich Meier berichten, dass wir Auffälligkeiten in den Immobilienwerten festgestellt haben? Dass Wehmüller mit

Leermann bekannt ist? Dass er auf verdächtigen Fotos auftaucht, sich in der SM-Szene bewegt und zugleich regelmäßig Immobilien für die Sega Invest bewertet? Was hat Kellermann Meier bloß erzählt?

Blitzschnell rasen die Gedanken durch meinen Kopf und ich komme zu keinem Entschluss. Wenn ich Meier etwas verheimliche, hintergehe ich nicht nur einen Kunden, sondern auch einen Freund. Wenn ich Informationen der Ermittlung ausbreite, handelt es sich vielleicht nur um reine Vermutungen, die die *Sega Invest* oder Wehmüller zu Unrecht in Misskredit ziehen. Ich verschaffe mir etwas Luft, indem ich einen Schritt schneller gehe und Meier die Tür zum Treppenhaus aufhalte.

Letztendlich entscheide ich mich für eine Zwischenlösung: »Keine Ahnung, das ist mir auch nicht ganz klar. Es ging darum, welche Daten wir erfassen und wie sie vor externem Zugriff geschützt sind.«

Nachdem ich das letzte Wort ausgesprochen habe, ist mir elend zumute. Eine sehr dünne Antwort. Ob Meier sich damit überhaupt zufriedengibt?

Doch das Glück kommt zur rechten Zeit in Form von Meiers Assistentin. Sie fängt ihn ab. Die nächsten Reisen ins Ausland sind zu klären.

Mit einer kurzen Handbewegung verabschiede ich mich und überlasse ihn den Fängen seiner Assistenz. Zurück in meinem Büro schließe ich die Tür hinter mir, was höchst selten vorkommt, und lege die Papiere und den Stift auf dem Schreibtisch ab. Ein roter Werbekugelschreiber einer Versicherung. Mir kommt der Füller in Erinnerung und mit ihm ein aufziehendes Unbehagen. Er versteckt sich tief in meiner Tasche und auch das unbehagliche Gefühl schiebe ich nach unten. Die Arbeit wird mich ablenken. Fast schon erleichtert öffne ich auf dem Rechner die Liste der Systemanforderungen. Von ihnen habe ich nichts zu befürchten.

Die gewünschte Priorisierung ist fast abgeschlossen, als mich das Klingeln des Handys unterbricht. Es ist wieder einmal Kellermann: »Sind Sie fertig?« Höflichkeitsfloskeln sind definitiv nicht seine Stärke.

»Noch nicht ganz.«

»Wann könnten Sie hier sein?«

»Wo ist hier?«

»Im Polizeipräsidium.«

Ich schaue auf die Uhr. Es ist jetzt kurz nach zwei. Die Zeit ist wie im Flug vergangen und ich merke plötzlich, wie hungrig ich bin. Ich brauche noch ein halbe Stunde. Wenn ich die S-Bahn bis zur Konstablerwache nehme und den Rest zu Fuß gehe, könnte ich in einer knappen Stunde am Präsidium sein. »Kurz nach drei. Aber nur, wenn Sie etwas zu essen organisieren.«

»Pizza?«

»Rucola.«

»Passt.«

Was sollte daran nicht passen, denke ich und lege das Handy wieder beiseite. Ich beende die Priorisierung und sortiere die Liste neu, sodass die wichtigsten Themen zuerst erscheinen. Es sind eine ganze Menge. Aber sie sind unerlässlich für die Bewältigung der neuen gesetzlichen Anforderungen. Ich bin gespannt, wie Tiedener das bis zum ersten Februar realisieren will.

Die Liste schicke ich Meier per Mail und schreibe ein paar Kommentare dazu. Ein erneutes persönliches Gespräch möchte ich heute lieber vermeiden. Zuvor will ich erst von Kellermann wissen, worüber sie im Detail gesprochen haben.

32

Es ist kalt geworden und trotz eng umgewickeltem Schal bin ich bei der Ankunft im Präsidium durchgefroren. Am Empfang muss ich warten, bis Kellermann mich abholt, und mein knurrender Magen lässt die verstreichende Zeit nur umso länger erscheinen.

Schließlich gleitet der Kommissar die breite Wendeltreppe herunter und stoppt auf der Hälfte, um mir ein Hallo zuzurufen und mich hochzuwinken. Ich hoffe, er hat mit der gleichen Dynamik das Essen bestellt. Als ich in sein Zimmer eintrete, erfüllt sich mein Wunsch: Auf dem Schreibtisch stehen zwei Pizzaschachteln.

Noch kauend, frage ich Kellermann nach dem Gespräch mit Meier. Aber anscheinend war der Austausch sehr kurz. Es wurde geklärt, dass es zu einem Einblick in das System gekommen ist, mehr wurde wohl nicht diskutiert. Ich bin erleichtert, dass Meier dem Thema offensichtlich so wenig Bedeutung beimisst.

Nach der Hälfte der Pizza ist mein Heißhunger erst einmal gestillt. Ich stelle den, von der Hitze weich gewordenen, Karton auf dem Sideboard ab, nehme wieder Platz auf dem Besucherstuhl, greife nach der Laptoptasche zu meinen Füßen und suche nach einem zusammengefalteten Blatt Papier. Dabei stoße ich wieder auf den Füller. Eine Welle aus Unbehagen, vermischt mit Zorn, überrollt mich.

»Alles in Ordnung?«, höre ich Kellermann neben mir fragen. Ihm kommt meine Suchaktion mittlerweile auch merkwürdig vor.

»Ja, ja«, beschwichtige ich, ohne aufzusehen, und erblicke zum Glück in dem Moment das gesuchte Stück Papier. Ich breite es auf der letzten freien Schreibtischfläche aus. In der

Mitte des Blattes steht *Bruns*. Von dort führen sternförmige Linien zu weiteren Begriffen.

Etwas ungläubig fixiert Kellermann das glatt gestrichene Blatt. »Was ist denn das?«

»Ich habe mir eine Übersicht erstellt.«

»Soll das ein Scherz sein? Wo haben Sie das denn her, aus der letzten CSI-Folge?«

Bei dem Vergleich mit der Fernsehserie brause ich auf: »Moment mal, ich war schließlich auch einmal Polizistin!«

»Nein, das waren sie nicht. Sie waren Analystin beim Wirtschaftsdezernat und weil Sie sich nicht an die Regeln halten konnten, haben Sie das Handtuch geworfen. So sieht es aus.«

Ich bin eingeschnappt. Was erlaubt Kellermann sich überhaupt, sich in meine Privatsphäre einzumischen? Kühl gebe ich zurück: »Wer hat denn jetzt hier zu wem gesagt, dass er ihn braucht?«

»Okay, es tut mir leid. Aber packen Sie Ihren Spürnasenzettel mal wieder weg.« Zur Unterstreichung seiner Bemerkung wedelt der Kommissar mit einer Hand in der Luft, als wolle er Fliegen verscheuchen. »Und bevor wir zu den Immobiliendaten und Wehmüller zurückkehren, möchte ich Ihnen ein paar Fotos zeigen.«

Sein arroganter Tonfall trägt nicht wirklich dazu bei, weniger eingeschnappt zu sein. Als Reaktion verschränke ich die Arme vor meiner Brust und lasse mich noch ein bisschen tiefer in den Stuhl sinken. Der Zettel bleibt, wo er ist.

Ob es wieder einmal Kellermanns Taktik ist, so zu tun, als ob er Dinge in seinem Umfeld nicht bemerkt, ihm meine Reaktion wirklich nicht auffällt oder ob sie ihm einfach nur egal ist, bleibt mit schleierhaft. Ohne Zögern zieht er beherzt aus einem Stapel Unterlagen einen Packen Fotos hervor. »Wir haben aus Wiesbaden weitere Fälle bekommen, die eventuell mit den Morden in Zusammenhang stehen könnten. Vielleicht erkennen Sie eine Verbindung zu dem Tatort. Schließlich waren Sie als Erste vor Ort.« Er legt eine DIN-A4-Fotografie auf den Schreibtisch. Mein sogenannter Spürnasenzettel wird davon verdeckt. Ich nehme das Foto an mich und betrachte es. Meine Neugierde hat meine Eitelkeit schon längst überdeckt.

Auf der Aufnahme ist ein Mann zu sehen, gefesselt an eine schmale Leiter aus Eisen. Sein Körper ist übersäht mit Kanülen, an denen dünne Schläuche befestigt sind, die wie blutige Bindfäden aus dem Leib hervorragen. Er muss elendig verblutet sein. Der Boden unter seinen Füßen ist sandig. Vermutlich handelt es sich um ein Flussbett oder einen Hafen am Meer.

»Sagt Ihnen das Foto was? Erinnert Sie etwas an den Tatort in der *Sega Invest*?«

»Außer dem Blut und der Grausamkeit?«, frage ich in leicht sarkastischem Ton, um meine Betroffenheit zu überspielen.

»Ich denke an die Inszenierung des Toten und des Tatorts. Der Mord hat im Hamburger Hafen stattgefunden.« Kellermann antwortet ruhig und sachlich. Er wird die emotionalen Reaktionen bei solchen Zeugenbefragungen gewohnt sein.

»Nein, tut mir leid. Ich sehe keine Verbindung. Die Tatorte sind zu unterschiedlich und auch die Waffen. Nur die Brutalität der Morde, die Gewalt, die ist gleich schockierend. Aber Sie haben von weiteren Fällen gesprochen. Gibt es noch mehr Fotos?« Ich klinge gefasst. Doch das strengt an. Ich merke, wie meine Stimme anfängt, brüchig zu werden.

Der Kommissar scheint das nicht zu bemerken. Oder lässt es mich zumindest nicht spüren. Ohne Kommentar reicht er mir eine weitere Aufnahme. Ich nehme sie an mich und erneut überläuft ein Schauer meinen Rücken. Mir wird übel.

Auf dem Bild erkenne ich einen weiblichen Torso. Kopf, Arme und Beine fehlen. Der Rumpf ist gefesselt, mit Leinen umwickelt, als wolle man selbst dem Rest dieser Frau die Freiheit nehmen. Ihr Körper liegt auf Holzbrettern. Oder besser gesagt, verwitterten Dielen. Die Fugen zwischen ihnen sind so breit, dass das Blut sofort versickert sein muss.

»Ein Bootssteg?«, frage ich Kellermann.

Er nickt.

Ruckartig strecke ich ihm das Foto wieder hin. Als ob ein ansteckender Virus daran haften würde, als ob sich die Grausamkeit auf mich übertrüge, wenn ich es noch länger festhielte. Der Kommissar nimmt mir die Aufnahme aus der Hand. Dennoch zieht sich mein Magen zusammen, jede Faser in meinem Körper ist angespannt. Die Gewalt dieser menschlichen Tat frisst sich in jede Pore. Ich schüttele leicht den Kopf: »Es ist nur die Grausamkeit, die sich gleicht.«

Kellermanns Stirn ist noch immer gerunzelt. Er legt das Foto auf dem Schreibtisch ab, statt es hinten in den Stapel zu sortieren. Das Motiv des Bildes brennt sich weiterhin in meine Netzhaut.

Der Kommissar merkt, dass mir die Aufnahmen zusetzen. Mit behutsamer Stimme fragt er daher: »Ich habe ein letztes Foto. Kann ich Ihnen das noch zeigen?«

Ich nicke und er reicht mir die Aufnahme. Eine Birke, in deren Zweigen eine Frau gefangen wurde. Aus ihren Armen ragen Drähte, die mit den Ästen des Baumes verwoben scheinen. Der Kopf ist nach hinten gefallen, umrahmt von langem rotem Haar, das der Wind in den Zweigen verheddert hat. Ihre blasse Haut deckt sich mit dem weißen Farbton der Rinde.

Ich gebe Kellermann das Foto nach einem kurzen Blick zurück. »Tut mir leid. Es ist einzig das Widerwärtige, das willkürlich brutale Spiel mit dem menschlichen Körper.« Mein Tonfall ist bestenfalls als mutlos zu bezeichnen.

Kellermann lässt noch nicht locker: »Und die Frau in Warschau?«

»Das gleiche Motiv. Es geht wieder um die Deformation des Körpers, um die Macht über den Leib.« Doch auch nach diesen Sätzen schaut mich der Kommissar weiterhin auffordernd an. Ich denke krampfhaft nach. Die Szenen erscheinen nacheinander vor meinem inneren Auge. Dann verschwimmen sie, bis nur noch blutige Körperteile sichtbar sind, die wahllos übereinandergeschichtet wurden. »Ich weiß es nicht«, rufe ich fast flehentlich aus, um dem ein Ende zu setzen. »Vielleicht geht es um das Stehlen ihre Körperteile, ihrer Würde und Selbstbestimmung.«

Kellermann blickt mich weiter schweigend an. Sein Blick ist nicht fordernd, nicht fragend. Er lässt mir Zeit, meine Gedanken zu ordnen, wieder meine Ruhe zu finden.

»Es ist die Demonstration des Unmenschlichen. Die Härte, die Rohheit der Schnitte, die nahezu geometrische Brutalität.«

»Der Mörder hat seine Opfer vorher betäubt«, gibt der Kommissar zu bedenken.

»Mildert das seine Tat?«, frage ich angriffslustig.

Aber Kellermann reagiert nicht und mir ist natürlich klar, dass der Kommissar das nicht gemeint hat. Er will mir neue Hinweise geben, mich herausfordern, aus meinen Gedanken etwas herauskitzeln. Entgegenkommend frage ich daher: »Sie meinen, er ist kein Sadist?«

»Ich weiß es nicht. Die Betäubung kann auch nur ein Mittel zum Zweck gewesen sein. Wären die Opfer nicht betäubt, hätten Sie geschrien und die Tat womöglich dadurch vereitelt. Oder er wollte sie ruhigstellen, um seine Schnitte akkurat ausführen zu können.«

»Haben Sie auch Fotos von Bruns und den Morden in Warschau und in Paris hier?« Mir kommt eine spontane Idee.

Statt zu antworten, kramt Kellermann in seinen Aktenbergen und holt einen Stapel Fotos hervor. Er blättert ihn durch und entscheidet sich letztendlich für drei Bilder. Der Rest wandert zurück in das Chaos seines Schreibtisches.

Ich nehme die drei Aufnahmen, betrachte sie jedoch nicht mehr im Detail. Ich zeige stattdessen auf die Fotos der weiteren Toten und frage, ob ich Kopien davon machen kann.

»Warum?« Jede Ruhe ist aus Kellermanns Ton gewichen.

»Ich möchte sie Erik zeigen. Er kennt das Milieu. Er hat sich jahrelang von Sadisten quälen lassen oder hat selbst andere gequält. Er kennt ihre Vorlieben, ihre Vorgehensweisen. Vielleicht sieht er etwas, was wir nicht sehen.«

Kellermann zögert. »Was ist mit den Immobilienwerten?«, fragt er dann, vielleicht um Zeit zu gewinnen.

»Sie meinen die Unstimmigkeiten zwischen den Ankaufswerten und den Folgebewertungen?«

»Ja.«

»Fragen Sie Wehmüller«, schlage ich achselzuckend vor.

Kellermann vermittelt, dass ihm dieser Gedanke nicht neu ist. Ohne jede Gemütsbewegung erklärt er: »Wehmüller befindet sich im Moment im Ausland. Er ist auf Objektbesichtigungstour in Chile und landet erst morgen Abend in Frankfurt.«

»Aber Sie glauben nicht, dass er der Mörder ist«, kommentiere ich Kellermanns Erläuterungen.

»Die Verdachtsmomente reichen aktuell nicht aus, um ihn mit einem internationalen Haftbefehl suchen zu lassen. Wir müssen warten, bis er in Frankfurt ist.«

Aus Kellermanns reservierter Stimme ist herauszuhören, dass er Wehmüllers Befragung für seine Angelegenheit hält. Ich frage an anderer Stelle weiter: »Haben Sie denn einen Zusammenhang entdeckt? Hat das FAT etwas herausgefunden?«

»Leider nein, es liegen uns derzeit keine stichhaltigen Beweise für einen Zusammenhang vor. Wie Sie selbst gesehen haben, weisen die Morde eine gewisse Ähnlichkeit auf. Die Brutalität, die Verstümmelung der Körper. Zudem müssen die Mordfälle im Vorfeld sorgfältig geplant worden sein. Als weitere Gemeinsamkeit kann die Tatzeit angeführt werden, die Vorfälle passierten nachts. Die Opfer stehen aber in keiner Relation zueinander. Sie scheinen zufällig ausgewählt worden zu sein. Auch die Tatorte gleichen sich nicht.«

»Marie Vernier wurde in ihrer Wohnung umgebracht.«

»Ja, es gab private und öffentliche Räume, auch wenn ihnen allen etwas Abgeschiedenes anhaftet: eine einsame Stelle im Park, eine abgeschottete Einbuchtung der Elbe, ein verlassener Bootssteg. Es könnte sich auch um eine Entwicklung handeln. Marie Vernier war wahrscheinlich das erste Opfer.«

»Wenn wir nicht noch weitere Morde zu einem früheren Zeitpunkt entdecken.«

»Wenn wir nicht noch weitere Morde entdecken.« Kellermann spricht langsam, jedes einzelne Wort ist deutlich betont.

Wieder entsteht eine unangenehme Stille im Raum. Diesmal ist es der Kommissar, der sie durchbricht. »Das Team durchforstet dahingehend die ViCLAS-Datenbank.«

Der Name sagt mir nichts. Vielleicht gab es sie damals noch nicht oder sie war für die Fälle der Wirtschaftskriminalität nicht relevant. »Was ist das?«

»Es wurde eine spezielle Software entwickelt, eine Art Falldatenbank für besonders schwerwiegende Gewaltkriminalität, die weltweit in elf Staaten eingesetzt wird. Jeder kriminalistische Einzelfall wird auf Übereinstimmungen zu anderen Fällen überprüft, um damit Tatzusammenhänge festzustellen oder zur Täteridentifizierung beizutragen.«

»Und warum sind die Fälle aus Warschau und Paris nicht vorher in einen Zusammenhang gebracht worden?«

»Frankreich und Polen nutzen diese Datenbank nicht. Flächendeckend wird das System in Kanada, Großbritannien und Deutschland eingesetzt. Daher ist es Zufall, dass wir auf diese Fälle und die Tat auf dem Bootssteg am Zürichsee gestoßen sind.«

»Und der Mord an Bruns? Hat die Datenbank dazu etwas ausgespuckt?«

»Bis jetzt noch nicht. Aber wir sind dran. Die Schwierigkeit ist, dass dort nur Täter und Taten eingegeben werden, die nicht im sozialen Umfeld des Opfers auftraten. Das ist bei Bruns nicht wirklich der Fall. Im Moment gehen wir noch davon aus, dass es sich um jemanden handeln muss, den er gekannt hat. Schließlich hat der Mörder sich Zugang zu dem Gebäude verschafft. Bei einer Bank ja nicht gerade einfach.«

»Was sagen denn die Zutrittsprotokolle? Es wird doch erfasst, wer wann das Gebäude betreten oder verlassen hat.«

»Sie waren im Gebäude«, kontert der Kommissar angriffslustig.

»Aus Mangel an anderen Beweisen schuldig gesprochen?«, schieße ich zurück.

»Nein, das wohl nicht.« Kellermann hat seine Ruhe wiedergefunden. Die plötzliche Angriffslust löst sich in Luft auf.

Ich wechsele zurück zum eigentlichen Thema: »Wer war sonst noch im Gebäude? Haben Sie das Empfangspersonal befragt oder das Zutrittserfassungssystem geprüft?«

»Es waren insgesamt fünf weitere Personen vor Ort. Zwei Asset-Manager, die gemeinsam einen Vermietungsvertrag ausgearbeitet haben, und zwei weitere Mitarbeiter aus der Buchhaltung. Die hatten eine Sitzung mit einem externen Wirtschaftsprüfer. Thema waren nach ihrer Aussage die Rechenschaftsberichte.«

»Und keiner von ihnen war so lange allein, dass er den Mord hätte begehen können?«

»Wenn es sich nicht um eine Gemeinschaftstat gehandelt hat, geben sie sich alle gegenseitig ein Alibi. Keiner hat für längere Zeit den Raum verlassen.«

»Aber auch die Zutrittsprotokolle sind systemgeneriert

und jedes System ist manipulierbar«, gebe ich kritisch zu bedenken.

»Wenn dem so ist, müsste es sich entweder um einen Mitarbeiter mit sehr umfangreichen IT-Befugnissen handeln oder um einen ausgewiesenen Computerexperten, der von außen das System gehackt hat.«

»Und beides halten Sie für unwahrscheinlich«, führe ich Kellermanns Bedenken zu Ende.

»Auch Sie haben mich einmal durch die Drehtür geschleust, ohne dass gleich die Alarmglocken angingen. Ich denke, wenn jemand unbemerkt in das Gebäude kommen wollte, gibt es einfachere Wege.«

»Mmh. Da mögen Sie recht haben.« Nach einer kurzen Pause frage ich: »War einer der Asset-Manager eventuell Herr Feld? Der Deal-Captain aus Warschau?«

»Nein, beide Namen sind bisher in keinem anderen Zusammenhang aufgetaucht. Und der angesprochene Friedrich Feld hat das Unternehmen Anfang des Jahres verlassen.«

Kellermanns Antwort führt ins Leere und ich grübele weiter. »Passt im Vergleich mit den anderen Tathergängen ein Sitzungszimmer als Tatort ins Konzept?«

»Das gibt uns auch Rätsel auf. Es wäre für den Mörder ein ungewohntes Risiko. Er geht in den halb öffentlichen Raum hinein. Auch die Tatzeit wechselt hier im Vergleich zu den anderen Tötungsdelikten. Die übrigen Morde wurden kurz vor oder nach Mitternacht ausgeführt. Wenn Bruns Teil der Serie ist, hat der Täter entweder sein Muster verlassen oder er stand unter einem besonderen Handlungsdruck.«

»Aber die Tatwaffe und die Deformation des Körpers ähneln sich.«

»Ja, das sind eindeutig typische Verhaltensmerkmale.«

»Reicht das?«

»Im Moment noch nicht. Es sind nur Merkmale. Uns fehlen klare Beweise. Bisher konnte an keinem der Tatorte eine

DNA dem Mörder zugeordnet werden. Die Tatwaffen sind zwar alle hochwertige Werkzeuge, aber können letztendlich in jedem handelsüblichen Baumarkt erworben werden.«

»Und was ist mit der Tochtergesellschaft von *Sega Invest*, der *Greenspan Invest*? Haben Sie mehr zu der Eigentümerstruktur erfahren? Oder zu den Verbindungen zur *ImmoWert* oder der *Immo Arturro*?«

»Ich habe alles an unsere Spezialisten aus der Wirtschaftskriminalität weitergeleitet. Ich warte noch auf deren Rückmeldung.«

Der Gesprächsverlauf der letzten Minuten hatte weder eine klare Richtung noch ein Ergebnis. Sprunghaft sind wir von einem Thema zum nächsten gewandert. Kellermann wollte vielleicht wirklich einfach nur Zeit gewinnen. Daher wage ich es erneut: »Die Kopien. Kann ich Kopien von den Fotos machen und sie Erik zeigen?«

»Nein«, entgegnet der Kommissar entschieden. »Wir nehmen die Originale und ich komme mit.«

Ich bin etwas verdutzt über die plötzliche Wendung. Umso mehr, als Kellermann sofort aufsteht, seine Jacke anzieht und sich die Fotos schnappt. Überrumpelt von seiner Aktivität, greife ich selbst nach meiner Jacke, werfe mir die Tasche über die Schulter und folge ihm in den Flur. Die restliche Pizza wird ihn morgen früh noch willkommen heißen, denke ich im Gehen. Dank der angespannten Budgetsituation der öffentlichen Hand wird sicher nicht jede Nacht gereinigt.

33

Auch Kellermanns Auto wird keiner regelmäßigen Pflege unterworfen. Im Fußraum des Kombis stapeln sich leere Kaffeebecher und zerknüllte Papiertüten, die womöglich einmal Brötchen oder Burger beinhaltet haben.

Um nicht umsonst bis nach Kronberg zu fahren, rufe ich Erik an.

Nach dem zweiten Klingeln hebt er ab. Er überschlägt sich nicht gerade vor Begeisterung, als ich ihm berichte, dass ich mit einem Polizisten auf dem Weg zu ihm bin. Aber er ist zu Hause und wird auf uns warten.

Nach dem Gespräch schaue ich rüber zu Kellermann. Die Müdigkeit vom Wochenende ist noch nicht aus seinem Gesicht gewichen. Ein Blick auf die Uhr zeigt mir, dass es bereits kurz vor sieben ist. »Sie sehen müde aus. Wann sind Sie aufgestanden?«

»Halb fünf«, antwortet Kellermann knapp.

»Das klingt nicht nach besonders viel Schlaf.«

Aber für den Kommissar ist das Thema erledigt. Ohne Kommentar folgt er weiter dem dichten Straßenverkehr, bis wir Kronberg erreichen.

Wir nehmen in Eriks Küche Platz. Der kleine Tisch reicht gerade für die beiden Männer. Ich stelle einen Stuhl aus dem Wohnzimmer hinzu. Auf eine Vorstellungsrunde wird verzichtet. Als einzige Höflichkeitsfloskel fragt Erik uns, ob wir etwas trinken möchten. Aber auch das wird mit einem stillen Kopfschütteln für überflüssig erklärt.

»Ihre Schwester sagte mir, dass Sie sich in der SM-Szene auskennen, und ich möchte Sie bitten, sich diese Fotos anzuschauen.«

Der Kommissar sitzt Erik gegenüber. Sein Körper ist nach vorn über die Tischplatte gebeugt. Und obwohl mein Bruder die gegenteilige Haltung einnimmt und sich weit in seinem Stuhl zurücklehnt, ist Kellermanns Arm lang genug, um ihm die Fotos direkt unter die Nase zu halten.

Erik schreckt nicht zurück, greift aber auch nicht nach den Bildern.

Bewegungslos und unbeeindruckt sitzt er da. Einen Moment ist die Szene wie eingefroren. Die Fotos, die in der Luft vor seinem Gesicht schweben. Erik, der zögert, sie entgegenzunehmen. Fotos, die eine Tür öffnen, zu einer Welt, mit der er längst abgeschlossen hat.

»Bitte!«, verleiht Kellermann den in der Luft schwebenden Aufnahmen Nachdruck.

Es wirkt. Erik greift nach den Fotos und betrachtet sie schweigend. Jedes einzelne prüft er mit Sorgfalt. Weder in seinem Gesicht noch in seinen Augen ist eine Reaktion ablesbar.

Als er mit dem Stapel durch ist, beugt er sich vor, um die Fotos über den Tisch zu schieben. Dann lässt er sich zurück in seinen Stuhl fallen. Schaut erst mich, dann Kellermann prüfend an.

»Fällt Ihnen etwas auf?«, durchbricht der Kommissar das Schweigen.

»Worauf wollen Sie hinaus?« In Eriks Ton schwingt eine Spur von Angriffslust mit.

»Ich weiß es nicht«, antwortet der Kommissar ehrlich. »Sagen Sie es mir. Was lesen Sie aus den Fotos? Die Verstümmelung der Körperteile? Um welche Art von Sadismus handelt es sich hier?«

»Ich bin kein Psychologe.«

»Erik, bitte.« Jetzt bin ich diejenige, die interveniert, ruhig, aber in bestimmtem Ton.

Als Antwort erreicht mich ein frostiger Blick. Im ersten Moment denke ich, mein Bruder wirft uns hinaus. Dann senkt er den Kopf und betrachtet seine ineinander verschränkten Hände. Wieder verstreichen ein paar Sekunden, in denen ich mich frage, ob es wirklich sinnvoll war, hierherzukommen.

Plötzlich hebt Erik seinen Kopf und fragt: »Waren die Opfer bei Bewusstsein?«

Ich schaue zu Kellermann rüber. Aber der Kommissar reagiert nicht auf meinen Blick. Entweder ist er über diese Frage nicht so überrascht wie ich oder er konzentriert sich zu sehr auf den weiteren Gesprächsverlauf. Sachlich stellt er fest: »Der Täter hat alle seine Opfer vorher betäubt.«

»Dann glaube ich nicht, dass es allein um Sadismus geht«, schlussfolgert Erik.

Ich fokussiere abwechselnd meinen Bruder und Kellermann. Doch keiner der beiden erwidert meinen Blick. Sie beachten mich nicht mehr, sie haben ihre eigene Verbindung gefunden.

»Worum geht es dann?« Der Zeigefinger des Kommissars tippt auf den Stapel Fotos.

»Die Qual ist nur ein Beiwerk, ein Nebenprodukt, nicht die eigentliche Intention. Dazu sind die Schnitte zu gewählt gesetzt. Jede Tat wurde inszeniert, mit einem gewissen Stil ausgeführt. Es geht hier nicht darum, einem anderen Menschen Schmerz zuzufügen. Es geht um die Kreation des Körpers.«

»Es geht also tatsächlich nicht um den Schmerz?« Kellermann scheint unseren Gedankengang aus dem Präsidium zu rekapitulieren.

»Nein, ich denke nicht. Ich würde sogar sagen, der Schmerz hätte hier nur gestört. Der Täter will den Körper gestalten. Ihn mit seinem Umfeld in Kontrast setzen oder ihn mit diesem in einen Zusammenhang bringen. Im Falle der Frau im Baum strebt er sogar eine Vereinigung an. Er will kreieren und erschaffen. Der Schmerz stört. Jede Reaktion des Körpers hätte die Kreation in Unruhe versetzt, sein Kunstwerk deformiert. Das ist der Grund, warum er seine Opfer betäubt. Weder weil er ihnen Schmerz zufügen noch weil er ihnen Schmerz ersparen wollte. Dem Täter ist es egal.«

»Egal?«

»Hier geht es um Macht. Es ist die Macht der Gestaltung, der Formation, der Kreation. Der Täter will das Opfer nach seinem Willen formen, ihm diese Gestalt aufzwingen. Die

Erschaffung, die Konstruktion eines Bildnisses ist das Motiv. Die Schöpfung einer grausamen Ästhetik.«

»Es geht um Schönheit?« Aus Kellermanns Stimme ist die Ungläubigkeit deutlich herauszuhören. Ich bin nicht sicher, ob er diese Informationen noch als wertvoll erachtet oder längst als Hirngespinst abtut.

Auch Erik bemerkt die Skepsis, denn aus seiner Körperhaltung ist wieder eine eindeutige Ablehnung herauszulesen. Seine nächsten Worte klingen reserviert: »Wenn Sie so wollen, ja.«

Doch dessen ungeachtet fragt der Kommissar weiter: »Hat der Täter ein Ziel? Für wen gestaltet er diese Werke?«

»Fragen Sie einen Psychologen. Ich weiß es nicht.«

»Arbeitet er allein?«

»Es tut mir leid. Ich kann Ihnen nicht weiterhelfen. Das sind alles nur Vermutungen und ich habe Ihnen alles gesagt, was ich denke.« Eriks Ton ist konsequent, aber ruhig.

Ich stehe auf, um das Gespräch zu beenden. Doch Kellermann reagiert nicht. Wie in Trance bleibt er sitzen und fokussiert meinen Bruder, dessen Gesicht, dessen ganzer Körper ausstrahlt, dass diese Unterredung hier und jetzt beendet ist.

Ich unterbreche das schweigende Taxieren der beiden Männer und richte mich an den Kommissar: »Kommen Sie, wir gehen.«

Erik bleibt bewegungslos auf seinem Stuhl sitzen, doch bevor ich die Küche verlasse, beuge ich mich zu ihm hinunter, ziehe seinen Kopf sanft an mich und gebe ihm einen Kuss auf die Stirn. Sein Haar riecht nach Teer. Bestimmt hat er heute in der Gärtnerei mit Holzschutzmittel gearbeitet. »Danke«, flüstere ich leise.

Zurück im Wagen ist Kellermann nicht unbedingt zu einem Gespräch aufgelegt. Eine ganze Weile höre ich keinen Laut von seiner Seite. Ein Dankeschön wäre aus meiner Sicht angebracht gewesen. Erst auf der Autobahn bricht er das Schweigen, allerdings nicht nach meinen Vorstellungen: »Wo kann ich Sie absetzen?«

Ich würde nur zu gern wissen, was er von Eriks Einschätzung hält, was das für den weiteren Fall bedeutet und wie sich in seinen Augen das Täterprofil gestaltet. Aber all diese Fragen stelle ich nicht, denn ich würde keine Antwort darauf bekommen. Stattdessen antworte ich, dass er mich am Messeturm rauslassen soll, dass ich dort direkt in die 16 steigen kann. Von Kellermann kommt noch nicht einmal ein zustimmendes Ja. Seine Kommunikation ist auf den Nullpunkt heruntergefahren.

Unsere Verabschiedung fällt dementsprechend kurz aus. Zudem steht die Tram schon an der Haltestelle und ich schaffe es gerade noch hineinzuspringen, bevor sich die Türen schließen.

Nachdem mir Kellermann den Austausch über Eriks Meinung verwehrt hat, führe ich die Kommunikation mit mir selbst fort. Zu Hause angekommen, geistern mir die Worte meines Bruders durch den Kopf und auch als ich es mir mit einem Tee auf dem Sofa gemütlich gemacht habe und das Fernsehprogramm durchforste, lassen sich die Gedanken daran nicht vertreiben. ›Macht der Formation‹, ›Schöpfung einer grausamen Ästhetik‹. Die Worte sagen mir etwas, etwas, das mir auch schon auf der Fahrt zurück von Paris durch den Kopf gegangen ist. Ein Erlebnis? Ein Bild? Ich kriege es nicht zu fassen.

Um mich abzulenken, schicke ich Karla eine SMS.

Sehen wir uns morgen? Ich bin noch in der Stadt unterwegs und wäre gegen Abend bei dir.

Ich habe mich durch drei weitere Programme gezappt, als sich eine Antwort ankündigt.

Bin ab 20:00 Uhr da, Schlüssel liegt unter der Fußmatte und wenn du magst, gibt es sogar noch eine türkische Linsensuppe.

Als ich das lese, überkommt mich ein Hungergefühl. Der Kühlschrank gibt leider nicht viel her. Ich schneide mir ein Stück Käse ab und schaue im Obstkorb nach. Bis auf ein paar Bananen sieht es auch da traurig aus.

Plötzlich macht es klick. Es sind die Bananen, die mich an etwas erinnern. An ein Bild, ein Gemälde, das ich irgendwo schon einmal gesehen habe.

Ich schaue auf die Uhr. Kurz vor elf. Anna ist sicher noch wach. Ich behalte recht, sie hebt nach dem zweiten Klingeln ab.

»Marie, was ist los zu später Stunde?«

»Sorry für die Störung, aber mir spukt etwas im Kopf herum und ich komme nicht darauf.«

»Okay, jetzt bin ich aber mal gespannt.«

»Ich brauche deine Kunstexpertise. Kennst du ein Gemälde, auf dem ein weiblicher Torso und ganz viele Bananen zu sehen sind? Stilrichtung Kubismus, Surrealismus oder so etwas in der Art. Klingt ziemlich skurril, aber macht da irgendetwas klick bei dir?«

Am anderen Ende wird es still. Ich lasse Anna Zeit zum Nachdenken. »Ich glaube, ich habe eine Idee. Bist du gerade im Netz?«, fragt sie dann.

»Einen Moment, ich muss kurz den Rechner aufklappen.«

»Gib mal in der Suchmaschine *Chirico* ein. Ich komme nicht auf den Namen des Bildes, aber ich bin ziemlich sicher, dass er etwas in der Art gemalt haben müsste.«

Mit dem Telefon zwischen Kinn und Schulter gebe ich den Namen ein und auf dem Bildschirm erscheint eine ganze Serie von Bildern. Gemälde mit Stadtansichten, flächige Gebäudeteile, mechanische Skulpturen. Ab und an sind Menschen abgebildet, doch sie gleichen Robotern, wirken synthetisch. Aber auf keinem sind Bananen zu erkennen. Ich scrolle nach unten und auf der nächsten Seite erscheint, wonach ich in meinem Kopf so lange gesucht habe. Ich klicke das Bild an, um es zu vergrößern, und lehne mich zurück, um es in Ruhe zu betrachten.

Die linke Hälfte zeigt einen aufrechten Torso, der auf seinen abgeschnittenen Beinstümpfen steht. Die Arme sind ebenfalls knapp unterhalb des Schultergelenks abgetrennt. Der Kopf fehlt. Der Hals zeigt eine glatte Schnittfläche. Aber es ist nicht nur der Torso, der meinen Blick so gefangen hält. Der Rumpf selbst erscheint statuenhaft, als wäre er aus feinem weißen Marmor geschliffen. Er hat nichts Grausames oder Furchterregendes an sich. Er strahlt Erhabenheit aus. Nein, dass, was meinen Atem zum Stocken bringt, ist die rechte Bildhälfte. Auf dieser präsentiert sich eine riesige Bananenstaude.

»Marie, bist du noch da?«

»Oh, ja klar. Sorry, ich war gedanklich woanders. Du hast recht. Ich habe es gefunden. Es ist genau das, was ich gesucht habe.«

»Welches Bild ist es denn?«

»Einen Moment … Also hier steht: *Giorgio de Chirico, The Uncertainty of the Poet* aus dem Jahre 1913.«

»Ja, stimmt. Jetzt kommt es mir wieder in den Sinn. Aber was willst du denn damit zu so später Stunde?«

Dass diese Frage kommt, war im Grunde klar, doch trotzdem trifft sie mich unvorbereitet. Soll ich Anna von den weiteren Mordfällen berichten? So kurz vor dem Schlafengehen? Ich finde, das ist keine gute Idee. Daher lüge ich und erkläre, dass ich das Motiv heute kurz im Vorbeifahren auf einem Plakat gesehen hätte, mir der Künstler aber nicht mehr einfiel.

Die eintretende Stille verrät mir, dass Anna entweder meiner Erklärung keinen Glauben schenkt oder ihr ein Rätsel ist, warum ich aus diesem Grund jetzt noch anrufe. Aber für jede weitere Diskussion ist sie zu müde, denn ich höre sie sagen: »Brauchst du noch etwas? Sonst mache ich mich auf den Weg ins Bett.«

»Nein, alles gut. Schlaf schön. Und: danke! Anna, eins noch …« Aber ich spreche nicht weiter. Sie hat nach dem Dankeschön aufgelegt. Ich wollte sie nach ihrem Treffen morgen mit Stallenberg fragen.

Ich lege das Handy beiseite und widme mich wieder dem Gemälde. Hat der Täter dieses Bild im Kopf gehabt? Wollte er diese Inszenierung nachstellen? Wenn ja, dann müsste es Kunstwerke geben, die in ähnlicher Art und Weise zu den anderen Morden passen.

Ich gebe verschiedene Begriffe, die mit den Taten in Verbindung stehen, in eine Suchmaschine ein: *Torso, Seil, Leiter, Kanülen, abgehackte Hände, abgesägter Kopf, Drähte, Bootssteg.* Ich trage sie alle in Kombination mit dem Begriff *Kunst* ein, aber die Recherche ergibt kein zufriedenstellendes Ergebnis. Es erscheinen vor allem Bilder, die weit entfernt von jeglichen künstlerischen Motiven sind. Private Aufnahmen, teils mit blutigen Sequenzen, teils mit Verkleidungen, oder Darstellungen aus Filmaufnahmen. In den selteneren Fällen erscheinen echte Kunstwerke, doch die haben nicht annähernd einen solchen Bezug zu einem der Morde wie das Bild mit den Bananen zu der Toten in Paris.

34

Ich tauche in den Trubel des S-Bahnhofs am Potsdamer Platz ein. Es herrscht Feierabendverkehr. Da der Berliner in der Regel mit den öffentlichen Verkehrsmitteln fährt, heißt das primär Platzangstzustände in den U- und S-Bahnen.

Es ist kurz vor sieben, als ich Karlas leere Wohnung betrete.

Die Sitzung bei CMP war anstrengend. Endlich Zeit, sich zu entspannen.

Jetzt, wo meine Gedanken freien Lauf haben, fällt mir auf, dass Kellermann sich heute noch nicht gemeldet hat. In den letzten Tagen war er so präsent und der Kontakt so intensiv, dass sich fast so etwas wie ein Gefühl von Leere einstellt. Ich schüttele den Kopf, um das skurrile Gefühl zu vertreiben. Ich kenne den Kommissar einen knappen Monat. Kein Grund, von Routine zu reden. Trotzdem bleiben meine Gedanken bei dem Fall und das Bild von de Chirico kommt mir wieder in den Sinn. Und damit auch Anna und unser kurzes Gespräch gestern Abend.

Sie trifft sich heute mit Stallenberg. Die beiden sind nach der Hochschulkonferenz verabredet. Also jetzt. Bei dem Gedanken daran, dass Anna sich irgendwo allein mit Stallenberg trifft, schleicht sich ein Unbehagen heran. Warum dieses Frösteln? Weil der Professor sich mit Kunst auskennt? Weil er ein Machtmensch ist und versuchen wird, Anna auf irgendeine Art und Weise zu manipulieren? Weil der Professor durch seinen herrschsüchtigen Charakter eine Abneigung bei mir auslöst? Das alles macht ihn noch nicht gefährlich und unterscheidet ihn auch nicht sonderlich von seinen Berufskollegen.

Trotzdem greife ich nach meinem Handy und wähle Annas Nummer. Sie geht natürlich nicht an ihr Telefon. Wie immer. Wozu ein Handy, wenn es permanent lautlos vor sich hin schlummert?, denke ich genervt. Ich tippe eine SMS.

Wo bist du?

Auch nach einer halben Stunde, in der ich wahllos zwischen den Fernsehkanälen hin und her gezappt habe, keine Nachricht von Anna. Ich rufe sie noch einmal an, in der Hoffnung, dass sie vielleicht die Vibration des Geräts spürt. Kein

Erfolg. Soll ich es bei Stallenberg versuchen? Ich habe die Mobilnummer von seiner Visitenkarte gespeichert. Ich suche sie heraus und drücke die Anruftaste. Doch auch nach dem sechsten, siebten Klingeln hebt niemand ab.

Ich weiß nicht, was mich jetzt unruhiger werden lässt: Das ursprüngliche Unbehagen bei dem Gedanken, dass Anna mit Stallenberg allein unterwegs ist, oder die Tatsache, dass ich sie nicht erreichen kann.

Den Bruchteil einer Sekunde bin ich versucht, Kellermann anzurufen und ihn zu fragen, ob er ihr Handy orten kann. Im nächsten Moment wird mir selbst bewusst, dass das rechtlich nicht möglich ist. Auf welcher Grundlage sollte er dafür einen Beschluss bekommen? Weil ich ein ungutes Gefühl habe? Und in welchem Zeitraum? Bis sämtlichen Anträgen stattgegeben wird, ist Weihnachten. Ich muss selbst herausbekommen, wo Anna steckt.

Nach zweimal Klingeln hebt Axel ab. Gott sei Dank, es gibt jemanden, der die Funktion eines Mobiltelefons noch anerkennt. Im Hintergrund höre ich buntes Stimmengewirr. Annas Kollege ist etwas überrascht, mich plötzlich am Telefon zu haben. Aber mein Tipp war richtig. Er ist ebenfalls auf der Hochschulkonferenz, beziehungsweise auf dem sich daran anschließenden Sektempfang. Allerdings ohne Anna. Wie er mir berichtet, hat er sie schon seit gut einer Stunde nicht mehr gesehen. Und er wisse auch nicht, wohin oder mit wem sie gegangen ist. Kurz bevor Axel auflegen will, frage ich ihn noch, wo die Hochschulkonferenz überhaupt stattfindet. In der Friedrichstraße, schräg gegenüber vom S-Bahnhof, antwortet er, bevor er sich endgültig verabschiedet.

Im Geiste gehe ich die Umgebung rund um die Haltestelle. Wenn Anna den Ort des Treffens ausgesucht hat, könnte es die *Bar 12* sein.

Und da Männer bei so etwas im Allgemeinen nicht allzu kreativ sind, hat Stallenberg ihr sicher die Wahl überlassen.

Auch wenn der Professor sonst selten anderen Menschen die Führung gewährt. Einen Versuch ist es wert.

Ich schnappe mir meine Jacke, stopfe Schlüssel und Bargeld in meine Hosentaschen und bin in wenigen Sekunden unten auf der Straße. In der Nähe des Görlitzer Bahnhofs stoppe ich ein Taxi. Für eine langwierige S-Bahn-Fahrt ist meine innere Unruhe zu groß.

Die Stadt gleitet zähflüssig an mir vorbei. Jede rote Ampel vergrößert mein diffuses Angstgefühl. Mit blank liegenden Nerven falle ich zurück auf die Rückbank. Es dauert so lange, wie es dauert. Vermutlich trinkt Anna gerade ihr drittes Bier, lacht und erzählt mit ihrem unvergleichlichen Humor eine Geschichte nach der anderen. Ich versuche, mich auf die Straßenzüge zu konzentrieren, auf das pulsierende Viertel zwischen Alex und Friedrichstraße, die Museumsbauten und die Baustelle des Berliner Schlosses.

Nach einer gefühlten Ewigkeit halten wir vor der *Bar 12*. Der Eingang befindet sich unter den S-Bahn-Gleisen und ist in eine kahle Mauerwand eingelassen. Die Stahltür öffnet sich. Eine dunkelhäutige Frau mit einem silberglänzenden Overall, hochgesteckten Haaren und viel blinkendem Modeschmuck schaut von ihren High Heels auf mich herab. Eine moderne Variante von Grace Jones. »Enjoy«, ist ihr einziger Kommentar. Natürlich, sie spricht englisch. Was sonst?

Nach einem kurzen, in Sichtbeton gehaltenen Flur gelange ich in die eigentliche Bar, die aus nicht viel mehr als einem endlosen Tresen besteht. Von den Barstühlen sind gerade Mal eine Handvoll besetzt. Kein Wunder. Es ist Dienstag, kurz nach acht. Nicht unbedingt die Party-Primetime. Aber Anna oder Stallenberg sehe ich nicht. Ich trete auf den Barkeeper zu, der gelangweilt hinter dem Tresen steht. »Ich hätte ein Frage: War eventuell eine blonde Frau hier, circa 1,65 m groß, in Begleitung eines älteren Herrn, weißes, längeres Haar, vielleicht 1,90 m und recht kräftig?«

Unbeeindruckt poliert der bis zum Hals tätowierte Bursche in Muskelshirt und schwarzer Schürze seine Gläser.

Genauso unbeeindruckt ergänze ich: »Sie hat wahrscheinlich einen Gin Tonic bestellt.« Berliner Desinteresse ist nur durch Desinteresse zu schlagen.

Der Barkeeper löst sich mit einer lässigen Kopfschieflage aus seiner Regungslosigkeit: »*Tanqueray?*«

»Vermutlich schon.«

»Die haben vor einer Viertelstunde die Bar verlassen.«

»Wissen Sie vielleicht wohin?«

Aber schon während ich die Frage stelle, ist mir klar, dass sie zwecklos ist. Tatsächlich zuckt der Typ nur gelangweilt die Schultern.

Ich verlasse die Bar und hole mein Handy aus der Tasche. Weder ein Anruf noch eine Nachricht ist auf dem Display erkennbar. Ich spaziere die Spree entlang Richtung Friedrichstraße.

Dann erschallt plötzlich mein Klingelton. Erleichterung durchflutet meinen ganzen Körper. Es ist Anna. »Wo bist du?« Im Hintergrund sind deutliche Geräusche eines intensiven Barlebens hörbar.

»Ich versteh dich nur ganz schlecht«, schreit Anna. »Ich bin noch unterwegs.«

»Mit Stallenberg?« Meine Stimme geht direkt eine Tonlage hoch.

»Ja.«

»Wo seid ihr?«

»*Greenwich.*«

»Bin in fünf Minuten da.«

Kurz hinter der Eingangstür des *Greenwichs* gerate ich bereits ins Stocken. Die Bar ist für einen Wochentag erstaunlich voll und das Licht spärlich. Ich quetsche mich durch das Partyvolk. Eigentlich sind es nur wenige Meter, aber bei der

Fülle der Gäste brauche ich dazu etwas länger. Mit meinem Drängeln sorge ich nicht unbedingt für Begeisterung bei meinen Mitbesuchern.

Als die Meute sich etwas lichtet, entdecke ich Anna. Sie hat zusammen mit Stallenberg einen der hintersten Tische ergattert. Ihre Gläser markieren den Stehtisch eindeutig als ihr temporäres Eigentum. Gute Wahl. Es ist deutlich leerer hier. Der geringe Lärmpegel und die größere Distanz zu dem bunt gemischten Partyvolk entspannen mich spürbar.

Anna schlingt zur Begrüßung gleich einen Arm um mich, zieht mich an sich heran und drückt mir einen Kuss auf die Wange. Ihrer Euphorie ist zu entnehmen, dass der Gin Tonic vor ihr nicht der erste ist. Aber das weiß ich ja bereits aus der *Bar 12.*

»Frau Wagenfeld, gute Gäste kommen spät. Schön, dass Sie noch zu uns stoßen!«, höre ich Stallenberg gegen den Lärm anschreien. Auch er hebt seine Hand. Doch zum Glück umarmt er mich damit nicht, sondern legt sie nur auf meiner Schulter ab. Das anschließende Rütteln hat etwas Onkelhaftes und zugleich Ungelenkes an sich. Aber das Unangenehme ist, dass er seine Hand dort ruhen lässt und keine Anstalten macht, sie wieder wegzunehmen.

»Möchtet ihr noch etwas trinken?« Die Gläser der beiden sind voll, aber ein Gang zur Bar wird mich aus der Situation, oder besser gesagt, aus Stallenbergs Annektierung retten. Wie erwartet, erhalte ich auf meine Frage nur ein »Nein, danke«. Ich drehe mich auf dem Absatz und durch die Bewegung rutscht Stallenbergs Hand von meiner Schulter. Er lässt sie nicht einfach fallen. Es fühlt sich an wie eine Verabschiedung. Als wolle er sagen: ›Geh ruhig. Ich sehe dich bald wieder.‹

Etwas verwirrt von meinen Gedanken und dem Gefühl, das die Berührung hinterlassen hat, erreiche ich den Tresen. Nachdem ich mir einen Platz zwischen zwei durchtrainierten Adoniskörpern in zu engen Shirts erkämpft habe, bestelle ich für mich auch einen Gin Tonic.

Zurück am Tisch stelle ich erstaunt fest, dass sich Anna und Stallenberg über fachliche Themen austauschen. Und das, obwohl Anna eine Künstlerin des Small Talks ist und berufliche Gespräche normalerweise umschifft.

An meinem Drink nippend, lausche ich Themen zur Revitalisierung von Erdgeschossen in Innenstadtlagen und den Möglichkeiten zu einer alternativen Nutzung.

Ich beobachte die beiden und ihr Gespräch zieht an mir vorbei. Denn das ist es nicht, was mich fesselt. Es ist die Frage, warum ich solche Sorgen um Anna hatte, es ist die Frage, ob ich Stallenberg wirklich einen Mord zugetraut habe. Ob diese dünnhäutigen, mit Altersflecken übersäten Hände einen Menschen getötet haben könnten. Mir kommen meine eigenen Gedanken jetzt etwas obskur vor. Meine Sorge lächerlich. Ein Kunstliebhaber wird nicht gleich zum Mörder. Ich versuche, meine kriminalistischen Gedanken abzuschalten und konzentriere mich wieder auf die beiden.

Mitten im fachlichen Diskurs stößt Stallenberg plötzlich hervor: »So, verehrte Kollegin. Ich habe das Gespräch mit Ihnen sehr genossen. Aber nun müssen Sie uns leider entschuldigen, ich habe mit Frau Wagenfeld noch etwas Berufliches zu besprechen.«

Ich zucke zusammen. Habe ich das gerade richtig verstanden? Hat er Anna herauskomplimentiert und will jetzt ein Gespräch unter vier Augen mit mir führen? Ich stecke noch viel zu sehr in meinen Gedanken, als dass ich darauf direkt reagieren kann.

Anna kommt mir zuvor, aber leider nicht wie gewünscht. »Es ist für mich ohnehin schon spät.«

Ehe ich mich versehe, hat sie ihre Jacke gepackt und verabschiedet sich erst von Stallenberg und dann mit einer Umarmung von mir.

»Frau Wagenfeld, dann ist jetzt der Moment gekommen, dass Sie mir Ihre Sichtweise des Projektes einmal darlegen.« Stallenberg formuliert seine Worte im Stechschritt. Den Kopf wirft er dabei leicht zurück.

Ich bin augenblicklich angespannt. Was soll das? Will er zu dieser Stunde wirklich Informationen zum Projekt? Ich versuche, so neutral wie möglich meine Bedenken zu formulieren, ohne in eine politische Tretmine zu geraten.

Als ich ende, ergreift der Professor das Wort: »Zusammengefasst sehen Sie das Projekt hochkritisch und Tiedener fehlt über den bevorstehenden Projektablauf der Überblick.«

Jeglicher politische Weichspüler wurde herausgefiltert und Stallenberg hat meine Sicht auf den Punkt gebracht. Ich lege den Kopf leicht schräg und zucke mit den Schultern. »So könnte man es auch sagen.«

»Tiedener ist fahrlässig«, fährt der Professor mit zusammengekniffenen Augen fort. »Er erkennt das Risiko nicht. Und auch nicht die Spielregeln.« Stallenbergs Blick ist konzentriert, seine Augen fix auf mich gerichtet. Trotzdem habe ich nicht das Gefühl, dass er mich anschaut. Er ist in seiner eigenen Welt.

Ich tue ihm den Gefallen und spiele mit: »Denken Sie, Sie werden ihn zur Einhaltung des Terminplans bewegen können?«

Der Professor stößt sich lässig vom Tisch ab und hebt pathetisch seinen linken Arm. Ein leises »Pah« ist zu hören. Stallenberg plustert sich auf wie ein Torero, bevor der Stier in die Arena gelassen wird. Seiner schwungvollen Bewegung fehlt nur noch der rote wallende Umhang, um seine Stärke und Erhabenheit noch deutlicher zu demonstrieren. Die weiteren Gäste in der Bar stören ihn in seinem Gehabe nicht im Geringsten. »Sie fragen nach dem Sieger?« Sein Ton ist ruhig, aber bestechend. Der Torero ist bereit.

Soll ich es wagen? Stallenberg auf die Kunst ansprechen? Die Analogie wäre jetzt zu einfach. Ich habe nur noch Bruchteile von Sekunden, um zu entscheiden, ob ich ihm gegenüber dieses Thema wirklich anschneiden will. Soll ich mich selbst in die Arena wagen? Die Neugierde gewinnt.

»So wie Sie das sagen, gleicht das Projekt einer von Picassos Stierkampfszenen.«

Stallenberg schaltet blitzschnell um: »Dann erbitte ich mir allerdings eine der Szenen aus Picassos später Schaffensphase.«

»Spielen Sie auf den *Matador* an?«

Der Professor ist sichtlich überrascht. Auch ich habe umgeschaltet.

»Der Star in der Mythenwelt. Der Akt als Trophäe«, sinniert er und lässt dabei sein Glas in der Hand kreisen.

Stallenbergs Beschreibung ist bezeichnend für das Gemälde. Ein triumphierender, schillernder Matador hält eine blasse Frau im Arm. Sein Blick ist abgewandt, desinteressiert. Ihrer ehrfürchtig. Sie ist sein Gewinn, sein Triumph.

»Es ist auch ein Sinnbild des Siegers. Und die unbekleidete Frau ist sein Pokal.« Ich will wissen, wie er auf die symbolträchtigen Begriffe reagiert.

Doch das tut er nicht. Er beschäftigt sich mit seinem Drink. Dann unvermittelt ein Satz, ohne dass er den Blickkontakt mit mir aufnimmt: »›Die einzige Frau, die mich nie verlässt.‹ Wissen Sie, um welche Dame es sich handelt?«

»Nein, da muss ich leider passen.« Ich schöpfe aus den Erzählungen meines Vaters, all das Kunstwissen, das er uns gelehrt hat, aber über diese Dame hat er uns nie etwas erzählt.

Stallenberg richtet sich auf und zitiert: »›Ich denke ständig an den Tod. Sie ist die einzige Frau, die mich nie verlässt.‹«

»Klingt bedrohlich?«

»Das ist Picassos Absolutismus«, führt Stallenberg fort und wirft dabei theatralisch seine Arme in die Luft. »Er hat als Ursprung der Welt den Liebesakt gesehen, den er in vielen seiner Werke ebenso zärtlich wie brachial darstellt.«

»Kunst ist niemals keusch«, gebe ich knapp zurück.

Stallenbergs Blick verschärft sich kurz. »Auch das ein Zitat. Aber wer fragt nach Keuschheit, wenn die Kunst Kern des Lebens ist? Der weibliche Schoß als *origine du monde.*« Stallenbergs Stimme wird jetzt plötzlich weicher, fast samtig, als er in das Französische wechselt.

»Auch ein Zitat von Picasso?«

»Sicher nicht.« Seine Mundwinkel offenbaren Spott. Als würde er sich zu niederem Volk herablassen und diesen Stümpern, diesen kunstlosen Banausen einen kleinen Einblick in die wahre Welt, seine Welt der Kunst und Ästhetik ermöglichen. »Wir wechseln die Zeit. Es ist Rodin.«

Ich lasse mich von Stallenbergs geringschätzigem Verhalten nicht aus der Ruhe bringen und stelle bloß fest: »Ebenfalls ein Sieger seines Fachs.«

Ich frage mich, ob der Professor den Satz auch auf sich bezieht und sich somit in den Kreis der Siegreichen einschließt. Zumindest haben meine Worte ihre Wirkung nicht verfehlt.

Stallenbergs pathetische Pose verrät mir, dass er erneut zu einem Zitat ansetzt: »›Die starke Schönheit vor der zarten kniend, in Pracht und Stolz wollüstig schlürfend, trank den Wein des Siegs.‹«

Zur Unterstreichung hebt er sein Glas und prostet mir zu. Doch ich mache nicht mit.

Der Professor verharrt einen Moment, setzt dann seine angedachte Bewegung fort und führt das Glas zum Mund. Aber er schließt seine Augen nicht, als er trinkt. Wie in Zeitlupe, Schluck für Schluck, nehmen mich seine Pupillen ins Visier. Als wolle er mir sagen: Du wirst es noch bereuen.

Ich versuche, so zu tun, als ob ich die aufkeimende Spannung nicht bemerke. Lapidar, wie nebenbei, frage ich: »Auch Rodin?«

Mit unendlicher Langsamkeit stellt Stallenberg sein leeres Glas ab. Dann fängt er plötzlich an zu schmunzeln, lacht förmlich auf. Die Mundwinkel ziehen sich hoch, die Falten um die Augen vertiefen sich. Aber es ist ein Lachen ohne Laut. Und ohne Grund.

Worüber lacht er? Was ist so lustig? Über mich? Weil ich nicht mit ihm angestoßen habe? Dieses Gesicht gruselt mich. Ich fühle mich ausgeschlossen von einem Ort, an dem ich nie wirklich willkommen war. Ich wüsste zu gern, was in seinem Kopf vorgeht. Was sich hinter dieser verzerrten Fratze versteckt. Doch genauso plötzlich, wie das Lachen aufkam, entspannen sich seine Gesichtszüge wieder. Zurück bleibt ein geheimnisvolles Schmunzeln.

»Nicht ganz«, verbessert Stallenberg und macht erneut eine Pause, als überlege er, ob er mich in seine Geheimnisse einweihen möchte. Er entscheidet sich dafür. »Das Zitat kommt nicht von Rodin, es ist seine Quelle der Inspiration und stammt aus einem Gedicht Baudelaires: *Les Fleures du Mal. Die Blumen des Bösen.*«

Mit Rodin kann ich kontern. Zu präsent sind mir seine Werke vom letzten Museumsbesuch in Paris. »Hat es ihn auch zu seinem Höllentor inspiriert? *La Porte de l'Enfer?*«

Wieder verwirrt mich der Professor mit seiner Mimik. Es hat den Anschein, als würde er erneut durch mich hindurchsehen. Als würde ich gar nicht existieren. Als stünde sein wahres Publikum hinter mir. Was will er damit bezwecken? Will er mich einfach nur verwirren, mich durch seine Negierung durcheinanderbringen? Ich frage mich, was er vorhat, wie ich reagieren soll, und will gerade erneut auf das Höllentor zu sprechen kommen, als sich Stallenbergs Mund langsam öffnet.

Seine Stimme ist jetzt ruhig, zähflüssig wie Honig, der von einem Löffel tropft: »Ja, auch für *La Porte de l'Enfer* standen *Die Blumen des Bösen* Pate.«

Stallenbergs stechende stahlblaue Augen fokussieren jetzt wieder die meinen. Ich versuche, seinem Blick standzuhalten und dem Verlangen wegzuschauen zu widerstehen. Es fühlt sich an, als würden sich seine Augen in mich graben, meine Haut durchdringen, jegliche Grenze zwischen uns durchbrechen. Die Stille, die inmitten der von Stimmgewirr durchfluteten Bar entsteht, kriecht mir wie ein kalter Schauer den Rücken hoch und setzt sich im Nacken fest.

Dann durchbricht Stallenberg plötzlich das Vakuum: »Sie sind eingeladen.« Er legt einen Geldschein auf den Tisch.

Ohne eine weitere Verabschiedung steht der Professor von seinem Barhocker auf und verschwindet zwischen den Nachtgestalten.

Verdattert über den plötzlichen Abschied, bleibe ich sitzen und stiere ohne wirkliches Ziel in die Menge. Die Anspannung fällt nach und nach von mir ab.

35

Karlas Brustkorb hebt und senkt sich mit einer behutsamen aber ungestörten Konstanz. Es ist noch dunkel, doch das Laternenlicht, das durch die Fenster dringt, reicht aus, um ihre Konturen klar zu erkennen.

Ich steige vorsichtig aus dem Bett, sammle meinen Pulli und die Jeans vom Boden auf und verlasse leise das Schlafzimmer. Mit der Zahnbürste im Mund fahre ich bereits meinen Laptop hoch.

Das Gespräch mit Stallenberg lässt mir keine Ruhe, seine Worte über die Kunst und der Gedanke daran, dass der Mord in Paris in irgendeinem Zusammenhang zu de Chiricos Gemälde stehen muss. Die bestechende Ähnlichkeit zwischen Tatort und Bild ist zu groß, als dass es sich um einen Zufall handeln könnte. Und nicht zuletzt sind da noch die Worte von Erik, die mir immer wieder im Kopf herumgeistern. Seine Analyse, dass der Täter mit den Morden etwas Ästhetisches, etwas kunstvoll Schöpferisches verbindet.

In die Suchmaschine gebe ich die Begriffe *de Chirico* und *Uncertainty of the Poet* ein. Während ich gebannt das Bild betrachte, fällt mir plötzlich auf, dass ich vergessen habe, Kellermann meine Entdeckung mitzuteilen. Ich kopiere den Link und füge ihn in eine Mail ein. Es ist jetzt 06:27 Uhr. Bis er diese Nachricht liest, dauert es sicher noch ein wenig.

Ich öffne ein neues Fenster und gebe den Begriff *Surrealismus* in die Suchmaschine ein. Nachdem ich unter den Merkmalen zu den Morden keinen Hinweis gefunden habe, hoffe ich, unter den Stilrichtungen etwas zu entdecken.

Ich überfliege die Textstellen und ab und an springen mir einzelne Wortfetzen ins Auge: *die Erfahrung des Unwirklichen und Traumhaften … die Erkennung der Tiefen des Unbewussten … Erweiterung des durch die menschliche Logik begrenzten Erfahrungsbereiches durch das Absurde.* Ich scrolle auf der Seite bis nach unten, aber die aufgeführten Informationen bringen mich nicht wirklich weiter. Daher mache ich einen neuen Anlauf und suche nach weiteren Bildern de Chiricos.

Eine ganze Galerie erscheint. Es sind oftmals fantasieartige Stadtansichten mit Türmen, Arkaden und idealisierten Architekturen. Mal tauchen Personen nur als Schatten auf, ab und an in Form von Statuen. Dann hingegen erscheinen die menschenähnlichen Figuren wie Puppen oder Maschinenwesen. Ein zentrales Element wiederholt sich jedoch bei nahezu jeder Gestalt: Die Gliedmaßen sind deformiert und surreal neu zusammengefügt. Aber keines der Bilder weist eine so deutliche Analogie zu den Morden in Frankfurt oder Warschau auf wie das Gemälde mit den Bananen zu der Toten in Paris.

Als nächsten Versuch kombiniere ich die Suchbegriffe. Zusammen mit *Frau ohne Hände* ergänze ich im Wechsel *Surrealismus, Kubismus* und *Dadaismus.* Alles Stilrichtungen, die prädestiniert sind für die Auflösung menschlicher

Körper und deren Neuzusammensetzung. Doch auch hier finde ich keinen Treffer. Ich gebe die Stilrichtung als alleinigen Suchbegriff ein. Dann ihre bekanntesten Vertreter wie Magritte, Braque, Picasso, Dalí oder Ball.

Meine Recherche ist nicht sehr ertragreich. Ich befürchte, dass es sich bei dieser Spur um ein reines Hirngespinst handelt.

Meine Zweifel werden durch das Vibrieren des Handys unterbrochen. Ich ahne, dass es Kellermann ist. Er hat die Mail schneller gesehen als gedacht.

»Wo sind Sie?« Aus seiner Stimme ist deutlich herauszuhören, dass er schon auf Hochtouren läuft.

»Guten Morgen«, erwidere ich und bremse ihn in seinem Elan.

»Guten Morgen.« Kellermanns Stimme klingt wieder einmal genervt. »Und noch mal: Wo sind Sie?«

»In Berlin.«

»Und wann sind Sic wieder in Frankfurt?«

»Heute Nachmittag.«

»Wann genau?«

Jetzt bin ich diejenige mit einem genervten Unterton: »Vielleicht gegen siebzehn Uhr.«

»Gut, dann sehen wir uns um Viertel nach fünf bei mir im Büro.«

»Wie bitte?«, meine ich entrüstet.

Doch ob der Kommissar die letzte Frage gehört hat, bleibt offen. Er hat aufgelegt. Ein bekanntes Muster.

Mitten in meine Wut über solch eine Unverfrorenheit am frühen Morgen platzt Karla. Die Haare zerzaust und die Augen noch schlaftrunken.

Sie setzt sich auf den Stuhl neben mich, zieht ihre Knie an und stellt die Fersen auf der Kante der Sitzfläche ab. Ihr T-Shirt streift sie über die angewinkelten Beine. Es ist so ausgeleiert, dass klar wird: Sie vollzieht diese Übung öfters. »Schon so früh wach?«

Karla schaut mich von der Seite an, doch ich blicke weiter nach vorn und zucke nur kurz mit den Schultern.

»Die Arbeit oder der Mordfall?«

»Letzteres«, antworte ich knapp. Wieder ohne sie direkt anzusehen.

»War das gerade der Kommissar?« Karla lässt nicht locker.

Jetzt wende ich mich ihr direkt zu und verdrehe die Augen. »Er ist unverfroren.«

»Das bist du auch.«

»Danke für das Kompliment am Morgen.«

Sie grinst, umfasst mit einer Hand meinen Kopf und zieht mich hinüber, um mir einen Kuss auf die Schläfe zu geben. »Was wollte er?«

»Dass ich heute Nachmittag zu ihm ins Büro komme.«

»Und das hat er ohne Kniefall gesagt?«

Jetzt muss ich selbst schmunzeln. »Ja, so in etwa.«

»Solange es um den Mord geht, brauchst du keinen Kniefall. Und wenn es um etwas anderes geht, sag Bescheid.« Damit befreit Karla wieder die Beine aus ihrem T-Shirt, steht auf und macht sich an der Kaffeemaschine zu schaffen.

36

Im Kommissariat herrscht gerade Aufbruchsstimmung, als ich ankomme. Entweder ist Schichtwechsel oder man hat eine ganze Menschenhorde zur Vernehmung eingeladen, die jetzt wieder das Weite sucht.

Der Pförtner hat mich wiedererkannt und hochgeschickt. Doch Kellermanns Büro ist leer. Ich bleibe unschlüssig im Türrahmen stehen und betrachte das Aktenchaos auf seinem Schreibtisch. Durch die Enge des Raumes wirkt es umso voluminöser. An der Wand sind Fotos der Mordopfer mit Klebestreifen befestigt.

Ich trete näher an die Wand heran, um die Bilder im Detail zu betrachten. Ich erkenne die Mordopfer sofort wieder. Der blutige Torso aus Paris. Der verschnürte Rumpf. Der mit Kanülen durchsetzte Körper. Es ist nicht mehr das gleiche Entsetzen, das mich noch am Montag überflutet hat. Erschrocken stelle ich fest, dass es sich wie ein schon vertrautes Grauen anfühlt. Als wäre die Büchse der Pandora geöffnet. Oder – denke ich mit bitterer Erinnerung an mein Zusammentreffen mit Stallenberg – als schritte ich selbst immer wieder über die Pforte zur Hölle.

Eingehend betrachte ich jedes einzelne Foto, bis ich plötzlich innehalte. Diese Szenerie ist neu. Ich kenne die Aufnahme nicht.

Sie zeigt einen nackten Frauenkörper, der über einem gusseisernen Zaun hängt. Die Kniekehlen umschließen die oberste Querstrebe. Die Füße sind mit Kabelbindern an die Oberschenkel gekettet, sodass die Beine wie eine Schlaufe um die Strebe gewickelt sind. Die Knie sind weit auseinandergezogen, sodass die Beine gespreizt werden. Die Frau ist rasiert. Kein Schamhaar ist erkennbar.

Der Zaun ist nicht besonders hoch. Ein Schäferhund würde mühelos seinen Kopf über ihn recken. Und so berührt ihr Rücken trotz der aufgehängten Beine vollständig den Boden. Der Untergrund ist sandig und feucht. Ihr Haupt ist etwas angewinkelt, sodass das Kinn gegen die Brust stößt und sich ein leichtes Doppelkinn abzeichnet. Ihre schulterlangen Haare sind zerzaust und durchsetzt von Straßendreck und Laubfetzen. Einzelne verklebte Strähnen verdecken ihr Gesicht. Trotzdem ist deutlich, dass es verschmutzt ist. Sie muss in der Position um ihr Leben gekämpft haben. Der Rest ihres Körpers wirkt unbefleckt.

Ich frage mich, wie sie gestorben ist. Was hat der Mörder ihr bloß angetan?

Mein Blick gleitet zu ihren Armen. Sie sind mit Bandagen

eingewickelt, Mullbinden, die einmal weiß gewesen sind. Der Verband reicht jeweils von der Mitte des Oberarms bis zu ihren Handballen. An den Gelenken sind zudem zwei dunkle Knöpfe sichtbar.

Ich beuge mich weiter vor, um dieses Rätsel zu entziffern. Mich schaudert es. Ich weiß jetzt, wie die blonde Frau ums Leben kommen ist. Jemand hat ihre Hände an den Boden genagelt.

Bei der Brutalität des Mordes stockt mir der Atem, dennoch wende ich den Blick noch nicht ab. Ich betrachte das Gesicht der Frau. Wer ist sie gewesen? Was für ein Leben hat sie geführt? Wer trauert jetzt um sie?

Ihr Alter lässt sich aus ihrem Gesicht schlecht schätzen. Dazu ist es zu schmerzverzerrt. Aber ihr Körper wirkt noch fast jugendlich.

An ihrem Bauch zeigt sich eine lange Narbe. Nach ihrer rötlichen Färbung zu urteilen, kann die Operation noch nicht allzu lange her sein.

Im Hintergrund der Aufnahme sind Zugschienen erkennbar. Die Gegend mutet trostlos an, verlassen. Ich vermute, dass es sich um einen stillgelegten Güterbahnhof handelt. Hinter den Gleisen ragt ein kastenförmiges kupferfarbenes Gebäude auf. Es hat keine Fenster, aber die Fassade ist mit horizontalen Einschnitten durchsetzt.

Es sieht aus wie ein riesiges Computergehäuse mit Lüftungsschlitzen. Irgendwo habe ich diese Immobilie schon einmal gesehen. Und nach einigem Überlegen sage ich im Stillen zu der toten Frau: ›Ich weiß zwar nicht, wer du bist und wer dir das angetan hat, aber ich weiß jetzt, wo du getötet wurdest.‹

Ein Blick auf die Uhr verrät mir, dass es mittlerweile kurz nach halb sechs ist. Von Kellermann nach wie vor keine Spur.

Ich entdecke in dem Papierchaos auf seinem Schreibtisch einen Haftzettelblock und ziehe einen Stift aus meiner Tasche. Die Nachricht klebt auf dem Bildschirm, als ich den Raum verlasse.

Sie kennen ja meine Nummer.

Glücklicherweise erwische ich direkt vor dem Kommissariat ein Taxi. Mit der Vorstellung, gleich die Wohnung aufzuschließen und einen ruhigen Feierabend ganz allein vor dem Fernseher zu verbringen, lasse ich mich entspannt durch die Stadt chauffieren.

Als ich aus dem Taxi klettere, sehe ich schon von der Straße aus, dass Reklameheftchen aus meinem Briefkasten hervorquellen. Ich klemme den Stapel Post unter den Arm. Vollbepackt steige ich die Treppenstufen empor. Natürlich klingelt genau in dem Moment, als ich versuche, mit meinen letzten freien Fingern die Tür aufzuschließen, mein Handy. Genervt lasse ich das Gepäck im Flur fallen und schmeiße die Post auf den Treppenabsatz. Es ist Kellermann.

»Ja.« Zu mehr reicht mein Gemütszustand nicht aus.

»Wo sind Sie?«

In seiner Stimme schwingt ein leicht vorwurfsvoller Unterton mit, der mich direkt in Rage bringt. »Soll das ein Witz sein?«, entgegne ich daher eindeutig genervt.

Kellermann rudert zurück: »Okay, okay. Kann ich Sie trotzdem heute noch sprechen?«

Ich antworte nicht direkt. Primär weil ich erst meinen Ärger herunterspülen muss.

Der Kommissar scheint mein Schweigen als Verhandlungstaktik aufzufassen, denn er meint: »Ich lade Sie auch zum Essen ein.«

Die Rolle der beleidigten Leberwurst konnte ich noch nie lange spielen, daher antworte ich nach nicht allzu langem Zögern: »Überredet. In einer halben Stunde beim Italiener in der Diesterwegstraße?«

»Geben Sie mir vierzig Minuten«, antwortet Kellermann, bevor ich das Klicken am anderen Ende der Leitung höre.

Die Diskussion um das Abendessen hat meinen Hunger erneut geweckt und mir fällt auf, dass ich seit dem Frühstück bei Karla nichts mehr gegessen habe. Ich öffne den Kühlschrank und schnappe mir eine Scheibe Ziegenkäse, um das erste Magenknurren zu vertreiben.

Zurück im Flur fällt mir der Stapel Post auf dem Fußboden wieder ins Auge. Noch am Käse kauend, flippe ich durch die Werbebroschüren und Briefe. Rechnungen, Schreiben von der Krankenversicherung, Reklame vom Pizza-Lieferservice … All das weckt nicht wirklich mein Interesse.

Auch der nächste Flyer sieht im ersten Moment nach Werbung aus. Diesmal nicht für Pizza, sondern für eine Kunstausstellung. Er ist bereits auf dem Altpapierstapel gelandet, als ich ihn nochmals zur Hand nehme. Wieso ist ein Eurobetrag daraufgedruckt und eine Maserung für einen Kartenabriss?

Ich betrachte den bunt bedruckten Karton näher. Es handelt sich tatsächlich um eine Eintrittskarte für die Ausstellung *Esprit Montmartre. Die Bohème in Paris um 1900.* Sie ist mit einem Datum versehen. Ein Onlineticket, das für eine festgelegte Besuchszeit gebucht wurde. Es ist der kommende Freitag. Einlass um zehn Uhr.

Von wem kommt das?, frage ich mich. Handelt es sich um einen reinen Werbegag? Wurde das Viertel mit einer ganzen Postwurfsendung an Freitickets für das Schirn beglückt? Steckt Stallenberg dahinter? Handelt es sich um ein weiteres mysteriöses Spiel nach dem Rätsel um den Füller?

Mich beunruhigen all diese Fragen und vor allem, dass ich keine Antworten darauf weiß. Gleichzeitig macht es mich auch wütend, dass ein reiner Flyer mich so aus der Bahn werfen kann.

Der Italiener in der Diesterwegstraße war brechend voll. Daher beschlossen Kellermann und ich einen Ortswechsel und betreten nun eine Bar in der Nähe. Ich zeige auf die Hocker direkt vor dem Tresen. Leonard Cohens rauchige Stimme dringt durch den Raum.

»*Hallelujah* ist mein Favorit«, ist der erste Satz, den ich aus Kellermanns Mund höre, seit wir uns auf den Weg gemacht haben. Ich bin erst verwirrt, was er damit meint, aber kombiniere dann, dass er auf die Musik im Hintergrund anspielt.

»Zehn Punkte«, bestätige ich kurz und knapp seinen Musikgeschmack und entledige mich meiner Daunenjacke.

Wir bestellen zwei Bier und für mich eine große Flasche Mineralwasser extra.

»Haben Sie mit Wehmüller gesprochen?« Ich versuche, direkt zum Thema zu kommen.

»Haben Sie immer so viel Durst?« Kellermann lässt sich noch nicht darauf ein.

»Ja. Und Ihre Antwort?«

»Auch ja.«

Das Gespräch entwickelt sich bahnbrechend. Kellermann wollte sich doch unbedingt treffen, denke ich bockig und überlege, das Terrain wieder zu verlassen.

Doch eine Kellnerin rettet uns aus dem verpatzten Start und serviert unsere Getränke. Dazu reicht sie zwei Menükarten.

»Cheers.« Ich halte dem Kommissar meine Bierflasche hin und wir stoßen an. Ohne zu trinken, stellt er jedoch seine Flasche zurück auf die Theke und blättert in der Karte.

Ich kommentiere seine Suche von der Seite. »Ich kann den Burger empfehlen. Den gibt es hier mit einem richtigen Stück Fleisch und anstatt einem weichen Brötchen servieren sie ein Baguette.«

»Klingt gut.« Der Kommissar klappt die Karte mit solch

einem Schwung zu, dass es knallt. Vom Geräusch aufgeschreckt, taucht die Kellnerin wieder auf.

»Wir nehmen zweimal den Burger«, rufe ich ihr entgegen. Direkt im Anschluss wende ich mich Kellermann zu: »Auf ein Neues. Wehmüller?«

»Was ist das für ein Bild?«, kontert er meinen Versuch, ihn zur Rede zu stellen.

Ich wäge innerlich ab. Ein weiterer Vorstoß wird zu nichts führen. Meine Stimme klingt trocken, als ich ihm letztendlich antworte: »*The Uncertainty of the Poet* von Giorgio de Chirico.«

Mir ist bewusst, dass der Kommissar diese Information schon hatte, dass es unnütz ist, sie ihm ein zweites Mal zu geben. Aber für mehr Kooperationsbereitschaft bin ich im Moment zu trotzig.

Kellermann kommentiert die abermalige Information nicht. Aber auch ihm ist die Wiederholung nicht entgangen. Denn in seinem nächsten Satz legt er einen arroganten Unterton an den Tag: »Und Sie glauben also, der Mörder hatte dieses Bild im Sinn, als er Frau Vernier getötet hat?«

Jetzt reißt mir der Geduldsfaden. »Ich glaube gar nichts. Ich war so freundlich, Ihnen das Bild zu schicken. Punkt.«

Jetzt bin ich es, die den Kommissar herausfordernd anschaut. Ich weiche keinen Millimeter zurück. Der Abstand zwischen uns bleibt gleich und ich wette darauf, dass meine Augen jetzt auch eine Spur dunkler erscheinen.

Kellermann zögert. An den Bewegungen seiner Wangenmuskulatur erahne ich, wie seine Gedanken kreisen. Er entscheidet sich für die Variante, mit der ich am wenigsten gerechnet hätte: »Wehmüller war heute bei uns im Kommissariat.«

Pause. Kellermann nippt jetzt doch an seinem Bier. Dann fügt er hinzu: »Ich habe mich nach seinen Tätigkeiten bei der *Como Invest* erkundigt.«

»Und?«, frage ich emotionslos, als sein Redefluss wieder ins Stocken gerät.

»Wir haben ihn mit den Ankaufsdaten konfrontiert und der negativen Wertveränderung des Objekts in Danzig.«

»Und?«, frage ich erneut, ohne meine Haltung oder den Gesichtsausdruck zu verändern.

»Er beruft sich auf sein Gutachten. Alle Daten seien völlig korrekt und vorurteilsfrei ermittelt worden. Jegliche Wertveränderungen wären nur durch Preisschwankungen im Markt zu erklären.«

»Haben Sie ihn auch nach den anderen Objekten gefragt? Denen in Polen, Ungarn, der Schweiz und in Spanien?«

Bevor der Kommissar mir antworten kann, tritt die Kellnerin mit unserem Essen näher. Kellermanns großen Augen ist die Begeisterung deutlich anzusehen.

»Hunger?«, frage ich, ohne wirklich auf eine Antwort zu warten.

Es kommt trotzdem eine: »Und wie!«

»Ihre erste Mahlzeit heute?« Meine Small-Talk-Fragen signalisieren ein Friedensangebot.

»Richtig getippt.« Und im nächsten Moment beißt Kellermann genüsslich in seinen Burger. Als dieser wieder halbwegs geordnet auf seinem Teller liegt und alle Ketchupreste im Gesicht beseitigt sind, spreche ich ihn erneut auf Wehmüllers Reaktion an.

»Zu den anderen Immobilien bekam ich die gleiche Antwort. Die Gutachten wären lupenrein und Wertminderungen lägen nur an einem unvorhersehbaren Rückgang der Nachfrage an Mietflächen im Markt.«

»Mmh, also unvorhersehbarer Rückgang der Nachfrage. So kann man es natürlich auch nennen«, kommentiere ich Wehmüllers Erklärung.

»Oder einen Kunstfehler«, ergänzt Kellermann.

»Und zu Leermann, hat er dazu etwas gesagt?«

»Die beiden kennen sich doch etwas näher, als Leermann ursprünglich behauptet hat.«

»Er hat gelogen?«, stoße ich hervor.

»Angeblich hat er Wehmüller schützen wollen, da der so eine präsente Figur ist. Zumindest in der Immobilienbranche. Wir haben Leermann dazu nochmals direkt befragt. Die Aussagen decken sich. Und mit dem Stick haben Sie sich nicht geirrt.«

»Mit dem Stick?«, frage ich ahnungslos.

»Sie meinten doch, Leermann wisse, was auf dem USB-Stick sei. Das hat er zwar nicht gewusst, aber zumindest etwas geahnt. Er kannte Bruns' Aufnahme von ihm und Wehmüller. Er hat ihn damals im *Dark Magic* gesehen, als er das Foto schoss. Da Leermann seine Homosexualität jedoch offen zugibt, war er nicht erpressbar. Anders hingegen Wehmüller. Und als wir Leermann auf den Stick angesprochen haben, fiel ihm die Fotografie wieder ein.«

»Dann hätte Wehmüller also noch ein weiteres Motiv?«

»Er hat auch für den Mord an Bruns ein Alibi. Er war an dem Tag in München und ist erst am nächsten Morgen nach Frankfurt zurückgekehrt. Er kann nicht der Täter sein.«

Die Neuigkeit lässt mich für einen Moment grübeln, doch ich gebe noch nicht auf: »Aber was ist mit Paris?«

»Sein Aufenthalt und die Tatzeit stimmen nicht überein. Dazwischen lagen gut drei Wochen«, erklärt Kellermann trocken.

»Und wenn es Leermann war? Oder ein anderer Komplize bei der Sega Invest? Was sagen denn Ihre Spezialisten aus dem Wirtschaftsdezernat? Haben die etwas herausgefunden?«

»Im Moment können wir die leider nicht wirklich einbinden. Um es offiziell werden zu lassen, müssten wir einen Einblick in die Daten der Sega Invest per Gerichtsbeschluss einfordern. Der Beantragungsprozess dauert ewig und eine Freigabe ist aufgrund der ungenügenden Beweislast unwahrscheinlich.«

Als Reaktion kommt von meiner Seite nur ein »Mmh«.

Da ich auch nach einer Weile keinen weiteren Kommentar ergänze, hakt Kellermann nach: »Woran denken Sie?«

»Der Verkäufer müsste mitgespielt haben. Es würde nicht reichen, wenn Wehmüller einen Deal mit der *Sega Invest* gedreht hätte.«

»Sie meinen, dass der Verkäufer involviert gewesen sein müsste und der Differenzbetrag letztendlich zwischen drei Personen aufgeteilt worden wäre: Wehmüller, jemandem von der *Sega Invest* und einer Person auf der Verkäuferseite?«

»Ja, genau. Daher ist die Frage, ob es Verkäufer gab, die öfters aufgetaucht sind. Es ist unwahrscheinlich, dass man gleich bei mehreren Unternehmen jemanden findet, der so viel kriminelle Energie aufwendet.«

»Können Sie das in der Akquisitionsdatenbank nachschauen?« Trotz unserer anfänglichen Startschwierigkeiten zeigt Kellermann jetzt eine fast hektische Neugierde.

»Na ja, da sind die Verkäufer aufgeführt. Ich könnte die Unternehmen der ausgewählten Objekte raussuchen.«

»Bis wann?«

»Ich denke übermorgen. Morgen bin ich in Wien«, erkläre ich.

»Sind Sie auch mal zwei Tage an einem Ort?«

Kellermanns Frage klingt kritisch, fast etwas barsch. Ich vermute, weniger aus Sorge um mein unstetes Leben, sondern eher aus Enttäuschung, dass er die Daten später als erhofft erhält.

Mein innerer Widerstand macht sich erneut breit und ich bin geneigt, dem Kommissar zu sagen, er solle doch selbst sehen, woher er seine Daten bekomme. Doch mir fallen Karlas Worte von heute Morgen wieder ein: ›Solange es um den Mord geht, brauchst du keinen Kniefall.‹

Trotzdem beiße ich erst mal in meinen Burger. Kellermann tut es mir gleich und widmet sich ebenfalls seinem Essen.

Kauend sitzen wir nebeneinander, mit Blick auf die Spiegelwand hinter dem Tresen.

Zwischen zwei Bissen erwähne ich: »Jana ist morgen bei der *Sega Invest.*«

Der Kommissar wollte eben in seinen Burger beißen, hält jedoch in der Bewegung inne und legt ihn zurück auf den Teller und schaut zu mir herüber. Ich fokussiere wieder die Wand. »Welche Option wollen Sie mir denn jetzt anbieten?«, höre ich ihn von der Seite fragen.

»Ich kann Jana bitten, mir die Daten rauszusuchen«, schlage ich ihm vor.

»Das wäre natürlich großartig!« Kellermann klatscht sich vor Begeisterung auf den Oberschenkel.

»Aber jetzt essen Sie erst mal, bevor Sie mir noch vom Stuhl fallen.«

»Wann sagen Sie Jana Bescheid?« Der Kommissar bleibt hartnäckig.

»Wenn Sie wollen, sofort.«

»Angebot angenommen.« Kellermann grinst mir entgegen.

Ich fische das Smartphone aus meiner Jacke unter dem Tresen. Zwei Anrufe in Abwesenheit. Anna und eine Nummer aus Wien. Vielleicht gab es noch Rückfragen zu unserem Termin morgen.

Ich ignoriere die Nachrichten und öffne das Mailprogramm, liste die Objekte auf und formuliere meine Anfrage an Jana.

In weniger als zwei Minuten ist die Mail verschickt. Danach schaue ich noch kurz in den Posteingang.

Und in der Tat, die Wiener haben angekündigt, dass sich der Beginn unseres Workshops um eine halbe Stunde nach hinten verschiebt. Kein Problem. Aber ich sehe, dass Helena nicht in Kopie gesetzt wurde, und leite ihr die Mail weiter. Auch wenn sich unsere Flugdaten ohnehin nicht mehr ändern werden.

»Schon fertig?«, fragt mich Kellermann, nachdem ich zwei weitere Mails angeschaut habe und das Handy letztendlich auf den Tresen lege.

›Schon längst‹, will ich antworten, doch ein eingehender Anruf stoppt mich. Bevor ich abnehme, sage ich daher: »Nein, schon eine Antwort.«

Janas sprudelnde gute Laune erwartet mich am anderen Ende der Leitung. Sie hat eine Vorliebe dafür, Mails persönlich statt schriftlich zu beantworten. »Was brauchst du genau? Ich bin noch im Fachbereich bei der *Sega Invest.* Ich kann es dir rasch raussuchen.«

»Du bist jetzt noch bei der *Sega Invest?*«, frage ich erstaunt und überschlage im Kopf die aktuelle Uhrzeit.

»Ja, wir hatten heute ein paar Systemabstürze. Die Tests müssen aber noch abgeschlossen werden, damit die Entwickler morgen fortfahren können. Keine Sorge, ich bin in ein, zwei Stunden damit durch.«

»Dann hoffe ich mal, dass du so schnell wie möglich nach Hause kommst. Falls ihr es nicht mehr schafft, können die Entwickler morgen ja auch erst mal die Cash-Flow-Reports und die Prüfroutinen für den Kapitaldienstdeckungsgrad bearbeiten.«

Kellermanns Stirnrunzeln vermittelt, dass die Begriffe für ihn böhmische Dörfer sind.

Jana lässt sich hingegen nicht in ihrer Euphorie bremsen und kommt auf mein Anliegen zurück: »Also, was kann ich für dich tun?«

Nach einer kurzen Erläuterung sucht sie die Objekte in der Akquisitionsdatenbank heraus und notiert mir die Verkäufer in eine Mail. Kurz nachdem ich aufgelegt habe, geht diese im Posteingang ein. Ich überfliege die Namen, doch keine der Firmen kommt mir bekannt vor. Weder die *Como Invest* noch die *ImmoWert* oder *Immo Arturro* sind unter den Namen vertreten.

Kellermann beugt sich zu mir herüber, um ebenfalls einen Blick auf das Display werfen zu können. Sein Oberarm berührt dabei meine Schulter und ich überlege kurz, ob ich ihm das Handy rüberreichen soll, damit er es sich selbst anschauen kann. Aber ich unternehme nichts. Und auch Kellermanns Arm bleibt in gleicher Position an meiner Schulter. Von mir selbst überrascht, beschließe ich, nicht weiter darüber nachzudenken, was das bedeutet.

»Sagen Ihnen die Firmen etwas?«, unterbricht der Kommissar meine Gedankengänge und rückt zugleich auf seinem Hocker wieder etwas zurück.

»Nein, nichts«, gebe ich zu und als sein Gesichtsausdruck unverhohlene Enttäuschung zeigt, ergänze ich: »Was aber nichts heißen muss. Die hier aufgeführten Firmen sind Objektgesellschaften, die wiederum von einzelnen oder mehreren Anteilseignern gehalten werden. Daher kann es gut sein, dass unter denen ein Unternehmen ist, das wir kennen.«

»Steht das ebenfalls in der Akquisitionsdatenbank?«

»Nein, das kriegen wir anders heraus.« Ich greife wieder zu meinem Telefon und leite die Mail mit einem Erläuterungssatz an Helena weiter. Nachdem ich das Handy weggelegt habe, schaut mich Kellermann fragend an.

»Ich habe die Mail an Helena geschickt. Sie hat einmal im M&A-Bereich gearbeitet. Das ist ihr Spielfeld.«

»M&A?« Kellermanns Neugierde ist noch nicht gestillt.

»Merger and Acquisitions. Also die Fusion von Unternehmen und der Aufkauf anderer Firmen.«

»Oha.« Der Kommissar zuckt förmlich zurück, als würde ich ihm eine nasse Kröte entgegenstrecken.

»Also nicht Ihr präferiertes Interessensgebiet.«

»Nein, definitiv nicht unter den Favoriten.« Kellermann schüttelt gedankenverloren den Kopf.

»Gehört die Tote in Basel auch zu der Serie?«, stoße ich in ein neues Terrain vor.

Kellermann ist wieder hellwach. »Wovon sprechen Sie?«

»Von dem neuen Foto an der Wand in Ihrem Büro«, antworte ich so selbstverständlich wie möglich, obwohl der Kommissar sicher schon längst weiß, was ich meine.

»Sie haben in meinem Büro herumgeschnüffelt?« Kellermanns Augen sind zugekniffen.

»Ich würde es mal so formulieren: Sie haben mich warten lassen, bis ich unverrichteter Dinge wieder gegangen bin, und jetzt beantworten Sie noch nicht einmal meine Frage.«

»Wieso sollte ich?« Sein Ton ist spöttisch und nervt mich ungemein.

Zum Glück meldet sich in dem Moment mein Handy. Das Display zeigt eine eingehende Mail an. »Darum«, antworte ich ebenso spöttisch und wedle mit dem Smartphone in der Luft. Obwohl ich aus den Augenwinkeln schon gesehen habe, dass es sich nicht um eine Antwort von Helena handelt, lasse ich mir die Chance nicht entgehen.

»Sie sind anstrengend.« Kellermann ist jetzt genauso genervt wie ich.

»Habe ich schon mal gehört.« Mein Ton vermittelt Gleichgültigkeit. Zumindest soll er das.

Der Kommissar wägt einen Moment Für und Wider ab. Dann erklärt er ebenso emotionslos: »Der Mord ist gut drei Jahre her. Bei dem Opfer handelte es sich um eine siebenundzwanzigjährige Frau. Der Täter konnte bis jetzt nicht ermittelt werden.« Seine Gestik deutet darauf hin, dass die Erläuterungen damit abgeschlossen sind.

Ich bin allerdings anderer Meinung. »Sie ist verblutet?«

Kellermann ist nicht begeistert über meine Frage, trotzdem antwortet er knapp: »Ja.«

»Der Mord geschah in unmittelbarer Nähe zur Stellwerkzentrale der Schweizer Bahn, oder?«

»Wieso die Frage, Sie wissen ja schon alles.« Sein Begeisterungsniveau ist jetzt eindeutig unterirdisch.

Unbeirrt antworte ich gelassen: »Ich habe das Gebäude im Hintergrund erkannt. Es ist ein Wahrzeichen unter Architekten.«

Aus dem Mund des Kommissars ist nur ein Brummen zu hören.

»Steht die Tote in Verbindung zu den anderen Morden?«

Kellermann zögert einen Moment. Aber jetzt wirkt er weder genervt noch wütend. Er sieht einfach nur erschöpft aus, resigniert über die verfahrenen Ermittlungen. Das spiegelt sich in seiner Stimme, als er zugibt: »Wir wissen es nicht. Es kann sein. Die Untersuchung läuft.«

Die Mordserie zermürbt den Kommissar. Als er auf mein Handy zeigt, antworte ich daher kleinlaut: »Sorry, das war nicht Helena. Aber ich melde mich, sobald ich etwas höre.«

In Kellermanns Gesicht ist wieder Leben eingekehrt und seine Augen blitzen mich an. »Sie sind hinterlistig!« Aus seiner Stimme ist keine Wut herauszuhören, eher verschmitzte Freude über einen gelungenen Streich. Auch wenn er auf seine Kosten ging.

»Dafür, dass Sie mich eben noch höflich genannt haben, bin ich aber schnell in Ihrem Ansehen gesunken«, spiele ich daher den wohlgemeinten Angriff mit schelmischem Lächeln zurück.

»Dann zahlen Sie wenigstens heute!« Ein letzter Versuch Kellermanns, den Streich zu seinen Gunsten zu nutzen.

»Mit dem größten Vergnügen!«, antworte ich so charmant, wie ich spontan kann.

Die wohlige Wärme der Wohnung nehme ich dankbar entgegen. Draußen hat es sich deutlich abgekühlt und der kurze Spaziergang von der Bar hierher hat gereicht, um mir die Kälte in die Glieder fahren zu lassen. Die dicke Jacke tausche ich daher direkt gegen eine flauschige Decke auf dem Sofa ein. Der Laptop auf meinem Schoß spendet zusätzliche

Wärme. In eine Suchmaschine gebe ich *Basel 2014 Ausstellungen* ein. Basel hat die größte Museumsdichte Europas und ist ein Mekka der Kunst. Wie erwartet, explodiert die Hitliste förmlich. Die ersten Links zeigen die aktuellen Ausstellungen der Fondation Beyeler und des Kunstmuseums. Die weiteren geben Hinweise zur internationalen Kunstmesse, der *Basel Art.*

Ich klicke mich durch die Links und öffne Seiten, die über vergangene Ausstellungen berichten. Im Archiv des Kunstmuseums treffe ich auf bekannte Namen aus allen Epochen: Lichtenstein, Warhol, Degas, Bonnard. Aber keiner weckt wirklich mein Interesse.

Ich wechsle zur Fondation Beyeler. Diese Stiftung zeigt eine Sammlung, die das Ehepaar Hildy und Ernst Beyeler über einen Zeitraum von etwa fünfzig Jahren zusammengetragen hat. Das Archiv weist eine dementsprechende Fülle an zurückliegenden Ausstellungen auf. Zum Glück sind sie chronologisch geordnet und ich finde schnell das Jahr 2014. Als ich die Zeilen lese, bin ich wie elektrisiert. *Eros: Rodin und Picasso* erscheint in roten Großbuchstaben auf dem Display. In den darauf folgenden Abschnitten ist die Rede von der Lossagung von der Tradition und dem Wunsch, in der Kunst den Kern des Lebens, die Schöpfung an sich, darzustellen.

Ich überspringe die nächsten Abschnitte und gehe direkt zu den ausgestellten Werken.

Unter Picassos Bildern ist eine Studie zu sehen, die Zeichnung eines stehenden Akts. Darauf folgen zwei Ölbilder. Das erste stellt seltsam deformierte Körperteile am Meeresufer dar. Aufgrund der massiven, überdimensionierten Brüste in der Mitte des Bildes handelt es sich eindeutig um eine Frau. Das zweite bildet ebenfalls eine nackte weibliche Gestalt ab, diesmal auf einem gestreiften Untergrund. Über ihr thront ein Musiker mit einer Gitarre.

Ich wechsle zu den Werken Rodins. Es handelt sich mehrheitlich um Skulpturen. Insbesondere eine davon weckt mein Interesse: Rodin hat aus den Leibern zweier Frauen ein einziges Körperknäuel erschaffen. Die Gliedmaßen und Köpfe sind so ineinander verschlungen, dass die Zugehörigkeit uneindeutig wird. Der Körper ist nicht mehr Besitz der Frau. Nicht mehr ihr Eigentum. Ich schaue auf den Titel des Kunstwerks und lese *Verdammte Frauen.*

Ein paar Klicks weiter stoße ich auf einen Zeitungsartikel vom 4. April 2014. Ich überfliege den Text und bleibe an einer Stelle hängen: *Rodin begriff den menschlichen Körper als ein Stück Urmasse, das er in sinnlich-schöpferischer Weise aus der plastischen Masse heraus neu lesbar machte.* Und weiter unten heißt es: *Eine radikale Zuspitzung des Erotischen zu einem äußersten Ausdruck der Möglichkeiten.*

Ich lehne mich zurück und betrachte ausdruckslos den Bildschirm. Werde ich paranoid? Sehe ich einen Wald, wo keine Bäume sind? Oder irre ich mich nicht und diese ganzen Morde dienen zur Erschaffung eines makabren Kunstwerks?

Ich klappe den Laptop zu und zappe durch die Fernsehkanäle. Aber das Abendprogramm zeigt keine lohnenswerten Alternativen. Letztendlich schalte ich das Gerät aus und entschließe mich, schlafen zu gehen. Mein Wecker wird ohnehin in sechs Stunden klingeln. Bevor ich zu Bett gehe, lösche ich das Licht in der Küche. Dabei fällt mein Blick auf den Tisch und die darauf liegende Eintrittskarte. Die verschleierte Cancan-Tänzerin lächelt mich frivol an, als sei sie gerade dem *Moulin Rouge* entsprungen. Ich lösche das Licht und hoffe, dass mich dieses Gesicht nicht in meine Träume verfolgt.

37

Als ich Helena aufgelöst am Frankfurter Flughafen treffe, stellt sich sofort heraus, dass wir heute Morgen eine SMS mit gleichem Inhalt erhalten haben.

Weißt du, wo Jana ist?

Im Taxi habe ich David angerufen. Er hat mir berichtet, dass Jana gestern Abend zu ihm in die Wohnung kommen wollte. Sie ist weder erschienen, noch konnte er sie bis jetzt erreichen. Das ist ungewöhnlich. Jana ist die Zuverlässigkeit in Person. Ich habe ihren Freund gebeten, sich direkt mit Kellermann in Verbindung zu setzten und sich bei mir zu melden, wenn es ein Zeichen von ihr gibt.

Auch Helena kann sich ihr Verschwinden nicht erklären. »Aber wo kann Jana denn sein?«

»Ich habe gestern gegen acht noch mit ihr telefoniert, da war sie bei der Sega Invest. Sie wollte ein paar Sachen im System erledigen und dann gehen.«

»Weiß die Polizei Bescheid?« Helenas Stimme klingt besorgt. Ihr Körper steht sichtbar unter Spannung.

Ich versuche, sie etwas zu beruhigen: »Ja, mit Sicherheit. Ich habe David gebeten, Kellermann anzurufen.« Als Helenas Augen weiterhin nur Fragezeichen vermitteln, ergänze ich: »Das ist der Kommissar von dem Mordfall bei der *Sega Invest.*«

Helena nickt stumm. »Es wird sicher alles gut«, höre ich sie monoton sagen. Ihre Augen schauen dabei durch mich hindurch und ich bin nicht sicher, ob der Satz meiner oder ihrer Beruhigung galt.

Während des Flugs berichtet Helena mir, dass ihre Recherche ergebnislos war. Die Verkäufer des Gebäudes in Danzig haben weder etwas mit der *Sega Invest* noch mit der *Como Invest* zu tun. Auch zu den beiden Investoren *ImmoWert* und *Immo Arturro,* die in Warschau ihr Vermögen angelegt haben, lässt sich keine Verbindung herstellen.

Obwohl das Resultat mager ist, sind wir beide sichtlich dankbar für das Gespräch. Es lenkt uns wenigsten für ein paar Minuten ab.

Passend zum katastrophalen Start in den Tag wurde uns heute eines der innen liegenden Sitzungszimmer zugeteilt. Der Raum hat weder Fenster noch eine Lüftung und ist mit Möbelstücken ausgerüstet, die an die Biederkeit der Sechzigerjahre anknüpfen. Helena eröffnet die Sitzung und stellt die Diskussionspunkte vor.

Ich lasse das Handy trotzdem auf dem Tisch liegen. Eine Störung durch Janas Freund wäre mir jetzt mehr als willkommen. Doch das Smartphone tut mir den Gefallen nicht. Es bleibt stumm.

Zu meiner Erleichterung beenden wir die Sitzung kurz nach Mittag. Es ist eine Wohltat, diesem Raum zu entfliehen. Wir verabschieden uns und steigen in ein Taxi zum Flughafen.

Im Wagen schreibe ich zwei SMS mit nahezu gleichem Inhalt und schicke sie an David und Kellermann. David antwortet gleich. Weiterhin keine Nachricht von Jana. Sie ist jetzt seit siebzehn Stunden verschwunden. Das ist mehr als ungewöhnlich.

Eine Antwort vom Kommissar erhalte ich erst, als wir in Frankfurt gelandet sind und ich den Flugmodus ausschalte. Jedoch bekomme ich auch jetzt keine Gewissheit, sondern le-diglich die Frage, wann ich im Kommissariat sein kann. Das sind keine guten Neuigkeiten. Ich schreibe eine SMS zurück.

In dreißig Minuten.

»Wissen Sie schon etwas?«, ist meine erste Frage, als Kellermann die breite Freitreppe herunterkommt, um mich am Empfang des Kommissariats abzuholen. Heute habe ich einen prinzipientreuen Pförtner erwischt, der sich geweigert hat, mich allein ins Büro gehen zu lassen.

Anstatt mir zu antworten, legt der Kommissar eine Hand auf meine Schulter, um mich direkt die Stufen hinaufzudirigieren. Diese ungewohnte körperliche Nähe verunsichert mich nur umso mehr. Ist das die schonende Einleitung einer grausamen Nachricht?

Vehement verzichtet der Kommissar darauf, meine Frage zu beantworten. Meine Anspannung nähert sich dem Siedepunkt.

In seinem Büro angekommen, bleibe ich neben dem Besucherstuhl stehen. Kellermann nimmt hinter dem Schreibtisch Platz. Der biegt sich unter den gewohnten Aktenstapeln.

»Setzen Sie sich doch bitte.« Seine Stimme hat einen verdächtig weichen Ton angenommen. Nur um endlich in Erfahrung zu bringen, was mit Jana passiert ist, leiste ich seiner Aufforderung umgehend Folge.

Mein Kooperationsangebot zeigt Wirkung. Kellermann fährt ohne weiteres Nachfragen fort: »Wir wissen noch nichts. Wir haben POLAS gestartet …« Er stockt und mein fragender Blick allein reicht schon, damit er noch einmal von vorn ansetzt: »Wir haben das polizeiliche Abfragesystem gestartet. Die Handyortung läuft und die retrograden Verbindungsdaten werden gerade analysiert. Parallel wurde die Kontoverdichtung gestartet. Wenn sie Geld abhebt, werden wir ihren Standort sofort lokalisieren.«

»*Falls* sie Geld abhebt«, falle ich ihm ins Wort und stelle innerlich infrage, dass Jana einen Ausflug plant und gerade zur Finanzierung an einem Geldautomaten steht.

Kellermann geht nicht auf meine Kritik ein und ergänzt sachlich: »Wir sind dabei, die Zeugen zu befragen. Ihr Umfeld, ihre Angehörigen. Jana hat gestern eine halbe Stunde nach dem Telefonat mit Ihnen die *Sega Invest* verlassen. Das bestatigt sowohl der Pförtner als auch das Zutrittskontrollsystem. Ab dann fehlt von ihr jede Spur.«

»Dann hat sie ihre Arbeit nicht wie geplant zu Ende geführt. Sie hat vorzeitig die Bank verlassen«, schlussfolgere ich.

Mein Kopf ist immer noch voller Fragezeichen. Meine quälende Ungewissheit scheint so offensichtlich zu sein, dass Kellermann mit beruhigender Stimme fortfährt. »Das muss noch nichts heißen. Es sind gerade mal vierundzwanzig Stunden vergangen. Ganz bestimmt ergibt sich eine harmlose Erklärung. Vielleicht ist sie bei einer Freundin. Vielleicht ist sie feiern gewesen. Vielleicht brauchte sie mal Ruhe von ihrem Freund. Vielleicht ...«

Dem Kommissar gehen die Worte aus. Er zieht die Schultern hoch, verharrt und lässt sie dann wieder fallen. Einen Moment herrscht Schweigen. Wir blicken uns gegenseitig fest in die Augen, als ob darin Janas Schicksal abzulesen wäre.

Ich bin die Erste, die die Stille unterbricht: »Aber Sie glauben nicht daran.«

Kellermann zuckt erneut mit den Schultern und wendet sich seinem Bildschirm zu. Ein Fliehen vor mir und dem, was keiner aussprechen mag.

»Richtig?«, frage ich nachdrücklich, aber mit leiser Stimme.

Der Kommissar sucht sehnsüchtig nach einem Ablenkungsmanöver. Einer Unterlage, einem Anruf, einer Mail, irgendetwas, was er der Antwort vorschieben kann. Doch mit jeder Sekunde wächst die Gewissheit, dass das Unausgesprochene eintreten wird.

Die Stille quält und um ihr ein Ende zu bereiten, höre ich mich leise sagen: »Wenn Jana mit den Taten in Verbindung steht, ist es der achte Mord.«

»Wir können zu ihrem Zustand noch keine Aussage machen. Und ob das Verschwinden mit den Mordfällen in Verbindung steht, wissen wir nicht.« Kellermanns Stimme klingt bestimmt, fast barsch. Als wolle er sich selbst überzeugen, wohl wissend, dass seine Theorie auf wackligen Beinen steht.

Ohne auf seine Worte zu reagieren, schaue ich den Kommissar unverwandt an. Seine Bartstoppeln sind unregelmäßig. Wuchern wild. Die letzte Rasur liegt ein paar Tage zurück. Die Haut unter seinen Augen ist dünn wie Pergament. Feine Äderchen schimmern hindurch. ›Er sollte mal einen Concealer verwenden‹, würde Jana jetzt sagen. Ich kann meine Gedanken nicht von ihr lösen.

Meine Augen fixieren den Hintergrund. Die Raufasertapete, an der ich das Foto von der Toten in Basel entdeckt habe. Die weiteren Aufnahmen jedes einzelnen Tatorts. Ich konzentriere mich auf die weiße Fläche dahinter, die unterbrochen wird von aufgerissenen Löchern vergangener Tage. Fotos, die zu früheren Zeiten einmal hier gehangen haben. Ich versuche, in der Maserung Figuren zu erkennen. Muster zwischen den einzelnen Punkten in der Tapetenstruktur zu identifizieren. Alles Ablenkungsmanöver, damit mein Kopf nicht explodiert. Bei meinen Gedankenexperimenten schaut Kellermann mir stillschweigend zu. Um die Unerträglichkeit des Moments zu unterbrechen, frage ich: »Kann ich etwas tun?«

»Ja«, antwortet er direkt. »Ich möchte, dass Sie sich noch einmal alle Fotos anschauen. Auch das Mordopfer in Basel und die Aufnahmen vom Tatort der *Sega Invest.*«

»Noch einmal? Meinen Sie, wir entdecken etwas Neues?«

»Jana hat gestern in der Datenbank recherchiert. Es muss einen Zusammenhang geben«, betont Kellermann.

»Die Verkäufer der Immobilien stehen in keinem Zusammenhang zu der *Sega Invest* oder den anderen Investoren, deren Namen bisher aufgetreten sind.«

Der Kommissar scheint überrascht zu sein über meinen plötzlichen konstruktiven Vorstoß. Doch er nimmt den Ball direkt auf: »Hat Helena das gesagt?«

»Ja«, antworte ich. Der Aktionismus tut mir gut. Daher frage ich direkt im Anschluss, um keine unnötige Stille entstehen zu lassen: »Haben Sie noch mal mit Wehmüller gesprochen? Haben Sie die Spur mit dem Komplizen verfolgt? Ein interner Verbündeter aus der Sega Invest? Oder derjenige, der ihm bei dem Verkäufer den Deal erst ermöglicht hat?«

»Im Moment ist die Unterschlagung nur eine Vermutung. Unsere Kollegen von der Wirtschaftskriminalität sind dran.«

»Mmh«, ist meine einzige Reaktion.

Wieder entsteht Schweigen. Beide sitzen wir im Stuhl zurückgelehnt. Beide mit verschränkten Armen, als würden so die Tatsachen an der Wand nicht an uns herangelangen.

»Fangen wir mit der Toten in Basel an«, durchbricht Kellermann die Stille, jedoch ohne aufzustehen, um das Foto von der Tapete zu lösen. Als wolle er trotz seiner Aussage meine Antwort abwarten.

Auch ich bleibe sitzen. Auch mir fehlt die Motivation, das Bild anzufassen. Um den Zeitpunkt noch etwas hinauszuzögern, stelle ich fest: »2014 gab es in Basel eine Ausstellung. *Eros: Rodin und Picasso.*«

Pause. Ich spüre, wie meine eigene Unsicherheit über die ausgesprochenen Worte steigt. Ergeben sie wirklich einen Sinn? Wird Kellermann wieder seine Arroganz an den Tag legen? In dieser Atmosphäre sicher nicht.

Dann reagiert er und stoppt meine Gedanken: »Das ist an sich noch kein Mordmotiv. Oder haben Sie ein Bild entdeckt, das der Toten gleicht?«

»Nein. Zumindest nicht unter denen, die im Internet verfügbar waren.«

Wieder Stille, wieder die Fragen, wie viel Sinn hinter meiner Anmerkung steckt und ob ich nicht langsam selbst verrückt werde.

Ungeachtet meiner Zweifel fährt Kellermann fort: »Also die Tote in Basel.« Und diesmal steht er abrupt auf. Der

Schwung soll uns beiden wohl Mut verleihen oder zumindest Tatendrang. Er reißt den Klebestreifen ab und, wie erwartet, bleibt ein Stück Raufasertapete daran hängen. Das Foto streckt er mir entgegen.

Meine Arme sind verschränkt. Sein Tatendrang ist bei mir noch nicht angekommen. Oder der innere Widerwille dagegen, diese Aufnahme erneut zu betrachten, ist zu groß. Denn diesmal geht es nicht nur um die junge Frau, die an ihren Händen festgenagelt wurde. Diesmal kommt eine andere Angst hinzu. Die Angst, dass auf jedem Foto, das ich betrachte, nicht irgendeine anonyme Tote zu sehen ist, sondern eine Frau, die ich kenne – Jana.

All das schießt mir durch den Kopf, als ich mich letztendlich doch vorbeuge und, wenn auch zögerlich, das Foto ergreife.

Die Aufnahme vibriert in meiner Hand und ich bemerke, wie sehr ich zittere. Ich lege das Bild auf Kellermanns Schreibtisch ab. Meine Hände ruhen in meinem Schoß. Auch mit etwas Abstand erkenne ich die Tote deutlich, wie sie mit ihren Beinen über dem Geländer hängt, sich die gusseiserne Strebe in ihre Kniekehlen quetscht und ihr Kopf den Sandboden berührt. Ihre Arme sind weit vorgestreckt, blockieren den Weg für mögliche Passanten. Ihre Fingernägel sind knallrot lackiert.

»Es sieht wie eine Kreuzigung aus. Vielleicht auch das ein Hinweis zur Formung, zur Gestalt.« Während ich die Sätze ausspreche, lehne ich mich wieder zurück in meinem Stuhl und verschränke die Arme, um den verloren gegangenen Abstand wiederherzustellen.

»Sie meinen zur Kunst?« Kellermanns Stirn liegt in Falten.

»Ja«, gebe ich zu.

»An welchen Künstler denken Sie?« Für den Kommissar sind diese Theorien anscheinend doch nicht so abwegig, wie er mir in der Bar vermittelt hat.

»Vielleicht Dalí, Picasso oder einer der anderen Kubisten wie Gris oder Braque.«

»Können Sie in Ihrem Handy nachschauen, ob Sie ein Gemälde mit solch einer Kreuzigungsszene finden? Wir haben hier ja mit einer Internetsperre zu kämpfen.«

Ohne weiteren Kommentar hole ich mein Smartphone hervor und beginne mit der Eingabe der Künstlernamen in Kombination mit dem Begriff *Kreuzigung*. Ich scrolle durch die angezeigten Bilder Picassos, zumeist farbenfrohe, geometrisch reduzierte Darstellungen. Jedoch weist keines eine Ähnlichkeit zum Tatort auf. Auch die Recherche zu Dalí bringt keine Ergebnisse.

Kellermanns Ungeduld steigt und er beugt sich zu mir rüber, um einen Blick auf das Display zu erhaschen. Doch der Bildschirm ist zu klein und meine Finger, die die Oberfläche bedienen, versperren ihm die Sicht. Während ich mich durch die Bilderauswahl von Braque scrolle, halten meine Finger plötzlich inne.

Ein Triptychon hat meine Aufmerksamkeit erregt. Es stellt sich heraus, dass es gar nicht von Braque stammt, sondern von Bacon, der sich von Picasso stark inspirieren ließ. Mit den Fingern ziehe ich das Bild größer, sodass nur noch der mittlere Part des dreigeteilten Gemäldes sichtbar ist. Als das gesamte Display ausgefüllt ist, strecke ich es Kellermann entgegen.

Der Kommissar ergreift das Handy, kneift seine Augen zusammen und konzentriert sich. Dann schaut er mich wieder an, jedoch ohne mir das Smartphone zurückzugeben. Im ersten Moment denke ich, er hält es für ein Beweisstück, welches jetzt in den Besitz der Polizei übergegangen ist.

»Die Ähnlichkeit ist frappierend, oder?«, unterbreche ich die Stille.

»In der Tat. Wie heißt das Gemälde?«

»*Kreuzigung*«, antworte ich.

Kellermann steht abrupt vom Stuhl auf und geht zu seiner Fotowand. Er reißt so schnell einzelne Aufnahmen ab, dass ich kaum erkennen kann, um welche es sich handelt. Die Anzahl der Löcher in der Tapete hat sich deutlich vermehrt.

Noch während der Kommissar mir den Rücken zudreht, frage ich ihn: »Haben Sie Janas Handy überprüft? Hat sie jemanden angerufen?«

Kellermann dreht sich langsam zu mir um. Fast behutsam, als würde er auf etwas Zerbrechlichem stehen, das unter seiner Gewichtsverlagerung zerbersten könnte. »Frau Wagenfeld«, beginnt er mit ruhiger, aber gewichtiger Stimme. »Ein Einsatzkommando überprüft jede mögliche Spur, die uns bei dem Verbleib von Frau Friese weiterhelfen könnte. Sobald sich ein neuer Tathinweis ergibt, werde ich es als Erster erfahren. Glauben Sie mir. Die Polizei tut, was in ihrer Macht steht. Und Sie helfen am ehesten, wenn Sie sich jetzt mit mir noch einmal die Fotos ansehen.«

Nachdem der Kommissar seinen Monolog beendet hat, lässt er sich zurück auf den Schreibtischstuhl fallen. So als ob mit dem Ende seiner Ansprache auch seine Energie versiegt wäre. Das Bündel Fotos wirft er auf eine noch freie Stelle seines Schreibtisches. Dann zieht er aus einer Akte ein beschriebenes Blatt Papier. Auf diesem sind die Namen der Toten aufgelistet, die Orte und die Jahreszahlen.

So sauber protokolliert, fehlt ihnen jegliche Grausamkeit. Ganz harmlos erscheinen diese Namen und Zahlen. Es könnten auch Geburtstage sein, wenn nicht das Wissen um ihren Hintergrund wäre.

»Fangen wir mit dem ersten Toten an. Der Rumpf mit den Bananen.«

Kellermanns neutrale Stimme und die Beschreibung des Opfers, als ob es sich um einen reinen Sachgegenstand handelt, machen die Buchstaben auf dem Papier nicht lebendiger. Ich habe mal gehört, dass Polizisten oft eine kalte und sarkastische Sprache verwenden, um die Geschehnisse nicht an sich herankommen zu lassen. Diese Theorie bestätigt sich gerade.

Unbeirrt von meinen Gedanken fährt der Kommissar fort: »Wenn die Theorie stimmt, handelt es sich hier um die Nachahmung des Gemäldes *The Uncertainty of the Poet* von Giorgio de Chirico aus dem Jahre 1913.« Er ergänzt die Informationen mit einem blauen Filzstift hinter dem Namen der Toten. Ohne aufzusehen, trägt er in der zweiten Zeile *Kreuzigung von Francis Bacon* ein. Dann blickt er zu mir auf: »Haben Sie hier auch eine Jahreszahl?«

Ich greife nach meinem Handy. Die Information ist schnell recherchiert: »1965.«

Ohne Kommentar ergänzt Kellermann das Datum. Dann blättert er durch den Stapel Fotos, stoppt aber bereits beim dritten.

Es ist die Frau in der Birke, deren Arme durch Drähte mit den Ästen verbunden wurden. Er streckt mir die Aufnahme entgegen. Das Gesicht der Toten wirkt wie aus Porzellan. Umgeben von langem rötlichem Haar. So lang sind auch Janas Haare.

Trotz meines Widerwillens ergreife ich die Fotografie und betrachte sie im Detail. Ich versuche jetzt ebenfalls, Abstand zu nehmen, mir die Frau nicht als Menschen, sondern als Gegenstand, als Forschungsobjekt vorzustellen. Ich scanne systematisch jeden Millimeter ab und nehme dann die Tote noch einmal als Gesamtwerk wahr. Als Komposition im Zusammenspiel mit dem Hintergrund, der Birke und der sich dahinziehenden, leicht gewölbten Landschaft. »Vielleicht Dalí.« Ich zucke mit den Schultern. Ich bin mir nicht sicher, mir kommt kein Bild in den Sinn, das dieser Szenerie ähneln würde.

»Könnten Sie das überprüfen?«

Wieder ergreife ich mein Handy und recherchiere. Die angezeigten Kunstwerke überzeugen mich jedoch nicht. Es erscheinen die für den Künstler typischen Figuren mit lang gezogenen Gliedmaßen, die so dünn werden, dass sie Zweigen oder auch Drähten gleichen. Es handelt sich jedoch mehrheitlich um Tiger oder Pferde und weniger um Menschen, geschweige denn um eine Frau.

Ich schüttle den Kopf und, wie um meine Auffassung zu unterstreichen, reiche ich Kellermann das Handy, damit er sich selbst ein Bild machen kann. Nach kurzem Scrollen gibt er mir das Gerät zurück. »Sie haben recht, die Ähnlichkeit überzeugt nicht.«

Ich schaue mir noch mal die Fotografie an und versuche, das Gesamtwerk zu erfassen. Vielleicht fehlen uns noch ein paar Details, um auf das richtige Bild zu kommen.

»Haben Sie noch mehr Informationen zu dem Ort? Oder zur Toten? Wie ist sie gestorben?«

»Sie ist verblutet und man hat ihr die Zunge herausgeschnitten. Aber ich glaube nicht, dass es darum ging, sie zum Schweigen zu bringen. Dann hätte der Mörder ihre Stimmbänder durchtrennen müssen. Und ohnehin, es hätte sie wohl niemand gehört. Der Tatort befand sich weit weg von jeglicher Menschenseele. Ein dünn besiedelter Landstrich an der polnischen Küste. Fast idyllisch gelegen.« Dann stockt der Kommissar, so als ob er noch nicht ganz sicher ist, ob er den nächsten Satz wirklich aussprechen möchte. Zur Ermunterung nicke ich kurz. Dann fährt er fort: »Sie war schwanger.«

»Schwanger?«

»Im fünften Monat.«

»So ein Schwein. Er hat es gewusst.«

»Ja, das nehmen wir an. Vielleicht ist das sogar der Grund, warum er sie ausgesucht hat.«

»Eine werdende Mutter«, wiederhole ich nachdenklich. »Vielleicht bringt uns das weiter.«

Ich gebe die Begriffe *Mutter* und *Kunstwerk* ein und prüfe die angezeigte Liste der Bilder. Zuerst erscheinen Varianten des populären Werks von Klimt. Aber dieses Gemälde voller Wonne und Zufriedenheit einer Mutter mit ihrem Kind im Arm kann es nicht sein. Mein Finger gleitet über den Bildschirm und weitere Gemälde mit Müttern unterschiedlichen Alters mit Kindern im Arm oder zu ihren Füßen flimmern an mir vorbei.

Ich stoppe, als eine barbusige Frau mir ins Gesicht springt. Ihre roten Haare haben sich in den Zweigen einer Birke verfangen. Das ist es! Eine Gänsehaut überzieht meinen Körper. Tonlos sage ich: »Wir haben es gefunden. Sie können hinter der Toten vermerken: Giovanni Segantini, *Die bösen Mütter* aus dem Jahr 1894.«

Kellermann fängt jedoch erst an zu schreiben, als ich ihm das Display hinhalte und er sich selbst überzeugen kann. Zur Bestätigung nickt er wortlos.

Ich nehme das Handy wieder an mich und schaue mir die weiteren Inhalte der Webseite an. »Was haben Sie gerade gesagt, man hat ihr die Zunge herausgeschnitten?«

»Ja, ganz weit hinten, kurz vorm Kehlkopf. Es muss eine kleine Klinge gewesen sein. Vielleicht ein Teppichmesser. Der Täter muss es in ihren Mund ...«

»Stopp!«, unterbreche ich Kellermann aufgebracht. »Das reicht mir an Details. Ich habe hier ein Gedicht gefunden, das in Verbindung zu dem Bild steht. Darin steht: *So wird das Schweigen dich quälen,* und weiter unten: *Und um ihren Schmerz ist nur Schweigen.* Das ist doch alles kein Zufall!«

Eindringlich starre ich Kellermann an. So als ob er mir eine Antwort auf meine Ratlosigkeit geben könnte. Als ob er mir helfen könnte, das Unfassbare zu verstehen.

Der Kommissar lässt sich von meinen Emotionen nicht anstecken. Er folgt rational seinen Aufgaben und lässt sich nicht von seinem Plan abbringen. »Gehen wir weiter, die Tote auf dem Bootssteg, deren Gliedmaßen in den Zürichsee geworfen wurden. Von der Frau blieb nur ein mit Paketband verschnürter Torso übrig.«

Ich bin wütend. Wütend über die Fotos, wütend über die Absurdität dieser Taten. Und wütend auf Kellermann, der mich mit meiner Fassungslosigkeit so einfach stehen lässt. Angriffslustig unterbreche ich sein konsequentes Voranschreiten: »Haben Sie schon einmal Stallenberg zu all diesen Morden befragt?«

»Stallenberg hat für den Mord an Bruns ein Alibi. Und für eine Reihe der anderen auch. Zum Zeitpunkt dieser Tat war er in Barcelona. Forschungsseminar vor laufender Kamera.«

Kellermann hat mich mit vier Sätzen mundtot gemacht. Ich komme mir vor wie eine kindische Idiotin. Wie jemand, der keine Ahnung hat, aber trotzdem herausposaunt, ein Kollege würde seinen Job nicht richtig machen. Ich sage nur ein Wort: »Sorry.«

Der Kommissar nickt. Er hat verstanden, dass es mir leid tut, vor allem, dass ich ihn unterschätzt habe. Ohne nachtragend zu sein, fragt er nur: »Machen wir weiter?«

»Ja.«

Ich ergreife das Foto, das er mir entgegenstreckt. Der Frauentorso hat etwas Statuenhaftes. Als wolle das Seil den Körper nicht einschnüren, ihn nicht demütigen, sondern bewahren, ihn schützen und wie ein Geschenkband einwickeln. Ich bin mir unsicher, wage aber trotzdem einen Vorstoß: »Ich bin keine Kunstexpertin, aber ich glaube, das Seil dient nicht dazu, die Frau zu quälen oder den Körper zu deformieren. So skurril es klingt, ich glaube, es ist ein künstlerisches Element. Es macht für mich den Anschein, als wolle der Täter hier der Schönheit des Weiblichen huldigen und mit dem Seil das Skulpturale des Körpers hervorheben.«

Kellermann schaut mich fragend an. Sein Blick verunsichert mich und er scheint es zu merken. »Reden Sie weiter«, ermuntert er mich daher.

Etwas zögerlich fahre ich fort: »Als Femme fatale, einen Typus Ende des 19. Jahrhunderts, betrachtete man die Frau als gefährliches, erotisches Wesen. Sie sollte beherrscht, aber auch verehrt werden. Die Surrealisten manifestierten diese Beherrschung durch Zerstörung, die Deformation des weiblichen Körpers. Das Seil ist daher einerseits eine Hommage an die Schönheit und andererseits eine Bezähmung des Frauenkörpers. Ich würde sagen, die Skulptur, die diese Tote darstellen soll, ist ein Element der surrealistischen Kunst.«

»Woher wissen Sie das?«

»Ich weiß es nicht, ich leite es nur ab. Gelernt habe ich das von meinem Vater. Seine Fragen zielten selten auf den Künstler oder das Werk an sich. Ihm ging es um die Epoche, die Kunstrichtung, das Erkennen einer Strömung.«

»Und? Was sagt Ihre Wunderwaffe?« Mit dem Kinn zeigt Kellermann auf mein Handy, das unangetastet in meinem Schoß ruht. Er hat erwartet, dass ich die Begriffe schon längst in die Suchmaschine eingegeben habe. Stattdessen kreisen meine Gedanken wieder um die Frage, wo Jana stecken mag und ob sie noch lebt.

Kommentarlos greife ich nach meinem Smartphone. Kellermann muss nicht lange warten, bis ich ihm diktiere: »Man Ray, *Vénus restaurée,* 1936. Diesmal kein Gemälde, es ist eine Skulptur.«

Wieder nur ein Nicken Kellermanns, bevor er seinen Stift ergreift und die Zeile komplettiert. Ohne aufzusehen, schiebt er mir das nächste Foto herüber. Mord im Akkord, denke ich sarkastisch. Vor mir liegt der Tote am Elbufer. Der Mann, der an eine rostige Stahlleiter gefesselt wurde. Der verblutet ist, weil man seinen Körper über und über mit Kanülen verzierte, aus denen das Blut floss.

»Und hier? Welches Kunstwerk steckt dahinter?«, fragt Kellermann ungeduldig.

»Ich bin keine Kunsthistorikerin!«, wehre ich mich, um

seine Ungeduld zu bremsen. Es wirkt. Er ist still und lässt mich in Ruhe die Fotografie betrachten. »Das Motiv steht in einem Zusammenhang mit der Frau in Basel. Auch wenn die Körper andersartig drapiert wurden und auch wenn die Tatwaffen unterschiedlich sind. Zwischen diesen beiden Szenarien gibt es eine Analogie. Und wenn Sie mich fragen, ist es das Motiv der Kreuzigung.«

Kellermann hat gemerkt, dass es keinen Sinn macht, mich anzuspornen oder mich mit Fragen zu unterbrechen. Daher hört er mir kommentarlos zu.

»Ich vermute, dass es auch nicht um die Spritzen an sich geht. Dazu hätte der Täter sein Opfer auf den Boden legen können. Ich denke, es geht mehr um die Symbolik des Mannes an der Leiter. Er kommt mir vor wie ein ans Kreuz genagelter und verblutender Christus.«

»Christus?« Der Kommissar hat seinen Kopf wieder schief gelegt.

Ich gebe die Suchbegriffe *Kreuzigung* und *Gemälde* ein, doch die angezeigten Bilder passen nicht recht zu der Szenerie auf dem Foto. Ich ergänze die Recherche um den Begriff *Christus*, aber auch hier scheinen wir auf keinen Treffer zu kommen. Es werden reihenweise Bilder aus dem 18. und 19. Jahrhundert angezeigt. Das passt jedoch nicht zur Szenerie am Tatort, die deutlich moderner wirkt.

»Warten Sie. Ich glaube, ich weiß, wer uns hier weiterhelfen kann.« Ich wähle eine Nummer.

Die Überraschung steht in Kellermanns Gesicht geschrieben, als nach dem zweiten Klingeln jemand abnimmt.

»Anna, kannst du mir kurz einen Gefallen tun?« Ich komme direkt zum Punkt, um unnötigen Small Talk zu unterbinden. Und auch, um private Gespräche, die nicht für die Ohren des Kommissars bestimmt sind, zu vermeiden.

Anna reagiert sofort, indem sie gar nichts sagt und mich einfach weiterreden lässt.

»Du hast dich doch intensiv mit den Impressionisten Anfang des 20. Jahrhunderts auseinandergesetzt. Kommt dir ein Gemälde in den Sinn, auf dem eine Kreuzigung zu sehen ist oder ein verblutender Christus? Eines auf dem mehrere Einschnitte über seinen ganzen Körper verteilt sind?«

»Marie? Alles in Ordnung mit dir?« Nach meiner kuriosen Frage kann Anna nicht einfach zur Antwort übergehen. Aus ihrem Ton ist die Besorgnis deutlich herauszuhören.

»Ja, alles gut. Es geht mir nur um das Bild.«

»Es ist gleich kurz vor elf und du rufst mich an wegen eines blutenden Christus?«

Erst als sie die Uhrzeit nennt, fällt mir auf, wie viel Zeit ich schon hier im Kommissariat verbracht habe. Und damit auch, wie viel Zeit bereits seit Janas Verschwinden vergangen ist. Ungeachtet Annas Kommentaren frage ich daher: »Fällt dir etwas ein?«

»Also gut, gib mir ein paar Minuten. Ich melde mich.« Und damit hat sie aufgelegt.

»Gibt es hier eigentlich etwas zu essen und zu trinken?« Ein weiterer Punkt, der mir bei Annas Hinweis auf die Uhrzeit eingefallen ist.

»Erwarten Sie nichts Großes!« Kellermann steht auf und öffnet eine der Türen der Schrankwand. Im Inneren stapelt sich eine Vielzahl von Flaschen. Mineralwasser, Cola und ein paar Bier. Dazwischen zieht er eine zerknautschte Prinzenrolle hervor. Der Kommissar tritt zur Seite und macht mit einem Arm eine Handbewegung, als ob er einen unsichtbaren Vorhang öffnen würde.

»Nichts Großes heißt übersetzt schales Mineralwasser und trockene Kekse?«

»Immerhin mit Schokolade!«

»Potzblitz, was für eine Gaumenfreude!«, antworte ich sarkastisch. Trotzdem greife ich zu und mein Körper nimmt die Kohlenhydrate dankbar entgegen.

Nach dem zweiten Keks meldet sich Anna. Mit noch vollem Mund nehme ich den Anruf an.

»Bist du im Internet?«

»Mmh«, murmle ich und schlucke den letzten Bissen herunter. »Warte, ich muss dich kurz umschalten, um parallel ins Netz zu gehen. Aber leg los, wonach soll ich suchen?«

»Lovis Corinth, *Der rote Christus.*«

Ich starre auf das Display. Die Ähnlichkeit ist überwältigend. Die Arme des Mannes sind nach oben gereckt und der Körper ist überzogen mit Blutfäden.

»Marie? Hallo?«, tönt es aus meinem Handy. Ich halte es wieder ans Ohr.

»Ja, Anna, sorry. Es ist das richtige Bild. Danke!«

»Ist wirklich alles gut bei dir?«

»Ja, wirklich. Wir telefonieren morgen. Okay?«

»Bis morgen.« Dann macht es klick am anderen Ende der Leitung.

Ich halte dem Kommissar das Display entgegen und ergänze: »*Der rote Christus,* ein Gemälde von Lovis Corinth aus dem Jahr 1922. Es hängt in der Pinakothek der Moderne in München.«

»Dann bleibt nur noch die Tote in Warschau. Meinen Sie, es könnte sich bei dem Vorbild ebenfalls um eine Statue handeln? Analog zur Skulptur von Man Ray und dem verschnürten Oberkörper auf dem Bootssteg?«

»Vielleicht. Direkt in den Sinn kommt mir keine. Aber das will nichts heißen. Ich bin mir bei diesem Tatort allerdings auch nicht sicher, ob es um die Dinge geht, die da sind, oder die Dinge, die nicht da sind.«

Kellermann schaut mich kurz fragend an und scheint dann zu wissen, worauf ich hinaus will: »Sie meinen die Hände.«

»Ja, vielleicht. Hände sind beispielweise ein oft verwendetes Motiv Rodins. Die Skulptur *Die Kathedrale* zeigt zwei sich umschlingende Hände, ohne dass sie sich direkt berühren. Zwischen ihnen entsteht ein Raum, der ein Sinnbild für eine zum Himmel strebende gotische Kathedrale sein soll. Für Rodin waren die Hände ein Inbegriff der kreativen, göttlichen Schaffenskraft.«

»Ob der Mörder diese Skulptur im Sinn hatte und es ihm nur um die Hände ging, können wir nur vermuten.«

»Ohne die Hände ist es schwer, eine definitive Aussage zu wagen.«

»Leider. Wissen Sie, aus welchem Jahr die Skulptur stammt?«

»Lassen Sie mich kurz nachschauen. Irgendwas zwischen 1900 und 1910.« Und nach ein paar Klicks im Netz bestätige ich: »1908.«

Kellermann notiert die Jahreszahl und lässt sich dann in seinen Schreibtischstuhl zurückfallen. »Und Bruns? Was will uns der Künstler hier sagen?«

»Puh. Das ist mir auch ein Rätsel. Fragen Sie einen Kunsthistoriker. Mir fällt da absolut gar nichts zu ein.«

»Und Ihr Kontakt am Telefon?«

Ich schaue auf die Uhr. Es ist mittlerweile kurz vor zwölf. Anna wird schlafen. Ich denke an Jana und nehme den Hörer in die Hand. Nach dem achten Klingeln gebe ich auf. Meine Freundin hat ihr Telefon abgestellt. »Sie nimmt nicht mehr ab. Aber vielleicht hat der Mord an Bruns auch gar nichts mit Kunst zu tun. Vielleicht steht er in einem ganz anderen Zusammenhang, zur SM-Szene zum Beispiel.«

»Auch Kreutzer hat ein Alibi. Zumindest für den Mord an Bruns. Wir denken nicht, dass er mit den anderen Taten etwas zu tun hat. Es lässt sich keine Verbindung herstellen. Unsere Kollegen haben das *Dark Magic* tagelang überwacht. Ohne Ergebnis.«

»Dann haben Sie gar nichts? Und Jana?« Mein Ton klingt etwas schrill und ich erschrecke über mich selbst.

Kellermann antwortet nicht und in gewisser Weise bin ich ihm sogar dankbar dafür.

»Brauchen Sie mich noch?«, frage ich daher in hörbar tieferer Tonlage.

»Nein«, antwortet der Kommissar. »Und danke für Ihre Hilfe.«

Ich stehe auf und stecke mein Handy in die Jackentasche. Doch bevor ich das Zimmer verlasse, meldet Kellermann sich erneut zu Wort: »Soll ich Sie heimfahren?«

»Nein. Aber danke für das Angebot.«

Sachte lasse ich die Bürotür ins Schloss fallen. Die Straßenlaternen strahlen in der Dunkelheit. Vor den Fenstern bilden sich Lichtkegel auf dem Fußboden. Während ich den Gang entlangschreite, achte ich sorgsam darauf, nicht auf die Grenzlinie zwischen Licht und Schatten zu treten. Ein altes Kinderspiel. Oder der Wunsch, jetzt Kind sein zu dürfen und die Sorgen zu verbannen. Im Treppenhaus angekommen, sind vereinzelte Stimmen zu hören und Schritte, die aus entfernten Fluren hallen. Es ist halb eins. Auch im sonst so pulsierenden Präsidium ist so etwas wie Nachtruhe eingekehrt.

Als ich zu Hause ankomme, springt der Bewegungsmelder vor der Eingangstür an und beleuchtet die Briefkästen. Aus meinem quellen schon wieder Reklameblätter. Kurz überlege ich, die Post einfach liegen zu lassen, und ziehe dann doch den Briefkastenschlüssel hervor. Die Werbung stopfe ich gleich in die daneben stehende Altpapiertonne. Drei Briefe und eine Postkarte stecke ich mir unter den Arm, während ich die Haustür aufschließe.

Auf der Treppe gehe ich den Stapel durch. Die Briefe enthalten nur Rechnungen. Die Postkarte zeigt eine untergehende Sonne über einer städtischen Kulisse. Lauter Kirchtürme und ein Meer von kuppelbesetzten Dächern. Im Hintergrund sind Berge erkennbar. Eine Großstadtidylle, naturnah in Szene gesetzt. München, tippe ich und ein Blick auf die Rückseite bestätigt meine Vermutung. *Abendstimmung über den*

Dächern von München ist klein in der oberen linken Ecke abgedruckt. Viel mehr steht auf der Postkarte nicht. Nur ein Satz. Schwarzer Filzstift in Großbuchstaben.

> *WAS MAN ALLGEMEIN ALS HÄSSLICHKEIT BEZEICHNET; KANN IN DER KUNST ZU GROSSER SCHÖNHEIT WERDEN.*

Ich lese den Satz noch einmal. Allerdings nicht, weil ich ihn beim ersten Mal nicht verstanden hätte. Wer schickt mir so was? Auf einer Postkarte aus München?

Dann lässt mich etwas noch stutziger werden: Meine Adresse fehlt und eine Briefmarke existiert auch nicht. Eine Postwurfsendung? Wohl kaum. Die Schrift ist nicht gedruckt. Die Schmierflecken zeigen klar, dass der Satz mit Hand geschrieben wurde. Gedankenversunken stolpere ich fast vor meiner Wohnungstür. In habe nicht gemerkt, dass ich bereits den letzten Stock erreicht hatte.

Ich öffne die Tür. Die Uhr am Backofen leuchtet rot in der Dunkelheit. Auf der LED-Anzeige steht, dass es jetzt gleich eins ist. Ich schalte das Licht ein und werfe die Postkarte zusammen mit den Rechnungen auf den Küchentisch. Dabei nehmen meine Augen ein weiteres Stück Papier wahr. Die Erschöpfung vermischt sich jetzt mit Wut. Wer um Himmels willen schickt mir diese Postkarte und ein Ticket für das Schirn? Die Museumskarte gilt für morgen. Um zehn Uhr ist Einlass.

Ungewollt gehe ich im Kopf meine Termine durch. Ich habe mit Christian morgen um neun Uhr ein Treffen im Büro. Er will mir die Ergebnisse der Marktanalyse zeigen. Das kann ich genauso gut verschieben. Doch bereits während dieser Gedanke mir in den Sinn kommt, verdränge ich ihn auch schon wieder. Ich lasse mir doch nicht von einem anonymen Postkartenschreiber meinen Zeitplan diktieren!

Dann kommt mir Kellermann in den Sinn. Sollte ich ihm von der Karte und dem Museumsticket berichten? Doch auch diesen Gedanken lasse ich fallen. Der Kommissar wird schon längst schlafen. Das hat bis morgen Zeit. Ich putze mir die Zähne, lasse meine Kleider auf den Fußboden fallen und schlüpfe in ein T-Shirt. Doch bevor ich ins Bett gehe, stecke ich den Schlüssel von innen in das Schloss der Wohnungstür und schließe ab.

38

Ich weiß nicht, über wen ich wütender sein soll. Über den, der mir die Eintrittskarte geschickt hat, oder über mich selbst, weil ich sie einlöse. Christian war weder erstaunt noch enttäuscht über die Terminverschiebung auf die Mittagszeit. Bevor sich sein Puls erhöht, müssen schon schlimmere Dinge passieren.

Im Schirn-Museum ist es noch still. Eine Putzfrau im hellblauen Kittel öffnet gerade erst die Schließanlage. Im Hintergrund steht eine ältere Dame hinter einer Theke. Es ist sicher die Kassiererin, denn sie öffnet Münzrollen und lässt das Kleingeld in die dafür vorgesehenen Schubfächer fallen. Beim Näherkommen sehe ich, dass die Dame gar nicht so alt ist. Ihre grau melierte Hochsteckfrisur lässt sie nur so wirken. Ihr ebenfalls grauer Wollpulli mit Zopfmuster macht sie nicht jünger.

Ich schiebe ihr mein Ticket über den Tresen und wiederhole noch einmal mündlich: »Ich habe hier eine Freikarte.« Die Information ist wohl überflüssig. Aber ein wenig Kommunikation ist an dieser Stelle sicher üblich. Sie wünscht mir viel Vergnügen, stempelt die Karte ab und reicht sie mir zurück.

Als ich die ersten Stufen der breiten Treppe zur Ausstellung emporsteige, ertönt ein durchdringender Schrei. Die

Laute kommen eindeutig aus dem oberen Stockwerk. Die Stimme ist schrill, die Worte nicht zu entziffern.

Drei Stufen auf einmal nehmend, springe ich die Treppe hoch und biege in den linken Gang ein. Der ist schmal und öffnet sich nach nur wenigen Schritten in einen weiten Ausstellungsraum. Das Geschrei verstummt und geht in ein Wimmern über.

Als ich die Galerie erreiche, erkenne ich eine Frau, von der die Laute stammen. Sie kniet in der Mitte des Raumes. Die Arme auf dem Fußboden abgestützt, ihren Oberkörper vor- und zurückwiegend. Die Bewegungen sind im Einklang mit ihrem Wimmern. Der hellblaue Kittel schabt über den Parkettboden. Vor und zurück. Aber ich sehe auch, was sie so verstört. Am anderen Ende des Raumes, nur ein paar Meter von der Frau entfernt, steht eine Chaiselongue. Mein Atem stockt, der Raum wird still. Selbst das Wimmern kommt nicht mehr an mich heran.

Auf dem Sofa sitzt eine junge Frau. Nackt auf dem roten Samtbezug. Aber auch ihre lose fallenden dunklen Haare können nicht verbergen, was mir den Boden unter den Füßen nimmt. An ihrem Hals klafft eine tiefe Wunde. Das schon geronnene Blut wird nur durch das Weiß der offen gelegten Wirbelsäule unterbrochen. Nie wieder, denke ich, nie wieder wird sie lachen. Nie wieder werde ich diese perlende Stimme hören. Nie wieder wird sie mich mit ihrer übersprudelnden Lebensfreude anstecken.

»O Gott«, schreit es hinter mir und aus den Augenwinkeln sehe ich, wie die Kassiererin beide Hände vors Gesicht schlägt. Ich drehe mich zu ihr um, lasse sie jedoch allein mit ihrem Entsetzen. Auch die Putzfrau lasse ich zurück. Ich gehe in den Korridor, den schmalen Flur, der nichts bietet als kahle, hohe Wände.

Im Treppenhaus lasse ich mich auf den Boden fallen. Rutsche an der verputzten Wand hinab. Mein Hinterkopf schlägt dabei gegen den rauen Putz. Schmerz gegen Schmerz. Eine Wohltat. Zähflüssig hole ich mein Telefon hervor. Kellermann ist nach dem dritten Klingeln am Apparat. »Kommen Sie ins Schirn. Es ist Jana.« Dann schließe ich die Augen und die Tränen fließen.

»Trinken Sie das.«

Kellermann hat sich neben mich gesetzt. Sein Rücken ist an die Wand gelehnt. Er hält mir einen Pappbecher entgegen, aus dem Dampf aufsteigt. Ungläubig starre ich darauf. Mein Kopf sieht den Becher, doch mein Körper will nicht reagieren. Kellermann gibt mir mit seinem Ellenbogen einen leichten Schubs. »Trinken Sie, das wird Ihnen guttun.«

Meine angezogenen Beine habe ich mit beiden Armen fest umklammert und erst als ich nach dem Becher greife und sich meine Hand aus der Umklammerung löst, spüre ich, wie angespannt meine Muskeln sind. Meine Handgelenke schmerzen und sind blutleer. Das Gewicht des heißen Tees gibt mir ein Gefühl der Bodenhaftung. Es ist nicht der Pappbecher, den ich festhalte, der Pappbecher hält mich fest.

»Was machen Sie eigentlich hier?«, fragt der Kommissar, nachdem ich zweimal am Tee genippt habe und etwas ruhiger geworden bin.

»Ich hatte eine Einladung.«

»Eine Einladung?« Kellermanns Stirn legt sich in Falten.

Wortlos verlagere ich mein Gewicht, sodass ich mit der Hand in die Gesäßtasche greifen kann, und reiche dem Kommissar das Eintrittsticket. »Lag in meinem Briefkasten. Vor drei Tagen«, ergänze ich tonlos.

Kellermann faltet vorsichtig das Papier auseinander. Es ist zum Beweisstück geworden. Und ich damit zu einem Teil der Tat, denke ich bitter.

»Haben Sie nur das Ticket bekommen? Keinen Brief, keinen Umschlag, kein gar nichts?«

»Nichts. Nur das Ticket. Und mir ist auch schleierhaft, von wem es sein könnte. Bevor Sie fragen.«

»Ja, das hätte ich wohl gefragt.« Der Kommissar macht eine Pause, aber es ist deutlich, dass er noch etwas ergänzen will. Ich warte, frage nicht nach. Ich habe keine Eile. Die Zeit ist ausgehebelt. Kellermann schaut auf den Fußboden, den freien Raum zwischen seinen Knien. Dann blickt er wieder auf und dreht den Kopf zu mir. »Ich möchte Sie bitten, sich den Tatort noch mal anzuschauen.«

Instinktiv weiche ich bei dem Gedanken zurück. »Warum? Das Bild hat sich in mein Gehirn eingebrannt. Warum also?« Mein Ton ist scharf. Ich erschrecke über mich selbst und meine Weigerung, Jana noch einmal zu sehen. Wie sie auf dem Sofa liegt, blutverschmiert und mit offen gelegter Wirbelsäule.

Kellermann geht auf meinen aggressiven Wiederstand nicht ein. Mit ruhiger Stimme erklärt er: »Weil ich wissen möchte, ob es der gleiche Täter ist. Weil Sie vielleicht ein Kunstwerk entdecken, das als Vorbild gedient hat.«

Ich halte einen Moment inne. Der Kommissar gibt mir Zeit, ohne zu insistieren. Seine Augen ruhen auf mir und auch, als ich ihm sage, dass ich das Kunstwerk kenne, bleibt sein Blick unbeirrt auf mich gerichtet. »Wieso sind Sie sich so sicher? Ein Bild von einer schlafenden Frau auf einem roten Sofa wird es doch bestimmt öfters in der Kunstgeschichte gegeben haben.«

Wieder lasse ich mir einen Moment Zeit, bevor ich den nächsten Satz formuliere. Vielleicht, weil ich weiß, dass ich mit jedem Wort tiefer in den Fall verwickelt werde und jeder Satz nur immer offensichtlicher macht, dass es eine Verbindung zu mir gibt und ich gleichzeitig weiß, dass ich diese Verbindung nicht kenne. Jemand hat mir Scheuklappen aufgesetzt, jemand dirigiert mich, jemand hat mich in einen Raum gesperrt, in dem ich nicht sein will. Und von alldem habe ich nichts mitbekommen. Langsam wird mir bewusst, dass dieser jemand in mein Privatleben eingedrungen ist und eine Macht über mich hat, die meine Ängste steuert.

»Ich habe heute Nacht noch etwas in meinem Briefkasten gefunden. Es ist eine Postkarte aus München. Ohne Adresse, ohne Briefmarke. Auf ihr steht: *Was man allgemein als Hässlichkeit bezeichnet, kann in der Kunst zu großer Schönheit werden.*«

»Und das ist ein Zitat des Künstlers? Von dem, der für Jana als Vorbild diente?«

»Nein, es ist ein Zitat Rodins. Aber die Postkarte stammt aus München.«

»Alexej Georgewitsch von Jawlensky hört sich für mich aber osteuropäisch an.«

»Ja, das stimmt. Jawlensky war Russe. Aber zu der Zeit, als er das Bild der schlafenden Frau gemalt hat, lebte er in München. Das war 1910.«

»Und Rodin? Der Satz?«

»Das Zitat ist wahrscheinlich eine Vorankündigung dieser Szenerie. Der Wahnwitz des Mörders, dass er mit seiner grausamen Tat etwas kunstvoll Schönes erschaffen hat.«

»Wie makaber.«

»Ja«, bestätige ich düster, »genau das denke ich auch.«

»Warten Sie hier. Ich muss noch etwas mit der Spurensicherung abklären. Danach fahren wir gemeinsam zu Ihnen und holen die Postkarte.«

»Ich komme schon klar. Keine Sorge.«

Doch Kellermann achtet gar nicht auf meine Worte. »Danach gehen wir zusammen ins Präsidium. Sie bleiben jetzt nicht allein. Außerdem brauche ich Sie dort. Also bleiben Sie sitzen!«

Der letzte Satz klingt so vehement, dass der Kommissar unter anderen Umständen wohl ein ›Verdammt noch mal‹ hinzugefügt hätte. Erschlagen und entkräftet lasse ich mich wieder gegen die Wand fallen. Den Pappbecher, den ich die ganze Zeit nicht aus der Hand gegeben habe, halte ich weiter fest umschlossen.

Das Klingeln meines Handys stoppt die blutigen Bilder in meinem Kopf. Ich fische es aus meiner Hosentasche und sehe, dass es Christian ist. Ein Blick auf die Uhr verrät mir, dass er schon seit über einer Stunde auf mich wartet. Ich nehme den Anruf an und Christian scheint schon an meiner Begrüßung zu merken, dass es einen bewegenden Grund für mein Zuspätkommen gibt. »Ist bei dir alles in Ordnung?«, ist seine erste Frage.

Ich versuche möglichst sachlich, ihm die Geschehnisse zu berichten. Doch wie lässt sich eine solche Tat nüchtern darstellen? Meine Stimme bricht immer wieder weg. Dann fehlen mir die Worte.

Christian hört ohne Unterbrechung zu. Als ich mit meinem Bericht schließe, sagt er nur: »Das ist grausam. Warum Jana?«

»Man weiß es nicht. Ich werde wohl noch den ganzen Tag bei der Polizei sein. Kannst du Helena Bescheid sagen?« Der letzte Satz klingt fast flehentlich. Allein der Gedanke daran, den Mord noch einmal schildern zu müssen, lässt mich frösteln. Und vor allem, Janas Tod Helena zu berichten. Trotz ihrer Unterschiedlichkeit sind sie ein tolles Team. Oder waren, denke ich bitter.

»Helena ist nicht im Büro. Sie hat mir eine SMS geschrieben, dass sie zum Arzt muss. Aber ich versuche, sie zu erreichen«, höre ich Christians Stimme.

»Dank dir«, antworte ich erleichtert und verabschiede mich.

Bevor mich die Erinnerungen wieder in den Bann ziehen, taucht Kellermann auf. »Kommen Sie«, sagt er aufmunternd und streckt mir eine Hand entgegen. Ich ergreife sie und er hilft mir vom Boden hoch. Als ich stehe, ergänzt er: »Und den können Sie mir auch geben.« Er zeigt auf den Pappbecher, den ich immer noch umklammert halte. Zögerlich gebe ich ihm den Anker, der mir in der letzten Stunde Bodenhaftung verliehen hat.

Kurz darauf parkt der Kommissar direkt vor meinem Haus und somit unmittelbar im Halteverbot. Das scheint ihn nicht zu beeindrucken. Bevor wir zur Eingangstür gehen, wuchtet er mein Fahrrad aus dem Kofferraum seines Kombis. Den Vorschlag, dass ich heimradeln könnte, hat Kellermann strikt abgelehnt. Ich nehme ihm das Rad ab und schiebe es durch die Haustür. Dabei streife ich mit den Augen die Briefkästen. Allein ihr Anblick löst Beklemmungen aus. Es hat sich jemand Zutritt zu meiner Welt verschafft, ohne dass ich es gemerkt habe.

Kellermann schaut sich prüfend in meiner Wohnung um. »Sind Sie gerade erst eingezogen?«

»Nein«, gebe ich lächelnd zurück. »Aber das werde ich öfters gefragt. Ich mag es so leer.«

»Wohl eher so kahl,« vermerkt der Kommissar kritisch.

»Mit so viel Freiraum«, halte ich demonstrativ lächelnd dagegen. »Möchten Sie etwas trinken?« Ich bin mittlerweile in der Küche angekommen und halte eine Flasche Mineralwasser in der Hand.

»Nein, danke. Wir nehmen nur die Karte mit und dann geht es weiter ins Präsidium.«

An einem anderen Tag hätte bei mir Gegenwehr eingesetzt, weil Kellermann mich so in seine Planung einschließt. Heute bin ich einfach zu erschöpft, um auch nur eine Spur von Widerwillen zu zeigen. Ich würde alles tun, was nur die geringste Möglichkeit bietet, den Geschehnissen der letzten Stunden zu entkommen. Geradezu wohltuend empfinde ich es jetzt, mich in die Planung eines anderen Menschen einzufügen und einem vordefinierten Programm zu folgen.

»Ist das die Karte?« Der Kommissar zeigt auf den Küchentisch.

»Ja, genau.« Während ich antworte, will ich sie aufnehmen.

»Stopp, nicht anfassen«, interveniert Kellermann.

Ich schrecke abrupt zurück und reiße den rechten Ellenbogen zur Verteidigung hoch. Meine Reaktion ist übertrieben, der Situation nicht angemessen. Ich scheine noch im Verteidigungsmodus zu sein und überall Gefahr zu wittern. Dass ich die Karte nicht mehr anfassen darf, hätte ich mir selbst denken können.

»Alles okay?«, fragt Kellermann verunsichert.

»Ja, ja. Ich habe mich nur erschreckt.«

Der Kommissar schaut mich noch einmal prüfend an. Dann bewegt er sich Richtung Küchentisch, zieht eine Papiertüte aus der Jackentasche und hebt die Karte auf. Ohne mich anzusehen, ergänzt er: »Am besten, Sie packen eine Zahnbürste und Anziehsachen zum Wechseln ein.«

»Ist das nötig?« Aber das Fragezeichen am Ende des Satzes klingt bereits schal, als ich es intoniere.

Kellermann reagiert nicht und fährt unberührt fort: »Haben Sie jemanden, bei dem Sie übernachten können?«

»Ja«, antworte ich. Aber es klingt ebenso schal.

Im Kommissariat angekommen, räumt Kellermann einen Berg von Akten vom Besucherstuhl und zieht ihn dann neben sich an den Schreibtisch. »Setzen Sie sich. Ich will Ihnen etwas zeigen.«

Meine rasch gepackte Umhängetasche stelle ich neben der Tür ab. Die Jacke lege ich darüber. Für Besucher mit Gepäck scheinen die Büros nicht ausgestattet zu sein.

»Sind die ersten Analyseergebnisse aus dem Museum bereits da?«, frage ich erstaunt.

»Nein, nein, so schnell ist die Kriminaltechnische Untersuchung nicht.« Kellermann winkt ab und lässt sich in seinen gepolsterten Schreibtischstuhl sinken. »Es geht um etwas anderes. Die Akten stammen aus einem alten Fall. Der Mord hat lange vor meiner Zeit hier stattgefunden. Ich bin nicht sicher, ob er mit unserer Serie in Zusammenhang steht. Er fiel in die Kategorie ›Milieutat‹. Hier im Frankfurter Bahnhofsviertel. Als es noch wirklich rau war und sich außer Freiern und Fixern kaum jemand dorthin verirrt hat.«

Während der Kommissar Bericht erstattet, fährt er seinen Computer hoch. Nach ein paar Klicks erscheint ein Foto auf dem Bildschirm. Er dreht ihn in meine Richtung, damit sich kein Sonnenlicht spiegelt. Unbeweglich, fast ohne Atemzug schaue ich auf das Display.

Ein kahler, innen liegender Raum, der nur mit einer von der Decke hängenden Glühbirne bestückt ist. Der Fotograf muss in der Tür gestanden haben. Die Kamera ist frontal auf den ovalen Tisch in der Mitte gerichtet. Darauf liegt ein Mann, oder vielmehr ein Junge, auf dem Rücken. Er scheint keine zwanzig zu sein, hat volles dunkles Haar, das blutverschmiert ist. Die Feuchtigkeit lässt es noch dunkler erscheinen. Sein Bauch ist so flach, dass er fast knabenhaft wirkt. Und seine Haut ist noch so glatt, dass man nicht glauben mag, dass sie je altern wird. All diese Jugendlichkeit erscheint so rein, so unbedarft.

Umso brutaler ist der Gegensatz seiner verkrümmten Arme, die mit Kabelbindern über seinem Kopf festgezogen sind. Die Finger, die als blutige Stümpfe über der Tischkante hängen, weil die Nägel ausgerissen wurden. Und die breitbeinig aufgestellten Knie, die an die Position auf einem Gynäkologenstuhl erinnern. Man kann nicht erkennen, ob seine Füße noch Schuhe tragen oder ob sie nackt sind, und auch nicht, ob die Zehen noch ihre Nägel besitzen. Der Fotograf hat an der Kopfseite des Toten gestanden.

»Wie ist er gestorben?«, frage ich tonlos.

»Er ist verblutet.« Es scheint, als ob Kellermann ausweichen möchte.

»Wie?« Ich hake trotzdem nach.

Zögerlich antwortet der Kommissar: »Ihm wurde mit einer Bohrmaschine der Anus durchlöchert.«

Ich muss schlucken. Was fur eine Grausamkeit. Und gleichzeitig bin ich dankbar, dass Kellermann dieses Foto ausgewählt hat, auf dem der Unterleib des Mannes nicht zu sehen ist.

»Dann sind ihm die Fingernägel entfernt worden, als er noch lebte.« Es ist mehr eine Aussage als eine Frage.

Kellermann nickt.

»Und auch, als die Zigaretten in seinem Gesicht ausgedrückt wurden.« Mein Ton ist fast flehentlich, so als ob ich darum bitten würde, dass irgendwo ein Stück Barmherzigkeit in dem kahlen Raum mit der herabhängenden Glühbirne geblieben wäre.

Doch Kellermann nickt wieder.

Ich lasse mich in meinen Stuhl zurücksinken. Der Kommissar dreht den Bildschirm wieder zu sich. In dem Ordner befindet sich eine Reihe von weiteren Bilddateien. Aber ich frage nicht danach und Kellermann öffnet sie nicht.

»Der Mord wurde damals als Tat aus dem SM-Umfeld gewertet. Man war sich nicht sicher, ob er absichtlich geschah oder ob es ein Unfall bei der Ausübung gewisser Praktiken war. Es wurde viel recherchiert. Der Mord fand in einem Hinterhaus in der Weserstraße statt. Das ganze Rotlichtviertel wurde durchkämmt. Ohne Erfolg. Die Tat wurde nie aufgeklärt.«

»Wer war das Opfer?«, frage ich, als Kellermanns Stimme verstummt.

»Philip Jäger, siebzehn Jahre alt. Dogenabhängig und ein Stricher.«

»Also jemand, von dem die Allgemeinheit meint, er hätte es ja nicht anders gewollt.«

»Genau, er scheint nicht allzu sehr von seinem Umfeld vermisst worden zu sein.«

Ich verdrehe die Augen und ziehe die Stirn in Falten. »Aber

haben Sie Spuren gefunden? Das ganze Spektakel, das dort in dem Raum stattgefunden hat, muss doch Spuren hinterlassen haben.«

»Ja, jede Menge. Nur leider waren es mehr Fingerabdrücke, Haare, Hautpartikel und Spermareste, als wir brauchten. Material von den Vorbesuchern wurde auch durch die regelmäßigen Reinigungsintervalle im SM-Studio nicht restlos entfernt. Wir haben alle Indizien untersucht. Aber keine der Spuren konnte mit einem der Verdächtigen in Verbindung gebracht werden. Und die Personen, die wir anhand der Beweismittel identifizieren konnten, haben sich zum Tatzeitpunkt weit entfernt von der Weserstraße aufgehalten.«

»Also lediglich Klienten, die schon einmal erkennungsdienstlich erfasst worden sind?«, versuche ich, Kellermanns Aussage mit einer Frage zu bestätigen.

»›Klienten‹ klingt hübsch.« Der Kommissar schmunzelt. »Aber ja, das trifft es auf den Punkt.«

»Die Weserstraße liegt parallel zur Moselstraße, oder?«

»Ja, zwei Straßen weiter östlich in Richtung Bankenviertel.«

»Und dort hat keiner etwas gesehen? Da ist doch Tag und Nacht jemand auf der Straße!«

»Vermutlich lag es gerade an dem Viertel, dass niemand etwas gesehen hat. Oder nichts sehen wollte. Alle Zeugenbefragungen führten ins Leere.«

»Und jetzt vermuten Sie, dass die Tat mit dem Kunst-Mörder zusammenhängt?«

»›Kunst-Mörder‹. Klingt wie eine Namensgebung aus der Boulevardpresse.« Der Kommentar des Kommissars klingt nicht spöttisch, eher resigniert. »Aber ja, es könnte sein, dass es hier einen Zusammenhang gibt, den bisher niemand gesehen hat. Oder den es damals vielleicht auch noch nicht gab. Der Mord hat gut ein halbes Jahr vor der Tat in Paris stattgefunden.«

»Also im Herbst 2010.«

»Um genau zu sein: am 17. August 2010. Eventuell ist das der erste Mord gewesen, nicht die Tote im Marais.«

»Zeigen Sie mir noch einmal das Foto«, bitte ich.

Ohne Kommentar dreht der Kommissar den Bildschirm wieder in meine Richtung. Die Datei ist immer noch geöffnet.

Mit mehr Abstand, fast mechanisch schaue ich mir das Foto an. Erst betrachte ich es im Ganzen und lasse den Raum und die Figur des Mannes auf mich wirken. Dann suche ich nach Einzelheiten und unterteile die Szenerie in ein Schachbrettmuster. Jedes Quadrat prüfe ich eingehend, bevor meine Augen zum nächsten wandern. »Hätten Sie ein weißes DIN-A4-Blatt für mich und einen Bleistift?«, frage ich Kellermann, als ich mit meiner Recherche fertig bin.

Ebenfalls ohne Kommentar steht der Kommissar auf und verlässt den Raum. Es vergeht keine Minute, bis er wieder mit einem Stapel weißem Papier erscheint. Ich vermute, er hat es aus dem Druckerraum geholt. Zurück am Schreibtisch öffnet Kellermann eine Schublade. Nach kurzer Suche wird er fündig und hält mir einen grünen Bleistift entgegen: »Voilà, sogar angespitzt.«

Der Aufdruck verrät mir, dass es sich um eine weiche Mine handelt. Zum Glück. Das erleichtert das Zeichnen. Nachdem ich die Konturen auf das Blatt gebracht habe, versuche ich, den Flächen noch mehr Tiefe und Raum zu geben.

Kellermann schaut mir geduldig zu. Erst nach einer Weile steht er auf und murmelt: »Ich hole uns mal zwei Kaffee.«

Ich bin in Gedanken woanders und konzentriere mich auf die Zeichnung. Ansonsten hätte ich interveniert und auf das metallisch schmeckende Gebräu verzichtet. Als der Kommissar wieder mit zwei dampfenden Tassen erscheint, beende ich meine Skizze. Kein Meisterwerk, aber für seinen beabsichtigten Zweck reicht es. Abgebildet sind der Raum und der Mann auf dem Tisch. Aber jegliche Informationen, die auf eine Ermordung oder Folter hinweisen könnten, sind entfernt.

Es wirkt, als wäre er eine Skulptur auf einer erhobenen, ovalen Fläche in der Mitte eines kahlen Raumes.

Kellermann stellt eine der Tassen vor mir ab und als ich den dampfenden Becher betrachte, bin ich dankbar, nicht interveniert zu haben.

»Was wollen Sie mit der Zeichnung machen?«, fragt der Kommissar, als er neben mir auf seinen Schreibtischstuhl fällt. Sein Schwung lässt den Kaffee aus der Tasse schwappen und braune Flüssigkeit rinnt über seinen Handrücken. Kellermann leckt sie ab und trocknet die feuchte Stelle an seiner Jeans. Der Kaffeebecher hat derweil einen braunen Kranz auf einem Aktendeckel hinterlassen.

»Ich will es Anna schicken. Sie kennt sich mit Kunst noch besser aus.«

»Okay. Geht das sofort?«

»Ja, natürlich.« Ich fotografiere die Zeichnung mit meinem Handy und schicke die Aufnahme ab. Während ich Annas Nummer wähle, fällt mir ein, dass der versprochene Anruf ausblieb. Das wird Erklärungen nach sich ziehen, doch auch jetzt ist dafür keine Zeit. Als Anna nach dem zweiten Klingeln abhebt, verzichte ich auf große Einstiegsfloskeln: »Hallo, ich brauche noch einmal deine Hilfe. Bist du gerade im Netz? Alles andere werden wir später besprechen.«

Sie erkennt an meiner Stimme den Ernst der Lage und antwortet ohne Einwände: »Noch nicht, aber gib mir eine Minute.«

Ich höre, wie Anna sich das Handy zwischen Wange und Schulter klemmt und ihren Rechner aufklappt. Bevor die Minute vergangen ist, vernehme ich erneut ihre Stimme: »Es geht sicher um deine Mail im Posteingang.«

»Ja. Öffne bitte mal den Anhang und schau dir die Skizze an. Kennst du ein Gemälde, das so oder so ähnlich aussieht? Oder vielleicht eine Skulptur?«

»Kann ich dich zurückrufen?«

»Ja klar. Bis gleich.«

Ohne etwas trinken zu wollen, umschließe ich die heiße Tasse mit beiden Händen. Unwillkürlich kommt mir dabei die Szenerie von heute Morgen wieder in den Sinn. Jana, verstümmelt auf dem dunkelroten Sofa. Den Kopf schräg auf die Schulter gelegt und mit weit aufklaffender Wunde am Hals. Die Traurigkeit steigt mir die Kehle hoch und auch die Wut auf denjenigen, der ihr das angetan hat. Meine Hände umschließen den Becher noch fester, sodass sich an meinen Knöcheln weiße, blutleere Flecken bilden. Es ist Anna, die meinen Gedankenkreislauf unterbricht. Das Handy vibriert auf der Tischplatte. »Und?«, frage ich erwartungsvoll.

»Tut mir leid. Mir fällt kein Kunstwerk ein. Aber wenn du magst, kann ich gerne noch mal darüber nachdenken und etwas recherchieren. So direkt kann ich dir nicht weiterhelfen.«

»Schade. Aber einen Versuch war es wert. Wäre prima, wenn du etwas recherchieren könntest. Melde dich, falls es auch nur den geringsten Hinweis gibt.«

Trotz ihrer uneingeschränkten Kooperation zu Beginn des Gesprächs kann Anna ihr Misstrauen nicht weiter zurückhalten. »Hat das alles immer noch mit den Morden zu tun?« Ihre Stimme klingt ermahnend, bestenfalls kritisch.

»Ja, schon irgendwie. Erkläre ich dir alles nachher. Ich bin noch im Präsidium«, versuche ich, sie zu beschwichtigen.

Anna versteht sofort, dass ich gerade nicht allein bin und daher nicht reden kann. Sie legt auf, aber nicht ohne mich vorher noch mal zu bitten, auf mich aufzupassen.

»Kein Ergebnis?«, fragt Kellermann, auch wenn er Annas Worte sicher mitgehört hat.

»Nein, aber das ist noch kein Grund aufzugeben.«

Der Kommissar zieht die Augenbrauen hoch. Das reicht als Aufforderung zu weiteren Erklärungen.

»Kunstwerke sind oftmals beschrieben oder es wurde eine Kritik über sie verfasst. Vielleicht finden wir etwas, wenn ich prägnante Merkmale des Tatorts in eine Suchmaschine eingebe.«

»Sie geben den Tatort im Internet ein?«, fährt mich Kellermann entgeistert an.

»Nein, keine Sorge. Beruhigen Sie sich. Es sind nur abstrakte Begriffe, die keinen Rückschluss auf einen Mord zulassen, wie ›liegender Mann‹, ›nackte Glühbirne‹ oder ›Zigarettenstummel‹.«

Kellermanns Blick bleibt skeptisch, aber ich lasse mich nicht beirren. Doch die Suche verläuft ergebnislos. Ich ergänze nach und nach Begriffe wie ›ovaler Tisch‹ oder ›kahle Wand‹, aber keine der angezeigten Seiten deutet auf ein Kunstwerk hin, das wir suchen.

Kellermann wird ungeduldig. »Kennen Sie noch jemanden, der Ahnung von Kunst hat?«

»Lassen Sie mir noch einen Moment Zeit. Ich habe das Gefühl, wir übersehen hier etwas, das an einem anderen Tatort als Motiv gedient hat.«

Die Fotos der übrigen Opfer hängen wieder an der Wand in Kellermanns Rücken. Ich stehe auf und schiebe mich langsam am Kommissar vorbei. Die Tote in Paris, ebenfalls auf einem Tisch. Der verschnürte Torso. Die Frau ohne Hände im Park. Der verblutende Mann an der rostigen Leiter. Die eingeflochtene Frau in der Birke.

Ich stocke und schweife mit meinem Blick zurück. Der Mann an der Leiter. Der leidende Christus. Die über dem Kopf zusammengebundenen Hände. Die Kreuzigung, der Leidensweg. Das ist die Verbindung.

Weniger vorsichtig als auf dem Hinweg eile ich zurück zu meinem Stuhl und tippe etwas in mein Telefon ein.

»Haben Sie etwas gefunden?«, fragt Kellermann erstaunt.

»Es ist die Kreuzigung.«

»Die Kreuzigung?« Dem Kommissar reicht meine Erklärung nicht aus.

»Die gebundenen Hände. Die Folter, das Leid. Es ist die Kreuzigung, die hier dargestellt wird.«

Doch auch die Ergänzung der Begriffe ›Kreuzigung‹, ›Christus‹ oder ›Leidensweg‹ führt zu keinem zufriedenstellenden Ergebnis. Jetzt fange auch ich an zu zweifeln.

»Kein Ergebnis?« Der Kommissar hat meine Enttäuschung erkannt.

»Fallen Ihnen noch Begriffe rund um ›Kreuzigung‹ ein?«, bitte ich ihn um Hilfe.

Kellermann überlegt einen Moment. »›Leidender Christus‹, ›Jesus‹, ›Heiland‹, ›Kreuzestod‹, ›Bestrafung‹. Puh, mehr fällt mir nicht ein.«

Wieder etwas zuversichtlicher gebe ich die Begriffe ein. Doch die angezeigten Links lassen meinen Mut erneut sinken. Nicht im Entferntesten haben die dargestellten Bilder eine Ähnlichkeit mit dem Tatort.

»Schmerzensmann«, ruft Kellermann plötzlich.

»Bitte was?«

»Schmerzensmann. Ein Schmerzensmann ist ein Andachtsbild, das den leidenden Jesus Christus verwundet, aber nicht am Kreuz darstellt.«

Verdattert schaue ich dem Kommissar direkt in die Augen. »Das ist es. Jede Wette, das ist es.«

Ich gebe den Begriff ein und nach wenigen Sekunden halte ich Kellermann das Display entgegen: »Es ist kein Tisch. Es ist ursprünglich ein ovales Bett.«

Der Kommissar kneift die Augenlider zusammen und starrt angestrengt auf das Display. Dann nickt er. »Ja, das ist es.«

Ich scrolle die Seite hinunter bis zum Titel des Werkes. »*Francis Bacon*«, lese ich vor. »*Lying Figure* aus dem Jahre 1969.«

Kellermann nickt und fragt dann: »Steht dort noch mehr zu dem Bild?«

Ich überfliege den Text und lese Auszüge aus der Kritik

vor: »*Es zeigt den körperlichen und seelischen Überlebenskampf eines Süchtigen … Eine moderne Fassung des ›Schmerzensmanns‹ mit Spritze und Aschenbecher* …« Ich scrolle weiter und stoppe wieder: »Das ist noch interessant: *Der in Auflösung begriffene menschliche Körper führt Bacons exzessive, expressionistische Malerei an die Grenzen des Erträglichen.* Und hier geht es noch weiter: *Durch Verzerrung, Verstümmelung sowie Überlagerung mehrerer Bewegungsstadien thematisiert er die Qualen der menschlichen Existenz.* Es sieht so aus, als hätte das unser Täter wortwörtlich in die Realität umgesetzt.«

Kurz nach unserer Entdeckung wird Kellermann zur KTU gerufen. Damit ist auch meine Zeit im Präsidium abgelaufen. Der Kommissar hat mich noch gefragt, ob mich einer der Kollegen fahren soll, doch ich habe dankend abgelehnt. Ich werde mir ein Taxi nehmen.

Helena hat auf meine Frage, ob ich bei ihr übernachten kann, sofort zugestimmt. Allerdings sei sie erst gegen 20:30 Uhr zu Hause, also in einer guten Stunde. Ich überlege: Von hier bis zu ihrer Wohnung im Westend ist es ein Fußweg von nur gut dreißig Minuten. Ich kann ganz gemütlich die Zeil entlangschlendern und mich vom Einkaufstrubel kurz vor Ladenschluss ablenken lassen. Oder gehe ich damit ein Risiko ein? Werde ich beobachtet? Du spinnst, weise ich mich zurecht. Lass dich nicht verrückt machen! Ich werfe die Umhängetasche über die Schulter und spaziere in Richtung Einkaufsmeile.

Die dichte Menschenmenge wird mir schnell zu viel und ich bin froh, hinter dem Goetheplatz in das ruhigere Bankenviertel einzubiegen. Doch die Erleichterung wird schon bald durch ein neues Unbehagen ersetzt. Die *Sega Invest* ragt mit ihrer Hochglanzfassade auf der anderen Straßenseite auf. Durch die gläserne Eingangstür schieben sich zwei Anzugträger. Die beiden Herren sind tief in ein Gespräch versunken. Gelächter dringt bis zu mir vor. Sie gleiten in Richtung Innenstadt. Als Ziel tippe ich auf die Sportsbar an der Börse und den Schlussspurt des Bundesliga-Auftaktspiels.

Während die beiden aus meinem Blickfeld verschwinden, nehme ich wahr, wie in einer der höheren Etagen das Licht gelöscht wird. Meinem Entschluss entgegen, schnell an dem Gebäude entlangzueilen, halte ich an und drehe mich zur Fassade. Aber es ist nur noch ein Schemen sichtbar, der sich weg vom Fenster in Richtung der innen liegenden Flure schiebt. Mehr als ineinander verschwimmende Grautöne habe ich nicht entdecken können und trotzdem macht mich etwas stutzig. Wieso sind um diese Zeit noch die Räume der Geschäftsführung besetzt? Und wieso wirkte der Schatten so zierlich, wo doch alle Mitglieder des Aufsichtsrats annähernd zwei Meter groß sind? Auch Frau Tennschild müsste längst Feierabend haben.

Ich schiebe die Fragen beiseite. Bis zu Helena ist es jetzt nicht mehr weit. Sie wohnt in der Siesmayerstraße, die direkt zum Palmengarten führt. Aus ihrem Küchenfenster kann sie in die Baumwipfel der Parkanlage blicken.

Trotz der geringen Entfernung zieht sich der Weg. Es ist die Anspannung, die jeden Meter erschwert. Ich zwinge mich, ruhig zu bleiben, einen Fuß vor den anderen zu setzen, ohne loszurennen. Wie der rettende Griff am Beckenrand, nachdem man im Schwimmbad unter Wasser gedrückt wurde und nach Luft gerungen hat, fühlt sich der Klingelknopf jetzt an. Langsam, aber fest drücke ich ihn hinunter. Einmal, zweimal. Doch auch beim dritten Mal ertönt keine Stimme durch die Gegensprechanlage. Ich ziehe mein Handy heraus. Es ist 20:17 Uhr.

»Hey, Marie. Gut, dass du da bist!«, höre ich Helena außer Atem rufen. Ich drehe mich um. Sie muss kurz hinter mir gewesen sein. Ihre Laptoptasche über der rechten Schulter und eine dunkelblaue Tasche in der linken Hand kommt Helena mit großen Schritten auf mich zu. Trotz ihres Gepäcks breitet sie die Arme aus und drückt mich fest an sich. Sie umschließt mich und wiegt mich leicht vor und zurück. Zwei Seelen, die sich aneinander festhalten. »Es ist furchtbar«, flüstert sie mir ins Ohr. »Einfach furchtbar.«

Helenas Umarmung lässt die Anspannung abfallen und ich merke, wie ich zusammensacke. Die Nähe zu einem vertrauten Freund und die geteilte Traurigkeit hüllen uns in einen Kokon und schirmen mich von der Außenwelt ab.

Mit feuchten Augen schlägt Helena vor: »Lass uns erst mal hochgehen, ja?«

In der Wohnung angekommen, verfrachtet mich Helena sofort auf ihre Sofalandschaft, auf der mich ein Meer von Kissen erwartet. Sie selbst verschwindet in der Küche und den Geräuschen nach zu urteilen, hat sie den Wasserkocher aktiviert. Ich streife die Schuhe ab und nehme die Füße hoch, die Knie eng an mich gezogen. Nach wenigen Minuten erscheint Helena, zwei dampfende Teetassen in den Händen.

»Jetzt erzähl erst mal. Das muss ja alles raus«, fordert sie mich mit behutsamer Stimme auf.

Helena hat zu ihrer Stärke zurückgefunden. Dankbar nehme ich diese Rollenverteilung an. Erst zögernd und dann mit immer mehr Nachdruck strömt es aus mir heraus. Als würde ich mit jedem Wort, das meinen Körper verlässt, ein Stück der Erlebnisse abschütteln können. Die Knie noch fest umschlungen, wiege ich mich leicht vor und zurück. Helenas Hand ruht unbeirrt auf meinem Rücken.

Es ist weit nach Mitternacht, als wir beschließen, schlafen zu gehen. Die Sofalandschaft ist so großflächig, dass Helena einfach nur den Couchbezug mit einem Laken abdeckt. Aus ihrem Schlafzimmer holt sie ein Oberbett. Kissen gibt es hier mehr als genug. »Handtücher liegen auf dem Gestell im Bad. Brauchst du sonst noch etwas?«

Als ich nur den Kopf schüttle, drückt sie mich ein letztes Mal und verschwindet in ihr Schlafzimmer.

Im Bad putze ich mir mechanisch die Zähne, jedoch nur so lange, bis mein schlechtes Gewissen ausreichend beruhigt ist. Zurück auf dem Sofa brauche ich keine fünf Minuten, um in einen unruhigen, aber tiefen Schlaf zu fallen.

39

Das Display des Videorekorders sagt mir, dass es 05:47 Uhr ist, als ich die Augen öffne. Mein Kopf schmerzt. Ein Vorschlaghammer scheint sich hinter meinen Schläfen auszutoben. Mühsam erhebe ich mich vom Sofa.

In der Nacht habe ich jeden meiner Muskeln angespannt. Kein Wunder, dass ich völlig gerädert bin und das Gefühl habe, verkatert nach einer viel zu kurzen Nacht aufzuwachen. Im Stehen beuge ich meinen Rücken und berühre mit den Fingerspitzen meine Zehen. Die Muskeln sind dankbar für die Dehnung.

Helena scheint noch tief und fest zu schlafen. Zumindest ist kein Geräusch aus ihrem Zimmer zu hören. Zum Glück. Draußen hat der Tag noch nicht begonnen.

Auch das kalte Wasser in meinem Gesicht vertreibt die hämmernden Schmerzen in meinem Kopf nicht. Ich klappe den Spiegelschrank auf und durchsuche die einzelnen Regale und Schubfächer nach einer Kopfschmerztablette.

Ich werde schnell fündig und mit der Blisterpackung bewaffnet, schalte ich das Licht in der Küche an. Das Spiel beginnt von Neuem. Ich öffne die oberen Schränke, doch außer Tellern, Schüsseln und Gewürzen finde ich nichts. Ein Glas, das kann doch nicht so kompliziert sein.

Mir fällt auf, dass ich mich zwar etliche Male mit Helena in der Stadt verabredet habe, wir an endlosen Abenden durch die Kneipen gezogen sind, aber ich noch nie in ihrer Küche auch nur ein Glas Wasser getrunken habe.

Gegenüber der weißen glatt lackierten Einbauschränke steht ein antiker Eichenschrank. Beim Öffnen quietschen die Scharniere. Vor mir breitet sich eine ganze Batterie an unterschiedlichsten Gläsern aus. Sorgsam sortiert nach dem anvisierten alkoholischen Inhalt. Ich wähle ein schweres Whiskeyglas.

Helena scheint noch weitere Barutensilien in diesem Schrank zu verstauen. Im unteren Regal schimmert ein Cocktailmixer. Daneben sind in einer ausrangierten Keksdose bunte Strohhalme und Schirmchen gelagert. Meine Augen wandern aber noch eine Etage tiefer. Am Boden des rustikalen Schranks liegen zusammengefaltete Plastiktüten. Eine sticht hervor. Es ist das Ornament, das mir bekannt ist. Die dunkelblaue Tüte steckt ganz unscheinbar zwischen ihren Nachbarn. Und auch von dem Ornament ist nur ein kleiner Teil zu sehen. Vielleicht gerade mal das Drittel eines ovalen Kreises. Auch die senkrechte Linie, die das Oval in der Mitte durchschneidet, ist nur ausschnittsweise sichtbar. Den darunterstehenden Namen erkenne ich sofort, auch wenn von dem silbernen Schriftzug nur die ersten beiden Buchstaben lesbar sind.

Die Kopfschmerzen haben mit einem Schlag ausgesetzt und fast hätte ich das Whiskeyglas fallen lassen. Du wirst verrückt und siehst Gespenster, wo keine sind, ermahne ich mich. Nur weil Helena sich einen Füller gekauft hat, heißt das nicht, dass sie etwas mit den Mordfällen zu tun hat.

Demonstrativ wende ich mich vom Eichenschrank ab und drehe den Wasserhahn in der Spüle auf. Ich gönne mir gleich zwei Tabletten. Um noch mehr Abstand von meinen Gedanken zu bekommen, verlasse ich die Küche und verkrieche mich mit meinem Glas in der Hand wieder auf dem Sofa.

Es wird langsam hell draußen und der Himmel über dem Palmengarten färbt sich gräulich. Keine Spur von der blauen

Stunde. Eine Melange aus Quellwolken, die sich gegeneinanderdrängen und den Platz streitig machen wollen. Mein Handy vibriert. Eine SMS.

Geht es Ihnen gut?

Der Text stammt von Kellermann. Eine lange Nacht war es bei ihm anscheinend auch nicht. Ich schreibe zurück.

Ja, danke.

Bevor ich das Smartphone weglege, brummt es erneut.

Können Sie ins Präsidium kommen? Kann ich Sie irgendwo abholen?

Siesmayerstraße 23. In fünfzehn Minuten unten.

Kellermann muss in der Nähe gewesen sein, denn er wartet bereits, als ich aus dem Hauseingang trete. Der Motor läuft. Der Kommissar beugt sich über den Beifahrersitz und stößt die Tür auf. Seine Frage, ob es mir gut gehe, war wohl ernst gemeint, denn er eröffnet aufmerksam zur Begrüßung: »Gut geschlafen?«

»Geschlafen. Gut würde ich mal weglassen. Aber unter den Umständen ist das mehr, als man erwarten kann, oder?«

Kellermann schaut mich kurz skeptisch an. Nickt dann und dreht den Kopf zur Fahrbahn. Das Auto rollt an. Den Weg verbringen wir schweigend. Ich frage nicht mal, warum ich morgens um kurz vor sechs an einem Samstag in das Präsidium kommen soll. Es liegt nicht daran, dass ich glaube, so stark in die Mordfälle involviert zu sein, dass es nur natürlich ist, mich umgehend wieder zu befragen. Nein, daran liegt es nicht. Ich frage nicht, weil es die beste Alternative ist. Weil ich keinen anderen Ort kenne, an dem ich jetzt lieber wäre. Und das ich das einmal sagen würde, wäre mir im Traum nicht eingefallen.

Die Flure im Kommissariat sind noch leer. Unsere Schritte hallen an den kahlen Wänden wieder. Im Gehen fragt mich Kellermann: »Sie haben aber nicht vor, heute Nacht wieder in Ihre eigene Wohnung einzuziehen, oder?« Er zeigt dabei auf meine Umhängetasche.

»Nein, nein. Keine Sorge.«

An seinem Gesichtsausdruck kann ich ablesen, dass er damit ringt, mich zu fragen, wo ich denn übernachten werde. Ich bin froh, dass er sich dagegen entscheidet. Denn ich könnte ihm darauf noch keine Antwort geben.

Als ich mich in Kellermanns Büro in den Besucherstuhl setzen will, interveniert er. »Wir müssen direkt zur KTU. Es wäre gut, wenn Sie eine DNA-Probe abgeben könnten.«

»Eine DNA-Probe?«, frage ich ungläubig und bleibe wie angewurzelt stehen.

»Ihre Fingerabdrücke haben wir ja bereits, aber jetzt wäre es gut, wenn wir auch noch eine DNA-Probe bekommen könnten«, erklärt der Kommissar sachlich. Er bleibt im Türrahmen stehen, als wolle er mit dieser Geste der sanften Tonlage Nachdruck verleihen.

»Stehe ich mal wieder unter Verdacht?«, reagiere ich trotzig.

»Nein«, antwortet er in weiterhin ruhigem Ton, »aber der Tatort im Museum ist übersät mit DNA-Spuren und wir möchten zumindest Ihre rausfiltern.«

Ich zucke nur mit den Schultern und als sich der Kommissar in Bewegung setzt, folge ich ihm kommentarlos bis in das Souterrain. Die ganze Prozedur dauert wenige Minuten. Eine Speichelprobe wird genommen und ich unterschreibe ein Formular, auf dem ich mein freiwilliges Einverständnis zur DNA-Analyse erkläre. Von Freiwilligkeit kann hier keine Rede sein, aber ich verkneife mir einen weiteren Einwand.

Auf dem Rückweg sagt Kellermann nur: »Danke.«

Von meiner Seite kommt daraufhin ein leises »Mhm«. Stillschweigend schreiten wir die Stufen im Treppenhaus empor.

»Haben Sie eigentlich brauchbare Spuren auf der Postkarte entdeckt?«, nehme ich das Gespräch schließlich wieder auf. Bevor der Kommissar antwortet, lasse ich mich auf den Besucherstuhl fallen.

»Nein, leider nicht. Nur Ihre Fingerabdrücke.« Nachdem sich auch Kellermann gesetzt hat, ergänzt er: »Aber es gibt ein paar neue Erkenntnisse.«

Aufmerksam richte ich mich auf. Die gerade noch vorhandene Gereiztheit ist vergessen.

»Sagt Ihnen der Name Prof. Dr. Lauenstein etwas?«

Ich bin überrascht. Über die Frage und noch mehr über die Art der Fragestellung. Was soll dieser strenge Tonfall? Hat das alles etwas mit der frühmorgendlichen DNA-Analyse zu tun? Die Gedanken rasen durch meinen Schädel und ich merke, wie sich die Kopfschmerzen zurückmelden. Oder bin ich nur empfindlich, weil mir der Schlaf fehlt und meine Nerven blank liegen?

»Nein, der Name sagt mir nichts.«

Der Kommissar schaut mir weiter prüfend ins Gesicht. Keine Regung, nicht einmal ein Wimpernzucken. Ein lebender Lügendetektor, der den Wahrheitsgehalt meiner Aussage prüfen will.

»Er hieß damals noch Dr. Lauenstein, ohne Professorentitel. Den hat er erst vor vier Jahren erhalten. Heute leitet er ein Forschungsinstitut für Finanzwirtschaft, Rechnungswesen und Steuern. Der ehemalige Harvard-Absolvent ist zudem bei der *WertHypo* in der Geschäftsführung. Das ist eine Spezialbank, die Kredite für gewerbliche Immobilien vergibt, mit Sitz in Eschborn.«

Ich höre konzentriert zu, doch bei mir klingelt nichts. Das klingt bis jetzt nach einer klassischen Karriere. Kellermann legt eine Pause ein. Ich bin mir sicher, dass es ein Showeffekt ist, der die Spannung erhöhen soll. Sein Ass kommt noch. Ich spiele mit: »Und?«

»Die *WertHypo* ist eine hundertprozentige Tochtergesellschaft der *Como Invest.*«

»Das allein macht ihn noch nicht verdächtig. Es gab keine unrechtmäßige Verbindung zwischen der *Sega Invest* und der *Como Invest,* oder haben Ihre Leute etwas entdeckt?«

»Nein, da liegen Sie richtig. Die Z36 hat hier keine Verbindung entdeckt. Die Verbindung …«

»Z36?«, unterbreche ich ihn.

»Das ist die heutige Zentralstelle für Wirtschaftskriminalität. Als Sie dort Ihren Unfug getrieben haben, wurde diese Abkürzung noch nicht verwendet«, klärt Kellermann mich auf und fährt mit seiner Berichterstattung fort: »Die Verbindung ist eine ganz andere. Ich bin heute Nacht die Unterlagen aus dem alten Mordfall in Frankfurt, der als Milieutat abgestempelt wurde, durchgegangen. Unter den Zeugenaussagen habe ich das Protokoll einer Befragung von Herrn Lauenstein gefunden.«

»Er stand unter Verdacht?«

»Nein, keineswegs. Sein Auto parkte in der Nähe des Tatorts und hat ein Ticket erhalten. Dadurch sind wir überhaupt erst auf seinen Namen gekommen. Er wurde als Zeuge befragt. Allerdings hat er ausgesagt, nichts Auffälliges beobachtet zu haben, auch der Tote war ihm nicht bekannt.«

»Und jetzt glauben Sie, er ist verdächtig, weil es eine Verbindung zwischen seinem früheren Arbeitgeber und der *Como Invest* gibt und Wehmüller sowohl für die *Como Invest* als auch für die *Sega Invest* als Bewerter tätig ist?«

»Nein, das denke ich nicht. Aber schauen Sie mal hier.«

Kellermann dreht seinen Bildschirm zu mir. Auf dem Display steht in blauer Schrift: *Professur für Finanzwirtschaft.* Darunter zeigt eine Kurzbiografie die beruflichen und akademischen Stationen im Leben von Prof. Dr. Lauenstein. Aber es sind nicht seine beruflichen Lorbeeren, die mich fesseln, es ist sein Foto. Lucky Luke schaut mich mit seinen dunkelbraunen Augen an.

»Lucky Luke?«, platzt es aus mir heraus.

»Alias Lars Lauenstein«, bestätigt Kellermann und setzt nach: »Die Alliteration klingt nach einem Walt-Disney-Film.«

»In der Tat.« Mein Ton klingt nicht amüsiert.

Der Kommissar will den Bildschirm schon wieder umdrehen, als ich ein Emblem wahrnehme, das mir irgendwoher bekannt ist. »Warten Sie einen Moment.«

Kellermann blickt mich verdutzt bei meiner abrupten Intervention an, stoppt aber.

»An welcher Universität lehrt Lauenstein?«, frage ich, um meinem Gedächtnis auf die Sprünge zu helfen.

»An der Universität Göttingen.«

Jetzt hat es klick gemacht und ich kann nicht sagen, ob ich darüber erleichtert bin. Helena hat in Göttingen studiert und dort ihre Masterarbeit zum Thema Fremdfinanzierung von Spezialfonds geschrieben. Es sollte mich schon sehr wundern, wenn es dabei nicht zu einem Kontakt mit Lauenstein gekommen ist oder er nicht sogar ihr Betreuer war. Was zum Himmel hat Helena auf einmal mit diesem Fall zu tun? Keine voreiligen Schlüsse ziehen! Vielleicht hat es nichts zu bedeuten. Ich meine, es ist Helena! Meine Helena, die ich seit über zwei Jahren kenne, mit der ich so viel geteilt habe. Helena, die zu jeder Zeit für mich da war. Die mir und Jana so oft aus der Patsche geholfen hat, die eingesprungen ist, wenn wir vor Arbeit untergingen. Und jetzt soll sie etwas mit diesem Fall zu tun haben und womöglich auch noch mit Janas Tod? Nein, das kann nicht sein.

Kellermann reißt mich aus meinen Gedanken. »Sagt Ihnen die Universität etwas?«

»Nein, nein. Alles in Ordnung«, versuche ich, ihn von meinem inneren Aufruhr abzulenken. Auf keinen Fall kann ich Helena ins Spiel bringen, ohne mir selbst sicher zu sein.

»Wirklich?« Mein Ablenkungsmanöver scheint den Kommissar nicht überzeugt zu haben.

»Ja, ganz bestimmt. Ich habe nur an Göttingen gedacht, weil dort eine Freundin studiert hat.« Das ist zumindest nur halb gelogen. Jana hat immer geraten, bei Lügen nah an der Wahrheit zu bleiben. Jetzt verursacht mir der Gedanke an sie ein flaues Gefühl im Magen. Das schlechte Gewissen über die Lüge ist da nebensächlich.

Kellermann blickt mich weiter aus zusammengekniffenen Augen an. Er schluckt meine Antwort immer noch nicht, insistiert aber nicht weiter. Zur Ablenkung will ich den Monitor wieder in seine Richtung drehen, doch er hebt einhaltend die Hand. »Warten Sie, ich möchte Ihnen noch etwas zeigen.« Der Kommissar greift nach der Maus und scrollt im Dokumente weiter hinunter, sodass ich die frühen beruflichen Phasen von Lauensteins Lebensweg sehe. Ich verfolge die Eintragungen, bis Kellermann stoppt. Auch meine Augen bleiben jetzt in der Mitte des Bildschirmes hängen. Das ist die Stelle, auf die der Kommissar hinauswollte. Abermals denke ich, dass es sich nicht um einen Zufall handeln kann.

»Was ist mit Weck? Waren die beiden zeitgleich dort?«, versuche ich, den nächsten Faden zu knüpfen.

Kellermann dreht sich ohne Kommentar wieder seinem Rechner zu und tippt auf der Tastatur etwas ein. Abermals dreht er im Anschluss den Bildschirm in meine Richtung und auf dem Display erscheint ein weiterer Lebenslauf. Diesmal mit dem Foto von Dr. Weck, dem Geschäftsführer der *Sega Invest.*

Ich beuge mich vor, um die kleingeschriebenen Buchstaben zu entziffern, überfliege die Seite, bis ich im unteren Drittel hängen bleiben: *Wirtschaftswissenschaftliche Promotion an der TU Berlin, Institut für Immobilienwirtschaft, 1991-1995.*

»Sie waren vier Jahre gemeinsam dort. Es kann nicht sein, dass sie sich nicht kennen.« Den letzten Satz betont Kellermann bewusst sarkastisch.

Meine Stirn ist in Falten gelegt, als ich langsam zusammenfasse: »Weck und Lauenstein kennen sich. Sie waren vier Jahre zusammen am gleichen Forschungsinstitut. Haben beide bei Prof. Stallenberg promoviert …«

»… und beide in ihrer privatwirtschaftlichen Laufbahn mit Wehmüller zusammengearbeitet«, führt Kellermann meine Zusammenfassung zu Ende.

»Aber entsteht aus einer Forschungsgemeinschaft ein Serientätertrio?« Die Vorstellung erscheint mir bereits paradox, als ich sie ausspreche.

»Es sind zwei Menschen gestorben, die mit dem System der *Sega Invest* gearbeitet haben«, erklärt Kellermann nüchtern. »Die Frage nach dem Motiv stellt sich.« Der Kommissar macht eine Pause, schaut mich eindringlich an und fährt dann fort: »Und die Frage möchte ich von Ihnen beantwortet haben: Auf was können Bruns und Jana Friese im System gestoßen sein? Die Ankaufswerte haben unsere Spezialisten für Wirtschaftskriminalität geprüft. Die Transaktionen sind gesetzeskonform abgelaufen. Es besteht kein Verdacht auf Schmiergeldzahlungen oder dergleichen.«

Mit Kellermanns Aufforderung wird mir auch sein Tonfall zu Beginn unseres Treffens klarer. Das ganze Gespräch diente als Auftakt für dieses Finales. In Gedanken gehe ich das gesamte System durch. Die einzelnen Reports, die Funktionen, die Datenfelder. Wofür könnte einem Menschen das Leben genommen worden sein?

In meinem Kopf ziehen die Benutzeroberflächen des IT-Systems vorbei, doch eine Antwort auf meine Frage will nicht kommen. Kellermanns eindringlicher Blick setzt mich nur zusätzlich unter Druck.

Ich denke bewusst an etwas anderes, entferne mich vom

eigentlichen Problem, um auf die Lösung zu kommen. Ein Mittel, das ich erfolgreich bei Kreuzwort- oder Brückenrätseln einsetze, in der Hoffnung, dass es auch in diesem Kontext funktioniert.

Ich denke an Anna und an unser letztes Treffen in Berlin. Von ihr gelange ich zu Karla und spule einen Besuch bei ihr im Fernsehstudio ab. Sie saß hinter einer riesigen Monitorwand und stellte Bildmaterial für eine Reportage über die wirtschaftliche Entwicklung Moldawiens zusammen. Dann wandern meine Erinnerungen weiter, zu meinem heiß geliebten Café in Berlin-Mitte. Kellermann hält seinen Blick unbeirrt auf mich gerichtet. Und?, fragt er mit den Augen, ohne dass sich seine Lippen bewegen.

Ich gebe auf. »Es tut mir leid. Ich finde keinen Zusammenhang. Könnte ich hier irgendwo einen Kaffee bekommen?« Die Bitte entspringt primär dem Wunsch, für einen Moment allein zu sein. Kellermann nickt still und verlässt das Büro.

Meine Gedanken kehren zurück zu Karla. Irgendetwas ist dort, das in Verbindung zu Lauenstein steht. Aber Karla hat nichts mit dem System der *Sega Invest* zu tun, geschweige denn mit den darin enthaltenen Daten. Ich gehe die Schlagworte durch: Lauenstein, Finanzen, *Como Invest,* Professur, Universität, Studenten. Es macht klick. Ich habe die Verbindung, Karla hat sie mir bereits vor Wochen geschickt. Es hat nichts mit dem System zu tun, aber die Verknüpfung ist umso interessanter.

Ich ziehe mein Handy aus der Tasche und öffne den Internet Explorer. Nach ein paar kurzen Klicks bestätigt sich mein Verdacht. Atemlos scrolle ich mich durch die Homepage und die dort abgebildeten Fotos.

»Haben Sie etwas entdeckt?« Kellermann erscheint mit einem Tablett, auf dem zwei Kaffeetassen und ein Teller mit zwei Brötchenhälften stehen. Beide mit Käse belegt. Er streckt mir das Tablett entgegen. Ich bediene mich, doch stelle Tasse und Brötchen erst mal auf die noch freie Ecke des Schreibtischs und warte, bis der Kommissar sich wieder gesetzt hat.

»Es gibt eine Verbindung zwischen Lauenstein und Warschau«, verkünde ich dann demonstrativ und hoffe, dass Kellermann nicht aus meinem Gesicht ablesen kann, dass das nur die halbe Wahrheit ist.

Der Kommissar pfeift. »Da bin ich aber mal gespannt.«

»Die Universität Göttingen hat eine Exkursion nach Warschau durchgeführt. Oder konkreter, nach Mokotów. Und zwar zu der Zeit, als die Frau im Park ermordet wurde.«

Kellermann spart sich diesmal einen Kommentar. Sein Kopf arbeitet. Ich kann förmlich hören, wie die Gedanken in seinem Gehirn mahlen.

»Und Lauenstein war dabei?«

»Ja. Der Bericht ist online im Universitätsverlag erschienen. Lauenstein war der Leiter der Exkursion. Eigentlich handelte es sich um einen Workshop des Instituts für Stadt- und Regionalplanung, jedoch stand bei dieser Übung die Finanzierung einer städtebaulichen Projektentwicklung im Vordergrund. Daher Lauensteins Rolle.«

»Und Sie sind sich sicher, dass er persönlich vor Ort war? Vielleicht hat ihn ein Assistent vertreten?«, wendet Kellermann ein.

»Im Bericht sind mehrere Gruppenfotos abgebildet. Auf keinem fehlt Lauenstein.« Damit nehme ich dem Einwand den Wind aus den Segeln.

Kellermanns Gedanken arbeiten. Ich lasse ihm seine Ruhe und beschäftige mich mit einer Brötchenhälfte. Als ich hineinbeiße, quillt Butter an den Seiten hervor. In der Kantine wird daran offensichtlich nicht gespart.

Plötzlich blickt der Kommissar auf die Uhr und erhebt sich mit einem Ruck. »Es tut mir leid, Sie müssen das Präsidium jetzt verlassen«, sagt er fast förmlich.

Aufgrund meines vollen Mundes hebe ich nur entwaffnend die Hände, stehe ebenfalls auf und beginne, meine Sachen zusammenzusuchen. Der plötzliche Aufbruch kommt so spontan, dass ich mich erst draußen vor der schweren Eingangstür im schneidenden Morgenwind frage, was der Kommissar so dringend erledigen möchte. Wird er Lauenstein verhören? Es ist kurz nach sieben. Das wird keine Freude für den Herrn Professor werden.

Frankfurt schläft. An einem Samstagmorgen treiben sich nur übermütige Sportler, Spätheimkehrer und notorische Frühaufsteher durch die Straßen.

Ein Jogger überholt mich. Dunkelblauer Trainingsanzug, die Haare leicht verschwitzt. Er biegt in die Bäckerei schräg gegenüber des Polizeipräsidiums ein. Als ich auf gleicher Höhe bin, schlägt mir eine Woge frischen Brötchendufts entgegen. Der Gedanke, jetzt nach einem Morgenlauf frisch geduscht und zufrieden von der körperlichen Anstrengung am Frühstückstisch zu sitzen, lässt mich neidisch werden. Wenn das alles vorbei ist, werden die Turnschuhe wieder öfter angezogen, tröste ich mich.

Gemächlich spaziere ich die Zeil entlang. In den Fensterfronten wechseln sich die Auslagen ab: farbenfrohe Skiausrüstung, dezente Wintermäntel für den Businesslook und dazu die passenden Schuhe.

Mode interessiert mich allerdings gerade weniger, denn meine Gedanken kreisen um die letzte Nacht bei Helena. Kurz frage ich mich, ob ich Kellermann über meine Entdeckung hätte informieren sollen. Aber was, wenn das alles nichts mit dem Fall zu tun hat? Wenn Helena nur zufällig auf den Fotos in Warschau war? Wenn sie nur an einer harmlosen Exkursion teilnahm? Und die Verpackung gar nichts mit meinem Füller zu tun hat? Es gab keine andere Möglichkeit, als nichts zu sagen. Die Entscheidung war alternativlos und meine Schritte werden umso zielstrebiger.

Die Wochenendvertretung von Frau Rieger blickt wie gewohnt nicht von der Lektüre auf, als ich durch die Pforten der *Sega Invest* trete. Heute trägt der junge Mann eine Baseballkappe, die so tief sitzt, dass sein Gesicht nicht zu erkennen ist. Nur ein paar widerspenstige Haarsträhnen blitzen hervor. Die auf Hochglanz polierte Schließanlage gibt mir den Weg frei, als ich meine Karte gegen das Lesegerät halte.

Ich muss das entscheidende Puzzleteil im System finden, die fehlende Verbindung. Und bevor ich Helena hineinziehe, muss ich wissen, ob sie es kennt und ob sie überhaupt was mit dieser ganzen Geschichte tun hat. Ich bete mir die Sätze immer wieder vor, bis der Aufzug die fünfte Etage erreicht, beruhige mich mit den Wiederholungen selbst.

Als ich den Fuß in mein Büro setze, drücke ich automatisch den Lichtschalter neben der Tür. Eine Gewohnheit, die auch durch das hellste Tageslicht nicht unterbrochen wird. Auf der Tastatur liegt eine Klarsichtmappe, die einen dicken Stapel Papier enthält. Endlose Tabellen. In jeder Zeile befindet sich eine grüne, orange oder rote Markierung. Es sind die Ergebnisse der Systemtests. Jana hat an ihrem letzten Abend noch all diese Testfälle ausgedruckt und auf meinen Schreibtisch gelegt.

Die Tränen schießen mir in die Augen. Jana. Ein Kältefilm überzieht meine Haut. Aus Trauer um meine Freundin. Und aus Angst vor dem, wozu dieser Mensch fähig ist, der sich in mein Leben geschlichen hat. Nicht darüber nachdenken. Konzentrier dich auf deine Arbeit, nichts anderes. Ich fahre den Rechner hoch und mein Puls beruhigt sich.

Ich durchstöbere das Controlling-System und rufe die einzelnen Module zur Planung der Immobilien und zum anschließenden Soll-Ist-Vergleich auf. Ich prüfe jede einzelne Liegenschaft, sogar die verkauften Gebäude, die auf *Inaktiv* gestellt sind.

Als ich die letzte Immobilienakte schließe, ist es bereits

kurz nach neun. Ich seufze und lasse mich enttäuscht in meinem Schreibtischstuhl zurückfallen. Was um Himmels willen soll in der Datenbank so Geheimnisvolles sein, dass dafür Menschen sterben mussten? Meine Frustration bringt mich auch nicht weiter, also mache ich mich wieder an der Tastatur zu schaffen.

Ich verlasse die Immobilienebene und gehe zu den einzelnen Fonds über. Die Profildaten zeigen Informationen zum Immobilienvermögen, den enthaltenen Gebäuden, den Fondsmanagern und den Fremdkapitalanteilen. Einzelne Zeitreihen zeigen sowohl die Entwicklung der Anteilspreise als auch deren Ausschüttungen an die Anteilseigner. Nach dem Lehman-Crash haben sich einige der Fonds erstaunlich gut entwickelt und konnten bereits zwei Jahre später wieder eine Performance von bis zu vier Prozent aufweisen. Im Vergleich zu anderen Anlageklassen ist das vielleicht keinen Applaus wert, aber für diese harten Zeiten in der Immobilienbranche eine Meisterleistung. Da muss jemand ein geschicktes Händchen für den Ankauf der Objekte haben und die Märkte gut kennen.

Aus Neugier klicke ich den Fonds *ProSelect 7* mit der besten Performanceentwicklung an. Die Immobilien befinden sich mehrheitlich in Deutschland. Retailobjekte, meist Shoppingcenter, Einzelhandelsfilialen und Fachmärkte. Die Standorte konzentrieren sich auf periphere Lagen, mehrheitlich in mittelgroßen Städten, sind also höchstens als B-Lagen zu beurteilen. Aufgrund des aktuellen Mangels an Core-Immobilien im Markt kann ich die Standortentscheidungen gut verstehen. Seit den negativen Erfahrungen der Krisenjahre setzen Investoren primär auf Objekte in A-Lagen, bestenfalls vollvermietet und mit einer guten Bausubstanz. Aber auf eine hohe Nachfrage hat der Immobilienmarkt wie jeder andere reagiert: Die Güter wurden knapp und die Preise stiegen. Die Investoren mussten gezwungenermaßen auf Randobjekte ausweichen, die ein höheres Risiko aufweisen. Umso erstaunlicher finde ich die hohe Performance des Fonds, der ohne Prämienobjekte auskommt.

Mein Interesse ist geweckt. Es sind rund zwanzig Immobilien im Fonds und ich schaue mir die Wertentwicklung jedes einzelnen Objekts an. Ein paar wirklich positive Kandidaten sind darunter. Zwei Fachmarktzentren in Leipzig und eine Shoppingmall in Erfurt zeigen hervorragende Werte. Doch die anderen Objekte sind mehr oder weniger durchschnittlich. Weder die erzielten Mieterträge noch die Wertentwicklung rechtfertigt die hohe Fondsperformance.

Wenn die Rentabilität nicht aus den Immobilien stammt, muss sie aus der Finanzierung kommen. In der Tat, der Fremdkapitalanteil liegt bei über sechzig Prozent. Ein hoher Wert. Ich frage mich, welche Bank diese Finanzierung getragen hat. In den Jahren nach dem Lehman-Crash sind sie sehr restriktiv mit der Vergabe von Immobilienkrediten umgegangen. Und wenn einer gewährt wurde, haben die Zinssätze in der Regel die anvisierten Renditen überschritten, sodass sich eine Finanzierung nicht lohnte und die Immobilientransaktion geplatzt ist.

Ich spüre, wie mein Puls wieder schneller schlägt. Leider kann ich die vergebenen Kredite nicht im Controlling-System überprüfen. Die Schnittstelle ist noch nicht so weit und ich melde mich parallel im Kreditverwaltungssystem an. Zum Glück wurden mir dazu vor Kurzem die Rechte erteilt. Die Sekunden, bis die Systemeinstellungen geladen sind, ziehen zähflüssig vorbei.

Ich habe bisher nicht in diesem System gearbeitet und die Oberflächen sind mir etwas suspekt. Nach und nach verstehe ich die Navigationsstruktur und gelange schließlich zu den Krediten des *ProSelect 7*. Jedes Darlehen ist mit seinen Laufzeiten, Zinssätzen und Tilgungsbeträgen angegeben. Zudem sind die Covenants aufgeführt, welche die Sicherheitsschranken für die Zahlungsverpflichtungen angeben. Ich brauche einen Moment, bis ich das gesamte Konglomerat aus den einzelnen Kreditverträgen überblicke. Aber auch ohne die komplizierten Finanzierungsstrukturen im Detail zu verstehen, ist eine Information mehr als eindeutig: Alle Kredite wurden von der *WertHypo* vergeben und die Zinssätze erscheinen mir mehr als moderat für das zu finanzierende Immobilienportfolio.

Ich blicke noch einen Moment regungslos auf den Bildschirm, bevor ich mein Handy zücke und Kellermanns Nummer wähle. Er scheint wirklich etwas erledigen zu müssen, denn nach dem fünften Klingeln springt die Mailbox an. Ich zögere kurz und lege auf. Wenn er in einem Gespräch ist, kann er die Nachricht nicht abhören, eine SMS lesen aber schon. Also tippe ich.

Die WertHypo *hat der* Sega Invest *marktunübliche Kredite zur Finanzierung ihrer Immobilienfonds gewährt. Und Sie dürfen raten, wer der zuständige Fondsmanager war.*

Ich arbeite mich weiter im System vor. Der *ProSelect 7* ist nicht der einzige Fonds, der durch die *WertHypo* finanziert wurde. Bei drei weiteren und den darin enthaltenen Objektgesellschaften entdecke ich Finanzverpflichtungen gegenüber dem Kreditinstitut. Kellermann wird das SMS-Rätsel sicher schnell lösen, geht es mir durch den Kopf, und wie durch Gedankenübertragung vibriert in diesem Moment mein Handy. Jedoch ist es nicht der Kommissar. Es ist Helena.

»Wo steckst du denn?«, fragt sie besorgt.

»Ich konnte nicht schlafen und bin schon früh los. Sorry«, versuche ich zu beschwichtigen, ohne auf ihre Frage einzugehen.

»Kommst du nachher wieder?« Helena hat ihre sonst oft spröde Art abgelegt, ihre Frage hat fast etwas Mütterliches.

»Nein, leider nicht. Ist ganz lieb von dir … Ich denke, ich fahre … zu Erik. Ein Besuch auf dem Land ist jetzt genau das Richtige.« Mein Bruder ist mir in letzter Sekunde eingefallen und ich hoffe, dass er überhaupt zu Hause ist. Aber so lange ich nicht weiß, was hier los ist, schlafe ich notfalls im Hotel.

»Also gut. Dann mach dir noch ein erholsames Wochenende im Grünen«, verabschiedet sich Helena fürsorglich.

Als ich aufgelegt habe, frage ich mich, ob jemand, der so besorgt um mich ist, in diese Mordgeschichte verwickelt sein kann. Doch ich komme in meinen Gedanken nicht weiter, denn abermals klingelt mein Handy. Diesmal ist es tatsächlich Kellermann.

»Das ist nicht der richtige Zeitpunkt für Ratespiele!«, ertönt seine Stimme genervt.

»Weck«, antworte ich prompt.

Pause. Ich höre Kellermanns Atem und kann mir bildhaft vorstellen, wie seine Gedanken kreisen. Nach einer kurzen Pause nimmt er den Gesprächsfaden wieder auf: »Sie sind die Expertin. Also wie sollte Weck von der Finanzierung der Immobilienfonds profitieren?«

»Falls hier jemand absichtlich etwas drehen wollte, würde das vermutlich indirekt erfolgen, über die Fonds-Performance.«

»Fonds-Performance?« Auch ohne Kellermann sehen zu können, weiß ich, dass eine seiner Augenbrauen hochgezogen ist.

»Die Fonds-Performance, also der letztendliche Gewinn eines Fonds, kann im Wesentlichen durch drei Faktoren beeinflusst werden: die Mieterträge, die Wertentwicklung und die Fremdfinanzierung.« Kellermann sagt nichts, ich höre nur seinen Atem. Ich interpretiere das als Zeichen fortzufahren. »Bei vielen geschlossenen Fonds werden die Immobilienankäufe nicht nur mit den Einlagen der Anleger, sondern zusätzlich mit einem Kredit finanziert. Solange der effektive

Zinssatz für die Kredite unterhalb der Rendite liegt, die mit der Immobilie erzielt wird, steigert der Fondsanbieter die Rentabilität. Steigt hingegen der Zins und übertrifft die Rendite der Immobilie, verliert der Fonds überproportional an Gewinn.«

»Mmh .... und was hat das mit der Wertentwicklung zu tun?«

»Die Bewertung der Immobilien spielt in zweifacher Hinsicht eine Rolle. Unabhängig von der Finanzierung steigert eine positive Wertentwicklung das Fondsvermögen. Aktiviert werden diese Gewinne bei der Veräußerung der Immobilien.«

»Und die zweite Rolle der Immobilienbewertung?«

»Sie ist wichtig für die Finanzierung. Das Darlehen bezieht sich auf den Beleihungswert. Sinkt der Wert einer Immobilie, wird die LTV-Klausel verletzt.«

»Die bitte was?«

»LTV heißt Loan-to-Value und bedeutet, dass das Darlehen in Relation zum Immobilienwert vergeben wurde. Die Relation darf einen gewissen Grenzwert nicht unterschreiten. Wenn der Wert zu tief sinkt, ist der Fremdfinanzierungsanteil zu hoch und der Eigenkapitalanteil muss aufgestockt werden.«

»Was passiert bei einer Verletzung dieser Klausel?«

»Kennen Sie die Immobilie *The Gherkin*?«

»Sie meinen sicher das gurkenförmige Gebäude, das immer im Hintergrund eingeblendet wird, sobald im Fernsehen eine Berichterstattung über London läuft.«

»Bei der Gurke handelt es sich um einen geschlossenen Fonds, bei dem die Fremdfinanzierung aus dem Ruder gelaufen ist. Das erforderliche Eigenkapital wurde von den insgesamt rund neuntausend Anlegern aufgebracht. Der Fremdkapitalanteil wurde durch ein Bankenkonsortium beigesteuert. Der Londoner Gewerbeimmobilienmarkt ist bekannt dafür, dass er erheblichen Nachfrageschwankungen unterliegt, welche sich unmittelbar auf den Mietzins und damit auch auf den Wert der Immobilie ausgewirkt haben. Dieser ist gesunken, als die Preise fielen, und letztendlich kam es zur Verletzung der LTV-Klausel, also der Wertsicherungsklausel.«

»Und was ist dann passiert?«

»Das Gebäude wurde als Folge unter Zwangsverwaltung gestellt und dann an einen brasilianischen Investor verkauft. Leider erwies sich für die Anleger die Investition als Verlustgeschäft.«

»Die Anleger haben gezahlt?«

»Ja, im Prinzip schon. Durch die Verletzung der LTV-Klausel darf das Kreditinstitut die Erhöhung von Rücklagen oder eine Sondertilgung verlangen oder eben auch Ausschüttungen an den Anleger widersprechen. Und im Falle von *The Gherkin* wurden die Risikokapitalgeber bedient und erst danach die Kleinanleger.«

»Können die sich nicht wehren?«

Kellermann ist hörbar empört. Und insgeheim freue ich mich über diese naive Haltung, die in der Immobilienbranche längst verblasst ist. Es gehört schon zur Tagesordnung, dass der Wertverlust nicht als Verschulden der Manager angesehen wird, sondern als gottgegeben gilt und der Anleger halt Pech gehabt hat.

Leider muss ich den Kommissar auf den Boden dieser Branchenrealität holen: »Es wird zumindest versucht. Eine Klagewelle wurde ins Rollen gebracht. Aber nur ein Teil der Verluste konnte eingeklagt werden. Es wurde bewiesen, dass die Anleger nicht ausreichend über ihre Risiken informiert worden sind. Ihnen wurde vermittelt, dass das Gebäude mit vierundneunzig Prozent fast vollständig vermietet sei und dass ausschließlich Verträge mit äußerst bonitätsstarken Mietern abgeschlossen wurden.«

»Und dem war nicht so?«

»Zumindest hat sich weder die Immobilie noch der Markt dementsprechend entwickelt. Die Vermietungsquote und die Mietzinsen sanken und somit die Mieteinnahmen. Was sich natürlich auch auf den Wert niederschlug.«

»Und wir haben hier eine ähnliche Konstellation?«

»Das kann ich so nicht sagen. Es ist nur auffällig, dass es eine Verbindung gibt zwischen Weck, Lauenstein und letztendlich auch Wehmüller.«

»Wehmüller? Sie hatten zuvor nur von Weck und Lauenstein gesprochen«, interveniert Kellermann.

»Ja, aber Sie brauchen auch einen Wertermittler für das Gesamtkonstrukt. Der Fondsmanager beschafft sich Fremdkapital von einer Bank. Das fällt umso umfangreicher und umso günstiger aus, je höher der Wert der Immobilie ist. Dieser Wert wird initial durch einen Sachverständigen, also den Immobilienbewerter, festgestellt. Zudem darf der Wert des Objekts in dem Zeitraum der Kreditlaufzeit nicht unverhältnismäßig sinken. Sonst muss zusätzliches Eigenkapital nachgeschossen werden. Auch für diese laufende Wertfeststellung braucht es wieder einen Bewerter.«

Ich fühle mich in meiner Rolle nicht wirklich wohl. Als würde ich den Oberlehrer spielen. Allerdings scheint Kellermann aufrichtig interessiert, denn er fragt nach: »Daraus würden sich auch die unterschiedlichen Ankaufspreise für das Objekt in Danzig erklären?«

Durch seine Rückfragen ist mir schon wohler in meiner Haut und meine Antwort folgt prompt: »Ja, völlig richtig. Es könnte gut sein, dass man gar nicht einen Teil des Ankaufspreises abzwacken wollte. Der erhöhte Wert ermöglicht günstigere Finanzierungskonditionen. Damit der Wertverlust nicht in der Folgebewertung auffällt, könnte der Ankaufspreis im Controlling-System reduziert worden sein. Somit blieb der Wert stabil und man war vor unangenehmen Fragen sicher. Sie können sich doch an den Wertverlust der

Objekte in Spanien, Ungarn und Polen erinnern. Da war bestimmt niemand begeistert.«

»Aber existieren da nicht Regeln und gibt es keine Aufsichtsgremien?« Aus Kellermanns Stimme ist Skepsis herauszuhören.

»Im Prinzip schon und insbesondere für Publikumsfonds. Für die Spezialfonds können diese Regeln allerdings abbedungen werden.«

»Und welchen Vorteil haben Weck, Wehmüller und Lauenstein, wenn der Fonds an Wert und die Anleger ihr Vermögen verlieren?«, hinterfragt der Kommissar kritisch.

»Bei Verlust gar keinen, daher gilt es, diesen zu vermeiden. Im Moment befindet sich der Markt aber in einer permanenten Aufwärtsspirale, daher ist das Risiko gering. Schwierig wird es erst, wenn der Markt sich dreht und die Immobilienpreise fallen. Probleme werden insbesondere Gebäude haben, die zu teuer eingekauft wurden, in B-Lagen liegen oder bereits jetzt mit einer geringen Vermietungsquote konfrontiert sind.«

»Und wo liegt der finanzielle Vorteil?«

»Ich denke, es handelt sich um zwei. Wenn es so sein sollte, dass Wehmüller den Wert der Immobilien zu hoch angesetzt hat, Lauenstein für die Finanzierung sorgte und Weck für das Fondsprodukt, dann kann es sein, dass sie einen finanziellen Vorteil aus den Fondsanteilen selbst gezogen haben oder ziehen wollen. Die drei wissen, welches Fondsprodukt über- oder unterbewertet ist und wann der richtige Zeitpunkt kommt, die Anteile einzukaufen und auch wieder zu verkaufen. Wenn das die Idee der drei gewesen ist, bräuchten sie jedoch eine Strohfirma, um sich in den Fonds einzukaufen.«

»Warum eine Firma?«

»Weil es sich mehrheitlich um Spezialfonds handelt, die institutionellen Investoren vorbehalten sind. Das heißt Unternehmen, Versicherungen, Pensionskassen und dergleichen. Eine direkte Investition als Privatperson würde zudem sofort auffallen.«

»Und der zweite Weg? Sie haben von zwei Möglichkeiten der Vorteilsnahme gesprochen.«

»Neben Gewinnen, die sich aus einem geschickten An- und Verkauf der Anteile ergeben, fließen noch weitere Gelder. Auch nach der Bankenkrise werden umfangreiche Boni gezahlt, die an Leistungserfolge geknüpft sind. Und diese Leistungserfolge führen zur Beförderung und letztendlich zu einem weiteren Gehaltssprung. Aber es dreht sind nicht nur um Boni, Basisgehälter und die Visitenkarte. Es geht um Macht und Reputation in der Branche.«

»Aber die drei arbeiten in unterschiedlichen Unternehmen und Lauenstein ist jetzt Professor und hat sich ein zweites Standbein aufgebaut.«

»Aber wäre er heute Professor, wenn er bei der *WertHypo,* der Tochter der *Como Invest,* sein Leistungsziel nicht erfüllt und das avisierte Kreditvolumen ausgeschöpft hätte? Der Umfang der Darlehen hat sicher für Anerkennung und Beförderung gesorgt. Und solange sich der Immobilienmarkt positiv entwickelt, stellt auch keiner die Konditionen infrage.«

»Und Wehmüller?«

»Wehmüller wäre heute nicht einer der renommiertesten Sachverständigen, wenn er nicht laufende Mandate bei der *Sega Invest* und der *Como Invest* hätte. Das sind gute Referenzen, die so leicht kaum einer seiner Konkurrenten aufweisen kann. Im Immobilienmarkt werden die meisten Dienstleistungsverträge über Reputation vergeben.«

»Und Weck wäre nicht Geschäftsführer«, kombiniert Kellermann.

»Nein, mit Sicherheit nicht.«

Der Kommissar scheint noch nicht zufrieden. »Aber wie lässt sich beweisen …«

»Warten Sie einen Moment«, unterbreche ich ihn. Ich habe ein Geräusch im Flur gehört. Wenn ich nicht in einem Bürogebäude mitten im Bankenviertel saße, würde ich sagen, es handelte sich um eine Schubkarre. Was auch immer es war, ist jetzt verschwunden.

»Hallo? Kellermann. Da bin ich wieder.« Mein Ton ist etwas missmutig.

»Was zum Teufel war denn los?« Seine Stimme klingt aufgebracht.

»Hier war ein Geräusch auf dem Gang, das ich nicht zuordnen konnte.«

»Von welchem Gang sprechen Sie? Wo sind Sie überhaupt? Um Himmels willen!« Jetzt könnte man seine Tonlage auch als wütend bezeichnen.

»Bei der *Sega Invest*«, antworte ich leise.

»Bei der *Sega Invest!*«, schreit es aus dem Hörer. Kellermanns Stimme übersteigt meine um mindestens zwanzig Dezibel. Instinktiv halte ich das Handy etwas weiter weg. Meine Reaktion stellt sich als richtig heraus, denn der Kommissar hat alles andere vor, als sich zu beruhigen, und poltert weiter: »Sie verlassen jetzt das Gebäude. Sofort! Ich bin in einer halben Stunde da und hole Sie im *Starbucks* gegenüber ab.«

»Also gut. Bis gleich«, antworte ich nur knapp und beende das Gespräch.

Er hat recht, denke ich. Doch damit meine ich nicht seine Reaktion auf meinen Aufenthalt bei der *Sega Invest*, sondern seine Frage zur Beweislage. Der Nachweis der Korruption könnte knifflig werden. Solange die Werte der Immobilien stabil sind und die Performance stimmt, schaut kaum jemand in die Bücher. Am ehesten würde der Einsatz von Wehmüller auffallen. Ich würde zu gern wissen, wer letztendlich den Bewertungsauftrag unterschrieben hat.

Ich fahre den Rechner runter und starre gedankenverloren auf den Bildschirm, während sich die Applikationen nach und nach schließen. Bis Kellermann vorfährt, sind es noch gut fünfundzwanzig Minuten. Zeit genug, um die Verträge der Sachverständigen im Archiv zu prüfen. Ich erschrecke über meinen eigenen Gedanken. Haben mich alle guten Geister verlassen? In jedem Krimi habe ich den Ermittler verteufelt, der im Dunkeln allein in ein verlassenes Haus gegangen ist. Aber ich befinde mich in einem beleuchteten Bürokomplex und ein Kommissar wartet in Kürze vor der Haustür. Die Zweifel verfolgen mich auch auf dem Weg zum Treppenhaus. Doch ich ignoriere sie, drücke im Aufzug demonstrativ die unterste Taste.

Die Lichter der Neonröhren im Untergeschoss blenden automatisch auf, als sich die Aufzugstüren öffnen. Zur Energieeinsparung wurden Bewegungsmelder installiert, die die Lichtzufuhr steuern. Die schwere Stahltür des Archivs ist nur wenige Meter entfernt. Minimum F-180-Brandschutzsicherheit. Auch im Lagerraum flackern ohne mein Zutun die Neonröhren über mir auf. Schwerfällig fällt die Tür hinter mir ins Schloss. Obwohl ich auf das Geräusch vorbereitet war, erschrecke ich und drehe mich ruckartig um. Beruhig dich, sage ich mir. Es ist nur eine Tür. Such die Unterlagen raus und in zwei, drei Minuten bis du hier wieder raus.

Die Papiere der Sachverständigen befinden sich im dritten Aktenregister. Der Spalt zwischen den Schränken ist mal wieder zu schmal, um mich dazwischenzuzwängen, und ich muss das Handrad betätigen.

Die Akten sind alphabetisch geordnet und Wehmüllers Unterlagen befinden sich ganz am Ende der Regalwand. Auf den wenigen Metern stoße ich links und rechts mit meinen Schultern an und verfluche mich, dass ich das Handrad zu früh losgelassen habe.

Wehmüllers Akte steckt im untersten Hängeregister und ich hocke mich auf den beigebraunen Linoleumboden. So gebückt und mit dem Rücken zum Innenraum, überkommt mich wieder eine Welle der Angst. Ich wäre komplett ausgeliefert in dieser Position, wenn ein Angreifer sich von hinten nähern würde. Es nähert sich aber kein Angreifer, sage ich mir trotzig, fische Wehmüllers Akte heraus und konzentriere mich auf den Inhalt.

Die obersten Blätter enthalten die unterzeichneten Bewertungsrichtlinien pro Fonds, die die Modalitäten der Bewertung und die Zusammenarbeit im Sachverständigenausschuss angeben. Hier wird detailliert geregelt, wie lange ein Sachverständiger für einen Fonds tätig sein darf und welche Ruhezeiten er einhalten muss.

Nach weiteren unzähligen Seiten zum Rahmenvertrag kommen die Bewertungsaufträge zu den Einzelobjekten. Vereinzelt wurden sie an Wehmüller als Mitglied eines Sachverständigenausschusses vergeben. In einer größeren Anzahl handelt es sich jedoch um direkte Aufträge an ihn als Person. Ich blättere den Papierstoß durch. Im Laufe der Jahre sind es bestimmt über hundert Objekte, die Wehmüller bewertet hat. Unterschrieben wurden die Aufträge mehrheitlich durch Weck, teilweise durch Meier, und die Namen der restlichen Signaturen sagen mir noch nicht einmal etwas. Aber dem Datum nach liegen sie auch ein paar Jahre zurück. Daher kann es gut sein, dass die unterzeichnenden Personen heute gar nicht mehr im Unternehmen arbeiten.

Das ist jetzt nicht wirklich aussagekräftig, denke ich enttäuscht und beschließe, mir noch einmal speziell die Akten der Immobilien mit einem besonders hohen Fremdkapitalanteil anzuschauen.

Alle vier befinden sich in schwierigen Lagen, meist Randgebieten. Zu allen Objekten finde ich die Standardformulare zum Bewertungsauftrag. Lediglich die Adressen der Immobilien und der Bewertungsstichtag unterscheiden sich. Da pro Bewertung ein Auftrag anfällt, haben sich im Laufe der Zeit bestimmt ein Dutzend DIN-A4-Blätter pro Objekt angesammelt. Und unterschrieben wurde jeder einzelne dieser Aufträge von Weck persönlich. Höchst interessant. Als ich mit dem Daumen durch den Papierstoß fahre, erlischt plötzlich das Licht.

Die Angst ergreift schlagartig von mir Besitz. Ich hocke stockstarr da und wage kaum, mich zu bewegen. Was passiert hier? Ist jemand im Raum? Meine Gedanken rasen und meine Kehle zieht sich zusammen. Ich bekomme kaum Luft. Was bist du für eine Idiotin? Warum musstest du unbedingt in den Keller?, verfluche ich mich.

Ich halte inne und versuche, mich zu beruhigen. Meine geduckte, ungeschützte Lage, ohne Sicht auf das, was hinter mir im Raum passiert, macht diesen Versuch nicht einfacher. Ich lausche. Es ist nichts zu hören. Keine Schritte, kein Atem. Gar nichts. Ich versuche, möglichst flach Luft zu holen, keinen Laut zu geben, der vielleicht ein anderes Geräusch übertönen könnte. Doch es passiert nichts, absolut kein Ton ist zu hören. Totenstille.

Langsam erhebe ich mich und durch die Bewegung fallen ein paar Blätter aus der Akte auf den Boden. Der Aufprall ist kaum zu hören, doch in meinen Ohren klingt er wie ein Paukenschlag. Geduckt verharre ich bewegungslos und horche. Doch auch jetzt vernehme ich kein Geräusch.

Ich richte mich vollständig auf und drehe mich in dem engen Spalt in Richtung Innenraum. Langsam wage ich, einen Schritt vor den anderen zu setzen. Noch bevor ich den Mittelgang des Archivs erreiche, flackern die Neonleuchten auf und der Raum ist wieder taghell. Hat jemand das Licht eingeschaltet? Ist der Bewegungsmelder angesprungen? Das kann es kaum sein, ich war doch nur wenige Minuten hier. Selbst wenn die Sensoren Bewegungen zwischen den Regalen nicht erfassen würden, wäre der Zeitraum viel zu kurz. Normalerweise schaltet sich das Licht erst eine Viertelstunde nach der letzten Bewegungserfassung ab.

Ich trete noch einen Schritt vor und schaue mich links und rechts im Gang um. Niemand zu sehen. Und keinerlei Anzeichen, dass jemand hier gewesen ist. Man könnte sich jedoch in den Zwischenräumen der Aktenschränke verstecken, denke ich alarmiert. Meine Angst hat sich noch nicht gelegt. Sieh zu, dass du hier wegkommst, sage ich mir. Ich schiebe mich noch einmal zurück in den engen Gang, lese die losen Papiere vom Boden auf und stopfe sie achtlos in die Aktenmappe. Sobald ich diese wieder im Hängeregister verstaut habe, mache ich auf dem Absatz kehrt. Die wenigen Meter ziehen sich endlos. Meine Füße scheinen am Linoleumfußboden zu kleben. Und was ist, wenn die Tür verschlossen ist? Doch meine Angst ist unbegründet. Wenn auch schwerfällig, lässt sich die Stahltür öffnen.

Diesmal drehe ich mich nicht um, als sie hinter mir ins Schloss fällt. Ungeduldig stehe ich schon vor dem Aufzugsschacht. Die Kabine muss erst aus einem der oberen Geschosse geholt werden. Die Wartezeit ist unerträglich und ich überlege, ob ich stattdessen die Treppe nehmen soll. Doch die Abgeschiedenheit des fensterlosen Treppenhauses ist nicht wirklich einladend. Bevor ich einen Entschluss fasse, öffnen sich die Aufzugtüren und ich betrete erleichtert die verspiegelte Kabine. Mein blasses Gesicht blickt mir entgegen.

Als sich der Aufzug in Bewegung setzt, sinke ich in mich zusammen. Die erste Anspannung fällt ab. Als sich die Türen öffnen und ich die dunkelblaue Baseballkappe hinter dem Tresen erkenne, atme ich erleichtert auf. Frau Riegers Vertretung nimmt mich kaum wahr, als ich mich durch die Schranke schlängele. Wie immer ist er tief in seine Lektüre vertieft.

»Entschuldigen Sie«, reiße ich den Studenten aus seiner Konzentration.

Er blickt nur auf, ohne den Mund zu öffnen. Aus seinem dicken braunen Wollpulli schaut ein blauer Hemdkragen heraus. Er ist jünger als vermutet und seine Augen wirken wacher als gedacht. Ich erschrecke über meine eigenen Vorurteile. Bisher hatte ich auf eine Comic-Lektüre getippt, stattdessen liegt ein gebundenes Skript vor ihm, in dem sich mathematische Formeln aneinanderreihen.

»Ah, ich hätte eine Frage und vielleicht kannst … können Sie mir weiterhelfen.« Die verschlungenen mathematischen Formeln scheinen auch meine Gedanken durcheinanderzubringen. »Ja, also, wissen Sie, ob die Bewegungsmelder im Keller angepasst wurden? Hat man die Zeitintervalle verkürzt?«

Der Rezeptionist schaut mich mit großen Augen ahnungslos an. Erst denke ich, er hat meine Frage nicht verstanden, und will sie schon wiederholen, als er langsam beginnt, den Kopf zu schütteln. Er bringt keinen Ton hervor.

Da ist wohl nichts rauszuholen, denke ich resigniert und verlasse das Gebäude durch die große gläserne Eingangstür. Tief und dankbar atme ich die kühle Herbstluft ein.

An einem Samstag herrscht im Herzen des Bankenviertels kaum Verkehr und ich überquere die Junghofstraße unmittelbar in Richtung Café. Es ist geschlossen. Aber vor dem *Starbucks* steht eine schmale Holzbank, auf der gerade mal zwei Kinder Platz finden würden.

Erleichtert lasse ich mich fallen und falte meine Hände ineinander. In den Hohlraum puste ich sacht meinen warmen Atem. Eine Marotte, ein mir altbekannter Mechanismus, um mir selbst Trost zu spenden.

Kellermann fährt kurz darauf mit seinem verbeulten Kombi auf den Bürgersteig und hält direkt vor meinen Füßen. Er beugt sich über den Beifahrersitz und stößt die Tür auf. Ich fühle mich noch benommen. Als würde mich jemand aus einem intensiven Traum reißen und mich auffordern, direkt in den Tag zu starten. Langsam erhebe ich mich von meiner Bank, lege die wenigen Schritte zurück und lasse mich in den Wagen gleiten.

»Ist mit Ihnen alles in Ordnung?«, fragt mich der Kommissar sichtlich beunruhigt und tritt bereits aufs Gas. »Sie sehen etwas blass aus.«

»Ja, ja. Alles bestens«, antworte ich beschwichtigend.

Nachdem er festgestellt hat, dass seine Sorgen unbegründet sind, poltert Kellermann los: »Wie um Himmels willen sind Sie auf die Schnapsidee gekommen …«

»Ist ja schon gut«, unterbreche ich ihn und hebe zur Beschwichtigung meine Hände in die Luft.

Der Kommissar lässt sich bremsen und bleibt still. Am Goetheplatz biegt er links in die Börsenstraße ein. Als wir das Frankfurter Finanzzentrum zu meiner Rechten passieren, frage ich, wohin wir eigentlich fahren.

»Ins Präsidium. Teils. Oder zumindest fast«, antwortet der Kommissar kryptisch und ergänzt nach einer kurzen Pause: »Ich muss nachher noch ins Büro, aber zuvor könnten Sie einen Kaffee vertragen. Das Café kennen Sie ja bereits.«

Ich komme nicht umhin, meine Mundwinkel zu einem Lächeln zu verziehen. Nach der Anspannung von gerade kann ich mich solcher Fürsorge nicht verweigern.

Mit seinem Fünfzigerjahre-Charme versprüht das Lokal eine antiquierte Herzlichkeit. Ich staune abermals über die Aufmerksamkeit, mit der die Holzarten und Stoffe kombiniert worden sind. Sie schmeicheln einander. Kellermann muss eine Vorliebe für dieses Design haben, wenn er erneut das Café vorschlägt, daher frage ich ihn: »Mögen Sie diese Vintage-Einrichtung?«

Verdutzt schaut er mich an, als ob der Begriff ›Vintage‹ ein Fremdwort für ihn ist. »Das ist mir noch nicht aufgefallen. Es ist einfach die nächstbeste Gelegenheit, um einen Kaffee zu trinken.«

Ich schüttle den Kopf über Kellermanns ästhetische Gleichgültigkeit und folge ihm zu einem beigefarbigen Cordsofa. Ein Zweisitzer, dessen Polster so abgescheuert sind, dass sich blanke Flächen gebildet haben. Nachlässig wirft der Kommissar seine Schlüssel auf das vor uns stehende Nierentischchen aus schwarzem poliertem Marmor. Das rote Schlüsselband vom Kölner FC konterkariert die Eleganz der Fünfzigerjahre.

Bis auf ein junges Pärchen, das direkt an der Fensterfront sitzt und ausschließlich mit sich selbst beschäftigt ist, sind noch keine Gäste im Raum. Die Kellnerin hinter dem Tresen hat ihr Haar unter einem Kopftuch zusammengebunden. Die dunklen Haare und das knallrote Tuch passen gut zu ihrem orangen Wollpulli und einer ausgewaschenen Jeans. Lässig, aber stilvoll. Ich überlege, ob sie es war, die den Innenraum gestaltet hat.

Als sie zu uns kommt, bestellt Kellermann für mich mit: »Zwei Latte macchiato und zwei von diesen Puddingteilchen. Diese portugiesischen Vanilleplätzchen. Ich weiß nicht, wie die heißen.«

Die Kellnerin nickt nur und schmunzelt, als sie sich etwas auf dem Block notiert. Das Gebäck scheint wirklich gut zu sein, wenn nur der Gedanke daran ihr ein solches Lächeln auf das Gesicht zaubert.

»Darf es sonst noch etwas sein?«, fragt sie strahlend, als sie von ihrem Block aufblickt. Ihre Zähne blitzen. Sie sind schneeweiß.

Kellermann reagiert. »Ach ja, noch eine große Flasche Wasser. Mit Kohlensäure.«

»Sehr gerne«, antwortet sie prompt und macht auf dem Absatz kehrt. Ich schaue ihr nach und sehe, wie der dunkle Pferdeschwanz unter dem Kopftuch auf- und abwippt.

»Haben Sie schon etwas Neues herausgefunden?«, frage ich dann den Kommissar.

»Unsere Teams sind dran«, sagt er knapp. Das ist nicht wirklich eine Antwort auf meine Frage und verdeutlicht mir, dass ich es jetzt nicht erfahre, egal, ob sie etwas herausgefunden haben oder nicht. »Aber kommen wir noch einmal auf unser Gespräch vorhin am Telefon zurück«, wechselt Kellermann das Thema. »Unsere Wirtschaftsspezialisten haben Wehmüller überpruft und keine Auffälligkeiten entdeckt.«

»Das wundert mich nicht. Solange sich die Spirale dreht, also die Werte stabil sind oder sogar steigen, fällt auch niemandem etwas auf. Schwierig wird es erst, wenn die Werte fallen und sich jemand fragt, wie es überhaupt zu so einer hohen Erstbewertung kommen konnte.«

»Und das kontrolliert keiner? Da muss es doch ein Kontrollorgan geben.«

»Wenn die Werte von einem externen Sachverständigen festgestellt wurden und intern nicht hinterfragt werden, nein. Und das Kontrollorgan, die BaFin, überprüft nur die Einhaltung der gesetzlichen Pflichten.«

»BaFin?«

»Bundesanstalt für Finanzdienstleistungsaufsicht.«

»Und die gesetzlichen Pflichten?«, erkundigt sich Kellermann weiter.

»Regelungen zur Frequenz der Bewertungen sowie zur Bestelldauer und Rotation der Sachverständigen«, erläutere ich und ergänze, als mir noch ein weiteres Thema in den Sinn kommt: »Und auch zur Einhaltung von Ruhephasen.«

»Ruhephasen?« Kellermann beschränkt sich in seinen Fragen nur noch auf das Wesentliche.

»In dieser Zeit dürfen die Sachverständigen nicht für die KVG tätig sein«, erkläre ich und ergänze schnell, um nicht die nächste Rückfrage zu provozieren: »Für die Kapitalverwaltungsgesellschaft.«

»Das habe ich mir mittlerweile gemerkt. Und auch, dass die Regeln für Spezialfonds abbedungen werden können.« Der Kommissar grinst mich an, als erwarte er jetzt ein Lob.

Ich tue ihm den Gefallen und nicke anerkennend. »Nicht schlecht. Völlig richtig, die ausgehandelten Modalitäten sind dann in den Bewertungsrichtlinien festgehalten.« Noch während ich den Satz ausspreche, macht etwas klick in meinem Kopf. Mein Gott, wie konnte mir das nicht gleich auffallen?

»Wir müssen zurück zur *Sega Invest*«, stoße ich hervor und springe vom Sofa auf.

»Warum?« Meine Worte haben noch nicht gereicht, um Kellermann von seinem Platz zu bewegen.

»Die Bewertungsrichtlinie. Sie wurde verletzt.«

»Inwiefern?« Der Kommissar lässt sich nicht aus der Ruhe bringen. »Jetzt setzen Sie sich erst mal wieder.« Dabei klopft er mit einer Hand auf das Polster neben sich.

»Für alle Spezialfonds wurde eine maximale Bestellzeit von acht Jahren festgelegt. Und als ich vorhin im Archiv …«

»Im Archiv?« Kellermanns Stimme überschlägt sich fast.

»… als ich vorhin im Archiv die Bewertungsaufträge von Wehmüller geprüft habe, waren da bestimmt mehr als ein Dutzend.«

Der Kommissar bleibt immer noch sitzen. Lässig hat er sich in das Sofa zurückfallen lassen und blickt distanziert zu mir herauf. Ich hätte das Archiv nicht erwähnen sollen.

Ich versuche mit Sachlichkeit, seinen Ärger zu umgehen: »Die Bewertungsaufträge werden pro Objekt vergeben und die Frequenz ist jährlich. Das heißt, dass Wehmüller über die vereinbarte Bestellzeit hinaus die Bewertungen durchgeführt hat.«

»Und wieso sind Sie sich bei den Bestellzeiten so sicher?« Kellermann ist immer noch nicht überzeugt.

»Weil ich die Daten selbst eingegeben habe. Es ist ein neues Modul zur Verwaltung der Sachverständigen und all dieser rechtlichen Rahmenbedingungen entwickelt worden. Ich habe diese Daten x-mal gesehen. Keiner der Fonds hat eine längere Bestellzeit als acht Jahre.«

»Also noch mal langsam: Wenn unser Trio Immobilienwerte manipuliert und eine unrechtmäßige Finanzierung abgeschlossen hätte, dann wären alle drei daran interessiert, dass Wehmüller weiterhin die Immobilien bewertet. Daher gab es keinen Wechsel des Sachverständigen. Wenn das jetzt rauskäme, würde Weck seinen Posten und Wehmüller seine Lizenz verlieren«, schlussfolgert Kellermann.

Ich nicke und schließe direkt an: »Und falls eine unlautere Verbindung zu der Kreditvergabe existiert, würde die bei der Überprüfung ebenfalls ans Licht kommen und auch Lauenstein in Misskredit fallen. Was das für seine Professur bedeutet, kann ich nicht sagen. Aber seinen Job bei der *WertHypo* wäre er in jedem Fall los. Und für die *Sega Invest* kämen eventuell Schadensersatzforderungen hinzu, da die Anleger getäuscht worden sind.«

»Wie im Fall von *The Gherkin* in London.«

»Genau. Und im schlimmsten Fall verliert die Bank ihre Zulassung.«

»Kann Bruns davon gewusst haben?«

»Absolut. Das Modul war Teil seines Projekts. Da hätte er eins und eins zusammenzählen können.«

»Aber warum ist das vorher niemandem aufgefallen?«

»Es gab kein einheitliches System. Die Ergebnisse der Bewertung und die Aufträge der Sachverständigen wurden in zwei unterschiedlichen IT-Tools verwaltet. Und die Administration der Kreditverträge in einem Dritten. Niemand hatte den Überblick über alle Inhalte.«

»Aber Bruns hatte mit allen drei Systemen zu tun?«

»Ja«, antworte ich mit Nachdruck und mache Anstalten, dass es Zeit ist zu gehen.

»Also gut.« Kellermann erhebt sich.

»Na endlich«, erwidere ich erleichtert.

»Moment.« Der Kommissar macht eine stoppende Handbewegung. »Sie bleiben schön hier und trinken Ihren Kaffee!« Sein Zeigefinger ist jetzt auf die frei gewordene Sofafläche gerichtet.

»Aber …«, versuche ich zu intervenieren.

»Nichts aber. Sie bleiben hier. Von mir aus können Sie auch mein Puddingtörtchen essen. Und danach nehmen Sie sich ein Taxi. Ein T-A-X-I«, buchstabiert Kellermann, »und fahren zu Ihrer Freundin.«

Nach der Ansprache macht der Kommissar auf dem Absatz kehrt und geht zum Tresen. Kurz nuschelt er der Kellnerin etwas zu und legt ihr einen Geldschein auf ein Silbertablett. Im nächsten Moment hat er das Café verlassen und ich sehe durch die Glasfront, wie er Richtung Präsidium abbiegt. Sein Mantel weht leicht. Entweder durch seine raschen Schritte oder durch den aufgezogenen Wind, der ihm entgegenbläst. Dann dreht sich der Kommissar noch einmal um. Er sieht suchend in den Innenraum, bis er mich entdeckt, und richtet dann den Blick wieder nach vorn. Kein Lächeln, kein Winken, kein Zeichen des Abschieds. Vielleicht hat er sich nur versichern wollen, dass ich hierbleibe.

Was für ein seltsamer Kauz, denke ich bei mir, während im nächsten Moment die Kellnerin mit dem wippenden Pferdeschwanz vor mir steht. Auf einem Tablett balanciert sie einen Latte macchiato, eine Flasche Wasser und zwei Puddingtörtchen. Er hat sich gemerkt, dass ich so viel Wasser trinke, denke ich anerkennend, und das Teilchen hat er auch nicht vergessen. Von mir selbst überrascht, merke ich, wie ein Lächeln über mein Gesicht huscht.

Während ich den noch zu heißen Kaffee umrühre, rekapituliere ich den Morgen: die entdeckten Finanzierungsverträge und die überzähligen Bewertungsaufträge. Hier geht es nicht allein um Geld, es geht um den Verlust der Position in der Gesellschaft.

Ein äußerst erfolgreicher Immobilieninvestor aus Berlin nahm mich auf einem der vielen glitzernden Events einmal zur Seite und raunte mir zu: »Wenn du selbstständig bist, dann darf dir das alles hier nichts bedeuten.« Seine Hand fuhr dabei ausladend über die selbstgefällige Menschenmenge hinweg. »All die Einladungen zu diesen eleganten Veranstaltungen, die Visitenkarten, die Kontakte und Beziehungen. Und du musst eine Frau haben, der es egal ist, wenn du am nächsten Tag ohne Job nach Hause kommst und in einem VW Käfer vorfährst. Es muss dir alles egal sein. Dann, erst dann spielst du hier mit und bist trotzdem frei.« Mich hat dieser Rat damals nachdenklich gemacht und ich weiß noch, wie ich mit den Augen durch die Menge glitt und mich fragte, wie viele dieser Anzugträger, die ihr Netzwerklächeln aufsetzten, die beflissentlich Visitenkarten tauschten oder den Arm kumpelhaft um ihren Nebenmann legten, zu dieser Kategorie Mensch zählten. Dieser Abend, eine laue Sommernacht, in der erst die späten Stunden Erleichterung von der Hitze des Tages brachten, liegt schon einige Jahre zurück, doch das Gespräch ist so präsent, als hätte es gestern stattgefunden.

An diesem Abend habe ich Prof. Stallenberg zum ersten Mal in voller Lebensgröße getroffen. Im Vorfeld hatte ich von ihm gelesen, sein Name kursierte in der Branche. An diesem Tag trat er persönlich neben den geladenen Politikern und Wirtschaftsgrößen aus dem Immobilienmarkt als Referent auf. Erhaben ist das richtige Wort, um zu beschreiben, wie er damals auf die Bühne schritt und sich hinter dem Rednerpult positionierte.

Er ließ sich Zeit. Zeit, in der er einfach durch sein eigenes Schweigen die Menge zur Stille mahnte. Eine fallende Stecknadel wäre zu hören gewesen. Er spielte mit dem Publikum, provozierte und polarisierte. Eine Menge, die sich an diesem Tag selbst feiern wollte, belehrte er durch wenige Zahlenbeispiele eines Besseren. Nannte die aktuelle Performance der Immobilieninvestments eine Farce und die dafür zuständigen Manager blauäugig. Im Blindflug befände sich die Branche und die bestehenden Risikomanagementsysteme seien nur Blendwerk. Doch trotz der vernichtenden Kritik, die betretenes Schweigen hervorrief, wurde Stallenberg im Anschluss gefeiert. Der Meister hatte gesprochen und jeder wollte von seiner Aura profitieren.

Diese Aura bescherte ihm nicht nur in den Wirtschaftszweigen den Zugang zu den wichtigen Köpfen, sondern sorgte auch für regen Zulauf an hochqualifizierten Doktoranden. Wer bei Stallenberg promovierte, war durch einen sorgfältigen Selektionsprozess gegangen und hatte eine harte Schule durchlebt. Das wusste jeder im Markt, was einen Doktorandenplatz an seinem Lehrstuhl umso attraktiver machte.

Weck und Lauenstein hatten sich jeweils einen dieser Plätze ergattert und standen somit auf dem Trittbrett für eine steile Karriere. In die Kategorie eines freien Menschen gemäß der Anschauung meines damaligen Gesprächspartners gehörten die beiden wohl sicher nicht. Aber selbst wenn sie die Freiheit nicht besaßen, auch ohne dieses Spektakel ein zufriedenes Leben führen zu können, ohne die konturgestanzten Visitenkarten, die auf Hochglanz polierten Manschettenknöpfe, wäre dann der Verlust ein Grund, einen Menschen umzubringen?

Meine Gedanken kreisen. Die Bilder von Jana im Museum, die dunklen Flecken auf dem Sofastoff, die ihr eingetrocknetes Blut hinterlassen hat. Der Körper von Bruns, mit abgetrenntem Kopf und gefesselten Unterarmen. Und die anderen auf all diesen Fotos. Wer tut so etwas? Und warum? Wegen einer Einladung zu einem schillernden, prominent besetzten Event? Wohl kaum. Aber warum dann? Und Helena? Ist Helena in all das irgendwie verwickelt? Lauenstein war einer ihrer Professoren und womöglich auch derjenige, der ihre Masterarbeit betreut hat.

Ich beende meine Grübeleien und greife zum Handy. Ich befürchte, dass ich als Erstes einen Tadel für meinen ausbleibenden Anruf erhalte, doch stattdessen überschlägt sich Annas quirlige Stimme fast.

Ihre gute Laune ist ansteckend und rührt von ihren Freiburger Freunden her, die in Berlin zu Besuch sind und gestern die Stadt mit ihr unsicher gemacht haben. Nach anfänglichen Geschichten zur gestrigen Nacht, oder besser gesagt, zum heutigen Morgen, bremse ich ihren Erzählfluss und komme zum eigentlichen Thema.

Als Professorin hat Anna Zugang zu einer zentralen Hochschuldatenbank, in der Master- und Bachelorarbeiten elektronisch erfasst werden. Ich bitte sie, mir Helenas Arbeit herauszusuchen. Anna weiß, dass Helena nicht nur eine gute Mitarbeiterin, sondern auch eine vertraute Freundin geworden ist. Die Überraschung ist ihr nicht zu verdenken. »Aber wieso fragst du Helena denn nicht selbst?«

»Kannst du mir die Arbeit nicht einfach schicken?« Diese konspirative Bitte macht Anna nur noch misstrauischer.

»Was ist denn los? Sag nicht, dass du immer noch Polizei spielst und jetzt sogar in den eigenen Reihen ermittelst?« Ihre Stimme ist jetzt deutlich ernster geworden.

In dem Moment fällt mir ein, dass sie noch nichts von Janas Tod weiß. Das alles ist gerade mal vierundzwanzig Stunden her, doch die Erlebnisse des vergangenen Tages kommen mir vor wie eine halbe Ewigkeit. Ich zögere. Soll ich Anna den Tag vermiesen? Ihr in Kürze von alldem erzählen?

Ich entscheide mich dagegen. »Nein, nein. Ich plane nur eine Überraschung für sie und brauche dazu ihre Abschlussarbeit. Und noch eine Frage, hast du Mittwoch Zeit? Ich bin in Berlin und ein Abend zu zweit wäre schön.«

Der letzte Satz war nicht nur ein Ablenkungsmanöver. Der Gedanke an ein paar Stunden mit Anna, weit weg von den Geschehnissen in Frankfurt, gespickt mit Alltagsplaudereien, erscheint so einladend, dass ich fast wehmütig werde.

»Ist fest im Kalender notiert! Und die Arbeit hast du in zwei Minuten in deinem Posteingang.«

Bei ihrer unmittelbaren Zusage werde ich sentimental und

mich überkommt das Bedürfnis, ihr doch von den Erlebnissen zu erzählen. Es fühlt sich an, als würde ich sie hintergehen. Doch im Moment, hier am Telefon, würde es keinen von uns beiden weiterbringen. Daher nehme ich mich zusammen und sage mit aller Begeisterung, die ich hervorbringen kann: »Wundervoll! Und jetzt lass dich weiter auf Händen tragen!«

»Selbstverständlich sofort!«

Annas Lachen klingt noch in meinen Ohren, als sie bereits aufgelegt hat. War es wirklich richtig, ihr etwas vorzumachen? Ihr die gute Miene zu einem nicht nur bösen, sondern grausamen Spiel zu bieten? Es lohnt sich nicht, darüber nachzudenken. Am Mittwoch werde ich ihr alles in Ruhe erzählen und ich bin mir sicher, dass sie Verständnis dafür hat, solche Erlebnisse nicht am Telefon zu teilen, wenn im Hintergrund ihr Freundeskreis versammelt ist.

Wie angekündigt, geht Annas Mail mit der Masterarbeit wenige Minuten später ein. Ich öffne die PDF-Datei und meine erste Vermutung bestätigt sich. Lauenstein hat Helenas Arbeit betreut. Ich scrolle mich durch das Dokument. Es ist etwas mühsam. Das Handydisplay ist sehr klein. Aber es treibt mich keiner. Wohin sollte ich jetzt auch? Also arbeite ich mich Zeile für Zeile vor. Bis ich zum Schluss der Arbeit gelange, sind fast zwei Stunden vergangen, neue Gäste sind erschienen und die Kellnerin hat mich mit einem weiteren Latte macchiato versorgt.

Ich lege das Handy beiseite und reibe mir die Augen. Die Arbeit ist solide und nachvollziehbar aufgebaut. Die Daten werden umfangreich diskutiert und die resultierenden Schlüsse mit den theoretischen Grundlagen in Verbindung gebracht. Einzig der Schreibstil wechselt ab und an. Aber das ist wohl Helenas Herkunft zu verdanken. Sie kam nach Deutschland, als sie zwölf Jahre alt war. Obwohl sie ein akkurates Deutsch spricht, ist ihr kroatischer Akzent ab und an herauszuhören.

Oder, denke ich plötzlich kritisch, liegt es gar nicht an Helenas sprachlicher Heimat, sondern stammen Texte aus anderen Quellen, ohne dass diese zitiert wurden? Annas strenge Stimme kommt mir wieder in den Sinn und ihr Vorwurf, ich würde in den eigenen Reihen ermitteln. Doch es wäre nicht das erste Mal, dass ein Student sich aus anderen Töpfen bedient. Prominente Beispiele gibt es dafür genug. Also ergreife ich erneut das Smartphone, suche mir eine prägnante Stelle heraus und kopiere den Text. Seit die Identifikation von Plagiatssündern in Mode gekommen ist, gibt es zum Glück genügend Internettools, um ihnen schnell das Handwerk zu legen.

Die Suchmaschine läuft, findet aber keinen Treffer. Ich wähle eine zweite Stelle, bei der ich einen sprachlichen Stilbruch erkenne. Und diesmal wird die Suchmaschine fündig. Der Text stammt von einem Prof. Horst und ist ein Auszug aus seinem Werk zur Kapitalmarkttheorie. Doch weder auf der Seite noch im Literaturverzeichnis ist die Quelle aufgeführt. Ich kopiere eine weitere Passage und auch hier wird mir eine Referenz angezeigt. Ein Werk zur Darstellung von Vor- und Nachteilen langfristiger Finanzierungsmodelle. Erneut sind weder Autor noch Titel des Buches in Helenas Arbeit angegeben. Ich beende meine Recherche. Die beiden Textstellen allein reichen, um ihr ein Plagiat vorzuwerfen und ihr die Masterarbeit abzuerkennen. Hat Lauenstein davon gewusst? Setzt er sie damit unter Druck? Für Helena wäre das eine Katastrophe. Sie hat hart für ihr Studium gearbeitet und sich alles selbst finanziert. Sie erzählt nicht viel über diesen Lebensabschnitt, aber wenn ich mich nicht irre, hat sie nebenher auch noch ihre Familie in Kroatien unterstützt. Es wäre ihr nicht zu verübeln, wenn sie es sich da an ein paar Stellen etwas leichter gemacht hätte.

Ich lasse mich in das Sofa zurückfallen. Soll ich Kellermann von meiner Entdeckung erzählen? Wenn es keine Verbindung zu Lauenstein gibt und das Plagiat noch nicht entdeckt wurde, würde ich Helena in ernsthafte Schwierigkeiten bringen. Mir ist sofort klar, dass das eindeutig der falsche Weg ist. Das wäre ihr gegenüber nicht fair. Aber bei dem Gedanken daran, zurück in die Wohnung zu fahren und sie direkt mit dem Plagiat und einer Erpressung durch Lauenstein zu konfrontieren, ist mir auch nicht wohl. Mir kommt eine Idee. Vielleicht kriege ich meine Fragen auch auf eine andere Art beantwortet.

40

An meinem Ziel angekommen, schließe ich die massive Holztür auf und steige schnell die Stufen bis in den ersten Stock des stuckverzierten Treppenhauses hoch. Es ist kein Mensch im Büro. Das Wochenende hat gerade erst begonnen.

Ich starte meinen Rechner und öffne das Betriebsprogramm für den Mailserver. Für unsere firmeneigenen IT-Systeme habe ich Administratorenrechte. Unser IT-Support hat sie mir gegeben, sodass ich autark Programme installieren kann. Bei meinem Reisepensum habe ich sie schnell von dieser Ausnahmeregel überzeugen können.

Ich konzentriere mich auf den Exchange-Server, also das Programm, mit dem der Mailverkehr gesteuert wird. Arbeitsrechtlich ist es etwas heikel, die Nachrichten der Mitarbeiter zu lesen. Aber es handelt sich hier schließlich um keine normale Situation.

Ich gehe den Account von Helena durch und sortiere die eingegangenen Mails nach dem Adressaten. Es ist eine schier endlose Liste, denn auf dem E-Mail-Server werden standardmäßig alle Nachrichten gespeichert. Zumindest so lange, bis sie aktiv gelöscht werden. Sollte ich hier allerdings keine Mail von Lauenstein finden, heißt das immer noch nicht, dass

Helena keinen Kontakt zu ihm hat. Und ohnehin könnte die Kommunikation auch über andere Medien laufen. Helena hat mit Sicherheit noch einen privaten Mailaccount. Auch Telefonate oder SMS wären denkbar.

Entweder sie hat diese separaten Kanäle gewählt oder es gibt gar keine Kommunikation, denke ich frustriert, nachdem ich alle eingehenden, ausgehenden und gelöschten E-Mails überprüft habe. Es wäre, bei Lichte betrachtet, natürlich auch äußerst dämlich, eine geheime Mail über den Firmenaccount zu verschicken.

Ratlos scrolle ich die Listen rauf und runter, ohne wirklich zu wissen, nach was ich jetzt noch suchen sollte. Aber es gibt einen Ort, fällt mir plötzlich ein, an dem ich etwas finden könnte. Werden E-Mails nicht innerhalb eines gewissen Zeitraumes abgeschickt, erfolgt eine Speicherung in dem Ordner *Entwürfe.* Keine große Chance, aber eine gewisse Wahrscheinlichkeit besteht, wenn sie die Mail versenden wollte und ihr kurzfristig etwas dazwischengekommen ist.

Ich wechsle den Ordner und sortiere die Mails wieder nach Adressaten. Erneut keine Nachricht an Lauenstein. Aber dafür erregt ein anderer Name meine Aufmerksamkeit. Was hat Helena mit Stallenberg zu tun? Sie arbeitet nicht in dem Projekt für die *Sega Invest* und auch sonst fällt mir kein Kontaktpunkt zwischen den beiden ein. Was sollte sie ihm also schreiben wollen? Ich platze vor Neugierde. Als ich die E-Mail anklicke, wird mir bewusst, dass ich damit jetzt zielsicher den vereinbarten Datenschutz verletze. Doch bevor ich über die Konsequenzen nachdenke, ist die Mail geöffnet. Perplex starre ich auf den Bildschirm, denn schlauer bin ich jetzt auch nicht. Die Nachricht besteht lediglich aus acht Buchstaben und Zeichen: *Na63Rr13.*

Keine weitere Information. Keine Anrede, kein Gruß, keine Verabschiedungsformel. Nur Stallenbergs Mailadresse und die wie wahllos aneinandergereihten Buchstaben und Zahlen.

Acht Zeichen. Passwörter für ein IT-System müssen in der Regel acht Zeichen lang sein und mindestens eine Zahl und einen Großbuchstaben enthalten.

Damit die Kombinationen leichter zu merken sind, wenden Helena und Jana oft eine Verschlüsselungstechnik an, rekapituliere ich. Wendeten an, korrigiere ich mich und zucke bei dem Gedanken zusammen, dass ich von Jana noch in der Gegenwart spreche, die es schon längst nicht mehr gibt. Es war ihre Idee. Ähnlich aussehende Buchstaben und Zahlen werden miteinander vertauscht. In diesem Fall würde die Sechs ein B bedeuten, die Drei ein E und die Eins ein I. Die Großbuchstaben spielen keine Rolle. Da sie jedoch systemseitig erforderlich sind, wird der erste Buchstabe und jeder hinter einer Zahl großgeschrieben. Ich wende den Code an und schreibe den so entstandenen Begriff auf ein Blatt Papier: *Naberrie.*

Genauso ratlos wie zuvor, schaue ich auf die Buchstabensammlung. Vielleicht etwas Französisches, aber es sagt mir nichts. Ich gebe den Begriff in ein Übersetzungstool ein, doch kein Ergebnis wird angezeigt. Dann muss es etwas anderes geben und auch das wird sich bestimmt im Netz finden lassen. Mein Ehrgeiz, das Rätsel zu lösen, ist geweckt.

Ich gebe den Begriff in eine Suchmaschine ein und muss schmunzeln. Intuitiv weiß ich, dass bereits der erste Treffer der richtige ist. Meine mangelnde Begeisterung für Science-Fiction hat sich gerächt. *Familie Naberrie – Jedipedia* lese ich als Überschrift. Padmé Naberrie ist die Königin von Naboo und eine Figur aus *Star Wars.* Eine mit viel Herzschmerz, Flucht und Vertreibung, Liebe und Leidenschaft.

Das kann nur ein Passwort von Jana sein. Für Helena wäre es sehr untypisch. Dass Helena Janas Passwort kennt, wundert mich hingegen nicht. Die beiden haben sich oft gegenseitig vertreten, wenn es mal zeitlich knapp wurde. Und falls es um Arbeiten in dem System eines Kunden ging, haben sie sich dann auch mit dem Account des anderen eingeloggt. So hat der Kunde nichts von diesem Schichtwechsel bemerkt. Aber falls es wirklich ein Passwort von Jana sein sollte, wieso schickt Helena es Stallenberg? Ich ziehe meinen Pulli aus. Vor Aufregung ist mir warm geworden.

Zurück an der Tastatur melde ich mich als User ab und unter Janas Account neu an. Doch das Passwort passt nicht. Ich versuche es mit ihrem privaten Mailaccount und ihrem Facebook-Profil. Doch bei allen wird mir der Zugang verweigert.

Meine Gedanken laufen auf Hochtouren. Wenn es nicht unser System ist und auch keines von Janas privaten Passwörtern, kann es nur das System der *Sega Invest* sein. Warum sonst sollte Stallenberg auch Interesse daran haben? Er will sicher nicht Janas private Mails lesen.

Bei dem Gedanken daran, was mir jetzt bevorsteht, ist mir nicht nur heiß, sondern mir dreht sich auch noch der Magen um. Ich werde den Zugang testen müssen und das kann ich nur vor Ort bei der *Sega Invest.* Helena bei Kellermann des Plagiats zu beschuldigen und sie der Passwortweitergabe zu verdächtigen, ohne dass ich einen wirklichen Beweis habe, wäre nicht gerecht.

Die Türme der *Deutschen Bank* glitzern am Ende der Guiollettstraße in der Sonne. Doch bei den Temperaturen ziehe ich dennoch den Reißverschluss meiner Jacke ganz nach oben. Meine Hitzewallungen sind schon längst wieder verflogen. Ich frage mich kurz, ob sich Frau Riegers Vertretung wundert, dass ich an einem Samstag gleich zweimal das Gebäude betrete. Aber dann muss ich über mich selbst schmunzeln. Selbstverständlich nicht. Mit Sicherheit wird er mich über seiner Lektüre noch nicht einmal wahrnehmen.

Ich liege richtig. Er hebt seinen Kopf keinen Zentimeter, als ich die Schwingtür durchschreite. Die Edelstahlschranke springt auf, sobald das Lesegerät meine Zutrittskarte erkannt hat, und ein paar Schritte weiter öffnen sich vor mir die Aufzugtüren.

Kellermann wird mich umbringen, kommt mir in den Sinn. Sollte ich ihm Bescheid sagen? Das mulmige Gefühl in meinem Magen verstärkt sich wieder. Also gut, seufze ich innerlich. Ich zücke mein Handy und tippe.

Bin noch mal kurz bei der SI.

Die Aufzugtüren geben mich wieder frei und wenige Minuten später öffnet sich die Anmeldemaske auf meinem Bildschirm. Ich gebe Janas Namen und das entdeckte Passwort ein. Umgehend werden die Systemeinstellungen geladen. Es ist der Zugang zum Controlling-System.

Aber wieso braucht Stallenberg Janas Passwort? Er könnte doch genauso gut mit seinem eigenen in das System gelangen. Wenn er über keinen Zugang verfügt, wäre es für ihn ein Leichtes, einen Account zu bekommen. Ein Anruf in der IT-Abteilung würde reichen. Also hat er entweder etwas in Janas privatem Ablagebereich gesucht oder wollte ungesehen in das System gelangen. Jeder Zugriff wird registriert und kann von den internen IT-Mitarbeitern und auch dem IT-Dienstleister nachgesehen werden. Bei Jana und mir fällt es nicht auf, wenn wir uns anmelden. Wir sind ständig im System. Oder waren, ergänze ich bitter.

»Bei der Arbeit und nicht im Museum?«

Ich fahre herum. Stallenbergs massige Gestalt füllt den Türrahmen aus. Mit einem stechenden Blick sieht er mir direkt in die Augen.

Das kann nicht wahr sein, denke ich. Was macht er an einem Samstag in der Bank? Und woher weiß er, dass ich hier bin? Das ist noch nicht einmal seine Etage.

Dann fällt es mir wie Schuppen von den Augen. Frau Riegers Vertretung. So verschlafen ist der Junge gar nicht. Aus den Augenwinkeln habe ich wahrgenommen, dass er zwar nicht den Kopf von seinem Buch abgewendet hat, mit der linken Hand aber zu seinem Handy griff. Er muss Stallenberg informiert haben. Doch wenn es so ist, dann heißt das, dass der Professor ihn im Vorfeld instruiert hat, genau das zu tun. Und warum sollte er? Um die Zutrittszeiten irgendeines x-beliebigen Dienstleisters zu kontrollieren? Mit Sicherheit nicht.

Mein Gehirn arbeitet auf Hochtouren. Stallenbergs Blick durchbohrt mich weiterhin. Kein Blinzeln. Kein Laut. Er beherrscht die Stille wie am ersten Tag auf der Bühne in Berlin, als ich ihn kennenlernte. Ohne dieses unbehagliche Schweigen könnte man seine Gesichtszüge eigentlich als freundlich beschreiben. Die perfekte Maske. Jahrelanges Training. Ein Meister der Verhandlung.

»Nein, derzeit habe ich keinen Bedarf. Ich war gerade erst in der Schirn.« Ich bin nicht sicher, ob das die richtige Entscheidung war, doch Angriff ist jetzt vielleicht die beste Verteidigung.

Stallenberg wirft seinen Kopf zurück und lacht. Hell, fast klirrend. Bis er abrupt aufhört. Seine rechte Hand bleibt währenddessen lässig an den Türrahmen gelehnt. Die Beine sind leicht auseinandergestellt. Die perfekte Haltung, um Gelassenheit vorzutäuschen und mir trotzdem zu verdeutlichen, dass er den einzigen Ausweg aus diesem Raum kontrolliert. Das ungute Gefühl im Magen meldet sich zurück. Es ist die reine Angst.

»Was wollen Sie denn in dieser lächerlichen Ausstellung über die Pariser Welt der Bohème um die Jahrhundertwende? Frivole Damen, die Cancan tanzen, und mittellose Künstler, die dem Alkohol frönen?«

Stallenberg ist in seinem Element. Ich muss ihn bei der Stange halten, denke ich intuitiv. Die Kunst fesselt ihn. Zumindest so lange, bis Kellermann auftaucht. Zum Glück habe ich dem Kommissar die SMS geschrieben. Und hoffentlich, denke ich inständig, wird er nicht lange brauchen, um sie zu lesen und herzukommen. Mein Adrenalinspiegel ist auf dem Höchststand. Ich versuche, mich auf das Kunstthema zu konzentrieren, um die Diskussion fortzuführen. Das allein ist jetzt meine Aufgabe.

»Ich sehe das gar nicht so trivial. Die Bilder zeigen die soziologischen Zusammenhänge, die zu jener Zeit wirkten. Eine Darstellung von Außenseitern, Dieben, Bettlern, Prostituierten und Trinkern. Ist es der Inhalt, der sie trivial macht? Oder was meinen Sie?«

»Sie wollen mich mit einer Fangfrage ködern?« Stallenbergs Augen blitzen auf und seine Lippen umschmeichelt ein Schmunzeln. Wie eine Katze, die weiß, dass die Maus in die Falle gelaufen ist und sie nur noch langsam zuschnappen muss. »Glauben Sie wirklich, ich würde Madame Valadon als trivial bezeichnen?« Seine Stimme klingt jetzt erbost.

Ich greife fest um die Armlehne meines Schreibtischstuhls, wie um ein Gegengewicht zu diesem Angriff zu bekommen. Aber mir wird auch klar, dass der Professor die Ausstellung im Detail kennen muss. Ansonsten wüsste er nicht, dass Werke von Valadon ausgestellt werden. Entweder hat er darüber gelesen oder er war selbst vor Ort. Und wenn er selbst vor Ort war, könnte dieser Besuch gestern stattgefunden haben. Aber hat Kellermann nicht gesagt, Stallenberg hätte für die anderen Morde ein Alibi? Ist er also wirklich nur ein Kunstinteressierter? Mein Griff um die Armlehne wird fester. Ich muss das Spiel am Laufen halten.

Bei dem Gedanken an die Gemälde von Valadon kommt mir eine plötzliche Idee. Ich weiß, wie dünn das Drahtseil ist, auf dem ich mich bewege, doch ich muss wissen, wie Stallenberg auf diesen Einwand reagieren wird. »Die Nacktheit war Valadons zentrales Thema. Aber für ihre Motive hat sie sich bei anderen bedient. Sie imitierte zum Beispiel Jawlensky.

Ihr Akt auf rotem Sofa scheint wie eine Kopie seiner schlafenden Frau.«

Das ist eine reine Behauptung. Ich bin mir noch nicht einmal sicher, ob das Gemälde von Jawlensky wirklich vor Valadons datiert ist. Doch die Bilder ähneln sich, auch wenn die beiden Frauen in unterschiedliche Richtungen blicken. Einen Versuch, Stallenberg aus der Reserve zu locken, ist es wert.

»Aber dann können Sie Degas gleich mit hinzunehmen. Die Studien der sich badenden Frauen sind exzellent. Kennen Sie das Bild *La Toilette*? Die Ähnlichkeiten zu Valadons Zeichnungen sind unverkennbar.«

Er hat mit keiner Wimper gezuckt, als ich das Bild angesprochen habe, das so sehr dem Tatort von Janas Mord auf dem roten Sofa gleicht. Entweder ist er ein meisterhafter Schauspieler oder die Erinnerung an ihren Tod löst bei ihm keine Reaktion aus, weil er einfach keine Erinnerung an diese Tat hat. Weil er nicht dabei war, weil er gar nicht weiß, dass Jana tot ist, und auch nicht, dass es eine Analogie zu dem Bild von Jawlensky gibt.

Was treibt Stallenberg für ein Spiel? Wenn er wirklich mit alldem nichts zu tun hat, wieso ist er dann hier? Wieso habe ich dann das Gefühl, dass er mich festhalten will? Dass er mich mit seiner schieren Körperlichkeit an diesen Stuhl fesselt?

Ich brauche mehr Zeit und versuche, das Gespräch fortzuführen: »Die Ähnlichkeiten zwischen den Gemälden sind ihnen nicht zu verdenken. Valadon und Degas waren enge Freunde. Auch er war ein großer Verfechter der Aktmalerei. Der Akt gehörte zu seinem Hauptmotiv, neben ...«

Doch der Professor lässt mich nicht ausreden und fährt mich an: »Was reden Sie da für ein dummes Zeug von Hauptmotiv? Der weibliche Akt war und ist stets das zentrale Motiv der großen Künstler. Nehmen Sie Rodin, nehmen Sie Renoir oder Picasso. Die Darstellung des weiblichen Körpers in seiner Gänze, die Geschmeidigkeit und die Anmut des Femininen.« Stallenbergs Stimme überschlägt sich fast. Sein Ton ist pathetisch, fast drohend: »Sinnlichkeit und Sexualität waren die zentralen Antriebskräfte für Picassos künstlerisches Schaffen. Er zeigt den nackten Körper frontaler, offensiver, ja fast schonungslos.«

»Kunst ist niemals keusch«, werfe ich ein und frage mich, ob Stallenberg bemerkt, dass ich dieses Zitat in seiner Gegenwart bereits zum zweiten Mal verwende. Selbst wenn er sich an unser Gespräch in der Berliner Bar erinnern sollte, zuckt er nicht mit der Wimper und geht erst recht nicht auf meinen Einwand ein. Der Professor ist in seinem Element. Da kennt er keine Unterbrechung.

Als ob es überhaupt keinen Kommentar von meiner Seite gegeben hätte, fährt er ungehindert fort: »Als krankhaft und dreckig bezeichneten die Kunstkritiker die erotischen Werke Picassos. Sie auszustellen, war tabu, bis 2001, als in Paris erstmals dreihundert seiner Werke voll Sinnlichkeit und Sexualität gezeigt wurden. Sie waren lange als ›pervers‹ verschrien, aber sie sind es nicht. Nehmen Sie das Bild *Die Sitzende Badende.* Die Sachlichkeit, mit der die weiblichen Körperteile in ihre einzelnen Gliedmaßen zerlegt werden, ist frappant.«

Wieso verweist Stallenberg gerade auf dieses Gemälde? Das Kunstwerk stellt eine Figur aus aneinandergesetzten Körperteilen dar, die in ihrer Art der Darstellung an die Konstruktion der Mordopfer erinnern. Hat er doch mehr mit der Mordserie zu tun, als er sich vorhin bei der Analogie zu Janas Tod hat anmerken lassen?

Die Angst kriecht wieder in meinem Körper hoch. Will Stallenberg mich testen? In Erfahrung bringen, was ich weiß?

Ich spiele sein Spiel mit, ohne zu wissen, ob es sich wirklich um eines handelt. Auf seine letzten Ausführungen eingehend, bemerke ich: »Doch Picasso hatte wie Degas noch eine zweite Leidenschaft. Den Tanz und die Bühne. Nehmen Sie beispielsweise das Bild *Drei Tänzerinnen* oder die Bühnenbilder, die er angefertigt hat, für das Pariser *Ballet Russes* oder …«

Ich stocke, denn mitten im Satz geht ein Anruf für mich ein. Das Handy liegt auf der Tischplatte und der Vibrationsalarm erzeugt ein bohrendes Geräusch auf dem harten Untergrund. Es ist nur eine Armlänge entfernt und doch hält mich etwas zurück. Stallenbergs Gestalt, sein Blick, die Spannung, die von ihm ausgeht. Als drohe er mir lautlos, diesen Anruf nicht anzunehmen. Mit fast flüsternder Stimme sagt er: »Ich denke nicht, dass das jetzt wichtig ist.«

Als steckte ich in einer unsichtbaren Zwangsjacke, halte ich still. Ich bewege meine Arme nicht, noch nicht mal meine Finger, als würde mich mit jeder Bewegung ein elektrischer Stromschlag ereilen. Als wäre ich nicht mehr Herr meiner eigenen Gliedmaßen. Als wären sie Sklaven von Stallenbergs flüsternder Stimme.

Bilder steigen in mir auf. Die Erinnerungen an Jana, an Bruns, an all das Blut, all die Schmerzen, die dahinterliegen. Dann verstummt das Handy und schaltet zurück in den Standby-Modus. Da entdecke ich den kleinen roten Kreis auf dem SMS-Icon und meine Angst steigert sich noch. Kellermann hat meine Nachricht nicht erhalten. Verdammt, ich bin so eine Idiotin. Warum habe ich sie gerade im Aufzug verschickt?

Als hätte mein Handy nie geklingelt, fährt Stallenberg fort: »Seine Produktionen für die Bühne waren aber nicht unumstritten. Ja«, seine Stimme braust plötzlich auf, um dem Inhalt eine zusätzliche Betonung zu verleihen, »sie sorgten sogar für einen Skandal.«

»Seine Werke waren für die Zeit zu abstrakt«, versuche ich zu vermitteln und mit etwas ruhigerer Stimme die Emotionen aus dem Gespräch zu nehmen. Und auch, um Zeit zu gewinnen, um mir zu überlegen, was ich, ohne auf Kellermanns Hilfe hoffen zu können, jetzt tun werde.

»So was wie abstrakte Kunst gibt es nicht. Man muss immer mit etwas anfangen. Später kann man dann alle Spuren der Realität verwischen«, kontert Stallenberg mit abfälligem Ton, als wolle er meinen Einwand wegwischen.

Mir wird nicht ganz klar, was er mir damit vermitteln will. Oder ob es sich um eine reine Machtdemonstration ohne inhaltliche Bedeutung handelt. Ich denke noch über eine Reaktion nach, als mir bewusst wird, dass der Professor keine zu erwarten scheint. Ja, es sieht so aus, als erfreue ihn meine Sprachlosigkeit.

Unsere Blicke treffen sich. Ich halte dem seinen stand. Die Ränder seiner blauen Iris verschwimmen und gehen fließend in die weiße Augenhaut über. Ganz im Gegensatz dazu zeichnen sich gestochen scharf die schwarzen Pupillen ab, die treffsicher auf mich gerichtet sind.

»Ein Zitat«, unterbricht Stallenberg dann mit eindringlicher Stimme die entstandene Stille. Ich reagiere immer noch nicht. Daher ergänzt er: »Von Picasso.«

Ich lasse mich von seiner Auflösung des Rätsels nicht aus der Bahn werfen. Versuche, ihm den Eindruck einer Unbeeindruckten zu vermitteln. Meine Finger graben sich hingegen tiefer in die Armlehne und ich hoffe, dass Stallenberg nichts von dieser Kraftanstrengung bemerkt. Nichts von meiner Aufregung und von meiner Angst vor ihm. Langsam und mit ruhigen Worten formuliere ich: »Picasso sagte auch, dass man nun wisse, dass die Kunst nicht die Wahrheit ist. Die Kunst ist eine Lüge, die uns erlaubt, uns der Wahrheit zu nähern, zumindest der Wahrheit, die uns verständlich ist. Es ging ihm also nicht darum, die Realität zu verwischen, sondern sich der Wahrheit zu nähern.«

Von Stallenberg kommt keine Reaktion. Ich kann nicht sagen, ob meine Worte überhaupt zu ihm vorgedrungen sind. Und wenn er sie vernommen hat, ob er ihnen auch nur einen Gedanken beimisst. Ohne Emotionen und ohne eine

Reaktion auf mein Gesagtes fügt er nahtlos an: »Für Picasso hat die Malerei einen selbstständigen Wert, unabhängig von der sachlichen Schilderung der Dinge. Er malt die Dinge, wie er sie kennt, weniger, wie andere sie sehen. Die Malerei hat für ihn ihre eigene Schönheit, die sich nur in der Abstraktion darstellt.«

Sein Monolog lässt mich verstummen. Was will er mir damit sagen? Handelt es sich hier um einen kunstorientierten Diskurs? Oder um ein Plädoyer für die Zerschneidung und Neuzusammensetzung von Körperteilen?

Plötzlich fährt der Professor herum. Sein Blick schweift in den Flur und ich überlege schlagartig, ob ich die Chance nutzen, mich an ihm vorbeidrängen, den Überraschungsmoment wagen und über den Flur flüchten soll. In Bruchteilen von Sekunden wäge ich ab, ob er mich vorher erwischen und festhalten würde. Doch bevor ich einen Entschluss fasse, werde ich unterbrochen. Eine Stimme ertönt, eine Stimme, die mir mehr als vertraut ist.

»Kommissar Kellermann, was verschafft uns die Ehre?«, begrüßt Stallenberg den unerwarteten Gast. Ihm ist anzumerken, dass er über den überraschenden Besuch nicht so erfreut ist wie ich.

Meine Anspannung schwindet und der Griff um die Stuhllehne lockert sich. Blut läuft wieder in meine weiß gewordenen Handflächen. Kellermann schickt der Himmel. Wie kann er wissen, dass ich hier bin?

»Herr Prof. Stallenberg. Gut, dass ich Sie antreffe. Ich hätte da noch ein paar Fragen an Sie.« Der Kommissar erscheint hinter Stallenberg im Türrahmen. Ihm ist nicht anzumerken, ob er erstaunt ist, den Professor oder mich hier anzutreffen. »Setzen Sie sich doch.« Kellermann zeigt auf den zweiten, noch freien Stuhl in meinem Büro.

Stallenberg hält kurz inne und überlegt, ob er der Aufforderung Folge leisten und sich damit in die Defensive begeben soll. Er wendet sich ab und nimmt auf dem Stuhl Platz. Die Machtverhältnisse haben sich verschoben. »Wie kann ich Ihnen helfen?« Sein professionelles Lächeln ist aufgesetzt. Bereit für die nächste Verhandlung.

»Wir haben Grund zur Annahme, dass bei der Wertermittlung einzelner Immobilien und bei der Ausgestaltung der Fremdfinanzierung Auffälligkeiten entstanden sind.« Der Kommissar formuliert den Sachverhalt Betrug mit allen Künsten der Diplomatie.

»Und um welche Auffälligkeiten soll es sich dabei handeln?« Stallenberg gibt sich neutral.

»Um die Wertermittlung der Immobilien im Fonds *ProSelect 7* durch den Sachverständigen Wehmüller und die Finanzierungsverträge mit der *WertHypo*«, erklärt Kellermann sachlich.

»Da mögen Sie wahrscheinlich recht haben«, erklärt Stallenberg ebenso sachlich.

Wie bitte, was hat er gesagt? Ich bin nicht sicher, ob ich meinen Ohren trauen soll. Gibt er einen Betrug und eine bewusste Täuschung der Anleger zu?

Der Kommissar scheint ebenfalls perplex zu sein, denn er stockt erst, bevor er nachfragt, was Stallenberg meint.

»Ich habe den gleichen Verdacht. Die Finanzierungskonditionen waren zu gut, die Wertveränderungen zu stark. Aber ich hatte keine Beweise«, stellt der Professor nüchtern klar. Auch jetzt ist keine Regung in seinem Gesicht erkennbar. Nur sind seine Augen nicht mehr auf mich, sondern auf Kellermann gerichtet.

Der Kommissar will etwas sagen, doch ich fahre ihm dazwischen. In dem Moment, als sich meine Stimme erhebt, tut es mir schon leid, ihm das Wort abgeschnitten zu haben. Und mir wird bewusst, dass ich mich in etwas einmische, dass mich nichts angeht.

Und doch platzt es aus mir heraus: »Wieso keine Beweise?

Sie haben sich doch Zugang zum System durch das Passwort von Jana Friese verschafft.«

Sowohl Stallenberg als auch Kellermann fahren herum. In beiden Gesichtern ist Überraschung erkennbar, aber auch eine Gereiztheit, die mich zur Zurückhaltung mahnt. Trotz des Unmuts, der sich über mir ausbreitet, wage ich mich weiter vor: »Was wollten Sie mit den Zugangsdaten von Frau Friese?«

Anscheinend hat meine Frage Kellermanns Interesse geweckt, denn sein Gesichtsausdruck ist wieder etwas milder gestimmt. Stallenbergs Blick hingegen ist weiter stechend und bohrt seine Entrüstung in mich hinein.

»Also«, sagt der Kommissar mit nachdrücklicher Stimme, als sich der Professor nicht zu meiner Frage äußert, »was wollten Sie mit den Zugangsdaten?«

Ich atme innerlich auf. Kellermann verteidigt mich, ohne den Sachverhalt zu kennen. Er vertraut mir.

Stallenberg dreht sich wieder dem Kommissar zu. »Beweise sammeln, um meinen Verdacht zu bestätigen, oder …«, er macht eine bewusste Pause, »… zu entkräften. Wenn sich der Verdacht bestätigt, verliert die *Sega Invest* ihre Lizenz als Kapitalverwaltungsgesellschaft. Das würde die Schließung des gesamten Unternehmens bedeuten. Alle Mitarbeiter würden ihre Jobs verlieren. Das Ansehen der Fondsbranche wäre extrem beschädigt und …«

»… und Sie wären als Aufsichtsrat persönlich haftbar gemacht worden«, vollendet Kellermann den Satz.

»Ja, das auch. Selbst wenn nur mein Verdacht an die Öffentlichkeit gelangt wäre, hätte das einen enormen Imageschaden nach sich gezogen. Daher habe ich still im Hintergrund ermittelt, ohne jemanden hinzuzuziehen. Und damit niemand meine Aktivitäten bemerkt, musste ich einen fremden Zugang verwenden. Die Anmeldung wird registriert und die IT-Mitarbeiter und unter Umständen auch Weck hätten direkt gewusst, dass ich mich in dem Controlling-System bewege. In einem System, das ich normalerweise nicht nutze, in dem ich keine operativen Tätigkeiten ausführe. Ich bekomme Reports daraus, ausgedruckt auf Hochglanzpapier, als Ringbuch gebunden. Aber ich gebe dort keine Daten ein. Das tun andere für mich. Wenn ich darauf zugegriffen hätte und mein Name in den User-Listen aufgetaucht wäre, dann hätte ich erst recht keine Beweise mehr gefunden.«

Stallenbergs Tonfall besitzt eine gewisse Arroganz. Als wolle er uns vermitteln, dass er uns für Idioten oder zumindest nicht für seiner würdig hält.

Kellermann lässt sich davon nicht beeindrucken und setzt seine Befragung fort: »Wie konnten Sie sicher sein, dass Jana Friese nicht gleichzeitig im System arbeitet?«

Da der Professor nicht direkt antwortet, übernehme ich: »Der Pförtner hat ihn informiert, wenn Jana das Haus verlassen hat.«

Wieder wenden sich Stallenberg und Kellermann mir zu. Aber die negativen Schwingungen haben abgenommen und von dem Unmut ist nicht mehr viel zu spüren. Fast würde ich sagen, dass von dem Professor sogar eine Art Anerkennung dafür ausgeht, dass ich diese Verbindung erkannt habe.

»Ja«, bestätigt er, »Frau Wagenfeld hat recht.«

»Wie sind Sie überhaupt an die Passwörter gelangt? Hat Frau Friese sie Ihnen gegeben?«, fragt Kellermann weiter. Er betritt jetzt genau den Bereich, den ich gerne umschifft hätte.

Und auch Stallenberg zögert. Ich denke nicht aus Skrupel, Helena des Plagiats zu beschuldigen, sondern weil er dadurch sein eigenes Fehlverhalten zugibt. Er lässt sich so lange Zeit, dass der Kommissar ihn erneut auffordert.

Als ich den Worten des Professors lausche, bin ich selbst überrascht. Es geht nicht nur um Helena. Die Auswirkungen bei der Veröffentlichung des Plagiats wären noch um einiges größer. Es ist gang und gäbe, dass Professoren die Ergebnisse ihrer Studenten für die eigenen Publikationszwecke nutzen. Und es verwundert mich auch nicht, dass Lauenstein diese nicht vorher geprüft hat. Der Publikationsdruck in der Wissenschaft ist enorm und eine Gelegenheit, im Rampenlicht zu stehen, lässt sich kaum einer entgehen. Helena würde ihre Masterarbeit aberkannt werden und zugleich wäre sie diejenige, die den großen Prof. Lauenstein zu Fall gebracht hätte. Mit dem Plagiat hatte Stallenberg Helena in der Hand.

»Dann kam Ihnen Frau Wagenfeld und ihr Team gerade recht«, fasst Kellermann den Bericht in einem Satz zusammen.

»Teils, teils«, wägt der Professor ab.

»Wieso?«, will der Kommissar wissen.

Stallenberg wendet sich wieder mir zu: »Frau Wagenfeld, Sie sind intelligent und hatten Zugang zu allen Daten und Systemen. Für mich waren Sie immer mit einem Risiko verbunden. Dem Risiko, dass sich der Verdacht erhärtet und Sie ihn aufdecken. Wenn Sie auf die Korruption gestoßen wären, hätten Sie keinen Grund gehabt, Stillschweigen zu bewahren. Sie wären direkt zur Polizei gegangen. Daher habe ich Sie so genau beobachtet. Ich wollte herausfinden, wie viel Sie wissen. Aber wir brauchten Sie auch. Ohne die Fertigstellung des Systems hätten wir ohnehin die Bankenlizenz verloren.«

»Deshalb haben Sie auch behauptet, den Mann auf dem Foto nicht zu kennen. Sie wussten sofort, dass es sich um Lauenstein handelt.«

»Ja, das stimmt«, gibt Stallenberg zu. »Die Gefahr, dass Lau-enstein bei einem Verhör die Korruption zugeben würde, war mir zu hoch.«

»Kommen Sie«, sagt Kellermann, nachdem der Professor seinen Bericht beendet hat, »wir setzen das Gespräch besser im Präsidium fort.«

Stallenberg nickt nur, steht auf und greift nach seinem beigen

Trenchcoat. Der Kommissar hat sich nicht die Mühe gemacht, seinen auszuziehen, und hat die Hände tief in den Manteltaschen vergraben. Seine Augen sind von dunklen Ringen umgeben. Er sieht müde aus. Als Stallenberg im Flur verschwindet, deutet er mir mit einer Geste an, ihnen zu folgen.

Vor den Türen der *Sega Invest* wartet ein Streifenwagen. Der Kommissar geht zum Auto und der Professor folgt ihm in kurzem Abstand. Der Fahrer des Wagens lehnt an der Tür und blickt Kellermann erwartungsvoll entgegen. Die beiden unterhalten sich und der Polizist geht auf Stallenberg zu und führt ihn zur Hintertür des blau-silbernen Wagens. Dann setzt sich das Auto in Richtung Goetheplatz in Bewegung.

Statt selbst zu seinem Wagen zu eilen, kehrt Kellermann zu mir zurück. Seine Schritte haben etwas Dynamisches. Nicht militärisch, denke ich, nein, sie zeigen eine gewisse gelassene Entschlossenheit. Auf meiner Höhe stoppt er nicht, sondern fasst mich am Arm, dreht mich zum Eingang der *Sega Invest* und verkündet: »Und Sie, Sie kommen jetzt mal mit.«

Im ersten Moment will ich über Kellermanns rüden Befehl protestieren. Doch dann entscheide ich mich anders, schlucke meinen Ärger herunter und folge ihm durch die Drehtür. Der Kommissar geht zu Frau Riegers Vertretung am Empfang und wider Erwarten hebt der Student seinen Kopf. Mit zusammengekniffenen Augen hört er Kellermanns Ansprache zu und öffnet im Anschluss die Zugangsschranke. Der Kommissar faltet einen Zettel, den er dem Empfangsmitarbeiter unter die Nase gehalten hat, und steckt ihn in die Manteltasche.

Natürlich, denke ich mir, während ich Kellermann zurück in den Aufzugsraum folge. Das wird eine Art Durchsuchungsbeschluss sein. Ohne den wären die Unterlagen nicht in einem Prozess verwertbar. Trotzdem hake ich nach: »Hätten Sie nicht die Geschäftsführung informieren müssen?«

»Die eine Hälfte davon ist bereits im Präsidium und die

zweite gerade auf dem Weg dorthin«, kontert Kellermann trocken.

»Dann ist es also reiner Zufall, dass Sie gerade jetzt gekommen sind?«

»So kann man es vielleicht nicht sagen. Sie sind nicht ans Telefon gegangen und die Handyortung hat einen Mast in der Nähe der *Sega Invest* identifiziert. Ich würde sagen, zwei Fliegen mit einer Klappe geschlagen.«

Ich bin völlig überrascht: »Sie haben mein Handy geortet?«

Kellermann dreht gelassen den Kopf zu mir, während wir auf den Aufzug warten. Er schüttelt kurz den Kopf und wendet sich dann ohne weiteren Kommentar wieder ab. Im Aufzug drückt er die Taste für das Untergeschoss. Er will also direkt ins Archiv. Meine Entrüstung über die Ortung scheint ihn nicht im Geringsten zu interessieren. Und insgeheim bin ich ihm sogar dankbar dafür.

»So, jetzt zeigen Sie mir mal, wo die Bewertungsaufträge liegen.« Wenige Augenblicke später haben Kellermann und ich uns zwischen die Archivwände gequetscht. Der Kommissar hält die Aktenmappe mit einer Hand fest, mit der anderen blättert er durch den Papierstapel. Ab und an hält er inne, seine Augen gleiten über die Zeilen, er nickt fast unmerklich, bevor er weiterblättert. Dann klappt er mit einem lauten Knall die Akte zu und schiebt mich demonstrativ zurück in den Mittelgang. »Kommen Sie. Ich habe alles, was ich brauche.«

Er erläutert mir seine Überlegungen nicht und schreitet still Richtung Ausgang. Dieses Schweigen bringt mich zur Weißglut. Ich platze förmlich vor Neugierde. Ich muss herausbekommen, was in seinem Kopf vorgeht. »Hat Wehmüller die Korruption zugegeben?«

Kellermann nickt. »Ja, und auch, von Bruns erpresst worden zu sein.«

»Bruns hat Wehmüller erpresst?«, platzt es aus mir heraus, während sich die Aufzugtüren öffnen.

»Ja«, brummt Kellermann. »Bruns hat tatsächlich herausbekommen, dass mit der Beauftragung von Wehmüller etwas nicht stimmt, und versucht, bei ihm Geld zu erpressen.« Der Kommissar stoppt wieder in seiner Berichterstattung. Als eine Plaudertasche kann man ihn definitiv nicht bezeichnen.

»Ist Wehmüller Bruns' Mörder?«, forsche ich daher weiter, auch wenn mir selbst der Zusammenhang noch schleierhaft ist. Mord für Korruption. Reicht die Karriere als Grund für eine solche Tat? Ich bin mir sicher, dass Wehmüller nicht mehr als eine Geldstrafe bekommen hätte. Er war selbstständig, verantwortlich für sein eigenes Unternehmen. Als Sachverständiger lebt er von seinem Ansehen in der Branche. Seinen Beruf hätte er aufgeben können. Selbst wenn er seine Lizenz als Bewerter behalten dürfte, würde ihm niemand mehr einen Auftrag erteilen.

Kellermann schüttelt nur den Kopf. »Nein, ich denke nicht. Wehmüller hat ein Alibi für die Tatzeit, erinnern Sie sich?«

»Wusste noch jemand von der Erpressung?« Ich gebe nicht auf.

»Weck muss davon gewusst haben. Und das werde ich jetzt gleich herausbekommen«, versichert Kellermann.

»Und Leermann?« Ich komme mir vor wie ein junger Dackel, der lechzend hinter dem Kommissar herrennt, in der Hoffnung, einen kleinen Knochen in Form einer Information zu erhaschen.

»Nein, bei aller Romantik. Wehmüllers Geliebter hat nichts davon gewusst. Dafür war die Affäre zu flüchtig. Das Risiko, dass die Korruption an die Öffentlichkeit gerät, wäre viel zu hoch gewesen«, erklärt Kellermann und macht zudem erste Anstalten, sich zu verabschieden.

Meine Chance auf mehr Informationen sinkt. Dennoch wage ich einen letzten Versuch: »Wen verdächtigen Sie jetzt?« Als ich die Frage stelle, weiß ich bereits, dass sie plump ist, und bin mir sicher, darauf keine Antwort zu erhalten. Daher bin ich noch nicht mal überrascht, als Kellermann sie einfach ignoriert.

»Kann ich noch etwas für Sie tun? Kann ich Sie irgendwo absetzen?«, fragt der Kommissar stattdessen und zeigt mit der Akte in Richtung seines geparkten Kombis. Dicke Regentropfen zerplatzen jetzt auf der Aktenhülle.

Ich schüttle den Kopf. »Nein danke. Ich komm schon zurecht.«

Von Kellermann ist nur ein leises Murren zu vernehmen. Ich deute es als Zustimmung und zugleich als Warnung, nicht wieder in das Bürogebäude zurückzukehren. Dann wendet er sich ganz ab und schlägt den Mantelkragen hoch. Ich schaue ihm hinterher, wie er mit der Akte unter dem Arm zum Auto schreitet.

Auch nachdem der Kombi losgefahren ist, stehe ich immer noch im Regen vor der *Sega Invest.* In mir macht sich eine Kälte breit, die nicht nur der Nässe geschuldet ist, sondern auch einer emporkriechenden Einsamkeit. Ja, denke ich, während ich immer noch in die jetzt leere Straßenflucht schaue, er hätte etwas für mich tun können. Er hätte mich in den Arm nehmen können.

In meiner Sehnsucht nach Geborgenheit und menschlicher Nähe wähle ich das Nächstbeste, was irgendwie Wärme und Zuflucht spenden könnte: Ich überquere die Straße und betrete den Coffeeshop.

Um diese Zeit haben sich nur eine Handvoll Teenager hierher verirrt, die wohl der Enge des eigenen Elternhauses entfliehen wollten und sich mit Junge-ärgert-Mädchen-Spielen die Zeit vertreiben.

Der Mann hinter dem Tresen, auch nicht viel älter als seine quietschenden Gäste, scheint sichtlich erleichtert zu sein, ein etwas ruhigeres Publikum zu bekommen. Ich bestelle eine heiße Schokolade. Allein der Griff um die Porzellantasse flößt mir ein Gefühl von Bodenhaftung ein.

Ich nippe an meinem Kakao und lasse vor meinem inneren Auge die letzte Stunde Revue passieren. Wenn es nicht Wehmüller war, der Bruns ermordet hat, dann muss Kellermann Weck im Verdacht haben, schlussfolgere ich, als ich wieder zu meinem Gedankengang zurückkehre. Warum sonst sollte er die Aufträge an Wehmüller als Beweisstück mitnehmen? Aber, fällt mir plötzlich ein, auch im Geschäftsverteilungsplan hätten die wiederkehrenden Aufträge auffallen müssen. Und diese Geschäftsverteilung wird von Meier erstellt.

Meier? Das Fragezeichnen dröhnt förmlich in meinen Ohren. Weck, Lauenstein, Wehmüller. Bei ihnen allen überrascht mich ein Vorwurf der Korruption nicht im Geringsten. Und erst recht nicht bei Stallenberg. Aber bei Mark Meier? Unwillkürlich verstärkt sich mein Griff um die Tasse. Kann ich mich in ihm getäuscht haben? Über all die Monate, in denen wir Tag für Tag zusammengearbeitet haben? Stunden gemeinsam in einem Büro verbrachten, um Lösungen für ein zum Scheitern verurteiltes Projekt zu finden?

Stallenberg hat ein Alibi für die Tatzeit. Wehmüller ebenfalls. Wenn der Mord an Bruns etwas mit der Erpressung zu tun hat, bleiben Weck und leider eben auch Meier als mögliche Täter. Allein bei dem Gedanken daran wird mir schwindelig. Kann das wirklich sein? Hat Meier sich verkauft und dafür sogar einen Mord in Kauf genommen?

Auch wenn ich selbst vor dem Gedanken noch zurückschrecke, denke ich, dass es notwendig ist, Kellermann über diese Verbindung zu informieren. Doch der Kommissar geht nicht an sein Handy.

Die Vorstellung, dass Meier zu dem Kreis der Korruptionsverdächtigen zählt, lässt das zuvor aufgekommene Gefühl der Einsamkeit wieder aufflammen. Kellermanns Unerreichbarkeit tut ihr Übriges.

Das Handy immer noch in meiner Hand, denke ich an Anna und Karla, die jetzt mehrere Hundert Kilometer weit entfernt sind. Keine der beiden bekomme ich kurzfristig auf mein Sofa. Und all die Geschehnisse via Handy zu berichten, hat auch keinen Wert. Das jetzt so bitter nötige Gefühl von Geborgenheit lässt sich durch kein Telefonat vermitteln. Und Helena wohnt zwar ganz in der Nähe, aber durch die letzten Ereignisse hat sich das leider von selbst erledigt. Bleibt Erik. Allein bei dem Gedanken an meinen Bruder überkommt mich ein tiefes Wohlbehagen. Draußen im Taunus, mit Kopfsteinpflaster unter den Füßen und dem Geruch von Rindenmulch in der Nase, werden all die Anspannung und die Gedanken an die vergangenen Tage abfallen.

41

Erik hat sofort zugestimmt, ohne überhaupt zu fragen, warum ich bei ihm übernachten will. Ich drücke mich tiefer in die ledernen Polster des alten Mercedes und bin froh, die Verantwortung für zumindest ein paar Minuten in die Hände des Taxifahrers zu übergeben. Für die nächste halbe Stunde ist nichts zu tun, nichts zu sagen, nichts zu denken. Ich schließe getrost meine Augen.

Doch die Ruhe währt nicht lang. Noch bevor wir auf die Autobahn fahren, meldet sich Kellermann. »Sie haben mich angerufen?« Er spart sich die Begrüßung.

»Ja, mir ist noch eine Verbindung eingefallen. Zu Wehmüller.« Ich stocke, weil mir bewusst wird, dass ich im nächsten Satz Meier verraten werde, einen Kollegen, einen treuen Kameraden der letzten Projektmonate. Zweifel überkommen mich, die mich schlucken lassen. Dann fahre ich hastig fort: »Nicht nur Weck war an der unrechtmäßigen Beauftragung von Wehmüller beteiligt, sondern wahrscheinlich auch Meier. Daher könnte auch er …« Ich gerate wieder ins Stocken. Diesmal jedoch aus anderen Gründen. Ich blicke nach vorn zum Fahrer. Obwohl unter seiner Wollmütze kein Hinweis erscheint, dass er unserem Gespräch zuhört, weiche ich aus: »… ein Kandidat für Bruns sein.«

»Ich verstehe, Sie sind nicht allein«, schlussfolgert Kellermann. »Aber ich kann Sie beruhigen. Es war nicht Ihr Kollege Meier. Weck hat den Mord an Bruns gestanden. Der hat ihn ebenfalls erpresst.«

Ich schlucke nochmals und bin erleichtert, dass ich mich getäuscht habe, dass Meier nicht in den Fall verwickelt ist. Aber wenn Weck Bruns' Mörder ist, was heißt das dann für die anderen Opfer?

»Und was ist mit Warschau und Paris und den andern Städten?«, formuliere ich möglichst neutral.

»Er sagt, er hätte mit diesen Morden nichts zu tun. Wir überprüfen seine Alibis.« Kellermanns Ton verrät mir, dass er das Gespräch beenden will.

»Und Lauenstein? Er war auch in Polen«, interveniere ich.

Doch der Kommissar wimmelt mich weiter ab und wiederholt nur, dass die Aussagen jetzt überprüft würden.

Bei der Erwähnung von Lauenstein fällt mir auf, dass ich Helenas Anwesenheit in Polen noch nicht gebeichtet habe. Nachdem das Plagiat aufgedeckt wurde, gibt es keinen Grund mehr, das zu verheimlichen. »Helena war bei der Exkursion in Warschau dabei.«

Ich erwarte, dass Kellermann Überraschung zeigt, irgendeine Reaktion über diese neue Information. Doch stattdessen höre ich ihn beschwichtigend sagen: »Helena Jovicek sitzt bereits kleinlaut bei uns im Vernehmungsraum. Sie können sicher sein, außer einer geschummelten Masterarbeit hat sie nichts verbrochen.«

»Aber …«, versuche ich, das Gespräch fortzuführen, ohne selbst zu wissen, wem mein Einwand gilt.

»Ich muss jetzt«, merkt Kellermann an, bevor ich ein Klicken in der Leitung höre.

Weck also, denke ich, während die Landschaft des beginnenden Taunus an mir vorbeizieht. Trotz seines Geständnisses ist es mir unklar, wie ein so strategisch klarer Kopf sich von einem Aal wie Bruns hat erpressen lassen. Und dass ihm kein anderes Mittel eingefallen ist, als ihn zu ermorden. Ihn nicht nur zum Schweigen zu bringen, sondern ihn auf diese brutale Weise abzuschlachten. Die Gedanken an Bruns und an seine freigelegten Wirbelsäulenknochen lassen mich frösteln.

Wenn Weck der Täter ist, die anderen Morde aber nicht begangen hat, wer war es dann? All die in den letzten Tagen aufgedeckten Verwicklungen kommen mir in den Sinn. Helena, die sich wegen eines Plagiats erpressen lässt und Janas Zugangsdaten an Stallenberg preisgibt. Meier, der augenscheinlich von der illegalen Beauftragung gewusst haben muss und trotzdem nicht eingriff. Lauenstein alias Lucky Luke, der sich durch Finanzgeschäfte mit der *Sega Invest* bereicherte und einen hohen Posten in der Wissenschaft abgriff. Und Wehmüller, der sich unrechtmäßig beauftragen ließ und Kontakte zur SM-Szene unterhielt. Gedeckt von seinem Freund Leermann, der ihn vor pikanten Enthüllungen verschonen wollte und außer Unfreundlichkeit nichts auf dem Kerbholz hat. Und nicht zuletzt mein spezieller Kandidat und Kunstkenner Stallenberg, der sich als weißer Ritter inszeniert und an Machtspielchen ergötzt.

Vielleicht ist es auch eine Doppeltäterschaft. Das würde die Alibis erklären und dass sich keine Spuren finden lassen, die eindeutig einem Täter zuzuordnen sind. Auch der Mord an Bruns wäre zu zweit einfacher gewesen. Wie hätte der Täter ihn sonst so schnell ruhigstellen können?

Oder es ist keiner von ihnen?, denke ich müde und bin erschöpft von der Grausamkeit um mich herum. Aber was mich am meisten beschäftigt und mir Angst bereitet, ist die Tatsache, dass der Mörder mich kennt, dass es einen Bezug zu mir gibt, und er mit mir und meinen Ängsten spielt. Denn nichts anderes war die Intention der Postkarte und des Eintrittstickets.

Hör auf zu grübeln. Das ist nicht dein Job, es ist Kellermanns, ermahne ich mich, bevor mir die Augen zufallen und ich in einen traumlosen Schlaf sinke.

»Hallo … Hallo! Wir sind am Ziel.« Das faltige Gesicht unter der Wollmütze starrt mich an. Die Hand des Taxifahrers ruht noch auf meinem Knie. Er hat daran gerüttelt, um mich zu wecken. Erschrocken über diese Berührung, richte ich mich abrupt auf, sodass seine Hand abrutscht.

»Sind Sie okay?« Aus der Stimme des Mannes klingt echte Besorgnis.

»Ja, ja, alles gut. Ich war nur müde. Was macht es denn?«

Nachdem ich gezahlt und mich aus dem Auto geschält habe, überquere ich den Hof. Das Kopfsteinpflaster ist noch nass vom Regen, der mittlerweile ausgesetzt hat. Eriks Wohnungstür ist angelehnt. Trotzdem drücke ich kurz auf den Klingelknopf, bevor ich über die Schwelle trete. »Erik … Erik, bist du da?«, rufe ich in den kurzen Flur hinein.

Keine Antwort, doch aus dem Bad höre ich ein Plätschern. Ich nehme an, mein Bruder steht unter der Dusche.

In der Küche blinkt die Kaffeemaschine auf, die Kanne ist bis zur Hälfte gefüllt. Ich hole mir eine Tasse aus dem Regal und kalte Milch aus dem Kühlschrank. Im Mischverhältnis eins zu eins hat der frische Kaffee sofort die passende Temperatur. Ich blättere durch die Zeitschriften auf dem Küchentisch. Werbeanzeigen aus dem hiesigen Supermarkt. Ein Gartenbaumagazin. Ein Katalog für Campingausrüstungen. Ich entscheide mich für den Campingkatalog und betrachte die angebotenen Zeltmodelle, Schlafsacktypen und Kochutensilien.

»Du bist ja schon da.«

Ich fahre erschrocken herum. Erik steht im Türrahmen,

mit nassen Haaren und in Boxershorts. Der Boden unter seinen Füssen ist von Wassertropfen bedeckt.

»Die Tür war auf«, gebe ich zurück.

»Ich zieh mich rasch an. Aber ich sehe, du hast dich schon selbst mit Kaffee versorgt.«

»Lass dir nur Zeit«, rufe ich Erik nach, der wieder in seinem Schlafzimmer verschwunden ist. Ich widme mich erneut den Campingutensilien.

Diesmal fahre ich nicht zusammen, als mein Bruder die Küche betritt und auch nicht, als er mit sanftem Druck meine Schultern umfasst. Die Berührung seiner Hände flößt mir Vertrauen ein. Erik weiß, dass ich nicht einfach so zu Besuch gekommen bin. Erst recht nicht, wo ich bereits im Vorfeld angekündigt habe, dass ich bei ihm übernachten will. Und mit dieser Berührung will er mir sagen, dass ich angekommen bin.

Noch einmal erhöht er kurz den Druck, bevor er sich wieder von mir löst und sich der Küchenzeile zuwendet. Er greift selbst zur Kaffeekanne und schenkt sich eine Tasse ein. Schwarz und ohne Zucker. Er zieht den gegenüberliegenden Stuhl zurück und nimmt ebenfalls am Tisch Platz. Zwischen uns der Stapel mit Zeitschriften und zwei Kaffeetassen, die eine blau, die andere weiß mit dem Aufdruck eines Baumaschinenherstellers.

»Dann erzähl mal. Was ist los?« Erik lehnt sich zurück, als würde er sich auf ein längeres Gespräch einstellen.

Mein Kopf ist so voll von den Geschehnissen und Eindrücken der letzten Tage, dass ich erst nicht weiß, wie ich beginnen soll. Mit meinem Zeigefinger streiche ich am Tassenrand entlang, versuche, meine Gedanken zu sortieren, nippe noch einmal an dem mittlerweile lauwarmen Kaffee und fange dann an zu erzählen.

Ich setze zu dem Zeitpunkt ein, an dem Kellermann und ich uns von Erik verabschiedet haben. Berichte von dem weiteren Mordopfer in Basel. Von den sich aufdrängenden Analogien zu verschiedenen Werken der Kunst. Von dem Korruptionsverdacht, der sich erhärtet, als Wecks Verbindung zu Wehmüller und dessen unrechtsmäßige Beauftragung aufgedeckt wurden. Von dem Eintrittsticket für die Schirn und der Postkarte. Bevor ich von Jana erzähle, stocke ich nochmals. Erik hat sie nur ein paar Mal kurz gesehen, im Büro und einmal auf einer Geburtstagsfeier, doch er weiß zumindest aus meinen Erzählungen von unserer Freundschaft. Sie war mehr als eine Mitarbeiterin. Ich nehme noch mal einen Schluck und berichte dann zögerlich von dem Besuch in der Schirn, wie ich den Schrei der Putzfrau gehört habe und die Stufen hochgejagt bin. Wie ich den Ausstellungsraum betreten habe und mein Blick sofort frontal auf das Sofa gerichtet war. Wie ich erst nicht wahrhaben wollte, dass die tote Frau wirklich Jana ist, dass man ihr das wirklich angetan hat. Die zerschnittene Kehle, die weit aufklaffende Wunde, die so groß war, dass das weiße Schlüsselbein hervorschimmerte. Meine Stimme bricht ein und mir laufen die Tränen über das Gesicht. Doch ich will nicht aufhören. Ich will weitererzählen, all diese Gedanken aus mir herausspülen. Es fühlt sich an wie eine Reinigung, ein Ausschwitzen, ein Auspressen all dieser dreckigen Brutalität, die sich in jede Pore meines Körpers gefressen hat.

Erik scheint das zu ahnen, denn er unterbricht mich nicht. Er hört mir stillschweigend zu. Auch auf meine Tränen reagiert er nicht. Er holt kein Taschentuch, er fasst mich nicht an. Er sitzt mir einfach nur gegenüber. Als wäre er in einer Vorstellung, die noch nicht vorbei ist, die er sich aber bis zum Schluss anschaut, egal, was sie noch beinhalten wird. Er gibt mir das Gefühl, nur für mich hier zu sein. Mit aller Zeit der Welt. Und dass ich weiterreden soll. So lange, bis all das ausgesprochen ist, was sich in den letzten Stunden, Tagen und Wochen so tief eingebrannt hat.

Ich ende mit meiner Erzählung an der Stelle, als ich mich von Kellermann verabschiedet habe und sein Auto Richtung Goetheplatz fuhr. Auch ich lasse mich jetzt ein Stück tiefer in meinen Stuhl sinken. Es ist raus und auch wenn es töricht ist zu meinen, dass das Geschehene damit leichter akzeptiert werden könnte, ist doch zumindest ein Teil dieser kranken Grausamkeit aus mir entwichen.

Als ich mit meiner Erzählung schließe, steht Erik auf. Zum ersten Mal kommt ein Wort von seiner Seite: »Ich hol dir mal ein Bier. Ein Kaffee reicht jetzt bestimmt nicht.«

Mein Bruder weiß, dass jede Diskussion, jede Frage ins Leere führen würde. Wohin auch sonst? Das, was geschehen ist, ist absolut. Es ist keine Veränderung mehr möglich. Und trotzdem will er mir zeigen, dass er Anteil nimmt, dass er die Erlebnisse mit mir teilen möchte. Dass er bereit ist, ein Stück dieser Erinnerungen mitzutragen.

Dass aber auch erst mal genug erzählt wurde. Dass ich wieder zur Ruhe kommen soll. Wie nach einem Lauf, wenn der Sportler in ein Handtuch gewickelt wird, bevor er zur nächsten Runde antritt.

All das will Erik mir sagen, indem er ein offenes Bier vor mich stellt, dessen Flasche ganz beschlagen ist, und indem er seine Hand erneut auf meine Schulter legt und kurz den Druck erhöht, bevor er mit einem Bier in der Hand wieder auf dem Stuhl gegenüber Platz nimmt. »Du magst ihn, nicht? Diesen Kellermann?«, fragt er dann.

Stellt mein Bruder diese Frage nur zu meiner Ablenkung, will er das Thema wechseln und mich auf andere Gedanken bringen? Oder ist sein Interesse echt?

Auch jetzt zögere ich wieder. Nicht weil mir die Frage oder der Inhalt unangenehm wäre, sondern weil ich es selbst nicht weiß. Weil sich ganz still und heimlich ein Gefühl angeschlichen hat, noch ungewiss und vage. Ich nur immer wieder über mich selbst stolpere und mich frage, warum der

Kommissar auf einmal in meinen Gedanken kreist. »Mmh«, antworte ich daher zaghaft, »das weiß ich selbst noch nicht so genau.«

»Das ist die beste Medizin für das, was du erlebt hast. Zieh es dir rein wie Vitamintabletten«, ermuntert mich Erik und prostet mir mit seiner Flasche zu.

Ich muss über die pragmatische Nüchternheit lachen, die er bei zwischenmenschlichen Beziehungen an den Tag legt.

»Und du? Wie sieht es in deinem Liebesleben aus?«, spiele ich den Ball direkt zurück. Zumindest hat mein Bruder es geschafft: Wir sind bei einem anderen Thema gelandet und der eigentliche Grund meines Kommens rückt in den Hintergrund.

Erik grinst und breitet theatralisch seine Arme weit aus: »Du weißt doch, mein ganzes Herz gehört den Blumen und Pflanzen.«

»Quatschkopf!« Ich winke ab.

»Also komm, ich habe die zweite Sherlock-Staffel gekauft. Die wird dich ablenken und auf andere Gedanken bringen. Etwas Spannenderes als das gibt es zurzeit nicht!«

»Spannung hatte ich in letzter Zeit eigentlich genug!«, werfe ich lachend ein. »Aber Ablenkung wäre perfekt und bei *Sherlock* sage ich nicht Nein.«

Die Kaffeetassen lassen wir auf dem Tisch zurück. Die angefangenen Bierflaschen nehmen wir mit in Eriks winziges Wohnzimmer, welches eigentlich nur aus einem Sofa, einem niedrigen Couchtisch und einem riesigen Flachbildschirm besteht.

Durch den kleinen Raum habe ich das Gefühl, mitten im Geschehen der Serie zu stehen. *Sherlock* tut sein Gewünschtes und nach wenigen Minuten bin ich in den Bann der Ermittlungen gezogen.

Nach der ersten Folge schiebt Erik direkt die zweite DVD in den Player und verschwindet kurz in der Küche. Wenige

Minuten später ist er zurück mit einem Teller voller Käsebrote und zwei weiteren Flaschen Bier. Nach dem Essen kehrt eine gewisse Ruhe und Wohligkeit ein.

42

Aus der Küche weht bereits Kaffeeduft herüber. Nicht nur ich, auch Erik ist früh wach geworden. Dann verstummt das Geschirrgeklapper und mein Bruder tritt, ausgerüstet mit zwei Tassen, durch die Wohnzimmertür.

»Gut geschlafen, Schwesterherz?« Er eröffnet den Tag mit einem breiten Grinsen.

»Tief und fest«, bestätige ich, noch fest eingemummelt.

Erik schiebt die Decke etwas beiseite, setzt sich auf die frei gewordene Sofaecke und hält mir eine der beiden Tassen hin.

Ein Blick aus dem Fenster sagt mir, dass es noch dunkel ist, und ich frage nach der Uhrzeit. Da mein Bruder nur mit den Schultern zuckt, greife ich nach meinem Handy, das auf dem Couchtisch liegt. Bei dem Blick auf das Display sehe ich drei Anrufe in Abwesenheit und eine Nachricht auf der Mailbox. Alle von Kellermann.

»Alles klar?«, fragt Erik, nachdem ich einige Sekunden nachdenklich auf das Smartphone geschaut habe. All die Anspannung, die am gestrigen Abend von mir abgefallen ist, steigt augenblicklich wieder hoch und starrt mich an, in Form einer Mailboxnachricht.

Alles in mir sperrt sich dagegen, diesen Vorhang zu öffnen und wieder einzutreten in eine Welt, von der ich gerade einen Schritt Abstand genommen hatte. Aber es hilft nichts. Diese Nachricht nicht abzuhören, wird die Welt da draußen nicht verändern. Sie wird einfach nur auf mich warten, bis ich bereit bin, die Tür wieder zu öffnen. Also kann ich es auch jetzt tun.

»Kellermann hat mir auf die Mailbox gesprochen. Ich hör mir das mal kurz an.«

Erik nickt und geht mit einem Murmeln in die Küche. Wenn ich ihn richtig verstanden habe, will er uns dort ein paar Eier machen.

Ich halte das Handy ans Ohr. Ohne weitreichende Einleitung kommt Kellermann direkt zum Kern seines Anrufs. Weck ist tot. Er hat sich in der Zelle erhängt. Auf die Einzelheiten geht der Kommissar nicht ein und sagt auch nichts dazu, wie Weck überhaupt an die notwendigen Hilfsmittel gelangen konnte, um sich das Leben zu nehmen. Aber Kellermann deutet an, dass es eventuell um mehr geht als um den Korruptionsverdacht. Irgendetwas sei in der Bank passiert, das noch nicht aufgedeckt wurde. Abschließend erklärt der Kommissar, dass er noch einmal zur *Sega Invest* gehen wird, um sich das IT-System anzuschauen, und dass ich ihn begleiten soll. Er würde jetzt losfahren und vor Ort auf mich warten.

Die Nachricht ist um 05:47 Uhr eingegangen, also müsste er jetzt bereits bei der *Sega Invest* sein.

Ich erhebe mich vom Sofa und suche nach meinem Pulli, als Erik in der Tür erscheint: »Musst du schon los?«

»Ja«, antworte ich knapp und ergänze ein »Sorry«, als ich das Tablett mit Rührei, Speck und Orangensaft sehe. »Könnte ich deinen Wagen haben?«

»Ja, klar«, versichert mir mein Bruder, ohne überhaupt zu fragen, wofür ich ihn brauche.

»Und kann ich heute Abend wieder herkommen?«, frage ich bittend, während ich mir meine Jeans überstreife.

»Auch das. Keine Sorge. Die letzte Folge wartet ja noch auf uns.«

Erik löst den Autoschlüssel von seinem Bund und drückt ihn mir in die geöffnete Hand. Als Dank und zur Verabschiedung schließe ich meinen Bruder kurz in die Arme.

Bevor ich das Auto starte, schicke ich dem Kommissar eine SMS.

Bin in dreißig Minuten da. Wo finde ich Sie?

Es herrscht kaum Verkehr und ich bin schneller als geplant in der Junghofstraße. Der alte Golf mit seinen Beulen und den ausgebesserten Lackstellen sticht wie ein roter Makel aus der Reihe der parkenden BMWs, Audis und Mercedes hervor.

An einem Sonntagmorgen wird Frau Rieger nicht in der Bank sein. Ihre Schicht beginnt erst wieder am Montag. Aber auch Stallenbergs Spitzel sitzt heute nicht am Empfang. Der Objektbetreiber hat noch einen weiteren Mann verpflichtet. Seinem Semester nach zu urteilen, ist das ein Nebenjob, um seine Rente aufzubessern. Ich hebe kurz die Hand zum Gruß und bin überrascht, mit welcher Freundlichkeit er zurückgrüßt. Seine Lachfalten ziehen sich bis zum ausgedünnten Haaransatz.

Kellermann hat mir zurückgeschrieben.

In Ihrem Büro. K.

Wie angekündigt, finde ich ihn dort. Auf meinem Schreibtischstuhl, in einer Akte lesend. Der Rechner ist aus.

»Morgen«, begrüße ich den Kommissar kurz.

Kellermann dreht seinen Kopf, macht aber keine Anstalten aufzustehen. Er spart sich eine Begrüßungsformel und fragt direkt: »Können Sie den Computer starten und sich in das System einwählen?«

Ich bin nicht gerade begeistert über diese nüchterne Begrüßung und spare mir daher eine Antwort. Ich gehe direkt auf den Schreibtisch zu und deute dem Kommissar mit einer Handbewegung an, dass er etwas zur Seite rollen soll. Während ich mich hinunterbeuge, den Rechner starte und das System hochfährt, frage ich Kellermann, wie Weck sich das Leben genommen hat.

»Er hat versucht, sich zu erhängen«, erklärt der Kommissar von der Seite.

Ich richte mich schlagartig auf und frage überrascht: »Versucht? Also lebt er?«

»Nein, leider nicht. Weck wollte sich mit einem dünnen Nylonfaden aufhängen. Der hat ihm die Halsschlagader durchtrennt und ...«

»Alles klar. Genug Informationen«, stoppe ich abrupt seinen Redefluss. Im ersten Moment wirkt der Kommissar etwas verdutzt. Es ist neu, dass ich auf detaillierte Auskünfte verzichte und nicht wie sonst sämtliche Ermittlungsergebnisse aus ihm herausquetschen will. Aber trotzdem komme ich noch mal auf etwas zurück: »Wieso ist der Nylonfaden nicht gerissen?«

Kellermann muss sich mit diesem Thema zuvor beschäftigt haben, denn er erklärt prompt: »Es war ein Drei-Millimeter-Faden, der extra für schwere Traglasten entwickelt wurde.«

Trotz der Erklärung gibt mir der Faden Rätsel auf und ich ergreife erneut das Wort: »Hatte Weck ihn dabei? Also hat er sich auf eine Verhaftung vorbereitet?«

»Das vermuten wir«, bestätigt Kellermann. »Und es bleiben noch ein paar andere Fragen offen. Daher möchte ich noch einmal in das System schauen.«

»Was ist unschlüssig?«

»Zum Beispiel die Tatwaffe. Weck hat dazu keine Aussage gemacht. Weder wie er an die Säge gekommen ist, noch wie er diese in die *Sega Invest* gebracht hat.«

»Keine Angabe?«, frage ich stutzig.

»Nein. Und er hat zwar die Tat gestanden, aber keine Aussage zum Hergang gemacht. Wir vermuten, dass noch eine weitere Person involviert ist, die er schützen wollte.« Die

Stirn des Kommissars ist bei der Berichterstattung in Falten gelegt.

»Eine weitere Person? Lauenstein?«

»Nein, Lauenstein hat für den Tatabend ein wasserfestes Alibi. Und bevor Sie fragen, Stallenberg ebenfalls.«

»Wo war er?« Mein intuitiver Verdacht gegen den Aufsichtsratsvorsitzenden lässt mich nicht los. Mit vor der Brust verschränkten Armen lehne ich mich gegen die Tischplatte.

»Bei einem Geschäftsessen. Er hat mindestens drei Zeugen, die mit ihm am Tisch saßen«, konstatiert Kellermann matt.

»Und wenn er sie bestochen hat?« Ich gebe meinen Verdacht noch nicht auf.

»Wir haben nicht nur seine Geschäftspartner, sondern auch den Restaurantbesitzer gefragt.«

»Also schachmatt.« Jetzt klingt auch meine Stimme müde.

»Könnte man so sagen.«

Das System ist mittlerweile hochgefahren. Ich ziehe mir den Besucherstuhl an den Schreibtisch, setze mich und klicke auf die Portfolioübersicht. »Was möchten Sie genau sehen?«

»Das weiß ich nicht. Ich weiß nur, dass das Rätsel hier irgendwo in diesem System verborgen liegt.« Kellermann rutscht wieder näher an mich heran.

»Das ist mehr als eine Nadel im Heuhaufen! Im System sind über sechsundzwanzig Immobilienfonds, mehr als eintausendzweihundert Objekte und die Anzahl der Mietverhältnisse kann ich Ihnen nicht mal sagen. Schätzen würde ich auf circa hunderttausend. Und bei jedem einzelnen könnte etwas nicht stimmen.«

»Was zum Beispiel?«

»Der Mietzins könnte unter dem Marktniveau liegen oder dem Mieter wurden überdurchschnittlich viele Incentives gewährt«, erkläre ich.

»Was sind Incentives?«, fragt Kellermann.

Ich kann es nicht glauben. Der Kommissar macht ernsthaft den Eindruck, dass er all diese Datensätze durchforsten will. Aber vielleicht gilt sein Interesse ja auch nur den immobilienwirtschaftlichen Fachbegriffen.

Also erkläre ich ihm: »Als Incentives werden mietfreie Zeiten oder Mieterausbauten bezeichnet. Manchmal können solche Vergünstigungen auch reduzierte Nebenkosten enthalten.«

»Reduzierte Nebenkosten als Mordmotiv?« Kellermann wird sarkastisch.

»Moment. Das war Ihre Idee. Sie wollten wissen, was Incentives sind«, antworte ich reserviert.

»Was noch?«

»Wie ›was noch‹?«, frage ich mit zickigem Unterton.

»Was noch bei den Immobilien nicht stimmen könnte?« Kellermann reagiert nicht auf meine Provokation.

»Sie können an den An- und Verkaufspreisen etwas drehen, aber die Vermutung hatten wir ja schon und da sind Ihre Wirtschaftsweisen am Ball.«

Auch darauf reagiert der Kommissar nicht. »Und sonst?« Kellermann dreht weiter konzentriert einen Kugelschreiber in der Hand und lässt alle paar Sekunden die Mine rausspringen. Das Geräusch nervt. Es erinnert mich an das nervöse Gezappel Leermanns unter dem Tisch. Ich reiße mich zusammen und erkläre so sachlich wie möglich, dass es bei der Vergabe von Bau- oder Betriebsleistungen, beispielsweise der Reinigung der Objekte, zu Schmiergeldzahlungen kommen kann.

Aber auf all das reagiert Kellermann nicht. »Und auf Fondsebene?«, fragt er schließlich, nachdem es bis auf das Klicken der Mine eine ganze Weile still zwischen uns gewesen ist.

Ich zucke mit den Schultern. »Sie können theoretisch die Anteilspreisberechnung manipulieren oder die Fondsperformance. Aber das läuft nicht nach dem Vier-Augen-Prinzip, sondern eher einem Dutzend-Augen-Prinzip oder wie viel

Sie auch wollen. Die Manipulation halte ich für ziemlich ausgeschlossen.«

Von Kellermann kommt nur ein Brummen.

»Können Sie die Mietverträge einsehen und auch die Verträge zu den Dienstleistern?«, fragt er und hebt den Kopf, um mir direkt in die Augen zu sehen.

»Das ist nicht Ihr Ernst! Sie wollen die geschätzten hunderttausend Mietverhältnisse im Datenraum durchforsten? Und zudem noch die Dienstleistungsverträge?« Ich verdrehe die Augen allein bei dem Gedanken an die Datenflut, die auf uns wartet.

»Der Datenraum! Von der Ansammlung sämtlicher Dokumente hat Leermann uns doch berichtet. Und gemäß seiner Aussage gab es dort einmal Unstimmigkeiten im Datenvolumen.« Kellermann ist hellhörig geworden und aus seiner Monotonie erwacht. Der Kugelschreiber ruht jetzt still in seiner Faust. »Können Sie den Datenraum öffnen?«

»Ja, kann ich«, antworte ich und wechsle die Applikation. Kellermann rollt mit seinem Stuhl noch näher an den Schreibtisch heran. Wir sitzen jetzt direkt nebeneinander, beide den Blick auf den Bildschirm gerichtet.

Der Datenraum ist wie das Controlling-System nach Fonds sortiert. Ich klicke auf die Übersicht, in der die sechsundzwanzig Immobilienfonds in einer Baumstruktur abgebildet sind. Dann halte ich mit der Maus inne und frage: »Was möchten Sie sehen?«

Doch vom Kommissar kommt nur ein Achselzucken, ohne dass er den Blick vom Bildschirm nimmt. Als ich gerade dieses unstrukturierte Vorgehen kritisieren will, ruft er plötzlich: »Das Objekt in Warschau, das direkt am Park Arkadia liegt!«

»Also gut.« Ich klicke mich durch die Navigation, bis ich bei dem gewünschten Objekt lande. Auf dem Bildschirm erscheinen Unterordner mit den Ankaufsunterlagen, den

Grundbuchauszügen, den Mietverträgen, den Bauprojekten, den Bewertungen und den Reports.

Kellermann überfliegt die Navigationsstruktur. »Hatte Wehmüller Zugriff darauf?«

Im ersten Moment bin ich verblüfft, im zweiten weiß ich, wieso er danach fragt. »Sie meinen wegen dem Ordner mit den Bewertungsunterlagen? Ja, das ist richtig. Die Sachverständigen haben ebenfalls Zugriff. Die Applikation ist webbasiert. Sie können sich von jedem x-beliebigen Rechner mit Internetzugang einloggen.«

»Mmh.« Kellermanns Reaktion lässt Erstaunen vermuten. Vielleicht grübelt er noch über den Webzugriff, aber er ist schon bei dem nächsten Gedankenspiel: »Können Sie auch prüfen, wer in den letzten Tagen im Datenraum war und was er dort gesucht hat?«

»Nicht ganz. Die Systemzugriffe werden protokolliert, aber leider kann man nicht sagen, was der einzelne User gemacht hat.«

»Können Sie die Zugriffe trotzdem aufrufen?«

Mit ein paar Klicks öffne ich das Applikationsprotokoll und lasse meinen Blick über die Zahlen und Buchstaben wandern. »Da«, rufe ich und zeige auf den Bildschirm.

Auch Kellermann scheint Janas Namen in der Liste entdeckt zu haben, denn er beugt sich etwas vor und starrt gebannt auf die Zeilen.

Aber seltsamerweise taucht ihr Name auch unter den Zugriffen gestern und vorgestern auf, obwohl sie doch seit letztem Dienstag nicht mehr bei der *Sega Invest* gewesen sein kann. Das muss Stallenberg gewesen sein. Oder jemand, der ebenfalls Janas Zugangsdaten kannte.

Ich scrolle die Liste weiter runter, bis ich zu dem Tag gelange, an dem Jana verschwunden ist. Auch dort gibt es einen Systemeintrag von ihr. Log-out um 19:37 Uhr. Das könnte sie wirklich selbst gewesen sein.

»Jana Friese war noch im System, kurz bevor sie verschwunden ist«, wiederholt Kellermann meine Gedanken.

Ich nickte nur stumm. Zum einen, weil es nichts zu ergänzen gibt, zum anderen, weil mir die Stimme weggebrochen wäre und mir ein Kloß im Hals sitzt.

»Und Sie können wirklich nicht sehen, was Frau Friese im Datenraum gemacht hat?« Kellermanns Frage klingt fast bittend.

Ich schüttle langsam den Kopf. »Leider nein. Ich kann höchstens die Datenmenge überprüfen. Das Volumen wird erfasst, um die Performance des Datenraums sicherzustellen.«

Die technischen Details des letzten Satzes interessieren den Kommissar nicht wirklich. Dafür umso mehr der erste. Er nickt mir nur kurz zu und deutet mit dem Finger auf den Bildschirm. Nach ein paar weiteren Klicks liegt der Bericht vor uns. Jetzt bin auch ich hellwach.

»Was sagen diese Zahlen aus?« Kellermanns Zeigefinger ist auf die Zeile mit dem Datum von Janas Verschwinden gerichtet.

»Dass an diesem Tag ein größeres Datenpaket verschoben oder gelöscht wurde. Es waren mehr als zwölf Gigabyte«, erläutere ich.

»Und welche Daten waren das?«, hakt Kellermann nach, wieder ohne den Blick vom Bildschirm zu nehmen.

»Das kann ich Ihnen nicht sagen. Aber bei der Datenmenge würde ich auf Bild- oder Videodateien tippen.«

Der Kommissar lässt sich resigniert im Stuhl zurückfallen. Seinem ganzen Körper ist die Mutlosigkeit anzusehen. Als ob er kapituliert, den Glauben aufgegeben hätte, diesen Fall noch zu lösen. Und diese Mutlosigkeit kann ich ihm leider nicht nehmen.

Wer weiß, welche Information in dem System versteckt ist? Wir können Janas Aktivitäten nicht nachvollziehen. Oder vielleicht doch? Wieso ist mir das nicht gleich eingefallen?

Ruckartig wende ich mich wieder dem Bildschirm zu und schließe die Systemanwendungen.

Kellermann ist perplex. Entweder über meine plötzliche Aktivität oder darüber, dass der Rechner runterfährt. »Was tun Sie da?« Trotz seiner heftigen Reaktion bleibt er weiter tief in seinem Stuhl zurückgelehnt.

»Jana kann die Daten nicht mitgenommen haben. Sie hatte überhaupt keine Möglichkeit, einen USB-Stick anzuschließen. Sie erinnern sich, wegen der Sicherheitsvorkehrungen in der Bank ...«

»Ja, ja. Ich erinnere mich.« Kellermann hat sich jetzt doch vorgebeugt und schaut gebannt auf den Bildschirm. Die Anmeldemaske öffnet sich bereits wieder. Ich habe nur den User wechseln wollen und melde mich jetzt mit Janas Zugangsdaten an.

»Denken Sie, die Daten sind noch auf diesem Rechner?«

»Das nicht, weil wir nichts auf der Festplatte selbst speichern können, sondern nur auf den zentralen Laufwerken. Aber jeder User hat dort einen privaten Bereich. Wenn sie etwas abgelegt hat, dann vielleicht dort.«

»Aber kann man nicht nach Dateien suchen? Wenn Stallenberg Janas Zugangsdaten hatte, wird er doch sicher auch dort nachgesehen haben.«

»Vielleicht, vielleicht auch nicht.« Ich lasse mich nicht entmutigen und klicke weiter durch die Ordnerstruktur. Im Laufe des Projekts hat Jana unzählige Ordner angelegt. Teilweise mit Ergebnissen der Systemprüfung, aber auch einige private, die Hörspiele enthalten. Die hat sie permanent bei den IT-Tests gehört, da sie sich komischerweise mit Hintergrundstimmen besser konzentrieren konnte.

Ich durchsuche alle, doch ich kann nichts Auffälliges erkennen. Keine der aufgeführten Dateien sieht irgendwie verdächtig aus. Jetzt macht sich auch bei mir die Mutlosigkeit breit. Selbst wenn wir die Nadel, die gesuchte Information in diesem Heuhaufen, finden, heißt das noch lange nicht, dass wir sie auch erkennen, denke ich resigniert.

»Sie war anscheinend großer Sherlock-Holmes-Fan.« Kellermanns Stimme klingt aufmunternd, als ob er jetzt mir die Niedergeschlagenheit nehmen möchte.

»Ja, Jana hat die Folgen rauf und runter gehört. Sie konnte sie zum Schluss mitsprechen. Sie meinte, das würde nur umso mehr zur Konzentration beitragen. Dass sie dabei nicht wahnsinnig wurde, ist mir schleierhaft.« Jetzt muss ich sogar ein bisschen schmunzeln, Kellermanns Ablenkungsmanöver hat Erfolg gehabt.

Der Kommissar blickt weiter auf die Liste der Hörspieldateien und stockt plötzlich. Die Anspannung ist förmlich spürbar. Dann dreht er sich zu mir: »*Die geheimnisvolle Statue.* Das ist doch keine Fall von Sherlock Holmes!«

Bei Kellermanns Anmerkung bin ich sofort hellwach. Ich klicke das Hörspiel an. Doch es ist keins, es ist eine Videodatei. Die wenigen Sekunden, bis der Media Player startet, starren wir gebannt auf den Bildschirm. Kellermann muss seinen Atem angehalten haben. Es ist kein Laut zu hören.

Das Display färbt sich dunkel, die Bildfläche ist so grobkörnig, dass nicht zu erkennen ist, welches Motiv die Aufnahme einfangen will. Das Bild wackelt stark, weshalb ich vermute, dass der Träger der Kamera sich fortbewegt. Ein Knirschen ist zu hören, als ob jemand über eine Kiesfläche schreitet. Dann endet das Wackeln und die Perspektive wird gewechselt.

Das Bild wird deutlich heller und erste Konturen sind sichtbar. Es könnte ein Feld sein oder eine Gartenfläche, die von Büschen und Bäumen eingesäumt ist. Das Bild stellt sich noch schärfer. Der Kameramann muss das Objektiv bewegen. Der Zoom dreht vor und zurück. Bis der Betrachter mit der Bildqualität zufrieden ist. Jetzt erkenne ich auch, dass der Boden keinen Rasen trägt, sondern mit Schnee bedeckt ist. Und ich sehe, dass es sich nicht um irgendein Feld oder irgendein Gartengrundstück hinter einem Einfamilienhaus handelt. Diese Bilder wurden in Warschau gedreht.

»Das ist im Park Arkadia«, flüstere ich, um keinen Laut, der aus dem Video dringen könnte, zu übertönen. Keine Regung, kein Kommentar von Kellermann. Sein Gesicht ist starr auf den Bildschirm gerichtet. Trotz der Dunkelheit sind die Konturen des Królikarnia-Palastes mit seiner Messingkuppel im Hintergrund deutlich zu erkennen. Dann schwenkt die Kamera wieder auf den Boden.

Langsam wird das Bild immer schärfer und die Umrisse einer Frau, die am Boden liegt, manifestieren sich. Ihr Kopf ist leicht zur Seite geneigt. Ihre Wange muss den darunterliegenden Schnee zum Schmelzen gebracht haben. Feucht kleben blonde lange Strähnen in ihrem Gesicht. Ungeschützt liegt ihr nackter Körper in der eisigen Kälte. Aber das wird sie nicht mehr stören. Die Frau ist tot. Ihr fehlen die Hände und stattdessen sind nur blutige Stümpfe über ihrer Brust gekreuzt.

Die Kamera fährt näher heran. Der Kameramann beugt sich herunter, fokussiert das Gesicht der Frau. Justiert wieder die Linse, bis ihr Gesicht, ihre Haut, ihre Poren sichtbar sind. Ihr Hals ist blutverschmiert. Das Blut hat sich seinen Weg gesucht, von den Armstümpfen über das Schlüsselbein und die Schulter hinab in den weißen Schnee.

Atem ist jetzt hörbar. Der Atem des Kameramanns, des Mörders. Langsam und tief zieht er die kalte Nachtluft ein. Die Kamera ist jetzt so dicht am Kopf der Frau, dass der Unbekannte ihr seinen Atem direkt ins Gesicht stoßen muss. Es widert mich an und ich möchte die Tote befreien, sie schützen, sie abdecken. Sie wegziehen, sodass weder sein Atem, noch irgendeine andere Ausdünstung des Mörders mit ihrer Haut in Berührung kommt.

Jetzt schiebt sich seine Hand zwischen die Linse und ihr

Gesicht. Er streicht mit seinem Handrücken über ihre Wange. Fast zärtlich. Dann dreht er die Hand und streckt langsam den Zeigefinger aus. Die Kamera bleibt erstaunlich ruhig. Trotz der Bewegungen seines rechten Arms scheint die Kamera wie fixiert. Der Zeigefinger nähert sich dem rechten Augenlid. Die Aufnahme fängt das Auge frontal ein, ohne dass es durch den Zeigefinger verdeckt wird. Dann schiebt der Mörder vorsichtig das Lid hoch. Jäh greife ich nach Kellermanns Arm, kralle mich in dem Stoff seines Wollpullis fest. Die Pupille, die zum Vorschein kommt, bewegt sich, ruckartig und unkontrolliert. Dann starrt sie, umrahmt von einer graublauen Iris, direkt in das Kameraobjektiv. Schaut mich an. Die Frau hat noch gelebt.

Ich wende meinen Blick ab und löse langsam den Griff um Kellermanns Unterarm.

»Alles okay?« Der Kommissar rührt sich. Auch er hat seinen Blick vom Monitor abgewendet, auf dem das Video mit einem Standbild endet. Sein Arm, an dem ich mich eben noch festgekrallt habe, ruht jetzt auf meinen Schultern.

Ich nicke nur kurz, schaue jedoch dabei auf meine Handflächen, die in meinem Schoß verschränkt sind. Dann wende ich mich Kellermann zu und stelle mit Bestimmtheit fest: »Das war nicht Weck.«

Der Kommissar nimmt die Hand von meiner Schulter und lässt sie lose neben der Armlehne herabhängen. »Nein«, sagt er dann. »Aber jetzt ist auch endgültig klar, dass es nicht nur um Korruption und Veruntreuung geht. Hier steckt viel mehr dahinter. Und mich sollte es wundern, wenn Bruns dieses Material nicht ebenfalls im Datenraum gefunden und auf seinen USB-Stick geladen hat.« Kellermann ist hochkonzentriert. »Und es stimmt, es ist nicht Weck gewesen. Da hat er uns nicht belogen. Das waren nicht seine Hände. Die Narbe von seinem Fahrradunfall fehlte. Wir werden im Umfeld der *Sega Invest* noch ein paar weitere Herren befragen müssen. Und mit Prof. Lauenstein fangen wir an. Der war schließlich vor Ort in Warschau.«

Kellermann steht auf. Ich bin noch völlig verstört von dem, was ich eben gesehen habe, und schaue nur bewegungslos zu ihm auf.

»Und Sie kommen mit. Sie bleiben keine Minute länger mehr in diesem Haus. Wer weiß, wer noch alles involviert ist?« Immer noch leicht gelähmt stehe ich auf.

Ich schließe das Video, melde mich als Nutzer ab und schreibe das Passwort auf einen Klebezettel. Den drücke ich Kellermann in die offene Handfläche, als ich mich an ihm vorbei Richtung Ausgang bewege. Der Kommissar nickt nur und folgt mir zu den Aufzügen. Zum Glück ist Sonntag und niemand kommt uns entgegen.

Nachdem wir die Eingangspforten der *Sega Invest* passiert haben, geht Kellermann zielstrebig in Richtung Taunusanlage. Ich bleibe unentschlossen stehen. Eriks Golf steht in entgegengesetzter Richtung. Nach drei, vier Metern scheint der Kommissar zu merken, dass ich ihm nicht folge. Er dreht sich um und hebt fragend beide Hände. »Was ist? Na kommen Sie schon.«

»Mein Auto steht aber dahinten«, rufe ich zurück und bewege mich immer noch keinen Millimeter.

Kellermann winkt mich heran: »Lassen Sie das stehen. Ich nehme Sie mit.«

Trotzdem bleiben meine Füße bewegungslos am Boden kleben. »Brauchen Sie mich denn noch?« In mir sträubt sich alles bei dem Gedanken, in das Kommissariat zu fahren, wieder diese Fotos zu sehen und die Tatbeschreibungen zu hören.

»Mhm, nein, nicht zwingend.« Der Kommissar steht jetzt mit herabhängenden Armen mitten auf der Fahrbahn. Auch er hat sich keinen Zentimeter in meine Richtung bewegt. »Aber ich hätte Sie gerne da. Dort sind Sie sicher.«

Ich muss lächeln. So viel offene Fürsorge höre ich aus seinem Mund zum ersten Mal. »Ich bin sicher. Keine Angst.«

Der Kommissar macht auf dem Absatz kehrt und eilt auf den gegenüberliegenden Bürgersteig. Ich schaue ihm nach, bis er in einen Kiesweg der Taunusanlage abbiegt. Er wird wohl seinen Kombi wieder irgendwo im Halteverbot abgestellt haben. Dass in der Gegend Parkplätze sind, wäre mir neu. Aber an einem Sonntagmorgen ist er vor einem Ticket sicher.

Mir knurrt der Magen und das Bild von Erik mit dem Frühstückstablett steigt vor meinem inneren Auge auf. Ich schreibe meinem Bruder eine SMS.

Bin in einer halben Stunde wieder da.

Noch bevor ich den Zündschlüssel drehe, kommt Eriks Antwort.

Frischer Kaffee wartet auf dich.

43

Die Tür ist wieder nur angelehnt. Diesmal verzichte ich auf ein Klingeln und schon im Flur höre ich Erik in der Küche klappern. Mich erwartet ein reichhaltig gedeckter Tisch.

»Setz dich. Zweites Frühstück. Das erste hast du ja verpasst.« Erik zwinkert mir zu.

Eine Welle von Geborgenheit und Wehmut überkommt mich und das Bedürfnis, diese Wohnung nie wieder zu verlassen, mich hier zu verschanzen und all das, was sich da draußen versteckt, niemals wieder an mich heranzulassen. Mit einem tiefen Seufzer lasse ich mich auf einen der beiden Küchenstühle fallen. Ein gekochtes Ei steht vor mir in einem orangen Eierbecher.

Erik stellt zwei Gläser Orangensaft auf den bereits üppig gedeckten Küchentisch und nimmt dann gegenüber von mir Platz. »Möchtest du meins auch noch haben?« Er deutet auf sein Ei.

Ich muss lächeln und schüttle den Kopf. Mein Bruder hat ein besonderes Gespür für Dinge, die sich schön anfühlen, die einem guttun. Formen, Flächen, Nischen, in die man sich einmummeln kann. Schon als Kind hat er mir höhlenartige Gebilde über mein Bett gebaut, damit ich besser schlafen kann.

»Danke. Das tut gut.« Mein Blick schweift über den Esstisch. »Das hier, und dass du einfach da bist, ohne mir Fragen zu stellen. Du bringst mich auf andere Gedanken. Du hilfst mir, Abstand zu gewinnen.«

Jetzt ist es Erik, der lächelt. »Das ist schön. Also, guten Appetit. Lasse es dir schmecken.«

Ich greife zu und neben dem gekochten Ei gibt es noch ein Käsebrot und eins mit Quark und Pflaumenmus. Trotz zwei Tassen Kaffee fühle ich mich nach dem Frühstück müde. Die Anspannung ist abgefallen, der Adrenalinspiegel unten. Und wenn ich recht überlege, ist die heutige Nacht nicht besonders lang gewesen. »Ich geh noch mal schlafen, bin total kaputt. Ich werde mich unter der Sofadecke verkriechen.«

Erik hat gerade in sein eigenes Käsebrot gebissen und den Mund noch voll. Er hebt kurz entschuldigend die Hand, kaut und schluckt dann den Bissen herunter, bevor er antwortet: »Schlaf dich mal aus. Ich muss ohnehin arbeiten.«

Ich stehe auf und fange an, das Geschirr zusammenzuräumen.

Erik winkt ab. »Lass mal, ich mach das gleich oder später, wenn ich zurückkomme.«

Ich wuschle ihm als Dank durch seine Haare und verabschiede mich ins Wohnzimmer. Das Handy schalte ich aus.

Eine Maßnahme, um zumindest ein paar Stunden die Tür zur Außenwelt zu verschließen.

Als ich erwache, ist es draußen dunkel und das Licht der Hofbeleuchtung dringt durchs Fenster. Ich beuge mich vor, um am DVD-Player die Uhrzeit abzulesen und lasse mich dann wieder zurück auf das Sofa fallen. Fast halb acht. Ich habe den ganzen Tag geschlafen.

Erik muss von seiner Arbeit zurück sein, denn aus der Küche dringen Kochgeräusche. Ich bleibe noch ein paar Minuten liegen und lasse mich von dieser Alltäglichkeit berieseln. Abendbrotzeit und ein gedeckter Tisch. Ich sauge die Idylle in mir auf und bade in der behaglichen Normalität.

Die Geräusche verstummen und es klingt, als ob das Kochexperiment abgeschlossen sei. Wiederwillig krabble ich vom Sofa. Mein Blick fällt dabei auf mein Handy. Die Verbindung zur Außenwelt. Ich lasse es unberührt liegen. Die Welt dreht sich auch ohne mich weiter.

Ich bleibe im Türrahmen stehen und betrachte meinen Bruder dabei, wie er eine Salatsauce in einem leeren Marmeladenglas anrührt. Er scheint mich gehört zu haben, denn ohne die Prozedur zu unterbrechen, spricht er: »Na, Schwesterherz, gut geschlafen?«

»Tief und fest an einem Stück«, versichere ich.

»Es gibt gleich Abendbrot. Dorsch mit Petersilienkartoffeln und einem gemischten grünen Salat.« Erik präsentiert das Abendbrot, als wäre ich gerade in ein Restaurant spaziert und würde der Empfehlung des Küchenchefs lauschen.

»Das hört sich fantastisch an.« Ich schiebe mich neben ihn, um einen Blick in die Salatschüssel werfen zu können. Dann entdecke ich eine Postkarte, die an der Innenseite der Schranktür klebt. Die war bis jetzt immer geschlossen. Ich zucke zusammen und verteufle mich im gleichen Moment. Die Welt dort draußen kratzt an meiner Tür.

»Das ist von Picasso, oder? Die *Sitzende Badende?*«, frage ich. Indem ich es laut ausspreche, versuche ich, dem Bild seine Kraft zu nehmen, das Gespenst zu vertreiben. Ich kann nicht hinter allem, das in irgendeinem Zusammenhang zu den letzten Monaten steht, das Grauen vermuten.

»Ja, *Baigneuse Assise au Bord de la Mer*«, bestätigt mein Bruder und ergänzt: »Gehörte zu Picassos Auseinandersetzung mit dem Surrealismus.«

Ich wende mich ab und murmle nur ein »Mmh«, das Desinteresse vortäuschen soll. Ich durfte erst letztens dieses Bild mit Stallenberg rezensieren. Im Moment ist mein Bedarf an Kunstkritik erst mal gedeckt. »Habe ich noch Zeit genug, um kurz zu duschen?«, frage ich daher.

»Aber schnell! Der Fisch ist gleich so weit.«

Nach der Dusche putze ich mir die Zähne und finde in einer Schublade des Spiegelschranks Zahnseide. Ich habe das Bedürfnis, mich komplett zu reinigen, auch den letzten Winkel meines Körpers zu säubern. Den benutzen Faden werfe ich in einen silbernen Mülleimer.

Die Konturen und Farben blitzen nur kurz auf, bevor der Schwingdeckel sich wieder schließt. Doch das hat bereits ausgereicht. Das Bild der Cancan-Tänzerin hat sich in mein Gedächtnis gebrannt und ich hätte es überall wiedererkannt. Ich schlage den Deckel erneut zurück und habe mich nicht geirrt. Es ist eine Eintrittskarte für die Kunstausstellung im Schirn.

Werde jetzt nicht paranoid, ermahne ich mich streng. Erik schaut sich immer mal wieder eine der Ausstellungen an, die in den Frankfurter Kunstmuseen geboten werden. Auch ihn hat die Leidenschaft unseres Vaters nicht unberührt gelassen. Warum sollte er sich also nicht auch diese Ausstellung ansehen? Das habe ich jetzt davon. Ich kann mich keinem Kunstmuseum mehr nähern und keine Postkarte betrachten, ohne dass ich direkt den Mörder lauern sehe.

Ich rubble mir die Haare trocken, bis sie nur noch etwas klamm sind. Einen Fön kann ich nicht entdecken, Erik wird für seine kurzen Haare keinen benötigen. Zumindest untermalt das seine Behauptung, er sei mit seinen Blumen und Pflanzen verbandelt. Wenn hier ständig eine Frau ein und aus gehen würde, hätte die sicher schon ein entsprechendes Gerät deponiert.

Mein Bruder ist gerade dabei, die letzten Utensilien wegzuräumen und die Anrichte von Krümeln zu befreien, als ich in die Küche trete. Der Tisch ist bereits gedeckt. Sogar eine Kerze, die auf eine Schieferplatte geklebt wurde, ist angezündet.

»Du bist ein Goldschatz. Es sieht fantastisch aus.« Ich streiche ihm kurz über den Rücken, bevor ich am Tisch Platz nehme.

Während wir essen, erzählt Erik Geschichten aus seinem Alltag. Von Kunden, die ihn mit ihrer permanenten Unzufriedenheit nerven, aber auch von denen, die glücklich wiederkehren. Die ihm berichten, was aus einer Pflanze geworden ist, oder ob ein Obstbaum bereits Früchte trägt. Erik begeistert sich über diese Erzählungen. Es scheint, als hätte er zu seinen Pflanzen wirklich einen persönlichen Bezug und als ob es ihm am Herzen läge, dass sie ein gutes Zuhause bekommen.

Nach dem Essen fragt er mich, ob ich noch einen Espresso möchte. »Sehr gerne«, antworte ich. »Aber wo willst du eine Espressomaschine herzaubern?«

Ohne Kommentar steht er auf und öffnet einen der Schränke. Die Postkarte von Picasso kommt wieder zum Vorschein. Erik streckt sich und kramt aus dem obersten Fach eine Espressokanne hervor. Sie ist sicher nicht im täglichen Gebrauch, sonst wäre sie nicht so gut versteckt.

Während mein Bruder noch mit dem Kaffeepulver hantiert, frage ich wie beiläufig: »Hast du dir eigentlich die Montmartre-Ausstellung in der Schirn angesehen?«

Ohne Zögern antwortet Erik: »Ja, vor zwei, drei Wochen. Sonderlich begeistert war ich allerdings nicht. Toulouse-Lautrec hat mich am ehesten fasziniert und natürlich Suzanne Valadon.«

Schon wieder Valadon. Meine Diskussion mit Stallenberg kommt mir in den Sinn und ich verziehe missmutig das Gesicht.

»Wieso fragst du, hast du sie dir auch angesehen?«, fragt Erik.

»Nein. Ich habe Jana direkt gefunden und danach war mir nicht mehr nach einem Museumsbesuch zumute«, erkläre ich trocken.

»Spuken dir die Bilder immer noch im Kopf herum?«, fragt mein Bruder besorgt.

»Ja«, gebe ich zu und ergänze nach einem Moment: »Das wird bestimmt auch noch eine Weile so bleiben.«

Erik hat mittlerweile die Espressokanne auf den Herd gestellt und das danebengefallene Kaffeepulver von der Küchenplatte geputzt. Er setzt sich wieder zu mir an den Tisch und wischt sich die noch feuchten Hände an einem Küchentuch ab. »Glaubt die Polizei eigentlich, dass es der gleiche Täter war wie der Mörder in der Bank?«, fragt er dann. Es ist das erste Mal, dass Erik von sich aus auf das Thema eingeht. Bis jetzt hat er mich damit in Ruhe gelassen und abgewartet, ob ich etwas erzählen möchte.

Ich zucke mit den Schultern. »Sie vermuten, dass es einen Zusammenhang gibt. Aber Bruns' Mörder hat sich umgebracht und im Vorfeld behauptet, dass er den Mord an Jana nicht begangen hat.«

»Vielleicht hat er gelogen. Dass er sich umgebracht hat, spricht doch dafür.«

»Mmh.« Mein Ton ist matt. Selbst nach dem langen Schlaf fühle ich mich noch erschöpft und gerädert. Meine Lust, jetzt über all diese Erlebnisse zu reden, geht gegen null. Daher wechsle ich das Thema: »Hast du eventuell noch ein Stück Schokolade zum Kaffee?«

»Du bist müde, nicht?« Eriks Stimme ist wieder weicher geworden. Er scheint mein Unbehagen bemerkt zu haben. »Ich suche uns jetzt noch ein paar Kekse raus und du gehst schon mal rüber auf die Couch.«

Dankbar nehme ich das Angebot an.

Wir versinken für einige Stunden in der Welt von Sherlock Holmes. Zum Glück hat Erik auch die nächste Staffel im Repertoire.

Während mein Bruder die Folge wechselt, gehe ich in die Küche, um uns einen Tee zu kochen. Das Wasser brodelt und ich öffne einen der Schränke, um zwei Tassen hervorzuholen.

Dabei sticht mir wieder die Postkarte ins Auge. Sie ist nur am oberen Rand mit einem Klebestreifen befestigt und ich bin neugierig, ob auf der Rückseite etwas steht. Ich hebe sie mit dem Fingernagel an und klappe sie nach oben. In Blockbuschstaben ist Eriks Adresse verzeichnet. In dem Textfeld steht lediglich ein Buchstabe. *P.* Die Karte wurde mit der Post geschickt, die Briefmarke ist abgestempelt.

Aus dem Wohnzimmer heraus höre ich ein Knirschen, als würde der Couchtisch über den Dielenboden geschoben. Ich lasse sofort die Postkarte fallen. Ich bin nicht sicher, ob Erik begeistert wäre, dass ich in seiner Post schnüffle. Andererseits kann es sich bei einer Karte, die an einem Küchenschrank hängt, wohl kaum um allzu private Post handeln.

Während ich die beiden Tassen mit heißem Wasser aufgieße, frage ich mich, wer hinter dem Buchstaben P steckt. Vielleicht eine Liaison? Allzu romantisch ist das Motiv allerdings nicht.

Ein Frauenkörper wurde in seine Einzelteile zerlegt und durch geometrische Flächen und Formen neu zusammengesetzt. Die Frau hat die Sinnlichkeit eines Baukastensystems.

Der geometrische blaue Himmelstreifen im Hintergrund unterstreicht diese kühle Konstruktion umso mehr. Und dass eine Frau ihrem Liebsten eine Postkarte mit einer anderen nackten Frau schickt, wäre mir neu.

Ich bringe den Tee ins Wohnzimmer, doch verwundert stelle ich fest, dass Erik nicht mehr auf der Couch sitzt. Er ist sicher zur Toilette. Etwas unschlüssig stehe ich mit den beiden Tassen mitten im Raum, als ich plötzlich etwas in meinem Nacken spüre. Ich fahre erschrocken herum und gieße mir dabei das heiße Wasser über die Armgelenke. »Aua«, schreie ich auf, beruhige mich im nächsten Moment jedoch wieder. Es ist nur Erik, der hinter mir steht und jetzt entwaffnend beide Hände in die Luft reckt.

»Sorry, ich wollte dich nicht erschrecken«, beruhigt er mich mit sanfter Stimme.

»Ich hätte fast einen Herzinfarkt bekommen«, stoße ich aus.

Ich atme tief durch, stelle die Tassen auf den Tisch und reibe mir meine Armgelenke. Verbrennungen hat es zum Glück nicht gegeben, dafür war das Wasser schon zu sehr abgekühlt. Es war mehr der Schreck als der Schmerz, der mich hat aufschreien lassen.

Erik schaut mich etwas ratlos an: »Alles in Ordnung? Hast du dich verbrannt?«

»Schon gut. Keine Sorge«, beschwichtige ich meinen Bruder. »Ich habe mich nur erschreckt.« Dann bemerke ich, dass er Stiefel trägt und eine Jacke um die Schultern gelegt hat. »Willst du raus?«, frage ich überrascht.

»War ich eben«, antwortet er und fügt ergänzend hinzu: »Ich habe die Fensterläden von außen geschlossen. Es soll heute Nacht noch stürmen. Dann schläfst du ruhiger.«

Ich drehe mich zum Fenster um und sehe jetzt, dass es abgedeckt wurde. Nur ein schmaler Lichtstrahl dringt durch die Ritzen der Holzladen.

Etwas klapperig von der kurzen Aufregung fühle ich mich

plötzlich fehl am Platz. Ich sehe Gespenster und verdächtige meinen Bruder, obwohl er nur meinen Schlaf retten will. Was ist mit mir geschehen? Ich verkrieche mich wieder unter der Wolldecke auf dem Sofa. Doch jetzt ist sie nicht nur ein wohliger Unterschlupf, sondern fühlt sich wie ein elastischer Schutzschild an.

44

Obwohl ich befürchtet hatte, dass ich so schnell keinen Schlaf finden würde, sind mir die Augen sofort zugefallen. Doch jetzt bin ich hellwach. Es muss noch mitten in der Nacht sein. Von draußen dringen nur matte Lichtfetzen durch die Ritzen der Läden. Ein starker Regen hat eingesetzt und nimmt der Hoflaterne die Leuchtkraft. Prasselnd schlägt er gegen die Fenster.

Ich richte mich auf, sodass ich die Uhr des DVD-Players sehen kann. Es ist kurz vor zwei. Ich kann nur knapp zwei Stunden geschlafen haben. Mein Hals ist ausgetrocknet.

Ich stehe auf und hole mir ein Glas Wasser aus der Küche. Auf dem Weg zurück fällt mein Blick auf die Badezimmertür, durch die ein Lichtstrahl dringt. Wahrscheinlich hat mein Bruder vergessen, die Lampe am Spiegel zu löschen. Ich schreite den kurzen Flur entlang, um sie auszuschalten, und dabei fällt mir auf, dass Eriks Schlafzimmertür nur angelehnt ist. Ich bleibe vor ihr stehen und lausche.

Kein Laut. Kein Atmen, kein Schnarchen, keine Bewegung der Bettlaken. Ganz sacht stoße ich die Tür mit meinem Zeigefinger ein paar Zentimeter weiter auf. Das trübe Licht aus dem Badezimmer wirft jetzt einen blassen Lichtkegel in den Raum. Eine Hälfte des Bettes wird sichtbar – sie scheint unberührt. Ich drücke die Tür weiter auf, sodass die Sicht auf das gesamte Zimmer frei wird. Erik ist so penibel, jeden Morgen sein Bett zu glätten. Weder Kopfkissen noch Decke scheinen benutzt worden zu sein.

Mein Herz klopft. Wo steckt mein Bruder? Die Wohnung ist so klein, dass ich ihn doch sofort finden müsste. Noch fast flüsternd, rufe ich seinen Namen: »Erik?« Ich lausche. Kein Ton. Dann lauter: »Erik!« Wieder kein Laut. Meine Gedanken überschlagen sich. Ist er noch einmal rausgegangen? Aber wozu? Was soll er mitten in der Nacht in Kronberg wollen?

Mich umschleicht ein beunruhigendes Gefühl. Die Postkarte. Was, wenn sie nur dazu dient, den nächsten Mord anzukündigen? Wenn der Täter mich damit treffen will, mir einen Hinweis gibt, dass ein weiterer Mensch sterben wird und dass dieser Mensch Erik ist.

Ich beiße mir auf die Unterlippe. Jeder Muskel ist angespannt. Wie konnte ich nur so blind sein und auch noch annehmen, dass Erik in irgendeiner Weise in die Mordfälle verwickelt ist? In meiner Befangenheit habe ich den Hinweis nicht erkannt und Erik damit in Gefahr gebracht. Wenn ihm etwas zustößt, ist es meine Schuld.

Die Angst um meinen Bruder frisst sich in meine Gliedmaßen. Bis auf die letzte Pore ist mein Körper voll Adrenalin gepumpt. Wo ist Erik? Was ist ihm zugestoßen? Ich stürze zurück ins Wohnzimmer. Kellermann. Ich muss ihn informieren.

Ich greife nach dem Handy auf dem Tisch und es rutscht mir aus der Hand. Bleib ruhig, ermahne ich mich, deine Nervosität ist jetzt nur kontraproduktiv. Ich bücke mich und hebe es vom Boden auf. Halte es mit beiden Händen, um es anzuschalten und die Tastensperre zu lösen. Bevor ich Kellermanns Nummer aus dem Adressbuch auswählen kann, werde ich durch ein Klacken unterbrochen. War das die Wohnungstür? Ich halte inne und lausche. Doch das einzige Geräusch ist das Prasseln des Regens auf die Holzläden.

Was ist, wenn Erik nur rausgegangen ist, weil er nicht schlafen konnte? Vielleicht ist er noch mal rüber zu seinen Gewächshäusern. Vielleicht hat der Sturm eines der Glasdächer beschädigt und Erik will nur kurz den Schaden reparieren, um die Pflanzen zu schützen. Dann würde ich mich zur kompletten Idiotin machen, wenn ich die Kavallerie anmarschieren lasse.

Also schlüpfe ich in meine Jeans, schiebe das Handy in meine Gesäßtasche und ziehe die Turnschuhe an. Barfuß. Die Socken sind nicht in Sichtweite und haben sich bestimmt irgendwo unter dem Sofa versteckt. Bis zu Eriks Gewächshaus ist es nicht weit und es wird auch so gehen. An meinem Hintern vibriert es. Das Handy hat das Netz gefunden und die Kurznachrichten und eingegangenen Anrufe der letzten Stunden werden angekündigt. Ich ignoriere sie und verlasse das Wohnzimmer. Um diese Zeit wartet niemand auf eine Antwort.

Im Flur schnappe ich mir eine von Eriks Jacken. Als ich die Haustür öffne, schlägt mir eine Windböe entgegen. Mit dem Ärmel wische ich mir den Regen aus dem Gesicht. Wenn ich die Tür hinter mir schließe, komme ich nicht wieder ins Haus. Lasse ich sie offen, setze ich den Flur unter Wasser. Unentschlossen bleibe ich im Türrahmen stehen, forme die Hände zu einem Sprachrohr und rufe abermals Eriks Namen. Doch der Hall meiner Stimme verliert sich sofort im prasselnden Regen.

Meine Entscheidung steht fest. Ich ziehe einen Gummistiefel als Sperre in den Türspalt und überquere den Hof. Obwohl es nur wenige Meter bis zum gegenüberliegenden roten Backsteingebäude waren, sind meine Turnschuhe komplett durchnässt, als ich mich unter den schützenden Überstand der ehemaligen Scheune stelle. Ich ziehe mich mit den Händen am Fenstersims hoch, um in den Innenraum zu spähen.

Die in Metall eingefasste Scheibe ist noch ein Relikt aus vergangenen Zeiten und fast blind. Ich glaube, einen Lichtschimmer im Inneren entdeckt zu haben, doch es könnte auch die Spiegelung der Hoflaterne sein.

Das Eingangstor zum Gewächshaus liegt an der Kopfseite der Scheune. Eng an die schützende Backsteinwand gedrückt, schlängele ich mich am Gebäude entlang. Als ich die schützende Längsseite verlasse und um die Ecke trete, schlägt mir mit Gewalt der Regen entgegen. Trotz des Wassers, das mir durchs Gesicht läuft, erkenne ich sofort, dass das Tor geöffnet ist. Ob Erik dadrin ist? Oder hat nur der Wind es aufgerissen? Mein Bruder hätte das Tor doch sicher geschlossen.

Doch ich habe mich nicht geirrt. Im Inneren des Gewächshauses brennt wirklich Licht. Irgendwo im rückwärtigen Bereich, hinter den einzelnen Glaskammern, ist der gelbliche Lichtschein einer alten Glühbirne zu erkennen. »Erik?« Meine Stimme verhallt unmittelbar zwischen den Gewächshauswänden. Ich versuche es erneut: »Erik!« Doch wieder keine Antwort.

Die Gänge zwischen den Frühbeeten sind schmal und unübersichtlich. In mir sträubt sich alles, in die Scheune einzutreten. Ich zögere. Soll ich Kellermann anrufen? Und dann erklären, dass ich ängstlich im Regen stehe und meinen Bruder suche?

Ich verdränge das beklemmende Gefühl und setze einen Fuß über die Schwelle. Das Tor hinter mir lasse ich geöffnet. Krachend schlägt das Holz weiter gegen die Hauswand. Hinter dem linken Torpfeiler befindet sich ein Lichtschalter. Ich betätige ihn und eine Neonröhre flackert auf. Jedoch nur der vordere Teil. Der hintere muss beschädigt sein. Ich seufze innerlich. Die Beleuchtung des Gewächshauses ist nicht unbedingt für nächtliche Besuche ausgelegt.

Ich entscheide mich für den linken Gang und arbeite mich im schummerigen Licht vorwärts. Bereits nach ein paar Metern befinde ich mich in einem engen Schlund aus Glaswänden. Mein Fuß stößt gegen einen Gegenstand und unmittelbar erklingt ein klirrendes Geräusch, als wäre Metall gegen Glas gekracht.

Ich halte inne und blicke zu Boden. Eine Handschaufel liegt am Fuße einer Gewächshauszelle. Ich bücke mich und hebe sie auf. An der metallenen Schaufel klebt Blumenerde. Sie ist noch feucht. Es kann also nicht allzu lange her sein, dass jemand sie benutzt hat. Ich halte den Holzgriff fest umschlossen und gehe langsam weiter. Auch wenn die Schaufel im Ernstfall nicht wirklich zur Verteidigung taugt, fühle ich mich mit ihr in meiner Hand wohler.

Ich komme dem gelblichen Licht immer näher. Am Ende des Glashauschachtes erkenne ich, dass es sich tatsächlich um eine verblichene Glühbirne handelt, die nackt an einem Kabel von der Decke hängt. Sie beleuchtet den Treppeneinstieg zum Keller. Einige Jahrzehnte haben den Stein ausgehöhlt und dic Stufen rund geschliffen.

Eine rostige Eisenstange, die einem die Handfläche aufreißen würde, wenn man sich an ihr festhalten wollte, läuft als Geländer in die Tiefe. Ich stehe zögernd vor der ersten Stufe. Die weiteren verlieren sich im Dunkel. Die Kellerräume werden als Lager verwendet. Saatgut und Säcke voller Blumenerde sind dort aufbewahrt, auch Schneckengift oder andere Pflanzenschutzmittel. Einmal war ich mit Erik dort. Er hat mir Dünger für meine Balkonblumen herausgesucht. Erik. Vielleicht ist er jetzt dort unten. Wegen mir. Und ich traue mich nicht, diese Stufen hinabzusteigen.

Ich zähle bis zehn und setze meinen linken Fuß auf die erste Stufe. Den rechten auf die zweite. Bedächtig steige ich hinab. Die Schaufel halte ich so fest umklammert, dass sich meine Fingernägel in die Handfläche graben.

Am Ende der Treppe ist vom spärlichen Licht der Glühbirne kaum etwas übrig. Im Halbdunkel sondiere ich den

Raum. Eine nahezu quadratische Diele, die typisch für alte Wirtschaftsgebäude ist und von der ein halbes Dutzend weiterer Türen abgeht. Der Boden ist voller Dreck.

Ein Knacken durchbricht die Stille. Kam das aus einer der Kammern? Sogfältig taste ich mich voran, als würde ich auf einer Eisfläche stehen. Mit meiner linken Hand greife ich etwas ungeschickt nach der Klinke der ersten abgehenden Tür. Sie lässt sich nur schwer hinunterdrücken, aber es ist nicht abgeschlossen.

Der schlauchartige Raum dahinter ist so klein, dass ich ihn überblicken kann, ohne einzutreten. Links und rechts der Wand entlang sind Metallregale aufgestellt. Ich schließe die Tür wieder und schreite weiter zur nächsten. Doch als ich den Innenraum erblicke, stocke ich. Der Raum ist ebenso schlauchförmig wie der vorherige. Und er ist ebenfalls mit Metallregalen bestückt, auf denen sich angestaubte Blumentöpfe stapeln. Doch diese erregen nicht meine Aufmerksamkeit. Es ist eine weitere Tür, die am Ende des Raumes einen Spalt weit offen steht und aus der ein Lichtstrahl dringt.

Ich durchquere den Raum und halte den Atem an, bis ich die gegenüberliegende Tür erreiche. Abermals ziehe ich linkisch mit meiner linken Hand an der Klinke. Meine rechte hält weiterhin die Schaufel fest umschlossen.

Der Lichtspalt vergrößert sich und nach wenigen Augenblicken ist er so groß, dass ich einen Blick in den Raum werfen kann. Verdutzt halte ich inne. Es tun sich noch mehr Stufen auf. Eine Wendeltreppe, die anscheinend in ein weiteres Untergeschoss führt. Von der Decke hängt wieder eine nackte Glühbirne, so tief, dass ich sie zur Seite schieben muss, als ich meinen Fuß auf die erste Stufe setze. Um so wenig Lärm wie möglich zu erzeugen, stütze ich mein Gewicht auf dem Handlauf ab. Er ist ebenfalls verrostet und die Metallsplitter bleiben an meinen verschwitzten Handflächen kleben. Meine Nerven sind zum Zerreißen gespannt.

Ist Erik wirklich hier unten? Mitten in der Nacht? Aber warum sollte sonst das Licht brennen? Und noch etwas bestätigt meine Vorahnung. Es ist erst nur ein dumpfes Hintergrundgeräusch. Doch dann sind deutlich Stimmen zu hören. Nicht wirklich verständlich, keine klaren Worte. Eher ein Murmeln, ein dumpfes Flüstern.

Ich schreite weiter die Stufen hinab. Mit dem Wissen, dass meine Füße jetzt für jeden sichtbar sind, der sich in diesen unteren Kellerräumen befindet. Mulmig setze ich meinen Weg fort.

Als mein Kopf unterhalb der Deckenplatte ist, versuche ich, mich mit zusammengekniffenen Augen zu orientieren. Der Raum ist klein, kalt und feucht. Schutt liegt auf dem Boden. Ich stehe abermals vor einer Tür. Sie ist auch einen Spalt breit geöffnet und die Stimmen werden lauter, die Töne deutlicher. Doch auch jetzt kann ich nichts verstehen. Ich glaube allerdings nicht, dass das daran liegt, dass die Stimmen weit entfernt sind. Es liegt daran, dass sie flüstern.

Mit zwei kleinen Schritten habe ich die Tür erreicht und ziehe sie sachte auf. Millimeter für Millimeter, um bei einem Laut direkt innehalten zu können. Als der Spalt so breit ist, dass ich meinen Kopf hindurchschieben kann, wage ich einen Blick ins Innere.

Beide Männer erkenne ich sofort. Eriks Gesicht ist nicht in meinem Blickfeld, aber seinen Körper erkenne ich. Er liegt auf einer Holzkonstruktion, die an eine Bahre erinnert. Seine Arme und Beine sind mit breiten Stoffgurten festgeschnallt. Die Muskeln sind angespannt und zeichnen sich unter seiner Kleidung ab.

Doch auch der Mann, der mir die Sicht auf Eriks Gesicht versperrt, ist mir vertraut. Ich sehe nur seinen Rücken und seinen Haaransatz. Er hat sich tief zu meinem Bruder hinuntergebeugt und scheint ihm etwas ins Ohr zu flüstern. Einzelne Laute dringen zu mir vor, deren Inhalt ich nicht entziffern kann. Doch auch ohne die Worte zu verstehen, ist eins unmissverständlich klar: Die Klinge des Messers, die auf Eriks Brustkorb ruht, ist eine deutliche Bedrohung. Mein Bruder windet sich unter den Spanngurten. Doch ohne Erfolg. Sie schneiden in sein Fleisch, ohne dass sie ihm auch nur einen Zentimeter mehr Raum geben würden.

Ich wende den Blick von den beiden ab und suche nach einer Waffe, nach etwas, womit ich Erik zu Hilfe eilen kann. Einen Moment überlege ich, mich einfach zurückzuziehen, Kellermann zu benachrichtigen und abzuwarten, bis er den Mörder stellt. Aber bis dahin ist mein Bruder vielleicht schon tot. Zu einem Kunstwerk verunstaltet.

Es muss eine andere Lösung geben. An der gegenüberliegenden Wand entdecke ich eine Unkrautharke. Dreizackig, mit einem langen Holzstiel. Bis zur Wand sind es keine drei Meter. Bis zur Holzbahre vielleicht vier. Selbst wenn die Männer mich bemerken sollten, könnte ich es schaffen, als Erste die Harke zu erreichen. Und wenn ich den Stiel richtig zu fassen bekomme, könnte ich sie bei einem Angriff direkt als Waffe einsetzen.

Krampfhaft überschlage ich im Kopf den Weg, meine Schritte und wie ich den Stiel am besten zu fassen kriege. In meiner Hand befindet sich jedoch immer noch die kleine Schaufel. Die müsste ich erst ablegen. Und damit unter Umständen Lärm verursachen. Ich könnte sie Stallenberg auch entgegenschleudern oder sie behalten. Zur Sicherheit, falls mein Plan scheitert und ich nicht rechtzeitig die Harke erreiche. Während ich die einzelnen Möglichkeiten durchspiele, halte ich meinen Mund leicht geöffnet, damit meine Atemgeräusche nicht hörbar sind.

Ich wusste es. Ich wusste immer, dass Stallenberg hinter allem steckt. Jetzt haucht er seinen alten, schalen Atem meinem Bruder ins Gesicht. Das Messer drückt er Erik offenbar fester an die Kehle. Denn der hat schlagartig gezuckt und aufgehört, sich unter den Gurten zu winden. Warum habe ich nicht eher reagiert? Ich wusste doch immer, dass er es ist. Stallenberg. Der große Stallenberg. Der Meister der Finanzprodukte. Vom ersten Moment an. Seine Machtdemonstrationen, seine Spiele, seine Freude an Unterwerfung. Und jetzt soll mein Bruder sein nächstes Opfer werden.

Stallenberg beugt sich noch tiefer zu Erik hinunter. Von hier sieht es fast aus, als wolle er ihn umarmen, als wolle er ihn auf die Wange küssen. Ein Flüstern ist zu vernehmen. Stallenberg scheint Erik wieder etwas in das Ohr zu raunen. Obwohl es totenstill ist, kann ich immer noch nichts verstehen. Gebannt starre ich weiter durch den Spalt. Unschlüssig, ob ich es wagen soll, die Tür aufzureißen und mich gegen Stallenberg zur Wehr zu setzen.

Da fährt der Aufsichtsratsvorsitzende plötzlich hoch, reißt das Messer von Eriks Kehle, ergreift mit der anderen Hand dessen rechtes Ohr und fährt mit der Klinge durch das dünne Fleisch.

Der Schrei meines Bruders hallt durch den Raum. Ohne weiter nachzudenken, stoße ich die Tür auf und renne auf die Harke zu. Aus den Augenwinkeln sehe ich Stallenberg. Sehe, wie er herumfährt, wie sein Gesicht vor Schreck erstarrt, wie Eriks Blut sein Hemd besudelt und wie die Reste von Eriks Ohr zwischen seinen Fingern kleben. Ich lasse mich davon nicht beirren. Ich halte nicht inne. Lasse die Schaufel im Lauf fallen und ergreife den Holzstiel, reiße die Harke hoch und drehe mich um die eigene Achse.

Stallenberg steht immer noch fassungslos vor mir. Wieso greift er mich nicht an? Wieso steht er dort? Regungslos. Mit dem Messer in der einen und Eriks blutendem Ohr in der anderen Hand.

All das geht mir in Windeseile durch den Kopf, doch die wenigen Sekunden reichen nicht, um mir diese Fragen zu beantworten. Mit vollem Schwung ziehe ich die Harke durch und der Holzstiel schlägt krachend gegen Stallenbergs rechte Schläfe. Unmittelbar sackt er zusammen und schlägt mit dem Hinterkopf auf den Steinboden.

»Erik«, schreie ich schrill. Mit einem Schritt bin ich bei ihm. Er blinzelt mich mit halb geöffneten Augen an. Sein Gesicht klebt von Blut und Schweiß. Mit beiden Händen will ich seinen Kopf umfassen, seine Wangen in die Obhut meiner Hände nehmen. Doch meine Linke schreckt zurück. Vor dem blutenden Stumpf. Dem Rest aus Fleisch und Knorpel. Eriks Herzschlag presst pulsierend das Blut heraus. Tränen schießen mir in die Augen. »Erik«, flüstere ich mit leiserer, fast zitternder Stimme. Seine Augen sind trüb. Die Müdigkeit tritt aus ihnen hervor. Und der Schmerz.

Ich richte mich wieder auf und mache mich an den Gurten zu schaffen. Sie sind so festgezogen, dass sie sich keinen Millimeter bewegen. All mein Zerren bleibt ergebnislos. Besorgt schaue ich zu meinem Bruder. Doch er hat die Augen geschlossen und sein Kopf ist zur Seite gekippt. So weit, wie es sein Körper unter den angespannten Gurten erlaubt.

Mein Blick gleitet zu Boden, auf Stallenbergs zusammengesackten Leib. Das Messer liegt immer noch in seiner Hand. Behutsam gehe ich einen Schritt auf ihn zu. Wacht er gleich auf? Oder ist er tot? Ich versuche, diese Gedanken wegzudrücken, und greife nach der Klinge. Stallenberg rührt sich nicht.

Zurück an der Bahre, schiebe ich das Messer unter Eriks Rücken, dort wo der größte Spielraum zwischen seinem Körper und dem Gurt besteht, und durchtrenne den engmaschigen Baumwollstoff. Dann schneide ich die weiteren Gurte an Armen und Beinen durch, bis die Enden trostlos an den Seiten der Bahre hinabhängen.

Ich schüttle meinen Bruder leicht, doch seine Augen bleiben geschlossen. »Erik«, flüstere ich. Dann lauter: »Erik.« Dabei rüttle ich abermals an seiner Schulter und sein Kopf schwingt willenlos vor und zurück. Benommen öffnet mein Bruder die Augen, erst unfokussiert, dann richtet er sie ratlos auf mich. Er war bewusstlos und muss sich erst neu orientieren. Ich streiche ihm über seine gesunde Wange.

»Komm. Wir müssen hier raus. Es ist vorbei.« Bei dem letzten Satz vergewissere ich mich aus den Augenwinkeln, dass Stallenberg weiterhin wie ein trostloses Bündel am Boden liegt. Meine Hand ruht jetzt auf Eriks Bauch. »Komm«, wiederhole ich und klopfe mit einer Hand sachte auf seine Brust. »Kannst du aufstehen?«

Erik senkt das Kinn fast unmerklich. Das sollte wohl ein Nicken sein.

Ich fasse mit meiner rechten Hand um seine Schulter und ziehe ihn hoch. Meine Linke greift dabei nach seinem Arm, damit er die Balance nicht verliert. Mein Bruder ist so schlapp, dass sein gesamtes Gewicht auf mir lastet.

Als er nach einem Kraftakt aufrecht sitzt, ziehe ich mit einer Hand seine Beine von der Bahre, während die andere Erik fest umklammert. Mein Bruder wirkt wie ein Ertrinkender, der Halt sucht. Sein Kopf hängt schlapp herab. Die Schultern sind eingefallen.

»Komm«, motiviere ich ihn abermals. »Wir müssen hier raus.« Er sitzt jetzt direkt vor mir. Immer noch apathisch. Teilnahmslos, ja leblos sitzt er auf der abgenutzten Holzfläche. Die Bahre ist so hoch, dass seine Stiefel wenige Zentimeter über dem Boden schweben.

Ich muss mich nur leicht zu ihm hinabbeugen, um mit seinem Kopf auf gleicher Höhe zu sein, schaue ihm jetzt direkt ins Gesicht. Schüttle ihn wieder mit meiner freien Hand an der Schulter. »Erik, wir müssen hier raus. Du musst zu einem Arzt.«

Seine Augen öffnen sich. Verwirrung starrt mir entgegen. Ungläubigkeit über das, was hier passiert ist. Wie schrecklich muss es für ihn sein, wieder so ein Martyrium zu erleben, wieder an die quälenden Momente aus seiner Jugend erinnert zu werden. Es ist gleich vorbei, denke ich und drücke Eriks Hand noch fester.

Mein Bruder lässt abermals zur Zustimmung sein Kinn sinken und macht dann Anstalten, mit seinen Füßen den Boden zu berühren. Ich helfe ihm und ziehe seinen Oberkörper noch etwas näher an die Kante der Bahre. Als ich dabei seine Hüfte umfasse, spüre ich, wie feucht der Stoff des T-Shirts ist. Vor Angst und Schmerzen muss er es durchgeschwitzt haben.

Ich ziehe ihn hoch und als Erik auf eigenen Füßen steht, drehe ich mich um die eigene Achse. Mein Bruder steht hinter mir, aber seine Hand bleibt immer noch fest in der meinen. Ich will vortreten in Richtung Ausgang, doch ich stocke in meiner Bewegung.

Bis jetzt habe ich der Tür den Rücken zugedreht, habe diesem Teil des Raumes keine Beachtung geschenkt. Mein ganzer Fokus galt der Holzbahre, umgeben von kahlen Backsteinmauern. Der einzige wahrgenommene Gegenstand im Raum die Harke, die neben dem zusammengesackten Körper von Stallenberg liegt. Jetzt blicke ich frontal auf die Rückwand.

Schlagartig ist sie wieder da. Die Angst, die mir kalt den Nacken hochkriecht. Und doch lasse ich die Hand nicht los. Die Hand meines Bruders, der hinter mir steht, der zu mir gehört, den ich retten werde, dem ich sein blutiges Ohr verbinden werde. Ungläubigkeit erfasst mich, ist mir mit Sicherheit ins Gesicht geschrieben. Erik, was hast du getan? Und doch lasse ich seine Hand nicht los, denn wenn ich sie losließe, wäre all das, was ich vor mir sehe, wahr. Und diese Wirklichkeit würde mir meinen Bruder nehmen. Nicht nur jetzt, sondern für immer, und alles wäre zunichte, was er je für mich gewesen ist.

Doch die Hand wird mich nicht vor der Realität retten.

Sie wird mich noch tiefer in das hineinziehen, was jetzt so offensichtlich vor mir liegt.

Ohne mich umzudrehen, ohne in Eriks Gesicht zu blicken, versuche ich, meine Hand aus seiner zu lösen, sie aus dem Griff hinter meinem Rücken zu befreien. Ich spreize meine Finger leicht ab. Luft trifft auf die vorher noch zusammengeklebte Haut und durch die Kühle spüre ich, dass sich Schweiß auf den Handflächen gebildet hat. Eriks Schweiß. Und jetzt auch meiner.

Ich ziehe meine Hand langsam hervor. Aus seiner noch immer gekrümmten Handfläche. Ein paar Millimeter Spielraum, durch den sie herausgleitet. Bis der Wiederstand kommt. Der Druck wird fester. Kraftvoll umgreift Erik meine Handfläche. So fest, dass sich die Mittelhandknochen übereinanderschieben. So fest, dass ein stechender Schmerz durch meinen Arm fährt.

Doch ich schreie nicht auf, ich zucke nicht zusammen. Ich bleibe nur wie erstarrt stehen. Mit meiner Hand im Rücken, die sich nicht aus Eriks Fängen befreien kann. Die Augen weiterhin geöffnet und den Blick starr auf die vor mir liegende Bildergalerie gerichtet. Links und rechts vom Türrahmen drapiert: Picasso, Man Ray, Bacon, Jawlensky, Giorgio de Chirico. Weiß gerahmt sind sie. So heben sie sich deutlicher von dem dunklen Hintergrund aus Backstein ab. Aber es sind nicht nur die großen Meister, deren Werke vertreten sind. Auch ihre Zwillinge hängen hier. Keine eineiigen, aber doch deutlich verwandt. Neben jedem Kunstwerk hängt sein Zwilling als Schwarz-Weiß-Fotografie. Es sind nicht die Bilder, die ich bereits kenne. Die Kellermann mir so oft vorgelegt hat. Die ich selbst vorgeschlagen habe, Erik vorzulegen. Es sind andere. Andere Perspektiven, doch dieselben Opfer. Die Tote im Park in Warschau. Der blutige Rumpf in Paris und die rotblonde Frau, deren Fleisch und Sehnen mit Birkenästen verwoben wurden.

Wie bei einem Polizeigriff bleibt der Druck von Eriks Hand konstant und gleichzeitig spüre ich, wie sein Körper näher kommt. Sein Brustkorb stößt an meinen Rücken. Seine Atemzüge höre ich ganz dicht oberhalb meines Ohrs. Er beugt sein Gesicht weiter zu mir herunter. Sein Atem hinterlässt einen feuchten Film auf meinem Hals. Ruckartig zieht er meine Hand hoch und ein stechender Schmerz fährt durch meine Schulter. Eng hinter mir stehend, schmiegt er seine Wange an meine. Warmes Blut rinnt über meine rechte Gesichtshälfte. Doch die Berührung mit der offenen Wunde scheint Erik nichts auszumachen. Den Schmerz, den sie verursachen muss, lässt er sich nicht anmerken. Er bleibt fest an mich gedrückt. Wange an Wange. Wiegt mich, unsere beiden Körper behutsam vor und zurück. Meine Hand unverändert mit festem Druck umklammert. Vor und zurück. Als wolle er mich trösten. Als wolle er mich in den Schlaf wiegen.

Ich halte die Umklammerung nicht länger aus. Ich neige meinen Kopf nach links, um zumindest so viel Abstand von Erik zu bekommen, wie es sein Griff erlaubt. »Wieso?«, frage ich ihn. »Wieso?«

»Wieso was?«, fragt mein Bruder ungläubig mit sanfter Stimme und zieht mich gleichzeitig wieder näher heran. Wiegt sich weiter vor und zurück und unterwirft damit auch meinen Körper diesem Rhythmus. Erik stellt mit einer Seelenruhe diese Gegenfrage, als würde er einem Kind begegnen, das wundersame Dinge wissen will.

»Wieso mussten sie sterben? Warum hast du sie umgebracht?« Der Ton meiner Stimme klingt hysterisch. Meine Angst darin, die Angst vor meinem eigenen Bruder, ist unverkennbar.

»Aber Schwesterchen. Wer sagt denn, dass ich sie umgebracht habe?«

Wieder erinnert mich Eriks Tonlage an ein Gespräch mit einem Kind. Wir sind hier nicht in einer Märchenstunde, denke ich wütend. »Dann sag mir, was hier geschehen ist«, herrsche ich ihn fordernd an. »Was ist mit den Menschen auf den Fotos geschehen? Und was mit dir?«

Mein Bruder reißt erneut jäh an meiner Hand und zieht mich herum. Ich drehe mich wie in einer Pirouette um die eigene Achse, verliere das Gleichgewicht und falle zu Boden. Ich will mich mit meinen Händen abstützen, doch Erik muss mir meine Bänder in der rechten Schulter verletzt haben. Ich schreie laut auf, als meine Hände auf den Boden prallen. Der Schmerz, den der Splitt verursacht, der sich in meine Handflächen eingräbt, ist im Vergleich dazu nebensächlich.

Ich bleibe auf dem Boden sitzen und umfasse mit meiner Linken die verletzte Schulter. Für den Schmerz ist das unerheblich. Aber die Berührung hat etwas Tröstliches an sich. Und der Ellenbogen vor meiner Brust etwas Schützendes. Tränen laufen mir über die Wangen. Aber ich gebe keinen Laut von mir.

Ich starre Erik fassungslos an. Die Wut hat meine Angst vertrieben. Sie flammt in mir auf und sucht einen Kanal. Ich weiß, dass ich mich ihm gegenüber körperlich nicht zur Wehr setzen kann, dass er mir überlegen ist, dass er mich mit seinen durchtrainierten Muskeln in Windeseile überwältigen wird. Aber meinen Willen kann er nicht beherrschen. Er kann mir Schmerzen zufügen, mich fesseln, mich zu Boden werfen. Kann Herr über meinen Körper sein, aber er kann meinen Willen nicht brechen. Er kann mich nicht besitzen. Und mit all dieser Wut, die sich in jeder Zelle meines Körpers festsetzt, schreie ich ihn an: »Was willst du von mir?«

Erik zieht die Stirn in Falten und macht ein unschuldiges Gesicht: »Warum so angriffslustig, Schwesterchen? Immer noch widerspenstig, auch wenn du vor mir im Dreck liegst?« Er lässt sich entspannt zurückfallen und lehnt jetzt an der Holzbahre. Die Arme hat er vor seinem Brustkorb verschränkt. Er ist sich seines Sieges sicher. Wer sollte uns hier unten auch stören? Hier unten im Keller. Mitten in der Nacht.

Etwas weniger laut, aber mit dem gleichen Nachdruck wiederhole ich: »Was willst du von mir?« Und füge dann, ohne meinen Blick abzuwenden, hinzu: »Und warum mussten diese Menschen sterben?«

Erik zuckt nur mit den Schultern. »Zufall, mein Schwesterherz. Reiner Zufall.«

»Zufall?«, frage ich ungläubig.

»Du weißt doch, ›Kunst liebt den Zufall und der Zufall liebt die Kunst‹.« Erik klingt, als stünde er auf einem Rednerpult.

»Du willst mir jetzt mit Aristoteles kommen?«, fahre ich ihn wütend an.

»Aber ja, denn ›durch Kunst entsteht alles das, wovon die Form zuvor im Geiste ist‹.«

Unbekümmert bedient sich Erik eines zweiten Zitats des griechischen Philosophen und diese Unbekümmertheit, diese Dreistigkeit macht mich rasend. Zorn steigt in mir auf und meine Finger graben sich in den Schutt am Boden. Hör auf, lass dich nicht ausspielen, denke ich. Es ist genau das, was er will. Bleibe ruhig, ermahne ich mich. Er kann dich nicht besitzen, nur deinen Körper.

»Dann erkläre es mir«, entgegne ich jetzt gefasster, aber immer noch mit harter Stimme. »Erkläre mir den Zufall. Erkläre mir deine Kunst.«

Erik antwortet nicht direkt. Blickt zu Boden, als ob er sich konzentrieren müsse. Wirft dann ruckartig seinen Kopf zurück und lässt ihn in den Nacken fallen. Verharrt in dieser Position, als würde er etwas an der Decke suchen. Seine Gesichtszüge sind jetzt ernst und angespannt. Mit bestechender Stimme erklärt er: »Kunst ist Schöpfung und Kunst verlangt Inspiration. Das, was du da siehst, ist das Böse. Ein Sinnbild für das menschliche Scheitern. Der Mensch als sündhafte und leidende Figur zugleich. Es ist das moderne Höllentor. Die Modellierung des Leidens und des Hasses. Wie in Rodins Original bedient sich auch diese Pforte zur Hölle eines ganzen Reservoirs an Figuren. Das Prinzip der Wiederholung als Ausdruck eines kollektiven Schicksals, eines kollektiven Untergangs.«

»›Lasst jede Hoffnung, wenn ihr eingetreten‹«, unterbreche ich seinen pathetischen Monolog.

»Ach so, ach so«, reagiert er bissig. »Du kennst dich aus!«

»Nein, das tue ich nicht. Und vor allem erkenne ich dich nicht mehr. Wieso hast du diese Menschen umgebracht? Was haben sie dir getan?« Meine Stimme überschlägt sich. Der Ton ist wieder hysterisch.

»Langsam, langsam. Wer sagt, dass ich diese Menschen umgebracht habe? Wieso sollte ich das tun? All diese Schuld auf mich laden?« Erik schüttelt ungläubig den Kopf. »Auch Rodin hatte seine Helfer. Wieso sollte ich mich nicht auch ihrer bedienen, für meine eigene *Porte de l'Enfer*?«

»Wer hat dir geholfen? Wer sind deine Helfer?«, hake ich hektisch nach. Er kann es nicht allein getan haben. Es war nicht Wecks Hand auf dem Video in Warschau, aber Eriks auch nicht.

Ohne zu antworten, stößt mein Bruder sich von der Bahre ab und schreitet bedächtig in einem Kreis um mich herum. Die Vorstellung, ihn in meinem Rücken zu haben, lässt mich schaudern. Auf meinem Hintern rutschend, drehe ich mich bei jedem Schritt Eriks mit. Die Bewegungen jagen einen stechenden Schmerz in meine Schulter. Aber ich zeige ihn nicht. Diese Genugtuung gönne ich Erik nicht.

Als er genau zwischen mir und Stallenberg steht, erkenne ich, dass sich der am Boden kauernde Körper bewegt hat. Ein leichtes Zucken. Ob Erik es bemerkt hat? Ich muss ihn stoppen, sodass Stallenberg in seinem Rücken bleibt und nicht in sein Sichtfeld gerät. Kindisch lese ich eine Handvoll

Split vom Boden auf und werfe sie in Eriks Richtung. Der schließt nur kurz die Augen und wendet sein Gesicht ab, um mir dann mit einem frivolen Grinsen zu begegnen. Ein trostloses Unterfangen, aber das einzige Mittel, das sich mir auf die Schnelle bietet.

»Wieso ziehst du mich hier hinein? Was habe ich dir getan? Die Karte, das warst doch du! Oder nicht? Wer sollte sie mir sonst schicken?« Die Karte Erik zuzuordnen, ist ein reiner Versuch, seine Aufmerksamkeit zu gewinnen, in der Hoffnung, dass Stallenberg in der Zwischenzeit zu Bewusstsein kommt. Und dass er, da er zuvor mit Erik gekämpft hat, auf der richtigen Seite steht. Ich male mir nicht aus, was passieren wird, wenn ich mich irre. Die Hoffnung entwächst aus reiner Verzweiflung.

Eriks Gesicht wird hart, nimmt groteske Züge an. Wie ein Clown, der das Lachen verliert und dessen versteinerte Gesichtsfalten die Verbitterung zu Tage treten lassen. Das strahlende Blau seiner Augen verliert sich in dunklen Höhlen. »Weil du mich ankotzt«, schreit er laut, aber bestimmt. Seinen Mund reißt er dabei weit auf, sodass ich nicht nur seine Zähne sehe, sondern tief in seinen Rachen blicken kann. »Weil mich deine heile, perfekte Welt ankotzt«, ergänzt er dann mit leiserer Stimme. Beugt sich etwas zu mir vor, zu mir herunter, als würde sich eine Raubkatze langsam ihrem Opfer nähern, und fährt dann mit spitzer Stimme fort: »Weil ich sie so hasse, deine wunderbare Welt, in der dir alles gelingt. Deine Perfektion, die alle so begeistert. So ideal, so makellos. Aber das bist du nicht, mein Schwesterherz. Du kannst deinen Bruder nicht von dir trennen, er ist ein Teil von dir. Und ich bin es, der diese Makellosigkeit beschädigt, mit Dreck befleckt.«

Erik streicht sich mit beiden Händen durch das Gesicht, fährt dann weiter herunter über seinen Brustkorb, seinen Bauch und wischt sie schließlich an seinen Oberschenkeln ab. Als wolle er jeden Teil seines Körpers betonen, ihn glatt streichen, ihn in Stellung bringen. Ich beobachte ihn still. Schaue ihm zu, um ihn nicht zu stoppen in seinem Monolog. In der Hoffnung, ihn durch mein Schweigen am Reden zu halten. In der Hoffnung, dass Stallenberg sich regt.

»Das Warum wird dir ein Rätsel bleiben. Warum ist das geschehen? Was ist mit mir passiert? Und was von mir steckt in dir? Ist diese Grausamkeit auch Teil deiner Seele? Bist auch du zu dem imstande, wozu ich imstande war? Die vollkommene Schwester mit ihrem missratenen Bruder. Wann hat sie ihn im Stich gelassen? Wann hat sie ihn verloren? Wann ist sie auf ihrem glänzenden Weg der Tugend ohne ihn weitergewandelt und hat ihn im Dreck des Straßengrabens zurückgelassen? Denn die einzige Erklärung, die du dir geben kannst, ist die, dass es so ist, wie es ist. Es ist, weil es böse ist. Weil ich böse bin. Und diese Erklärung hat für dich keinen Wert, keinen Bestand.«

Eriks Tonlage wird pathetischer, sein Blick starrer. An seinen Mundwinkeln sammeln sich Bläschen aus Spucke. Aber trotz seines Pathos entgeht mir auch Stallenberg nicht, der in Eriks Rücken kauert. Hat sein Bein kurz gezittert? Oder irre ich mich? War ich es vielleicht selbst, die instinktiv vor Eriks irrem Blick zurückgewichen ist? Ich darf ihn nicht merken lassen, dass ich Stallenberg beobachte. Er muss weiterreden.

»Was habe ich dir getan, Erik? Was?«, schreie ich ihn an.

»Hört, hört«, mokiert sich mein Bruder und lässt seinen Blick von links nach rechts schweifen. »Glaubst du denn wirklich, es ginge hierbei um dich?«

»Worum geht es dir denn dann? Um meine Gedanken? Und darum, mir für immer dieses Bild von dir in den Kopf zu brennen? Mir die Frage, was aus dir geworden ist, ins Hirn zu martern? Mich ständig fragen zu müssen, was ich hätte ändern können, wie ich dich hätte retten können? Was meine Schuld ist? Dass ich damit den Rest meines Lebens verbringe? Tag um Tag mir diese Fragen stelle?«

»Wer spricht von Tagen? Glaubst du denn, ich bin so grausam und wünsche dir so ein Elend?«

In meinem Kopf setzt eine Schockstarre ein. Erik will mich hier unten töten. Panisch wird mir bewusst, dass ich nicht lebend aus diesem Keller herauskommen werde.

Während mein Gehirn noch versucht, diesen Gedanken zu erfassen, redet Erik weiter: »Glaubst du denn, ich wäre so naiv? So naiv, dich am Leben zu lassen? Nein, nein, mein Schwesterherz. Ich bin böse. Aber nicht dumm.« Um seinen letzten Satz zu unterstreichen, tippt er sich mit dem rechten Zeigefinger an die Stirn. »Du bist nicht das Ziel, auch wenn du das in deiner Verblendung glaubst. Du bist Teil der Komposition. Du bist Teil meiner *Porte de l'Enfer.* Nur ein Puzzlestück des Ganzen. Wenn auch ein zentrales. Das zentrale. Inmitten dieses existenziellen Kampfes gegen die Endgültigkeit des Todes wirst du herausragen. Deinen unbeugsamen Willen werde ich mir zu eigen machen. Mit meiner Hand werde ich dir endgültige Form und Gestalt verleihen. Du wirst meine Hand Gottes sein.«

Bei Eriks letztem Satz schießt mir unmittelbar die gleichnamige Skulptur von Rodin in den Kopf. Der kleine weibliche Torso war eines seiner letzten Werke. Der Frauenkörper ruht in der Hand Gottes, ein Abguss von Rodins eigener Hand, der ihm noch auf dem Totenbett abgenommen wurde. Das ist Eriks Finale, seine Krönung. Sich selbst auf Gottes Ebene zu stellen. Und etwas anderes wird mir ebenfalls bewusst: Nicht nur mich will Erik töten und mit dieser Skulptur zu seinem göttlichen Denkmal machen. Auch sich selbst wird er opfern. Sein eigener Tod soll dem Tod Rodins gleichkommen. Ohne seine eigene Gotteshand wäre dieses Werk nichts wert.

Rodin erklärte selbst, die Formgebung dieser Plastik sei eine

Einheit. Er schrieb ihr die Fähigkeit zu, das Licht zu reflektieren und den Schatten aufzunehmen. Sie käme aus dem Fels, dem Chaos, den Wolken. Mir fällt es wie Schuppen von den Augen. Erik will mich zum Gegensatz des Höllentores erheben. Bei all der Verdammnis, die er entfacht hat, möchte er mich dem entgegenstellen. Und er stellt mich entgegen, weil ich in seinen Augen der Quell der Lebendigkeit bin. Die von ihm genannte Reinheit steht im Gegensatz zu seiner menschenfeindlichen Verachtung. Der Quell des Lebens gegen das Zentrum des Bösen. Und indem er mich beherrscht, indem er mich zu seinem Schaffenswerk macht, zu seiner Materie, hat er die Macht über mich. Die Macht, die ihm zu meinen Lebzeiten verwehrt blieb.

Als hätte Erik meine Gedanken erraten, greift er die Worte Rodins auf: »›Die blendende Herrlichkeit, der Sonne gleich, wie sie mit ihren Strahlen die Wolken durchbricht.‹« Er breitet seine Hände weit aus, in einer großen Geste. Als erwarte er Applaus von mir. Als wäre ich sein Publikum, das sich vor ihm im Dreck wälzt. Dann streckt er abrupt seine rechte Hand vor, richtet den Zeigefinger direkt auf mich und spricht wie von einer Kanzel: »Deine ungeheure Vitalität, deine ungezähmte Kraft wird meine Schatten beseelen. Deine lebendige, pulsierende Energie wird unter meinen schöpferischen Händen unvergängliche Gestalt annehmen.«

Eriks Worte, die so irre klingen, sind gespickt von Zitaten, Versen und Analogien, die Rodin selbst oder seine Kritiker verwendeten. Sein Zeigefinger ist jetzt starr auf mich gerichtet. Ebenso sein Blick.

Aber ich erkenne ihn nicht mehr. Ich kann den Menschen hinter diesen Augen nicht mehr erfassen, ihn nicht greifen. Er ist in seiner Welt und ich bin nur noch Teil einer Skulptur, bloße Materie. Ich werde nicht mehr an ihn herankommen. Sein Entschluss ist gefasst. Selbst der über seinen eigenen Tod.

Ich spüre, wie die Panik in mir hochsteigt. Wie sie mir die Luft nimmt und meine Gedanken rasen lässt. Werde ich hier unten sterben? Ist das das Ende? Ich versuche zu zählen, bis zehn und wieder von vorn. Strenge mich an weiterzuatmen. Beruhige dich, denk nach, ermahne ich mich selbst.

Erik schwingt weiter seine Reden, über die Kühnheit des Lichts und die Bescheidenheit des Schattens. Seine Arme gestikulieren dabei wild. Genauso wild ist sein Blick. Entrückt. Entfesselt. Irr. Ich versuche, mich diesem Wahnsinn zu entziehen, in meine eigene Gedankenwelt zu flüchten. Einen unsichtbaren Schutzwall um mich zu errichten und einen klaren Gedanken zu fassen.

Ich rufe mir die Skulptur ins Gedächtnis. Ein Frauentorso. Schlagartig wird mir bewusst: Wenn er mich zu ihrem Abbild machen will, muss er mir meine Arme und Unterschenkel nehmen. Die anderen Opfer waren betäubt, bevor ihnen die Gliedmaßen abgetrennt wurden. Wird er auch mich betäuben? Oder soll ich das bei vollem Bewusstsein erleben? Mein Puls rast. Die Panik kommt zurück. Hör auf, ermahne ich mich. Du bist noch nicht tot, also denk nach! Was bleibt dir als Waffe? Womit kannst du dich wehren?

Die Harke liegt neben Stallenberg. Ich müsste also erst an Erik vorbei, um an sie zu gelangen. Völlig utopisch. Die Handschaufel liegt noch viel weiter hinten im Raum. Beide Gegenstände sind unerreichbar für mich.

Das Handy in meiner Gesäßtasche ist der einzige Gegenstand, an den ich herankomme. Das Display ist in einen Metallrahmen eingefasst. Wenn ich das Smartphone zu fassen bekäme und Erik damit einen Schlag gegen die Schläfe verpasste, müsste er ohnmächtig werden. Das sind drei Konjunktive. Drei Konjunktive gegen meine Arme und Beine. Gegen mein eigenes Leben.

»Hier«, reißt mich Erik aus meinen Gedanken. Er hat seinen künstlerischen Monolog abgebrochen. Seine Augen sind wieder klarer, scheinen nicht mehr so entgleist. »Trink das.« Er wirft mir einen Gegenstand zu, nicht größer als ein menschlicher Daumen. Ein kleines braunes Fläschchen, das neben mir im Staub liegt. »Trink es. Glaub mir, es ist ein Geschenk.«

Er steht breitbeinig vor mir. Geringschätzig schaut er auf mich herab. Sein spöttisches Grinsen verursacht mir Übelkeit. Das ist es also. Die Betäubung. Seine milde Gabe vor meinem Tod. Wenn ich trinke, bin ich verloren. Trinke ich nicht, werde ich bei vollem Bewusstsein erleben, wie er mir meine Arme und Beine abtrennt.

Bei dem Gedanken daran, bei der Unausweichlichkeit meiner Wahl, verliere ich die Nerven. Ich schreie ihn an: »Was bist du nur für ein grausamer Mensch? Nein, du bist kein Mensch. Du bist ein Monster, Dreck, ein Garnichts, ein krankes, grausames Etwas!«

Erik zuckt nur mit den Schultern. »Wie du willst. Es liegt bei dir. Entscheide, wie du die letzten Stunden deines Lebens verbringen willst.«

Mit diesen Worten dreht er sich um und geht einen Schritt auf die Holzbahre zu. Erst jetzt erkenne ich, dass unter der Ablagefläche eine Schublade angebracht ist wie bei einem Küchentisch.

Ich nutze die unbeobachtete Sekunde. In diesem Moment von Eriks Unaufmerksamkeit ziehe ich mein Handy aus der Tasche, schiebe es blitzschnell unter meinen rechten Oberschenkel und lasse mich wieder auf beide Gesäßhälften zurücksinken.

Erik scheint von meiner Aktion nichts bemerkt zu haben. Allerdings ist die Freude über meinen gelungenen Coup kurz, denn das, was er jetzt in seiner Hand hält, löst blankes Entsetzen bei mir aus. Es ist eine Knochensäge, wie sie auch der Mörder in Paris verwendet hat. Erik hält den roten Plastikgriff in seiner herabhängenden Hand und lässt das Sägeblatt neben seinem Bein schwingen. Es reicht ihm bis unters Knie.

Neben mir liegt immer noch das ungeöffnete Fläschchen mit der Betäubung. Soll ich es trinken? Diesem Horror entkommen und in eine taube, dumpfe Welt flüchten? Ist das mein Abschied aus diesem Leben?

Was ist mit Stallenberg, denke ich krampfhaft. Wieso wacht er bloß nicht auf? Er regt sich immer noch nicht. Nicht einmal ein Heben seines Brustkorbs ist zu erkennen. Vielleicht ist er schon längst tot. Wie du selbst gleich, denke ich verzweifelt.

Erik kommt einen Schritt auf mich zu. Die Säge schwingt weiter in seiner Hand. Soll ich das Mittel trinken? Oder habe ich eine Chance? Kann ich mich mit meinem Handy zur Wehr setzen?

Allein der Gedanke daran erscheint mir töricht. Und obwohl mir von Eriks Monolog übel geworden ist, muss ich an seine Erwähnung des unbeugsamen Willens denken. Hat er mich genau deshalb ausgewählt? Zu seinem Finale erkoren? Als seine Krönung hat er sich die Formung des nicht formbaren Willens ausgesucht. Ihn will er bezwingen und in seine Schranken verweisen.

Erik will, dass ich es freiwillig tue. Dass ich eigenständig entscheide, aus diesem Leben auszuscheiden. Dass ich mich ergebe und er mich neu formen kann. Zu seiner Skulptur, zu seinem Schaffenswerk. Diesen Gefallen werde ich ihm nicht tun. Ich werde mich nicht ergeben.

Mit langsamen Schritten hat mich Erik erreicht. Er steht neben mir, unmittelbar vor dem Betäubungsfläschchen. Mit seiner Stiefelspitze gibt er ihm einen leichten Kick, sodass es ein paar Zentimeter weiter auf mich zurollt. »Da. Trink!« Sein Ton ist verächtlich.

Stolz werfe ich den Kopf noch etwas weiter zurück, sodass ich ihm geradewegs ins Gesicht schauen kann. »Nein. Das werde ich nicht tun.«

Blitzschnell lässt Erik die Säge klirrend zu Boden fallen

und beugt sich zu mir herunter. Mit seiner linken Hand greift er in mein kurzes Haar und reißt meinen Kopf zu sich heran. Nur Millimeter trennen mich von seinem wutverzerrten Gesicht. Ich spüre seinen Atem auf meiner Haut, kann die feine Maserung in seinen blauen Augen erkennen und das Blut, das an den Fetzen seines restlichen Ohres getrocknet ist.

»Glaubst du, dass du dir das leisten kannst?«, fragt Erik mich zornig.

Auch wenn er auf diese Frage keine Antwort erhalten will, erwidere ich: »Und wenn es das Letzte ist, was ich mir leiste.«

Erik ist von seiner Wut abgelenkt und diesen Moment der Unaufmerksamkeit nutze ich aus. Blitzschnell greife ich nach meinem Handy und reiße den Arm hoch. Ich erwische meinen Bruder jedoch nicht wie beabsichtigt an der Schläfe. Er sieht meinen Arm kommen und fährt zurück. Der Metallrahmen schrammt an seinem Wangenknochen entlang und streift gerade noch seine Nase. Augenblicklich quillt Blut daraus hervor. Es ist heller, farbintensiver als das bereits getrocknete an seinem Ohr. Erik wischt es mit einem Ärmel weg und vergrößert dadurch nur die verschmierte Fläche in seinem Gesicht. Seine Augen sind starr vor Zorn. Er holt mit dem Arm weit aus und schlägt mit seinem Handrücken zu. Donnernd kracht erst sein Armgelenk, dann seine Fingerknöchel gegen mein Gesicht. Er trifft meinen Wangenknochen, meine Nase. Der Schlag ist so heftig, dass mein ganzer Körper zurückgeschleudert wird. Ich kneife die Augen zu und reiße den Mund vor Schmerz auf. Doch es kommt kein Ton heraus. Tränen rinnen mir über die Wangen. Als sie mir in den Mund tropfen, nehme ich auch einen metallischen Geschmack wahr.

Langsam öffne ich wieder die Augen. Doch eines bleibt halb geschlossen, so schnell ist es zugeschwollen. Mit verschleiertem Blick sehe ich Erik vor mir stehen. Die Säge in der

Hand, stampft er mit einem Fuß auf den Kellerboden. »Du hast es so gewollt. Dann keine Gnade«, schreit es aus seinem blutverschmierten Gesicht.

Sein Stiefel erzeugt ein knirschendes, schabendes Geräusch. Ohne es zu erkennen, bin ich mir sicher, dass Erik das Betäubungsfläschchen zertreten hat und sich die Glassplitter gerade mit dem sandigen Boden vermischen.

Dahin ist die Möglichkeit, dem allem hier zu entgehen und in eine andere Welt zu fliehen, denke ich bitter und die Panik schießt mir erneut in den Kopf.

Mein Handy liegt ein paar Meter entfernt. Es wurde in Richtung der Zimmertür geschleudert. Was bleibt mir also? Erik steht jetzt seitlich von mir. Der Weg in Richtung Stallenberg ist frei, doch noch bevor ich mich vom Boden aufgerichtet hätte, würde mein Bruder mich erwischen. Ich brauche ein Ablenkungsmanöver. Etwas, was ihn für ein paar Sekunden außer Gefecht setzt, bis ich die Harke erreiche. Also, was bleibt mir, denke ich fieberhaft.

Ich scanne meinen Körper von Kopf bis Fuß. Ich trage Turnschuhe. Leider keine High Heels, dann könnte ich wenigstens die Absätze als Waffe verwenden. Jeans, ohne Gürtel, den ich als Schlagriemen hätte verwenden können. Aber selbst wenn ich einen trüge, würde es zu lange dauern, ihn auszuziehen. Dann kommt mir eine Idee. In meinem Haar steckt eine Klammer. Sie ist nicht wirklich geeignet, denn sie ist nur drei, vielleicht vier Zentimeter lang. Zudem sind die Spitzen abgerundet. Aber wenn ich sie gut zu fassen bekomme und Erik damit an einer weichen Körperstelle treffe, sollte ihn das zumindest für ein paar Sekunden ablenken. Sekunden, die ich brauche, um die Harke zu erreichen. Aber dazu muss ich an meinen Bruder heran, ihm so nahe kommen, dass ich ihm die Haarnadel in sein Fleisch stechen kann. Ich wage einen Vorstoß, auch wenn ich mir selbst nicht sicher bin, ob diese Taktik aufgeht.

»Du bist und bleibst ein jämmerlicher, kleiner Idiot! Nichts bekommst du in deinem Leben hin. Ein ewiger Versager. Und all das hier ist doch nur eine Show, ein verzweifelter Versuch, einmal im Leben etwas anzupacken, jemand zu sein. Aber das bist du nicht. Du bist ein Feigling, ohne Fähigkeiten, ohne Rückgrat.«

Erik schaut mich regungslos an. Stillschweigend hört er mir zu. Dann bricht er in Lachen aus. Schallendes, tief sitzendes Lachen. Der klirrende Ton brennt in meinen Ohren.

Er soll still sein. Dieses widerwärtige, dreckige Lachen soll augenblicklich aufhören. Denn damit hält er mir einen Spiegel vor. Zeigt mir, dass mein lächerlicher Versuch, ihn aus der Reserve zu locken, ins Leere läuft, dass es ganz anders ist, dass er mich aus der Reserve gelockt hat. Schon längst. Mich porös gemacht hat, mir langsam den Boden unter den Füßen weggezogen hat, bis ich hier auf diesem dreckigen Kellerboden liege, mit zugeschwollenem Auge und gebrochener Nase. Er spielt mit mir, nicht ich mit ihm. Und Erik ist siegessicher, er wird gewinnen.

Wenn das so ist, denke ich trotzig, habe ich ja nichts mehr zu verlieren. Dann kann ich es auch wagen.

Ich fasse mir durch die Haare und schiebe die jetzt losen Strähnen hinters Ohr. Meine Knie ziehe ich an, so als wolle ich mich hinter meinen angewinkelten Beinen verstecken. Mit der Hand meiner noch intakten Schulter stütze ich mich hinter dem Rücken ab. Grabe den Handballen fest in den steinigen Boden, um möglichst großen Widerstand aufzubauen.

Dann setze ich zu einem neuen Versuch an. »Lach nur. Lach nur über dich selbst«, höre ich mich schreien. »Du lächerlicher, armseliger Idiot! Alles, was du je angefasst hast, ist gescheitert. Nichts kannst du selbst tun, ohne andere um Hilfe zu bitten. Und auch das hier, dein angeblich künstlerisches Werk, hast du nicht allein erschaffen. Dafür bist du viel zu armselig. Auch dabei hat dich jemand an die Hand nehmen müssen.«

Wie erwartet, lässt sich Erik auch durch diesen verbalen Angriff nicht aus der Ruhe bringen. Breitbeinig ragt er vor mir auf. Als einzige Reaktion lässt er seinen Kopf in den Nacken fallen, selbstgefällig, sich in seiner Überlegenheit sonnend. Ein gurgelndes Lachen dringt aus seiner Kehle. Aber genau das reicht mir, genau auf diese Reaktion habe ich spekuliert.

Blitzschnell drücke ich mich vom Boden ab. Spitze Kieselsteinchen graben sich dabei in meinen Handballen. Doch bevor ich darüber nachdenken kann, bin ich schon oben und schnelle auf Stallenberg zu. Erik reagiert sofort und eilt hinter mir her. Er kriegt meinen Oberarm zu fassen, will mich zurückreißen, aber auch damit habe ich gerechnet. Mit voller Wucht ramme ich ihm die Haarnadel in das weiche Gewebe zwischen Daumen und Zeigefinger.

Er schreit jäh auf und lässt mich los. Ohne innezuhalten, setze ich meinen Weg fort, lege in vollem Schwung die nächsten drei Schritte zurück und greife nach der Harke am Boden. Dabei springe ich über Stallenberg und stoppe dann abrupt, um nicht im vollen Lauf vor die Wand zu krachen. Ich drehe mich um und, ohne mich richtig zu orientieren, halte ich die Harke zur Abwehr vor mich.

Erik stoppt ebenso jäh wie ich, jedoch vor Stallenberg. Jetzt stehen wir beide hier. Zwei Geschwister. Der eine mit einer Knochensäge bewaffnet, die andere mit einer Harke. Und zwischen uns liegt der bewusstlose Professor. Hoffentlich bewusstlos, bitte ich inständig. Denn wenn er tot ist, bin auch ich eine Mörderin.

Erik hat die Nadel aus seinem Fleisch gezogen. Blut pulsiert aus einem Loch in seiner rechten Hand. Sein Körper bebt vor Zorn. Die Augenhöhlen sind so dunkel, dass ich kaum seine Pupillen darin erkennen kann. Voller Anspannung beobachte ich ihn, darauf gefasst, jede Sekunde einen Angriff abwehren zu müssen, in jeder Sekunde zuzuschlagen.

Mir ist bewusst, dass sich meine Position jetzt zwar verbessert hat, aber ich noch lange nicht in Sicherheit bin. Die Gefahr ist groß, dass Erik den Schlag mit der Hacke einfach abwehrt, mir den Holzstiel aus der Hand reißt und ich entwaffnet bin. Aber mir fällt keine andere Lösung ein. Aus Mangel an Alternativen versuche ich erneut, ihn in ein Gespräch zu verwickeln: »Wenn du es nicht allein warst, wer hat dir geholfen?«

»Wem habe ich geholfen, ist wohl eher die Frage!«, antwortet Erik kühn. »Wem habe ich erlaubt zu töten, wen habe ich Teil werden lassen von meiner Kunst?«

»Und, wer war es?«, frage ich mit sarkastischem Unterton.

»Meine alten Kunden. Ich habe ihnen einen überaus besonderen und exklusiven Service angeboten. Die vollkommene Machtausübung. Die Macht über die Materie. Über Leben und Tod.«

»Dann hast du nie aufgehört. Und du warst auch nie das Opfer. Du warst freiwillig in der SM-Szene aktiv und Rollenspiele haben dir nicht mehr gereicht«, schlussfolgere ich und automatisch wird mir klar, dass ich mich in all den Jahren, in denen ich mich um Erik gesorgt habe, in denen ihm mein volles Mitgefühl galt, getäuscht habe. Er war nicht Opfer, er war Täter in diesem Spiel, das er über den Rand des Wahnsinns geführt hat.

»›SM-Szene‹ klingt so klischeehaft. Lack, Leder und Peitsche. Das stellst du dir doch darunter vor. Nein, meine Liebe, das hier ist etwas ganz anderes.« Um diesen letzten Satz zu unterstreichen, breitet Erik seinen freien Arm aus und fährt mit den Fingerspitzen über die Bildergalerie.

»Und der Junge in Frankfurt, in der Weserstraße? War der auch Teil eures Spiels?« Aus meiner Stimme ist der Abscheu deutlich herauszuhören.

Erik scheint einen Moment innezuhalten. Dann sagt er: »Ihn hast du also auch entdeckt. Die Geburtsstunde, der Ursprung. Mit ihm begann unser Weg. Er war aus dem Zufall geboren. Ein Unfall, nichts weiter. Aber dann diese Analogie zum Schmerzensmann. Seine Choreografie im Raum, diese Komposition. Alles stimmte. Es war magisch.«

»Also hast du ihn umgebracht! Er war siebzehn Jahre alt!«, schreie ich.

»Aber nicht doch. Nicht so laut. Ich verstehe dich doch. Wir sind ganz allein.« Bei dem letzten Satz umschmeichelt ein Lächeln Eriks Lippen. »Ich kann dich beruhigen. Ich war nur der Dirigent.«

»Wer war es dann? Wen hast du dirigiert? Stallenberg?« Mein Kinn zeigt zu Boden, weil ich es nicht wage, meine Augen auch nur einen Moment von Erik abzuwenden.

»Nein, nein. Er ist ein armer, alter Mann, der die Suche nach den Mördern seines Sohnes nie aufgegeben hat.« Erik schüttelt den Kopf und seufzt: »Schade, schade. Er war so kurz vor dem Ziel und dann hast du ihn erschlagen.«

Ich lasse mich von dem letzten Satz nicht irritieren: »Der Junge aus dem Rotlichtviertel war sein Sohn?«

»Sein unehelicher. Auswuchs einer Affäre. Das waren noch andere Zeiten, damals«, erklärt Erik mit übertrieben sentimentaler Tonlage.

»Wer war es dann? Weck? Es waren doch zwei Täter in der *Sega Invest.* Den Mord an Bruns habt ihr zusammen verübt! Es ist doch so!« Meine Stimme klingt drohend, doch ich weiß, wie lächerlich das in meiner Position ist.

»Ja, ja, Schwesterherz. Bruns hatte zwei Mörder. Aber ich war es nicht. Und du, weißt du es denn wirklich nicht? Wecks Kompagnon? Du warst die ganze Zeit doch so nah dran. Direkt vor deiner Nasenspitze. Hast ihn gerochen, ihn praktisch eingeatmet, den Duft des Mörders. Im kleinbürgerlichen Gewand kleidet sich der Teufel unscheinbar.«

Mir fällt es wie Schuppen von den Augen. War ich wirklich so blind? Weck war nicht Eriks einziger Verbündeter. Und Stallenberg gehört nicht dazu. Der Machtmensch, den ich hinter diesen Taten vermutet habe, war es nicht. Er lebt seine Macht tagtäglich aus. Der Mörder ist jemand, der darüber nicht verfügt. Der sie sucht, der nach ihr hungert, bis er ein Opfer gefunden hat. Und Meier muss von der Korruption gewusst haben. Er verfügt über alle Bewertungsaufträge. Er muss Teil dieses Komplotts gewesen sein. Seine Geschäftsreisen zur Besichtigung der Objekte. Die fremden Währungen in seinem Portemonnaie, die Verspätungen am Morgen, seine Meilen, die sein normales Flugaufkommen bei Weitem übersteigen. Hinter dem Bild des engagierten Angestellten hat er sein wahres Wesen verstecken können.

»Meier hat für dich gemordet«, stelle ich trocken fest.

»Scharf kombiniert, mein Schwesterherz. Und spioniert. Du dachtest, du könntest etwas vor ihm verheimlichen? Deine Entdeckungen? Deine Detektivspiele? Wir waren dir immer einen Schritt voraus. Aber ich muss zugeben, es war amüsant, dir zuzusehen, auf deiner Verfolgungsjagd, bei der du nur nicht wusstest, wer der Gejagte ist.«

In mir fällt alles zusammen. Mein Bruder ist ein Psychopath, ein vertrauter Kollege ein Mörder. Der Boden bricht unter mir weg. Alle Anspannung, alle Energie, die gerade noch in mir steckte, ist verschwunden. Ich bin darauf gefasst, dass Erik diese Schwäche für einen Angriff nutzt. Das er mir gleich die Harke aus der Hand schlängt. Aber die innere Leere, meine Gleichgültigkeit ist so groß, dass mir selbst das egal ist. Doch Erik greift mich nicht an. Er geht ein paar Schritte zurück zur Holzbahre. Dort lässt er die Knochensäge klirrend auf den Boden fallen und macht sich an der Schublade zu schaffen. Als ich sehe, was er hervorholt, ist mir erneut die Angst ins Gesicht geschrieben. Alle Anspannung ist zurück.

»Was hast du denn erwartet?« Er scheint mir den Schrecken

anzusehen. »Dass ich dich in einem sentimentalen Moment unter Geschwistern gehen lasse? Dass wir das hier nicht zu Ende führen? Glaubst du, ich erzähle dir, dass ich ein Mörder bin, und lasse dich dann laufen? Direkt in die Arme dieses Idioten Kellermann?«

Erik geht wieder ein paar Schritte auf mich zu. Ich verharre regungslos. Ungläubig, voller Entsetzen darüber, dass er es wirklich tun wird. Dann hebt er langsam seinen Arm. Zielt auf mich und drückt ab.

Ich habe mich nicht bewegt, den Schuss nicht abgewehrt und der Pfeil hat mich in meine Schulter getroffen. Die metallische Nadel, die unterhalb meines Schlüsselbeins steckt, schmerzt. Doch das wird gleich vergehen. Der Schmerz wird nachlassen. Meine Beine werden schwer werden, bis ich zusammensacke und in einen tiefen, traumlosen Schlaf falle. Doch ich weigere mich, diesem Drang nachzugeben. Diesem Ziehen, dieser Schwere, die mich überkommt.

Ich spanne meine Muskeln an, meine Waden, die Oberschenkel. Ich will nicht aufgeben. Mein Kopf sackt weg und im nächsten Moment zwinge ich mich dazu, das Kinn wieder gerade zu halten. Doch der kurze Energieschub reicht nicht, um meinen Körper unter Kontrolle zu halten. Mir fallen die Augen immer wieder zu. Von der Anstrengung, trotz des Betäubungsmittels wach zu bleiben, läuft mir der Schweiß von der Stirn. Die Harke halte ich krampfhaft fest. Doch das ist keine bewusste Reaktion mehr. Ich bin nicht länger Herr über meinen Körper. Ich schreie innerlich auf ihn ein, doch er reagiert nicht. Meine Gliedmaßen versagen.

Mit verschleiertem Blick sehe ich Erik auf mich zuschreiten. Er steht jetzt direkt vor mir, doch ich nehme ihn nur noch durch eine Nebelwand wahr. Mit einem kurzen Ruck schlägt er mir die Harke aus der Hand. Ich bin verwundert, mit welch lautem Geräusch sie auf dem Boden aufschlägt. Dann packt Erik mich und hebt mich hoch. Grotesk, denke ich in meinem Delirium, er hält mich, als wolle er mich über die Schwelle tragen.

Erik schnallt meine Arme und Beine mit Spanngurten an der Holzbahre fest. Es gelingt mir nicht, mich zu wehren. Meine Glieder sind gelähmt. Krampfhaft reiße ich meine Augenlider auf, doch bereits nach dem Bruchteil einer Sekunde fallen sie wieder zu.

Erik bückt sich kurz und als er erneut in meinem verschwommenen Blickfeld erscheint, blitzt das Blatt der Knochensäge auf. Mit einem kurzen Schritt zur Seite beugt sich Erik über meinen Unterleib. *Die Hand Gottes.* Der weibliche Torso erscheint gestochen scharf vor meinem inneren Auge. Ich weiß nicht, ob Erik die Säge bereits angesetzt hat. Ob das Blatt schon durch mein Fleisch dringt. Ich fühle nichts mehr. Es ist nur noch ein Sog, eine warme Welle, die mich mit sich treibt. Obenauf schwimme ich. Federleicht werde ich davongetragen.

45

In meinem Kopf dröhnt es. Ich höre Stimmen, kann aber nicht zuordnen, ob sie einem Traum entstammen oder ob ich wach bin. Ich will die Augen aufschlagen, doch sie gehorchen mir nicht. Kraftlos, matt, erschlagen liege ich auf dem Rücken.

Ich versuche, meine Gedanken zu ordnen. Wie ein Blitzschlag fällt mir die Erinnerung an Erik ein. Sein Bekenntnis. Seine Taten. Das alles hat mein Bruder getan. Mein eigener Bruder.

Ohne meine Augen zu öffnen, spüre ich die Tränen, die sich hinter meinen Lidern sammeln. Sie füllen meine Augenhöhlen. Ich will sie wegwischen, doch meine Arme gehorchen mir nicht. Ein tauber Körper, der nichts kann, außer weinen.

Plötzlich erscheint die Skulptur Rodins vor meinem inneren Auge. Der glatte Stein, die geschliffenen, klaren Kanten des weiblichen Torsos. Sauber abgetrennt. O Gott, Erik. Was hast du mir angetan?

Das nackte Entsetzen nimmt von mir Besitz. Angst, diesem Ebenbild zu entsprechen. Meine Arme, meine Beine. Sie gehorchen mir nicht, weil er sie mir genommen hat. Weil sie abgeschnitten wurden. Weil da nur noch Stümpfe sind. Weil da nur ein Rumpf ist, der nichts mehr können wird, außer wie ein lebloses Stück Fleisch im Bett zu liegen.

Stimmen reißen mich aus meiner Panik. Sie werden klarer. Ich glaube, meinen Namen zu hören. Und es scheint mich jemand anzufassen. Mein Körper ist taub, ich fühle keine Berührung. Keine Hand auf meiner Haut. Aber ich spüre, wie sich mein Kopf leicht hin und her bewegt. So als hätte mich jemand sanft geschüttelt.

»Sie wacht auf«, höre ich eine energische Frauenstimme mit einem osteuropäischen Akzent sagen. Und dann, scheinbar zu mir gewandt: »Frau Wagenfeld, hallo. Hallo. Sind Sie wach? Können Sie mich verstehen?«

Ich will ihr antworten. Will Ja sagen, nur die zwei Buchstaben. Doch meine Lippen kleben förmlich aneinander. Sie sind wie festgenäht. Mühsam, mit voller Kraftanstrengung bringe ich sie auseinander.

Wieder höre ich die Stimme der resoluten Frau: »Sie kommt langsam zu sich. Aber das wird noch etwas dauern. Mit der Menge an Ketamin, die ihr verabreicht wurde, hätte man ein ganzes Pferd lahmgelegt.«

Dann ertönt eine zweite Stimme. Eine Stimme, die mir so vertraut geworden ist. Die mir wie ein Lichtblick hinter meinen dunklen Lidern erscheint. »Sie wird überleben.« Kellermann flüstert seine Aussage so zaghaft, so flehentlich, dass sie als Frage erklingt. Als Bitte an die energische Frau, sie möge zustimmen.

»Ja«, sagt sie, wieder in einem bestimmten, doch diesmal mitfühlenden Ton. »Sie wird ganz sicher überleben. Geben Sie ihr etwas Zeit.«

Aber als was?, frage ich mich bitter und spüre, wie mir wieder die Tränen in die Augen schießen. Dann höre ich Schritte, die sich entfernen. Clogs, wie sie oft in Praxen und Krankenhäusern getragen werden. Es muss sich um die Schritte der Krankenschwester handeln. Eine Tür fällt langsam ins Schloss, gebremst durch einen Türschließer. Kellermann muss jetzt ganz nah neben meinem Bett stehen, denn ich kann seinen Atem hören.

»Frau Wagenfeld? Frau Wagenfeld?«, flüstert er. »Hören Sie mich?«

Immer noch mühsam öffnen sich langsam meine Lippen und ein fast tonloses »Ja« kommt hervor. Nicht mehr als ein Hauch.

»Gott sei Dank«, seufzt der Kommissar.

Erneut nehme ich meine Kraft zusammen, um Eriks Namen hervorzupressen. Aber alles, was ich hervorbringe, ist ein stockendes »Äe … Äee.«

Doch der Kommissar scheint mich auch so zu verstehen. »Es tut mir sehr leid. Erik hatte eine Waffe in der Bahre versteckt. Es gab einen Schusswechsel und er ist gestorben, als das Einsatzkommando den Keller gesichert hat.«

Erik ist tot. Erschossen. Trauer um meinen Bruder überfällt mich, der er doch gar nicht mehr gewesen ist. Oder zumindest nicht der Mensch, den ich all die Jahre zu kennen glaubte. Aber wieso war das Einsatzkommando in der Scheune? Wie konnte das EK wissen, dass wir dort waren? Und ich in Gefahr?

»W… wie?«, presse ich als Nächstes hervor.

Kellermann weiß auch diesmal, worauf ich hinauswill. »Wie wir Sie gefunden haben? Wir hatten Ihre DNA analysiert und haben eine Übereinstimmung mit einer Spur des Mordfalls in Frankfurt gefunden. Aber es war kein hundertprozentiger Treffer. Daher konnte es nur jemand aus Ihrer Familie sein, jemand, der mit Ihnen verwandt ist. Es blieb nur Erik. Ihre Mutter lebt auf Mallorca und andere Geschwister haben sie nicht. Ich habe Sie zigmal zu erreichen versucht, aber Sie haben sich nicht gemeldet. Ihr Handy war ausgeschaltet. Da haben wir das Einsatzkommando mobilisiert und nicht nur Erik, sondern auch Sie in den Kellerräumen der Scheune gefunden. Wir haben Sie direkt ins Krankenhaus gebracht.«

Bei Kellermanns Erzählung flackern die Geschehnisse der Nacht wieder auf. Erik, die Bildergalerie, mein verzweifelter Versuch, mich mit der Harke zur Wehr zu setzen. Die Harke, fahre ich innerlich auf. Was ist mit Stallenberg? Ist er tot? Bin ich eine Mörderin? Erneut stoße ich einen Laut hervor, doch mehr als »Stall…« ist nicht zu hören. Trotzdem perlen mir bereits Schweißtropfen von der Stirn.

»Stallenberg geht es gut. Er war bewusstlos, hat einen ordentlichen Schlag abbekommen, doch keine bleibenden Schäden erlitten.«

Eine tief sitzende Furcht löst sich auf und Erleichterung durchflutet mich.

Kellermann fährt fort: »Er ist Erik auf die Spur gekommen. Der Junge, der damals starb, war sein Sohn. Das Resultat einer Affäre. Er hatte kaum Kontakt zu dem Jungen. Mit fünfzehn tauchte sein Sohn in das Frankfurter Milieu ein. Die klassische Karriere voller Klischees. Die gleiche Karriere, die auch Erik durchlaufen hat. Und so kreuzten sich ihre Wege. Was tödlich endete. Stallenberg hat lange Jahre damit verbracht, diejenigen zu suchen, die seinem Sohn das angetan haben. Die ihre eigenen Machtfantasien über sein Leben gestellt haben. Somit hatten Sie und Stallenberg praktisch die gleiche Mission. Sie wollten beide wissen, wer ihren Angehörigen solches Leid angetan hat. Wer die Täter waren. Er hat den Mörder gesucht, sich dazu mit der Mutter des toten Jungen verbündet. Sie kennen sie. Es ist Frau Tennschild, seine Sekretärin. Er hat sie damals zur *Sega Invest* geholt. Nach dem Tod ihres Sohnes ist sie völlig zusammengebrochen. Stallenberg hat ihr geholfen, ins Leben zurückzufinden. Ihr einen Job gegeben, ihr Umfeld stabilisiert. Durch Nachforschungen im Rotlichtmilieu sind sie auf den Kontakt zu Erik gestoßen.«

Frau Tennschild und Stallenberg hatten eine Liaison und nicht nur das, sondern auch ein gemeinsames Kind. Einen Sohn, um den sie gemeinsam getrauert haben? Diese Verbindung erscheint mir so suspekt, dass ich sie kaum glauben kann. Die herzliche Frau Tennschild, die stets in wallende Stoffe und warme Farben getaucht ist, und der unsensible, machtorientierte Stallenberg? Aber Kellermanns Bericht lässt den Aufsichtsratsvorsitzenden weicher erscheinen. Weicher als ich es ihm je zugetraut hätte. Jetzt wird mir auch klar, welche Person ich in seinem Zimmer gesehen habe, welcher Schatten mich beobachtet hat. Wenn ihre Verbindung so vertraut war, hat Tennschild sicher auch gewusst, dass Stallenberg Weck im Visier hatte und ich ein kritischer Faktor in diesem Versteckspiel war.

Kellermann ahnt nichts von meinen Gedankengängen, denn er fährt mit seiner Berichterstattung ungebremst fort: »Und nach all den Jahren hat Stallenberg ihn gefunden. Erik. Ihr Bruder war leider nicht das Opfer, das Sie in ihm gesehen haben. Er war der Meister, der andere Menschen wie Marionetten in ihren Gewaltfantasien dirigiert hat.«

Nach der Erleichterung darüber, keine Mörderin zu sein, ergreift mich nun die nächste Furcht. Hat Erik mich dazu gemacht? Zu einer Marionette ohne Arme und Beine, die nur noch durch fremde Hilfe zu bedienen ist?

Wieder setze ich an, Kellermann diese Frage zu stellen. Doch mehr als ein paar Stoßlaute kommen nicht hervor. Ich will meinen Kopf heben, mich mit eigenen Augen über den Zustand meines Körpers informieren, doch bei der kleinsten Bewegung flammt ein stechender Schmerz hinter meinen Schläfen auf. Ich kann weder meine Augen öffnen, noch meinen Kopf heben. Mit schmerzverzerrtem Gesicht lasse ich mich wieder in die Kopfkissen sinken.

»Warten Sie doch«, beschwichtigt mich der Kommissar. »Geben Sie sich ein bisschen Zeit. Sie dürfen nicht zu ungeduldig sein.«

Ungeduldig. Bei diesem Wort schießen mir wieder Tränen in die Augen. Was ist Ungeduld für ein Begriff, wenn man als Rumpf zum Nichtstun verurteilt ist?

Dann wiederholt Kellermann: »Lassen Sie sich Zeit. Und in ein paar Tagen schon sind Sie wieder in Ordnung. Dann besprechen wir alles bei einem Spaziergang am Main.«

Erleichterung durchfährt mich. Ich habe sie noch, meine Beine. Und ich werde gehen können. Mit meinen Füßen werde ich den Boden berühren und unter meinen Zehen das Gras spüren.

Kellermann scheint meine Tränen zu sehen, aber nicht meine Hoffnung zu spüren. Denn er flüstert: »Keine Sorge. Es wird gut. Alles wird gut. Glauben Sie mir.«

Mein Atem beruhigt sich. Es folgt Stille. Alles Wichtige ist gesagt. Der Rest kann warten.

Vielleicht denkt der Kommissar in diesem Moment dasselbe, denn ich höre ihn nuscheln: »Ich muss dann.«

Seine Stimme verliert sich. Auch sein Atem entfernt sich und ich höre wieder leichte Schritte. Diesmal auf Gummisohlen. Kurz darauf wird die Klinke gedrückt. Doch dann höre ich, wie eine weitere Person eintritt. Es muss jemand gleichzeitig vom Flur aus die Tür geöffnet haben.

»Ach«, höre ich Kellermanns Stimme. »Da wird sie sich bestimmt freuen. Aber gehen Sie vorsichtig mit ihr um. Sie ist sehr schwach. Sie kann die Augen noch nicht öffnen und auch noch nicht sprechen. Aber die Ärzte sagen, es ist nur eine Frage der Zeit. Sie wird wieder voll und ganz gesund werden.«

»Zum Glück«, vernehme ich eine leise Männerstimme. Doch der Ton ist so gedämpft, dass ich ihn nicht zuordnen kann. Erst als die Schritte näher kommen, weiß ich, wer es ist. Es ist sein Geruch. Sein markantes Parfüm. *Old Spice.* Der Duft, der nach feuchtem Holz riecht, nach Herbst. Und gleichwohl etwas Frisches versprüht. Dieser Geruch, der lange Zeit so viel Wohlwollen, so viel Vertrautes ausgelöst hat, jagt mir jetzt panische Angst ein. Mein Bruder ist tot und ich bin die Einzige, die weiß, dass er einer von Eriks Jüngern ist. Er wird alles daransetzen, dass ich die Einzige bleibe. Er wird mich nicht am Leben lassen. Nicht nach dem, was er alles getan hat. Ich bin ein Staubkorn, eine Fliege, deren Leben er einfach so beenden wird, ohne dass sein Puls dabei auch nur einen Takt höher schlägt.

Krampfhaft versuche ich, meine Arme und Beine zu bewegen. Irgendwie Alarm zu schlagen. Doch sie liegen leblos unter der Bettdecke. Ich hebe meinen Kopf ein paar Millimeter vom Kissen, doch mir wird vor Schmerz sofort schwindelig. Wütend versuche ich zu schreien, doch weder lassen sich meine Lippen öffnen, noch kommen mehr als ein paar tonlose Laute hervor.

Verdammt! Ich kann der Situation nicht entfliehen, nicht schreien, niemanden zu Hilfe rufen. Ich habe das Grauen im Keller der Scheune überstanden, meine Arme und Beine behalten und das Ketamin konnte mich nicht bezwingen. All das habe ich überlebt, damit Meier mich jetzt ins Jenseits befördert?

Ich zwinge mich, die Augenlider zu öffnen, nur ein paar Millimeter, um ihm ins Gesicht zu sehen. Ihm nicht blind ausgeliefert zu sein. Erst blendet mich das Tageslicht, doch ich gewöhne mich schnell an die Helligkeit.

Meier steht bewegungslos neben meinem Bett. Seine Arme hängen herab. Er trägt ein Jackett und ich kann seine Hände nicht sehen. Sie sind unterhalb der Bettkante. Er hat sich nicht rasiert, trägt einen Dreitagebart. Sein blondes Haar steht wirr ab und umrahmt ein Gesicht, das keine Regung zeigt. Wässrig erscheinen seine Augen, so als ob das Blau trübe wäre. Wie in einem Teich, in dem der Grund aufgewühlt wurde und die Sedimente an der Wasseroberfläche schwimmen. Meier weiß, warum er hier ist.

Dann bewegen sich seine Lippen. Erst wortlos. Dann formen sich Laute. Doch sie scheinen wie aus einer anderen Welt zu kommen. Wie in Trance berichtet er: »Erik hat ein Ventil geöffnet. Er hat mich von etwas befreit, was immer in mir war und ich doch nicht zulassen wollte. Als ich ihn traf, fühlte ich mich zum ersten Mal frei. Frei in meinem eigenen Körper. Es war wie ein Rausch. Erst spielerisch, ganz harmlos. Alles war ganz leicht. Den Fuß von einer in die andere Welt zu setzen. Doch ich wurde durstig. Dürstete nach dieser Freiheit. Das Korsett, das mich tagtäglich umgab, wollte ich abwerfen. Wir trafen unseresgleichen. Die Bekanntschaften verloren sich wieder. Doch eine blieb: Weck. Er brauchte mich bei *Sega Invest,* er holte mich in das Unternehmen. Er brauchte mich, wie ich ihn bei unserem Spiel brauchte. Ein Spiel – das war es bis dahin. Bis zu dieser Nacht in der Weserstraße. Bis alles groß wurde. Groß und einzigartig. Wir hatten von etwas gekostet, wovon es kein Zurück mehr gab. Die Büchse der Pandora war geöffnet.«

Meier legt seine Beichte ab, begreife ich. Jetzt wird mir auch klar, warum er Weck bei der unrechtmäßigen Beauftragung von Wehmüller gedeckt hat: Sie hatten sich gegenseitig in der Hand.

»Als du zur *Sega Invest* kamst, konnte ich es erst nicht glauben. Wagenfeld. So heißen doch viele. Doch je näher ich dich kennenlernte, desto mehr wuchs die Gewissheit, die

Erik mir letztendlich bestätigte. Weißt du, ihr beide seid euch sehr ähnlich.«

O Gott, bitte nicht das. Die Frage, wie viel von Erik in mir selbst steckt, was von dieser Grausamkeit durch meine eigenen Adern fließt, zermürbt mich, nagt an mir, zerreißt mich. Und dieses Martyrium wird durch Meiers Aussage noch zusätzlich genährt.

»Weißt du«, flüstert er dann, »ich habe es nicht gewollt. Aber …« Sein Mund öffnet sich, doch es kommt kein Laut hervor. Seine Lippen verharren reglos. Erst nach ein paar Sekunden höre ich ihn sagen: »Du verstehst es. Es geht nicht anders.«

Nein, schreie ich innerlich laut auf, nein, ich verstehe es nicht. Um Himmels willen, nein! Meine Augen füllen sich wieder mit Tränen und Meiers Gesicht verschwimmt. Ich liege auf dem Rücken, daher fließen die Tränen nicht ab. Meine Augen füllen sich mehr und mehr mit der salzigen Flüssigkeit. Schemenhaft erkenne ich, wie Meier in die Innentasche seines Jacketts greift. Wie er eine längliche Schachtel hervorholt. Unter anderen Umständen könnte man meinen, er würde nach seiner Brille greifen. Doch er hält kein Brillenetui in der Hand. Das silberne Emblem verrät es.

Ich Idiotin. Wie naiv bin ich gewesen. Er hat es die ganze Zeit gewusst. Ich dachte, ich verheimliche etwas vor ihm. Dabei hat er mich beobachtet, jeden meiner Schritte verfolgt und mich an der Nase herumgeführt.

Und jetzt liege ich hier, ein Käfer auf dem Rücken, der auf die letzte Spritze wartet. Die Spritze, die Meier im Fülleretui versteckt hat. Ich muss nicht lange raten, was in dieser Spritze steckt: Ketamin. Das gleiche Mittel, das mir Erik verabreicht hat. Meier wird nicht einmal unter Verdacht geraten. Eine verspätete Schockreaktion meines Körpers auf das Mittel, das bereits in mir steckt. Er wird die Spritze herausziehen, sie zurück in das Etui legen und die Springfeder zuschnappen lassen. Erik wird mein Mörder sein. Ein Mörder, der bereits tot ist.

Aus den Augenwinkeln sehe ich verschwommen, wie Meier das Bettlaken hochschlägt und die schmale Spritze an meinem Oberarm ansetzt. Mit Daumen und Zeigefinger zieht er die Hautfläche glatt. Doch ich spüre nichts. Weder den Druck seiner Finger noch den Einstich der Nadel.

»Meier«, schallt es plötzlich durch den Raum.

46

Kellermann hat recht behalten. Es sind nur wenige Tage vergangen und ich spaziere schon durch den Garten des Unikrankenhauses. Ich mache Halt an einer Holzbank mit Blick auf den Main und lasse mir von den Sonnenstrahlen einen Vitamin-D-Schub verabreichen.

Der Kommissar will anscheinend seine eigene Prophezeiung überprüfen, denn ich entdecke ihn an der Terrassentür zum Aufenthaltsraum. Eine Krankenschwester zeigt in meine Richtung und er setzt sich in Bewegung. Seinen Blick hat er auf den Kiesweg gesenkt, sodass ich ihn unbemerkt beobachten kann. Er trägt einen beigebraunen Wollpullover, der sich farblich in die herbstliche Umgebung einfügt. Ich verfolge jeden seiner Schritte, bis er direkt vor mir steht.

»Besser?«, fragt er knapp.

»Ja«, antworte ich nicht umfangreicher, rutsche dabei jedoch auf meiner Bank ein Stück zur Seite und klopfe mit meiner Hand auf die frei gewordene Sitzfläche.

Kellermann versteht das deutliche Zeichen und setzt sich neben mich. »Tut noch etwas weh?«, fragt er, aber sein Ton klingt ungelenk, als würde er diese Frage nur stellen, weil es sich in einem Krankenhaus so gehört.

»Woher haben Sie gewusst, dass Meier mich töten will?«,

gehe ich direkt zum entscheidenden Thema über, ohne auf seine Höflichkeitsfrage einzugehen.

»Habe ich nicht. Aber ich wusste, dass Erik nicht der Täter in Warschau gewesen sein konnte. Er ist an diesem Tag in Frankfurt geblitzt worden. Das haben meine Kollegen noch in der Nacht überprüft, als wir Ihre verwandte DNA identifiziert haben. Und Weck hatten wir ja bereits ausgeschlossen. Die Hand auf dem Video war nicht seine. Die Narbe fehlte. Als Täter in Warschau kam hingegen Lauenstein infrage. Sie haben ja selbst herausgefunden, dass er in der fraglichen Nacht in Warschau war.«

»Aber wenn Lauenstein den Mord in Warschau verübt und das Video gedreht hat, wie ist es dann zur *Sega Invest* gelangt?«, unterbreche ich.

»Genau das haben wir uns auch gefragt. Per Mail? Viel zu unsicher. Zudem liegt das Datenvolumen des Films weit über dem zulässigen Grenzwert für den Mailversand.«

Ich bin beeindruckt von Kellermanns IT-Kompetenzen und frage mich, ob er diese in der Zwischenzeit aufgebaut hat oder ob der Tipp eher von einem polizeiinternen IT-Experten stammt. Ohne Kommentar lausche ich weiter den Ausführungen.

»Eine andere Variante wäre ein USB-Stick, doch die sind ja in der Bank gesperrt. Es musste also irgendein Mitarbeiter der *Sega Invest* involviert gewesen sein, der Zugang zu den Systemen hatte. Das könnte aber natürlich auch Weck selbst gewesen sein. Zudem ließen Spuren am Tatort von Bruns' Mord die Vermutung zu, dass sich eine weitere Person im Raum aufgehalten haben könnte. Wer war also Wecks Komplize? Das Problem mit dem Datentransfer wäre zwar ein Hindernis, würde Lauenstein aber nicht als Tatverdächtigen ausschließen. Als Komplize hätte er Weck die Datei übergeben können. Daher haben wir sein Alibi geprüft. Er hatte eins. Genau wie Stallenberg. Leermann hingegen hatte kein

Motiv. Auch ihn konnten wir ausschließen. Es musste also noch einen anderen Helfer geben, einen den wir innerhalb der *Sega Invest* vermuteten. Ein Hinweis kam von Ihnen selbst: Meier muss von der Korruption gewusst haben. Da habe ich geraten.«

»Sie haben geraten?«, frage ich entrüstet. »Was, wenn Sie zu spät gekommen wären?«

»Regen Sie sich jetzt nicht auf. Sie sind gerade wieder auf dem Damm.« Zur Unterstreichung seiner Worte hebt Kellermann entwaffnet die Hände. »Wir hatten keine Beweise. Nur die Gewissheit, dass neben Weck eine weitere Person, höchstwahrscheinlich aus der Firma, involviert sein musste. Und ich wusste, dass Erik Ihnen etwas erzählt haben würde, dass das Gespräch mit Ihnen seine Beichte war. Sein Tod kam nicht zufällig. Der war von langer Hand geplant. Vielleicht schon, als er uns selbst die Hinweise zu den Fotos gegeben hat. Er wusste, dass er sterben würde. Durch seine eigene oder fremde Hand. Und bevor er starb, wollte er seine Höllenpforte vollenden. Sie waren sein zentrales Motiv und die Vervollkommnung seines Kunstwerks zugleich.«

Nachdenklich höre ich Kellermanns Ausführungen zu. Trauer vermischt sich mit Entsetzen. Eigene Schuld und die Frage, was ich hätte verhindern können, vermengt sich mit der Wut über das, was Erik getan hat. Er war krank. Ein Opfer seiner selbst und Täter zugleich. Vor meinem inneren Auge erscheinen wieder die Fotografien. Seine Galerie des Grauens. Und plötzlich fällt mir die Lösung zum Datentransfer ein.

»Ich glaube, ich weiß, wie die Daten auf das Laufwerk gelangt sind. Könnte es sein, dass Meier am Warschauer Tatort war und die Fachbereichskamera für die Aufnahmen verwendet hat?«

Anerkennend schaut mich Kellermann an: »Also zumindest im Kopf scheint bei Ihnen wieder alles zu funktionieren.

Das ist in der Tat der Fall. Meier hat den Mord in Warschau mittlerweile gestanden. Seine Kamera war beschädigt. Als Notlösung hat er den Apparat des Fachbereichs verwendet, aber …«

»… nicht gewusst, dass sich das Gerät durch die WLAN-Funktion automatisch mit dem Netzwerk verbindet und die Daten aufgrund der GIS-Lokalisation direkt in den Ordner der nächstgelegenen Immobilie geschoben werden. Und das war eines der Gebäude in Mokotów«, vervollständige ich den Satz.

»Nein, das wusste er erst, als Bruns ihn erpresst hat. Er selbst dachte, er hätte die Videodatei nur auf seinen eigenen PC übertragen und anschließend von der Kamera gelöscht. Und Bruns wusste, um wen es sich handelte, weil die Videodatei mit einem Zeitstempel versehen war und Meier sich die Kamera am entsprechenden Datum ausgeliehen hatte.«

»Daher ist der Mord an Bruns auch der einzige, der aus einem realen Grund ausgeführt wurde, der nicht zur Erstellung des Höllentors diente. Deshalb gab es dabei auch keinen Bezug zu einem Kunstwerk.«

»Ja, dieser Mord hatte nichts mit der *Porte de l'Enfer* zu tun. Er diente nur der Ausschaltung eines notorischen Erpressers. Bruns witterte seine große Chance. Er hatte Weck und Meier gleichzeitig in der Hand. Nur wusste er nicht, dass er dadurch auch zwei Gegner gegen sich verbündet hat. Die beiden kennen sich seit Ewigkeiten. Sie waren gemeinsam im Milieu unterwegs. Der Mord an Stallenbergs Sohn war ihr Schlüsselerlebnis.«

Mir gehen Meiers Worte wieder durch den Kopf, dass Weck ihn als seinen Nachfolger in die Firma geholt hat. Als Weck die Geschäftsführung antrat, brauchte er eine vertrauensvolle Person im Bereich der Immobilienbewertung. Andernfalls wären seine Machenschaften mit Wehmüller und Lauenstein aufgefallen. In Meier fand er die perfekte Lösung. Ihr gegenseitiges Wissen garantierte die absolute Loyalität.

»Dann ist Bruns aus zwei Gründen gestorben? Er hätte Eriks Jünger verraten und zugleich die Veruntreuung aufgedeckt?«, denke ich laut.

»Ja, in dem Sinne ist Bruns die Klammer, die beide Kreise zusammenführt. Sowohl die Korruption als auch die Mordserie. Als er Weck erpresste, hat Weck Panik bekommen und wollte mit allen Mitteln verhindern, dass Bruns das Wissen weiterträgt. Seine Karriere und sein Ansehen wären zerstört gewesen. Und er wäre sicher wegen der Veruntreuung verklagt worden. Zu Beginn hat er noch gezahlt. Aber Bruns war das nicht genug, er forderte mehr. Als er dann noch das Video entdeckte, musste er sterben. Weck und Meiers makabres Hobby kam ihnen dabei zu Hilfe.«

»Dann wäre die Mordserie ohne den Korruptionsfall vielleicht nie aufgedeckt worden. Bruns' Erpressung und Wecks Verhaftung hat Erik und seine Komplizen unter Druck gesetzt.«

Kellermann nickt. »Ihm war klar, dass mit dem Tod von Bruns ein unkalkulierbares Risiko vorlag. Es war nur eine Frage der Zeit bis zur Aufdeckung der Korruption und damit auch zur Enttarnung von ihm und seinen Jüngern.

Weck hat ihnen Zeit verschafft. Er wusste, dass der Mord an Bruns nicht mehr zu leugnen war, aber die anderen Taten konnte er verschleiern. Vielleicht hat er das aber auch nicht nur zum Schutz von Meier und Erik getan. Vielleicht hatten Sie recht und er war seinem eigenen Ansehen und Prestige unterworfen. Mit einem vollumfänglichen Geständnis hätte Weck sein eigenes Bild zerstört und sich als krankhaften, barbarischen Serienmörder enttarnt.«

Doch mir ist der gesamte Zusammenhang immer noch nicht ganz klar, daher frage ich: »Und Lauenstein und Wehmüller, gehören die beiden auch zum Kreis von Eriks Mittätern?«

»Nein, nein. Die beiden hatten keinen Kontakt zu Ihrem Bruder und wussten auch nichts von Wecks und Meiers Doppelleben. Aber wegen der Korruption müssen sich beide verantworten.«

»Aber wieso war Lauensteins Auto in der fraglichen Nacht am Tatort im Frankfurter Rotlichtviertel?«

»Er war in der Nähe. Hatte tagsüber einen Termin bei der *Sega Invest* und vertrieb sich den Abend in einer Bar. Nahm ein paar Drinks. Vielleicht noch anderes. Aber eine Verbindung zum Mord gab es nicht«, fasst Kellermann nüchtern zusammen.

Nach und nach verarbeite ich den Bericht und lasse alle Verbindungen in meinem Kopf abspielen. Doch ein Kontakt gibt mir immer noch Rätsel auf. Ich wende mich an Kellermann: »Etwas ist mir noch unklar. Erik hatte eine Postkarte in der Küche hängen. *La Baigneuse Assise au Bord de la Mer*, die Badende von Picasso. Auf der Rückseite war ein *P* verzeichnet. Von wem stammte diese Karte und was hatte sie zu bedeuten? Sie muss doch sicher einen Bezug zu den Taten haben.«

»Das Rätsel ist schnell gelöst – so makaber es auch ist: Es war ihre Art der Kommunikation.«

»Wie bitte?«, frage ich fassungslos.

»Sie haben so kommuniziert, der Kreis der Jünger um Erik. Es war ihr Ritual. Sie haben sich ihre Opfer nicht nach den Menschen, sondern nach den Kunstwerken ausgesucht. Die Postkarte war eine perverse Art der Mordankündigung. Das nächste Opfer wäre inszeniert worden als Picassos Kunstwerk. Als die Badende.«

»Sie haben sich Postkarten geschickt, um ihre Morde anzukündigen? Wie grausig.« Ich erschaure. »Und P steht für Picasso?«

»Nein, das ist viel banaler. P steht für Peter. Weck hat einen zweiten Vornamen. Karl Peter Weck. Der Mord zur Nachbildung von Picassos Kunstwerk wäre Wecks Aufgabe gewesen. Der Auftrag zur Tat wurde eindeutig einem Jünger zugewiesen, auch wenn sich der andere in der Nähe aufhielt. Wie bei Weck und Meier in Warschau.«

Weck. Meier. Warum ist mir ihre Verbindung nie aufgefallen? Perfekt haben sie ihr Doppelleben verborgen. In Gedanken lasse ich gemeinsame Sitzungen Revue passieren. Diskussionen um Systemfunktionen, Schnittstellen und Terminpläne. Selbst Meiers Bitte, ich solle ihn bei der Geschäftsführung unterstützen, war gespielt. Für ihn wäre es ein Leichtes gewesen, kritische Themen allein mit Weck auszuhandeln. Sie haben mich beide vorgeführt, um den Druck zu erhöhen, um mir mehr Verantwortung zu übertragen. Und ich habe mich von ihnen vor den Karren spannen lassen. Aber nicht nur mich allein. Bei diesem Gedanken platzt eine letzte Frage aus mir heraus: »Und Jana? Woher hat Meier gewusst, dass sie das Video entdeckt hat? Oder war ihr Tod von langer Hand geplant?«

»Bitterer Zufall. Jana hat im Fachbereich gesessen. Als sie das Video gefunden hat, arbeitete sie an einem Platz neben Meiers Büro. Die Computer im Schulungsraum wurden ja von uns beschlagnahmt. Die Glaswände sind ihr zum Verhängnis geworden. Meier hat vom Flur einen Blick auf ihren Monitor werfen können. Und der hat ihm genügt.«

»Aber wo hat Jana das Video gefunden?«, hake ich nach.

»Bruns hatte eine Sicherungskopie abgespeichert. Die Datei nur auf den Stick zu ziehen, war ihm zu riskant. Er hat sie in den Ordner mit den laufenden Aufgaben im Projekt geschoben. So lange er lebte, hat er das Datum zur Erledigung ständig aktualisiert.«

»Er hat es in unseren Aufgabenordner geschoben?«, frage ich ungläubig.

»Ja, er war zwar ständig im Clinch mit Ihnen, sich aber sicher, dass sie direkt zur Polizei gehen würden. Er wusste nicht, wer sonst noch von der *Sega Invest* involviert war. Die Gefahr der Vertuschung wäre zu hoch. Abgespeichert hatte er die Datei unter *Versicherungswerte*. Und das war es für ihn ja auch irgendwie.«

»Und woher wusste Jana, dass Meier der Täter war? Auf dem Video war ja niemand zu sehen.«

»Ich denke nicht, dass ihr der Täter klar war. Aber Jana wusste, dass jemand von der *Sega Invest* involviert ist, und auch, dass sie in Gefahr schwebt. Daher hat sie die Polizei nicht direkt verständigt und wollte sich aus der Bank schleichen. Sie war jedoch so geistesgegenwärtig, das Video vorher in ihrem privaten Laufwerk abzuspeichern. Sie konnte die Datei aufgrund der Größe ja nicht verschicken. Und auch nicht per Stick sichern. Draußen hat Meier sie dann überwältigt. Zuvor hatte er Erik alarmiert und ihr Bruder hat Jana in die Scheune geschafft, während Meier die Datei löschte. Jedoch nur die im Projektordner. Der Mord selbst war geplant, das Kunstwerk, der Ort. Auch Ihre Einladung per Postkarte dazu. Aber das Opfer, Jana Friese, war es nicht. Es hätte jede andere treffen können. Doch durch ihren Fund war sie ein Risiko, das Erik und Meier ausschalten mussten. Daher haben sie Jana ausgewählt.«

Der Vorstellung, dass Jana ihre letzten Stunden in der Scheune verbracht hat, reißt mir den Boden unter den Füßen weg. Ich erschauere bis ins Mark. Was muss sie für eine Panik gehabt haben? Welche Ängste hat sie durchgestanden? Hat Erik sie auf der Bahre festgebunden? Die Bahre, die Schublade, das Ketamin. Vielleicht, denke ich hoffnungsvoll, wurde sie betäubt. Ich frage Kellermann.

»Ja, sie wurde betäubt. Bereits als sie vor der *Sega Invest* abgefangen wurde. Auch die Tage in Eriks Scheune wird sie kaum bewusst erlebt haben. Die Rechtsmediziner haben in ihrem Körper eine hohe Dosis Ketamin vorgefunden. Sie bezweifeln, dass sie in den letzten Tagen bei Bewusstsein war.

Auch bei ihrer Ermordung im Museum war sie stark betäubt«, versichert mir der Kommissar. Um auch meinen letzten Zweifel auszuräumen, wiederholt er noch einmal: »Sie hat nichts mitbekommen. Wirklich. Sie war im Museum nicht bei Bewusstsein.«

Doch gerade diese Wiederholung macht mich stutzig. Kellermann ist sonst so wortkarg. Kein Satz zu viel. Doch ich frage nicht nach. Vielleicht ist es besser, es dabei zu belassen.

Auch der Kommissar will dieses Thema schnell beenden, denn er hat seinen plötzlichen Redefluss fortgesetzt: »Ein paar Wochen zuvor war Erik mit Meier in der Ausstellung, um die Umgebung auszukundschaften. Den Schlüssel für den Tag der Tat hatte er von ihrem Vater. So hat er sich unbemerkt Zutritt verschafft.«

»Von unserem Vater?«, stoße ich wütend hervor. Zorn schiebt meine Traurigkeit beiseite. Wut darüber, dass Erik sich unseres Vaters für seine Machenschaften bedient hat. Selbstverständlich hatte er als Direktor des Städels auch Schlüssel für die Schirn. Erik muss sie aus seinem Nachlass entwendet haben.

Vielleicht hat er damals schon geplant, diese Schlüssel einmal zu benutzen und das Museum für eine seiner grausamen Szenerien zu verwenden. Damals, als unser Vater starb. Vor all den Jahren. Diese zeitliche Dimension, diese langfristige Planung des Grauens, erhöht das Maß der Unfassbarkeit. Eriks Höllentor ist nichts, was fernab von mir und meinem Umfeld entstanden ist. Es war immer da. All die Jahre, bei jedem Besuch, bei jeder Umarmung, bei jeder Vertrautheit. Eriks Prophezeiung ist aufgegangen. Die Frage, was ich hätte verhindern können, was meine Schuld ist, hat Besitz von mir ergriffen. Aber noch viel unerträglicher ist die Überlegung, ob diese Grausamkeit auch Teil meiner Seele ist. Eine irrationale Sehnsucht taucht auf, die Sehnsucht nach der Unwissenheit. Wäre ich mit all dem doch nie in Kontakt gekommen. Um mir zu beweisen, dass all das unausweichlich gewesen ist, platzt aus mir heraus: »Und ich, war das auch Willkür des Schicksals? Reiner Zufall? Hätte ich Bruns nicht zufällig gefunden, wäre dann alles an mir vorbeigegangen?«

Kellermann antwortet nicht. Betrachtet mich stillschweigend, während meine Gedanken weiterrasen. Was wäre passiert, wenn ich nicht da gewesen wäre? Hätte ich von alldem vielleicht nie etwas erfahren? Würde Jana noch leben, hätte ich Eriks Geheimnis nicht entdeckt? War es nur Zufall, dass ich als ein Element des Höllentors ausgewählt wurde? Ein lästiger Mitwisser, der beseitigt werden sollte?

Der Kommissar greift in die Innentasche seiner Jacke. Unwillkürlich fahre ich zusammen und reiße meinen Ellenbogen hoch. Er schaut mich überrascht an. Doch wirklich erschrocken bin ich über mich selbst, über die Angst, die sich so fest eingegraben hat. Ich lasse meinen Arm wieder sinken und Kellermann geht nicht weiter auf die Situation ein. Er reicht mir ein zusammengefaltetes Blatt Papier. Darauf steht mit Bleistift geschrieben:

FÜR MARIA.

Einen Moment zögere ich, dann greife ich nach dem Blatt und falte es auseinander. Darauf steht ein Vers:

Und das ist leben: nichts und keinen kennen,
nur alles seht und zittern und nichts deuten,
so hell als möglich eine Weile brennen
wie eine Kerze brennt bei fremden Leuten.

Ich schließe die Augen und lasse kraftlos meine Hand in den Schoß sinken. Ein kalter Film liegt auf meiner Haut. Er lässt mich gefrieren. Innerlich austrocknen. Mein Blut stillstehen.

»Ich dachte, das ist für Sie, auch wenn der Name nicht stimmt«, höre ich Kellermann neben mir flüstern.

Ich öffne meine Augen und ein paar Tränen bleiben in den Wimpern hängen. Der innere Druck löst sich etwas und ich nicke.

»Was bedeutet das?«, fragt der Kommissar.

Ich antworte nicht sofort und er insistiert nicht. Nach ein paar Minuten erkläre ich: »Es ist ein Vers von Rilke, den er schrieb, während er an einer Monografie über Rodin gearbeitet hat. Er hat den Künstler vergöttert und wollte diesen Meister in all seinen Facetten für die Nachwelt darstellen. Als Deutscher ohne Französischkenntnisse war er einsam in Paris, getrennt durch die Sprache. Durch Rodin lernte er, die Dinge aus einer anderen Perspektive zu sehen. Alles zu sehen, alles zu betrachten, ausnahmslos. Allen Dingen einen Wert beizumessen, gleich ob sie schön oder hässlich sind. Das war die Voraussetzung seiner Kunst. Der Künstler sollte alles sehen, sich von jeglichen Einschränkungen, Grenzen und Konventionen befreien.« Ich stocke kurz, um dann hinzuzufügen: »Was Erik dann auch getan hat.«

Kellermann schaut mich fragend an. Beobachtet mich, wie ich ziellos in die Weite des Parks schaue. Er lässt mir Zeit. Erst nach ein paar Minuten unterbricht er das Schweigen: »Und wer ist Maria?«

Ich suche Kellermanns Blick und diesmal sind meine Augen nicht tränenverschwommen, sondern mein Blick ist glasklar. »Rodins Schwester.«

Eine junge Anwältin und mächtige Gegner

Olaf R. Dahlmann

Das Recht des Geldes

ISBN 978-3-89425-467-4
Auch als E-Book erhältlich

Sie will nur ihren Job machen.
Doch sie soll eine Marionette sein.
Also beginnt sie ihr eigenes Spiel …

Ein ermordeter Anwalt in Liechtenstein, verschwundene Steuerdaten und ein handlungsunfähiger Chef: Katharina Tenzer absolviert ihr Referendariat in der angesehenen Hamburger Kanzlei Friedemann Hausner und soll unverhofft die Unternehmerfamilie Koppersberg gegenüber der Steuerfahndung vertreten. Doch Hausner sagt seiner jungen Mitarbeiterin nicht alles.

Als Katharina begreift, worum es wirklich geht, ist es schon zu spät. Längst verfügt sie über Wissen, das sie eigentlich nicht verheimlichen darf. Und das sie zum nächsten Ziel des Mörders macht …

»Dahlmann ist ein Insider, er weiß, was alles möglich ist in der Welt der Steuerzahler, und das macht seinen Krimi sogar noch ein bisschen gruseliger. Das Thema Steuern kann also richtig spannend sein.« Anja Keber, Bayern 2

»Ein echter Pageturner. Weglegen geht nicht vor der letzten Seite.«
Benedikt Stubendorff, NDR Welle Nord

Geklaute Steuerdaten, riskante Selbstanzeigen und die Folgen: hochspannend, topaktuell, von einem Insider geschrieben

grafit

Eine hochgefährliche Gemeinschaft

Marc-Oliver Bischoff

Die Sippe

ISBN 978-3-89425-478-0
Auch als E-Book erhältlich

Ökologie, Tradition, Gemeinschaft – eine perfekte Idylle?

Katharina Hoffmanns bisheriges Leben gerät aus der Bahn, als sie Opfer eines Überfalls wird. Fast zeitgleich erreicht sie ein Hilferuf ihrer Schwester Sara – die dann spurlos verschwindet. Katharina begibt sich auf die Suche. In Rostock, wo Sara als Gerichtsvollzieherin arbeitete, stößt sie auf einen Hinweis, der sie weiter nach Grantzow führt. Ein Dorf, in dem scheinbar die perfekte Idylle herrscht …

»Ein lohnender Roman. Denn er führt gut recherchiert in eine hochgefährliche Szene, von der die allermeisten gar nichts wissen. Mit den Augen der ahnungslosen Katharina blickt er tief hinter die Kulissen. Und da ist gehörig was im Busch – wobei im Buch der Verfassungsschutz eine ähnlich miese Rolle spielt wie im richtigen Leben bei den NSU-Terroristen. Ein brandaktueller Roman, der die Dinge zu Ende denkt.«
Udo Feist, WDR 2

Der bislang politischste Roman des Friedrich-Glauser-Preisträgers Marc-Oliver Bischoff. Mit einem Nachwort der Amadeu Antonio Stifung.

grafit